삶과 운명

1

Жизнь и судьба

Василий Семёнович Гроссман

судьба

Жизнь и

Гроссман

삶과 운명 1

바실리 그로스만

최선 옮김

창비세계문학 98

창비

나의 어머니

예까쩨리나 사빌리예브나 그로스만에게 바칩니다

차례

일러두기

1. 이 책은 Василий Гроссман, *Жизнь и судьба* (Санкт-Петербург: Азбука 2017)
   를 번역의 저본으로 삼았다.

2. 본문 중의 각주는 관련 일차 자료, 이차 자료에서 취해서 역자가 붙인 것이다.

3. 외국어는 가급적 현지 발음에 준하여 표기하되, 일부 우리말로 굳어진 것은 관용을
   따랐다.

4. 원서에 외국어(프랑스어, 독일어, 이딸리아어 등)로 표기된 부분은 이탤릭체로 발음
   을 적거나 뜻을 풀어 적은 뒤, 각주에 원어를 적고 어느 나라 말인지 표시했다. 우끄
   라이나어는 이탤릭체로 적고 각주에 원어를 적지 않았다. 원서에 외국어가 러시아
   문자로 표기된 경우에는 이탤릭체로 적지 않고 각주를 붙였다.

제1부

1

　대지 위에 안개가 자욱했다. 포장도로를 따라 늘어선 고압전선들은 자동차 헤드라이트의 불빛을 받아 반짝였다.

　비가 내린 것은 아니었지만 땅은 새벽녘의 습기로 축축했고, 붉은 신호등이 켜질 때마다 젖은 아스팔트 위에 불그레한 얼룩이 흐릿하게 모습을 드러냈다. 수 킬로미터 떨어진 곳에 자리한 수용소의 숨결이 느껴졌다. 수용소를 향해 뻗어 있는 전깃줄과 도로, 철로의 선들이 점점 더 촘촘해지고 있었다. 이곳은 직선들로 가득한 공간, 대지와 가을 하늘과 안개를 자르는 직사각형과 평행사변형의 공간이었다.

　멀리서 사이렌 소리가 길게 늘어지며 희미하게 울렸다.

　도로가 철로에 가까워지면서, 시멘트로 채워진 종이 포대를 가득 실은 화물트럭들이 줄을 이어 한동안 끝없이 긴 화물열차와 비슷한 속도로 나란히 달렸다. 군용 외투를 입은 화물트럭 운전사들은 옆에서 달리는 열차의 차량들과 그 안에 있는 인간의 얼굴들, 그 창백한 얼룩점들에 눈길을 주지 않았다.

안개 속에서 수용소 울타리 — 콘크리트 기둥에 팽팽하게 당겨져 끝없이 길게 늘어선 가시철조망 — 가 모습을 드러냈다. 수많은 바라끄들은 직선으로 된 넓은 거리를 만들어내며 길게 뻗어 있었다. 그 획일성이 거대한 수용소의 비인간성을 드러내주었다.

러시아에 있는 수백만의 시골 이즈바¹ 가운데 서로 구별할 수 없을 만큼 유사한 것은 하나도 없으며, 있을 수도 없다. 살아 있는 모든 것은 고유하다. 똑같은 두 인간, 똑같은 두송이 들장미는 상상할 수 없다…… 삶은 그 고유성과 독특성을 폭력으로 지워 없애려는 곳에서 고사枯死한다.

머리가 하얗게 센 화물열차 기관사의 주의 깊고도 태연한 시선이 어른어른 보이는 콘크리트 기둥들, 회전 조명등이 설치된 높다란 신호탑들, 유리 전구 아래 회전식 기관총 옆으로 경비가 서 있는 콘크리트 포탑들을 좇았다. 그가 조수에게 눈짓을 하자 기관차가 경적을 울렸다. 전깃불로 환한 초소와 줄무늬가 그려진 통행 차단기 부근에 늘어선 화물트럭 행렬, 교통신호기의 뻘건 황소 눈깔이 연달아 어른어른 지나갔다.

저 멀리 맞은편에서 다가오는 또다른 기관차의 기적 소리가 들렸다. 기관사가 조수를 향해 말했다. "추커가 오는군. 저 뻔뻔스러운 기적 소리만 들어도 알 수 있지. 화물을 내리고 빈 열차를 뮌헨

---

1 러시아 농촌의 통나무로 지은 집.

으로 가져가는 거야."

우르릉거리며 달려오는 빈 열차와 수용소를 향해 달려가는 열차가 교차하는 순간, 대기가 조각나며 쩍쩍 갈라지는 요란한 소리가 울렸다. 두 열차 차량들 사이의 좁은 잿빛 틈새들이 연이어 깜박이더니, 찢어진 조각들이 갑자기 이어지고 공간은 가을 아침의 어스름과 합쳐져 다시 하나의 화폭이 되었다.

조수가 주머니에서 손거울을 꺼내어 얼룩으로 더러워진 뺨을 살펴보았다. 기관사도 거울을 건네달라고 손짓으로 청했다.

"어휴, 아펠 동지," 조수가 열받은 목소리로 말했다. "정말이지 그 차내 소독 작업만 없었더라면 이렇게 새벽 4시까지 녹초가 되도록 붙들려 있는 대신 집에 가서 저녁을 먹을 수 있었을 텐데요. 도대체가 우리 교차역에서는 소독 작업을 하는 게 불가능하기라도 하다는 건지, 제기랄."

소독 작업에 대해 언제고 되풀이되는 이 불평에 노인은 진절머리가 났다.

"기적음을 길게 내보내게." 그가 말했다. "우리를 비상구가 아니라 주하역장 플랫폼으로 곧장 들여보내도록 말이야."

2

독일의 강제수용소에서, 미하일 시도로비치 모스똡스꼬이는 제2차 꼬민쩨른 대회[2] 이후 처음으로 자신의 외국어 능력을 심도

2 꼬민쩨른(공산주의인터내셔널) 대회는 1864년 카를 맑스에 의해 촉발된 국제노동자연합 ─ 보통 제1인터내셔널이라 불린다 ─ 에 연원을 둔다. 제2차 꼬민쩨

있게 활용해야 했다. 전쟁 전에는 레닌그라드에서 살았기 때문에 외국인과 대화할 필요가 별로 없었던 것이다.[3] 요즘 그는 런던과 제네바에서 보낸 이민 시절, 그곳 혁명 단체 동지들과 유럽의 여러 언어로 이야기하고, 토론하고, 노래하던 시절을 떠올리곤 했다.

침상 이웃인 이딸리아 신부 가르디에 따르면, 수용소에는 총 쉰여섯개 국적의 사람들이 생활하고 있었다.

수용소 막사에서 지내는 수만명의 사람들은 같은 운명, 같은 낯빛, 같은 의복은 물론 똑같이 질질 끄는 걸음걸이에, 스웨덴 순무와 인공 사고[4]를 재료로 만든, 러시아 수감자들이 '생선 눈깔'이라 부르는 똑같은 수프를 공유했다.

수용소 당국은 이들 수감자를 번호와 윗도리에 꿰맨 헝겊 조각의 색깔로 구별했다. 정치범은 빨강, 태업자는 검정, 절도범과 살인범은 초록이었다.

언어가 달라 서로의 말을 알아듣지는 못했으나 동일한 운명이 그들을 연결하고 있었다. 분자물리학자나 고문서 전문가의 침상 이웃으로 제 이름도 쓸 줄 모르는 이딸리아 농부나 크로아티아 목동이 누워 있었다. 한때 집안 요리사에게 주문한 아침식사에 식욕을 보이지 않아 가정부를 걱정시키던 사람이나 평생 절인 대구만 뜯어먹던 사람이나 똑같이 나무 뒤축으로 달그락 소리를 내며 나란히 일터로 나갔으며, 러시아 수감자 블록에서 '작은 모닥불'이라 부르는 *코스트레거*[5]가 언제 오는지 똑같이 애태우며 두리번거렸다.

른 대회는 1920년 여름 뻬뜨로그라드(지금의 상뜨뻬쩨르부르그)에서 열렸다.

3 이 소설의 전편인 『정의로운 일을 위하여』(*Za pravoe delo*, 1952)에서 모스꼽스꼬이는 레닌그라드가 독일군에 침공되자 그곳을 빠져나왔다.

4 사고 야자에서 추출한 식용 전분.

다양한 수감자들의 운명에 또 하나의 유사성이 생겨났다. 과거를 향한 시선이 먼지 피어오르는 이딸리아 거리에 자리한 작은 채소밭을 향하든, 혹은 북해의 으르렁거리는 파도 소리를 향하든, 아니면 바브루이스끄[6] 근교 군 참모부 저택의 오렌지색 전등갓을 향하든, 모든 수감자에게 예외 없이 과거가 한없이 아름다웠다는 점에서 그러했다.

수용소 이전의 삶이 고되었을수록 수감자는 더욱 열성적으로 거짓말을 했다. 실제적 목적을 위한 것이 아니라 그저 자유를 찬미하기 위한 거짓말이었다. 수용소 밖의 인간은 불행할 수 없으니까.

전쟁 전까지는 이곳을 정치범 수용소라고 불렀다.

나치 체제는 새로운 유형의 정치범, 범죄를 저지르지 않은 범죄자를 만들어냈다.

수감자 대부분이 친구들과 대화하던 중 히틀러 정권에 대해 비판적인 말을 했다는 이유로, 혹은 사소한 정치적 일화를 언급했다는 이유로 이곳에 보내진 사람들이었다. 그들은 전단지를 배포한 적도, 지하 정당에 가담한 적도 없었다. 단순히 그런 활동을 할 가능성이 있다는 것이 그들의 죄목이었다.

전쟁 동안 정치범 강제수용소에 전쟁포로들을 수감하는 것 역시 파시즘이 불러온 또다른 혁신이었다. 독일 상공에서 격추당해 포로가 된 영국 조종사나 미국 조종사만 수감된 것이 아니라, 러시

---

5 Kostträger(독일어). '식사 운반차'를 뜻한다. 러시아어 '작은 모닥불'의 발음이 '꼬스뜨리가'로 독일어 '코스트레거'의 발음과 비슷하다.
6 벨라루스의 부유한 도시. 비버 사냥으로 유명하다. 1897년 기준 전체 인구의 60퍼센트가 유대인이었으며, 당시 나치 독일이 민간인들에게는 해를 끼치지 않으리라 생각한 벨라루스의 다른 도시민들과 마찬가지로 도시에 그대로 남았다가 나치에 의해 약 2만명이 사살되어 구덩이에 묻혔다.

아 붉은군대의 지휘관이나 꼬미사르[7] 역시 수감되어 게슈타포들의 관심을 한 몸에 받고 있었다. 이들은 정보와 협력을 제공하고 갖가지 성명서에 서명을 해야 했다.

수용소에는 태업자들, 즉 군수공장이나 군사시설 공사장에서 임의로 작업장을 떠난 나태한 자들도 있었다. 노동 불량을 이유로 강제수용소에 노동자들을 감금하는 것 역시 나치의 발상이었다.

윗도리에 라일락빛 헝겊 조각을 붙인 수감자들은 파시스트 독일에서 떠나온 독일 이민자들이었다. 여기에서도 파시즘의 새로운 면모가 엿보이는바, 독일을 떠난 사람들은 그들이 국외에서 아무리 충성스럽게 행동하더라도 정치적인 적으로 간주되었다.

윗도리에 초록색 줄무늬가 그려진 사람들은 도둑이나 강도로, 정치범 수용소에서는 특권층이었다. 수용소 수뇌부는 정치범들의 감독을 그들에게 의존했다.

형사범이 정치범에게 권력을 행사하게끔 한 것 역시 나치의 혁신적 발상이었다.

수용소에는 헝겊 색깔을 정할 수 없는 특이한 운명을 가진 사람들도 있었다. 하지만 뱀 마술을 하는 인도인에게도, 테헤란에서 독일 미술을 공부하러 온 페르시아인에게도, 물리학을 전공하는 중국인 학생에게도, 나치는 공평하게 수용소 침상과 멀건 풀죽 한그릇, 그리고 농장에서의 열두시간 노동을 제공하였다.

밤낮으로 화물열차들이 죽음의 수용소들, 강제수용소들을 향해 움직였다. 열차 바퀴 소리, 으르렁거리며 뿜어내는 증기, 옷에 다섯자리 숫자를 꿰매 붙이고 작업장으로 향하는 수십만 수용자들의

---

7 공산당 중앙위원회 직속으로 소련군 대대 이상의 부대에서 지휘관과 동등하게 부대를 지휘하며 병사들의 사상 통제와 교육에 종사했다.

장화 소리가 대기에 가득했다. 골목과 광장, 병원, 넝마 시장, 소각장과 운동장을 갖춘 이 수용소들은 새롭게 확장된 신유럽[8]의 도시가 되었다.

이 수용소 도시들, 소각장 굴뚝 위로 솟아오르는 광기 어린 검붉은 연기와 비교하면 도시 변방에 자리 잡고 있던 옛 감옥들은 얼마나 순진하고 관대하고 위엄 있어 보이는지!

거대한 수감자 집단을 통제하기 위해서는 역시 거의 백만에 가까운 거대한 경비병 집단이 필요하리라 생각할 수도 있겠다. 하지만 아니었다. 몇주가 지나는 동안 바라끄에서 SS[9] 제복을 입은 사람은 코빼기도 볼 수 없었다! 수용소 도시들에서는 수감자들 스스로가 경찰 역할을 담당하고 솔선수범하여 바라끄의 내규를 지켰으며, 썩고 불량한 감자는 자신들의 냄비에, 좋은 감자는 선별하여 군사 식량기지로 발송하도록 유의했다.

수감자들은 병원과 실험실의 의사이자 세균학자였고, 마당에서는 수용소의 보도를 닦는 청소부들이었으며, 그곳 조명과 난방, 수용소 기계의 부속을 담당하는 기술자이기도 했다.

사납고 민활한 수용소 경찰들 — 왼쪽 소매에 널따란 노란 완장을 두른 카포,[10] 라게르엘테레, 블록엘테레, 슈투벤엘테레[11] — 이수용소 전체에 해당하는 문제부터 밤에 침상에서 일어나는 개인적

---

8 나치 독일이 전쟁을 일으킨 후 만들어진 유럽 지형을 말한다.
9 독일어 Schutzstaffel(나치 친위대)의 약어. 나치 독일에 존재했던 준군사조직이자 국가사회주의독일노동당(나치당)의 군대이다.
10 Kapo. 강제수용소 내 나치 독일 경찰을 돕는 수감자. 독일어 Kameradschaftspolizei(동지 경찰) 또는 이딸리아어 Il capo(토목 노동자 십장, 우두머리)에서 비롯한 단어다.
11 독일어 Lagerältere(수용소 전체의 우두머리), Blokältere(블록 우두머리), Stubenältere(감방 우두머리)를 러시아 문자로 적었다.

인 사건에 이르기까지 이곳의 수직 위계 전반을 통제했다. 이들에게는 수용소 당국의 비밀스러운 일들까지 맡겨졌다. 심지어 선별 리스트[12]를 작성하거나 콘크리트 상자인 둥켈카머[13]에서 미결수를 처리하는 작업도 이들이 했다. 만일 당국이 사라진다 해도 이들은 도망가지 않고 노동하기 위해 가시철조망의 고압전기를 계속 흘려보냈을 것이다.

카포들과 블록의 우두머리들은 수용소장의 명령에 따랐지만 자신들이 선별해서 소각로로 보낸 사람들 때문에 한숨을 쉬곤 했고 가끔은 울기까지 했다…… 하지만 이러한 분열증이 극단으로 가지는 못했으니, 선별 리스트에 자기들의 이름을 올리는 일은 결코 없었던 것이다.

미하일 시도로비치에게 특히 불길하게 여겨진 것은 국가사회주의[14]가 외알 안경을 끼고 프러시아 귀족처럼 거만하게, 민중에게 낯선 모습으로 수용소로 들어온 게 아니라는 점이었다. 수용소에서 나치는 제 고유의 방식으로 존재했다. 보통 사람들로부터 유리되지 않은 채 평민이 하는 식으로 농담을 했고, 사람들은 그 농담에 웃었다. 그것은 우중愚衆다웠고 소박하게 행동했으며, 자유를 박탈당한 이들의 언어와 심장과 영혼에 대해 너무도 잘 알고 있었다.

---

12 가스실로 가서 살해당할 수감자 리스트를 말한다.
13 독일어 Dunkelkammer(어두운 방)을 러시아 문자로 적었다. 나치 집단수용소에서 수감자들을 벌줄 때 가두던 빛이 전혀 들어오지 않는 작은 감방을 말한다.
14 나치를 말한다.

3

모스뚭스꼬이와 아그리삐나 뻬뜨로브나, 군의관 레빈똔, 운전사 세묘노프는 8월 어느날 밤[15] 스딸린그라드[16] 교외에서 독일 군인에 체포되어 보병사단 참모부로 이송되었다.

심문 후 아그리삐나 뻬뜨로브나는 풀려났다. 야전 헌병대원의 지시에 따라 통역이 그녀에게 완두콩 빵 한덩어리와 30루블짜리 빨간 지폐 두장을 내주었다. 세묘노프는 베르쨔치 후또르[17]에 있는 슈탈라크[18]로 향하는 전쟁포로 대열에 합류했고, 모스뚭스꼬이와 소피야 오시뽀브나 레빈똔은 집단군 참모부로 보내졌다.

그곳에서 모스뚭스꼬이는 마지막으로 소피야 오시뽀브나를 보았다. 그녀는 먼지투성이 마당 한가운데 군모도 없이 계급장마저 떼인 채 서 있었는데, 눈과 얼굴 가득한 험악한 분노의 표정에 모스뚭스꼬이는 경탄을 금할 수 없었다.

세차례의 심문을 받은 뒤, 모스뚭스꼬이는 곡물을 실은 화물열차가 출발을 기다리는 기차역까지 짐승처럼 내몰리듯 걸어갔다. 노동을 하러 독일로 향하는 남녀 젊은이들에게 총 열량의 차량이 할당되었다. 열차가 출발하는 순간 여자들이 내지르는 날카로운

---

15 전편 소설에서 1942년 여름 스딸린그라드가 점령되기 직전에 모스뚭스꼬이는 그의 가사도우미 아그리삐나 뻬뜨로브나, 군의관 레빈똔과 함께 혁명 동지였던 끄리모프가 보낸 운전사 세묘노프가 운전하는 차에 함께 타고 가다가 길을 잘못 들었다.

16 1921년 전에는 짜리찐으로, 1925년부터는 내전 당시 스딸린의 백군 격파를 기념하여 스딸린그라드로 불리다가 1961년 이후 볼고그라드라고 불린다.

17 돈강 좌안, 스딸린그라드와 볼가강에 근접한 해발 50미터 고지대에 위치하는 초원 마을.

18 독일어 Stalag(예비 수용소 역할을 하는 곳)를 러시아 문자로 적었다.

울음소리가 들려왔다. 모스똡스꼬이는 딱딱한 의자가 있는 객차의 공무용 꾸뻬[19]에 감금되었다. 그를 호송하는 병사는 그리 거칠게 굴지는 않았지만 모스똡스꼬이가 질문을 던질 때마다 그 얼굴에는 뭐랄까, 듣지도 말하지도 못하는 사람 같은 표정이 떠올랐다. 그러면서도 온 정신이 모스똡스꼬이 단 한 사람에게만 쏠려 있는 것이 분명했다. 마치 기차로 운송되는 짐승 우리를 말없이 지켜보며 짐승이 불안하게 바스락거리고 이리저리 움찔거리는 모습을 긴장해서 살피는 노련한 동물 사육사 같은 모습이었다. 열차가 폴란드 총독령[20]을 통과한 직후 새로운 승객이 꾸뻬에 나타났다. 잿빛으로 센 머리에 슬픈 눈을 하고 소년처럼 통통한 입술을 가진 폴란드 신부였다. 그는 모스똡스꼬이를 보더니 억양이 강한 러시아어로 폴란드 성직자들에게 히틀러가 저지른 만행[21]에 대해 이야기하기 시작했다. 하지만 미하일 시도로비치가 가톨릭과 교황을 욕하자 그때부터는 줄곧 입을 다문 채 그의 질문에 폴란드어로 짧게 대꾸할 뿐이었다. 몇시간 뒤 그는 포즈난[22]에서 내려졌다.

모스똡스꼬이는 베를린을 거치지 않고 곧바로 수용소로 이송되었다…… 그리고 이젠 게슈타포들이 특별히 관심을 보이는 수감자들이 모인 이 블록에서 벌써 수년을 보낸 것만 같은 기분이었다. 노동수용소에 비하면 특별 블록에서의 생활은 꽤 편안했지만 결국은 실험용 동물의 편안한 일상이었다. 이따금씩 보초가 문에 와

....
19 칸막이 객실.
20 폴란드는 1939년 나치 독일에 침공당한 후 일부는 나치의 제3제국에 병합되고 일부는 총독을 두는 자치령이 되었으며 나머지 일부는 소련의 몫이 되었다.
21 히틀러는 1939년 폴란드를 점령하자 수십만명의 사제와 대학교수 등 폴란드 지식인 계층을 무자비하게 학살했다.
22 폴란드 서부의 도시. 반독일 저항운동의 중심지였다.

서 이름을 부르는 경우가 있었다. 이것이 담배 한대와 보급받은 식량을 유리한 비율로 교환하자는 다른 수감자의 제안을 의미하는 경우, 그는 곧 만족스럽게 비죽이 웃으며 자기 침상으로 돌아온다. 하지만 누군가 대화 도중에 이름이 불려 문으로 다가가고, 이후 그와 대화를 나누던 사람은 아무리 기다려도 이야기의 끝을 들을 수 없게 되는 일도 있었다. 다음 날 카포가 침상으로 다가와 당번에게 넝마 조각들을 치우라고 명하면, 누군가는 슈투벤엘테레인 카이제에게 가서 알랑거리며 빈 침상을 차지할 수 있는지 묻곤 했다. 모스똡스꼬이는 소각자 선별이나 시체 소각 이야기, 또 흙을 파내는 *모어졸다텐*[23] 팀이 최고라느니, 의무반 팀이 잘한다느니, 취사반 팀 공격이 아주 좋다느니, 폴란드 팀 '쁘라쩨픽스'[24]는 수비가 별로라느니 하는 수용소 내 축구팀에 대한 이야기들이 마구 뒤섞인 이곳의 대화에도 익숙해졌다. 신무기나 나치 수뇌부들 사이의 싸움에 대한 수십, 수백가지 소문들도 마르고 닳도록 회자되었다. 이런 소문들은 늘 새빨간 거짓말이었고, 이것이 바로 수용소 인간들의 아편이었다.

4

아침 무렵에 내린 눈이 한낮까지 녹지 않고 있었다. 러시아인들

---

23 Moorsoldaten(독일어). '늪지 병사들'이라는 뜻. 보통은 독일의 부헨발트 수용소에서 강제노동을 하던 수감자들을 가리키나, 여기서는 늪지에서 흙을 파내는 특정 수감자들을 일컫는 말로 쓰인다. 이곳은 아마도 작센하우젠 수용소인 듯하다.
24 'pracefix'를 러시아 문자로 적었다.

은 기쁨과 슬픔을 느꼈다. 러시아가 그들 쪽으로 숨결을 내뿜고 고통에 찌든 가엾은 발 위로 어머니[25]의 머릿수건을 던져준 듯했던 것이다. 하얗게 뒤덮인 바라끄들의 지붕은 꼭 고향 농가의 지붕 같아 보였다.

하지만 순간적으로 빛나던 기쁨은 슬픔과 섞이더니 슬픔 속으로 가라앉아버렸다.

당번인 스페인 병사 안드레아가 모스똡스꼬이에게 다가와 토막난 프랑스어로 말했다. 자기 친구인 행정병이 러시아 노인에 관한 서류를 보았는데 사무장이 가져가는 바람에 읽지는 못했다는 얘기였다.

'그 종잇조각에 내 목숨이 달려 있군.' 모스똡스꼬이는 생각했다. 그의 마음은 평온했고, 그래서 기뻤다.

"하지만 괜찮아요. 더 알아낼 수 있어요." 안드레아가 속삭이듯 덧붙였다.

"수용소장한테서?" 가르디가 물었다. 그의 커다란 두 눈이 어스름 속에서 검게 빛났다. "아니면 보안부 총책 리스한테서?"

낮의 가르디와 밤의 가르디가 얼마나 다른지, 모스똡스꼬이는 늘 놀라곤 했다. 낮 동안 이 신부는 늘 죽탕 수프와 신참에 대해 이야기하고, 보급받은 식량을 교환하기 위해 이웃 수감자들과 흥정하고, 마늘을 듬뿍 넣은 매운 이딸리아 요리를 회상했다.

그가 가장 즐겨 쓰는 문구 '뚜띠 까뿌띠'[26]는 이제 붉은군대 전쟁

---

25 러시아에서 조국은 전통적으로 어머니에 비유된다. 나치 독일은 조국을 아버지에 비유했다.

26 tutti kaputi. 이딸리아어 tutti와 독일어 kaputt를 조합한 표현. '모든 것이 망가졌다'라는 뜻이다.

포로들에게도 익숙해져 다들 수용소 뜰에서 그를 보면 멀리서 외치곤 했다. 마치 그 단어들이 희망을 주기라도 하는 듯 "빠드레[27] 아저씨, 뚜띠 까뿌띠"라고 소리치며 미소 짓는 것이었다. 그를 '빠드레 아저씨'라 부르는 것은 '빠드레'가 그의 이름이라 여겼기 때문이었다.

특별 블록에 수감된 소련 지휘관들과 꼬미사르들은 어느 늦은 저녁 가르디에게 정말로 동정童貞의 규약을 지켰는지 물으며 그를 놀리기 시작했다.

가르디는 웃음기 없는 얼굴로 한참을 귀 기울여 프랑스어, 독일어, 러시아어가 뒤죽박죽 섞인 모자이크 문장을 들었다.

그런 다음 그가 말을 시작했고, 모스똡스꼬이가 이를 통역했다. 러시아의 혁명가들도 사상을 위해 강제노동 징역이나 교수대로 가지 않았느냐, 그런데 어째서 종교적 사상 때문에 여자를 거부하는 이들의 진의를 의심하느냐, 어쨌든 이건 생명을 희생하는 것과는 비교도 안 되는 사소한 일이다, 하는 것이 그의 대답이었다.

"흠, 그런 말 마세요." 여단 꼬미사르 오시뽀프가 중얼거렸다.

수감자들이 모두 잠든 밤에 가르디는 다른 사람이 되었다. 그는 침상에 무릎을 꿇고 앉아 기도를 올렸다. 그러면 그의 열광적인 눈 속으로, 그 벨벳같이 부드럽고 선명한 눈동자 속으로 수용소 도시의 모든 고통이 가라앉는 듯했다. 갈색 목의 힘줄들이 마치 노동을 하는 양 불거졌고, 그 길고 무감한 얼굴은 쓸쓸하면서도 행복한 집념의 표정을 드러냈다. 그는 오랫동안 기도했고, 미하일 시도로비치는 이 이딸리아인의 나직하고 빠른 속삭임을 들으며 잠에 빠졌다. 한시

---

27 이딸리아어 padre(신부)를 러시아 문자로 적었다.

간 반에서 두시간쯤 지나 깨어나보면 가르디는 이미 잠들어 있었는데, 자는 동안 그의 두 기질, 낮의 기질과 밤의 기질이 서로 합쳐지는 듯 이 이딸리아인은 드르렁드르렁 코를 골고 쩝쩝 입맛을 다시고 뿌득뿌득 이를 갈고 요란스레 방귀를 뀌는가 하면, 갑자기 신과 성모 마리아의 자비를 간구하는 멋진 기도문을 천천히 읊기도 했다.

가르디는 무신론을 이유로 늙은 러시아 공산주의자를 비난한 적이 한번도 없었을 뿐 아니라, 오히려 종종 그에게 소비에뜨연방에 대해서 이것저것 물었다.

이 이딸리아인은 모스똡스꼬이의 대답에 귀를 기울이면서, 소비에뜨 정부가 교회나 수도원을 폐쇄한 일, 종단 소유의 거대한 토지를 몰수한 조치에 대해 동의하듯 고개를 끄덕였다.

슬픔이 담긴 그의 검은 눈동자가 늙은 공산주의자를 향할 때마다 미하일 시도로비치는 화를 내며 묻곤 했다. *"내 말 이해하겠소?"*[28]

그러면 가르디는 평소 라구나 토마토로 만든 소스에 대해 이야기할 때 보이곤 하는 미소를 지으며 대답하는 것이었다. *"당신이 말하는 모든 걸 이해합니다, 단지 당신이 왜 그 말을 하는지는 이해가 안 되는군요."*[29]

특별 블록에 수감된 러시아 전쟁포로들은 노동을 면제받지 못했기에, 모스똡스꼬이는 저녁 혹은 밤 시간에나 이들을 만나 고작 몇마디 정도만 나눌 수 있었다. 노동에 동원되지 않는 이들은 구즈 장군과 여단 꼬미사르인 오시쁘프뿐이었다.

그와 가장 자주 대화를 나누는 사람은 나이를 가늠할 수 없는 기

---

[28] "Vous me comprenez?"(프랑스어).

[29] "Je comprends tout ce que vous tes, je ne comprends pas seulement, pourquoi vous dites cela."(프랑스어).

이한 인물인 이꼰니꼬프-모르시였다. 그는 블록 전체에서 제일 열악한 자리인 출입문 근처에서 잤다. 차가운 바람이 들이치는데다 한때는 양쪽에 손잡이가 달리고 요란한 소리를 내는 뚜껑이 덮인 커다란 나무통, 즉 똥통이 놓여 있던 곳이었다.

러시아인 수감자들은 이꼰니꼬프를 '낙하산병 친구'라 부르며[30] 바보로 여겼고, 혐오스러운 연민으로 대했다. 그는 광인이나 백치에게서나 볼 법한 믿을 수 없는 인내심을 지닌 사람이었다. 가을비에 젖은 옷을 그대로 입은 채 잠을 자도 한번도 감기에 걸리는 법이 없었다. 게다가 광인만이 그토록 낭랑하게 울리는 맑은 목소리로 이야기할 수 있을 터였다.

모스똡스꼬이가 그와 가깝게 지내게 된 경위는 다음과 같다. 한번은 이꼰니꼬프-모르시가 모스똡스꼬이에게 다가와 말없이 한참이나 그의 얼굴을 살펴보았다.

"무슨 선한 이야기를 하려고 이럽니까, 동지?" 미하일 시도로비치가 묻자 이꼰니꼬프는 웃음을 터뜨리더니 노래 부르듯 대꾸했다. "선한 이야기? 선한 것이란 대체 뭘까요?"

이 말에 문득 미하일 시도로비치는 큰형이 신학교에서 돌아와 아버지와 신학적 주제에 대해 토론하던 어린 시절을 떠올렸다.

"오래된 주제죠." 모스똡스꼬이가 말했다. "불교도나 초기 기독교도들도 생각했던 문젭니다. 맑시스트들도 그 문제를 푸느라 꽤나 노력했고요."

"그래서, 그들은 해답을 찾았나요?" 모스똡스꼬이를 웃게 하는 예의 어조로 이꼰니꼬프가 물었다.

---

30 러시아어 '똥통'과 '낙하산병'은 발음이 유사하다.

"지금 붉은군대가 그 문제를 푸는 중이죠." 모스뚭스꼬이가 말했다. "한데 동지의 어조에는 무언가 성유聖油 비슷한 것, 뭐랄까, 성직자 같은 것, 똘스또이적인 것이 담겨 있군요."

"안 그럴 수가 없겠지요, 난 똘스또이주의자[31]였으니까." 이꼰니꼬프가 대꾸했다.

"어이쿠, 저런!" 모스뚭스꼬이는 이 남자에게 흥미를 느끼기 시작했다.

"난 말이에요," 이꼰니꼬프가 말을 이었다. "난 확신합니다. 혁명 이후 볼셰비끼가 교회에 가한 박해야말로 기독교 사상에 큰 도움이 되었어요. 혁명 전 교회는 그야말로 형편없는 수준까지 떨어졌었으니 말입니다."

"이런 변증론자를 보았나!" 미하일 시도로비치가 호의를 가지고 장단을 맞추었다. "덕분에 내가 노년에 이른 지금에야 복음서의 기적을 체험하게 되는군요."

"아니요," 이꼰니꼬프가 음울하게 입을 열었다. "당신은 목적이 수단을 정당화한다고 생각하지만 당신들의 수단은 잔혹해요. 당신은 내게서 기적을 보는 게 아니에요. 난 변증론자가 아닙니다."

"그렇다면 대체 내게서 원하는 게 뭐요?" 모스뚭스꼬이는 갑자기 화가 치밀어 퉁명스레 물었다.

이꼰니꼬프는 잔뜩 긴장한 병사처럼 차렷 자세로 선 채 입을 열었다. "나를 비웃지 마세요." 그의 슬픔 어린 목소리가 비통하게 울렸다. "농담을 하려고 당신에게 접근한 건 아닙니다. 작년 9월

---

31 똘스또이의 영향을 받아 기독교적 무정부주의와 비폭력 평화주의를 신봉하던 사람들. 19세기 말에서 1920년대에 이르기까지 똘스또이주의자는 러시아 전역에 널리 퍼져 있었으며 유럽과 미국에도 영향을 끼쳤다.

15일, 2만명의 유대인 — 여자들, 아이들, 노인들 — 이 처형되는 것을 목격했어요.[32] 그날 내가 깨달은 건 신은 그러한 짓을 허용할 수 없다는 사실이었고, 따라서 신은 존재하지 않는다는 게 자명해졌지요. 오늘날의 이 암흑기에 나는 당신네들의 힘을 봅니다. 공포스러운 악에 맞서 싸우는 그 힘 말입니다."

"그렇다면 좋소! 이야기 좀 합시다." 미하일 시도로비치가 말했다.

이꼰니꼬프는 수용소 부근의 늪지에서 일했다. 거대한 콘크리트 파이프를 설치해 저지대를 휩쓴 강물과 더러운 시냇물을 배수하는 작업이었다. 늪지에서 노동하는 사람들은 *모어졸다텐*이라 불렸고, 보통 수용소 수뇌부의 눈 밖에 난 사람들이 이리로 보내졌다.

이꼰니꼬프의 손은 작고, 손가락은 섬세했으며, 손톱은 꼭 어린아이의 것 같았다. 진흙투성이에 흠뻑 젖은 상태로 노동에서 돌아오면 그는 모스똡스꼬이에게 다가와 묻곤 했다.

"당신 곁에 잠깐 앉았다 가도 괜찮겠습니까?"

그러곤 앉아서 모스똡스꼬이에게는 눈길을 주지 않은 채 손으로 이마를 닦으며 미소를 머금었다. 그의 이마는 묘한 구석이 있었다. 적당한 크기에 앞으로 튀어나온 그 이마는 어찌나 환한지, 마치 더러운 두 귀나 부러진 손톱들이 달린 손, 짙은 갈색의 목과 따로 존재하기라도 하는 것 같았다.

분명하고 단순한 이력을 가진 소련 전쟁포로들의 눈에 그는 의심스럽고 신뢰할 수 없는 사람이었다.

---

32 나치 독일은 1941년 소련 침공에 이어 우끄라이나와 벨라루스를 점령한 뒤 현지인들의 도움을 받아 유대인을 학살했다. 당시 벨라루스의 민간인들도 빨치산에 협조하는 적으로 간주되어 학살되었고, 전쟁 기간 동안 벨라루스 전체 인구의 절반이 죽거나 실종되었다.

이꼰니꼬프의 조상은 뾰뜨르대제 시대부터 대대로 사제들이었다. 이꼰니꼬프의 세대만이 다른 길을 걸어, 그와 형제들은 모두 아버지의 희망에 따라 세속 교육을 받았다.

이꼰니꼬프는 뻬쩨르부르그 공과대학에서 수학하다가 똘스또이주의에 심취해 마지막 학기에 자퇴하여 민중의 교사로서 뻬름주 북부로 떠났다. 그 시골에서 팔년쯤 살던 그는 이후 남쪽의 오데사로 가서 기계부서의 철공으로 화물선에 올라 인도와 일본에 머물렀고, 시드니에서도 살았다. 혁명 이후 러시아로 돌아와서는 농민 공동체[33]에 들어갔는데 이는 그의 오랜 꿈으로, 이꼰니꼬프는 공산주의적 농업 노동이 지상 천국을 가져다주리라 믿었다.

그러다 전면적인 집단농장화[34]가 이루어지던 시기에 그는 부농의 가족들이 빽빽이 들어찬 화물차들을 보았다. 기가 다 빠져 죽어가는 사람들이 눈 속으로 떨어져 다시는 일어나지 못하는 모습도 보았다. 창문과 문을 통나무로 막아놓은 '폐쇄된' 마을들도 보았다. 힘줄이 불거진 목에 노동에 찌든 검은 손을 하고 넝마처럼 너덜너덜해진 농촌 아낙도 보았다. 호송병들은 경악 어린 눈으로 그 아낙을 바라보고 있었다. 배를 곯다가 미쳐서 자기 아이들을 잡아먹은 여자였다.[35]

....

33 똘스또이주의자들은 그들의 원칙인 비폭력, 용서, 보편적 사랑, 소박한 삶이 실현되면 사회가 도덕적으로 변화해 유토피아의 출현이 가능하다고 보았고, 기존 사회와 국가를 농민이 다스리는 자유롭고 평등한 공동체로 바꾸려 했다. 농민 공동체에서는 엄격한 채식주의(유제품 제외)와 절대 금주, 금연, 순결 등의 금욕주의가 요구되었다.

34 1928년 스딸린은 5개년계획의 일환으로 집단화 정책을 내놓았다. 토지, 장비, 사람은 모두 집단농장에 소속되어 농산물을 효율적으로 생산해야 했고, 부농 명단에 오른 이들은 강제 이주를 하거나 수용소로 보내졌다.

35 집단화 정책을 실시하며 소련 정부가 곡물 할당량을 지나치게 높게 설정하고

그는 공동체를 떠나지 않고 복음을 전파하며 파멸한 자들을 구원해달라고 신에게 기도했다. 그러다 결국 체포되고 말았는데, 1930년대의 재난이 그의 이성을 흐리게 했던 것으로 판명되었다. 감옥의 정신병원에서 일년간 강제 치료를 받은 뒤 풀려난 이꼰니꼬프는 벨라루스의 생물학 교수인 큰형의 집에서 지내며 형의 도움으로 공학 도서관에 일자리를 얻었다. 하지만 끔찍한 사건들이 다시금 그에게 특별한 흔적을 남겼다.

전쟁이 발발하여 독일인들이 벨라루스를 장악했을 때, 이꼰니꼬프는 전쟁포로들의 고통을, 그리고 벨라루스의 여러 도시와 마을에서 일어난 유대인 학살을 목격했다. 이번에도 그는 일종의 히스테리 상태에 빠져 아는 사람에게나 모르는 사람에게나 유대인들을 숨겨달라 간청했고, 그 자신도 유대인 아이들과 여자들을 구하려 애썼다. 곧 그는 고발당했는데, 무슨 기적에 의해서인지 교수형을 면하고 수용소로 떨어지게 되었다.

넝마처럼 너덜너덜하고 더러운 이 '낙하산병 친구'의 머릿속을 지배하는 것은 일종의 카오스였다. 그는 부조리하며 우스꽝스럽기 그지없는 도덕론의 초계급적 범주들을 주장했다.

"폭력이 있는 곳에는 고통의 지배와 피 흘림이 존재할 수밖에 없지요." 이꼰니꼬프가 모스뚭스꼬이에게 설명했다. "난 농민들의 엄청난 고통을 보았는데, 집단화는 선善의 이름으로 행해졌어요. 나는 윤리적이고 관념적인 선을 믿지 않아요. 내가 믿는 건 인간의 선의죠."

"당신의 주장을 따르자면 선의 이름으로 히틀러와 힘러를 처형

강압적으로 거두어가자 수많은 농민들이 굶어 죽었으며 가족 내의 식인 행위도 상상 이상으로 빈번했다.

하는 것도 끔찍한 일이 되겠군요. 그 주장에서 난 빠지겠소." 미하일 시도로비치가 대답했다.

"히틀러에게 물어보면 이 수용소도 선을 위한 것이라고 설명할 겁니다."

이꼰니꼬프와 이야기를 이어가다보니 모스똡스꼬이로서는 칼을 들고 해파리와 싸우는 기분이었다. 모든 논리가 무의미했다.

"세상은 6세기에 살았던 시리아 기독교도가 말한 진리에서 조금도 나아가지 못했어요." 이꼰니꼬프는 이렇게 되풀이할 뿐이었다. "'죄를 심판하되 죄인을 용서하시오'라는 진리 말이죠."

바라끄에는 러시아 노인이 한 사람 더 있었다. 체르네쪼프라는 이로, 그는 외눈박이였다. 보안부원 하나가 그의 인공 유리 눈을 박살 내어 그 창백한 얼굴에는 무시무시하게도 빨간 눈구멍이 뚫려 있었다. 누군가와 이야기를 나눌 때마다 노인은 텅 빈 눈구멍을 손바닥으로 가리곤 했다.

체르네쪼프는 1921년 소비에뜨연방에서 달아난 멘셰비끼[36]였다. 스무해 동안 빠리에서 지내며 은행원으로 일하던 그가 수용소로 오게 된 것은 새로 들어선 독일 행정부[37]의 조처에 반발해 은행 직원들에게 사보따주를 호소했기 때문이었다. 모스똡스꼬이는 그와의 충돌을 최대한 피했다.

외눈박이 멘셰비끼는 모스똡스꼬이의 인기에 매우 마음이 상해

---

36 러시아 사회민주노동당이 분열해서 형성된 분파. 1904년 마르또프와 레닌 사이에 분쟁이 일어난 뒤 레닌을 따르는 쪽이 볼셰비끼가 되었고 나머지가 멘셰비끼가 되었다. 러시아 내전에서 볼셰비끼가 승리하자 멘셰비끼 대부분은 서구 국가로 망명했으며, 당내 좌익 중 일부는 소련공산당에 입당하여 볼셰비끼의 독주를 견제했다.

37 1940년 6월 프랑스가 나치에 함락된 이후 들어선 독일 행정부를 말한다.

있었다. 스페인 병사도, 노르웨이인도, 문구점 주인도, 벨기에 변호사도 저 늙은 볼셰비끼에게 다가가 이것저것 묻는 것이 보기 싫었던 것이다.

어느날, 소련 전쟁포로들의 지도자인 예르쇼프 소령이 모스뚭스꼬이에게 다가와 침상에 앉았다. 소령은 그에게 약간 기댄 채 그의 어깨에 손을 얹고는 빠르고 열띤 어조로 말을 시작했다.

모스뚭스꼬이는 문득 주위를 둘러보았다. 멀리 있는 침상에서 체르네쪼프가 그들을 바라보고 있었다. 그의 멀쩡한 한쪽 눈에 어린 비참한 표정이 모스뚭스꼬이에게는 붉게 벌어진 눈구멍보다 더 소름 끼치고 무시무시하게 여겨졌다.

'그렇겠지, 형씨, 기분 더럽겠지.' 모스뚭스꼬이는 생각했다. 기쁘거나 고소하다는 마음은 들지 않았다.

수용자라면 누구나 예르쇼프를 찾았는데, 이는 물론 우연이 아니라 법이 정해준 이치였다. "예르쇼프 어디 있지?" "예르슈 못 봤나?" "예르쇼프 동지!" "예르쇼프 소령!" "예르쇼프가 그러는데……" "예르쇼프에게 물어봐……" 심지어 다른 바라끄에서도 그를 찾아와 그의 침상 주변은 언제나 북적거렸다.

미하일 시도로비치는 예르쇼프를 '사상의 대가'로 세례했다. 예전에, 그러니까 1860년대와 1880년대에도 이미 사상의 대가는 존재했다. 나로드니끼[38]들이 있었고, 미하일롭스끼[39]가 나타났다가 사라졌다. 그리고 이제 여기, 히틀러의 집단 포로수용소에도 사상

---

38 나로드니끼(인민주의자)는 러시아제국에 퍼져 있던 민중주의 운동의 참가자로, 러시아가 자본주의를 거치지 않고 곧바로 사회주의로 가야 한다고 주장했다.
39 Nikolai Konstantinovich Mikhailovskii(1842~1904). 1880년대에 진보적 지식인들에게 강한 영향을 준 사상가. 인민의지당을 대표하여 당시의 진보 매체에 글을 썼다.

의 대가가 나타난 것이다! 외눈박이의 고독은 이곳에서 비극의 상징 같아 보였다.

미하일 시도로비치가 짜르 시대의 감옥에 처음 들어앉았던 날이 벌써 수십년 전이었다. 그때는 세기마저 달랐다. 19세기였다.

그는 지난날 몇몇 당 지도자들이 자신의 현장 활동 능력에 회의를 품는 것을 알고 모욕을 느끼던 일을 떠올렸다. 그리고 이제 자신이 얼마나 강한지, 매일매일 자신의 말 한마디가 구즈 장군이나 여단 꼬미사르인 오시쁘프, 그리고 늘 기운 없이 늘어진 채 슬픔에 빠져 있는 끼릴로프 소령에게 얼마나 큰 무게를 지니는지 의식하고 있었다.

전쟁이 일어나기 전에 그는 현장 활동에서 물러나면서, 이제 자신에게 반항심과 반감을 일으키는 모든 것들과 더 멀어질 수 있으리라는 생각으로 스스로를 위로했다. 스딸린의 일당독재, 반대 세력에 대한 피의 숙청, 옛 정예 당원을 향한 존경심의 결여 같은 것들이 그는 싫었다. 게다가 그가 무척 좋아하고 가까이 지내던 부하린[40]의 처형을 고통스럽게 견딘 터였다. 하지만 이런 문제들을 들어 당을 적대시하는 것은 자신의 의지와 상관없이 그가 일생을 바친 레닌의 대업에 반하는 일인 것 같았다. 그러면서도 간혹 회의에 시달렸으니, 이 모든 일에 침묵한 채 맞서지 않는 것이 자신의 힘이 약하고 비겁하기 때문일지 모른다는 생각이 들어서였다. 전쟁 이전의 삶은 정말이지 끔찍했구나! 그는 종종 죽은 친구 루나차르

---

40 Nikolai Ivanovich Bukharin(1888~1938). 황제 시절부터 사회민주노동당 볼셰비끼 당원이자 혁명의 주역으로 활동한 정치가, 경제학자. 레닌과 함께 신경제정책을 마련했고, 레닌이 죽은 뒤에는 일국사회주의 이론을 펼쳤다. 모스끄바 재판 당시 스파이로 몰려 총살되었다.

스끼[41]를 떠올렸다. 그가 너무나 보고 싶었다. 아나똘리 바실리예비치와는 얼마나 대화가 쉬웠는지. 반마디만으로도 그들은 얼마나 빨리 서로를 이해했는지.

이제 이 무시무시한 독일 수용소에서 다시금 그는 확신과 자신 감을 느끼고 있었으나, 딱 한가지 불안이 그를 짓누른 채 떠나지 않았다. 청년 시절의 명확하고 온전한 감각, 즉 동지들 사이에서는 동지가 되고 낯선 이들 사이에서는 낯선 이가 되는 감각을 도무지 되찾을 수가 없었던 것이다.

언젠가 영국 장교가 그에게 러시아에서 반맑스적 견해가 금지되어 있다는 것이 철학 연구에 방해되지 않는지를 물은 적이 있었다.

"누군가에게는 아마 방해가 될 수도 있겠지. 하지만 맑스주의자인 내게는 아니오." 미하일 시도로비치는 말했다.

"당신이 늙은 맑스주의자라는 걸 염두에 두고 던진 질문입니다." 영국인의 대꾸가 불러일으킨 쓰라린 감정에 얼굴이 찌푸려지긴 했지만 어쨌든 모스똡스꼬이는 그 말에도 대답을 내놓을 수 있었고, 그것이 그를 힘들게 하지는 않았다.

또한 자신과 피로 맺어진[42] 이들, 그러니까 오시뽀프나 구즈나예르쇼프 같은 사람들이 가끔 부담으로 느껴진다는 사실도 그는 괴로움 없이 받아들일 수 있었다.

그를 힘들게 하는 것은 그의 머릿속에 있는 많은 것들이 그 자신에게 낯설어졌다는 점이었다. 옛 동지를 만나 반가워하다가 헤어

---

41 Anatolii Vasil'evich Lunacharskii(1875~1933). 혁명의 주역이자 레닌의 측근. 교육과 문화 분야를 주도하며 눈부신 활동을 펼치고 1929년부터는 문학 사전의 편집위원으로 활동했다. 1933년 스페인 대사로 임명되었으나 이주 도중 프랑스에서 협심증으로 사망했다.
42 공산주의자 당원으로서의 혈맹관계를 뜻한다.

질 무렵 그에게서 생경한 무언가를 보는 느낌이었다.

그러나 지금 그가 뭘 어떻게 할 수 있을까? 자신의 일부가 낯설게 변해버렸다고 해서 스스로와 헤어질 수는 없는 노릇이었다.

그는 종종 이꼰니꼬프에게 화를 내거나 비웃으며 거칠게 그를 대했다. 얼간이, 맹물, 물렁팥죽, 머저리라고 부르기도 했다. 하지만 그렇게 조롱하면서도 한동안 만나지 못하면 그를 그리워했다.

바로 이것이 그가 청년 시절 감옥에 있었을 때와 지금의 가장 큰 차이였다. 전에는 친구들이나 동지들과 있을 때면 모든 것이 친근하고 이해 가능했다. 적의 생각과 적의 시각은 그 하나하나가 낯설고 야만스럽게만 보였다.

하지만 이제는 낯선 이의 생각 속에서 갑자기 수십년 전 그에게 소중했던 것을 만나는가 하면, 어찌 된 영문인지 친구들의 생각이나 말에서 낯선 것이 보이곤 했다.

'아마 내가 너무 오래 살아서 이러는 모양이야.' 모스똡스꼬이는 생각했다.

5

미군 대령은 특별 바라끄의 독방에서 따로 지내고 있었다. 그는 저녁에 자유롭게 바라끄를 드나들 수 있었고 특식도 제공받았다. 소문에 따르면 루스벨트 대통령의 요청으로 스웨덴 왕이 개입해 뒤를 봐준다는 모양이었다.

한번은 대령이 병이 난 러시아 소령 니꼬노프에게 초콜릿 한개를 가져왔다. 그는 특별 바라끄에서도 특히 러시아 전쟁포로들에게 관심이 많아서, 늘 독일의 전략과 전쟁 첫해의 패전[43] 원인에 대해 러시아인들과 대화를 나누려 애썼다.

대령은 종종 예르쇼프와 이야기를 나누었고, 이 러시아 소령의 영리하고 진지하면서도 유쾌한 두 눈을 보면서 그가 영어를 이해하지 못한다는 사실을 잊곤 했다.

그렇게 지적인 얼굴을 한 사람이 어떻게 자신의 말을 못 알아듣는지, 그것도 둘 모두를 강하게 흥분시키는 주제에 대한 이야기를 어떻게 이해하지 못하는지 그는 도무지 납득하지 못했다.

"정말 내 말을 전혀 못 알아먹는단 말이오?" 그는 화가 나서 묻곤 했다.

그러면 예르쇼프는 러시아어로 대답했다. "우리 부대의 존경받는 하사관은 외국어만 빼고 무슨 말이든 이해했지요."

그럼에도 수용소의 러시아인들은 미소와 시선과 등을 두드리는 손길과 러시아어 몇 단어와 독일어, 영어, 프랑스어 단어 열댓개로 이루어진 토막말을 이용해 동지애에 대해, 공감에 대해, 연대에 대해, 고향과 아내와 아이들을 향한 애정에 대해 언어가 다른 수십개 국적의 사람들과 대화를 나누었다.

'깜라드, 구뜨, 브로뜨, 주뻬, 낀데르, 지가레뜨, 아르바이뜨'[44]와 그외 수용소에서 생겨난 단어들인 '레비르, 블록엘떼르스떼, 까뽀, 페르니히뚱스라게르, 아뻴, 아뻴쁠라쯔, 바흐라움, 플류그뿐끄뜨, 라게르슈쩨'[45]는 수감자들의 단순하고도 혼란스러운 생활 속에서

43 1941년 독일군의 소련 침공 후 일년간 이어진 소련의 패전을 가리킨다.
44 독일어 Kamerad(동료), gut(좋다), Brot(빵), Suppe(수프), Kinder(아이들), Zigarette(담배), Arbeit(노동)의 러시아식 발음.
45 독일어 Revier(구역), Blockälterste(블록 우두머리. Blockältere와 같은 의미로, 아우슈비츠 나치 집단수용소에서 불린 명칭. 엘리 위젤Elie Wiesel의 『나이트』*La*

중요한 것을 표현하는 데 특히 중요한 단어들이었다.

'레뱌따, 따바초77, 또바리시'[46] 같은 러시아 단어들도 많은 국적의 수감자들이 사용했다. 하지만 그중에서도 모든 이들에게 두루 사용되며 총 쉰여섯개 국가에서 온 수용소 사람들 공동의 단어로 등극한 것은, 수감자의 죽음에 가까운 상태를 규정하는 러시아어 '도호쟈가'[47]였다.

위대한 독일 민족은 열댓개의 단어로 무장한 채 위대한 러시아 국민이 거주하는 도시와 시골에 침입했고, 이제 수백만의 러시아 시골 아낙네, 노인, 아이와 수백만 독일 병사들 사이의 소통은 '마트카, 판, 루키 비예르흐, 꾸르까, 야이까, 까뿌뜨'[48] 따위의 단어들로 이루어졌다. 제대로 된 소통과는 거리가 멀었지만 위대한 독일 국민이 러시아 땅에서 그들의 과업을 실현하는 데는 이것들로 충분했다.

반면 체르네쬬프는 스무해에 가까운 이민 생활 동안 러시아어를 잊지 않고 뛰어나게 구사했음에도 불구하고 소비에뜨 전쟁포로들과 전혀 소통할 수 없었다. 그는 소비에뜨 전쟁포로들을 이해할 수 없었고, 그들은 그와의 교제를 피했다.

사실 소련 전쟁포로들도 서로를 이해하지 못했다. 조국을 배반

Nuit, 1958; 2007, 제5장 참조), Kapo(수용소 경찰), Vernichtungslager(절멸 수용소), Appell(점호), Appellplatz(점호 광장), Wachraum(경비실), Flugpunkt(비행 지점), Lageschütze(수용소 저격병)의 러시아식 발음.

46 러시아어로 '여보게들' '담배' '동지'라는 뜻.

47 '기운이 다 빠져 쇠약한 사람'이란 뜻. 집단수용소에서 쓰이던 단어로 독일어 무젤만(Muselmann)에 해당한다.

48 차례대로 러시아어 '어머니', 폴란드어 '미스터', 러시아어 '손들어'의 독일식 발음, 러시아어 '암탉'(매춘부를 의미하는 은어), 러시아어 '달걀'(수류탄을 의미하는 은어), 독일어 '깨졌다'의 러시아식 발음.

하느니 죽을 각오가 되어 있는 이들이 있는가 하면, 블라소프 군대[49]로 들어갈 생각을 하는 이들도 있었다. 대화와 논쟁을 거듭할수록 이들은 서로를 점점 더 이해할 수 없었고, 결국 상대에 대한 증오와 경멸에 가득 차서 입을 다물어버렸다.

이 벙어리 같은 웅얼거림과 눈먼 대화 속에, 공포와 희망과 고통으로 묶인 이들의 빽빽한 뒤섞임 속에, 같은 언어로 말하는 사람들 사이의 몰이해와 증오 속에, 20세기의 재앙들 중 하나가 비극적으로 표현되어 있었다.

6

눈이 내린 그날 저녁, 러시아 전쟁포로들의 대화는 유난히 슬펐다.

언제나 기죽지 않는 정신력으로 마음을 다잡곤 하는 즐라또끄릴레쯔 대령과 여단 꼬미사르 오시뾰프조차 음울하니 말이 없었다. 슬픔이 모두를 짓눌렀던 것이다.

포병부대 소령 끼릴로프는 모스똡스꼬이의 침상에 앉아 어깨를 축 늘어뜨린 채 고개만 가만히 주억거렸다. 그의 거대한 체구 전체가 슬픔으로 가득 차 있었고, 그 절망적인 눈에는 가까운 사람들조차 동정을 느끼며 차라리 빨리 죽기를 바라게 되는 말기 암 환자에게서나 볼 법한 표정이 어려 있었다.

49 Andrei Andreevich Vlasov(1901~46). 독소전쟁 초기 모스끄바 방어에 성공하여 극찬을 받은 소련의 장군. 레닌그라드 전투에서 패배하고 포로가 된 이후 독일군을 위한 군대를 결성했다.

누런 얼굴로 어디에나 끼어드는 꼬찌꼬프가 끼릴로프를 가리키며 오시쁘프에게 귓속말로 속삭였다. "목을 매달거나 블라소프 군대로 갈 것 같은데."

모스똡스꼬이는 손바닥으로 허연 수염이 거칠거칠한 뺨을 문지르며 입을 열었다. "자, 내 말 좀 들어보시오, 까자끄 제군[50]. 다 잘된 일이라는 거 모르겠소? 레닌이 수립한 국가가 존립하는 하루하루를 파시즘은 견디지 못하는 거요. 그들에겐 선택의 여지가 없소. 우리를 삼키고 파멸시키든가 아니면 스스로 멸망하든가, 둘 중 하나지. 파시즘이 우리를 향해 퍼붓는 증오가 바로 레닌 동지의 과업이 정당하다는 증거, 또 하나의 진정한 증거요. 우리를 향한 파시스트들의 증오가 크면 클수록 우리는 우리의 정당성을 더욱더 확신할 수밖에 없다는 걸 이해해야 하오. 그리고…… 우리는 승리할 거요."

그는 끼릴로프에게로 힘차게 몸을 돌리며 말했다.

"뭐가 문제요, 동지? 고리끼가 감옥 마당을 이리저리 걷고 있을 때 어떤 그루지야 사람[51]이 '자네 왜 암탉처럼 걷고 있어? 고개 들어!' 하고 소리쳤다는 얘기 기억하오?"

모두들 웃음을 터뜨렸다.

"그 말이 맞소, 고개를 듭시다." 모스똡스꼬이가 말을 이었다. "생각해보시오. 거대한, 위대한 소비에뜨 국가는 공산주의 사상을 수호하오. 히틀러 따위, 얼마든지 이 소비에뜨 국가와 공산주의 사상에 맞서라지. 스딸린그라드는 버티고 지탱할 거요. 전쟁 전에는 가끔 우리가 지나치게 나사를 틀어 조이는 것 아닌가 싶기도 했소.

---

50 '용감하고 자유로운 투사들'이라는 의미로 쓰였다.
51 그루지야는 소비에뜨연방 해체로 1991년 독립한 조지아의 옛 이름. 조지아 사람을 러시아인들은 여전이 그루지야 사람이라 부른다.

하지만 이제 보시오, 목적이 수단을 정당화한다는 걸 누구라도 알 수 있잖소?"

"확실히 우리가 나사를 세게 틀어 조이긴 했지요. 옳은 말씀입니다." 예르쇼프가 입을 열었다.

"아니, 너무 약했소." 구즈 장군이 말했다. "더 조였어야 했는데. 그랬다면 독일인들이 볼가까지 오지 못했을걸."

"스딸린이 한 일에 대해 우리가 왈가왈부할 건 아니지요." 오시뽀프가 말했다.

"자, 이제 감옥이나 광산에서 죽는 게 우리의 운명이라면, 그 운명의 책에 뭘 덧붙이겠소? 우리가 생각해야 할 건 그게 아니오." 모스뚭스꼬이가 말했다.

"그럼 뭘 생각해야 한다는 겁니까?" 예르쇼프가 큰 소리로 물었다.

앉아 있던 이들은 서로 시선을 교환하고 주위를 두리번거리다가 조용히 입을 다물었다.

"아, 끼릴로프, 끼릴로프!" 갑자기 예르쇼프가 다시 입을 열었다. "그래요, 어르신 동지의 말씀이 맞아요. 파시스트들이 우리를 증오하면 기뻐해야 한다는 말씀 말이에요. 우리는 그들을 증오하고, 그들은 우리를 증오하지요, 안 그래요? 자, 러시아 수용소에 보내진다고 생각해봐요. 우리 러시아 사람이 러시아 수용소에 수감된다면 어떻겠어요? 그건 정말 불행한 일 아닙니까? 하지만 여기 독일이라면 괜찮지요! 우리는 강인한 사람들이오. 아직은 독일인을 살려둡시다!"

7

하루 종일 제62군 사령부는 부대들과 연락이 두절된 상태였다. 참모부의 무선통신기 대부분이 파손되었고 모든 전화선이 끊겼다.

강변에서 땅이 흔들리고 요동치는 것을 보노라면 잔잔히 물결치며 흘러가는 볼가강이 문득 미동도 없이 멈춘 듯 느껴지는 순간들이 있었다. 수백문의 소련군 중대포들이 자볼지예[52]로부터 불을 내뿜을 때였다. 마마예프 꾸르간[53] 남쪽 경사면에 위치한 독일군 주둔지 위의 하늘은 온통 치솟은 흙덩어리와 점토로 가득했다.

회오리치는 흙구름이 중력이라는 보이지 않는 신비의 체에 걸러져서 크고 작은 덩어리들은 땅으로 떨어져 부서지고 가벼운 부유물들은 다시 하늘로 솟아올랐다. 귀가 먹먹해지고 눈은 잔뜩 충혈된 붉은군대 병사들은 하루에도 몇번씩 독일군 전차들과 보병대에 맞서 싸웠다.

부대들과 연락이 두절된 사령부에 하루는 고통스러우리만치 길었다.

추이꼬프,[54] 끄릴로프,[55] 구로프[56]는 이 하루를 무엇으로라도 채우려 애썼다. 일하는 시늉을 해보는가 하면 군이 어디로 움직일지 편지를 쓰기도 하고, 적의 병력이 어디로 움직일 수 있겠는가 논쟁하기도 하고, 농담을 하기도 하고, 안주를 곁들여, 혹은 안주 없이 보드까를 마시기도 하고, 침묵하기도 하고, 대포의 굉음에 귀를 기울

---

52 스딸린그라드 건너편, 볼가강 너머 동쪽으로 이어진 지역.
53 몽골 따따르와의 전투에서 거둔 승리를 기념하는 커다란 언덕.
54 Vasilii Ivanovich Chuikov(1900~82). 당시 제62군 사령관.
55 Nikolai Ivanovich Krylov(1903~72). 당시 제62군 참모장.
56 Kuz'ma Akimovich Gurov(1901~43). 당시 제62군의 군사위원.

이기도 했다. 회오리치는 철의 폭풍이 벙커 주변에서 울부짖으며 한순간이라도 땅 위에서 고개를 쳐드는 모든 생명체를 베어 죽였다. 참모부는 마비되었다.

"카드놀이나 한판 합시다." 추이꼬프가 말하며 담배꽁초 가득한 큼직한 재떨이를 탁자 구석으로 밀었다.

군 참모장 끄릴로프마저 평정을 잃은 상태였다. 연신 손가락으로 탁자를 두드리던 그가 입을 열었다. "이렇게 앉아서 언제 먹힐지 기다리는 것보다 더 나쁜 상황이 있으려나 모르겠군요."

추이꼬프는 카드를 돌리고 "하트가 으뜸 패네"라고 중얼거리더니 갑자기 카드를 전부 다시 섞어버렸다. "못하겠군, 토끼 새끼들처럼 앉아서 카드나 돌리고 있다니!" 그가 내뱉었다.

한동안 그는 생각에 잠긴 채 앉아 있었다. 그 얼굴에 무시무시한 표정이 떠올랐다. 몹시도 강한 증오와 고통이 만들어낸 표정이었다.

구로프 또한 생각에 잠긴 채, 마치 자신의 운명을 내다보기라도 하듯 중얼거렸다. "이런 날이 하루만 더 이어져도 심장이 찢어져 죽겠군."

얼마 후 그가 갑자기 웃음을 터뜨리더니 큰 소리로 말했다. "사단 사령부에서 대낮에 변소도 못 간다니! 언젠가 들었던 우스개가 생각나는군요. 류드니꼬프 사단의 참모장이 벙커로 들어오더니 털썩 주저앉으며 소리를 질렀답니다. '만세! 여보게들, 나 똥 쌌네!' 그러고서 주위를 둘러보니까 벙커 안에 그가 좋아하는 여의사가 앉아 있었다는 거예요."

어둠이 내리자 독일 공군의 공습도 잦아들었다. 밤이 깊어 스딸린그라드 강변에 도착한 누군가는 굉음과 지진에 경악하여 나쁜 운명이 결정적 공격의 시간에 자신을 이곳으로 이끌었다고 생각할 수 있겠으나, 고참 병사들에게 밤은 면도하고 빨래하고 편지를 쓰는 시간이요, 전선의 철공과 선반공과 땜장이와 시계 수리공들에게는 탄피와 군용 외투 조각을 재료 삼아 라이터, 파이프, 등잔을 만들고 벽시계를 수리하는 시간이었다.

폭탄이 터지며 발하는 불빛이 강변의 경사면과 도시의 잔해를, 석유탱크와 공장의 파이프들을 비추었다. 그 짧은 빛 속에 나타난 강변과 도시의 모습은 불길하고 음울하기 그지없었다.

어둠 속에서 군 통신국이 살아났다. 전투 보고서를 치는 타자기들의 탁탁거리는 소리, 자가 발전기가 돌아가는 윙윙 소리, 무전기에서 연신 울려대는 삑삑 소리가 시끄럽게 이어졌다. 전화교환원들은 서로를 호출하며 사단, 연대, 대대, 중대 지휘부를 통신망에 연결시켰다…… 군 참모부에 도착한 연락병들이 조심스레 기침을 했고 연락장교들은 당직 장교들에게 보고했다.

포병부대를 지휘하는 노병 뽀자르스끼, 목숨을 건 도하의 책임자인 뜨까첸꼬 공병 장군, 초록색 군용 외투 차림으로 막 도착한 시베리아 소총사단의 사단장 구리예프, 휘하의 소총사단과 함께 마마예프 꾸르간 발치에 주둔하는 스딸린그라드 터줏대감 바쮸끄 중령에게서 추이꼬프와 끄릴로프에게로 서둘러 보고가 올라왔다. 군사위원 구로프에게 올라온 정치 보고서들에는 스딸린그라드의 유명인들 ─ 수류탄병 베즈지지꼬, 명사수 바실리 자이쩨프[57]와 아나똘리 체호프, 하사관 빠블로프 ─ 이 거명되었고, 스딸린그라드에서 처음으로 언급된 이름들 ─ 쇼닌, 블라소프, 브리신 등 스딸린그라드전투 첫날 그들에게 커다란 영광을 안겨준 군인들 ─ 도

---

57 Vasilii Grigor'evich Zaitsev(1915~91). 제2차 세계대전 시기에 활약한 저격수들 중 가장 유명한 인물. 1942년 겨울 스딸린그라드전투에서 활약했다.

포함되어 있었다. 한편 최전방에서는 병사들이 삼각형으로 접은 종이쪽지[58]를 우편배달부에게 건넸다. "날아라, 편지야, 서쪽에서 동쪽으로…… 날아가서 안부 전하고 답장과 함께 돌아오너라…… 아침 인사 보내요, 아니, 아마도 밤 인사가 되려나……" 최전방에 전사자들이 매장되었다. 이들은 그 영원한 잠의 첫날을, 그들의 동지들이 편지를 쓰고 면도를 하고 빵을 먹고 차를 마시고 직접 만든 욕조에서 목욕을 하는 벙커와 은신처 바로 곁에서 보냈다.

8

스딸린그라드의 방어자들에게 가장 힘든 시기가 다가왔다.

도시 내의 교전, 공격과 반격의 혼란 속에서, '전문가의 집'[59]과 방앗간과 은행 건물을 장악하기 위한 전투에서, 지하실과 뜰과 광장을 장악하기 위한 전투에서 독일 전력의 우세가 의심할 바 없게 되었다.

라쁘신 공원, 꾸뽀로스나야 계곡, 옐샨까에서 스딸린그라드의 남부를 뚫은 독일군의 쐐기꼴 점령 지역은 확장되어갔고, 독일군 기관총 사수들은 볼가강을 엄호물 삼아 끄라스나야 슬로보다의 남쪽 좌안을 사격하고 있었다. 매일 지도에 전선을 새로 그리는 작전 장교들은 남색 점선들이 지속적으로 기어들어오는 한편 소비에뜨

---

58 병사들은 편지를 삼각형으로 접은 뒤 겉면에 주소를 썼고, 검열 시 이를 언제든 열어볼 수 있었다.

59 소비에뜨 정부의 결정에 따라 각 분야 전문가의 생활 조건을 개선하기 위한 주택이 여러 도시에 건설되었다. 저명한 과학자, 기술자, 예술인들이 이곳에서 생활했다.

방어선인 붉은색 선과 볼가강의 하늘색 사이의 지대는 점점 줄어들고 가늘어지는 것을 모를 수가 없었다.

전쟁의 주도권, 전쟁의 혼魂은 독일군의 손에 쥐여 있었다. 그들은 계속 앞으로 기어오고 또 기어왔으니, 소비에뜨군의 맹렬한 반격도 그 느리지만 몸서리쳐지도록 확실한 움직임을 막아낼 수는 없었다.

하늘에서는 해가 떠서 질 때까지 독일의 급강하폭격기들이 울부짖으며 대형 폭탄들로 비참한 대지를 두들겨댔다. 그리고 수백명의 사람들이 잔인하게 가슴을 찌르는 똑같은 질문을 품은 채 매일을 살았다. 내일, 일주일 뒤에는 어떤 일이 일어날까? 가느다란 띠에 지나지 않는 소비에뜨 방어벽이 독일의 공격, 그 강철 같은 이빨에 씹히고 찢겨 실이 되는 날, 그러다 결국 끊어지는 날은 언제일까?

9

늦은 밤 끄릴로프 장군은 벙커의 간이침대에 누웠다. 양미간이 빠개질 듯 아팠고 수십개비의 담배를 피운 탓에 목이 따끔거렸다. 끄릴로프는 바싹 마른 입천장을 혀로 한번 훑은 뒤 벽 쪽으로 돌아누웠다. 세바스또뽈과 오데사의 전투들, 루마니아 보병대가 돌격해오면서 내지르던 함성, 포석이 깔리고 담쟁이로 뒤덮인 오데사의 마당들과 세바스또뽈 해군기지의 아름다움이 가수면 상태에서 한데 뒤섞였다.[60]

---

60 오데사와 세바스또뽈에서 붉은군대는 독일군에 패했다.

다시 세바스또뿔 사령부에 와 있는 자신의 모습이 보이고, 뻬뜨로프 장군[61]의 코안경이 몽롱한 안개 속에 빛나는가 싶더니 갑자기 수천조각의 파편으로 부서졌다. 이미 바닷물이 넘실거렸고, 독일군의 포탄을 맞아 부서진 해안 절벽에서 피어오른 회색 먼지가 해군 병사들과 육군 병사들의 머리 위에, 그리고 사뿐산山 위에 멈춰 있었다.

함정의 뱃전에 부딪치는 무심한 파도 소리와 함께 잠수함 해병의 거친 음성이 들려왔다. "뛰어내려!" 분명 물속으로 뛰어들었다고 생각했는데 그의 발이 곧바로 잠수함의 선체에 닿았다…… 마지막으로 시선에 들어온 것은 세바스또뿔과 하늘의 별들, 그리고 해안에서 일어나는 불길이었다……

끄릴로프는 완전히 잠이 들었다. 그가 잠든 동안에도 전쟁은 그를 놓지 않았다. 이제 잠수함은 세바스또뿔을 떠나 노보로시스끄로 향하고 있었다…… 그는 저린 다리를 꽉 눌렀다. 가슴과 등이 땀으로 흠뻑 젖었고, 엔진 소리가 양미간을 두드려댔다. 그러다 갑자기 엔진이 멈추고 잠수함은 부드럽게 해저로 내려가기 시작했다. 내부의 열기가 견딜 수 없을 지경이었다. 리벳접합의 점선으로 나뉜 금속 천장이 그를 짓누르고 있었다……

여러 사람이 내지르는 아우성과 물이 철썩이는 소리가 들려왔다. 수중폭탄이 폭발하고 물이 그를 덮쳐 침상에서 내동댕이쳤다. 끄릴로프는 눈을 떴다. 사방이 불이었다. 불길이 벙커의 열린 문을 지나 볼가강으로 내달리고 있었고, 사람들의 아우성과 기관총 소리가 들려왔다.

---

61 Ivan Efimovich Petrov(1896~1958). 소련의 장군. 오데사 전투와 세바스또뿔 전투를 지휘했다.

"외투로, 외투로 머리를 덮어요!" 처음 보는 붉은군대 병사가 그에게 외투를 건네며 외쳤다.

끄릴로프는 그를 옆으로 밀쳐내고 소리쳐 물었다. "사령관은 어디 계시나?"

문득 그는 무슨 일이 일어난 것인지 깨달았다. 독일군의 공습이 석유탱크들에 화재를 일으켰고, 그래서 불타는 석유가 볼가강으로 흘러가고 있었던 것이다.

강물처럼 흐르는 이 불길 속에서 누구도 산 몸으로 빠져나갈 가능성은 없어 보였다. 석유와 만난 불이 굉음과 함께 폭발하며 구덩이와 구멍을 메우고 참호 연결망을 따라 용솟음쳤다. 땅도, 진흙도, 바위도 원유로 흠뻑 젖어 연기를 내뿜기 시작했다. 소이탄을 맞아 뚫린 저장고에서 검고 번쩍이는 원유가 쏟아져나온 것이다. 흡사 석유탱크들 속에 막아두었던 불과 연기의 거대한 두루마리가 펼쳐지는 듯한 광경이었다.

수백만년 전 대지 위에 승리를 구가했던 생명, 원시 괴물들의 거칠고 무서운 생명이 무덤 깊은 곳에서 빠져나와 거대한 다리로 쿵쿵거리고 울부짖고 통곡하며 주위의 모든 것을 탐욕스럽게 삼켜버렸다. 불길이 증기구름을 타고 하늘 높이 솟구쳐 수백 미터 위에서 폭발했다. 화염 덩어리가 너무나 거대해 공기의 소용돌이도 이 불타는 탄소 분자에 산소를 공급하지 못했고, 그렇게 빽빽하게 흔들리는 검은 아치가 별이 빛나는 가을 하늘을 고통받는 대지로부터 갈라놓았다. 기름기가 흐르는 검은 창공을 올려다보는 것은 너무나 끔찍했다.

불타며 하늘을 향해 연기를 뿜는 기둥들은 한순간 절망과 분노로 휩싸인 생명체의 모습을 띠는가 싶다가도 이내 푸들푸들 떠는 포플러나 바르르 흔들리는 사시나무처럼 보이기도 했다. 검고 붉은 긴 머리를 풀어헤친 소녀들이 엉겨붙어 춤을 추듯, 화염이 검고 붉은 빛으로 갈래갈래 휘몰아치며 한데 어우러졌다.

불타는 석유는 수면 위에 얇은 막을 형성한 채 강물의 흐름에 이끌려 쉿쉿 소리를 내며 연기를 뿜고 꿈틀거렸다.

놀랍게도 이 순간 이미 많은 병사들이 강변에 다다르는 방법을 알고 있었다. "이쪽으로, 이쪽으로 뛰어요, 여기 이 소로를 따라!" 몇몇 사람들은 벌써 두세차례 불타는 벙커로 올라가 참모부 사람들을 도와 강변의 곳으로 이끌었다. 그곳, 볼가강으로 흘러드는 불길 사이에 목숨을 건진 한 무리의 사람들이 서 있었다.

군사령관과 참모부 장교들도 누비옷을 입은 병사들의 도움을 받아 강변으로 내려왔다. 이 병사들은 다들 이미 죽어버린 줄 알았던 끄릴로프 장군을 두 손으로 불 속에서 끌어낸 뒤, 그을린 속눈썹을 깜빡거리며 다시 참모부 벙커를 향해 수많은 붉은 들장미의 덤불을 뚫고 사라졌다.

제62군 참모부 사람들은 볼가강에 붙은 이 작은 곳에 아침까지 버티고 서 있었다. 병사들은 달구어진 공기를 피해 얼굴을 가리고 옷에서 불티를 털어내며 사령관을 돌아보았다. 붉은군대 외투를 어깨에 걸치고 모자에서는 머리칼이 삐져나온 모습으로, 추이꼬프는 찌푸린 얼굴을 한 채 침착하게 생각에 잠겨 있었다.

구로프가 주위를 둘러보더니 말했다. "불 속에서도 우리는 타지 않는 모양입니다." 그러곤 뜨겁게 달구어진 외투 단추들을 더듬었다.

"거기, 삽 든 병사!" 공병대장 뜨까첸꼬 장군이 목소리를 높였다. "어서 여기 수로를 파게. 그러지 않으면 언덕에서 불이 흘러내릴 거야!"

이어 그는 끄릴로프에게 말했다.

"장군 동지, 모든 게 뒤섞였습니다. 불이 물처럼 흐르고, 볼가 물에 불이 붙고. 바람이 강하지 않아 다행이지, 하마터면 우리 모두 산 채로 구워질 뻔했어요."

볼가강에서 불어오는 바람에 화염이 무거운 휘장처럼 흔들리고 기울었다. 사람들은 불을 피해 이리저리 움직였다.

병사들 여럿이 볼가강으로 다가가 장화를 적셨다. 뜨거운 장화목에 닿은 물이 증기를 내뿜었다. 몇몇은 땅을 응시한 채 침묵했고, 몇몇은 내내 주위를 둘러보았고, 몇몇은 긴장을 이기려 "여기서는 성냥도 필요 없어, 볼가강에서나 바람 속에서나 그냥 담뱃불이 붙네"라는 둥 농담을 했고, 또 몇몇은 자기 몸을 더듬다가 뜨거운 버클에 손이 닿자 고개를 절레절레 흔들었다.

몇차례 폭발음이 들려왔다. 참모부 방어대대 벙커 곳곳에서 수류탄이 터진 것이다. 이어 기관총 탄대에서 따다닥따다닥 총탄 소리가 울렸다. 독일군 박격포탄이 쉭쉭 소리와 함께 화염을 가르더니 저 멀리 볼가강에서 폭발했다. 자욱한 연기 속에 멀리 있는 사람들의 실루엣이 어른거렸다. 아마 사령부로부터 불길을 돌리려는 모양인데, 다음 순간 다시 모든 것이 연기와 불 속에 사라져버렸다.

사방에서 타오르는 불길을 바라보는 끄릴로프의 머릿속에는 더이상 추억을 떠올리거나 비교할 여유가 없었다. 혹시 독일군이 화재를 틈타 공격할 생각을 하진 않을까? 아냐, 독일군은 사령부가 어떤 상황에 처해 있는지 알지 못하지. 어제 잡힌 포로는 군 참모부가 우안에 있는 줄도 몰랐고…… 이건 그저 국소 작전일 거야. 그러니 아침까지 살아남을 수 있어. 바람만 일어나지 않으면 좋겠는데.

끄릴로프는 옆에 서 있는 추이꼬프를 돌아보았다. 그는 여기저기 이글대는 불길을 유심히 바라보고 있었다. 그을음으로 얼룩진 그의 얼굴은 구리 같았다. 그가 군모를 벗고 한 손으로 머리카락을 쓰다듬었다. 그의 곱슬머리 위에서 불꽃들이 튀어오르는 것이 꼭 땀에 젖은 시골 대장장이 비슷한 모습이었다. 그는 고개를 들어 불의 아치를 바라본 뒤 다시 볼가강으로 시선을 돌렸다. 강물 위에서 뱀처럼 구불거리는 불을 가르며 어둠이 밀려오고 있었다. 사령관 역시 끄릴로프를 걱정시키는 문제들에 대해 생각하고 있는 것 같았다. 혹시 밤에 독일군이 대규모 공격을 시작하는 게 아닐까. 또 아침까지 살아남게 된다면 참모부를 어디에 설치해야 할까……

참모장의 시선을 느낀 추이꼬프가 그를 향해 씩 웃어 보이더니, 머리 위에 팔로 커다랗게 원을 그리며 말했다. "멋지군. 정말 기막힌 장관이야, 안 그런가?"

화염은 스딸린그라드 전선군 참모부가 자리한 자볼지예의 끄라스니 사드 마을에서도 잘 보였다. 전선군 참모장 자하로프 중장은 화재에 대한 첫번째 보고를 받은 직후 예료멘꼬[62]에게 이를 알렸고, 그러자 전선군 사령관은 자하로프에게 직접 연락본부로 가서 추이꼬프와 이야기를 나눌 것을 요청했다. 자하로프는 가쁜 숨을 내뱉으며 오솔길을 따라 발걸음을 재촉했다. 부관이 등불을 비추고 이따금씩 "조심하세요, 장군 동지"라고 말하면서 오솔길 위에 드리운 사과나무 가지들을 젖혀주었다. 먼 곳의 불빛이 나무줄기들을 비추고 장밋빛 반점들로 땅바닥을 뒤덮었다. 이 희미한 빛에 그의

---

62 Andrei Ivanovich Eryomenko(1892~1970). 당시 스딸린그라드 전선군 사령관.

영혼은 온통 불안으로 채워졌다. 보초병들의 나직한 점호 소리로만 깨어지곤 하는 사방의 침묵이 먹먹하고 창백한 불빛에 무언가 위협적인 힘을 가하는 듯했다.

연락본부의 당직 교환원이 힘겹게 헐떡이는 자하로프를 보고는 추이꼬프와의 연락이 끊겼다고, 전화로도 전신으로도 무전으로도 닿지 않는다고 전했다.

"사단들과는?" 툭툭 끊기는 목소리로 자하로프가 물었다.

"바쮸끄 사단과만 통신이 됩니다, 중장 동지."

"연락해봐, 어서!"

자하로프의 까다로운 성격은 이미 악명이 높았다. 교환원은 두려운 마음에 감히 그를 쳐다보지도 못하다가, 그의 신경이 한층 날카로워지려는 순간 기쁜 듯 말했다. "됩니다! 여기요, 장군 동지." 그녀가 자하로프에게 수화기를 내밀었다.

자하로프와 연결된 이는 사단 참모장이었다. 당직 교환원과 마찬가지로 그 또한 전선군 참모장의 힘겨운 숨소리와 고압적인 목소리에 겁을 먹고 있었다.

"거기서 무슨 일이 일어나는지 보고하게. 추이꼬프와 연락이 되나?"

사단 참모장은 석유탱크 화재에 대해 보고했다. 불길이 군 참모부 지휘부를 습격했다고, 사단에서도 군사령관과 연락이 안 된다고, 화염과 연기 사이로 강변에 모인 무리가 보이는데 이로 미루어 군사들이 전멸한 것 같지는 않다고 했다. 하지만 육로를 통해서든 볼가강 쪽으로든 그들에게 접근하는 것은 불가능한데 강이 불타고 있기 때문이라고, 현재 불길의 흐름을 돌리고 강변에 모인 이들이 빠져나오도록 돕기 위해 바쮸끄가 사령부 경비대 중대와 함께 강변길로 해서 화재 현장으로 출발했다고 그는 말했다.

자하로프는 사단 참모장의 말을 끝까지 들은 뒤 입을 열었다. "추이꼬프에게, 만일 살아 있다면 그에게 전하게……"

이어지는 긴 침묵에 교환원이 조심스레 장군을 쳐다보았다. 자하로프는 두 눈에 손수건을 댄 채 서 있었다.

이날 밤, 총 마흔명의 참모부 지휘관이 부서진 벙커들 속에서 불타 죽었다.

10

석유탱크 화재 사건이 있고 얼마 지나지 않아 끄리모프가 스딸린그라드로 파견되었다.

추이꼬프는 바쮸끄 사단 소속 포병연대가 주둔하는 볼가강 사면 하단에 군의 새 지휘본부를 배치했다. 그는 연대장 미하일로프 대위의 벙커를 방문해 내부를 나무판자 여러겹으로 덧댄 널찍한 벙커를 둘러본 뒤 만족스럽게 고개를 끄덕였다. 주근깨투성이 얼굴에 근심 가득한 빨간 머리 대위의 얼굴을 바라보며 군사령관은 유쾌하게 말했다. "계급에 어울리지 않게 벙커를 만들었구먼, 대위 동지."

연대 지휘부는 간단한 비품들만 가지고 볼가강 하류 쪽 수십 미터 떨어진 곳으로 자리를 옮겼다. 빨간 머리 미하일로프는 부하 대대장을 단호하게 밀어붙여 그의 거처를 차지했다. 거처를 잃게 된 대대장은 중대장들을(이미 매우 비좁게 살고 있었다) 괴롭히는 대신 바로 그곳 평평한 대지臺地에 참호를 파라고 명했다.

끄리모프가 제62군 사령부에 도착했을 때는 공병 작업이 한창이었다. 참모부들 간에 연결 통로를 만들고 정치부서 요원들과 작전장교들, 포병부대원들 사이를 잇는 여러 소로를 만드는 작업이었다.

끄리모프는 작업 현장을 직접 확인하러 나온 사령관을 두차례 보았다.

스딸린그라드에서만큼 거처를 만드는 일에 열의와 진지함을 가지고 임하는 곳은 아마 세상 어디에도 없을 것이다. 스딸린그라드의 벙커들은 단순히 추위를 피하기 위한 곳이 아니요, 후손들에게 귀감을 보이고자 만들어지는 곳도 아니었다. 다음 새벽을 맞이하거나 다음 식사를 할 수 있는 확률이 이 벙커 내부 나무판자들의 두께와 통로의 깊이, 용변소와의 근접성, 위장의 효과에 달려 있었다.

누군가에 대해 평가할 때도 반드시 벙커의 상태가 언급되곤 했다. "오늘 바쮜끄가 마마예프 꾸르간에서 박격포 공격을 제대로 해냈어…… 말이 난 김에 하는 얘긴데, 그의 벙커도 문이 참나무야. 아주 두껍더라고, 꼭 원로원 건물처럼 말이지. 정말 영리한 친구라니까……" 혹은 "그 친구, 밤중에 퇴각했다더군. 요지를 빼앗겨서 말이지. 자기 부대들과도 연락이 안됐대. 어쩔 거야, 사령부가 공중에서 뻔히 보이는데. 게다가 문 대신 무슨 방수 천막을 달아놓았잖나. 모기를 막으려고 그랬나? 아무튼 속 빈 강정이야, 그 인간. 듣자하니 전쟁 전에 마누라가 도망갔다더군" 하는 식이었다.

스딸린그라드의 벙커나 참호와 관련한 갖가지 이야기가 돌았다. 로짐쩨프[63] 참모부가 거주하던 갱도 속으로 갑자기 물이 흘러들어

---

63 Aleksandr Il'ich Rodimtsev(1905~77). 붉은군대 대령. 스딸린그라드전투에서 혁혁한 공로를 세웠다.

업무를 보던 사람들이 강변으로 헤엄쳐 나왔고, 그래서 짓궂은 이들이 로짐쩨프 참모부가 볼가강에 가라앉은 지점을 지도에 표시해 두었다는 이야기, 바쮸끄의 그 유명한 문이 어떻게 부서졌는지에 대한 이야기, 또 트랙터공장에서 졸루제프가 참모부와 함께 벙커 속에 매몰되었다는 이야기도 있었다.

견고한 벙커들로 촘촘하게 채워진 스딸린그라드 강변 경사면을 보고 있자면 끄리모프의 머릿속에는 갑판의 한쪽 뱃전으로는 볼가강이 흐르고, 반대쪽 뱃전으로는 화력으로 견고하게 무장한 적군이라는 벽을 마주한 거대한 군함이 떠올랐다.

끄리모프는 로짐쩨프 사단 사격연대의 지휘관과 꼬미사르 간의 분쟁을 해결하라는 정치국의 지시를 받은 터였다. 그는 일단 참모부 지휘관들에게 짧은 강연을 한 뒤 그 사소한 분쟁을 해결하기로 마음먹었다.

군 정치부에서 파견된 사람이 그를 로짐쩨프의 참모부가 입주한 커다란 갱도의 돌로 된 입구까지 호송했다. 보초가 전선군 참모부에서 온 대대 꼬미사르에 대해 보고하자 누군가의 굵은 목소리가 들려왔다.

"이리로 들여, 겁먹고 바지에다 싸기 전에."

낮은 아치 밑을 통과해 안으로 들어간 끄리모프는 자신에게 쏠리는 시선을 의식하며, 누비 전투복 차림으로 통조림 궤짝에 앉아 있는 살집 좋은 연대 꼬미사르에게 자신을 소개했다.

"아, 강연을 듣게 되어 매우 기쁩니다, 좋은 일이죠." 연대 꼬미사르가 말했다. "듣자 하니 마누일스끼와 또 누군가가 좌안에 도착했다는데, 우안의 우리 스딸린그라드로는 아무도 와보려 하지 않아요."

"강연 말고도 정치국장이 보낸 임무를 안고 왔습니다." 끄리모프가 말했다. "사격연대의 지휘관과 꼬미사르 간의 분쟁을 해결하는 일입니다."

"그런 일이 있긴 했지요." 꼬미사르가 대답했다. "그 문제는 어제 해결됐어요. 연대 지휘부에 1톤짜리 폭탄이 떨어져서 열여덟명이 죽었는데 거기 연대장과 꼬미사르도 포함되어 있었거든요." 그가 믿고 말한다는 투로 소박하게 말했다. "어떻게 된 건지 그 둘은 모든 면에서 정반대였어요. 외모조차 그랬지요. 연대장은 소박한 사람으로 농부의 아들이었던 반면, 꼬미사르는 늘 장갑을 끼고 손가락엔 반지까지 꼈지요. 어쨌든 지금은 둘이 나란히 누워 있습니다."

제 기분에 상관없이 자신과 타인의 감정을 능숙하게 통제하는 사람답게, 연대 꼬미사르는 어조를 확 바꾸어 유쾌한 목소리로 말을 이었다. "우리 사단이 꼬뜰루반[64] 근방에 주둔했을 때 내가 차로 모스끄바에서 온 강연자 빠벨 표도로비치 유진을 전선으로 데려간 적이 있는데요, 군사위원이 내게 그러더군요. '그 사람 머리카락 하나라도 다치면 네 목을 자르겠어.' 거참, 둘 다 엄청나게 고생했지요. 항공기만 떴다 하면 곧장 도랑으로 차를 꼬라박았다니까요. 그 사람을 얼마나 애지중지했는지. 목을 잃고 싶지 않았으니까요. 뭐, 유진 동지도 자기를 애지중지했고요. 솔선수범했어요."

귀를 기울이던 사람들이 웃음을 터뜨렸다. 끄리모프는 친근한 척 자신을 조롱하는 그의 태도에 짜증을 느꼈다.

보통 끄리모프는 전투 지휘관들과 좋은 관계를 유지했고 참모부 사람들과도 그럭저럭 잘 지내는 편이었다. 하지만 형제라 할 만

---

64 스딸린그라드에서 약간 북서쪽으로 떨어진 볼고그라드 고로지센스끼 구역의 마을.

한 정치부서 요원들을 대할 때면 신경이 곤두섰고, 늘 솔직해지지도 않았다. 지금도 사단 꼬미사르[65]가 그의 신경을 건드리고 있었다. 전선에서 근무한 지 일년도 채 안 된 모양인데 베테랑인 척하는군. 아마 전쟁 직전에야 당에 들어왔겠지. 근데 벌써 엥겔스가 못마땅하다는 거지.

한편 사단 꼬미사르 역시 끄리모프 때문에 심기가 불편한 게 분명했다. 부관이 그에게 잠자리를 마련해주고 차로 목을 축이게 할 때도 그런 느낌은 떠나지 않았다.

각 부대에는 다른 부대들과 구별되는 고유의 독특한 스타일이 있는 법이다. 로짐쩨프 사단 참모부에서는 모든 이들이 그들의 젊은 장군을 자랑스러워했다.

끄리모프가 강연을 마치자 질문이 시작되었다. 로짐쩨프 옆에 앉아 있던 참모장 벨스끼가 물었다. "강연자 동지, 연합군이 언제쯤 제2전선을 열까요?"

갱도의 돌벽에 붙여 만든 좁은 판자 침상에 반쯤 누워 있던 사단 꼬미사르가 일어나 앉아서 두 손으로 건초 속을 뒤적이다가 입을 열었다. "아니, 그들이 뭣 때문에 급하게 나오겠소? 내가 더 궁금한 건 우리 사령부가 어떤 행동에 나서느냐요."

끄리모프는 짜증스러운 표정으로 꼬미사르를 곁눈질하며 말했다. "귀 사단의 꼬미사르께서 이렇게 문제를 제기하시니 그에 대한 대답은 장군께서 하시는 게 좋겠습니다."

모두의 시선이 로짐쩨프를 향했다.

---

65 처음에는 연대 꼬미사르라 기술되었으나 이후 사단 꼬미사르라는 호칭이 나온다. 끄리모프는 앞서 그가 한 말 "우리 사단이……"를 듣고 그가 사단 꼬미사르임을 알게 된다.

"키가 큰 사람은 이곳에서 제대로 설 수도 없소." 장군이 입을 열었다. "말하자면 수도관 같은 곳이랄까. 방어에는 최선이지. 그게 가장 큰 장점이오. 다만, 이 관으로부터 공격을 할 수는 없소. 병력이 더 쌓이지 않는 게 다행이오."

이때 전화가 울렸다. 로짐쩨프가 수화기를 들었다.

모두의 눈길이 그에게 쏠렸다.

로짐쩨프는 수화기를 내려놓고 벨스끼에게로 몸을 굽혀 나직하게 몇마디 건넸다. 이어 벨스끼가 전화로 몸을 뺏자, 로짐쩨프가 수화기 위에 손을 얹고 말했다.

"그럴 필요 없네. 저 소리 안 들리나?"

탄피들로 만든 램프에서 연기와 함께 깜빡깜빡 흘러나오는 희미한 불빛 속에 갱도의 돌 천장 아래로 여러 굉음이 들려왔다. 기관총 연발사격이 이곳에 앉아 있는 이들의 머리 위에서 마치 다리 위로 수레가 지나가듯 크게 울렸다. 이따금씩 수류탄 폭발하는 소리도 귀를 때렸다. 소리는 갱도 속에서 한층 요란하게 울려퍼지는 것 같았다.

로짐쩨프는 참모부 부하 중 이 사람 저 사람을 자기에게로 불렀고, 또다시 초조하게 울리는 수화기를 들어 귀에 댔다.

그러다 어느 순간 멀지 않은 곳에 앉아 있는 *끄리모프*의 시선을 포착하더니 다정하고 허물없는 웃음을 지어 보이며 말을 건넸다. "볼가강 날씨가 활짝 갰소, 강연자 동지."

이제 전화는 쉬지 않고 울려댔다. 로짐쩨프의 통화에 귀를 기울이는 동안 *끄리모프*는 무슨 일이 일어나고 있는지 대충 이해할 수 있었다. 부사단장인 젊은 대령 보리소프가 장군에게 다가와 스딸린그라드 지도가 놓인 궤짝 위로 몸을 굽히더니 소비에뜨 방어군의 붉은색 점선을 돌파한 굵은 남색 선을 볼가강까지 수직으로 뚜렷하게 그리고는 어두운 눈빛으로 의미심장하게 로짐쩨프를 바라보았다. 그때, 어둠 속에서 이곳으로 다가오는 방수복 차림의 누군가를 보고 로짐쩨프가 벌떡 일어섰다.

걸음걸이나 얼굴 표정으로 보아 그 사람이 어디서 왔는지는 분명했다. 그는 보이지 않는 뜨거운 구름에 휩싸인 채 빠르게 다가왔다. 방수복 서걱거리는 소리가 마치 그에게 충전된 전기 소리처럼 딱딱 울렸다.

"장군 동지," 그가 푸념하듯 소리를 높였다. "개자식들이 계곡까지 올라와 볼가강으로 돌격합니다. 보충 병력이 필요합니다."

"어떤 대가를 치르더라도 자력으로 놈들을 막아내야 하오. 내겐 보충 병력이 없소." 로짐쩨프가 말했다.

"어떤 대가를 치르더라도 말이지요." 방수복을 입은 사람이 대답하고는 몸을 돌려 출구로 나갔다. 그 대가가 무엇을 의미하는지 그는 분명히 이해하고 있었다.

"이 근처인가요?" 끄리모프가 지도에 그려진 구불구불한 협곡을 가리키며 물었다.

하지만 로짐쩨프는 대답할 시간이 없었다. 갱도 입구에서 총소리가 들리고 수류탄의 붉은 섬광들이 깜박이기 시작했던 것이다.

지휘관의 호각 소리가 찢어질 듯 울리는가 싶더니 참모장이 로짐쩨프에게로 달려와 외쳤다.

"장군 동지, 적이 장군의 사단 사령부를 향해 밀고 들어옵니다!"

지금껏 어떻게든 차분한 목소리를 유지하며 색연필로 지도에 상황 변화를 표시하던 사단장은 이제 온데간데없었다. 돌의 잔해와 무성한 잡초로 덮인 이 계곡에서 전쟁은 더이상 크롬으로 도금

된 강철과 음극 방전 램프와 무전기로 하는 싸움이 아니었다. 얇은 입술을 가진 남자가 호전적으로 소리 질렀다. "자, 사단 참모부 전원! 각자 무기를 점검한 뒤 수류탄을 쥐고 내 뒤를 따르시오. 적을 물리칩시다!"

끄리모프를 스쳐간 그의 시선과 빠른 명령조의 목소리에서 군용 보드까의 얼음 같은 냉기와 뜨거운 열기가 다분히 느껴졌다. 이 순간 장군의 힘은 경험도 지도력도 아닌, 무자비하고 불같은 호전성에서 나오는 듯했다!

몇분 뒤 참모부의 장교들과 행정병들, 연락병들, 전화교환원들이 허둥지둥 황급히 갱도에서 몰려나갔다. 맨 앞에서 로짐쩨프가 군용 전등의 희미한 빛을 받으며 폭발음, 사격 소리, 비명과 욕지거리가 울리는 계곡을 향해 가벼운 발걸음으로 내달리고 있었다.

계곡 능선에 가장 먼저 도착한 무리에는 끄리모프도 포함되어 있었다. 능선에 이르러 가쁜 숨을 쉬며 바닥을 내려다본 그는 문득 혐오와 공포와 증오가 뒤섞인 일종의 전율을 느꼈다. 희미하게 어른대는 그림자들, 초록과 빨강으로 번득이며 타오르는 사격의 불꽃들, 끊임없이 공중을 메우는 강철의 휘파람 소리. 꼭 흥분한 독사 수백마리가 연신 쉭쉭거리고 눈을 번득이며 마른 잡초 속을 빠르게 기어다니는 거대한 뱀 굴을 보고 있는 것 같았다. 분노와 혐오와 공포를 느끼며, 그는 어둠 속에서 어른거리는 섬광들과 계곡의 사면을 따라 기어오르는 재빠른 그림자들을 향해 소총을 발사하기 시작했다.

수십 미터쯤 떨어진 계곡 정상에 한 무리의 독일 병사들이 나타났다. 수류탄의 폭발이 하늘과 땅을 뒤흔들었다. 독일군 돌격대가 갱도의 입구를 향해 돌파하려 하고 있었다.

사람들의 그림자와 이를 둘러싼 어둠 속에서 폭발음과 비명과 신음이 터져나왔다. 커다란 검은 솥이 끓고 있고, 끄리모프의 온 몸과 마음이 그 펄펄 끓는 솥에 잠겨 있는 기분이었다. 그는 더이상 이전에 생각했고 느꼈던 것처럼 생각하고 느낄 수 없었다. 자신이 그 소용돌이의 움직임을 제어하는 것 같다가도 어느 순간 파멸감에 압도되었고, 또 짙은 타르의 어둠이 눈과 코로 흘러들어오는 것 같기도 했다. 호흡할 공기도, 별이 빛나는 하늘도 없이, 그저 암흑과 계곡과 잡초 속에서 바스락거리는 독사들뿐이었다.

그럼에도 이 혼란의 와중에 대낮처럼 분명한 감정이 강해지고 있었다. 계곡의 사면을 함께 기어가고 있는 다른 사람들과의 유대감, 나란히 총을 쏘는 이들과 결합되어 더욱 강해진 듯한 자신의 힘, 근처 어딘가 로짐쩨프가 있다는 사실에서 느껴지는 희열이었다.

세발짝 떨어진 곳에 누가 있는지, 그가 동료인지 아니면 날 죽이려 하는 적인지 구분할 수 없는 밤의 전투 속에서 일어난 이 경이로운 감정은 전투의 전체 경로에 대한 똑같이 경이롭고 설명할 수 없는 감각과 연결되어 있었다. 병사들로 하여금 힘의 진정한 비율을 판단하고 전투의 경로를 예견하게 하는 것이 바로 그러한 감각이었다.

11

연기와 화염으로 다른 사람들에게서 유리되고 굉음으로 귀가 먹먹해진 병사의 직관이 참모부가 지도 앞에서 도출한 전투의 전체적 결말에 대한 판단보다 더 진실에 가까운 경우가 종종 있다.

놀라운 변화와 함께 전투는 전환의 순간을 맞는다. 공격하던 병사가 마침내 목표 지점에 다다라 멍한 상태에서 주위를 돌아보다가, 자신과 함께 목표를 향해 나아오던 이들이 더이상 보이지 않음을, 그동안 내내 혼자이고 나약하고 바보 같아 보이기만 했던 적병이 이제는 다수이며 따라서 자신이 대항할 수 없음을 깨닫는다. 그 상황 속에 있는 이에게는 너무도 분명한 이 전환의 순간, 멀리서 이를 보고 예견하고 이해하려 애쓰는 사람으로서는 결코 알 수도, 설명할 수도 없는 이 순간에 지각에 깊은 변화가 일어난다. 용감하고 현명한 '우리'는 소심하고 허약한 '나'로 바뀌고, 운 나쁜 사냥감으로만 여겨지던 적은 끔찍하고 위협적인, 뭉쳐진 '그들'로 변모하는 것이다.

성공적으로 저항을 제압하며 나아온 이 병사에게 그때껏 전투의 모든 사건은 각각 개별적으로 존재하는 것들이었다. 포탄의 폭발도, 기관총 연발사격도 그랬다. 이제 저자가 엄폐물 뒤에서 총을 쏘네, 지금 달아나는구나, 달아나지 않을 수 없지. 그는 혼자이고, 기관총과 단절되어 있고, 그의 옆에서 역시나 단절된 채 총을 쏘는 병사와도 단절되어 있으니까. 하지만 나, 나는 우리지, 나는 거대한 공격으로 나아가는 보병대 전체야, 나는 나를 지지하는 포병부대야, 나, 나는 나를 지지하는 전차들이야, 나는 우리 공동의 전투를 비춰주는 조명탄이야. 그랬는데 이제 갑작스러운 공격으로 나는 혼자가 되고, 서로 분리되어 나약하기만 했던 모든 것들이 적의 소총과 기관총과 대포의 화염이라는 무시무시한 단합체로 바뀐 것이다. 이렇게 하나가 된 적은 이미 무적이다. 살아남을 길은 달아나는 것, 머리를 감추고 어깨와 이마와 턱을 가린 채 내달리는 것밖에 없다.

한편 밤의 어둠 속에서 기습을 당해 무력감과 고립감만을 느끼던 이들은, 이제 자신들을 파괴한 적의 단합체를 분쇄하고 자신들만의 단합체를, 승리의 힘을 품은 자신들 고유의 단합체를 느끼기 시작한다.

종종 전쟁을 예술이라 부를 권리를 부여하는 근거는 바로 이러한 변환을 이해하는 데 있다.

이 고립과 단합의 감각 속에, 고립의 의식으로부터 단합의 의식으로 향하는 이 변환 속에 중대들과 대대들이 감행하는 야간 돌격만이 아니라 전쟁을 치르는 군 전체와 국민 모두의 승패 여부가 달려 있는 것이다.

전투의 참가자들에게 거의 완전히 잊히는 하나의 감각이 있다면 그것은 시간 감각이다. 새해맞이 무도회에서 아침까지 춤을 춘 소녀는 그 시간이 빨리 갔는지 아니면 천천히 흘렀는지 묻는 질문에 아무런 대답도 내놓지 못한다. 또 실리셸부르그[66] 정치범 감옥에 스물다섯해 동안 감금되었던 사람의 소회는 어떤가. "감옥에서 영원을 보낸 것 같네. 하지만 동시에 몇주 잠깐 살았던 것도 같아."

소녀에게 무도회의 밤은 순간적인 사건들 — 그 모든 시선, 음악이 끊겼던 잠시의 순간, 미소, 다른 이와의 육체적 접촉 — 로 가득 차 있다. 각각의 사건은 매우 빨리 지나가 의식 속에 지속성을 남기지 못하지만, 그 총합은 인간 존재의 기쁨을 담고 있는 큰 시간의 감각을 불러일으킨다.

실리셸부르그 정치범에게는 이와 정반대의 일이 일어난다. 수형 생활 스물다섯해는 고통스러울 만큼 긴 개별적인 시간 — 아침 점

----

66 뻬쩨르부르그에 있는 뻬뜨로-끄레뽀스쩨 감옥. 1702~1944년 사이 실리셸부르그라 불렸다.

호부터 저녁 점호까지, 아침식사부터 저녁식사까지 —으로 채워진다. 하지만 이 모든 일들의 총합은 새로운 감각을 불러일으킨다. 음울한 단조로움 속에서 달이 바뀌고 해가 바뀌는 동안 시간이 압축되고 쪼그라드는 것이다. 그리하여 그는 순간과 영원을 동시에 느끼게 되고, 이렇게 새해맞이 무도회의 소녀와 시간 감각의 유사성을 공유한다. 이들 모두에게 개별 사건들의 총합은 순간의 감각과 영원의 감각을 동시에 불러일으킨다.

전투 중 일어나는 시간 감각의 왜곡은 보다 복잡하다. 여기서는 그 과정이 한발 더 나아가, 개별적이고 본원적인 감각들이 비틀어지고 구부러진다. 전투 중에는 일초가 영원히 이어지기도 하고, 긴 시간이 토막 난 듯 한꺼번에 사라져버리기도 한다.

포탄이 바람을 가르며 날아갈 때, 총알의 불꽃과 폭발의 섬광을 볼 때처럼 번개 치듯 빠르게 지나가는 사건 속에서 사람들은 기나긴 시간의 지속성을 실감한다. 반대로 파헤쳐진 전장의 화염 속을 천천히 건너갈 때나 참호에서 참호로 기어갈 때처럼 느린 움직임이 이어질 때 시간은 신속하게 지나간다.

하지만 백병전은 시간의 영역 밖에서 일어난다. 백병전을 구성하는 사건들과 그 결과는 모두 불확실성을 품으며, 따라서 개별 시간과 그 총합은 천차만별이다.

무한한 경우의수가 여기 백병전에 있다.

이렇듯 전투의 지속 시간에 대한 감각은 더할 수 없이 왜곡되어 더는 시간의 길고 짧음으로 설명할 수 없는, 완전히 불명확한 것이 된다.

눈부신 빛과 눈부신 암흑, 비명, 폭발의 굉음, 기관단총의 고속 발사음이 뒤섞인 혼돈 속에서, 시간 감각을 파편으로 조각내는 혼돈 속에서 끄리모프는 독일군이 패주했음을 분명하게 깨닫고 있었다. 옆에서 총을 쏘고 있는 행정병들이나 연락병들과 마찬가지로, 그 역시 이를 직감으로 알아차렸다.

12

밤이 지나갔다. 불타버린 잡초 위에 시체들이 널려 있었다. 강물이 음울하게 숨 쉬며 제방에 부딪쳐왔다. 파헤쳐진 대지, 다 타버리고 남은 빈 건물 속 잔해를 보는 심장마다 온통 슬픔이 밀어닥쳤다.

새로운 날이 시작되는 지금, 전쟁은 이 하루를 검은 연기와 쇄석과 쇳조각으로, 피로 물든 붕대로 가득 채우고자 아낌없이 준비하고 있었다. 지나온 날들도 다르지 않았다. 그리하여 이 세상에는 쇠붙이로 파헤쳐진 땅과 불로 가득 찬 하늘 외에 아무것도 없었다.

끄리모프는 갱도의 돌판에 머리를 기댄 채 궤짝에 앉아 졸고 있었다. 참모부 사람들의 불분명한 목소리와 찻잔 부딪치는 소리가 들려왔다. 사단 꼬미사르와 참모장이 차를 마시며 졸음에 겨운 목소리로 대화를 나누고 있었다. 붙잡힌 포로가 공병인데, 그의 말에 따르면 그쪽 대대가 며칠 전 마그데부르크에서 비행기로 날아왔다는 얘기였다. 문득 끄리모프의 머릿속에 초등학교 교과서에서 보았던 그림 하나가 떠올랐다. 뾰족한 원뿔형 모자를 쓴 말몰이꾼들이 두마리 힘센 짐말을 채찍질해 서로 꽉 붙어버린 반구를 양쪽으로 떼어내려 하는 그림이었다. 어린 시절 이 그림이 불러일으켰던 답답한 느낌이 다시금 그의 마음을 건드렸다.

"그거 좋은 징조군요." 벨스끼가 말했다. "예비부대가 투입됐다는 뜻이잖습니까."

"그렇지." 바빌로프가 동의했다. "이제 사단 참모부가 반격할
때요."

이때 로짐쩨프의 나지막한 흥얼거림이 들려왔다.

"꽃들, 꽃들, 또 열매들이 농장에 피어나겠지."

야간전투가 끄리모프의 정신력을 모두 앗아간 모양이었다. 로짐
쩨프를 바라보려면 고개를 돌려야 했지만 도무지 그럴 의지가 나
지 않았다. '완전히 고갈됐어. 물을 다 퍼낸 우물이 된 기분이군.'
그는 다시 가수면 상태에 빠졌다. 크지 않은 목소리들, 사격과 폭발
음이 단조로운 윙윙 소리로 합쳐졌다.

그러다 새로운 감각이 끄리모프의 뇌리로 들어왔다. 이제 그는
덧창이 닫힌 방에 누워 아침 햇빛이 벽에 남긴 반점을 눈으로 좇고
있었다. 반점은 벽 거울의 가장자리까지 미끄러져갔다가 무지개로
피어났다. 소년의 마음은 기쁨으로 떨리기 시작했는데, 잠에서 깨
어나 두 눈을 뜨고 주위를 둘러보는 그는 관자놀이의 머리카락이
허옇게 세고 혁대에 무거운 총을 늘어뜨린 남자였다.

갱도 한가운데서 낡은 군복 윗도리를 걸치고 전선군의 초록 별
이 달린 군모를 쓴 남자가 서서 고개를 기울인 채 바이올린을 연주
하고 있었다.

바빌로프는 끄리모프가 깨어난 것을 보고 그에게로 몸을 굽혀
말했다. "우리 이발사 루빈치끄요. 대애단한 전문가지!"

이따금씩 누군가 거친 농담을 던져 연주를 방해하기도 했고, 누
군가는 연주를 제지한 뒤 "드릴 말씀이 있습니다만……"하며 참
모장에게 보고하기도 했다. 누군가는 스푼을 양철통에 넣어 달그
락거리는가 하면, 하아암 길게 하품을 하고는 건초 속을 뒤적이는

이도 있었다.

이발사는 자기의 연주가 혹시 지휘관들을 방해하지 않는지 주의 깊게 살피며 언제라도 손놀림을 멈출 태세로 연주를 이어갔다.

하지만 이 순간 끄리모프 머릿속에서 검은 프록코트를 입은 백발의 얀 쿠벨리크[67]가 나타나 이 참모부의 이발사에게 고개를 숙이며 뒤로 물러나는 까닭은 무엇일까? 얕은 시냇물처럼 소박한 가락을 노래하는 저 가녀린 바이올린 소리가 바흐나 모차르트보다 더 강렬하게 인간 영혼의 광대한 심층부를 표현하는 듯 여겨지는 건 무엇 때문일까?

또다시, 천번째로 끄리모프는 고독의 아픔을 느꼈다. 제냐가 그를 떠났다……

또다시, 제냐가 떠나간 것이 자기 삶의 역학 전체를 드러냈다는 생각이 그의 마음을 억눌렀다. 그는 남았지만, 그는 이제 없었다. 그리고 그녀는 떠났다.

또다시, 자기 자신에게 끔찍하고 가차 없는 말들을 퍼부어야 한다는 생각이 들었다…… 겁을 내고 장갑으로 눈을 가리는 짓은 이제 그만두어야 한다고……

음악이 그의 내면에 시간에 대한 이해를 불러일으킨 듯했다. 시간. 투명한 영매靈媒. 그 안에서 인간들이 생겨나고 움직이다가 자취 없이 사라진다…… 시간 속에서 대형 도시들이 생겨나고 사라진다. 시간은 그것들을 데려왔다가 데려가버린다.

하지만 지금 그의 내면에는 시간에 대해서 특수한, 다른 이해가 생겨났다. '나의 시간은…… 우리의 시간이 아니구나.'

---

67 Jan Kubelik(1880~1940). 체코의 천재적 바이올린 연주자.

시간은 인간과 왕국으로 흘러들어 둥지를 튼다. 시간이 떠나고 사라져도 인간과 왕국은 남아 있다. 왕국이 남았는데 그들의 시간은 가버린 것이다…… 인간이 존재하는데 그들의 시간은 사라진 것이다. 시간은 어디로 갔지? 여기 그가 숨을 쉬고 그가 생각하고 그가 우는데, 그 유일하고 독특한, 그에게 속했던 시간이 떠났고, 멀리로 흘러가더니 사라져버렸다. 그리고 그는 남았다.

가장 힘든 것은 시간의 의붓자식 신세다. 잘못된 시간을 사는 운명보다 더 무거운 것은 없다. 사람들은 시간의 의붓자식을 당장 구별해낸다. 간부들의 부서에서, 당 지역위원회에서, 군 정치부에서, 편집국에서, 거리에서…… 시간은 자기가 낳은 이들만을, 자기의 자식들, 자기의 영웅들, 자기의 일꾼들만을 사랑한다. 여인이 떠나간 시간의 영웅을 사랑하지 못하고 계모가 다른 이의 자식을 사랑하지 못하듯이, 시간이 떠나간 시간의 자식을 사랑하는 일은 결코 없을 것이다.

자, 시간은 그런 것이다. 모든 것이 떠나가지만 시간은 남아 있다. 모든 것이 남아 있지만 시간은 떠나간다. 얼마나 가볍게, 얼마나 소리 없이 시간은 떠나가는가. 어제 당신은 너무나 확신에 차 있었고 유쾌했고 강했다. 시간의 자식이었다. 그런데 오늘 다른 시간이 왔고, 당신은 아직 이를 이해하지 못한다.

전투 속에 발기발기 찢겨 사라졌던 시간이 이발사의 싸구려 낡아빠진 바이올린으로부터 다시 나타났다. 그 소리가 누군가에게는 그들의 시간이 왔음을 알려주었고, 또 누군가에게는 그들의 시간이 떠나갔음을 알려주었다.

'떠나갔지, 떠나갔어.' 끄리모프는 생각했다.

그는 꼬미사르 바빌로프의 평온하고 착한 커다란 얼굴을 바라보았다. 잔을 들어 차를 홀짝이며 아주 천천히 소시지빵을 씹는 그의 불가사의한 두 눈은 갱도 입구로 비쳐드는 빛의 반점을 향해 있었다.

로짐쩨프는 외투로 덮인 어깨를 움츠린 채 차분하고 밝은 얼굴로 주의 깊게 음악가를 응시하고 있었다. 얼굴이 얽고 머리가 센 사단 포병부대장은 얼굴 전체가 흉측해질 정도로 이마에 주름을 잡고서 앞에 놓인 지도를 보고 있었는데, 그 슬프고 다정한 두 눈을 보면 그가 지도를 보는 게 아니라 음악을 듣고 있다는 것을 알 수 있었다. 벨스끼 또한, 군 참모부로 보내는 보고서 작성에 몰두해 빠르게 손을 놀리는 듯했지만 사실은 바이올린 소리를 듣느라 고개를 한쪽으로 기울이고 있었다. 좀 떨어진 곳에 앉은 붉은군대 병사들 — 연락병, 전화교환원, 행정병 — 의 기진맥진한 얼굴과 눈에도 빵을 씹는 농부의 얼굴에서 보이곤 하는 진지한 표정이 드리웠다.

끄리모프는 문득 어느 여름밤을 떠올렸다. 젊은 까자끄 여인의 크고 검은 두 눈, 그녀의 뜨거운 속삭임…… 여전히 삶은 아름다워!

바이올린 연주가 멎자 나무로 된 깔판 밑에서 졸졸 흐르는 물소리가 들렸다. 끄리모프의 마음, 텅 비고 말라붙었던 보이지 않는 그 우물이 이제 가만히 물을 머금기 시작하는 것만 같았다.

삼십분 뒤, 바이올린 연주자는 끄리모프를 면도해주고 있었다. 그는 이발소 손님들을 웃게 만드는 과장된 진지함을 보이면서 끄리모프의 광대뼈를 손바닥으로 쓰다듬으며 면도가 잘되었느냐고 물었다. 온통 흙탕과 쇠붙이로 된 이 황폐한 왕국에 오드꼴로뉴와 파우더의 톡 쏘는 향기가 기이하고 황당하고 서글프게 풍겼다.

로짐쩨프는 두 눈을 가늘게 뜨고서 오드꼴로뉴와 파우더를 뒤

집어쓴 끄리모프를 살펴보더니 만족스레 고개를 끄덕이고 말했다. "근사해. 손님에게 최선을 다하는구먼. 이제 나도 좀 다듬어주게."

바이올린 연주자의 검고 큰 두 눈이 행복으로 가득 찼다. 그는 로짐쩨프의 머리를 살피다가 희끄무레한 이발용 보자기를 한번 툭 털고서 말했다. "구레나룻을 약간 다듬으면 어떨까요, 근위대장[68] 동지?"

13

석유탱크 화재 이후 예료멘꼬 중장은 스딸린그라드의 추이꼬프에게로 떠날 채비를 했다.

사실상 실질적인 목적이랄 것이 없는, 위험하기만 한 여정이었다. 그러나 심리적이고 인간적인 필요는 매우 큰 여행이었으니, 예료멘꼬는 강을 건너기까지 사흘이나 기다렸다.

끄라스니 사드에 자리한 벙커들은 평온해 보였고, 전선군 사령관의 아침 산책길에 드리운 사과나무 그늘은 더없이 쾌적했다.

저 멀리 스딸린그라드에서 들려오는 꽝음과 화염이 나뭇잎이 살랑대고 갈대가 탄식하는 소리에 뒤섞여 이루 말할 수 없는 고통을 뿜어내는 것만 같았다. 사령관은 아침 산책을 하는 내내 신음과 욕설을 내뱉었다.

예료멘꼬는 자하로프에게 스딸린그라드로 출발하겠다는 결심을 알리며 지휘를 맡겼다.

---

68 근위부대는 특수한 정예부대에 내리는 명예 칭호로 쓰였다.

그는 아침식사를 차리느라 식탁보를 덮는 식당 직원에게 농담을 건넸다. 또 참모차장에게는 이틀간 사라또프에 다녀오라고 허락했고, 초원에 주둔하는 군대를 지휘하는 뜨루파노프 장군의 요청을 받아들여 루마니아군 포병부대의 강력한 요충지를 폭격할 것을 약속하기도 했다. "좋아, 좋아, 장거리 폭격기를 내주지."

부관들은 무엇 때문에 사령관의 기분이 저렇게 좋은 것인지 궁금했다. 추이꼬프로부터 좋은 소식이 온 걸까? 베체[69]와 통화를 한 건가? 집에서 편지가 왔나?

하지만 이런 소식들은 으레 부관들을 거치지 않는 법이 없었다. 모스끄바에서 사령관을 전화로 불러낸 적은 없었고, 추이꼬프로부터 온 소식들도 유쾌한 것이 아니었다.

아침식사를 마친 뒤 중장은 누비 윗도리를 입고 다시 산책을 나갔다. 열보쯤 뒤에서 부관 빠르호멘꼬가 걷고 있었다. 중장은 평소처럼 느릿느릿 걸음을 옮기며 몇차례 넓적다리를 긁고 때때로 볼가 방향을 바라보았다.

예료멘꼬는 구덩이를 파고 있는 노동대대 병사들에게 다가갔다. 햇볕에 그을려 짙은 갈색 목덜미를 한 이 병사들의 얼굴은 하나같이 침울하고 불쾌했다. 다들 말없이 일을 하며, 초록색 군모를 쓴 채 구덩이 가장자리에 하는 일 없이 서 있는 이 뚱뚱한 남자에게 이따금씩 짜증스러운 시선을 던졌다.

예료멘꼬가 물었다. "이중에서 제일 일을 못하는 사람이 누구요?"

삽질하기가 지겨웠던 노동대대 병사들에게는 아주 마침맞은 질문이었다. 병사들은 일제히 한 남자를 곁눈질했다. 그는 주머니를

---

69 모스끄바 스땁까(붉은군대 최고사령부)와 연결된 고주파전화.

뒤집어 손바닥에 담배 가루와 빵 부스러기를 털고 있었다.

"저 사람일 겁니다." 두 사람이 동의를 구하듯 다른 이들을 둘러보며 말했다.

"그렇군." 예료멘꼬가 진지한 어조로 대꾸했다. "저 사람이 여기서 가장 쓸모없는 분이시라는 말이지."

지목당한 병사는 자못 위엄 있게 한숨을 내쉬더니 진지하고 온순한 눈길로 예료멘꼬를 올려다보았다. 그가 일 때문이 아니라 그저 이야기를 나누느라, 혹은 일종의 교육을 위해 이러는 모양이라 생각하고는 대꾸를 않는 듯했다.

예료멘꼬가 다시 물었다. "그럼 여러분 중에서 가장 일 잘하는 사람은 누구요?"

모두가 백발의 한 남자를 가리켰다. 머리칼이 빈약한 풀처럼 듬성한 탓에 햇볕이 그의 두피를 한껏 덥히고 있었다.

"뜨로시니꼬프, 저 사람이에요." 누군가 말했다. "엄청나게 열심히 하죠."

"그럴 수밖에요, 노동에 아주 인이 박혔으니." 다른 이들이 일을 많이 하는 뜨로시니꼬프의 행동에 대해 무슨 사과라도 하는 듯이 한마디씩 거들었다. 예료멘꼬는 바지 주머니에 손을 넣어 햇빛에 반짝이는 금시계를 꺼낸 뒤 힘겹게 몸을 굽혀 뜨로시니꼬프에게 그것을 건넸다.

그가 어리둥절한 얼굴로 예료멘꼬를 바라보았다.

"가지시오, 동지에게 주는 상이오." 그러고서 예료멘꼬는 그에게서 시선을 떼지 않은 채 말을 이었다. "빠르호멘꼬, 포상 내용을 서류로 작성하게."

흥분한 목소리들을 뒤로한 채 그는 계속 걷기 시작했다. 땅을 파던 이들은 감탄의 함성을 지르고 노동에 인이 박인 뜨로시니꼬프의 놀라운 행운에 기뻐하며 떠들썩하니 웃음을 터뜨렸다.

전선군 사령관이 도하를 기다린 지 이틀이 지났다. 우안과의 연결은 거의 끊긴 상태였다. 추이꼬프에게 도달하는 데 성공한 발동선들은 그 몇십분 사이 쉰개 내지 일흔개의 총알구멍을 감수하며 만신창이가 된 채 강변에 도착했다.

예료멘꼬는 짜증이 났고 신경이 날카로워졌다.

제62군 도하 책임자는 이제 독일군의 일제사격 소리가 들리면 폭탄이나 포탄이 아니라 사령관의 분노가 두려워질 지경이었다. 그는 독일군의 박격포와 대포, 항공기가 벌인 일들의 책임이 마치 태만한 소령들이나 꾸물거리는 대위들에게 있다고 생각하는 것 같았다.

밤에 예료멘꼬는 벙커에서 나와 강가의 모래톱에 섰다. 끄라스니 사드의 벙커 속 전선군 사령관 앞에 놓여 있던 전쟁 지도가, 바로 여기 눈앞에서 으르렁거리고 연기를 피우며 삶과 죽음을 내쉬고 있었다.

그는 자기 손으로 표시한 최전방의 붉은 점들을, 파울루스[70] 군대가 볼가강을 향해 뚫은 두꺼운 쐐기형 지역들을, 색연필로 표시한 방어 거점과 화력 집결지들을 알아볼 수 있었다. 책상 위에 펼쳐진 지도를 보았을 때, 예료멘꼬는 자신에게 전선을 구부리고 움직일 수 있는 힘이 있다고 느꼈다. 그는 좌안의 중무장 포병부대에

---

70 Friedrich Wilhelm Paulus(1890~1957). 제2차 세계대전에서 활약한 독일 장군. 1942년 여름 소련 침공에서 볼가강 연안 스딸린그라드까지 진격했으나 소련군의 '천왕성 작전'으로 스딸린그라드가 포위당한 후 히틀러의 명령대로 도시에 남아 있다가 결국 항복했다.

발포 명령을 내릴 수 있었다. 거기서 그는 주인이자 전문가였다.

하지만 지금 이곳에서는 완전히 다른 느낌이 그를 휩쌌다……
스딸린그라드 하늘에 드리운 붉은 기운도, 공중에 울려퍼지는 천
둥 같은 굉음도 사령관과는 무관한 거대한 열정과 힘으로 진동하
고 있었다.

공장 지대에서 들려오는 일제사격과 폭발의 굉음 사이로 들릴
락 말락 길게 늘어지는 소리가 났다. "아아아아아!"

반격에 나서는 스딸린그라드 보병대 병사들의 이 외침에는 무
언가 끔찍한 것이, 동시에 구슬프고 우울한 것이 깃들어 있었다.

"아아아아아!"가 다시금 볼가강 위로 널리 퍼졌다. 가을밤의 별
빛 아래 차가운 강물 위로 지나가는 '우라'[71]는 열정의 뜨거움을 잃
은 듯 변해버리고, 그 대신 완전히 다른 성질의 것이 갑자기 끼어
들었다. 패기도 용기도 아닌 영혼의 슬픔, 소중한 모든 것과 작별하
는 듯한, 베개에서 고개를 들어 마지막으로 아버지의, 남편의, 아들
의, 형제의 목소리를 들어보라며 사랑하는 이를 깨우는 듯한 영혼
의 슬픔이었다……

병사들의 슬픔이 대장의 마음을 옥죄었다.

외부에서 전쟁을 움직이는 데 이골이 난 사령관을 전쟁이 갑자
기 그 내부 한가운데로 끌어들였고, 사령관은 여기 푸슬푸슬한 모
래 위에, 화염과 굉음의 거대함에 경악한 하나의 병사로서, 강변에
서 있던 수천수만의 다른 병사들처럼 고독하게 서 있었다. 이제 그
는 민족의 전쟁이 자신의 능력, 자신의 힘과 의지 밖에 있음을 느
꼈다. 이 느낌이야말로 아마도 예료멘꼬 장군이 전쟁에 대해 이해

---

71 '만세'라는 뜻으로 러시아 병사가 돌격할 때 지르는 함성. "아아아아아!"는 여
기서 뒷부분만 들렸다는 뜻이다.

할 수 있는 가장 높은 경지였을 것이다.

아침 무렵, 그는 우안으로 넘어왔다. 전화로 미리 고지를 받은 추이꼬프가 물가에 나와 빠르게 다가오는 장갑정의 경로를 주시하고 있었다.

예료멘꼬의 둔중한 몸이 발판을 구부리고 강변의 자갈길에 어색하게 내려섰다. 그는 천천히 걸어 추이꼬프에게로 다가왔다.

"안녕하시오, 추이꼬프 동지." 예료멘꼬가 말했다.

"안녕하십니까, 대장 동지." 추이꼬프가 답했다.

"어찌들 지내는지 보러 왔소. 동지는 석유탱크 화재에서 크게 다치지 않은 것 같군. 여전히 털북숭이이니 말이오. 살도 빠지지 않았고. 우리가 잘 먹이고 있는 모양이오."

"살이 빠질 수 있나요? 밤낮으로 벙커에 앉아만 있는데 말입니다." 추이꼬프는 자신을 잘 먹이고 있다는 사령관의 말에 모욕감을 느끼며 대꾸했다. "강변에서 손님맞이나 하고 있지요."

이번에는 예료멘꼬가 불쾌함을 느꼈다. 자신을 두고 스딸린그라드의 손님이라 부른 것에 화가 난 것이다. 그래서 추이꼬프가 "제 누옥으로 가시지요"라고 했을 때 그는 퉁명스레 대답했다. "난 여기 신선한 공기 속에 있는 게 좋소."

그때 자볼지예 쪽에서 확성기가 울리기 시작했다.

황폐한 강변이 화염과 조명탄, 폭발의 섬광으로 환하게 밝혀졌다. 한곳에서 불빛이 사라지는가 싶으면 다른 곳에서 타오르고, 눈부신 빛이 하얀 번개처럼 몇초나 강하게 타오르기도 했다. 교통호와 벙커들이 자리한 강변의 경사면, 강을 따라 무더기로 쌓여 있는 쇄석들이 어둠으로부터 나타났다가 가볍고 빠르게 다시 어둠 속으로 물러났다.

확성기를 통해 커다란 음성으로 노래하는 소리가 들려오기 시작했다.

고결한 분노가 들끓게 하라, 파도처럼.
민족의 전쟁 다가오네, 신성한 전쟁......[72]

강변과 경사면에 인적이 보이지 않는데다 땅도 볼가도 하늘도 온통 화염 속에 있어서인지, 꼭 전쟁 자체가 이 장엄한 노래를 부르며 그들에게로 무거운 단어들을 굴려 보내는 것만 같았다.

예료멘꼬는 눈앞의 광경을 흥미롭게 바라보고 있는 스스로에게 거북한 감정을 느꼈다. 정말로 손님처럼 스딸린그라드의 주인 앞에 도착한 꼴이 아닌가. 그로 하여금 볼가강을 건너게 한 심적 동요를 추이꼬프는 분명 이해했을 것이고, 그가 끄라스니 사드에서 산책하며 마른 갈대의 살랑대는 소리를 들었을 때 얼마나 큰 고통을 느꼈는지도 알고 있으리라는 생각에 그는 화가 났다.

예료멘꼬는 이 불타는 지옥의 주인에게 보충 병력의 훈련에 대해, 보병대와 포병부대의 합동작전에 대해, 또 독일군의 공장 지대 집결에 대해 묻기 시작했다. 그의 질문에 추이꼬프는 상관을 대하는 장교의 습관대로 대답을 이어갔다.

잠시 침묵이 내려앉았다. 추이꼬프는 묻고 싶었다. "역사상 가장 위대한 방어였습니다. 그렇긴 하나, 공격은 어찌 되는 겁니까?" 하지만 차마 그 질문을 입 밖에 낼 수가 없었다. 스딸린그라드 방어

---

[72] 전쟁 가요 「신성한 전쟁」의 일부. 전쟁 발발 사흘 만에 만들어져 전선으로 떠나는 기차역에서 불렸으며, 제2차 세계대전의 상징으로서 오늘날에도 각종 행사에서 불린다.

군의 인내심이 부족하니 어깨에서 이만 짐을 내려놓기를 청한다고 그가 오해할까봐서였다.

갑자기 예료멘꼬가 물었다. "동지의 부모님은 시골에 계시는 것 같던데. 뚤라였던가?"

"예, 뚤라에 계십니다, 사령관 동지."

"부친께서는 종종 편지를 보내시오?"

"그렇습니다, 사령관 동지. 그분은 여전히 노동을 하시지요."

두 사람은 서로를 바라보았다. 예료멘꼬의 안경알이 화염의 진홍빛으로 물들었다.

이제 그들에게 정말 필요한 주제, 그러니까 스딸린그라드에서 가장 중요한 사항에 관한 이야기가 나올 참이었다. 하지만 예료멘꼬는 이렇게 물었다. "동지도 필시 전선군 사령관이 늘 받게 되는 그 질문을 하고 싶겠지? 병력과 탄약의 보충이 언제 시작되는지 말이오."

이 순간 유일하게 의미를 지닐 대화는 결코 시작되지 않았다.

추이꼬프가 포탄을 따라 시선을 돌리다가 경사면 맨 꼭대기에 서 있는 보초병을 올려다본 뒤 입을 열었다. "저기 있는 붉은군대 병사가 이상하게 생각하겠군요. '물가에 서 있는 저 두 인간은 뭐야?' 하고 말입니다."

예료멘꼬는 쿵쿵거리더니 콧구멍을 한번 후볐다.

떠나야 할 때였다. 포화 속에서, 상관은 부하들이 떠나라고 청할 때만 떠날 수 있다. 그러나 위험에 전혀 아랑곳 않는 예료멘꼬의 태도가 어찌나 순수하고도 자연스러운지, 이 불문율을 그에게 적용하는 것이 부적절해 보였다.

무심하면서도 예리한 시선으로 그는 날아가는 박격포탄의 휘파람 소리를 따라 고개를 돌렸다. "추이꼬프, 그럼 난 이만 가봐야겠소."

추이꼬프는 강변에 선 채 떠나는 장갑정을 눈으로 좇았다. 선미에 이는 거품이 흡사 여인이 작별을 고하며 흔드는 하얀 손수건을 연상시켰다.

예료멘꼬는 갑판에 서서 자볼지예 쪽을 바라보았다. 장갑정이 튀어오르며 떠가는 강물은 돌판처럼 얼어붙은 것 같았고, 자볼지예 강변은 스딸린그라드에서 비치는 희미한 빛 속에 파도처럼 흔들리고 있었다.

예료멘꼬는 짜증스러운 마음으로 이리저리 걸음을 옮겼다. 수십 가지 습관적인 생각들이 머릿속에 떠올랐다. 이제 전선군 앞에는 새로운 과제가 놓여 있었다. 무엇보다 중요한 것은 전차 병력의 집결이었다. 스땁까[73]가 그에게 위임한 대로 왼쪽 측면에서의 공격을 준비해야 했다. 하지만 이에 대해 그는 추이꼬프에게 한마디도 하지 않은 터였다.[74]

한편 추이꼬프는 벙커로 돌아왔다. 입구에 서 있던 자동소총병도, 복도에 있던 서기도, 호출을 받고 나타난 구리예프 사단의 참모장도, 그의 무거운 발소리를 듣고 튀어오르듯 일어난 이들도 모두가 이 군사령관의 분노한 얼굴을 보았다. 물론 그의 분노에는 이유가 있었다.

그의 사단들은 계속 녹아내리고 있었다. 공격과 반격이 이어지는 와중에 독일군의 쐐기들이 집요하게 스딸린그라드의 소중한 땅을 잘라내는 탓이었다. 결국 새로운 두개의 보병사단이 완전무장

---

73 모스끄바 끄레믈린에 본부를 둔 붉은군대 최고사령부를 말한다. 19세기 초 나뽈레옹에 대항해 싸우던 조국전쟁 시기에 처음으로 만들어진 단어이다.

74 소련군의 반격 작전인 스딸린그라드 포위 작전 '천왕성'은 추이꼬프 모르게 진행되고 있었다.

76

을 하고 독일군 후방에 자리한 트랙터공장 지대에 집결한 상태였는데, 이상하게도 그들은 불길하리만치 아무 활동이 없었다.

그러나 추이꼬프는 전선군 사령관 앞에서 자신의 우려와 불안, 불길한 예상에 대해 한마디도 꺼내지 않았다.

예료멘꼬도 추이꼬프도 그들의 만남이 왜 그렇게 만족스럽지 못했는지 깨닫지 못하고 있었다. 그 만남에서 가장 중요한 이야기를, 두 사람 모두 입 밖으로 소리 내어 말하지 못했던 것이다.

14

10월의 어느 아침, 베료즈낀 소령은 잠에서 깨어 아내와 딸에 대해, 또 대구경 기관총에 대해 생각하고 한달 전부터 시작된 스딸린그라드 생활로 익숙해진 굉음에 귀를 기울이다가, 자동소총병 글루시꼬프를 시켜 세숫물을 가져오게 했다.

"명하신 대로 냉수입니다." 베료즈낀이 아침 세수를 하며 느낄 만족감을 상상하며 글루시꼬프가 미소를 머금은 얼굴로 말했다.

"아내와 딸이 있는 우랄에는 필시 벌써 눈이 좀 내렸을 텐데." 베료즈낀이 말했다. "근데 편지가 없군. 여기서는……"

"올 겁니다, 소령 동지." 글루시꼬프가 말했다.

베료즈낀이 물기를 닦고 군용 셔츠를 입는 사이 글루시꼬프가 아침에 일어난 일들을 보고했다.

"바뉴셰이[75]가 식량 창고에 떨어져 창고지기가 죽었습니다. 제2대

---

75 바뉴셰이와 바뉴샤는 이반의 애칭. 붉은군대 병사들이 독일 로켓탄에 붙인 별명이다.

대에서는 참모차장이 용변을 보러 나갔다가 파편을 맞아 어깨가 뚫렸고요. 공병대대 병사들은 폭격에 정신을 잃은, 5킬로그램은 족히 나갈 법한 창꼬치를 잡아올렸습니다. 제가 가보니 대대장인 몹쇼비치 대위 동지에게 선물로 가져갔더군요. 그리고 꼬미사르 동지가 다녀갔습니다. 깨어나시면 전화를 달라는 전언이 있었습니다."

"알겠네." 베료즈낀은 찻잔을 비우고 송아지 족발을 먹은 뒤 꼬미사르와 참모장에게 전화를 걸어 대대들을 돌아보러 가겠다 알리고는 누비 윗도리를 입고 문으로 향했다.

글루시꼬프는 식탁보를 털어 못에 걸고서 옆구리의 수류탄을 건드려보고 담뱃갑이 제자리에 있는지 주머니를 두드려 확인한 다음 구석에 놓여 있던 자동소총을 들고 연대장을 뒤따라갔다.

어슴푸레한 벙커에서 나온 베료즈낀은 하얀 빛살에 눈을 찌푸렸다. 한달 만에 익숙해진 광경이 눈앞에 펼쳐져 있었다. 진흙 퇴적물, 병사들의 참호를 덮은 기름때투성이 방수 천막들이 점점이 늘어선 경사면, 병사들이 만든 간이 난로의 연기 뿜는 연통들, 그 위로는 지붕이 달아난 어두운 공장 건물들이 보였다.

볼가 가까이 좀더 좌측으로 '붉은 10월' 공장의 굴뚝들이 솟아 있었고, 옆으로 누운 기관차 주위에는 마치 죽은 우두머리의 시체 곁에 웅크린 가축떼처럼 화물열차들이 쌓여 있었다. 그리고 더 멀리, 죽은 도시의 잔해가 넓은 레이스처럼 펼쳐져 있었다. 한때 창문이었던 수천개의 구멍을 통해 가을 하늘이 푸른 반점으로 빛났다.

공장 작업장들 사이에 연기가 피어오르고 화염이 어른거렸다. 맑은 대기는 길게 늘어지는 휘파람 소리로, 혹은 딱딱 끊어지는 가냘픈 두드림으로 가득 찼다. 마치 공장 전체가 여전히 돌아가고 있는 것만 같았다.

베료즈낀은 자신의 땅, 300미터에 이르는 연대의 방어 구역을 유심히 살펴보았다. 이는 노동자 거주지를 지나는 지역이었다. 폐허가 된 건물들과 골목들이 뒤죽박죽된 와중에도 어떤 집에서 붉은 군대 병사들이 죽을 끓이는지, 어떤 집에서 독일 자동소총병들이 훈제 비계를 먹고 독주를 마시는지 그는 직감으로 알 수 있었다.

공중에서 박격포탄 소리가 울리자 베료즈낀은 고개를 숙이고 욕설을 내뱉었다.

계곡 맞은편 경사면에 자리한 벙커 중 한곳의 입구가 연기로 막혀버리는가 싶더니 곧 찢어지는 폭발음이 울렸다. 이웃 사단의 연락장교가 군복도 다 입지 못해 멜빵만 멘 채로 벙커 밖을 내다보았다. 그가 한걸음 떼자마자 다시 휙 포탄이 스쳐갔다. 연락장교는 황급히 뒤로 물러서서 문을 닫았다. 포탄은 10미터쯤 떨어진 곳에서 터졌다. 바쮸끄가 계곡과 볼가강 사면이 만나는 곳 모퉁이에 자리한 이 벙커의 문 앞에 선 채 이 모든 일을 지켜보고 있었다.

연락장교가 앞으로 나가려 할 때 우끄라이나 억양으로 "발사!" 하고 소리친 사람이 바로 그였다. 이에 응하기라도 하듯 즉시 독일 병사가 포탄을 쏘았던 것이다.

바쮸끄가 베료즈낀을 알아보고 그를 향해 외쳤다. "안녕하십니까, 이웃 양반."

이 인적 없는 통로를 지나간다는 것은 그 자체로 끔찍하고 치명적인 모험이었다. 실컷 잠을 자고 일어나 아침식사를 마친 독일 병사들이 특별히 주시하며 온갖 무기를 아끼지 않고 쏴대는 곳이 바로 이 통로였으니 말이다. 모퉁이에 이른 베료즈낀은 파철 무더기 곁에 잠시 서서 영리한 눈으로 공간을 살피며 말했다. "자, 글루시꼬프, 먼저 달리게!"

"무슨 말씀입니까! 저기 저격수가 있습니다." 글루시꼬프가 말했다.

위험한 곳을 앞서 달려 지나가는 것은 상사들의 특권이었다. 독일 병사들이 으레 처음으로 지나가는 이는 명중시키지 못했기 때문이다.

베료즈낀은 독일군이 있는 건물들에 한차례 시선을 던진 뒤 글루시꼬프에게 눈짓을 하고 달려갔다.

그가 제방에 거의 이르렀을 즈음 바로 등 뒤에서 퍽 튕기는 소리가 났다. 독일 병사가 파열탄을 쏘았던 것이다.

베료즈낀은 독일군 건물에서 보이지 않는 제방 아래 서서 담배에 불을 붙였다. 글루시꼬프가 보폭 넓고 빠른 걸음으로 달려왔다. 마치 참새떼가 한꺼번에 날아오르듯 일제사격의 총알이 그의 발밑을 따르륵따르륵 누볐다. 글루시꼬프는 옆으로 몸을 던져 피하려다가 무언가에 걸려 넘어졌지만 이내 튀어오르듯 다시 일어나 베료즈낀에게로 다가왔다.

"맙소사, 죽을 뻔했네요." 그가 숨을 헐떡이며 말을 이었다. "놈들이 동지를 놓쳤으니 짜증이 나서 담배 한대 피우겠거니 생각했지 뭐예요. 그런데 망할, 비흡연자인 모양이네요, 저 더러운 놈." 글루시꼬프는 밑단이 잘려나간 군복을 매만지며 독일 병사를 향해 욕설을 퍼부었다.

베료즈낀이 대대 지휘부를 향해 걸음을 옮기며 물었다. "글루시꼬프 동지, 스쳤나?"

"뒤축이 뜯겼어요. 홀랑 벗겨가네, 저 도둑놈 새끼들."

대대 지휘본부는 공장 상점인 '가스뜨로놈'[76] 지하실에 만들어져 늘 축축한 공기 속에 양배추절임과 사과 냄새가 떠돌았다. 탁자 위에서 탄피로 만든 커다란 등 두개가 타올랐고, 문 위에는 플래카드가 붙어 있었다. "판매자와 구매자 모두 서로에게 예절 바르게!"

지하실에는 두개 대대 — 보병대대와 공병대대 — 의 지휘부가 자리했다. 두 대대장, 뽀드추파로프와 몹쇼비치가 탁자 앞에 앉아 아침식사를 하는 중이었다. 문을 열자 뽀드추파로프의 생기 있는 목소리가 들려왔다. "물 탄 술은 질색이야! 차라리 안 마시고 말지."

곧 두 대대장은 몸을 일으켜 차렷 자세로 섰다. 참모장은 수류탄 더미 밑에 250그램짜리 보드까 병을 감추었고, 취사병은 몸을 움직여 창꼬치 고기를 가렸다. 바로 일분 전에 몹쇼비치와 의논했던 그 고기였다.

뽀드추파로프의 연락병은 상관의 명에 따라 축음기 원반에 「차이나 세레나데」[77] 음반을 놓으려다가 재빠르게 일어났는데, 판만 겨우 내려놓아서 축음기는 빈 채로 계속 돌아가고 있었다. 연락병은 전투 중인 병사의 모범적인 태도로 내내 정면을 응시했으나, 그 저주받을 축음기가 유난히 열심을 다해 작동하느라 부르릉거리고 울음소리를 내는 순간 뽀드추파로프의 화난 시선을 포착할 수 있었다.

두 대대장은 물론 아침식사 자리에 있던 다른 이들 모두 상관들의 이상한 편견에 대해 잘 알고 있었다. 윗사람들은 대대 사람들이 늘 전투를 하거나, 망원경으로 적을 주시하거나, 지도 위로 몸을 구부린 채 머리를 굴려야 한다고 생각한다. 하지만 사람이 스물네시간 내내 총을 쏘고 부하나 상관에게 전화를 할 수는 없는 노릇이

---

76 '식료품점'이란 뜻. 미식가·식도락가의 뜻도 있다.
77 1930년대에 유행했던 폭스트롯.

다. 밥 먹을 시간도 있어야 하는 것 아닌가.

베됴즈낀이 지지직거리는 축음기를 곁눈으로 바라보고는 씩 웃었다.

"좋아," 그가 입을 열었다. "앉으시오, 동지들. 계속하시오."

이 말을 곧이곧대로 받아들여서는 안 될 터였다. 이는 정반대의 의미를 가질 수 있었다. 뽀드추파로프의 얼굴에는 침울함과 후회의 표정이 떠올랐고, 개별적 공병대대를 지휘하므로 사실상 연대의 직속 부하라 할 수는 없는 몹쇼비치의 얼굴에는 그저 침울한 기색만이 나타났다. 소속에 따라 각자의 표정도 달라지는 법이다.

베됴즈낀은 짐짓 몹시 기분 상한 어조로 말을 이었다. "그나저나 그 5킬로그램짜리 창꼬치는 어디 있소, 몹쇼비치 동지? 사단 전체에 이미 소문이 쫙 퍼졌던데."

이제 몹쇼비치의 얼굴에도 똑같이 침울한 표정이 떠올랐다. "취사병, 물고기를 보여드리시오."

이곳에 있는 이들 중 본연의 업무에 충실한 유일한 사람인 취사병이 솔직하게 입을 열었다. "대위 동지가 유대식으로 소를 채우라고 명하셨습니다. 하지만 후추와 월계수 잎은 있는데 흰 빵이랑 고추냉이가 없어서……"

"그래, 알겠네." 베됴즈낀이 말했다. "언젠가 보브루이스끄의 피라 아로노브나라는 여자의 집에서 소를 넣은 생선을 먹었는데, 솔직히 내 입맛엔 썩 좋지 않더군."

문득 지하실에 있던 모두가 깨달았다, 이 연대장이 사실 화를 낼 생각조차 없다는 것을.

베됴즈낀은 뽀드추파로프가 독일군의 야간공격에 맞서 싸우다가 새벽녘 흙 속에 꼬라박혔고, 「차이나 세레나데」 음반을 들고 있던 연락병이 "대위 동지, 염려 마세요, 제가 구해드립니다"라고 외치며 그를 꺼내주었다는 것을 알고 있는 듯했다⋯⋯

몹쇼비치가 공병들을 데리고 탱크 위험 지역의 골목들을 기어가면서 장기판 모양으로 깔아둔 대전차 지뢰 위를 흙과 깨어진 벽돌 조각들로 덮었다는 것도 알고 있는 듯했다⋯⋯

젊은 그들은 또 한번 새로운 아침을 맞이해 다시금 함석 잔을 들고 "건강을 위하여!"라고 소리치며 양배추절임을 씹고 담배를 피울 수 있다는 사실에 기뻐하고 있었을 뿐이었다⋯⋯

실제로 아무 일도 일어나지 않았다. 지하실 사람들은 잠시 상관 앞에 서 있었고, 그에게 함께 식사하기를 제안했고, 이어 양배추절임을 먹는 연대장의 모습을 만족스럽게 바라보았을 뿐이었다.

종종 베료즈낀은 스딸린그라드전투를 지난 일년간의 전쟁과 비교해보곤 했다. 그는 적지 않은 전투를 경험했고, 전시의 긴장 상태를 견디게 하는 것은 오로지 내면의 고요와 평온뿐임을 알고 있었다. 붉은군대 병사들도 격분과 공포와 피로함 외에 아무것도 느낄 수 없어 보이는 때 수프를 먹고 신발을 고치고 아내에 대해, 좋은 상관과 나쁜 상관에 대해 이야기를 나누고 스푼을 만들 수 있었다. 전투에서 죽음을 무릅쓰고 앞뒤 재지 않고 싸우는 용감한 사람이라 해도 평온하고 깊은 내면을 지니지 못한 이들은 전쟁을 오래 견뎌내지 못한다는 것을 그는 잘 알았다. 유약함과 비겁함은 베료즈낀에게 마치 감기와도 같은, 치유 가능한 일시적인 상태로 여겨졌다.

무엇이 용감함이고 무엇이 비겁함인지 그는 확실히 알지 못했다. 전쟁 초기에 한 상관이 그를 두고 비겁하다며 몹시 책망한 적이 있었다. 독일군의 엄청난 화력 앞에서 임의로 연대를 후퇴시켰다는 이유에서였다. 스딸린그라드로 오기 얼마 전에도 그는 난폭한 독일군 박격포수들의 공연한 희생양이 되지 않게끔 병사들을 고지의 반대쪽 경사면으로 철수시키라고 명령해 사단장의 질책을 들었다.

"대체 이게 뭔가, 베료즈낀 동지? 자네가 용감하고 침착한 사람이라고 들었는데 말이야."

베료즈낀은 아무 말 없이 한숨만 내쉬었을 뿐이었다. 그렇게 말한 사람들이 그에 대해 잘못 생각한 게 틀림없었다.

선명한 붉은 머리칼에 새파란 눈을 한 뽀드추파로프는 예기치 않은 순간 갑작스레 웃음을 터뜨리거나 화를 내는 자신의 습관을 애써 억누르고 있었다. 마른 체격에 주근깨투성이의 긴 얼굴, 검은 머리칼 사이로 희끗희끗한 얼룩이 보이는 몹쇼비치는 베료즈낀의 질문에 목쉰 소리로 대답하다가 메모지를 꺼내더니 전차 공격 위험 지역들에 지뢰를 부설하는 계획에 대해 그림으로 설명하기 시작했다.

"나중에 기억할 수 있게 이 그림을 내게 주시오." 베료즈낀이 탁자로 몸을 굽히며 낮은 소리로 말했다. "사단장이 전화로 그런 얘길 하더군. 군 정보 자료에 따르면 독일군이 시내에서 병력을 철수하고 우리를 공격하기 위해 집결하고 있다는 거요. 전차가 아주 많다더군. 무슨 말인지 알겠소?"

근처에서 폭발이 일어 지하실의 벽을 흔들었다. 베료즈낀은 그 소리에 귀를 기울이다가 씩 웃어 보였다. "여기 동지들 있는 곳은 평온하구먼. 지금 내가 지내는 협곡에는 벌써 군 참모부에서 세 사람쯤 도착해 있겠지. 하루 종일 온갖 위원회가 열리거든."

이때 새로운 타격이 건물을 흔들었고, 곧 천장에서 회벽 조각들이 쏟아지기 시작했다.

"예, 평온하고말고요." 뽀드추파로프가 말했다. "여기서 우리를 방해하는 건 아무것도 없습니다."

"그렇지, 방해받지 않는다는 게 중요하오." 베료즈낀이 대꾸했다. 부하라는 신분에 너무도 익숙한 그는 이제 자신이 상관이 되어 있다는 사실도 잊은 채 나직한 목소리로 말을 이었다. "상관이라는 이들이 어떤지 아시오? 왜 공격을 하지 않나? 왜 고지를 점령하지 않나? 왜 병력을 손실했나? 왜 손실이 없나? 왜 보고를 하지 않았나? 왜 잠을 자나? 왜……"

이어 베료즈낀은 자리에서 일어났다. "갑시다, 뽀드추파로프 동지. 동지의 방어 지역을 살펴보고 싶소."

노동자 거주지인 이 작은 거리에는 찌르는 듯한 슬픔이 머물러 있었다. 허옇게 드러난 건물 내부와 알록달록한 벽지를 바른 벽들, 전차들로 헤집어진 마당과 채마밭, 그리고 간혹 온전하게 피어 있는 가을 달리아 꽃송이들. 저 외로운 꽃들은 대체 무엇을 위해 피어난 것일까.

"그런데 말이오, 뽀드추파로프 동지," 베료즈낀이 갑자기 입을 열었다. "아내에게서 편지가 안 오는군. 행군할 때까지만 해도 소식을 알았는데 다시 편지가 끊겼지. 딸과 함께 우랄로 떠났다는 것만 아는 상태요."

"편지가 올 겁니다, 소령 동지." 뽀드추파로프가 말했다.

2층짜리 건물 반지하, 벽돌로 막아둔 창문 밑에 부상자들이 누워 야간 송환을 기다리고 있었다. 바닥에는 물동이와 물잔이 하나씩 놓여 있었고, 문 맞은편 창문들 사이에는 「소령의 프러포즈」[78]가

---

78 러시아 사실주의 화가 빠벨 페도또프(Pavel Fedotov, 1815~52)의 유화.

그려진 그림엽서가 붙어 있었다.

"여긴 후방입니다." 뽀드추파로프가 말했다. "전방은 더 가야해요."

"전방까지 가보지." 베료즈낀이 말했다.

현관을 지나 천장이 허물어진 방으로 들어서는 순간, 그들은 공장 사무실에서 작업장으로 들어선 사람들이 느낄 법한 감정에 휩싸였다. 공중에는 화약 연기의 매캐한 냄새가 머물러 있었고, 발밑에서는 얼룩덜룩한 탄피들이 철커덕거렸다. 크림색 유모차에 대전차 지뢰들이 쌓여 있었다.

"독일군이 어젯밤 제 구역의 폐건물을 점령했습니다." 창가로 다가서며 뽀드추파로프가 말했다. "남서향으로 창이 난 멋진 건물이었는데 정말 유감스러워요. 이제 제 방어 구역의 왼쪽 날개 끄트머리가 공격에 노출된 셈입니다."

좁은 구멍만 남기고 벽돌로 막아버린 창문 밑에는 중기관총이 놓여 있었다. 기관총 사수는 군모도 없이 먼지로 뒤덮이고 연기에 그을린 붕대로 머리를 동여맨 채 새 탄띠를 설치하는 중이었고, 제1사수는 하얀 이를 드러내고 깔바사[79] 조각을 씹으며 삼십초 후 다시 사격할 태세를 갖추고 있었다.

중대장 중위가 다가왔다. 그의 군복 윗도리 주머니에 하얀 과꽃 한송이가 꽂혀 있었다.

"멋지군." 베료즈낀이 미소를 지었다.

"반갑습니다, 대위 동지." 중위가 말했다. "상황은 밤에 말씀드렸던 그대로입니다. 그들이 다시 건물 '6동 1호'[80]로 향했습니다.

---

79 가열하지 않은 훈연 소시지.
80 소설 속에 등장하는 '6동 1호'의 모델은 현재 '빠블로프의 집'으로 명명된 건물

정각 9시에 시작했습니다." 그가 시계를 들여다보며 말을 맺었다.

"여기 연대장이시네. 이 동지께 보고하게."

"죄송합니다. 몰랐습니다." 중위가 재빨리 경례를 붙였다.

엿새 전 적이 연대 구역의 건물 몇채를 탈취해 독일식으로 철저하게 파괴하기 시작한 터였다. 소련 측의 방어는 폐허 아래에서 약해지고 방어하는 붉은군대의 생명 역시 점점 사그라드는 형국이었다. 그러나 한 공장 건물의 지하실에서 소련군은 계속 버티고 있었다. 단단한 벽들이 여러군데 포탄으로 부서지고 지뢰로 헤집어지는 와중에도 그들은 타격을 견뎌냈다. 독일군이 세차례나 급강하 폭격기로 폭탄을 투하해 건물 모퉁이 전체가 부서졌지만 폐허 아래 지하실들은 아직 온전했다. 방어군은 잔해를 치우고 중기관총와 경대포, 박격포 들을 설치해 독일군을 막았다. 건물의 입지가 워낙 좋아서 독일 병사들은 그리로 통하는 비밀통로를 발견할 수 없었다.

중대장이 베료즈낀에게 보고했다. "우리가 밤을 틈타 그들에게 접근을 시도했지만 실패했습니다. 병사 한명은 총에 맞아 죽었고 두명은 부상을 입고 돌아왔습니다."

"엎드려!" 그 순간 붉은군대의 관측병이 당황한 목소리로 소리쳤다. 몇몇은 아래로 납작 엎드렸고, 중대장은 말을 맺지 못한 채 몸을 숨기려는 듯 두 팔을 휘저으며 바닥에 뒹굴었다.

격렬한 포효 소리가 한층 날카롭게 치솟는가 싶더니 갑자기 땅과 영혼을 뒤흔드는 악취와 함께 숨 막히는 폭발의 굉음이 이어졌다. 검고 두툼한 무언가가 바닥으로 요란하게 떨어졌다 튀어올라

이다. 고급 주택이었던 이 건물의 잔해 속에서 총 스물네명의 붉은군대 병사들이 오십팔일에 걸쳐 공격을 이어갔다.

베료즈낀의 발밑으로 굴러왔다. 폭발로 부서진 나무토막에 다리를 맞을 뻔했다고 그는 생각했다.

그때 문득 베료즈낀은 이것이 아직 터지지 않은 포탄임을 깨달았다. 다음 순간 견딜 수 없는 긴장감이 그를 휩쌌다.

하지만 다행히 포탄은 폭발하지 않았고, 그러자 하늘과 땅을 삼키는, 과거를 차단하고 미래를 부숴버리는 검은 망령도 사라졌다.

중대장이 자리에서 일어섰다.

"와, 그거 괴물딱지네." 누군가의 혼비백산한 목소리에 또다른 병사가 웃음을 터뜨렸다. "그러게, 이제 끝장이다 생각했어."

베료즈낀은 이마에 솟은 땀을 닦고 바닥에서 하얀 과꽃을 집어 먼지를 털어낸 뒤 중위의 제복 윗도리 주머니에 단단히 꽂았다. "누군가에게서 선물받은 것 같군……" 그러곤 뽀드추파로프에게로 몸을 돌려 이야기하기 시작했다. "이곳 대대가 평온한 이유가 뭔지 아시오? 그건 상관이 다니지 않아서요. 상관은 늘 자신에게 뭔가 해주기를 바라지. 좋은 취사병이 있으면 데려가버리고, 일등급 이발사나 재단사를 보면 어서 내놓으라는 식이오. 상납받고 등쳐먹는 치들. 좋은 토굴을 파놓으면 나가라고 하고, 좋은 양배추절임이 있으면 보내라고 하지." 이어 그가 중위에게 갑작스러운 질문을 던졌다. "그런데 그 두명은 어째서 돌아온 건가? 왜 포위된 자들에게 도달하지 못한 거지?"

"부상을 입었습니다, 연대장 동지."

"그랬군."

"운이 좋으십니다, 연대장 동지." 건물에서 나와 노란 감자 잎사귀와 줄기들 사이사이 제2중대의 교통호들과 참호들로 파인 채마밭을 지나오면서 뽀드추파로프가 말했다.

"내가 운이 좋은지 누가 알겠소." 베료즈낀이 교통호 바닥으로 뛰어내리며 대꾸했다. "전투 상황에서 말이오." 마치 "휴양지에서 말이오"라고 말하는 듯 심상한 어조였다.

"땅이 전쟁에 제일 적응을 잘하지요." 뽀드추파로프가 중얼거렸다. "전쟁에 익숙해진 겁니다." 그러고는 아까 연대장이 언급했던 주제로 돌아가 이렇게 덧붙였다. "취사병 정도면 다행이게요. 상관이 아내를 빼앗아간 경우도 있답니다."

교통호 전체가 흥분해서 서로를 부르는 소리로 부산했다. 소총과 기관단총, 중기관총의 짧은 일제사격의 찢어지는 듯한 굉음이 울리고 있었다.

"중대장이 전사해서 이곳은 정치지도원[81] 소시낀이 지휘합니다." 뽀드추파로프가 말했다. "여기가 그의 벙커입니다."

"그래, 알겠소." 베료즈낀이 벙커의 반쯤 열린 문을 들여다보며 대답했다.

중기관총 근처에서 벌건 얼굴에 검은 눈썹을 한 소시낀이 그들을 따라잡아 나란히 걷기 시작했다. 그는 커다란 목소리로 단어 하나하나를 강조해가며 중대가 6동 1호 공격을 위해 집결하는 독일군을 저지하고자 발포 중이라 보고했다.

베료즈낀은 그에게서 망원경을 건네받아 소총의 빠른 섬광과 박격포의 포구에서 혀처럼 날름대는 화염을 잠시 지켜보았다.

"저기 3층 두번째 창문에 저격병이 앉아 있는 것 같군."

그가 말을 마치자마자 문제의 창문에서 총탄이 날아와 베료즈낀와 소시낀 사이, 교통호의 벽을 맞혔다.

---

81 중대 이하 단위에서 대대, 연대, 사단의 꼬미사르 역할을 담당한다. 군과 전선군에서는 군사위원이 꼬미사르 역할을 맡는다.

"운이 좋으십니다." 뽀드추파로프가 말했다.

"내가 운이 좋은지 누가 알겠소." 베묘즈낀이 대답했다.

그들은 교통호를 따라 이곳 중대에서 만든 발명품으로 다가갔다. 이 전차 공격용 무기는 톱니들로 마차 바퀴에 단단히 고정되어 있었다.

"중대 자체 제작품 고사포입니다." 재를 온통 뒤집어쓴 수염에 불안한 눈빛을 한 중사가 말했다.

"전차는 100미터 전방, 초록 지붕 집 부근에 있네!" 베묘즈낀이 교관과도 같은 목소리로 외치자 중사가 재빨리 바퀴를 돌려 대전차포의 긴 포구를 땅으로 향했다.

"디르낀 중대의 한 병사는," 베묘즈낀이 말했다. "대전차포에 저격용 조준경을 끼워서 하루 사이 중기관총 세정을 부쉈다네."

중사는 어깨를 으쓱여 보였다. "디르낀 중대는 사정이 훨씬 좋습니다. 늘 작업장에 앉아 있으니까요."

그들은 교통호를 따라 계속 걸음을 옮겼고, 베묘즈낀은 시찰 시작 때 했던 이야기로 돌아가 말을 이었다. "내가 작은 소포, 아주 근사한 소포를 보냈지…… 그런데 아내에게서 편지가 없단 말이오. 답장이 도통 오질 않아. 소포가 제대로 도착했는지조차 모르겠소. 혹시 병이 난 건가? 피난살이 중에는 까딱하면 재난이 일어나니, 원!"

뽀드추파로프의 머릿속에 문득 모스끄바로 일하러 갔던 목수들이 아내, 아이들, 부모님께 선물을 가지고 돌아오던 오래전의 일이 떠올랐다. 그들에게는 시골집의 살림살이와 온기가 모스끄바의 떠들썩한 북적임과 밤과 환한 불빛보다 언제나 더 큰 의미를 지녔다.

반시간 뒤 두 사람은 대대 지휘부로 돌아왔지만 베묘즈낀은 지하에 들어오지 않고 뜰에서 뽀드추파로프와 작별했다.

"6동 1호에 가능한 모든 지원을 하시오. 그들에게 접근하지는 말고. 그건 우리가 밤에 연대 병력으로 하겠소." 그러고서 그가 말을 이었다. "그리고…… 첫째로, 동지가 부상자를 대하는 방식이 마음에 들지 않소. 까뻬[82]에 소파가 있는데 부상자들은 바닥에 누워 있더군. 둘째로, 신선한 빵을 가지러 보내지 않아 다들 말라버린 빵을 먹고 있었소. 그다음 세번째, 동지 부대의 정치지도원 소시낀은 술독에 빠진 자요. 또……"

뽀드추파로프는 이 연대장이 방어 구역을 지나면서 모든 것을 알아챘다는 사실에 경탄을 금치 못한 채 귀 기울여 들었다. 부소대장이 독일군의 바지를 입은 것도, 제1중대장이 팔에 시계를 두개 찬 것도 그는 전부 알고 있었다.

베료즈낀은 경고와 함께 말을 맺었다. "독일군이 공격해올 거요, 알겠소?"

그가 공장을 향해 걸어가자, 그사이 구두 뒤축을 붙이고 뜯어진 군복 밑단을 꿰맨 글루시꼬프가 물었다. "돌아가는 거죠?"

베료즈낀은 그의 질문에 답하지 않고 뽀드파추로프에게 말했다. "연대 꼬미사르에게 전화해 내가 디르낀한테로, 제3작업장, 공장으로 간다고 전하시오." 그러고는 윙크를 하며 덧붙였다. "참, 양배추절임을 내게도 좀 보내주고. 맛이 좋더군. 나도 어쨌든 상관이오."

---

82 사령부의 약어.

15

똘랴[83]에게서 편지가 없었다…… 아침에 류드밀라 니꼴라예브나는 어머니와 남편을 직장으로, 나쟈[84]는 학교로 보냈다. 명성 높은 까잔 비누공장 실험실에서 화학자로 일하는 어머니가 제일 먼저 집을 나섰다. 사위의 방을 지나며 알렉산드라 블라지미로브나는 공장 직원들에게서 들은 농담 "경영자는 6시에 일터로, 노동자는 9시까지"를 중얼거렸다.

그다음으로 나쟈가 학교에 간다. 정확히 말하자면 간다기보다막 뛰어간다. 나쟈를 제때 깨우기란 불가능하다. 늘 마지막 순간에야 벌떡 일어나 양말과 겉옷과 책과 공책을 챙기고, 아침을 먹으며아직 목으로 차를 다 넘기지 못한 채로 목도리를 감은 뒤 외투에팔을 꿰며 계단을 뛰어내려가는 것이다.

남편 빅또르 빠블로비치가 식탁에 앉을 즈음이면 찻주전자가이미 식어버려 다시 데워야 한다.

나쟈가 "하루빨리 이 망할 시골 쥐구멍에서 탈출했으면" 하고말할 때마다 알렉산드라 블라지미로브나는 화를 냈다. 제르자빈[85]이 한때 까잔에 살았고, 악사꼬프[86]와 똘스또이, 레닌, 지닌,[87] 로바

---

83 전편 소설에서 똘랴는 스딸린그라드전투에 투입되어 풋내기 장교로서 치열하게 싸우다가 부상당했다.

84 나제즈다의 애칭.

85 Gavriil Romanovich Derzhavin(1743~1816). 유명한 시인. 까잔에서 태어나 어린 시절을 보냈다.

86 Sergei Timofeevich Aksakov(1791~1859). 작가이자 사상가. 까잔에서 1799년부터 중등교육, 대학교육을 받았다.

87 Nikolai Nikolaevich Zinin(1812~80). 생화학자. 1830년부터 까잔에서 교육을받았다.

첩스끼[88]가 살았으며, 막심 고리끼[89]가 바로 이곳의 빵집에서 일했다는 것을 나쟈는 모르는 것이다.

"늙은이처럼 무관심하구나." 알렉산드라 블라지미로브나는 이렇게 대꾸하곤 했는데, 아직 어린 소녀를 향한 노파의 질책이라기에는 좀 이상한 말이었다.

류드밀라는 주변 사람들이나 새로운 일에 끊임없이 관심을 쏟는 어머니의 모습을 지켜보며 그 정신력에 놀라움과 감탄을 느끼곤 했다. 그러나 동시에 완전히 다른 감정이 그녀 안에 도사리기도 했으니, 이 끔찍한 시기에 어떻게 지방脂肪의 수소첨가 반응에, 또 까잔의 거리와 박물관들에 관심을 가질 수 있는 걸까 기막힐 지경이었다.

언젠가 시뜨룸이 아내에게 알렉산드라 블라지미로브나의 정신적 젊음에 대해 이야기했을 때 류드밀라는 참지 못하고 말했다. "그건 젊음이 아니야. 노인의 이기주의일 뿐이지."

"할머니는 이기주의자가 아니라 인민주의자야." 나쟈가 말하고는 덧붙였다. "인민주의자들은 좋은 사람들이지만 그리 현명하지 못하지."

나쟈는 늘 단언하듯, 그리고 아마도 시간이 부족해서인지 짤막하게 자기 의견을 표현했다. '쓰레기'라 욕을 할 때는 '레'를 길게 늘여 발음하곤 했다. 나쟈는 소련 정보국 소식을 주의 깊게 읽고 전쟁 과목을 들었으며 정치적 대화에 빠지는 법이 없었는데, 집단

---

[88] Nikolai Ivanovich Lobachevskii(1792~1856). 수학자. 1806년부터 까잔 제국대학에서 공부하고 같은 대학에서 사십년간 교수로 재직했다. 비유클리드 기하학을 창시했다.

[89] Maksim Gor'kii(1868~1936). 본명은 Aleksei Maksimovich Peshkov. 작가, 사회주의리얼리즘의 창시자. 1884년부터 삼년간 까잔에 머물렀다.

농장으로 하계 봉사 여행을 다녀온 다음에는 어머니에게 집단농장의 노동생산성이 낮은 이유에 대해 장광설을 펼치기도 했다.

나쟈가 어머니에게 학교 성적을 보여준 적은 한번도 없었다. 딱 한번, 되는대로 내뱉었을 뿐이다. "글쎄, 나한테 품행 점수 4급[90]을 준 거야. 그리고 여자 수학[91]이 나를 교실에서 내쫓았어. 내가 나가면서 큰 소리로 '굿바이!' 하고 소리 질렀더니 다들 배꼽 잡고 폭소를 터뜨리더라."

생계가 보장된 가정의 많은 아이들처럼 전쟁 전까지 물질적인 문제나 부엌살림에 대해서는 걱정을 모르던 나쟈도 피난 시기가 되자 배급과 배급업자의 장단점에 대해 이야기하게 되었고, 버터와 식물성기름의 차이며 여러 곡물의 특성이며 가루 설탕보다 각설탕이 이롭다는 등의 정보에도 훤했다.

언젠가는 어머니에게 이런 말을 하기도 했다. "있잖아, 나 결심했어. 오늘부터 차에 연유 말고 꿀을 타서 줘. 그게 몸에 더 좋을 것 같아. 어차피 엄마에겐 상관없잖아."

종종 나쟈는 사나워져서 어른들에게 경멸조의 미소를 던지곤 했다. 한번은 어머니 앞에서 아버지를 향해 "아빠는 바보야"라고 말했는데, 그 증오에 찬 어조에 시뜨룸이 당황할 정도였다.

가끔 나쟈가 책을 읽으면서 우는 모습이 어머니의 눈에 띄었다. 나쟈는 자신이 열등한 실패자이며, 불투명하고 힘든 삶을 살 운명이라 생각했다.

"아무도 나랑 친구가 되고 싶어 하지 않아. 나는 어리석고, 아무도 내게 관심이 없어." 식탁 앞에 앉아 이렇게 말하기도 했다. "아무

---

90 다섯 단계 중 네번째 단계. 수·우·미·양·가 중 '양'에 해당하는 성적이다.
91 여성 수학 교사를 부르는 나쟈의 말버릇이다.

도 나와 결혼하려 하지 않을 거야. 약대를 마치고 시골로 가버릴래."

"시골구석에 약국이 어디 있니?" 알렉산드라 블라지미로브나가 대꾸했다.

"결혼에 대해 지나치게 비관적인데." 시뜨룸도 말을 얹었다. "너 최근에 아주 예뻐졌어."

"웃기시네!" 그러고서 나쟈는 적개심이 가득한 눈으로 제 아버지를 바라보았다.

하지만 그날 밤 나쟈가 이불 밖으로 가느다란 맨팔을 내놓은 채 작은 책을 쥐고 시를 읽는 것이 어머니의 눈에 띄었다.

또 한번은 나쟈가 학술원 배급에서 버터 2킬로그램과 쌀이 담긴 큰 꾸러미를 받아오더니 말했다. "나를 포함해 사기꾼에 악당들만 이 모든 걸 누리는군. 아빠는 비열하게도 재능을 버터랑 교환하지. 병자들과 교육을 못 받은 사람들과 허약한 아이들은 단지 물리학을 모르거나 계획을 300퍼센트 달성할 수 없다는 이유로 굶다시피 살아도 되는 거야? 선택된 자들만이 버터를 처먹을 수 있다니."

그러고는 저녁식사 자리에 앉아 도전적으로 말하는 것이었다. "엄마, 꿀과 버터를 두배로 내줘. 나 자느라 아침을 못 먹었잖아."

나쟈는 여러 면에서 제 아버지를 닮았다. 류드밀라 니꼴라예브나는 빅또르 빠블로비치가 딸아이에게서 특히 짜증스러워하는 것이 바로 그 자신과 닮은 특징들이라는 것을 알아차렸다.

한번은 나쟈가 아버지의 억양을 그대로 따라 하면서 뽀스또예프[92]에 대해 이런 말을 했다. "갑각류, 둔재, 살살이!"

시뜨룸이 격분해서 말했다. "넌 어떻게 제대로 배우지도 않은 중

---

92 전편 소설에서 시뜨룸과 함께 모스끄바로 출장을 갔던 연구소 동료.

학생 주제에 감히 학자에 대해 그런 말을 하니?"

하지만 류드밀라는 빅또르가 대학생이었을 때 여러 유명한 학자들을 언급하며 "쓰레기, 둔재, 해삼 물렁탱이, 출세주의자!"라고 말했던 것을 떠올렸다.

류드밀라 니꼴라예브나는 나쟈의 삶이 쉽지 않다는 것을, 그 아이가 몹시 복잡하고 고립적인, 까다로운 성격을 가졌음을 이해했다.

나쟈가 학교에 가면 빅또르 빠블로비치는 차를 마신다. 가늘게 뜬 두 눈으로 비스듬히 책을 들여다보고, 음식을 다 씹지도 않은 채 삼키고, 바보같이 놀란 표정을 짓고, 시선을 책에서 떼지 않은 채 손가락으로 잔을 더듬으며 "조금만 더 부어줘, 가능하면 더 따뜻한 걸로"라고 말한다. 그녀는 그의 모든 동작을 알고 있다. 언제 머리를 긁기 시작하는지, 언제 입술을 삐죽 내미는지. 그가 인상을 쓰면서 이를 쑤시면 그녀는 말한다. "제발, 비쨔,[93] 대체 이는 언제 치료할 거야?" 그가 몸을 긁거나 입술을 부루퉁하게 내밀 때면 가렵거나 콧속이 근질거려서가 아니라 일에 대해 생각하는 중이라는 것도 그녀는 알고 있었다. 그녀가 "비쨔, 내가 말하는 거 들리지도 않지?" 하고 물으면 그는 책에 계속 눈길을 준 채 "다 들려. 똑같이 다시 말할 수도 있어. '비쨔, 대체 이는 언제 치료할 거야?' 그랬잖아"라고 대답한 뒤 다시 놀란 표정을 짓고 음식을 아무렇게나 삼키고 정신분열증 환자처럼 얼굴을 찡그리리라는 것도, 또 이 모든 행동이 그가 유명한 물리학자의 연구를 들여다보면서 어떤 것에는 동의하고 어떤 것에는 동의하지 않는다는 사실을 의미한다는 것도 알았다. 그렇게 한참을 미동도 없이 앉아 있다가 빅또르 빠블로비

---

93 빅또르의 애칭.

치는 뭔가 공손하면서도 늙은이처럼 애처로운 동작으로 고개를 끄덕거리기 시작하는데, 이때 그 얼굴과 두 눈에는 아마도 뇌종양으로 고통당하는 이들에게서나 볼 법한 표정이 나타난다. 물론 류드밀라 니꼴라예브나는 그게 무슨 의미인지도 안다. 시뜨룸은 어머니에 대해 생각하고 있는 것이다.

그가 차를 마시거나, 일에 대해 생각하거나, 슬픔에 휩싸여 신음할 때 류드밀라 니꼴라예브나는 자신이 입 맞춘 그의 두 눈을 바라보곤 했다. 자신이 다듬어준 고수머리를, 자신에게 키스한 입술을, 그 속눈썹과 눈썹을, 그녀가 "아이, 더러운 내 남자"라고 말하며 잘라준 손톱이 달린 작고 섬세한 손가락들과 두 손을 바라보곤 했다.

그녀는 그에 대한 모든 것, 잠들기 전에 침대에서 동화책을 읽는 그의 버릇을, 그가 이를 닦으러 갈 때 짓는 표정을, 정장을 입고 중성자 방출에 대한 연구 보고를 읽어내려갈 때 약간 떨리며 맑게 울려나오는 그의 목소리를 알고 있었다. 그가 강낭콩을 넣은 우끄라이나식 야채수프를 좋아하는 것도, 자면서 뒤척이고 나직하게 신음하는 것도 알았다. 그의 왼쪽 신발 뒤축이 얼마나 빨리 닳는지, 셔츠의 소맷부리는 또 얼마나 금방 더러워지는지 알았으며, 그가 도시의 광장을 건너갈 때 느끼는 남모르는 공포를, 그의 피부 냄새를, 그의 양말에 생기는 구멍의 모양을 알고 있었다. 그가 배가 고파 식사를 기다릴 때 어떤 노래를 흥얼거리는지, 커다란 발톱이 어떤 모양인지도 알았고, 그가 두살 때 어머니가 그를 부르던 애칭을 알았고, 그의 질질 끄는 걸음걸이와 그가 대학 준비반에 있을 때 싸웠던 소년들의 이름도 알았다. 그가 조롱하기를 즐긴다는 것, 똘랴와 나쟈와 친구들을 약 올리는 습관에 대해서도 알고 있었다. 심지어 요즘 늘 그를 괴롭히는 우울증에도 불구하고 시뜨룸은 그녀가 좋아하는 친구인 마리야 이바노브나 소꼴로바가 책이라곤 읽지 않으며 한번은 대화 중에 발자끄와 플로베르를 혼동했다면서 틈만 나면 조롱을 던졌다.

특히 그는 류드밀라를 약 올리는 데 명수여서 늘 그녀를 화나게 했다. 요즘 그녀는 진지하게 자기 친구를 방어하며 그에게 반박을 늘어놓곤 했다.

"당신은 늘 나랑 가까운 사람들을 조롱하지. 마셴까[94]에겐 자기만의 분명한 취향이 있다고. 뭘 많이 읽을 필요가 없어. 항상 책을 가슴으로 느끼니까."

"아, 물론 그렇겠지." 그가 말했다. "그래서 『막스와 모리츠』[95]를 아나똘 프랑스[96]가 썼다고 확신하겠지."

그녀는 음악에 대한 그의 사랑을, 그의 정치적 견해를 알고 있었다. 그녀는 언젠가 그가 우는 것을 보았고, 그가 광분해서 속셔츠를 찢고 속바지도 제대로 입지 못한 채 깨금발로 통통 뛰어와 주먹을 들어 자신을 때리려는 모습을 보았다. 그녀는 그의 타협 없는 솔직함을, 그의 기백을 알았다. 그가 시를 낭독하는 것을 보았고, 그가 설사약을 먹는 것을 보았다.

겉보기에는 아무것도 변한 게 없지만 그녀는 현재 남편이 자신에게 화가 나 있음을 알았다. 아니, 한가지 변화가 있긴 했다. 그가 더이상 아내에게 자기 일에 대해 이야기하지 않는다는 사실이었다. 물론 아는 학자들한테서 온 편지에 대해, 또 식료품과 공산품의 배급 제한에 대해서는 계속 그녀와 이야기를 나누었다. 연구소

---

94 마리야의 애칭.
95 독일의 작가 빌헬름 부슈(Wilhelm Busch, 1832~1908)가 쓴 그림동화.
96 Anatole France(1844~1924). 프랑스의 소설가이자 비평가.

와 실험실에서 일어난 일이나 작업 계획 논의에 대해서도 말했고, 사보스찌야노프가 저녁에 술을 먹고 일하러 왔다가 잠이 들었다는 둥, 실험실 여자들이 보일러실에서 감자를 삶는다는 둥, 마르꼬프가 새로운 실험 시리즈를 준비하고 있다는 둥 시시콜콜한 것들도 여전히 이야기했다.

하지만 자신의 연구에 대해서, 그가 세상에서 오직 류드밀라에게만 들려주던 자신의 머릿속 이야기에 대해서는 더이상 말하지 않았다.

언젠가 그는 류드밀라 니꼴라예브나에게 한탄한 적이 있었다. 아무리 가까운 친구들한테라도 아직 완성되지 않은 아이디어를 들려주면 다음 날 불쾌한 기분이 든다고, 연구가 빛바랜 것 같아 그것을 다시 건드리기 힘들다고 말이다. 그가 자기 속을 뒤집어 보일 수 있는 사람, 단편적인 아이디어와 몽상에 가까운 가설을 읽어주고도 꺼림칙한 뒤끝을 전혀 느끼지 않는 유일한 인간은 류드밀라 니꼴라예브나뿐이었다.

그런 그가 이제 그녀와 이야기하기를 그만둔 것이다.

그 대신 그는 류드밀라를 원망하면서 마음의 안정을 찾았다. 그는 언제나 집요하게 어머니에 대해 생각했다. 그동안 한번도 생각하지 않았으나 이제 파시즘이 그에게 생각하도록 강요한 것, 그러니까 자신의 유래에 대해서, 어머니가 유대인이라는 사실에 대해서 생각했다.

그는 어머니에게 차갑게 대했던 류드밀라를 마음속으로 원망했다. 한번은 그녀에게 이런 말도 했다. "당신이 어머니랑 잘 지내기만 했어도 어머니는 우리와 여기 모스끄바에서 함께 살 수 있었을 텐데."

한편 그녀는 그녀대로, 빅또르 빠블로비치가 아들 똘랴에게 거칠고 난폭하게 대했던 일들을 빠짐없이 기억하고 있었다. 물론 그런 일은 한두번이 아니었다.

그녀의 심장도 냉혹해졌다. 그가 의붓아들을 얼마나 불공평하게 대했던가. 똘랴의 단점들을 얼마나 많이 보았던가. 그 아이의 부족함을 용서하는 것이 그에게는 얼마나 힘들었던가. 하지만 나쟈에게는 그 거친 성격도, 게으름도, 지저분함도, 어머니를 돕지 않으려는 태도도 전부 용서했지.

그녀는 빅또르 빠블로비치의 어머니에 대해 생각했다. 그녀의 운명은 끔찍했다. 하지만 그가 어떻게 류드밀라에게 안나 세묘노브나와 살갑게 지내기를 요구할 수 있단 말인가. 그토록 똘랴를 차갑게 대한 사람인데 말이다. 그녀가 편지를 보내올 때마다, 모스끄바를 방문할 때마다 류드밀라는 참을 수 없을 지경이었다. 나쟈, 나쟈, 나쟈…… 나쟈의 눈은 빅또르와 꼭 닮았구나…… 나쟈도 빅또르처럼 포크를 쥐는구나…… 나쟈는 산만해, 나쟈는 똑똑해, 나쟈는 생각이 깊어. 아들을 향한 안나 세묘노브나의 애정은 손녀에 대한 애정으로 확장되었다. 하지만 그래, 똘랴는 빅또르 빠블로비치가 쥐는 것처럼 포크를 쥐지 않았지.

그리고 이상하게도 최근에는 똘랴의 아버지, 그러니까 그녀의 첫 남편이 전보다 훨씬 자주 떠올랐다. 그의 친척들이나 그의 누나를 찾아보고 싶기도 했다. 그들은 똘랴의 눈을 보고 기뻐할 텐데. 아바르추끄의 누나라면 똘랴의 눈과 굽은 엄지손가락, 넙적한 코에서 자기 동생의 눈과 손과 코를 알아볼 텐데.

그녀는 이제 빅또르 빠블로비치가 똘랴에게 잘해주었던 것이 전혀 기억나지 않았고, 마찬가지로 아바르추끄의 나쁜 점들, 심지어 그가 자신을 갓난쟁이와 함께 버리고 똘랴에게 아바르추끄라는 성을 따르지 못하도록 한 것마저 용서했다.

오전에 류드밀라 니꼴라예브나는 집에 혼자 남았다. 그녀는 언제나 이 시간이 기다려졌다. 가족들은 늘 그녀를 방해했다. 세상에서 일어나는 온갖 사건, 전쟁, 여동생들의 운명, 남편의 연구, 나쟈의 성격, 어머니의 건강, 부상자들에 대한 연민, 독일 포로수용소에서 죽은 이들에 대한 안타까움, 이 모든 것이 그녀를 괴롭혔으나 이는 결국 아들에 대한 안타까움, 아들을 향한 걱정에서 비롯한 감정이었다.

그녀가 느끼기에 어머니와 남편과 딸의 감정은 완전히 다른 맥에서 흘러나오는 것 같았다. 똘랴에 대한 그들의 친밀감과 사랑은 그리 깊지 않았다. 그녀에게는 세상 전체가 똘랴 속에 있는 반면, 그들에게 똘랴는 세상의 일부일 뿐이었다.

날이 가고 달이 가도 똘랴에게서는 편지가 없었다.

라디오는 매일 소련 정보국의 보고들을 내보냈고, 신문은 매일 전쟁 기사로 가득 찼다. 보고와 기사 중에는 포병부대에 대한 내용도 있었다. 똘랴는 포병부대에 복무했다. 똘랴에게서는 편지가 없었다.

그녀가 느끼기에 이 세상에서 자신을 이해하는 사람은 단 한명, 소꼴로프의 아내인 마리야 이바노브나뿐이었다.

류드밀라 니꼴라예브나는 교수 부인들과 가깝게 어울리는 것을 좋아하지 않았다. 남편들의 학문적 성공 아니면 순 옷이나 집안일에 대한 것뿐인 여자들의 대화가 마뜩지 않았다. 하지만 아마도 자신과 달리 수줍음 많고 부드러운 마리야 이바노브나의 성격 때문에, 그리고 마리야 이바노브나가 똘랴를 대하는 태도에 큰 감동을 받아서 그녀는 마리야 이바노브나에게 몹시 애착을 느꼈다.

류드밀라는 똘랴에 대해 남편보다 그녀와 더 자유롭게 이야기했고, 그럴 때마다 마음이 편안하고 가벼워졌다. 마리야 이바노브나가 거의 매일 시뜨룸의 집에 오는데도 류드밀라 니꼴라예브나는 그녀가 아주 오래전에 왔다 간 양 창문을 바라보며 그 호리호리한 몸과 사랑스러운 얼굴이 언제 나타나는지 기다리곤 했다.

하지만 똘랴에게서는 편지가 없었다.

16

알렉산드라 블라지미로브나와 류드밀라와 나쟈는 부엌에 앉아 있었다. 이따금 나쟈가 공책에서 찢어낸 종잇장들을 구겨 벽난로로 던졌고, 그러면 사그라지던 붉은빛이 다시 잠깐 환해지며 잿더미를 남겼다. 알렉산드라 블라지미로브나가 곁눈으로 딸을 보며 입을 열었다.

"어제 실험실 여직원 집에 놀러 갔었어. 세상에, 얼마나 비좁은 집에서 다들 가난하게 지내며 굶주리는지, 여기 우리는 황제나 다름없더구나. 이웃 여자들까지 다 모여서 서로 전쟁 전에 뭘 제일 좋아했는지 이야기하기 시작했는데, 한 여자는 송아지고기라고 하고 다른 여자는 절인 오이 생선국이래. 그런데 그 실험실 여자네 딸아이는 '난 무엇보다도 캠프 소등 시간이 좋았어요' 하더라."

류드밀라 니꼴라예브나는 가만히 침묵을 지켰고 나쟈가 불쑥 끼어들었다.

"할머니, 여기서 벌써 아는 사람이 백만명은 생겼나봐요."

"넌 한명도 못 사귀었는데 말이다."

"그게 뭐 문제예요?" 류드밀라 니꼴라예브나가 말했다. "비쨔보다야 낫지요. 그이는 소꼴로프 집에 자주 가는데 거기도 온갖 어중이떠중이가 모이나봐요. 비쨔나 소꼴로프나 어떻게 그런 사람들이랑 몇시간이나 떠들 수 있는지 난 도무지 이해가 안 가요…… 밤새도록 담배를 씹고 있는 게 지겹지도 않나? 마리야 이바노브나만 안 됐지 뭐예요. 그녀도 쉬어야 하는데 사람들이 있으면 눕지도 잠깐 앉지도 못하고, 게다가 온 곳에 담배 연기가 뿌옇고 말이에요."

"까리모프라는 그 따따르 사람이 난 마음에 들더라." 알렉산드라 블라지미로브나가 말했다.

"역겨운 작자예요."

"엄마도 나랑 똑같네. 맘에 드는 사람이 하나도 없지?" 나쟈가 말했다. "마리야 이바노브나만 빼고."

"너희들은 참 이상한 족속이야." 알렉산드라 블라지미로브나가 말했다. "너희들은 여기까지, 그 뭐랄까, 모스끄바적인 분위기를 끌고 왔어. 기차에서나 클럽에서나 극장에서나 아무도 너희 서클 사람이 아니지. 같은 곳에 같이 별장을 만든 사람들만 너희 서클 사람이고…… 내가 보니까 제냐도 그렇더라. 별것 아닌 특징들로 자기 서클 사람들을 규정하는 거야. '아, 그 여자는 시시해, 블로끄[97]를 좋아하지 않다니. 그 남자는 야만인이야, 삐까소를 이해 못해…… 맙소사, 그 여자가 글쎄 그에게 크리스털 꽃병을 선물했대, 무슨 몰취미람……' 하면서 말이지. 하지만 빅또르는 민주주의자야. 그 모든 데까당 짓거리를 우습게 여기지."

---

97 Aleksandr Aleksandrovich Blok(1880~1921). 러시아 상징주의를 대표하는 시인.

"말도 안 되는 소리 말아요." 류드밀라가 말했다. "별장이 무슨 상관이에요! 별장이 있든 말든 속물은 속물이고, 그들과는 만날 필요가 없다는 거지. 역겨워."

알렉산드라 블라지미로브나는 최근 딸이 점점 더 자주 자신에게 화를 낸다는 것을 알아차린 터였다.

류드밀라는 류드밀라 대로, 남편에게 충고를 하거나 나쟈에게 지적을 할 때, 또 딸아이의 응석을 받아주거나 꾸짖을 때마다 어머니가 자기 나름의 의견을 가지고 자신의 행동을 지켜본다는 것을 의식하고 있었다. 내놓고 이야기하지는 않았지만 알렉산드라 블라지미로브나에게는 분명한 의견이 있었다. 한번은 시뜨룸이 장모와 시선을 교환하면서 마치 둘이 미리 류드밀라의 성격에 대해 이야기라도 했던 양 조롱 섞인 이해의 표정을 떠올린 적이 있었다. 그들이 정말로 그녀를 비판했든 아니든, 여기서 중요한 것은 가족 구성원 중 그 존재만으로도 익숙한 관계를 변화시킬 수 있는 새로운 세력이 나타났다는 사실이었다.

빅또르 빠블로비치는 언젠가 류드밀라에게 자기가 그녀라면 우두머리 자리를 어머니에게 내주겠다고 한 적이 있었다. 그래서 어머니 스스로가 손님이 아닌 안주인이라고 느끼게끔 하겠다는 것이었다.

류드밀라 니꼴라예브나가 보기에 남편의 이 말은 진심이 아니었다. 심지어 그가 이렇게 장모와의 특별하고 진심 어린 관계를 강조함으로써 무의식적으로 안나 세묘노브나를 향한 류드밀라의 차가운 태도를 상기시키려 한다는 생각도 들었다.

인정하자면 우습고 창피한 일이지만 그녀는 이따금씩 자식들과의 관계에서, 특히 나쟈와의 관계에서 그에게 질투를 느끼곤 했다.

하지만 지금 이것은 질투가 아니었다. 거처할 곳을 잃고 자신의 집에서 보금자리를 찾은 어머니가 자신에게 분노와 부담을 안겨준다는 사실을 그녀는 스스로에게조차 고백할 수 없었다. 하지만 정말로 분노는 존재했다. 또한 동시에, 그녀는 필요하다면 어머니에게 마지막 옷과 마지막 빵까지 내어줄 준비도 되어 있었다.

한편 알렉산드라 블라지미로브나는 어떤 때는 이유 없이 울음을 터뜨리고 싶었고, 어떤 때는 죽고 싶었고, 어떤 때는 집으로 가는 대신 동료의 집에 가서 자고 싶었고, 어떤 때는 갑자기 짐을 꾸려 스딸린그라드를 향해 떠나 세료자, 베라, 스쩨빤 표도로비치를 찾아나서고 싶었다.[98]

알렉산드라 블라지미로브나는 대체로 사위의 행동이나 주장에 동의하는 반면, 류드밀라는 거의 늘 남편에게 동의하지 않았다. 나쟈는 이를 알아채고 아버지에게 이야기하곤 했다. "가서 엄마가 기분 상하게 한다고 할머니한테 말해봐."

그리고 지금도 알렉산드라 블라지미로브나는 말했다. "너희들은 올빼미처럼 다투며 사는구나. 빅또르는 나무랄 데 없는 사람인데."

"말로만 그러는 거예요." 류드밀라가 얼굴을 찡그리며 대꾸했다. "모스끄바로 돌아가는 날이 오면 어머니도 빅또르도 다 행복해지겠죠."

"아, 그 얘기 말인데," 알렉산드라 블라지미로브나가 갑자기 화제를 돌렸다. "모스끄바로 돌아가게 되어도 나는 그냥 남으려고

---

98 전편 소설에서 그녀는 막내딸 제냐와 함께 꾸이비셰프로 피난 갔다가 혼자서 까잔으로 왔다. 그녀는 손자 세료자, 딸 마루샤, 마루샤의 남편 스쩨빤 표도로비치, 외손녀 베라와 함께 스딸린그라드의 아파트에서 살았었다. 막내딸 제냐도 끄리모프와 헤어진 뒤 그곳에 있었다.

해. 모스끄바 집에는 내가 지낼 만한 공간이 없잖니. 제냐에게 이리로 오라고 하거나 아니면 내가 꾸이비셰프로 갈 생각이다."

모녀 관계에 있어 꽤나 난감한 순간이었다. 알렉산드라 블라지미로브나의 마음을 무겁게 짓누르는 모든 것이 모스끄바로 가기를 거절하는 이 한마디 말로써 표현된 셈이다. 이로써 류드밀라 니꼴라예브나의 마음속에 무겁게 쌓인 모든 것 또한 말로 표현된 양 명확해졌다. 그러나 류드밀라는 마치 어머니에게서 비난받을 일은 한 적이 없는 것처럼 기분이 상했다.

반면 알렉산드라 블라지미로브나는 류드밀라의 괴로워하는 얼굴을 보며 죄책감을 느꼈다. 밤마다 알렉산드라 블라지미로브나는 그 무엇보다 세료자에 대해 생각하곤 했다. 그 아이의 감정 폭발이나 그와 벌인 논쟁들이 떠오르기도 하고, 군복을 입은 모습이 눈앞에 어른거리기도 했다. 아마 눈이 더 커다래졌겠지. 더 마르고 볼도 움푹 들어갔을 거야. 그녀가 아마도 이 세상에서 가장 사랑했던 가없은 아들의 아들인 세료자는 언제나 그녀에게 특별한 감정을 불러일으켰다……

"똘랴 생각에 그렇게 괴로워하지 마라." 그녀가 류드밀라에게 말했다. "너도 알잖니, 나도 너 못지않게 그애 걱정을 하고 있어."

그 말 속에는 딸을 향한 사랑을 손상시키는 거짓된 무언가가 있었다. 사실 그녀는 똘랴에 대해 그렇게까지 걱정하지 않았기 때문이다. 이제 잔인할 정도로 솔직해진 두 사람은 자신들의 솔직함이 두려워 솔직해지기를 마다하고 있었다.

"진실은 좋지만, 사랑이 더 좋아. 오스뜨롭스끼[99]의 신판 드라마

---

99 Aleksandr Nikolaevich Ostrovskii(1823~86). 사실주의를 대표하는 극작가. 러시아 국민극의 기초를 세웠고, 유명한 작품으로 『뇌우』가 있다.

네요." 나쟈가 천천히 또박또박 말했다.

알렉산드라 블라지미로브나는 못마땅한 심정으로, 심지어 공포를 느끼며 그 자신도 아직 제대로 이해하지 못한 것을 이해하는 10학년짜리 소녀를 바라보았다.

얼마 안 있어 빅또르 빠블로비치가 도착했다. 그는 자기 열쇠로 문을 따고 들어와 갑자기 부엌에 나타났다.

"기분 좋은 깜짝 등장이네." 나쟈가 말했다. "우리는 아빠가 소꼴로프 아저씨 집에 늦게까지 눌어붙어 있다 올 줄 알았는데."

"아, 벌써 다들 집에 와서 벽난롯가에 앉아 있군. 아주 기쁜 일이네. 기적 같아, 기적." 그가 벽난로를 향해 두 팔을 뻗었다.

"코나 좀 닦아." 류드밀라가 말했다. "뭐가 기적 같다는 거야? 이해를 못 하겠네."

나쟈가 웃음을 터뜨리더니 어머니의 억양을 흉내 내어 말했다. "자, 코나 좀 닦아. 러시아 말 못 알아들어?"

"나쟈, 나쟈." 류드밀라 니꼴라예브나가 경고조로 말했다. 남편에게 잔소리할 권리는 그녀만의 것이었다.

"그래그래, 바람이 무척 차네."

그렇게 중얼거린 뒤 빅또르 빠블로비치는 방으로 들어갔다. 열린 문을 통해 그가 책상 앞에 앉는 것이 보였다.

"아빠가 또 책의 겉장에다 뭘 쓰고 있어."

"네가 상관할 일이 아니야." 류드밀라 니꼴라예브나가 말하고는 어머니에게 설명했다. "저이가 왜 다들 집에 있다고 기뻐했냐면요, 심리적 문제가 좀 있거든요. 누가 집에 없으면 걱정을 해요. 지금 뭔가 더 생각해야 할 게 있는데, 걱정하느라 정신 산만해질 일이 없을 거라 기뻐한 거라고요."

"목소리 좀 낮춰라, 우리 때문에 정신 산만해질라." 알렉산드라 블라지미로브나가 말했다.

"그 반대예요." 나쟈가 말했다. "크게 이야기하면 아빠 신경 안 써요. 하지만 속삭이면 나타나서 물을걸요. '거기서 뭐라고들 속닥거리는 거야?'"

"나쟈, 넌 무슨 동물의 본능에 대해 설명하는 동물원 안내원처럼 아버지 얘길 하는구나."

그들은 동시에 웃음을 터뜨리며 서로를 바라보았다.

"엄마, 어떻게 나한테 그런 서운한 소릴 할 수 있어요?" 류드밀라 니꼴라예브나가 말했다.

어머니는 말없이 딸의 머리를 쓰다듬었다.

그들은 부엌에 모여 저녁을 먹었다. 빅또르 빠블로비치에게는 오늘 저녁 이곳의 온기가 뭔가 특별한 매력으로 다가왔다.

그의 삶의 기본을 이루는 것은 여전히 지속되었다. 그간 실험실에서 행한, 서로 상충되는 실험들에 대한 설명이 예기치 않게 떠오를 수도 있겠다는 생각이 요즘 그를 사로잡고 있었다.

부엌 식탁에 앉아 있자니 이상하고 행복한 초조함이 느껴졌고, 얼른 실험실로 돌아가 연필을 잡고 싶은 욕망에 손가락이 근질거렸다.

"오늘 메밀죽이 환상이네." 그가 스푼으로 빈 접시를 두드리며 말했다.

"더 달라는 뜻이야?" 류드밀라 니꼴라예브나가 물었다.

접시를 아내에게로 밀면서 그가 물었다. "류다,[100] 프라우트[101]의

---

100 류다, 류도치까는 류드밀라의 애칭.
101 William Prout(1785~1850). 영국의 의사이자 화학자. 핵 이론에 커다란 공헌을

가설 기억해?"

류드밀라 니꼴라예브나는 당황해서 스푼을 든 채 잠시 멈추었다.

"원소들의 기원에 관한 내용 말이군." 알렉산드라 블라지미로브나가 말했다.

"아, 그래, 기억나." 류드밀라가 말했다. "모든 원소가 수소로부터 출발한다는 것. 근데 죽이 그거랑 무슨 상관인데?"

"죽?" 빅또르 빠블로비치가 되물었다. "들어봐, 프라우트 시대에는 원자 무게 측정에 커다란 오류가 있었기 때문에 올바른 가설이 나올 수 있었어. 만일 뒤마[102]와 스따스[103]가 해낸 것처럼 원자의 무게를 정확히 측정할 수 있었다면 프라우트는 원자가 수소보다 가볍다는 가설을 주장하지 못했을 거야. 오류가 그를 정답으로 이끈 셈이지."

"근데 그거랑 죽이랑 무슨 관계가 있다는 거야?" 나쟈가 물었다.

"죽?" 시뜨룸은 놀란 듯이 다시금 되물었다가 깨닫고는 말했다. "아, 죽이랑 상관없는 얘기야. 아무튼 이 뒤죽박죽은 정리가 안 되네. 제대로 이해하는 데 백년은 걸릴 것 같아."

"그게 오늘 자네 강의의 주제인가?" 알렉산드라 블라지미로브나가 물었다.

"아니요, 엉터리 같은 거고, 전 강의도 안 하는데 생뚱맞은 말씀이세요."

그는 아내의 시선을 의식하고 자신이 연구에 대한 생각으로 다

했다.

102 Jean-Baptiste André Dumas(1800~84). 프랑스의 유기화학자. 원자와 분자의 무게를 측정했다.

103 Jean Servais Stas(1813~91). 벨기에의 화학자. 원자의 무게를 처음으로 정확하게 측정했다.

시 흥분해 있다는 걸 그녀가 눈치챘음을 알았다.

"오늘 기분은 어때?" 시뜨룸이 물었다. "마리야 이바노브나가 왔었나? 십중팔구 발자끄의 『마담 보바리』[104]에 대해 얘기했겠지?"

"적당히 좀 해." 류드밀라 니꼴라예브나가 대꾸했다.

밤에 류드밀라 니꼴라예브나는 남편이 자신의 연구에 대해 이야기하기를 기다렸다. 하지만 그는 말이 없었고, 그녀 또한 그에게 아무것도 묻지 않았다.

17

19세기 중반 물리학자들의 생각들, 물리학의 과제를 오로지 거리에만 의존하는 인력과 척력 연구로 귀착시킨 헬름홀츠[105]의 견해가 시뜨룸에게는 얼마나 순진하게 여겨졌는지!

힘마당[106]은 물질의 영혼이다! 에너지 파동과 물질의 미립자를 포괄하는 단위…… 빛의 입자성…… 빛은 빛나는 방울들의 폭우인가, 아니면 번개 같은 파동인가?

양자론은 물리적 개체들을 지배하는 법칙을 확률이라는 새로운 법칙으로 대체했다. 이는 개체의 개념을 거부하고 전체만을 인정하는 특이한 통계 법칙이었다. 지난 세기의 물리학자들은 시뜨룸에게 검게 물들인 콧수염을 기르고 빳빳하게 풀 먹인 옷깃에 딱딱

---

104 프랑스 작가 귀스따브 플로베르(Gustave Flaubert, 1821~80)의 소설.
105 Hermann Ludwig Ferdinand von Helmholtz(1821~94). 독일의 물리학자. 에너지 보존의 법칙을 확립하는 등 당대 가장 영향력 있는 자연과학자 중 한 사람이었다.
106 힘의 작용이 미치는 범위. '역장'이라고도 부르며 전기장·자기장·중력장 따위가 있다.

한 소맷부리가 달린 정장 차림으로 당구대 주위에 몰려 있는 사람들을 연상시켰다. 깊은 사색에 잠긴 사람들이 계량기와 크로노미터로 무장한 채 짙은 눈썹을 찌푸리며 속도와 가속도를 측정하고, 세계라는 당구대의 녹색 공간을 채우며 이리저리 뛰는 공들의 질량을 규정했다.

하지만 계량 기구나 금속 막대들로 측정한 공간, 최고로 완벽한 크로노미터로 측정된 시간이 구부러지고, 늘어나고, 줄어들었다. 시간과 공간의 확고부동성이 과학의 기초가 아니라 과학에 감옥의 창살이자 벽이라는 사실이 밝혀지게 되었다. 무서운 심판의 날이 다가왔고 수천년의 진리들이 오류라 선언되었다. 번데기가 껍질 속에 잠들어 있다가 나비가 되듯이 오랜 편견과 오류, 불명료성 속에 잠들어 있던 진리가 세상으로 나왔다.

세계는 비유클리드적인 것이 되었고, 그 기하학적 성질은 이제 질량과 속도에 의해 정식화되었다.

아인슈타인이 절대시간과 절대공간의 족쇄로부터 해방시킨 세계 속에서, 과학의 발전은 그 속도에 점점 박차를 가하고 있었다.

두 조류 — 하나는 우주와 함께 돌진하는 조류요, 다른 하나는 원자핵으로 침투하며 돌진하는 조류인데 — 는 각각 다른 방향으로 향하면서도, 하나는 광년光年의 세계를 달리고 다른 하나는 밀리미크론으로 측정되는 것임에도 서로를 시야에서 놓치지 않았다. 물리학자들이 원자핵 속으로 깊숙이 파고들면 파고들수록 별의 발광을 규정하는 법칙들이 명확해졌다. 먼 은하들의 스펙트럼선에 일어나는 적색편이赤色偏移가 무한한 공간에서 서로를 밀치면서 사방으로 뻗어나가는 우주들에 대한 개념을 낳았다. 하지만 렌즈 모양의 공간, 속도와 질량에 의해 구부러지는 유한한 공간을 상정하면 은하들을 포섭하는 공간 자체의 팽창을 상상할 수 있었다.

시뜨룸은 이 세상에서 학자보다 행복한 사람은 없다고 믿어 의심치 않았다. 아침에 연구소로 가면서, 혹은 저녁 산책 시간에, 그리고 오늘 밤중에도 연구에 대해 생각하면 행복과 화해와 환희의 감정에 압도되곤 했다.

별들의 고요한 빛으로 우주를 가득 채우고 있는 힘은 바로 수소가 헬륨으로 변하며 나타난 것이었다.

전쟁이 일어나기 이년 전에 두 젊은 독일 학자가 중성자로 무거운 원자핵을 쪼개냈고, 소비에뜨 물리학자들도 다른 경로를 통하긴 했지만 비슷한 결과에 이르렀다. 그 순간 그들이 느낀 감정은 십만년 전 동굴 인류가 처음으로 모닥불을 지피고 느꼈을 만한 것이었다……

물론 20세기에는 물리학이 주요 방향을 결정한다…… 1942년 스딸린그라드가 세계대전의 모든 전선戰線을 결정한 주요 공격 전선이 된 것과 마찬가지로 말이다.

하지만 의심, 고통, 불신이 시뜨룸의 발뒤꿈치를 바짝 뒤따르고 있었다.

18

비쨔, 비록 나는 전선 뒤에, 유대인 게토의 가시철망 너머에 있지만 이 편지가 네게 도달하리라 믿는다. 네 답장을 나는 결코 받지 못할 것이다. 나는 없을 테니까. 그저 네가 내 마지막 나날에 대해 알기를 바랄 뿐이다. 그 생각을 하니 좀더 수월하게 삶을 떠날 수 있을 것 같다.

비쨔, 인간을 진정으로 이해하기란 참으로 어렵구나…… 7월 7일 독일군이 도시를 침공했다.[107] 환자들을 접견하고 종합병원에서 돌아오는데 도시공원의 라디오에서 최신 뉴스가 흘러나왔지. 아나운서가 우끄라이나어로 전투 상황을 보도하더구나. 그때 멀리서 총소리가 들리더니 사람들이 공원을 지나 막 뛰어가더라. 나도 집으로 향했지. 내가 왜 공습경보를 놓쳤는지 의아해하면서 말이야. 그러다 갑자기 전차가 나타났고, 누군가의 외침이 들리더구나. "독일군이 침공했어요!"

나는 말했지. "공포를 퍼뜨리지 말아요!" 전날 저녁 내가 시의회 서기를 방문해 언제 대피를 시작할 건지 물어봤을 때 그가 화를 내면서 "대피를 말하기엔 일러요. 아직 명단조차 작성하지 않았다고요"라고 대답했었거든. 하지만 그건 정말로 독일군이었어. 그날 밤 다들 이웃들을 찾아다니며 동동거리더구나. 나와 어린아이들이 제일 평온했지. 난 그저 모두에게 일어나는 일이 내게도 일어나겠구나 하는 마음이었어. 처음엔 너를 다시 보지 못하리라는 사실이 경악스럽고 단 한번만이라도 너를 만나 네 이마와 눈에 키스하고 싶어 견딜 수가 없었지만, 곧 네가 안전하다는 것만으로도 행복하다는 생각이 들더구나.

아침결에야 잠이 들었다가 깨어보니 끔찍한 슬픔이 밀려왔어. 여전히 내 방 내 침대에 있었지만 낯선 곳에 길을 잃고 혼자 있는 느낌이었지.

바로 그날 아침에 나는 소비에뜨 정권 동안 잊었던 것, 내가 유대인이라는 사실을 기억해냈다. 독일인들이 트럭을 타고 지나가며 외치고 있었지. "*유덴 카푸트!*"[108]

---

107 1941년 6월 22일 독일의 소련 침공 이후 곧 우끄라이나와 벨라루스가 독일군의 손에 넘어갔다.

108 Juden kaputt(독일어). '유대인들은 끝장이다'라는 뜻.

그리고 몇몇 이웃들이 그 말을 다시금 상기시켰어.[109] 관리인의 아내는 내 방 창문 밖에 서서 이웃 여자에게 말하더구나. "유대인이 끝장났다니 얼마나 다행이에요!" 대체 이게 다 무슨 일일까? 그 여자의 아들이 유대인과 결혼했고, 그치는 아들네 다녀올 때마다 내게 손자들 자랑을 하곤 했는데.

이웃 여자는 과부로 여섯살 된 딸이 있어. 알레누시까라고, 파랗고 예쁘장한 눈을 가진 아이지. 언젠가 네게 그애에 대해서 써 보낸 적도 있잖니. 그런데 그 이웃 여자가 내게 와서 이러더구나. "안나 세묘노브나, 저녁까지 물건들을 치워줘요. 내가 댁의 방으로 옮기려고요." "좋아요, 그럼 내가 댁의 방으로 가지요." "아뇨, 댁은 부엌 뒤 작은 방으로 가요."

나는 거절했어. 거긴 창문도 벽난로도 없거든.

병원에 갔다가 돌아와보니 방문이 부서져 있고 내 물건들은 부엌방에 던져져 있더구나. 이웃 여자가 와서 말했어. "소파는 그냥 뒀어요. 어차피 댁네 새 방에는 안 들어가니까."

정말 놀라운 일이야. 그 여자는 전문학교까지 다녔고, 죽은 남편도 훌륭하고 조용한 사람이었거든. 우꼬옵스삘까[110]의 경리였지. 그치가 아주 유리한 위치에 있다는 듯한 어조로 말하더라. "당신은 법 밖에 있어요." 하지만 그 딸 알레누시까는 저녁 내내 내 방에 앉아 있었고, 난 그애에게 동화를 들려주었어. 내 집들이인 셈이었지. 아이가 자러 가려고 하지 않아서 결국 그애 어머니가 와서 안고 갔어. 그리고 얼마 후에는, 비쩬까, 우리 병원이 다시 문을 열었는데 나와 다른 유대인 의

---

109 우끄라이나에는 모스끄바 중앙정부에 대한 반감으로 독일군을 환영하고 그들의 유대인 박해에 동조하는 사람이 많았다.

110 1920년에 만들어진 우끄라이나 중앙 소비자조합.

사를 해고했어. 지난달 치 급료를 요구했지만 새로 온 원장은 말하더구나. "소비에뜨 정권에서 일한 값은 스딸린에게 지불하라고 해요. 모스끄바로 편지를 쓰라고요." 간호사 마루샤는 나를 껴안고 나직하게 울기 시작했어. "세상에, 오, 맙소사! 당신은 어떻게 될까요, 당신네들 모두 어떻게 될까요!" 뜨까쵸프 박사는 내게 악수를 건넸지. 뭐가 더 힘든지 모르겠구나. 남에게 불행이 닥친 것을 고소해하는 태도인지, 아니면 죽어가는 비루먹은 고양이를 향한 동정 어린 시선인지. 내가 이 모든 일을 겪게 될 줄은 정말 몰랐어.

많은 사람이 나를 놀라게 했다. 흉악하고 심술궂고 무식한 사람들만이 아니야. 은퇴한 늙은 교사가 있어. 일흔다섯살인데, 늘 너에 대해 묻고 안부를 전해달라면서 말했었지. "그는 우리의 자랑이에요." 근데 그 저주받을 나날 동안 그는 나를 만나면 인사도 없이 그냥 몸을 돌려버리더라. 나중에 들으니 사령부에서 열린 회합 때 그가 이런 말을 했대. "공기가 깨끗해졌어요. 마늘 냄새가 안 나요." 대체 무엇 때문에 그러는 걸까? 그 말이 그 자신을 얼마나 더럽히는지 모르는 걸까? 그 회합에서 유대인들에 대한 모함이 굉장했다지…… 물론 모두가 회합에 나간 건 아니란다. 거절한 사람도 여럿 있었지. 그런데 비쩬까, 사실 황제 시절부터 내 의식 속에서 반유대주의는 '대천사 미하일 아르한겔 연합'[111] 사람들의 끄바스[112] 애국주의와 연결되어 있었어. 그리고 이제 유대인들로부터 러시아를 해방시키자고 외치는 저 사람들이 독일인들에게 굽실거리고, 노예같이 초라한 몰골로 독일인들이

---

111 극우, 반동, 유대인 배척주의 조직. 1905년 우끄라이나에서 일어난 유대인 박해를 주도했다.

112 러시아인이 전통적으로 즐겨 마시는 음료. '끄바스 애국주의'는 극단적 국수주의를 의미한다.

주는 은전 서른닢에 러시아를 팔아먹을 태세가 되어 있다는 걸 알게 되었다. 교외에 사는 흉악한 이들은 약탈하고, 방과 이불과 옷을 탈취하러 다니지. 그런 자들이 필시 콜레라 폭동[113] 때 의사들을 죽였을 거야. 그리고 힘이 약하고 정신이 시들어버린 이들은 모든 더러운 일에 고분고분 순종해. 그저 권력에 반발한다고 의심받지 않기만 바랄 뿐이야.

지인들이 끊임없이 새 소식들을 가지고 내게 바삐 달려오는데, 모두가 미친 사람 눈을 하고 있어. 다들 열병에 걸린 것 같더구나. 이상한 표현도 생겼어. '물건 옮겨 감추기'라고, 이웃집에 두면 더 안심이 된다는 거지. 꼭 놀이를 하는 것 같았어.

곧 유대인들의 이주가 선포되었는데, 한 사람당 소지품은 15킬로그램까지만 허락되었어. 집집마다 노르스름한 선포문이 걸리더구나. "모든 유대인은 1941년 7월 15일 저녁 6시까지 구시가 구역으로 이주해야 한다." 이주하지 않는 사람들은 총살이라고.

그래서, 비쩬까, 나도 채비를 했다. 베개와 속옷과 시트, 언젠가 네가 선물해준 찻잔, 스푼 하나, 나이프 하나, 접시 두개. 한 사람에게 뭐가 필요해봐야 얼마나 필요하겠니? 의료 기구도 몇가지 챙겼다. 거기에 네 편지들, 죽은 내 엄마와 다비드 삼촌 사진들, 그리고 네가 아빠와 찍은 그 사진, 뿌시낀 책 한권, 『풍차 방앗간의 편지』,[114] 모빠상의 『여자의 일생』,[115] 작은 사전, 「지루한 이야기」와 「주교」가 들어 있는

---

113 1830~31년 러시아제국에 콜레라가 창궐했을 때 곳곳에서 시민과 농민과 병사들이 방역 활동에 불만을 느껴 폭동을 일으켰다. 1892년 따슈껜뜨에도 대규모 콜레라 폭동이 일어났다.

114 Lettres de mon moulin(프랑스어). 알퐁스 도데(Alphonse Daudet, 1840~97)의 단편집이다.

115 Une Vie(프랑스어).

체호프의 책 한권을 넣으니 바구니가 가득 차더구나. 이 지붕 밑에서 네게 얼마나 많은 편지들을 썼는지, 얼마나 오랜 시간 울며 밤을 보냈는지. 이제 네게 나의 고독에 대해 말하련다.

집과 마당에 작별을 고하고 몇분쯤 나무 밑에 앉아 이웃들과도 인사를 나누었어. 몇몇 사람들은 참 이상하게도 알뜰하더라. 두 이웃 여자는 내 앞에서 누가 내 의자를 가지고 누가 작은 책상을 가질 것인지 다투기 시작했지. 그러다가도 작별하는 순간에는 둘 다 울음을 터뜨렸지만. 이웃 바산꼬 부부에게 부탁했어. 만약 전쟁이 끝난 뒤 네가 와서 나에 대해 물으면 자세히 이야기해주라고. 그들은 약속했지. 집 지키는 작은 개 또비끄가 나를 감동시키더구나. 마지막 저녁엔 얼마나 다정스럽게 굴며 내게 달라붙던지. 혹시 네가 여기 오게 되면 이 늙은 유대인 여자에게 잘 대해준 보답으로 녀석을 배불리 먹여주렴.

길을 떠나면서 짐 바구니를 구시가까지 어떻게 끌고 가나 생각하는데, 예기치 않게도 늘 침울한 얼굴에 무정해 보였던 내 환자 슈낀이 왔어. 짐을 들어주고, 300루블을 쥐여주고, 일주일에 한번 울타리로 빵을 가져다주겠다는 얘기까지 하더구나. 그는 인쇄소에서 일해. 눈병 때문에 전선으로 가지 않을 수 있었지. 내 환자였던 건 전쟁 전이었어. 전에 누가 나더러 동정심 있는 맑은 영혼의 사람을 꼽으라 했다면 수십명의 이름을 불렀겠지만 아마 그의 이름을 부르지는 않았을 거야. 글쎄 그런 그가 내게 왔고, 비쩬까, 그제야 나는 다시 스스로를 인간으로 느낄 수 있었어. 집 지키는 개만이 나를 인간답게 대해주는 건 아니구나 생각했지. 그가 얘기하더구나. 도시 인쇄소에서 명령문이 인쇄되었다는 거야. 유대인들은 인도를 걷는 것이 금지되며, 저마다 가슴에 노르스름한 육각 별 모양의 천 조각을 붙여야 한다고. 교통수단과 목욕탕을 이용하고 진료소를 방문하고 극장에 갈 권리가 없다고. 버터, 달걀, 우유, 과일, 흰 빵, 고기를 사는 것이 금지되고, 감자를 제외한 모든 채소를 사는 것이 금지된다고. 시장에는 저녁 6시 이후에만 갈 수 있다고(농부들이 시장을 떠나는 시간이지). 구시가는 가시철조망으로 둘러쳐질 것이며, 호송되어 강제노동을 나가는 경우를 제외하면 철조망 밖으로 나갈 수 없다고. 유대인이 러시아인의 집에서 발견되면 집주인은 빨치산을 숨겼을 때처럼 총살형을 당한다고.

이웃 마을 추드노프에 사는 늙은 농부인 슈낀의 장인이 이곳에 와 있는데, 그가 직접 본 것들을 들려주었대. 독일인들이 짐 보따리와 트렁크를 든 그 지역 유대인들을 모두 숲속으로 몰았고, 그곳에서 하루 온종일 총소리와 찢어지는 비명이 들려오더니 결국 한 사람도 돌아오지 않았대. 그 장인 집에 머물렀던 독일인들은 저녁 늦게야 술에 취한 채 돌아와서 아침까지 마시고, 노래하고, 노인 앞에서 브로치와 반지와 목걸이 들을 나눠 가졌대. 이게 우연한 만행인지, 아니면 우리를 기다리는 운명인지 난 모르겠다.

중세의 게토로 가는 여정이 얼마나 비참했는지, 아들아, 그렇게 나는 내가 스무해 동안 일해온 도시를 걸었다. 처음에 스베치냐야 거리를 따라갈 땐 사람이 하나도 없었어. 하지만 니꼴스까야 거리로 나와 보니 그 저주받을 게토로 향하는 이들 수백명이 보이더구나. 거리는 보따리들과 베개들로 온통 하얀빛이었지. 병자들은 다른 이들에게 안겨 갔어. 의사 마르굴리스의 아버지는 팔다리가 마비되었는데 이불 위에 누운 채로 실려가더라. 한 젊은이가 두 팔로 노파를 안고, 그 뒤로 아내와 아이들이 짐을 든 채 걷는 모습도 보였지. 식료품점 주인인 뚱보 고르돈은 모피 외투 차림으로 얼굴은 땀범벅이 되어 헐떡거리며 걸어갔어. 짐도 없이 얼굴 앞에 책을 펼쳐 들고 거만하고 평온한 표정으로 걷는 젊은이도 있어서 난 깜짝 놀랐지. 하지만 그 옆엔 온통 공포와 광기로 가득 찬 사람들뿐이었단다.

우리는 차도를 따라 걸었어. 사람들이 인도에 서서 구경하듯 바라보고 있더구나.

한동안 나는 마르굴리스네 가족과 함께 갔는데, 여자들의 동정 어린 한숨 소리가 들렸어. 하지만 겨울 외투를 입은 고르돈을 보자 다들 비웃었지. 우습기는커녕 정말 끔찍한 모습이었는데 말이야. 아는 얼굴들도 많았다. 어떤 이는 내게 살짝 고개를 끄덕여 보이며 작별 인사를 건넸고, 어떤 이는 외면하더구나. 하지만 군중 속에 무관심한 눈빛은 없었던 것 같아. 호기심 어린 눈빛, 냉혹한 눈빛도 있었지만 울어서 부은 눈도 여럿 보였지.

나는 거기서 두 무리를 보았어. 외투를 입고 모자를 쓴 남자들과 역시나 두꺼운 옷차림의 여자로 이루어진 유대인 무리, 그리고 인도에 서 있던, 밝은 블라우스 차림의 여자들과 재킷을 입지 않은 남자들, 수놓은 우끄라이나식 셔츠를 입은 사람들로 이루어진 무리 말이야. 이미 태양마저 빛을 비추기를 거부해, 거리를 걷는 유대인들은 꼭 12월 겨울밤 한파 속을 나아가는 것처럼 보이더구나.

게토 입구에서 나는 함께 걷던 슈낀과 작별 인사를 나눴어. 그는 우리가 만날 철조망의 한 장소를 가리켜 보였지.

비쩬까, 내가 철조망 뒤에서 뭘 느꼈는지 넌 알까? 나는 내가 공포를 느끼리라 생각했었어. 하지만, 상상이 되니? 이 짐승 우리에서 나는 마음이 가벼워졌어. 내게 노예근성이 있다고 생각하지는 마라. 그런 얘기가 아니니까. 아니, 아니고말고. 그건 주위에 온통 나와 같은 운명을 가진 사람들뿐이었기 때문이야. 게토에서는 말처럼 차도로 다니지 않아도 되었고, 악의에 찬 시선도 없었기 때문이야. 지인들이 내 눈을 들여다보거나 나를 만나는 걸 피하지 않았기 때문이야. 이 짐승 우리에서는 모두가 파시즘이 우리에게 붙인 낙인을 지니고 있고, 그래서 그 낙인이 내 마음을 아프게 쑤시지 않더구나. 여기서는 더이상 권리 없는 짐승이라는 느낌이 들지 않았어. 난 그저 불행한 인간일 뿐이지. 그래서 마음이 편해진 거야.

나는 동료이자 내과의인 시뻬를린그와 함께 방 두개가 딸린 작은 흙집에 거처를 정했다. 시뻬를린그 부부에게는 다 큰 딸 둘에 열두살 난 아들이 있지. 나는 그 아들애의 깡마른 얼굴과 크고 슬픈 두 눈을 바라보곤 해. 이름이 유라인데, 두어번인가 내가 그애를 비쨔라고 불렀는지 "전 유라예요, 비쨔가 아니고"라고 고쳐주더구나.

인간들의 성격은 얼마나 다양한지! 시뻬를린그는 쉰여덟인데도 에너지가 넘친단다. 그가 매트리스랑 등유, 통나무 옮기는 수레 따위를 구해왔고, 밤에는 오막살이로 밀가루 한포대와 강낭콩 반포대도 끌고 왔어. 무엇이 되었든 자기가 하는 일이 성공하면 기뻐하는 사람이지. 어제는 여기저기 양탄자를 내걸더구나. "괜찮아요, 괜찮아요, 모든 걸 극복할 거예요." 그는 늘 말해. "중요한 건 식품과 땔나무를 장만해두는 거지요."

그 사람 말로는 게토에 학교를 세워야 한대. 심지어 나더러 유라에게 프랑스어 수업을 해달라고, 수업당 수프 한접시를 주겠다고 하더라. 나는 그러자고 했지.

하지만 시뻬를린그의 아내, 뚱뚱한 파니 보리소브나는 늘 한숨을 쉬며 이런 말을 해. "다 망했어요. 우리도 망했고요." 그 여자는 큰딸인 착하고 사랑스러운 류바가 누군가에게 강낭콩 한줌, 빵 한조각이라도 내어줄까봐 감시의 시선을 거두지 않아. 그리고 엄마의 귀염둥이인 작은딸 알랴는 그야말로 악마의 화신이야. 뭐든 맘대로 휘두르려 하고, 의심 많고, 인색하지. 아버지나 언니에게도 늘 소리를 지른다니까.

그애는 전쟁 전에 모스끄바에서 잠시 들르러 왔다가 꼼짝없이 갇혀버렸지.

맙소사, 모두가 빈곤하기 짝이 없구나! 유대인의 부에 대해 떠들어대고 유대인들이 참담한 날에 대비해 늘 물자를 쌓아둔다고 이야기하는 사람들이 우리 구시가를 본다면 정말 놀랄 거다! 이제 참담한 날이, 더이상 참담할 수 없는 날이 왔는데, 쌓아둔 물자는커녕 얼마나 빈곤한지. 구시가에는 짐 15킬로그램을 싸서 이사 온 사람들만 있는 게 아니야. 여기서 계속 살고 있던 수공업자들, 노인들, 노동자들, 간호사들도 있어. 얼마나 비좁게 살았고 또 살고 있는지. 먹는 건 어떻고! 반쯤 허물어지고 땅속으로 꺼져들어가는 이 판잣집들을 네가 본다면!

비쩬까, 여기서 나는 나쁜 사람들, 탐욕스럽고 비겁하고 교활하고 언제라도 배반할 수 있는 사람들을 본다. 폴란드 소도시에서 온 한 늙은이가 있는데, 이 옙시쩨인이라는 사람은 소매에 완장을 찬 채 독일군들과 수색을 다니고 심문에 참여하는가 하면 우끄라이나 경찰들과 진탕 마셔대. 그들은 그를 이 집 저 집으로 보내서 보드까, 돈, 식료품을 강탈해오라고 시키지. 나는 두번쯤 그를 보았는데, 훤칠하니 잘생긴 외모에 크림색 멋쟁이 양복을 입었더라. 노란 별도 그 사람 재킷에 붙어 있으니 노란 국화처럼 보여.

하지만 네게 다른 이야기도 들려주고 싶구나. 사실 나는 한번도 내가 유대인이라고 느껴본 적이 없어. 어릴 때부터 러시아 친구들 속에서 자랐고, 무엇보다 뿌시낀과 네끄라소프[116]의 작품들을 사랑

---

116 Nikolai Alekseevich Nekrasov(1821~78). 러시아 사실주의 시인이자 진보파 잡지 『동시대인』의 출판인. 억압하는 자를 증오하고 억압당하는 자를 사랑하겠다는 그의 의도에 따라 '사랑과 증오의 시인'이라 불렸으며 소련 시대에 가장 높이 평가된 19세기 시인이었다.

했거든. 내가 러시아 지방자치 의사 회합 때 다른 관람자들 모두와 함께 울면서 보았던 연극은 스따니슬랍스끼[117]가 연출한 「바냐 아저씨」[118]였어. 그리고 비쩬까, 내가 열네살 소녀였을 때, 우리 가족이 남아메리카로 이민 갈 채비를 했을 때,[119] 그때 난 아빠한테 이렇게 말했어. "나는 절대 러시아를 떠나지 않아요. 다른 곳에 가느니 물에 빠져 죽는 게 나아요." 그리고 정말로 떠나지 않았지.

하지만 지금, 이 끔찍한 나날에 내 심장은 유대 민족에 대한 모성애로 가득 차 있다. 예전에는 몰랐던 사랑이지. 이 사랑은 너, 소중한 내 아들을 향한 사랑을 상기시킨단다.

나는 환자들 집으로 왕진을 다닌다. 아주 조그만 방마다 반쯤 눈이 먼 노인들, 젖먹이들, 임신부들이 꽉꽉 들어차 있어. 예전에 나는 사람들의 눈에서 병의 증상—녹내장, 백내장—을 보는 데 익숙했는데, 이젠 더이상 다른 이의 눈을 그렇게 볼 수가 없단다. 그 대신 눈에서 영혼의 반영만을 보지. 선한 영혼의 반영, 비참하고 착하고 조용히 웃는, 죽음의 운명을 쓴, 폭력에 패배한 동시에 폭력에 승리한 영혼, 강한 영혼의 반영을 말이야. 아, 비쨔!

이 노인들이 너에 대해 얼마나 큰 관심을 가지고 질문을 하는지 네가 안다면! 나를 불평할 수 없게 하는 사람들, 나보다 훨씬 더 끔찍한

---

117 Konstantin Sergeevich Stanislavskii(1863~1938). 러시아제국부터 소련 시대에 걸쳐 활동했던 배우, 연출가. 2020년 러시아에서 출판된 『정의로운 일을 위하여』 에는 나오지 않지만, 이 소설의 초고 일부를 첨가해 2021년 '스딸린그라드'라는 제목으로 번역된 독일어판에서는 안나 세묘노브나가 고등학교 시절 스따니슬랍스끼가 연극단과 오데사에 왔을 때 표를 구하느라 밤새도록 쪼그리고 앉아 있었다는 내용이 나온다.

118 1899년에 발표한 안똔 체호프의 대표적 희곡.

119 1881년부터 러시아의 국가정책으로 인해 유대인은 심한 차별 대우를 받았고, 그리하여 외국으로 이민 간 경우가 많았다.

처지에 놓인 사람들이 얼마나 진정으로 나를 위로하는지 모른다.

종종 그런 생각이 들어. 내가 환자들에게 가는 것이 아니라 그 반대라고, 민중이라는 좋은 의사가 내 영혼을 치유한다고 말이야. 치료에 대한 보답으로 그들이 내어주는 빵 한조각, 작은 양파 한뿌리, 강낭콩 한줌이 내겐 더없는 감동을 준다.

비쨔, 그건 왕진 요금이 아니야! 나이 든 노동자가 내 손을 꼭 쥐고 가방에 감자 두세알을 넣어주며 "의사 선생님, 자, 자, 제발 받으세요" 라고 말할 땐 도무지 눈물을 억누를 도리가 없지. 그 속에는 무언가 순수한 것, 아버지다운 것, 선한 것이 들어 있단다. 나로선 말로 표현할 수가 없구나.

내가 이 시기를 편히 보냈다는 말로 너를 위로하고 싶진 않아. 사실 심장이 고통으로 터지지 않은 것이 놀라울 정도니까. 하지만 내가 굶주렸다는 생각에 괴로워하진 않아도 될 거다. 이 시기 내내 나는 한번도 배고픈 적이 없었어. 또 고독하다는 생각도 한번도 해본 적이 없단다.

이곳 사람들에 대해 어떻게 이야기해야 할까, 비쨔? 이들은 좋은 사람이어서, 또 나쁜 사람이어서 나를 놀라게 한단다. 모두 동일한 운명을 겪고 있는데 각각 다르다니 정말 이상하기도 하지. 하지만 생각해보면 그래. 폭우가 쏟아질 때 하나같이 비를 피하려 애쓴다고 해서 모든 사람이 똑같다는 이야기는 아니잖니? 각자가 다 자기 식으로 비를 피하는 법이지……

시뻬를린그 의사는 유대인 박해가 전쟁 동안 일어나는 일시적인 사건이라고 확신하더라. 그 비슷한 생각을 하는 사람들이 많아. 그리고 나는 사람들이 낙관적이면 낙관적일수록 더 작은 것에 연연하며 이기적으로 구는 모습을 본다. 식사 때 누가 들어오기라도 하면 알랴와 파니 보리소브나는 당장에 먹을 것을 감추지.

시뻬를린그네 사람들은 내게 잘 대해줘. 무엇보다 내가 음식을 거의 안 먹고 필요한 것보다 많은 식품을 가져오거든. 하지만 난 그들을 떠나기로 마음먹었다. 나는 그들이 싫어. 내가 거처할 곳을 찾는 중이다. 속에 지닌 슬픔이 크면 클수록, 생존의 희망이 작으면 작을수록 더 마음이 넓고, 더 선하고, 더 훌륭한 사람이더라.

어떻게든 식품을 모아두려고 교활하게 머리를 굴리는 이들보다 파멸할 운명에 처한 빈민과 함석공, 양복쟁이 들이 훨씬 더 고결하고 넓고 현명해. 젊은 여교사들, 늙은 괴짜 교사이자 체스의 명수 시뻴베르그, 조용한 도서관 직원들, 어린애보다 더 철이 없어서 직접 수류탄을 제작해 게토를 폭발시키겠다고 나서는 기술자 레이비치, 이 모두가 얼마나 멋지고 순수하고 사랑스럽고 슬프고 착한 사람인지! 희망이란 거의 언제나 이성과 상관없는 부조리한 것이라는 사실을 난 여기서 알았다. 희망을 낳는 것은 본능이라는 사실도.

비쨔, 사람들은 긴 세월이 자기 앞에 놓여 있는 양 살아가지. 어리석은 생각인지 현명한 생각인지는 알 수 없지만, 어쨌든 그렇다는 건 분명해. 나도 이 법칙을 따랐다. 이웃 마을에서 온 여자 둘이 내 친구와 똑같은 이야기를 들려주더구나. 독일인들이 아이, 노인 할 것 없이 모든 유대인을 죽인다는 거야. 독일인들과 경찰들이 차를 타고 와서 수십명의 남자들을 들판으로 데려가 구덩이를 파게 한대. 그리고 이삼일 뒤엔 유대 주민들을 모두 이 구덩이에 몰아넣고 모조리 총으로 쏴버린다고. 우리 도시 주변 지역들에는 이 유대인 무덤들이 늘어나고 있단다.

내 이웃집에는 폴란드에서 온 여자가 살아. 그 사람 말에 따르면 그곳에서도 매일 사람이 죽어나간다는구나. 유대인은 한 사람도 남김없이 죽인다는 거야. 이제 유대인들이 남아 있는 곳은 바르샤바, 우치, 라돔의 게토뿐이라더라. 이 모든 것을 종합해 생각해보면, 놈들이 우리를 이곳에 모아놓은 건 비아워비에자[120]의 들소들처럼 살게 하려는 게 아니라 한꺼번에 죽이기 위해서인 게 분명해. 계획대로 진행되면 한두주 뒤엔 우리 차례가 오겠지. 하지만 이런 사실을 알면서도 나는 여전히 환자들을 치료하고 "눈을 약으로 계속 잘 씻으면 한두주 뒤에는 나을 겁니다"라고 이야기한단다. 지금 내가 진찰하는 노인의 백내장이 나으려면 아마 반년에서 일년쯤 걸릴 거야.

난 유라에게 프랑스어도 가르치고 있어. 그 아이의 발음이 나빠서 속이 상하는구나.

이곳에서도 독일군은 게토를 침입해 약탈하고, 보초는 심심풀이로 철조망 뒤에서 아이들을 쏜다. 하루하루 점점 더 많은 사람들이 이곳으로 들어오고 있어. 그걸 보면 우리의 운명이 언제라도 결정될 수 있다는 걸 확신하게 되지.

하지만 이 와중에도 사람들은 계속 살아간다. 얼마 전엔 결혼식까지 있었지. 이런저런 소문도 수없이 돌아. 어떤 때는 이웃이 기쁨으로 가득 차 우리 군대가 공격으로 돌아섰으며 독일군이 도망가고 있다고 알려와. 또 갑자기 소련 정부가 처칠과 함께 독일군에 최후통첩을 했고 히틀러에게 유대인들을 죽이지 말라고 명령했다는 소문이 돌기도 하지. 우리들을 독일인 전쟁포로들과 교환한다는 얘기도 있었고 말이야.

게토만큼 희망이 넘치는 곳은 어디에도 없을 거다. 세상은 온통 사건들로 가득 차 있고, 그 모든 사건의 의미와 이유는 항상 유대인의

---

120 폴란드의 원시림.

구원이지. 정말이지 희망이란 얼마나 다양하고 풍부한지!

이런 희망들의 원천은 단 하나야. 우리 모두가 흔적도 없이 파멸해야 할 필요성에 맞서는, 여하한 논리도 없는 삶의 본능. 그리고 나는 이제 눈으로 보면서도 믿지 못하겠구나. 정말 우리 모두가 선고를 받고 처형을 기다리는 이들이란 말인가. 미용사, 제화공, 재단사, 의사, 난로공…… 모두가 일하고 있어. 심지어 작은 분만실, 정확히 말하자면 그 비슷한 장소까지 생겼지. 빨랫감이 쌓이고, 옷이 볕에 마르고, 식사가 준비되고, 아이들은 9월 1일부터 학교에 다니고, 어머니들은 아이들의 성적에 관해 선생님들에게 묻는단다.

시뻴베르그 노인은 책 몇권을 제본소에 맡겼어. 알랴 시뻬를린그는 아침마다 체조를 하고, 자기 전엔 클립으로 머리카락을 말며 무슨 여름옷 두벌을 해달라며 아버지와 입씨름을 벌이지.

나도 아침부터 저녁까지 바쁘다. 환자를 보러 다니고, 옷을 깁고, 빨래하고, 겨울맞이를 하느라 가을옷에 솜을 대. 그러면서 유대인들에게 닥친 형벌에 귀를 기울인다. 법률고문의 아내가 아이들을 위해 오리알을 한개 샀다는 이유로 정신을 잃을 때까지 맞았다는 이야기, 약사 시로따의 아들이 굴러간 공을 잡느라 철조망 밑을 기어나가려고 하자 놈들이 아이의 어깨에 총을 쏘았다는 이야기. 하지만 얼마 후에 또다시 도는 이런저런 소문들.

하지만 이건 소문이 아니다. 오늘 독일인들이 감자를 캐라고 청년들 여든명을 데리고 갔어. 몇몇은 부모에게 감자 몇알 가져올 수 있겠다며 기뻐했지. 하지만 나는 그 감자가 어떤 것인지 알 것 같구나.

게토에서 밤은 특별한 시간이다, 비쨔. 아, 내 친구 비쨔, 난 항상 네게 진실을 말하라고, 어머니에게는 언제나 진실을 말해야 한다고 가르쳤지. 하지만 어머니도 아들에게 진실을 말해야 할 거야. 비쩬까, 네 엄마가 강한 인간이라고 생각해서는 안 된다. 나는 나약한 사람이야. 치과 의자에 앉으면 아플까봐 무서워하고 겁을 내지. 어렸을 적에 나는 천둥을 무서워했고 어둠을 무서워했다. 노파가 되어서는 병과 고독을 무서워했고. 병이 나면 일을 하지 못하게 될까봐, 네게 짐이 될까봐, 그리고 그러한 사실을 네가 내게 내비칠까봐 두려웠다. 나는 전쟁을 두려워했다. 지금은 밤마다 심장이 얼어붙을 정도의 공포가 나를 가득 채우곤 해. 파멸이 나를 기다리는구나. 도와달라고 너를 부르고 싶구나.

어렸을 적에 너는 보호를 구하며 내게 달려오곤 했지. 이토록 약해진 지금은 내가 네 무릎 사이에 머리를 숨기고 싶어진다. 너, 현명하고 강한 네가 날 숨겨주고 보호해줬으면 싶어. 내 마음은 강하기만 한 게 아니야, 비쨔. 약하기도 하지. 자주 자살에 대해 생각한다. 하지만 모르겠어. 그것이 유약함인지, 강인함인지, 아니면 어리석은 희망인지.

자, 이제 그만. 잠이 들면 꿈을 꾸곤 한다. 종종 죽은 엄마를 만나 이야기를 나누지. 간밤에는 빠리에서 함께 지냈던 사쎈까[121] 샤뽀시니꼬바를 꿈에 보았고. 하지만 늘, 심지어 끔찍한 공포의 순간에도 너에 대해 생각하는데도 너를 꿈에 본 적은 없다. 잠에서 깨어 천장이 보이면 문득 우리의 땅에 독일인들이 있고 내가 죽음을 기다리는 처지라는 사실이 떠오르는데, 그러면 내가 깨어난 것이 아니라 반대로 잠이 들어 꿈을 꾸는 게 아닐까 생각하곤 해. 하지만 잠시 뒤 우물에 누가 갈 차례인지 다투는 알랴와 류바의 목소리가, 아니면 밤사이 이웃 거리에서 독일인들이 한 노인의 머리를 깨부쉈다는 이야기가 들려오지.

내가 아는 어느 사범학교 여대생이 환자를 봐달라고 왕진을 청했

---

121 알렉산드라, 알렉산드리나의 애칭. 여기서는 류드밀라의 어머니이자 자신의 친구 알렉산드라 블라지미로브나 샤뽀시니꼬바를 말한다.

어. 알고 보니 어깨에 총을 맞고 한쪽 눈에 화상을 입은 중위를 숨기고 있더라. 사랑스러운, 그러나 고통받는 청년, 볼가강 출신으로 그쪽 사투리인 오까니에[122]를 쓰는 청년이었지. 밤에 철조망 안으로 기어들어와 게토에 은신처를 찾은 거야. 눈의 부상이 그리 심하지 않아 화농을 멈출 수 있었다. 그 청년이 전투와 우리 군의 패주에 대해 여러가지 이야기를 들려주었는데 정말 슬퍼지더구나. 그는 안정을 찾은 뒤 전선을 넘어갈 계획이야. 몇몇 청년들이 그와 함께 간다는데 내 제자도 그 무리에 포함되어 있지. 아, 비쩬까, 내가 그들과 함께 갈 수만 있다면! 어쨌든 그 청년에게 도움을 주어 난 무척 기뻤다. 마치 내가 파시즘과의 전쟁에 직접 참여한 듯한 기분이었어. 다른 사람들도 그에게 감자며 빵이며 강낭콩을 가져다주었고, 어떤 아낙네는 털양말을 떠주었지.

오늘 하루는 참으로 드라마틱하게 지나가는구나. 어젯밤 알랴가 친구를 통해 병원에서 죽은 어느 러시아 여자의 신분증을 받았어. 알랴는 곧 떠날 거다. 그리고 오늘 게토 울타리를 지나가던 농부로부터 감자를 캐러 갔던 유대 청년들 소식을 들었는데, 도시에서 로마놉까[123] 쪽으로 4베르스따 떨어진 곳에 자리한 비행장 부근에서 깊은 구덩이들을 파고 있다는구나. 비쨔, 이 지명을 잘 기억해두렴, 거기서 네 어미가 누운 공동묘지를 찾을 수 있을 거다.

시뼤를린그마저 이제 모든 것을 파악한 모양이다. 하루 종일 창백한 얼굴로 두 입술을 떨고 있으니 말이야. 아깐 혼이 나간 표정으로 내게 묻더구나. "그들이 전문가들을 살려둘 희망은 없을까요?" 아닌

---

122 강세 있는 음절 앞에서 모음 'o'를 '아'로 바꾸지 않고 그냥 '오'로 발음하는 현상.
123 우끄라이나 끼이우(끼예프) 경계에 위치한 마을.

게 아니라 어떤 구역에서는 최고의 재단사와 제화공과 의사 들이 처형을 면했다고들 하더구나.

그러면서도 시삐를린그는 나이 먹은 벽난로공을 불러 벽에 밀가루와 소금을 감출 장소를 만들었다. 나도 저녁에 유라와 함께 『풍차 방앗간의 편지』[124]를 읽었지. 기억나니? 우리 둘이 내가 제일 좋아하는 단편 「노부부」[125]를 소리 내어 읽고 서로를 바라보며 웃고 울었던 것 말이야. 책을 읽은 다음엔 유라에게 모레 수업을 위해 숙제를 내주었어. 그래야 하니까. 하지만 내 어린 제자의 작고 슬픈 얼굴, 조그마한 노트에 연습할 문법 조항의 번호들을 적어넣는 그 손가락을 바라보는 동안 내 가슴은 얼마나 미어지던지……

이런 아이들이 얼마나 많을까? 아름다운 눈과 검은 고수머리를 가진 이 아이들 가운데 아마 미래의 교사, 물리학자, 의대 교수, 음악가 그리고 시인도 있을 텐데.

나는 아침마다 학교로 달려가는 이들의 모습을 바라본단다. 아이답지 않게 심각한 표정, 크게 뜬 슬픈 눈. 가끔 그들은 장난을 치고 몸싸움을 하고 큰 소리로 웃어대기도 하지만, 웃어서 즐거워지는 대신 공포로 휩싸이지.

아이들은 우리의 미래라고들 하잖니. 하지만 이 아이들에 대해서 뭐라고 말해야 할까? 이들은 음악가도, 제화공도, 재단사도 되지 못할 거야. 그리고 수염 기른 얼굴이 온통 근심으로 가득한 남정네들과 투덜거리는 아낙네들의 세계, 꿀 과자[126]와 오리목 순대[127]를 만드는 사

---

124 Lettres de mon moulin(프랑스어).
125 Les Vieux(프랑스어). 『풍차 방앗간의 편지』에 실린 도데의 단편.
126 유대식 디저트.
127 오리 껍질에 오리고기 등 여러 소를 넣어서 순대처럼 만든 유대식 요리.

람들의 이 시끌벅적한 세계가, 혼인 풍습과 속담, 유대교 축일이 영원히 땅속으로 떠나가고 전쟁 이후에 우리는 존재하지 않을 거라는 생각이, 아스떼까 인들이 사라졌듯이 우리 모두 사라지고 말리라는 생각이 오늘밤 내게 분명하게 떠올랐다. 무덤이 준비되고 있다는 소식을 가져온 농부는 자기 아내가 울면서 "재봉사, 구두장이, 무두장이, 시계공, 약사…… 그들을 다 죽이면 그들이 하던 일은 누가 할까?"라며 곡을 했다고 하더라.

그러자 누군가 폐허를 지나가며 이렇게 말하는 모습이 내 머리에 선명하게 그려졌어. "기억나, 한때 여기 유대인들이 살았어. 난로공 보루흐, 토요일 저녁이면 그의 늙은 마누라가 벤치에 앉아 있었고 그 곁에서 아이들이 놀았지." 그러면 상대방은 "저기 오래된 돌배나무 밑에는 늘 여의사가 앉아 있었어. 이름은 잊었지만 언젠가 그녀가 내 눈을 치료해주었어. 일이 끝나면 항상 대나무로 엮어 만든 의자를 내와 작은 책을 들고 앉아 있었지"라고 말하는 거야. 그렇게 될 거다, 비쨔.

끔찍한 숨결이 저마다의 얼굴을 스친 듯 모두가 기한이 임박했다는 걸 느끼기 시작했다.

비쩬까, 내가 네게 말하고 싶은 건…… 아니, 안 돼, 그건 안 돼.

비쩬까, 이 편지를 마치면 난 게토의 울타리로 이걸 가지고 가서 내 친구에게 건네줄 생각이다. 하지만 편지를 맺기가 힘들구나. 이것이 너와의 마지막 대화니까. 편지를 보내고 나면 나는 너에게서 영원히 떠나가고, 너는 내 마지막 시간들에 대해 결코 알 수 없겠지. 이것이 우리의 마지막 작별이야. 영원한 이별 앞에서 너에게 무슨 말을 하면 좋을까? 지난 평생 그랬듯이 이 나날들에도 너는 나의 기쁨이었다. 밤마다 나는 너를, 너의 아이 적 옷을, 너의 첫 책들을 머릿속에 떠올렸고, 또 너의 첫 편지를, 첫 등교 날을 떠올렸다. 네 삶의 첫날에서부터 너에게서 온 마지막 엽서, 6월 30일에 받은 전보까지 너에 대한 모든 것을 떠올렸다. 내 친구, 눈을 감으면 네가 닥쳐오는 공포로부터 나를 지켜주는 것만 같았어. 하지만 주위에서 일어나는 일들에 대해 생각하면 네가 내 곁에 있지 않아 기뻤다. 끔찍한 운명이 너를 비켜가서 말이야.

비쨔, 난 언제나 혼자였다. 잠 못 이루는 밤에 나는 슬퍼서 울었어. 하지만 아무도 그걸 몰랐지. 내 유일한 위안은 언젠가 내 삶에 대해 네게 이야기하게 되리라는 생각이었다. 왜 네 아빠와 헤어졌는지, 왜 그렇게 오랜 세월 혼자 살았는지 언젠가 이야기할 거라고. 자기 엄마가 실수를 했고, 어리석었고, 질투했고, 질투를 받았고, 결국 다른 모든 젊은 여자들과 다르지 않은 여자였다는 걸 알게 되면 비쨔가 얼마나 놀랄까 자주 상상해봤지. 하지만 그 모든 걸 너와 나누지 못한 채 혼자서 생을 마감하는 것이 내 운명이구나. 가끔은 너한테서 멀리 떨어져 살지 말았어야 한다는 생각이 들었어. 난 너를 너무나 사랑하니까. 그 사랑이 노년의 내게 너와 함께할 권리를 부여하리라 생각했지. 그리고 또 가끔은 너와 함께 살아서는 안 된다는 생각도 들었어. 난 너를 너무나 사랑하니까.

자, *마지막으로*[128]…… 네가 사랑하는 사람들, 너를 둘러싼 사람들, 어머니보다 더 가까워진 사람들과 함께 항상 행복하기를. 나를 용서하기를.

거리에서 여자들의 울음과 경찰들의 욕설이 들려오는구나. 하지만 이 종잇장들을 보니 고통으로 가득한 끔찍한 세상으로부터 보호받는 듯한 기분이야.

---

128 enfin(프랑스어).

편지를 어찌 마칠 수 있을까, 어디서 그런 힘을 얻을까, 내 아들, 너에 대한 내 사랑을 표현할 수 있는 인간의 언어가 있을까? 네게, 네 두 눈에, 네 이마에, 네 머리카락에 키스를 보낸다.

기억하렴, 행복한 날에도 고통의 날에도 항상 어머니의 사랑이 너와 함께한다는 것을. 누구도 그 사랑을 죽일 힘은 없지.

비쩬까, 이것이 네게 보내는 마지막 편지의 마지막 줄이다. 살아라, 살아라, 살아라, 영원히…… 엄마가.

19

전쟁이 일어나기 전에 시뜨룸은 한번도 자신이 유대인이고 자신의 어머니가 유대인이라는 사실에 대해 생각해본 적이 없었다. 유년 시절에든 학창 시절에든 어머니가 이에 관해 이야기한 적이 없었다. 모스끄바 대학에 다니는 동안에도 마찬가지여서, 어떤 학생이나 교수나 세미나 강사도 이에 대해 언급한 적이 없었다.

연구소와 학술원에서도 전쟁 전에는 한번도 이에 대해 이러쿵저러쿵하는 소리를 들을 필요가 없었다.

결코 단 한번도, 그는 딸 나쟈와 이에 대해 이야기해봐야겠다는—네 어머니는 러시아 여자이고 아버지는 유대인이라고 설명해야겠다는—생각을 해본 적이 없었다.

아인슈타인과 플랑크[129]의 세기는 곧 히틀러의 세기임이 판명되었다. 게슈타포와 과학의 르네상스가 동시에 도래하였다. 19세기,

---

129 Max Karl Ernst Ludwig Planck(1858~1947). 독일의 물리학자. 양자역학의 성립에 핵심적 기여를 했다.

그 순진한 물리학의 세기는 20세기에 비하면 얼마나 인간적이었는가. 20세기는 그의 어머니를 죽였다. 파시즘의 법칙 속에는 현대물리학 법칙들과의 끔찍한 유사성이 존재한다.

파시즘은 독립적인 개성의 개념, 즉 '인간'의 개념을 거부하고 거대한 집합체를 다룬다. 현대물리학은 물리적 개체들의 이런저런 집합체 가운데 나타나는 현상들의 크고 작은 확률에 대해 이야기한다. 그리고 파시즘의 끔찍한 메커니즘은 양자역학적 정치 법칙, 정치적 확률에 기반을 두고 있었다!

파시즘은 특정 집단의 계층들과 그룹들에 나타나는 잠재적 저항의 확률과 드러난 저항의 확률이 다른 집단의 그룹들이나 계층들에 나타나는 저항의 확률보다 높다는 통계를 근거로, 특정 주민과 민족과 인종 집단의 전 계층을 모두 말살한다는 착상에 이르렀다. 그야말로 확률과 인간 집합체의 역학이었다.

하지만 그건 틀렸다. 물론 틀렸다! 파시즘은 원자의 법칙들과 자갈돌의 법칙들을 인간에 적용하려는 생각을 했기 때문에 멸망할 것이다!

파시즘과 인간은 공존할 수 없다. 파시즘이 승리하면 인간은 존재하기를 그치고 내적으로 변형된, 인간의 꼴을 한 존재만이 남는다. 하지만 인간이, 자유와 이성과 선의를 갖춘 인간이 승리하면 파시즘은 멸망하고 굴복했던 존재들은 다시 인간이 된다.[130]

그런데 이건 올여름 빵 반죽을 두고 그와 논쟁을 벌였던 체뻐진

---

[130] 칸트의 철학에 나타난 자유, 윤리, 이성, 선의지, 의지의 자율성에 대한 논의를 상기시킨다. 이는 제1부 41장 마가르와 아바르추끄의 마지막 대화에서도 나타난다.

의 주장을 인정하는 셈이 아닐까?[131] 체삐진과 대화한 그때가 그에게는 이제 먼 옛날처럼 여겨졌고, 모스끄바의 여름 저녁과 오늘 사이에 수십년이 놓여 있는 듯했다.

마치 시뜨룸이 아닌 다른 어떤 사람이 뜨루브나야 광장을 지나가며 초조하게 귀를 기울이다가 열이 올라 확신에 차서 논쟁을 벌인 것만 같았다.

어머니…… 마루샤…… 똘랴……

과학이 삶의 무의미함과 잔인성에 대한 깨달음을 방해하는 속임수라 여겨지는 순간들이 있었다.

아마도 과학이 이 끔찍한 시대의 동반자가 된 건 우연이 아닐 거야, 과학은 이 끔찍한 시대의 동맹일 거야. 그가 얼마나 외로움을 느꼈는지. 생각을 나눌 만한 사람이 아무도 없었다. 체삐진은 멀리 있었다. 뽀스또예프는 이 모든 것을 낯설고 흥미롭지 않은 것으로 여기지.

소꼴로프는 신비주의에 빠져 이 제왕적 잔인함과 불의 앞에서 무슨 이상한 종교적 복종으로 기울어 있고.

그의 실험실에는 뛰어난 학자 두 사람이 일하고 있었다. 실험물리학자 마르꼬프와 방탕한 재주꾼 사보스찌야노프. 하지만 시뜨룸이 그들 앞에서 이 모든 것에 대해 이야기한다면 그들은 그를 정신병자라고 생각할 터였다.

---

131 전편 소설에서 시뜨룸과 체삐진은 히틀러 파시스트 정권과 그들의 만행에 대해 이야기한다. 체삐진은 독일의 삶을 빵 반죽에 비유하여 어떤 시기에는 찌꺼기와 쓰레기가 표면으로 떠오르기도 하지만 보이지 않는 건전한 삶이 밑바닥에 건재하며 시대가 바뀌면 다시 표면으로 올라올 것이라 주장했고, 시뜨룸은 그러한 견해를 반박했다.

그는 책상에서 어머니의 편지를 꺼내 또다시 읽었다.[132]

"비쨔, 비록 나는 전선 뒤에, 유대인 게토의 가시철망 너머에 있지만 이 편지가 네게 도달하리라 믿는다…… 어디서 그런 힘을 얻을까, 내 아들……"

그러자 차디찬 칼날이 다시금 그의 목구멍을 파고들었다.

20

류드밀라 니꼴라예브나는 우편함에서 군사우편 한통을 꺼냈다.

그녀는 성큼성큼 방으로 걸어들어가 봉투를 등 밑에 가져다대고 조잡한 종이봉투의 끝을 찢었다.

순간 봉투에서 똘랴의, 아직 고개도 못 가누던, 발가벗은 몸에 두 입술을 헤벌리고는 아기 곰처럼 작은 발들을 쳐든 채 베개 위에 누운 그 작은 아기 똘랴의 사진들이 쏟아져나오는 것만 같았다.

지식인이 아닌, 그저 글자를 쓸 줄 아는 이의 아름다운 필체로 적힌 이 글줄을 읽는다기보다 빨아마시며, 흡입하며, 그녀는 이해할 수 없는 어떤 방법으로 이해했다. 그가 살아 있어, 삶이야!

그녀는 똘랴가 가슴과 옆구리에 심한 부상을 입어 피를 많이 흘렸으며 거의 한달 동안 열이 났다는, 힘이 없어 그동안 편지를 쓸 수 없었다는 내용을 읽었다. 그럼에도 행복한 눈물이 앞을 가렸다. 그만큼 그전의 절망이 컸던 것이다.

먼저 계단 앞에서 편지의 앞부분을 읽고 진정한 뒤, 장작을 놓아

---

132 전편 소설에서 시뜨룸은 이 편지를 노비꼬프로부터 전달받았다.

둔 광으로 들어갔다. 그곳, 차가운 어둠 속에서 편지의 중간과 마지막을 마저 읽은 그녀는 이 편지가 똘랴의 임종 전 작별 인사임을 깨달았다.

류드밀라 니꼴라예브나는 장작을 자루에 넣기 시작했다. 모스끄바 가가린 골목에 있는 체꾸부[133] 종합병원에서 치료를 해준 의사가 3킬로그램이 넘는 것을 들면 안 되며 반드시 천천히 움직여야 한다고 당부했음에도 불구하고, 그녀는 농부 아낙처럼 끙끙거리며 두 어깨에 축축한 나뭇가지로 가득한 자루를 지고 단숨에 2층으로 올라갔다. 자루를 바닥에 내려놓자 식탁 위의 그릇들이 부르르 떨리며 윙 소리를 냈다.

류드밀라는 외투를 입고 머리에 스카프를 대충 두른 뒤 거리로 나갔다. 곁을 스쳐지나가는 행인들이 뒤돌아보았다. 전차의 날카로운 종소리를 들으며 길을 건너자 여자 기사가 그녀에게 주먹질을 해 보였다.

오른쪽으로 돌면 골목을 통해 어머니가 일하는 공장으로 갈 수 있었다.

똘랴가 죽어도 애아버지는 그걸 모를 텐데, 어떤 수용소에서 그를 찾아야 할까? 아니, 어쩌면 오래전에 이미 죽었는지도 몰라……

류드밀라 니꼴라예브나는 남편 빅또르 빠블로비치가 일하는 연구소로 향했다. 소꼴로프 부부의 집을 지나가다가 뜰로 들어가 창문을 두들겨보았지만 덧창이 닫힌 채였다. 마리야 이바노브나는 집에 없었다.

"빅또르 빠블로비치는 방금 연구실로 갔어요." 누군가 그녀에게

---

133 '인민위원회 산하 학자 후생 중앙위원회'의 약자.

알려주었다. 그게 누구인지, 자신이 아는 사람인지 모르는 사람인지, 남자인지 여자인지조차 알아차리지 못한 채 그녀는 감사를 표했다. 평소처럼 실험실에서는 거의 아무도 일하지 않고 있는 것 같았다. 남자들은 잡담을 하거나 담배를 피우면서 책을 들여다보고, 여자들은 플라스크에 차를 끓이거나 아세톤으로 매니큐어를 지우거나 뜨개질을 하느라 바빠 보였다.

세세한 모든 것들이 눈에 들어왔다. 수십가지 사소한 것들, 실험자가 담배를 마는 종이까지 말이다.

빅또르 빠블로비치의 연구실 사람들이 그녀에게 시끌벅적하게 인사를 건넸다. 소꼴로프는 커다란 흰색 봉투를 든 팔을 크게 휘두르며 그녀에게로 아주 빨리, 거의 뛰다시피 다가와서 말했다. "희망적인 소식이에요. 모스끄바로 다시 복귀할지도 몰라요. 연구소 집기와 장비, 가족도 모두 함께요. 좋지 않나요? 언제가 될지 확실히 정해진 건 아니지만, 그래도요!"

그 생기 어린 얼굴과 두 눈이 그녀에겐 가증스럽게만 여겨졌다. 마리야 이바노브나도 저렇게 기쁘게 그녀에게로 달려올 수 있었을까? 아니, 아니야. 마리야 이바노브나는 단박에 그녀의 표정을 읽고 모든 걸 이해했으리라.

이렇게 행복해하는 얼굴들을 보게 될 줄 알았다면 그녀는 물론 빅또르에게 오지 않았을 것이다. 빅또르도 기뻐하는구나. 그 기쁨은 저녁에 집으로 닿을 것이고, 나쟈도 행복해하겠지. 이 지긋지긋한 까잔도 이젠 안녕이라면서.

저들 모두가 젊은 피를 값으로 치르고 이런 기쁨을 살 자격이 있단 말인가?

그녀는 질책 어린 시선으로 남편을 올려다보았다. 그러자 이해와 걱정으로 가득 찬 그의 눈이 그녀의 눈을 들여다보았다.

그들 둘만 남았을 때, 그는 그녀가 연구실로 들어선 순간 즉시 불행이 일어났음을 알았다고 했다.

그는 편지를 다 읽고는 되풀이해서 말했다. "이제 어떻게 하지? 맙소사, 어떻게 하면 좋을까?"

빅또르 빠블로비치가 외투를 입었고, 그들은 출구로 걸어갔다.

"오늘은 연구소로 돌아오지 못할 것 같아." 빅또르가 소꼴로프에게 말했다. 그는 얼마 전에 새로 부임한 인사과장과 나란히 서 있었다. 둥그런 얼굴에 키가 크고 최신 유행에 따라 넉넉하게 재단되었지만 어깨에 비하면 너무 작아 보이는 재킷을 입은 두벤꼬프였다.

시뜨룸은 잠시 류드밀라의 손을 놓고 두벤꼬프에게 나직하게 말했다.

"모스끄바 명단을 작성하기로 했는데, 오늘은 힘들겠습니다. 나중에 설명할게요."

"괜찮습니다, 빅또르 빠블로비치." 두벤꼬프가 저음의 울리는 목소리로 말했다. "서두를 거 전혀 없습니다. 그건 앞으로의 계획이니까요. 자질구레한 일들은 일단 제가 처리하리다."

소꼴로프는 손을 흔들며 고개를 끄덕여 보였다. 시뜨룸에게 닥친 새로운 불행을 짐작한 모양이었다.

거리마다 차갑게 불어대는 바람이 흙먼지를 휘감아올려 밧줄 같은 모양으로 만들었다가 갑자기 더러운 검은 우박처럼 냅다 흩뿌렸다. 얼어붙는 추위 속에, 툭툭거리는 앙상한 나뭇가지들 속에, 무궤도전차 레일의 얼음같이 차가운 푸르름 속에 가차 없는 잔혹함이 서려 있었다.

아내가 고개를 돌려 애원하듯 집요하게 빅또르 빠블로비치를 바라보았다. 해쓱하니 추위에 얼어붙은 그녀의 얼굴은 고통으로 오히려 젊어진 듯했다.

언젠가 그들 집에 살던 어린 고양이가 첫 해산 때 새끼들을 낳지 못한 채 죽어가다가 시뜨룸에게로 기어와 큰 소리로 울며 크게 뜬 밝은 두 눈으로 그를 바라본 일이 있었다. 하지만 지금 이 거대하고 공허한 하늘 아래, 이 가차 없는 흙먼지투성이의 땅 위에서 그들은 대체 누구에게 애원하고 누구에게 기도할 수 있단 말인가?

"저기 내가 일하던 병원이네." 그녀가 중얼거렸다.

"류다," 그가 불쑥 입을 열었다. "병원에 들러봐. 거기서 야전 우편물의 발신지를 알려줄지도 몰라. 왜 이제야 이 생각이 났을까!"

그는 층계를 올라가서 문지기에게 설명하는 아내의 모습을 지켜보았다.

시뜨룸은 모퉁이로 갔다가 다시 병원 입구 쪽으로 돌아오기를 반복했다. 행인들이 그물 장바구니를 들고, 혹은 잿빛 액체 속에 잿빛 마카로니 몇가닥과 감자 알갱이 몇개가 떠 있는 유리병을 안고 바삐 스쳐지나갔다.

"비쨔." 아내가 그를 불렀다. 목소리를 듣자니 이제 침착성을 찾은 모양이었다.

"이 편지 말이지," 그녀가 말했다. "사라또프에서 온 거래. 부원장이 얼마 전에 그곳에 다녀왔다네. 그 사람이 주소를 적어줬어."

당장 해결해야 할 일이 많았다. 기선이 언제 떠나고 표는 어떻게 구할지 알아봐야 하고, 옷가지와 식품을 꾸리고, 돈을 빌리고, 어떻게든 여행 허가서를 구해야 했다.

류드밀라 니꼴라예브나는 옷가지도 식품도 없이, 돈도 거의 없이, 승선하느라 모두가 밀고 밀리고 야단하는 통에 심지어 표도 없이 갑판에 올랐다.

그녀가 가진 것이라곤 어두운 가을 저녁 어머니와 남편, 나쟈와 나눈 작별 인사에 대한 기억뿐이었다. 검은 파도가 뱃전을 울렸고, 낮게 부는 바람이 매섭게 때리고 울부짖으며 포말을 일으켰다.

21

독일군에 점령된 우끄라이나 어느 주의 위원회 서기였던 제멘찌 뜨리포노비치 게뜨마노프는 우랄에 새로 결성되는 전차군단의 꼬미사르로 임명되었다.

근무처로 떠나기 전, 게뜨마노프는 더글러스[134]를 타고 가족들이 피난해 있는 우파[135]로 날아갔다.

동료들, 우파의 일꾼들은 그의 가족을 세심하게 배려해주었다. 일상생활이나 주거 환경이 나쁘지 않았다. 게뜨마노프의 아내 갈리나 쩨렌찌예브나는 전쟁 전에도 대사 불량으로 몸이 꽤나 비대했는데 피난지에서 체중이 빠지기는커녕 더 살이 찐 것 같았다. 두 딸과 아직 학교에 다니지 않는 어린 아들은 건강해 보였다.

게뜨마노프는 우파에서 닷새를 보냈다. 돌아가기 전에는 가까운 사람들, 아내의 막냇동생이자 우끄라이나 인민위원회[136] 총무차장

---

134 미국 항공기. 고품질 강철과 대공포, 항공기, 지프, 트럭, 식량 등 루스벨트 대통령의 원조는 소련의 승리에 큰 역할을 했다.
135 까잔 동쪽에 위치한 도시로 우랄 지방의 공업 중심지.
136 당시 국가 정권의 최고 집행 및 지시 기관.

인 니꼴라이 쩨렌찌예비치, 옛 동료이자 그의 동서로 국가보안국 요원인 끼예프 사람 마슈끄, 역시 동서이자 우끄라이나 중앙위원회 선전국 책임자인 사가이다끄가 작별 인사차 그에게 들렀다.

사가이다끄는 11시가 지나 도착했는데, 아이들이 이미 잠자리에 든 터라 대화는 나지막한 목소리로 진행되었다.

"동지들, 모스끄바 보드까 한모금씩 마시지 않겠나?" 게쯔마노프가 생각에 잠긴 채 말했다.

따로따로 살펴보면 게쯔마노프는 모든 게 큼직한 사람이었다. 뻣뻣한 머리칼이 회색으로 변해가는 둥근 머리통, 넓고 커다란 이마, 두툼하게 살집 잡힌 코와 손과 손마디와 어깨, 두껍고 강인한 목까지. 하지만 크고 묵직한 부분들로 이루어진 그 자체는 작은 키였다. 또 이상한 점은, 그 커다란 얼굴에서 특히 마음을 끌고 기억에 남는 것이 다름 아닌 작은 두 눈이라는 사실이었다. 부풀어오른 눈꺼풀 때문에 거의 보이지도 않는 그 가느다란 눈은 심지어 색깔도 불분명해서 회색이라 해야 할지 파란색이라 해야 할지 알 수가 없었다. 하지만 그 속에는 예리함과 생기가 가득했고, 강한 통찰력도 어려 있었다.

갈리나 쩨렌찌예브나가 육중한 몸을 가볍게 일으켜 방에서 나가자 남자들은 시골집에서든 도시의 모임에서든 식탁에 술이 나타나야 할 때 종종 그러듯 조용해졌다. 이내 갈리나 쩨렌찌예브나가 쟁반을 들고 돌아왔다. 그녀의 두툼한 손이 어찌 그 잠깐 사이에 그렇게 많은 병조림을 따고 그릇들을 마련했는지 경탄스러울 정도였다.

마슈끄는 우끄라이나 태피스트리로 가득한 벽들을 둘러보더니 넓은 소파와 후하게 내놓은 술병들과 병조림들로 시선을 돌리며 말했다. "댁에 있던 이 소파 기억나요, 갈리나 쩨렌찌예브나. 이걸 여기까지 가져오다니 정말 대단하네요. 계획하고 조직하는 능력이 아주 탁월해요."

"생각해보게," 게뜨마노프가 맞장구를 쳤다. "피난할 때 난 이미 집에 없었다고. 전부 이 사람 혼자서 했다니까!"

"동포 여러분, 이걸 어떻게 독일인들에게 내주겠어요?" 갈리나 쩨렌찌예브나가 말했다. "게다가 지마[137]가 그 소파에 얼마나 길이 들었는데요. 주위원회 사무실에서 돌아오면 곧장 소파로 가서 자료를 읽는다고요."

"읽는다뇨, 무슨 그런 말씀을! 자는 거죠." 사가이다끄가 말했다.

갈리나가 다시 부엌으로 나가자 마슈끄는 게뜨마노프를 보며 장난 섞인 말투로 속삭이듯 말했다. "오, 난 우리 제멘찌 뜨리포노비치와 사귀게 될 여자 군의관이 벌써 상상되는걸."

"그러게, 아주 끝내주겠지." 사가이다끄도 거들었다.

게뜨마노프는 손을 내저었다. "관둬, 다 늙어서 무슨!"

"아, 그래?" 마슈끄가 말했다 "끼슬로보츠끄[138]에서 매일 새벽 3시에야 위원회로 돌아왔던 사람이 누구더라?"

손님들이 요란하게 웃기 시작했고, 게뜨마노프는 아내의 막냇동생을 흘끗 쳐다보았다.

갈리나 쩨렌찌예브나가 들어와 웃고 있는 남자들을 둘러보며 한마디 던졌다. "이 사람들, 아내가 나가자마자 순진한 지마에게 몹쓸 짓을 가르치는군요."

게뜨마노프가 보드까 병을 들어 잔을 채우기 시작하자 모두 고

---

[137] 제멘찌 뜨리포노비치 게뜨마노프의 애칭.
[138] 러시아 스따브로뽈 지방의 도시. 온천 휴양지로 유명하다.

심해서 안주를 골랐다. 게뜨마노프는 벽에 걸린 스딸린의 초상화를 바라보며 잔을 들고 말했다. "자, 동지들, 첫 건배는 우리의 아버지를 위하여. 그분이 늘 건강하게 우리와 함께하시길!"

그는 약간 거칠고도 친밀한 목소리로 이렇게 말했다. 스딸린의 위대함이야 말할 필요도 없지만 이 식탁에 모인 사람들이 그를 위해 건배하는 것은 무엇보다 그 내면에 존재하는 소박하고 소탈하며 다감한 인간을 사랑하기 때문이라는 점이 잘 드러나는 허물없는 어조였다. 이 건배사에 마치 초상화 속 스딸린이 눈을 가늘게 뜬 채 식탁과 갈리나 쩨렌찌예브나의 풍성한 가슴을 둘러보고 이렇게 말하는 것만 같았다. "동지들, 나도 자네들 곁에 좀 가까이 앉아 시가 한대 피우겠네."

"진정, 우리 아버지께서 오래오래 살아 계시기를." 안주인의 동생 니꼴라이 쩨렌찌예비치가 말했다. "우리가 그분 없이 뭘 할 수 있겠습니까?"

그는 잔을 입가에 든 채 사가이다끄가 무언가 한마디 덧붙이지 않는지 싶어 돌아보았지만, 사가이다끄는 '굳이 얘기할 필요가 있나, 아버지가 다 알고 계시는데'라는 듯한 표정으로 초상화를 바라보며 술을 들이켰고, 그를 따라 모두가 잔을 비웠다.

제멘찌 뜨리포노비치 게뜨마노프는 보로네시주 리브니 출신이었지만 우끄라이나에서 수년간 당 활동을 이어오며 이곳 동지들과 친분을 쌓은 터였다. 그의 끼예프 연줄은 갈리나 쩨렌찌예브나와의 결혼으로 더욱 공고해졌으니, 이는 그녀의 친척 중 많은 이들이 우끄라이나의 당과 소비에뜨 기관에서 요직을 차지하고 있는 덕이었다.

사실 외적인 사항들만 보자면 제멘찌 뜨리포노비치의 이력은 상당히 빈약했다. 일단 그는 내전에 참가하지 않았다. 경찰에 쫓긴 적도 없고, 황제 시절 재판부에 의해 시베리아로 추방된 적도 없었다. 그는 회의나 회합에서 원고를 보며 보고서를 읽었다. 원고를 직접 쓰지는 않았으나 실수 없이, 표현력 있는 목소리로 잘 읽었다. 그리 어려운 일은 아니었다. 큰 글씨로 널찍한 행간을 두고 인쇄된 데다 스딸린의 이름은 특별히 붉은 글씨로 강조되어 있었으니 말이다. 한때 그는 이해력이 뛰어나고 성실한 청년으로 기계과에서 공부하고 싶어 했지만 보안부 일에 동원되었고, 얼마 지나지 않아 당 지역위원회 서기의 개인 경호원이 되었다. 곧 그는 주목을 받아 당원 교육에 투입되었다가 이후 지역위원회 조직 지도부로, 다시 중앙위원회 인사총국으로 옮겨갔고, 일년 뒤에는 간부요원국의 지도원이 되었다. 그리고 1937년 직후, 흔히 '주州의 주인'이라 불리는 당 주위원회 서기 자리에 올랐다.

그의 말 한마디가 대학의 학과장, 기술자, 은행장, 직업연맹 대표, 집단농장, 연극 연출의 운명을 결정할 수 있었다.

당의 신임! 게뜨마노프는 이 두 단어의 위대함을 잘 알았다. 당이 그를 신임하고 있었다! 위대한 책도, 유명한 발견도, 승리한 전투도 없었던 그의 일생은 줄곧 집요하고 목적 지향적이며 특수한, 항상 긴장하고 밤잠 못 이루는 노동의 연속이었다. 이 노동의 주요하고 지고한 의미는 그것이 당의 요구에 따라 당의 이익이라는 명분으로 일어난다는 사실이었다. 노동의 주요하고 지고한 보상은 단 하나, 당의 신임에 있었다.

어린이집에 보내는 아동의 운명이나 대학 생물학과 강좌의 개편, 혹은 도서관이나 합성수지 제품 생산조합 부속 주택의 퇴거에 대해 이야기할 때, 즉 어떤 상황에서든 그의 결정은 당성의식黨性

意識[139]과 당의 이익으로 가득 차 있어야 한다. 일과 책과 그림을 대하는 지도자의 태도 역시 당성의식으로 가득 차 있어야 하며, 따라서 개인적인 기호가 당의 이익에 모순된다면 아무리 힘들더라도 그는 한치의 흔들림 없이 익숙한 일을, 좋아하는 책과 그림을 거부해야 한다. 하지만 게뜨마노프는 알고 있었다, 당성의 더 높은 경지가 있다는 것을. 그것의 진수는 애초에 당성의식과 충돌할 가능성이 있는 취향이나 개인적인 기호를 아예 가지지 않는 것이니, 당 지도자에게 가깝고 소중한 모든 것은 그것이 당성의식을 나타내는 까닭에 그에게 가깝고, 오로지 그렇기 때문에 그에게 소중하다는 것이었다.

게뜨마노프가 당성의식이라는 이름으로 행한 희생들은 때로 잔인하고 가혹했다. 그가 젊은 시절부터 신세를 많이 진 동향인이나 선생들도 여기에는 낄 자리가 없었다. 사랑도 동정도 고려해서는 안 되었다. '등한시했다' '충분히 지지하지 않았다' '파멸시켰다' '배반했다' 같은 말에 마음이 흔들려서도 안 되었다. 하지만 사실 진정한 당성의식은 희생을 수반하지 않는다. 사랑, 우정, 관계 같은 개인적 감정은 그것들이 당성의식과 충돌할 경우 당연히 보존될 수 없으며, 따라서 애초부터 필요하지 않은 것들이었다.

당의 신임을 받는 이들의 노동은 눈에 띄지 않는다. 하지만 이 노동은 실로 어마어마하다. 머리도 마음도 남김없이 쏟아부어야 한다. 당 지도자의 힘은 학자적 재능, 작가적 소명을 요구하지 않는다. 그것은 재능보다 위에, 소명보다 위에 있다. 비록 게뜨마노프는 노래를 부를 줄 모르고 피아노 연주도, 연극 연출도 하지 못할 뿐

---

139 당파성의 정신을 말한다.

아니라 학문, 시문학, 음악, 그림을 심도 있게 이해할 만한 안목도 없지만, 연구와 노래와 집필의 재능을 소유한 수백명의 사람들이 게뜨마노프의 지도적이고 결정적인 발언에 열심히 귀를 기울였다. 그가 내뱉는 단호한 말의 힘은 당이 문화와 예술 영역에 대한 모든 관심을 그에게 위임했다는 사실에 있었다.

어떤 인민사상가도, 어떤 인민활동가[140]도, 지방 당 조직의 서기인 게뜨마노프만큼 많은 권력을 누릴 수 없을 터였다.

게뜨마노프는 '당의 신임'이라는 개념의 가장 심오한 본질은 스딸린의 견해와 감정과 태도에 나타난다고 보았다. 당원 동지, 인민위원, 사령관에 대한 스딸린의 신임 속에 바로 당 노선의 본질이 있었다.

손님들은 주로 게뜨마노프 앞에 새로이 놓인 군사적 직무에 대해 이야기를 나누었다. 그들이 보기에 게뜨마노프는 더 높은 자리를 기대할 만했다. 당내에서 그 정도 요직을 차지한 사람이면 보통 군 군사위원, 심지어 가끔은 전선군 군사위원으로 임명되곤 했기 때문이다.

사실 군단에 임명되었을 때 게뜨마노프는 너무 놀라고 속이 상해 중앙위원회 조직국에 있는 친구 하나를 통하여 혹시 윗선에서 자신을 못마땅하게 생각하는 건 아닌지 알아보기까지 했다. 하지만 불안해할 만한 점은 전혀 없어 보였다.

그러자 게뜨마노프는 스스로를 위로하며 이 임명과 관련하여 좋은 점들을 찾기 시작했다. 결국 전차부대가 결정적인 전투에서 결정적인 역할을 하며 전쟁의 명운을 결정짓게 될 거야. 전차군단

---

140 '인민'은 명예 칭호다.

에 아무나 보내겠어? 보통은 덜 중요한 지역의 부차적인 부대로 보내기 쉽지. 이로써 당은 나에 대한 신임을 표현한 거야…… 그럼에도 그는 여전히 속이 상했다. 늘 정복을 갖춰입고 거울을 들여다보면서 "군 군사위원, 여단 꼬미사르[141] 게뜨마노프"라고 중얼거리는 것은 너무나 즐거울 터였다.

웬일인지 무엇보다 짜증스러운 것은 군단 사령관인 노비꼬프 대령이었다.[142] 대령을 직접 만나본 적은 없으나 게뜨마노프는 그에 대해 알고 있는 것은 물론 알아낸 것들까지 모두 도무지 마음에 들지 않았다.

그와 함께 식탁 앞에 앉아 있는 친구들도 그의 기분을 이해했기에 다들 이 새로운 직책에 대해 기분 좋은 것들만 이야기했다.

사가이다끄는 군단이 필시 스딸린그라드로 파견될 거라고 했다. 스딸린 동지가 내전 당시 제1기병대 시절부터 스딸린그라드 전선군 사령관 예료멘꼬 장군과 알고 지냈으며, 지금도 자주 고주파 무선통신으로 통화를 하고, 또 예료멘꼬 장군이 모스끄바에 올 때마다 직접 나가 그를 영접한다는 것이었다. 얼마 전에는 사령관이 모스끄바 근교 스딸린 동지의 별장에 와서 스딸린 동지와 두시간 동안이나 이야기를 나눴다고, 스딸린 동지가 그렇게 신임하는 사람 휘하에서 전투를 한다니 얼마나 좋은 일이냐고 그는 말했다.

이어 그들은 니끼따 세르게예비치[143]가 우끄라이나에서 일했던

141 1935~43년 동안 붉은군대의 최고위급 정치장교에 속하는 계급의 명칭이었다.
142 전편 소설에서 남서전선군 참모부에서 일하던 노비꼬프는 이 전선군이 퇴각한 후 모스끄바에 있다가 9월 하순경 우랄에 새로 편성되는 전차군단을 맡으라는 명령을 받았다.
143 Nikita Sergeevich Khrushchyov(1894~1971). 정치가. 내전에 참가했으며 1938년 우끄라이나에서 가장 높은 당직인 당 중앙위원회 제1서기에 올랐다. 독소전쟁

게뜨마노프를 틀림없이 기억할 거라고, 그 사람이 군사위원으로 있는 전선군으로 가는 것은 게뜨마노프에게 큰 행운이 될 거라고 이야기했다.

"우연이 아니라니까요." 니꼴라이 쩨렌찌예비치가 말했다. "스딸린 동지가 니끼따 세르게예비치를 스딸린그라드로 보낸 거 말이에요. 거긴 전쟁을 결정하는 전선이에요. 그런 곳에 아무나 보내겠어요?"

그러자 갈리나 쩨렌찌예브나가 신이 나서 거들었다. "그럼, 스딸린 동지가 우리 제멘찌 뜨리포노비치를 뭐 그렇고 그런 전차군단으로 보내겠어?"

"그만들 해." 게뜨마노프는 담담하게 말했다. "이번 전차군단 발령은 그냥 주위원회 제1서기들 중 한 사람이 지역위원회 서기로 올라간 것과 같아. 뭐 대단히 기뻐할 일도 아니라고."

"아니, 아니지." 사가이다끄가 진지하게 대꾸했다. "이 임명으로 당이 자네에게 신임을 표현한 셈이지. 그래, 지역위원회가 맞아. 하지만 무슨 시골의 평범한 지역위원회가 아니라 마그니또고르스끄나 드네쁘로제르진스끄 같은 산업 중심지의 군단이잖아. 게다가 그냥 군단도 아닌 전차군단이지."

마슈끄는 게뜨마노프가 가게 될 군단의 사령관에 대한 정보를 늘어놓았다. 임명된 지 얼마 안 된 자로, 전에는 군단을 지휘해본 경험이 없다는 것이었다. 최근 우파의 전선군 특수국에서 일하기 시작한 어느 요원에게서 들은 정보라고 그는 말했다.

"또 그 사람이 그러는데……" 말을 이어가던 마슈끄가 잠시 멈

당시 예료멘꼬와 함께 커다란 역할을 했다.

추었다가 덧붙였다. "뭐, 더 얘기할 필요는 없겠지. 아마 자네는 그 자가 자기 자신에 대해 아는 것보다 더 많은 걸 알고 있을 테니까."

게뜨마노프는 그렇지 않아도 가늘고 속을 꿰뚫는 듯한 영리한 두 눈을 더욱 가느다랗게 뜬 채 살집 두둑한 콧구멍을 씰룩이며 대꾸했다. "그럼, 더 많이 알고말고."

마슈끄는 거의 보이지 않을 듯 희미한 미소를 머금었으나 식탁에 둘러앉은 모두가 이를 알아차렸다. 참으로 이상하고 놀라운 것은, 마슈끄가 동서이자 아내의 제부로 가족 모임에서 농담을 즐기는 공손하고 온순한 사람임에도 불구하고, 게뜨마노프네 사람들은 그 부드럽고 간드러진 목소리를 들을 때마다, 또 그 평온한 검은 눈과 창백하고 길쭉한 얼굴을 볼 때마다 늘 비슷한 강도의 긴장을 느낀다는 사실이었다. 그러나 게뜨마노프 자신은 이러한 사실에 별로 놀라지 않았다. 그는 자신도 이따금 알지 못하는 무언가를 늘 알고 있는 마슈끄 뒤에 자리한 권력의 정체를 이해했던 것이다.

"그래, 어떤 사람인가?" 사가이다끄가 물었다.

게뜨마노프는 신중하게 입을 열었다. "말하자면 전시 출세자지. 전쟁 전까지는 특별할 것이 없던 자."

"노멘끌라뚜라[144]에 들어간 적도 없고요?" 안주인의 남동생이 미소를 지으며 물었다.

"노멘끌라뚜라는 무슨." 게뜨마노프는 손을 내저었다. "하지만 어쨌든 유용한 사람이고 훌륭한 전차병이야. 군단 참모장은 네우도브노프 장군인데, 나랑은 제18차 전당대회[145]에서 알게 된 사이

---

144 '상급 기관 임명 대상 간부 명단'을 말한다. 소련공산당 당원으로서 당이나 국가의 의사 결정을 총괄하는 직책에 있었던 자들을 가리킨다.
145 1939년 3월 10일부터 21일까지 모스끄바에서 열린 공산당 전당대회.

지. 영리한 친구야."

마슈끄가 말했다. "네우도브노프라면, 일라리온 인노껜찌예비치 말인가? 더 말할 필요도 없구먼. 내가 그 사람 밑에서 일을 시작했거든. 나중에 운명이 달라 헤어졌지만. 아, 전쟁 전에 라브렌찌 빠블로비치[146]의 아파트 대기실에서 그를 만난 적이 있어."

"운명이 달랐다……" 사가이다끄가 미소를 띤 채 중얼거리고는 말을 이었다. "변증법적으로 접근해야지. 정正과 합合을 찾아보라고, 반反이 아니라."

"전시에는 모든 게 이상하다니까." 마슈끄가 말했다. "웬 대령이 군단의 사령관이 되질 않나, 네우도브노프가 그 휘하로 들어가질 않나."

"네우도브노프는 전쟁 경험이 없으니 어쩌겠나. 그걸 고려하지 않을 수 없지." 게뜨마노프가 말했다.

"말도 안 돼!" 마슈끄는 여전히 이상하게 여겼다. "네우도브노프의 말 한마디에 모든 게 결정되던 시절이 있었는데! 그는 말하자면 혁명 이전부터 당원이었다고. 전쟁에도 정치에도 경험이 많은 사람이야. 한때는 다들 그가 꼴레기야[147] 위원이 되겠거니 생각했지."

다른 손님들도 고개를 끄덕여 그의 말에 동의를 표했다. 이제 네우도브노프의 처지에 안타까움을 드러내는 것은 게뜨마노프를 향한 동정을 표현하는 편리하고도 적절한 방법이 되어 있었다.

"전쟁이 모든 걸 엉망으로 만들어버렸네요. 어서 끝났으면." 안주인의 남동생이 말했다.

---

146 Lavrentii Pavlovich Beriya(1899~1953). 소련의 군인, 정치가. 스딸린 집권하에서 공안 정보기관인 내무인민위원회의 수장을 맡았다.
147 내각.

게뜨마노프가 손가락 하나를 들어 사가이다끄를 가리키며 입을 열었다. "혹시 *끄리모프*라고, 끼예프 중앙당 강사 모임에서 국제 상황에 대해 보고한 모스끄바 사람을 아나?"

"전쟁 몇년 전에 말이지? 그 일탈자? 언젠가 꼬민쩨른에서 일했지?"

"맞아, 그 사람. 내 군단 사령관이 그 사람 전처와 결혼한다더군."

*끄리모프*의 전처가 누구인지, 그녀와 결혼하려는 군단 사령관은 또 누구인지 아는 사람은 한명도 없었지만, 이 소식이 모두에게 웃음을 안겨주었다.

*마슈끄*가 말했다. "과연, 동서가 우리 보안부 조직에서 괜히 일급 훈련을 받은 게 아니구먼. 벌써 혼사에 대한 내용까지 속속들이 알고 있으니."

"한마디로 진짜 일꾼이시지요." 니꼴라이 쩨렌찌예비치가 거들었다.

"물론이지. 최고사령부는 태만자들에게 가차 없거든."

"그럼, 그럼, 우리 게뜨마노프가 확실히 태만자는 아니지." 사가이다끄가 말했다.

*마슈끄*는 갑자기 일터로 돌아온 양 덤덤하면서도 진지한 어조로 입을 열었다. "그 *끄리모프*라는 사람이 처음 끼예프로 왔을 때나는 이미 좀 의심스러운 사람이라고 생각했었어. 애초에 그 사람은 우파와 뜨로쯔끼주의자 모두와 어느정도 관계가 있었거든. 알만하지, 정말……"

마치 직물공장장이나 직업학교 교사가 자기 일에 대해 이야기하듯 솔직하고도 소탈한 말투였다. 하지만 그 솔직함과 자유로움이 그저 표면적인 태도에 불과하다는 사실은 모두가 아는 바였다.

아닌 게 아니라 그는 무엇에 대해 말해도 되고 무엇에 대해 말하면 안 되는지 누구보다 명확하게 의식하고 있었다. 특히 스스로가 대담성과 소탈함과 솔직함으로 상대를 아연하게 만들기를 즐기는 게뜨마노프는 이 활기차고 직설적인 대화의 표면 아래 숨겨진 심각성에 대해 누구보다 잘 아는 터였다.

다른 이들에 비해 예민하고 사려 깊은 사가이다끄는 가벼운 분위기를 계속 유지하고 싶었고, 그래서 한층 유쾌한 태도로 게뜨마노프에게 말했다. "아내가 떠난 것도 그래서군. 영 믿을 수가 없었던 게야."

"그게 이유라면 좋겠군." 게뜨마노프가 대꾸했다. "하지만 내가 보기엔 이 사령관이 자신과 완전히 이질적인 사람과 결혼하려는 것 같단 말이지."

"그게 무슨 상관이야? 당신은 내 걱정이나 해." 갈리나 쩨렌쩨예브나가 말했다. "중요한 건 서로 사랑하느냐야."

"아, 물론 사랑이 기본이지. 그건 모두가 아는 사실이야." 게뜨마노프가 말했다. "하지만 그것 말고도, 몇몇 소비에뜨 인간들이 잊고 있는 문제가 있거든."

"맞는 말이야." 마슈끄가 말했다. "우리는 아무것도 잊어서는 안 되지."

"다들 나중에야 놀란다니까. 중앙위원회가 왜 저건 지지해주고, 왜 이건 안 그러냐면서. 그들 자신이 신뢰를 소중히 여기지 않았던 건 생각도 안 하고 말이야."

갑자기 갈리나 쩨렌쩨예브나가 노래하듯 말끝을 길게 늘이며 끼어들었다. "당신네들 대화를 듣고 있자니 참 이상하네. 마치 전쟁 같은 건 없는 양 그저 이 군단장이 누구와 결혼할 건지, 그 여자의 전남편이 누구인지 하는 걱정만 늘어놓다니. 지마, 당신은 대체 누구랑 전투를 벌이고 있는 거야?"

조롱하듯 남자들을 바라보는 그녀의 아름다운 갈색 눈은 남편의 가느다란 눈과 왠지 닮아 있었고, 그 속에 보이는 통찰력 또한 별로 다르지 않은 것 같았다.

"전쟁에 대해 잊는 사람이 어디 있겠어요……"사가이다끄가 침울한 목소리로 말했다. "방방곡곡에서 우리 형제와 아들 들이 전쟁터로 나가고 있는데. 촌구석의 집단농장 오막살이에서부터 끄레믈린까지 말이에요. 이 전쟁은 위대한 전쟁, 조국 전체의 전쟁이에요."

"스딸린 동지의 아들 바실리는 전투비행사이고, 미꼬얀[148] 동지의 아들도 공군에서 싸우잖나. 듣자니 라브렌찌 빠블로비치의 아들 역시 전선에 있다는데 어떤 종류의 군대인지는 모르겠군. 찌무르 프룬제[149] 중위는 보병인 것 같고…… 또 그 여자, 돌로레스 이바루리[150]의 아들은 스딸린그라드 부근에서 죽었다더군."

"스딸린 동지의 아들 둘 다 전선에 있어요." 안주인의 남동생이 말했다. "둘째 아들 야꼬프[151]는 포병중대를 지휘했죠. 아니, 그가

---

148 Anastas Ivanovich Mikoyan(1895~1978). 아르메니아 출신의 혁명가, 정치가. 1915년부터 공산당원으로 최고위직을 두루 역임했다.

149 Timur Mikhailovich Frunze(1923~42). 혁명가이자 내전에서 붉은군대를 이끌었던 장군 미하일 바실리예비치 프룬제(1885~1925)의 아들로, 1942년 1월에 사망했다. 소설 속 이 시점에서 사람들은 아직 그의 사망 소식을 몰랐던 것으로 보인다.

150 Isidora Dolores Ibarruri Gomez(1895~1989). 스페인의 공산주의 운동가.

151 Yakov Iosifovich Dzhugashvili(1907~43). 스딸린이 혁명운동 당시 은신해 있던 집의 딸이자 그의 오랜 연인인 까쩨반 스바니제가 낳은 첫아들. 1937년 자원해서 붉은군대에 들어갔으나 포로로 잡힌 뒤 독일군의 선전에 이용되어 소련군과

첫째 아들이지. 바스까가 작은아들, 야꼬프가 큰아들이죠. 아무튼 불행한 젊은이예요, 포로가 되었으니."

그는 선배 동지들 앞에서 언급해선 안 되는 문제를 건드렸다는 사실을 깨닫고 곧 입을 다물었다.

어색한 침묵을 깨기 위해 니꼴라이 쩨렌찌예비치가 짐짓 태평스레 말을 이었다. "독일 놈들, 끝까지 가짜 삐라들을 뿌려대다니. 마치 야꼬프 스딸린이 자진해서 기꺼이 진술한 것처럼 말이에요."

하지만 그로써 썰렁한 분위기는 더욱 불편해졌다. 그는 농담으로든 진지하게든 언급해서는 안 되며 오로지 침묵만이 해답이라 여겨지는 문제에 대해 말을 꺼냈던 것이다. 이오시프 비사리오노비치와 그의 아내의 관계에 관한 소문[152]을 듣고 말도 안 된다고 분격해서 진정으로 반박하는 이는 곧 그런 소문을 퍼뜨리는 사람만큼이나 큰 실수를 범하는 셈이었다. 이런 대화 자체가 허용되지 않았다.

게뜨마노프가 갑자기 아내에게로 몸을 돌려 말했다. "내 사랑, 갈리나, 스딸린 동지가 한번 틀어쥔 곳에서는, 그것도 아주 세게 틀어쥔 곳에서는 독일인들이 제대로 겁먹도록 만들어야 해."

니꼴라이 쩨렌찌예비치의 죄책감 어린 시선이 게뜨마노프의 시선과 마주쳤다.

하지만 이들이 그 서투른 실수를 트집 잡아 커다란 사건, 큰일로 만들기 위해 이렇게 만나 식탁에 앉아 있는 것은 물론 아니었다.

지도부를 비판하는 글을 읽는 모습이 방송되기도 했다.

152 스딸린의 두번째 아내인 나제즈다 세르게예브나 알릴루예바(1901~32)의 자살 사건을 둘러싼 소문을 말한다. 그녀는 혁명 기념 만찬에서 소련 정부가 시행하던 소작농의 집단화 정책을 놓고 이오시프 스딸린과 말다툼을 벌인 뒤 자신의 침실에서 권총을 쏘아 자살했으나, 당국은 그녀가 충수염으로 사망했다고 발표했다.

사가이다끄가 니꼴라이 쩨렌찌예비치를 다독이듯 동지애 가득한 어조로 입을 열었다. "그래, 맞아. 각자 자기 영역에서 바보 같은 일을 저지르지 않도록 유념하자고."

"그리고 쓸데없는 말을 떠벌리지 않도록." 게뜨마노프가 덧붙였다.

침묵을 대신해 튀어나온 이 직접적인 질책에 니꼴라이 쩨렌찌예비치를 용서한다는 뜻이 담겨 있었기에, 사가이다끄도 마슈끄도 동의의 뜻으로 고개를 끄떡였다.

니꼴라이 쩨렌찌예비치는 오늘의 하찮은 실수가 잊히리라는 것을 알았지만 그것이 영원히 잊히지는 않으리라는 것도 알았다. 언제라도 갑자기 인사나 승진이나 특별한 책임이 필요한 임무에 관한 대화가 오가고 니꼴라이 쩨렌찌예비치의 이름이 거론된다면, 게뜨마노프도 사가이다끄도 마슈끄도 동의하듯 고개를 끄덕일 테지만 동시에 보일락 말락 미소를 띤 채 상대방을 향해 새끼손가락 끄트머리를 가리키며 이렇게 말할 것이었다. "어쩌면 아주 약간 경솔한 구석이 있을지도 모르지만요."

마음 깊은 곳에서는 모두들 독일인들이 야꼬프에 대해 엄청난 거짓을 말한 것은 아니라고 생각하고 있었다. 하지만 바로 그렇기 때문에 이 주제를 건드려서는 안 되었다.

이런 문제에 특히 정통한 이는 다름 아닌 사가이다끄였다. 그는 오랫동안 신문사에 있었다. 처음에는 정보부를 이끌었고 이어 농촌경영부, 그다음에는 이년 가까이 공화국 신문의 편집장으로 일했다. 그는 신문의 주목적이 독자 교육에 있다고 믿었다. 이런저런 우연적인 사건에 대해 아무런 선별 없이 혼란스러운 정보를 주는 것은 그가 보기에 신문의 역할이 아니었다. 사가이다끄가 편집장으로서 어떤 사건을 건너뛰는 것, 즉 혹심한 흉작이나 사상적으로 확고하지 않은 서사시, 형식주의 회화, 가축 전염병, 지진 혹은 주력 함대의 침몰에 대해 침묵하는 것, 갑자기 수천명의 인간들을 육지로부터 휩쓸어간 대양의 파도나 광산에서 일어난 대규모 화재를 눈여겨보지 않는 것이 합목적적이라고 판단할 경우 이 사건들은 그에게 아무 의미를 가지지 않았고, 독자나 저널리스트, 작가의 머릿속에 들어갈 필요도 없는 것이 되었다. 또 종종 그는 현실에서 일어나는 여하한 사건에 대해 자신만의 특별한 방식으로 설명해야 했는데, 그 설명이 놀랄 만큼 대담하고 특이하며 상식에 반하는 형태로 나타나기도 했다. 그는 편집장으로서 자신의 위력과 경험과 능력이 교육적 목적에 봉사하는 유용한 관점만을 독자들의 의식 속으로 전달하는 과정에서 진정으로 발휘된다고 여겼다.

전면적 집단화 과정에서 심각한 일탈이 나타났을 때, 그리고 아직 스딸린의 평론 「성공 때문에 머리가 돌 지경」[153]이 나오기 전에 사가이다끄는 이 시기에 나타난 기아의 원인은 부농들이 악의를 품고 곡식을 파묻고 음식을 거부했기 때문이라고, 그래서 몸이 부은 거라고, 국가에 악의를 품고 마을 전체가, 어린아이들과 남녀 노인들까지 전부 함께 죽어갔다고 썼다.

동시에 그는 집단농장 탁아소에서 매일 닭고기 국물과 만두, 쌀로 만든 커틀릿을 제공한다는 내용의 자료들을 게재했다. 하지만 아이들은 말라갔고, 부어올랐다.

그러다 지난 천년간 러시아에 닥쳤던 전쟁 중에서도 가장 잔인하고 무시무시한 전쟁이 시작되었다. 특히 가혹한 경험이 이어지

---

153 1930년 3월 2일자 『쁘라브다』에 실렸다. 집단화가 너무 빠른 속도로 진행됨에 따르는 부작용을 우려하는 내용이다.

던 전쟁의 첫 몇주와 몇달 동안 절멸의 화염은 사건들의 실제와 진실과 그 치명적인 과정을 가장 중요한 자리에 올려놓았다. 전쟁은 모든 운명을, 심지어 당의 운명마저 좌우했다. 치명적인 시간이 지나가자마자 당장 극작가 꼬르네이추끄는 희곡 『전선군』[154]에서 군사적 재앙의 이유에 대해 설명했다. 전쟁의 실패란 결코 실패하지 않는 가장 높은 이의 지시를 이행할 능력이 없는 어리석은 장군들 탓이라고 말이다.

이날 저녁 불편한 순간을 경험할 운명에 처한 사람은 니꼴라이 쩨렌찌예비치만이 아니었다. 마슈끄가 두꺼운 마분지에 사진들을 붙이고 가죽으로 장정한 커다란 앨범을 넘기다가 갑자기 두 눈썹을 치올리자 모두의 시선이 그의 손에 들린 앨범으로 향했다. 거기에는 게뜨마노프가 전쟁 전 주위원회 집무실에서 찍은 사진이 붙어 있었다. 초원만큼이나 널따란 책상 앞에 약식 군복 형태의 제복 차림으로 앉아 있는 그의 위쪽에는 주위원회 서기 집무실에서나 볼 법한 거대한 스딸린의 초상화가 걸려 있었는데, 초상화 속 스딸린의 얼굴이 색연필로 색칠된데다 턱에는 끝이 뾰족한 파란 수염이, 또 두 귀에는 하늘색 귀걸이가 달려 있었던 것이다.

"이 녀석이 무슨 짓을 한 거야!" 게뜨마노프가 놀란 나머지 무슨 아낙네처럼 두 손을 던지듯 위로 쳐들었다.

갈리나 쩨렌찌예브나도 정신이 혼미해져서 손님들을 둘러보며 연신 되풀이했다. "안 그래도 어제 아들놈이 잠자리에서 그러더라고요. '난 스딸린 아저씨를 아빠처럼 사랑해.'"

---

154 우끄라이나 출신의 극작가 꼬르네이추끄(Aleksandr Evdokimovich Korneichuk, 1905~72)의 희곡. 스딸린의 개인적 지시와 검토를 거쳐 발표되었다는 견해가 있다. 이 작품으로 작가는 1943년 스딸린상을 수상했다.

"어린애 장난이네." 사가이다*끄*가 말했다.

"아니, 장난이 아니라 악의적인 범법 행위지." 게뜨마노프는 한숨을 쉬었다.

그가 시험하는 듯한 눈길로 마슈*끄*를 바라보았다. 두 사람은 전쟁 전에 있었던 비슷한 사건을 떠올리고 있었다. 그들 고향 친구의 조카인 공과대학생이 기숙사에서 공기총으로 스딸린의 초상화를 쏜 일이었다. 그들은 그 머저리 대학생이 그저 못된 장난을 쳤을 뿐 정치적이거나 테러리스트적인 목적은 전혀 없었다는 것을 알고 있었다. 엠떼에스[155]의 소장인 훌륭한 고향 친구는 게뜨마노프에게 조카를 구해달라고 부탁했고, 게뜨마노프는 주위원회 사무국 회의를 마친 뒤 마슈*끄*와 이 문제에 대해 이야기를 나누었다.

"제멘찌 뜨리포노비치, 자네도 알 만큼 알잖아. 우리가 무슨 애들도 아니고." 마슈*끄*는 말했다. "죄가 있든 없든 그게 무슨 의미가 있나…… 자, 만약 내가 이 사건을 덮어버리면 내일 당장 모스*끄*바로, 아마 라브렌찌 빠블로비치에게 직접 보고되겠지. 위대한 스딸린의 초상화에 총을 쏜 행위에 마슈*끄*가 지극히 자유주의적인 태도로 대처했다고. 내가 오늘은 이 사무실에 있지만 내일은 수용소의 재가 될 거야. 자네가 책임지겠나? 아마 이런 말을 듣게 되겠지. '오늘은 초상화지만 내일은 초상화에 그치지 않을 거요. 게뜨마노프 동지는 이 소년에게 동조하는 거요? 아니면, 그 행동이 동지의 마음에 들었단 말이오?' 자, 어떤가? 그래도 자네가 책임질 생각인가?"

한두달쯤 지나 게뜨마노프는 마슈*끄*에게 물었다. "그래, 그때 그 사수는 어떻게 됐나?"

─────────────────────

155 기계-트랙터 스테이션. 소련에서 국영농장을 관리할 때 필요한 현대적 농기구를 대여하고 보관하던 건물 및 기관이다.

마슈끄는 평온한 눈으로 그를 바라보며 대답했다. "놈에 대해서는 물을 가치도 없어. 나쁜 놈, 구역질 나는 부농 따라지더군. 심문에서 다 자백했어."

그리고 지금, 게뜨마노프는 시험하듯 마슈끄를 바라보며 되풀이해서 말했다. "정말, 이건 어린애 장난이 아니야."

"이봐, 녀석은 지금 만 네살 아닌가. 그래도 나이는 고려해야지."

"솔직히 말하면," 사가이다끄가 모두 그 따뜻함을 느낄 수 있을 만큼 진솔한 목소리로 입을 열었다. "난 자식들 일에도 원칙을 엄격하게 지킬 수 있을 정도로 강하진 못해. 그러면 안 된다는 거 알지만…… 의지가 부족하지. 난 그저 아이들이 건강하면 그만이야."

모두들 동정 어린 얼굴로 사가이다끄를 바라보았다. 그는 불행한 아버지였다. 큰아들 비딸리는 9학년 때 이미 엇나가 레스토랑 파티에 참석했다가 경찰에 체포되었다. 그 아버지는 유력 인사의 자녀들, 장군과 학자의 아들들, 작가의 딸, 농업 담당 인민위원의 딸이 관련된 스캔들을 진화해달라고 인민위원 대리에게 전화를 넣어야 했다. 전쟁이 나자 아이가 자원병으로 참전하고 싶어 해서 아버지가 2년제 포병학교에 자리를 마련해주었다. 하지만 비딸리는 규율 위반으로 제명되어 보충 중대와 함께 전선으로 보내질 위기에 놓였다.

이제 그 아이는 한달째 박격포병 학교에서 배우는 중이고 아직은 아무 일도 일어나지 않았다. 아버지와 어머니는 기쁜 마음으로 희망을 가져보지만 마음속에는 여전히 불안이 자리 잡고 있었다.

사가이다끄의 작은아들 이고르는 만 한살 때 소아마비를 앓고 그 후유증으로 다리를 절어 목발에 의지해 움직여야 했다. 마르고 가느다란 두 다리는 아무런 힘이 없었다. 어린 이고르는 학교에 다닐 수도 없었기에 교사들이 집으로 드나들었고, 아이는 기꺼이 열심히 배웠다.

우끄라이나뿐 아니라 모스끄바, 레닌그라드, 똠스끄에 있는 신경과 명의들 중 사가이다끄 부부가 어린 이고르를 위해 진단을 청하지 않은 이가 없었다. 외국에서 나온 신약들 중 사가이다끄가 무역대표부나 영사관을 통해 구하지 않은 약이 없었다. 그는 자신의 과도한 애정이 질책받고 또 질책받아 마땅한 죄라는 걸 알고 있었다. 하지만 동시에 자신의 죄가 죽을죄는 아니라는 것 또한 알았다. 주에서 일하는 동료들의 강한 부정父情을 지켜보면서 이 새로운 유형의 인간들이 자식에 대해 특히 깊은 애정을 품는다는 사실을 계산에 넣게 된 것이다. 그는 자신이 오데사에서 비행기로 모셔온 무당 치료사나 야전 소포를 통해 끼예프로 배달된, 극동의 무슨 신성한 할아범이 만들었다는 약초도 용서받을 수 있으리라는 것을 알고 있었다.

"우리 지도자들은 정말 특별한 사람들이야." 사가이다끄가 말했다. "스딸린 동지에 대한 얘기가 아니네. 그건 이미 말할 필요도 없지. 그러니까, 그의 측근들도 말이지…… 그들은 심지어 아버지로서의 감정보다도 당을 우위에 둘 줄 알거든."

"그래, 그리고 누구에게나 그런 것을 요구할 수 없다는 점도 이해하지." 게뜨마노프는 중앙위원회 서기들 중 한 사람이 징계를 받은 아들 앞에서 보여준 가혹한 태도를 암시했다.

새롭게 자식들에 대한 대화가 시작되었다. 마음에서 우러나오는 솔직한 대화였다.

마치 이들이 지닌 모든 의지와 기뻐할 수 있는 모든 능력은 오직 귀여운 따네치까와 비딸리까의 뺨이 붉은지, 그들이 학교에서 좋은 성적을 받아오는지, 블라지미르와 류드밀라가 무사히 상급반으로 올라가는지 여부에 달려 있는 것만 같았다.

갈리나 쩨렌찌예브나는 딸들에 대해서 이야기하기 시작했다. "우리 어린 스베뜰라나는 네살 때까지 건강이 좋지 않았어요. 결장염에 또 결장염이 계속되면서 아이가 쇠약해졌죠. 그런데 딱 한가지 방법이 효과를 내더라고요. 생사과를 갈아 먹였거든요."

"오늘 학교 가기 전에 스베뜰라나가 그러더군." 게뜨마노프가 말했다. "'학교 친구들이 조야랑 나를 장군 따님이라고 불러요. 그런데 조야, 고 건방진 애가 비웃지 뭐예요. 너는 장군 딸이 엄청난 영광이라고 생각하지? 우리 반에는 사령관 딸이 있는데 그게 진짜 영광이야! 하고요.'"

"저런 저런," 사가이다끄가 유쾌하게 말을 받았다. "아이들 만족시키기가 여간 어려운 게 아니지. 며칠 전에는 이고르가 나한테 와서는 '제3서기는 별것도 아니잖아!'라고 선언하더라니까."

미꼴라[156]도 자식들에 대해 우습고 유쾌한 이야기를 실컷 늘어놓을 수 있었지만, 왠지 사가이다끄의 이고르나 게뜨마노프의 딸들에 대해 이야기하는 자리에서 자기 아이들의 총명함을 말하는 것이 적절치 않다는 느낌이 들었다.

마슈끄가 생각에 잠겨 말했다. "시골의 우리 아버지들은 자식들 때문에 야단법석 떨지 않았지."

"그래도 자식들을 사랑했어요." 안주인의 동생이 말했다.

"그럼, 사랑했고말고. 하지만 때렸지. 적어도 나는 맞았어."

"죽은 아버지가 1915년에 전쟁 나가던 게 기억나는군." 게뜨마노프가 말했다. "상사까지 복무하고 게오르기 훈장도 두개나 받은

---

156 전통적으로 성자 니꼴라이와 대비해 평민 니꼴라이를 부를 때 쓰였다.

분이었지. 어머니가 짐을 챙겼어. 각반이랑 누빈 솜옷, 조린 달걀, 빵을 자루에 넣는 동안 우리는 나무 침상에 앉아서 아버지가 마지막으로 식탁에 앉아 있는 걸 바라보았고…… 마루에 놓인 나무통에 물을 길어다 넣고 장작까지 패둔 다음이었어. 어머니가 그때 일을 두고두고 이야기하곤 했지."

그가 문득 시계를 들여다보았다. "벌써 이렇게……"

"그럼 내일이군." 사가이다끄가 자리에서 일어났다.

"7시 비행기야."

"민간 비행장이지?" 마슈끄가 물었다.

게뜨마노프가 고개를 끄덕여 보였다.

"그게 편하죠." 니꼴라이 쩨렌찌예비치도 일어나며 말을 이었다. "아니면 군용 비행장까지 15킬로미터나 가야 하잖아요."

"군인에게 그게 다 무슨 상관인가." 게뜨마노프가 대꾸했다.

작별의 시간이 되자 다들 다시 떠들썩하게 웃으며 서로를 안았다. 그런데 손님들이 외투를 입고 모자를 쓰느라 복도에 서 있을 때 게뜨마노프가 입을 열었다. "군인은 모든 것에 적응할 수 있지. 군인은 연기로 몸을 덥히고 송곳으로 면도도 해. 하지만 아이들과 떨어져 지내는 일, 이것만은 군인도 도저히 적응할 수 없을 거야."

그의 목소리와 표정으로 보아, 또 그를 바라보는 다른 이들의 눈빛으로 보아 모두가 상황의 진지함을 느끼는 게 분명했다.

22

그날 밤 제멘찌 뜨리포노비치는 군복을 입고 책상 앞에 앉아 편지를 썼다. 아내는 실내복 차림으로 곁에 앉아서 그의 손끝을 바라보고 있었다. 그가 편지를 접고 말했다. "이건 보건소장에게 보내는 거야, 당신한테 특별 치료나 상담 여행이 필요할 때를 대비해서. 당신 동생이 통행증을 주선할 거야. 어디로 가면 되는지만 알려주면 돼."

"리미뜨[157] 위임장도 써뒀어?"

"그건 필요 없어." 그가 대답했다. "주위원회 사무국에 전화하면 돼. 아니, 뿌진첸꼬에게 직접 하는 게 더 좋겠군. 그가 처리해줄 거야."

그는 작성한 편지와 위임장, 쪽지를 전부 확인한 뒤 말했다. "자, 이제 다 된 것 같군."

그들은 잠시 침묵했다.

"나 무서워, 꼬하니[158]." 그녀가 말했다. "전쟁에 나가는 거잖아."

그는 자리에서 일어나며 말했다. "몸조심해, 아이들도 잘 돌보고. 트렁크에 꼬냑 넣었어?"

"그럼, 넣었지. 이년 전이었나, 그때도 당신 새벽에 위임장들 다 써놓고 끼슬로보츠끄로 날아갔잖아. 기억나?"

"이제 끼슬로보츠끄엔 독일인들이 있지."

게뜨마노프는 방을 서성거리며 유심히 귀를 기울였다.

"자고 있나?"

"그럼, 잠들었지." 갈리나 쩨렌찌예브나가 말했다.

그들은 아이들 방으로 갔다. 뚱뚱하고 거대한 두 몸뚱이가 어스름 속에서 기이할 정도로 소리 없이 움직였다. 하얀 베갯잇에 놓인

---

157 일정한 금액 한도로 무엇이나 살 수 있는 권한. 특별 상점에서 쓸 수 있다.
158 우끄라이나 동화에서 사랑하는 사람을 지칭하는 말.

아이들의 머리통이 검게 보였다…… 게뜨마노프는 그들의 숨소리에 귀를 기울였다.

자신의 심장박동 소리가 잠든 아이들을 놀라게 할까봐 손바닥으로 가슴을 누른 채, 그는 여기 어스름 속에서 아이들에 대한 사랑과 불안과 연민이 뒤섞인 가슴이 빠개지고 찔리는 듯한 심정을 느꼈다. 아들과 딸들을 안고 그들의 잠든 얼굴에 입 맞추고 싶어 견딜 수가 싶었다. 어찌할 수 없는 정겨움, 그 분별없는 사랑에 압도된 그는 혼란스럽고 나약한 모습으로 당황한 채 서 있었다.

그를 겁나고 불안하게 하는 것은 자신이 앞둔 새로운 업무가 아니었다. 새로운 업무를 맡아야 할 일은 심심찮게 있었고, 매번 그는 당의 주노선이기도 한 올바른 길을 쉽게 찾아냈다. 이제 전차군단에서도 다르지 않을 것임을 그는 이미 알고 있었다.

하지만 이건 다른 문제였다. 강철 같은 엄격함과 단호함, 그리고 법칙도 노선도 모르는 정겨움과 사랑을 서로 어떻게 연결할 것인가.

그는 아내를 돌아보았다. 그녀는 한 손바닥으로 뺨을 받친 채 시골 아낙처럼 서 있었다. 어스름 속에서 그녀의 얼굴은 왠지 여위고 젊어 보였다. 마치 그들이 결혼식을 치른 뒤 처음으로 바다에 가서 해안 절벽에 위치한 휴양소 '우끄라이나'에 머물던 그때 그 모습 같았다.

창문 아래서 자동차가 조심스레 경적을 울렸다. 주위원회에서 보낸 차가 도착한 것이다. 게뜨마노프는 다시 한번 아이들에게로 몸을 돌리곤 어깨를 으쓱이며 양팔을 벌렸다. 스스로 제어하지 못하는 감정 앞에 어찌할 바 모르는 그의 상태가 여실히 드러나는 몸짓이었다.

복도에서 두 사람은 작별의 말과 키스를 나누었다. 게뜨마노프는 반코트에 털모자를 쓰고 서서 운전기사가 트렁크들을 옮겨 싣기를 기다렸다.

"자, 그럼." 그가 갑자기 모자를 벗고 아내에게로 걸음을 옮겨 또 한번 그녀를 포옹했다. 반쯤 열린 문을 통해 축축하고 차가운 거리의 대기가 들어와 집 안의 온기와 섞이고 반코트의 꺼칠꺼칠한 가죽이 실내복의 향내 나는 실크에 닿은 이 또 한번의 마지막 작별 키스의 순간, 두 사람은 쭉 하나인 줄만 알았던 그들의 삶이 갑자기 둘로 나뉘었음을 느꼈고 그러자 슬픔이 그들의 심장을 태웠다.

23

꾸이비셰프에 도착한 예브게니야 니꼴라예브나 샤뽀시니꼬바는 오래전 샤뽀시니꼬프 저택에서 가정교사로 일했던 독일인 노파 젠니 겐리호브나 겐리흐손[159]의 방으로 들어가게 되었다.

스딸린그라드에서 살다가 이 조용한 방에, 갈래머리의 어린 소녀가 어찌 이처럼 성숙한 여인이 되었냐며 매번 놀라움을 금치 못하는 노파 곁에 머물고 있다는 사실이 예브게니야 니꼴라예브나에게는 무척 기이하게 여겨졌다.

젠니 겐리호브나는 한때 큰 상인 가족의 하인 방이었던 작고 어스름한 방에서 지냈다. 지금은 그 집의 방마다 한 가족씩 들어와 사는 터라, 각 방은 작은 병풍이나 커튼이나 양탄자, 혹은 소파 등받이로 칸칸이 나뉘어 자는 곳, 먹는 곳, 손님 맞는 곳, 간호사가 팔

---

159 실제로 작가 바실리 그로스만의 가정교사 이름이었다.

다리가 마비된 노인에게 주사를 놓는 곳 등으로 구분되어 있었다.

저녁이 되면 부엌은 거주자들의 목소리로 왁자지껄했다.

예브게니야 니꼴라예브나는 까맣게 그을린 원형 천장과 검붉은 빛을 내는 석유곤로들이 놓인 이 부엌이 마음에 들었다. 줄에 널어 둔 빨래 사이사이로 실내복이나 누비옷, 군복 윗도리를 입은 거주자들이 분주하게 지나다니고, 빨랫대야에서는 뭉게뭉게 김이 뿜어 나왔다. 널찍한 화덕은 한번도 불을 피운 적이 없어, 옆면의 타일들이 마치 먼 옛날 지질시대에 꺼진 화산의 사면에 덮인 눈처럼 차갑고 하얗게 빛났다.

각 방에는 전선으로 나간 노동자 인부의 가족, 산부인과 의사, 번호 공장[160]의 기술자, 배급소 계산원인 미혼모, 전선에서 죽은 이발사의 아내, 우편소장이 살았고, 한때 응접실로 사용되었던 가장 큰 방에서는 병원장이 지내고 있었다.

이렇게 하나의 도시처럼 그 구성원이 광범위했으니, 아파트에는 심지어 이곳의 광인, 사랑스럽고 착한 강아지의 눈을 한 귀여운 영감도 있었다.

사람들은 밀접하게 붙어 지냈지만 각각 고립되어 있었고, 서로 화를 내고, 화해하고, 사생활을 감추면서, 동시에 자기 삶의 모든 정황을 시끌시끌하니 후하게 나누면서 살았다.

예브게니야 니꼴라예브나는 물건이나 거주자의 모습이 아니라 그들이 자신에게 불러일으키는 감정을 그림으로 옮기고 싶었다.

이 감정은 너무도 복잡하고 힘겨운 것이라 아무리 위대한 화가라도 제대로 표현할 수 없을 것 같았다. 이 감정은 민족과 국가의

---

[160] 소련에서는 큰 공장들에 번호를 붙여 구분하였다.

강력한 전투력과 이 어두운 부엌, 빈곤, 뒷말, 너절함의 결합에서, 적을 격파하는 강철 무기들과 부엌 냄비들, 감자껍질의 결합에서 배어나는 것이었다.

이 감정을 그림으로 옮기려니 선이 조각나고, 윤곽이 일그러지고, 파편화된 형상들과 빛의 반점들이 화폭을 채우며 무의미하게 연결되곤 했다.

겐리흐손 노파는 소심하고 온화하며 굴종적인 존재였다. 그녀는 늘 하얀 깃이 달린 검은 원피스를 입었고, 거의 언제나 굶주린 상태였음에도 두 뺨은 항상 분홍빛이었다.

그녀의 머릿속에는 1학년생 류드밀라가 보이던 말과 행동, 어린 마루샤가 내뱉던 우스운 단어들, 두살배기 미쨔가 턱받이를 두르고 식당으로 들어와 두 손을 마주치며 큰 소리로 "함맘마 먹어!"[161] 하고 외치던 기억들이 여전히 살아 있었다.

지금 젠니 겐리호브나는 치과의사의 가사도우미로 일하며 그 집의 병든 어머니를 돌보고 있었다. 이 여의사는 한번에 대엿새씩 국립보건원 구역으로 출장을 갔고, 그럴 때면 최근 뇌일혈을 앓은 뒤로 혼자서는 다리도 거의 움직이지 못하는 노파를 돌보느라 젠니 겐리호브나가 그 집에서 밤을 보냈다.

그녀는 자기 소유라는 것에 대한 생각이 전혀 없었다. 늘 예브게니야 니꼴라예브나에게 미안해했고, 자신이 키우는 늙은 삼색 고양이의 신진대사 때문에 통풍구를 열어둬야 할 때조차 허락을 구했다. 그녀의 주된 관심과 걱정은 고양이와 관련한 것들이었다. 이웃들이 녀석을 못살게 굴면 어쩌지!

---

161 '할머니, 밥 먹어!'의 유아어.

아파트 이웃인 작업반장 드라긴은 노파의 주름진 얼굴과 젊은 여자처럼 날씬하다 못해 깡마른 몸매, 검은 줄에 매단 그녀의 코안경을 악의적인 조소를 띠고 바라보곤 했다. 노파가 과거의 기억에 빠져 유로지비 같은 행복한 미소를 지으며 혁명 이전에 가르치던 아이들을 마차에 태우고 산책을 다녔다는 둥, 마담과 함께 베네찌아, 빠리, 빈에 갔었다는 둥 이야기를 늘어놓으면 그의 하층민적 본성이 이를 견디지 못하고 격분을 일으켰다. 그녀가 아끼며 길렀던 '꼬마'들은 제니낀[162] 군대와 브란겔[163] 군대로 들어가 붉은군대 청년들에게 죽임을 당했지만, 어차피 노파가 관심을 갖는 것은 아이들을 고생시켰던 성홍열과 디프테리아, 결장염에 대한 기억들뿐이었다.

"그분보다 착하고 온순한 사람은 본 적이 없어요." 언젠가 예브게니야 니꼴라예브나가 드라긴에게 말한 적이 있었다. "이 아파트에 사는 사람들 중에 제일 좋은 사람이죠."

그러자 드라긴은 남자의 시선으로 우쭐대듯 뻔뻔하게 예브게니야 니꼴라예브나의 두 눈을 빤히 들여다보며 대꾸했다. "지지배배 실컷 지저귀시지, 샤뽀시니꼬바 동지. 당신은 방 한칸 때문에 독일인들한테 넘어갔잖소."

젠니 겐리호브나의 사랑은 건강하지 못한 아이들에게 유독 강한 것 같았다. 그녀는 자기가 돌보던 유대인 방직공장 사장의 아들인 어느 허약한 소년 이야기를 특히 자주 늘어놓았다. 그 아이가

---

162 Anton Ivanovich Denikin(1872~1947). 러시아 내전 당시 백군파 장군. 1920년 서방으로 망명해 회고록을 썼고 제2차 세계대전 후에는 미국으로 망명했다.
163 Pyotr Nikolaevich Vrangel'(1878~1928). 러시아 내전 당시 백군파 장군. 1920년 외국으로 나가 벨기에에서 죽었다. 가족들은 그가 볼셰비끼 요원에 의해 독살당했다고 주장했다.

그린 그림 연습장과 공책들을 여전히 소중히 간직했고, 그 조용한 소년의 죽음을 묘사하는 대목에 이르면 매번 울음을 터뜨리는 것이었다.

샤뽀시니꼬바의 집에서 일한 뒤로 벌써 오랜 세월이 지났는데도 노파는 아이들 모두의 이름과 별명을 기억하고 있었다. 마루샤의 죽음[164]을 알게 되었을 때도 그녀는 울음을 터뜨렸다. 그러곤 끼예프에 있는 알렉산드라 블라지미로브나에게 편지를 쓰겠다며 어지러운 필체로 계속 끼적였지만 결국 완성하지 못했다.

그녀는 창꼬치 알을 "까비아르"라 불렀고,[165] 혁명 전에 돌보던 아이들은 아침식사로 진한 고깃국 한그릇과 사슴고기 한조각씩을 먹었다고 이야기했다.

그녀는 배급받은 식량을 "내 소중한 은덩이"라고 부르는 고양이에게 주었다. 고양이 또한 노파를 몹시 사랑해서, 본성이 거칠고 침울한 이 짐승도 멀리서 그녀를 알아보면 속에 변화가 생겨 갑자기 상냥하고 유쾌한 모습으로 다가오곤 했다.

드라긴은 매일같이 그녀에게 히틀러에 대해 어떻게 생각하냐는 질문을 던졌다. "어때요? 솔직히 기쁘지 않소?" 하지만 눈치 빠른 노파는 자기가 반파시스트임을 밝히고 퓌러[166]를 식인마라 불렀다.

노파는 어떤 일도 제대로 해내지 못했다. 빨래도 요리도 할 줄 몰랐다. 그녀가 상점에 가서 성냥을 살 때면 상인이 황급히 그녀의 배급표에서 한달 치 설탕이나 고기에 상당하는 부분을 잘라내곤

---

164 류드밀라의 여동생이자 제냐의 언니인 마루샤는 전편 소설에서 스딸린그라드에 독일군 공습이 한창일 때 고아들과 볼가강을 건너던 중 폭격으로 배가 가라앉는 바람에 죽었다.

165 철갑상어 알젓의 러시아어 발음.

166 독일어 Führer(영도자)를 러시아 문자로 표기했다. 히틀러를 지칭한다.

했다.

요즘 아이들은 그녀가 "평화로운 시절"이라 부르는 그 시절의 아이들과는 전혀 닮지 않았다. 모든 것이 달라졌다. 심지어 놀이마저도. '평화' 시절의 소녀들은 굴렁쇠를 굴리고, 끈 달린 막대기 두 개로 알록달록한 무늬를 그린 팽이를 던졌으며, 하얀 그물망에 페인트칠을 한 공을 넣어 들고 다니며 공놀이를 했다. 반면에 요즘 소녀들은 농구를 하고, 평영 자세로 수영을 하고, 겨울이면 스키 바지 차림으로 아이스하키를 하고, 늘 소리를 지르거나 휘파람을 불어댔다.

이 소녀들은 양육비와 낙태에 대해, 사기를 쳐서 노동자 신분증을 손에 넣는 방법에 대해, 전선에서 온 비계나 통조림 깡통을 다른 사람의 아내에게 가져다주는 상위[167]와 중령 들에 대해 젠니 겐리호브나보다 훨씬 많이 알고 있었다.

예브게니야 니꼴라예브나는 이 늙은 독일 여자가 자신의 어린 시절과 자신의 아버지, 그리고 무엇보다 자신의 머릿속에 아직 생생한 오빠 드미뜨리 —당시 그는 백일해와 디프테리아를 앓았다—에 대해 추억하는 것을 듣는 게 좋았다.

한번은 젠니 겐리호브나가 이런 말을 했다. "1917년에 모셨던 내 마지막 주인 부부가 떠오르네. 므시외[168]는 재정부 장관의 친구였는데 식당을 이리저리 걸으며 이렇게 말했다오. '모든 게 망했어. 영지는 불타고, 공장들은 멈추고, 환율은 무너지고, 금고는 약탈당했어.' 그러곤 지금 아가씨네처럼 전체 가족이 뿔뿔이 흩어졌어요.

---

167 중위와 대위의 중간 계급.
168 이하 프랑스어 monsieur(선생님, 나리), madame(부인, 마님), mademoiselle(아가씨)을 러시아 문자로 표기했다.

므시외, 마담, 마드무아젤은 스웨덴으로 가셨고, 내가 돌보던 소년은 자원병으로 꼬르닐로프[169] 장군에게 갔지요. 마담이 울면서 그랬다오. '다들 며칠 내내 작별 인사만 나누고 있네. 끝이 온 거야.'"

예브게니야 니꼴라예브나는 슬픈 미소만 지을 뿐 아무 말도 하지 않았다.

하루는 저녁때 구역 경찰이 나타나 젠니 겐리호브나에게 소환장을 건넸다. 이 독일 노파는 하얀 꽃 한송이가 달린 자그마한 모자를 쓰고서 제네치까[170]에게 고양이의 끼니를 부탁했다. 경찰서로 갔다가 그곳에서 곧바로 치과의사의 어머니를 돌보러 갈 거라고, 다음 날이면 돌아올 거라고 했다. 하지만 예브게니야 니꼴라예브나가 일터에서 돌아와보니 방 안이 온통 아수라장이었고, 이웃들은 젠니 겐리호브나가 경찰에 끌려갔다고 알려주었다.

예브게니야 니꼴라예브나가 어찌 된 일인지 알아보려고 가보니 경찰에서는 노파가 독일인 이송 열차에 올라 북쪽으로 떠날 것이라고 했다.

다음 날 구역 경찰과 주택 관리인이 와서 낡은 누더기 옷들, 오래되어 누렇게 변한 사진들과 편지들로 짐 바구니를 가득 채운 뒤 봉인 딱지를 붙여 가져갔다.

제냐는 노파에게 따뜻한 목도리를 전할 방법을 알아보기 위해 엔까베데[171]로 갔다. 창구에 앉은 사람이 제냐에게 물었다. "당신은

---

169 Lavr Georgievich Kornilov(1870~1918). 러시아의 군인. 1917년 께렌스끼 임시 정부를 전복할 목적으로 쿠데타를 시도했다.

170 예브게니야 니꼴라예브나의 애칭.

171 내무인민위원회. 공식 업무는 소련 내 행정이었지만 사실상 광범위한 숙청을 통해 소련에 반대하는 정치 인사들을 제거하는 일을 주 업무로 삼았다. 전쟁 중에는 특수과를 통해 군인들을 통제했고 후방의 안보를 담당했다.

누구요? 독일인이오?"

"아니요, 러시아인이에요."

"돌아가요. 조회하느라 귀찮게 하지 말고."

"그냥 겨울 물품 좀 보내려는 것뿐이에요."

"내 말 못 알아듣겠소?" 창구에 앉은 사람은 무서우리만치 조용한 목소리로 대꾸했다.

그날 저녁, 아파트 거주자들이 부엌에서 나누는 대화가 들려왔다. 대화의 주제는 다름 아닌 자신이었다.

"아무리 그래도 그 여자가 너무했어." 누군가 말했다.

"내 생각에는 아주 영리한 여자 같아." 다른 목소리가 말했다. "처음에 발 한쪽만 들여놓았다가 곧 노파에 대해 캐내고 결국 당국에 밀고해서 노파를 밀어냈잖아. 그렇게 이젠 방 주인이 되었고."

"아이고, 그 방이 어떤 방인데. 그 귀한 방을."

네번째 목소리가 말했다. "그런 여자는 절대 안 무너져. 그런 여자와 함께하면 무너질 리가 없지."

고양이의 운명은 비참했다. 사람들이 이제 고양이를 어떻게 해야 할지 논쟁을 벌이는 동안 녀석은 부엌에 침울하게 웅크리고 앉아 졸고 있었다.

"망할 독일 고양이 새끼, 꺼져라!" 여자들이 말했다.

예상 외로 드라긴이 고양이를 먹이는 일에 참여하겠다고 선언했다. 하지만 고양이는 젠니 겐리호브나 없이 오래 살지 못했다. 이웃 여자들 중 하나가 실수로 그랬는지 배알이 꼴려서 그랬는지 끓는 물을 부어버려 녀석은 죽고 말았다.

24

예브게니야 니꼴라예브나는 꾸이비셰프에서의 독신 생활이 마음에 들었다.

한번도 지금과 같은 진정한 자유를 느낀 적이 없는 것 같았다. 어려운 형편이었는데도 늘 가볍고 자유로운 기분이었다. 거주 등록이 나오기 전까지 오랫동안 배급표를 받지 못해 구내식당에서 점심식사용 쿠폰으로 하루에 한끼만 먹을 수 있었고, 그래서 아침부터 그녀는 식당으로 가서 수프 한접시를 받을 그 시간만을 생각했다.

이즈음 노비꼬프 생각은 거의 떠오르지 않았다. 끄리모프에 대해서는 자주, 훨씬 더 많이, 거의 항상 생각했지만 그것이 마음속에 일으키는 광력光力은 그리 대단치 못했다.

노비꼬프에 대한 기억은 어느 순간 확 타오르다가 금세 사라지곤 했다. 기억이 고통을 주지는 않았다.

하지만 언젠가 거리에서 저 멀리 긴 외투를 입은 키 큰 군인을 본 순간 그녀는 그가 노비꼬프인 줄 알았고, 그러자 숨이 잘 쉬어지지 않으면서 다리에 힘이 빠졌다. 온몸을 휩싸는 행복감으로 충만해 어찌할 바를 모를 지경이었다. 그러다 다음 순간 잘못 본 것을 깨닫자 자신이 흥분했던 사실을 바로 잊었다.

하지만 한밤중에 그녀는 문득 잠에서 깨어 생각했다. '그는 왜 편지를 쓰지 않지, 내 주소를 알면서도?'

그녀는 혼자 살고 있었다. 끄리모프도, 노비꼬프도, 가족이나 친척도 없었다. 그녀는 이 자유로운 독신 생활 속에 행복이 존재한다고 생각했다. 하지만 이는 그녀의 생각일 뿐이었다.

꾸이비셰프에 수많은 모스끄바 인민위원들과 공공기관, 모스끄바 신문사의 편집인들이 모여 살던 시절이었다. 이 도시는 모스끄바에서 소개疏開한 임시 수도였다. 외교사절, 볼쇼이극장 발레단, 저명한 작가, 모스끄바 무대 사회자, 외국 저널리스트 들이 여기 모여 있었다.

이 수천의 모스끄바 사람들이 주택, 호텔, 기숙사에서 지내며 저마다의 업무를 이어갔다. 분과위원장, 행정국장, 행정청장, 인민위원 들은 부하들을 이끌며 인민 경제를 주도했고, 특명전권대사[172] 들은 사치스러운 자동차를 타고 국제정치와 관련한 소비에뜨 지도자들의 파티에 참석하였다. 울라노바,[173] 레메셰프,[174] 미하일로프[175]는 발레 공연과 오페라 무대에서 관람객에게 기쁨을 선사했다. 통신사 '유나이티드 프레스' 대표인 샤피로 씨는 기자회견을 통해 소비에뜨 정보국장 솔로몬 아브라모비치 로좁스끼[176]에게 까다로운 질문을 던지고, 작가들은 국내외 신문과 라디오에 논평을 보내고, 저널리스트들은 병원에서 모은 자료들을 바탕으로 전쟁을 주제로 글을 썼다.

하지만 모스끄바 사람들의 일상은 이곳에서 완전히 다르게 변했다. 영국 특명전권대사의 아내인 레이디 크립스는 호텔 식당에서 배급표로 저녁을 먹었고, 나올 때는 남은 빵과 각설탕을 신문지에 싸서 호텔방으로 가져왔다. 세계적인 통신사 대표들이 시장통

---

172 소련 외교관 중 제일 높은 지위.

173 Galina Sergeevna Ulanova(1910~98). 러시아의 발레리나.

174 Sergei Yakovlevich Lemeshev(1902~77). 당시 인기를 누리던 오페라 가수.

175 Maksim Dormidontovich Mikhailov(1893~1971). 당시 최고 인기를 구가하던 오페라 가수이자 배우.

176 Solomon Abramovich Lozovskii(1878~1952). 러시아의 혁명가. 당의 요직을 두루 거쳤고 1939~46년에는 외무국 인민위원 대리(차관에 해당)를 지냈다.

의 부상자들 사이에 끼어 서로 밀고 밀치면서 견본 담배를 말며 가정집에서 키운 담뱃잎들을 깐깐이 비교하거나, 얼어버린 발을 동동 구르며 증기탕 입장 차례를 기다렸다. 손님 접대로 유명한 작가들 역시 이제는 밀주 한잔을 놓고 배급 빵을 안주로 씹으며 세계적인 문제들과 문학의 운명에 대한 토론을 벌였다.

거대한 공공기관들이 꾸이비셰프의 비좁은 건물들마다 비집고 들어갔다. 주요 소비에뜨 신문사 수뇌들은 퇴근 후 아이들이 공부하고 바느질하던 책상 앞에서 방문객들을 맞았다. 정부 기구들과 보헤미안적인 피난살이의 이 뒤섞임 속에는 무언가 마음을 끄는 것이 있었다.

예브게니야 니꼴라예브나는 거주 등록과 관련하여 여러가지 속상한 일을 겪어야 했다.

그녀가 일을 시작한 건축 사무소의 소장인 리진 중령은 목소리가 나직하고 단조로운 장신의 남자였는데, 첫날부터 거주 허가가 나지 않은 직원을 받아들여서 걱정이라고 한숨을 푹푹 내쉬다가 그녀에게 입사 통지서를 건네며 경찰서로 가보라고 했다.

경찰의 지역 담당과에서 일하는 직원은 신분증과 통지서를 달라고 하더니 사흘 뒤에 처리 결과를 들으러 오라고 말했다.

약속한 날 예브게니야 니꼴라예브나는 어스름한 복도로 들어섰다. 그곳에서 면담을 기다리는 사람들의 얼굴에는 신분증이나 거주 등록 문제로 경찰서에 온 사람들에게서만 볼 수 있는 특별한 표정이 어려 있었다. 그녀는 작은 창구로 다가갔다. 손가락마다 검붉은색으로 칠해진 손톱이 달린 커다란 여자의 손이 신분증을 내밀었고 태평한 목소리가 들렸다. "거절됐어요."

그녀는 신분증 담당 과장과 이야기를 좀 나눠볼 생각으로 기다렸다. 대기자들은 누비 재킷 차림에 장화를 신고 입술을 빨갛게 칠한 여직원들이 복도를 돌아다니는 모습을 살피며 자기들끼리 속삭이고 있었다. 곧 간절기 외투에 캡을 쓰고 목도리 아래로 군복 깃이 보이는 한 남자가 장화 소리를 내며 천천히 걸어들어와서는 문에 달린 영국제인지 프랑스제인지 모를 자물쇠에 열쇠를 꽂았다. 신분증 담당 과장 그리신이었다. 면담이 시작되었다. 예브게니야 니꼴라예브나는 순서를 기다리던 사람들이 자기 차례가 오면 기뻐하는 게 아니라 마지막 순간에 도망이라도 치고 싶은 듯 머뭇머뭇 뒤를 돌아보며 문으로 다가가곤 하는 것을 알아차렸다.

기다리는 동안 예브게니야 니꼴라예브나는 어머니의 거주지에 등록하지 못한 딸들이나 남동생의 거주지에 등록을 거절당한 중풍 환자, 등록증을 받지 못한 채 상이군인을 돌보러 온 여자에 대한 이야기들을 실컷 들었다.

예브게니야 니꼴라예브나가 그리신의 사무실로 들어갔다. 과장은 말없이 의자를 가리키곤 그녀의 서류를 들여다보더니 입을 열었다.

"당신은 거절당했어요. 대체 뭘 원하는 겁니까?"

"그리신 동지," 그녀의 목소리가 떨려 나왔다. "저는 내내 배급표를 받지 못했어요."

그가 흔들림 없는 두 눈으로 그녀를 바라보았다. 그 넓적한 젊은 얼굴에는 딴생각에 빠진 듯 무관심이 어려 있었다.

"그리신 동지," 제냐가 다시 말을 이었다. "생각해보세요, 꾸이비셰프에는 샤뽀시니꼬프의 이름을 딴 거리가 있잖아요. 그가 제 아버지입니다. 사마라에서 혁명운동을 일으킨 주동자들 중 한 사람이죠. 그런데 그의 딸이 등록을 거절당하다니……"

그리신은 차분한 시선으로 그녀를 바라보았다. 그녀의 이야기를 듣고 있다는 뜻이었다.

"초청장이 필요합니다." 마침내 그가 입을 열었다. "초청장 없이는 등록 못해요."

"전 국방 기관에서 일하고 있는데요." 제냐가 말했다.

"당신의 입사 통지서에 그런 내용은 보이지 않던데요."

"그 내용을 가져오면 될까요?"

"아마도요." 그가 마지못해 대답했다.

다음 날 아침 예브게니야 니꼴라예브나는 일터에 도착해 리진에게 등록을 거절당했다고 알렸다. 리진은 어깨를 으쓱이며 낮은 목소리로 단조롭게 중얼거렸다. "젠장, 당신이 우리에게 꼭 필요한 직원이라는 걸 모르던가요? 여기서 국방 업무를 수행하고 있다는 것도 모르고요?"

"아, 바로 그거예요." 제냐가 말했다. "우리 기관이 국방인민위원회 소속이라는 걸 증명하는 통지서가 필요하대요. 그 내용을 써주시면 저녁때 다시 경찰서에 가볼게요."

얼마 안 있어 리진이 다가와 죄지은 듯한 목소리로 말했다.

"기관이나 경찰에서 요청서를 받아야 한대요. 요청서 없이 그런 통지서를 쓰는 게 금지되어 있어요."

저녁때 그녀는 경찰서로 가서 한참 동안 차례를 기다렸다가 그리신을 만나 리진에게 통지서를 요청해달라고 부탁했다. 자신의 비굴한 미소가 증오스러웠다.

"전 요청서 같은 걸 쓰지 않습니다." 그리신의 대답이었다.

이를 전해들은 리진은 한숨을 내쉬고 생각에 잠겼다가 말했다. "이러면 어떨까요? 다시 그 사람을 만나 전화로라도 요청해달라고 부탁하는 거예요."

　다음 날 저녁에 제냐는 한때 자신의 아버지와 알고 지냈다는 모스끄바의 문학가 리모노프를 만나기로 되어 있었다. 그녀는 퇴근하자마자 경찰서로 가서 이미 대기하고 있던 사람들에게 잠시만 먼저 들어가게 해달라고, 신분증 담당 과장에게 질문 하나만 하면 된다고, "문자 그대로 딱 일분만" 허락해달라고 부탁했다. 사람들은 어깨를 으쓱이곤 시선을 돌려버렸다. 그녀는 모욕을 느끼며 말했다. "아, 그렇다면 할 수 없군요. 누가 마지막이죠……?"

　이날의 경찰서 방문은 유독 힘들었다. 다리 부종을 앓는 여자가 신분증 담당 과장의 사무실에서 발작을 일으켜 "제발 간청합니다, 제발!"라고 소리를 질러대는가 하면, 팔이 없는 어느 남자는 그리신에게 욕설을 내뱉었다. 그다음 사람은 "내가 여기서 나가나 봐라!" 하면서 고함을 쳤지만 결국은 금세 나와 돌아갔다. 이런 소란 속에서 그리신의 음성만은 들리지 않았으니, 그는 단 한번도 목소리를 높이지 않아 아예 그 자리에 없는 사람 같았다. 다들 저 혼자서 소리 지르고 윽박지르는 꼴이었다. 제냐는 한시간 반을 줄곧 앉아 기다린 뒤에야 그를 만날 수 있었다. 자리를 권하는 고갯짓에 상냥한 표정으로 서둘러 감사 인사를 건넨 스스로를 증오하면서, 그녀는 자신의 상사에게 전화로 통지서를 요청해줄 수 없는지 물었다. 상사인 리진이 처음에는 서면 요청 없이 통지서를 내줘도 되는지 고민하다가 결국 "모월 모일 구두로 요청된 건에 대한 답변"이라는 문구를 덧붙여 통지서를 써주기로 했다고 말이다.

　예브게니야 니꼴라예브나는 큼직하고 선명한 글씨체로 리진의 이름과 부칭, 그의 직책, 그의 업무와 전화번호를 적고, 그 아래 작은 글씨로 점심식사 시간 안내를 덧붙여 미리 준비해둔 작은 쪽지

하나를 그리신에게 내밀었다. 하지만 그리신은 눈앞에 놓인 쪽지에 시선 한번 던지지 않은 채 이렇게 대답할 뿐이었다. "난 어떤 식으로든 요청을 하지 않을 겁니다."

"대체 이유가 뭐죠?" 그녀가 물었다.

"그렇게 하면 안 되니까요."

"리진 중령이 구두라도 요청서 없이는 통지서를 써줄 권리가 없다고 하던데요."

"권리가 없으면 쓰지 말아야죠."

"그럼 전 대체 어떻게 하죠?"

"난들 어찌 압니까?"

그 태평함이 제냐에게는 너무나 당황스러웠다. 그가 화를 내거나 짜증을 냈다면 차라리 마음이 편했으리라. 하지만 이 남자는 그저 반쯤 돌아앉은 채 눈 한번 깜짝하지 않았고, 서두르는 기색도 전혀 없었다.

예브게니야 니꼴라예브나와 이야기를 나누는 남자들은 매번 그녀가 아름답다는 사실을 알아차렸고, 그녀 또한 늘 그것을 느끼곤 했다. 하지만 이 남자 그리신은 눈물이나 질금질금 흘리는 노파 혹은 상이군인을 보듯이 그녀를 보았다. 그의 방으로 들어간 그녀는 이미 인간도, 젊은 여자도 아닌 그저 청원자일 뿐이었다.

그녀는 자신의 연약함과 콘크리트와도 같은 그의 완고함 때문에 무척이나 당황했다. 이제 리모노프와의 약속 시간에 거의 한시간이나 늦어 서둘러 거리를 걸어가면서도, 그녀의 마음에는 곧 있을 그와의 만남에 대한 기대가 전혀 일지 않았다. 코에는 여전히 경찰서 복도의 냄새가 맴돌았고, 눈 속에는 수많은 대기자들의 모습과 희미한 전등 빛을 받고 있던 스딸린의 초상화, 그 옆에 태평하고 평범한 보통 인간이지만 그 필멸의 영혼 속으로 화강암 같은 국가의 전능함을 빨아들인 그리신이 머물러 있었다.

장신의 뚱뚱한 몸집에 머리가 큰 리모노프가 크게 벗어진 대머리 주위로 청년 같은 곱슬머리를 나풀대며 반갑게 그녀를 맞이했다.

"오지 않는 줄 알고 걱정했어요." 외투를 벗는 제냐를 거들며 그가 말했다.

그는 알렉산드라 블라지미로브나에 대해 상세히 묻기 시작했다.

"당신 어머니는 대학 시절부터 내게 남성적 정신을 가진 러시아 여성의 모범이었죠. 난 내 모든 책에 늘 그녀에 대한 이야기를 써요. 그녀 자체를 묘사한다기보다, 말하자면 일반적인 이야기로 만들어내는 거죠. 무슨 말인지 알죠?"

그가 문을 돌아보고는 목소리를 낮추어 물었다. "드미뜨리에 대해서 뭐라도 들은 소식 없어요?"

그런 뒤 두 사람은 그림에 대해 이야기하기 시작했고, 어느새 입을 모아 레삔[177]을 비난하고 있었다. 리모노프는 전기 화덕에 달걀을 부치면서 오믈렛에 있어서는 자신이 국가 최고의 전문가라고, 나찌오날[178] 식당의 요리사도 자신에게서 배웠다고 이야기했다.

"어때요?" 제냐에게 음식을 건네며 긴장한 듯 묻더니, 그가 한숨을 내쉬고는 덧붙였다. "부끄럽게도 난 먹는 걸 너무 좋아해요."

경찰서에서의 경험이 얼마나 강한 중압감을 주었는지! 책과 잡지로 가득한 이곳 리모노프의 방, 그녀보다 조금 늦게 도착한 재치 있고 예술을 사랑하는 다른 두 중년 손님과 함께 시간을 보내는 이

---

177 Il'ya Efimovich Repin(1844~1930). 다양한 장르와 주제를 넘나들었던 러시아 최고의 사실주의 화가.
178 1902년 모스끄바에 세워진 최고급 호텔로 현재에도 존재한다.

따뜻한 방에서도 그녀는 점점 더 차가워지는 심장으로 그리신을 느끼고 있었다.

하지만 자유롭고 지적인 말의 힘은 위대하여 제냐도 잠깐이나마 그리신을, 그리고 대기자들의 침울한 얼굴을 잊을 수 있었다. 마치 루블료프,[179] 삐까소, 아흐마또바[180]와 빠스쩨르나끄의 시 그리고 불가꼬프의 희곡에 대한 이야기 말고 인생에 중요한 것은 아무것도 없는 듯이.

그녀는 거리로 나오는 순간 즉시 이 대화에 대해 잊어버렸다.

그리신, 그리신…… 아파트에서는 누구도 그녀가 거주 등록을 했는지 묻지 않았고, 누구도 그녀에게 등록 인장이 찍힌 신분증을 요구하지 않았다. 하지만 이미 며칠 전부터 반장 여자, 기다란 코와 한없이 가식적인 목소리의 소유자인 글라피라 드미뜨리예브나, 늘 교활한 태도로 지나치게 살갑고 간사스럽게 구는 그 여자가 몰래 복제한 열쇠로 그녀의 방에 들어와 서류들을 뒤지고 그녀가 경찰에 보낸 신청서들을 베껴 쓰고 편지들을 읽는 듯한 느낌이 들었다.

예브게니야 니꼴라예브나는 반장 여자와 마주칠까봐 소리 죽여 문을 여닫고 발뒤꿈치를 든 채로 복도를 걸어다녔다. 당장이라도 그 여자가 나타나 "당신 대체 뭐예요? 당신이 법을 위반하면 그 책임을 내가 져야 한다고요!"라고 말할 것만 같았다.

아침에 예브게니야 니꼴라예브나는 리진의 사무실로 가서 전날 신분증 담당과에서 있었던 일에 대해 이야기했다. "까잔으로 가는

---

179 Andrei Rublyov(1360?~1430). 러시아 최대의 성상화가. 1966년 안드레이 따르꼽스끼의 영화 「안드레이 루블료프」로 유명해졌다.

180 Anna Akhmatova(1889~1966). 대중적 인기를 누린 20세기 최고의 러시아 시인 중 한 사람.

배표를 구하게 도와주세요. 안 그러면 신분증 규정을 교란했다는 이유로 날 탄광에 보낼 거예요."

그녀는 이후 더이상 그에게 통지서를 요구하지 않았고 그와는 조롱조의 신랄한 말투로만 이야기했다.

고요한 목소리를 가진 이 훤칠하고 잘생긴 남자는 제 소심함을 부끄러워하며 그녀를 바라보았다. 전부터 그녀는 늘 자신의 어깨와 다리와 목과 뒷덜미를 향한 이 동경 어린 부드러운 시선을 느껴온 터였다. 하지만 들어오고 나가는 서류의 움직임을 결정하는 법의 힘이 워낙에 대단한 모양이었다.

오후에 리진이 제냐에게로 다가오더니 아무 말 없이 제도용지 위에 그 귀한 통지서를 올려놓았다.

제냐는 조용히 그를 쳐다보았다. 두 눈에 눈물이 왈칵 솟았다.

"기밀 부서를 통해서 신청했어요." 리진이 말했다. "사실 희망이 없다고 생각했는데, 갑자기 부장의 승인이 떨어지더라고요."

동료들이 축하를 건넸다. "이제 힘든 시간도 끝났네요."

그녀는 경찰서로 갔다. 대기자들이 가볍게 고개를 끄덕이며 알은체를 했다. 몇몇 낯익은 이들이 그녀에게 말했다. "그래, 어떻게 됐나요?" "기다리지 말고 먼저 들어가요. 일분이면 되잖아요. 뭐하러 또 두시간이나 기다려요?"

사무용 책상도, 나무처럼 보이도록 갈색 페인트로 거칠게 칠한 캐비닛도 이제는 그렇게 우울하고 관료적으로 느껴지지 않았다.

그리신은 제냐가 다급한 손놀림으로 필요한 서류를 앞에 올려놓는 모습을 바라보면서 보일락 말락 만족스레 고개를 끄덕였다.

"자, 그럼 신분증과 통지서를 두고 갔다가 사흘 뒤 업무 시간에 접수처에서 증명서를 받아요." 평소와 다름없는 목소리였지만 제나에게는 그리신의 밝은 두 눈이 호의적으로 미소 짓는 것처럼 보였다.

집으로 걸어가며 그녀는 생각했다. 그리신도 좋은 일을 할 수 있고 미소 지을 줄도 아는, 다른 이들과 똑같은 사람이야. 심장이 없는 사람이 아니라고. 자신이 그 과장에 대해 나쁘게만 생각했던 것이 무안해질 지경이었다.

사흘 뒤, 손가락마다 검붉은색으로 칠해진 손톱이 달린 커다란 여자의 손이 그녀의 신분증과 말끔하게 정리된 서류들을 창구 너머로 내밀었다. 제냐는 진한 글씨체로 적힌 결정문을 읽었다. "신청인이 해당 거주지와 무관하므로 등록을 거부함."

"개새끼!" 제냐는 자제력을 잃고 큰 소리로 외쳤다. "조롱꾼 새끼, 피도 눈물도 없는 모진 망나니 새끼!"

그녀는 대기자들에게 미등록 신분증을 마구 흔들어 보이며 큰 소리로 사정을 이야기했다. 그녀는 그들의 지지를 원했지만 문득 모두가 자신에게서 고개를 돌리고 있다는 사실을 알아차렸다. 반항심이, 절망과 격노의 감정이 마음속에서 확 불타올랐다. 1937년 부띠르 감옥[181]의 어스름한 면회소에서, 소꼴니끼 구역[182]의 마뜨로스까야 찌시나[183]에서 서신 교환의 권리가 없는 재소자들에 대한 통지를 받기 위해 기다리던 여자들, 절망으로 정신이 나간 여자들이 틀림없이 이렇게 소리를 질러댔으리라. 복도에 서 있던 경찰이 팔꿈치를 잡아 제냐를 문 쪽으로 밀었다.

....
181 17세기에 모스끄바 부띠르 성문 부근에 세워진 형무소. 18세기부터 정치범을 수용했으며 열악한 환경과 학대로 악명 높았다.
182 모스끄바 동부에 위치한 구역.
183 마뜨로스까야 찌시나 거리에 있는 형무소. 많은 사람들이 정치범으로 몰려 이곳에 투옥되었다.

"놔요, 건드리지 말아요!" 그녀가 그의 손을 떨쳐냈다.

"동지," 경찰이 목쉰 말했다. "그만해요. 이러다 십년형을 살게 돼요!" 그의 두 눈에 공감과 동정의 기색이 빠르게 스쳤다.

그녀는 황급히 걸어 출구로 나갔다. 그녀를 밀치며 걸어가는 거리의 사람들은 모두 거주 등록을 한 이들이었다. 그들 모두 배급표를 갖고 있었다⋯⋯

그날 밤 제냐는 꿈을 꾸었다. 불이 타오르는 가운데 땅에 얼굴을 처박은 어느 부상당한 남자 위로 몸을 굽힌 채 그를 끌어당기려 안간힘을 쓰는 꿈이었다. 얼굴이 보이지는 않았지만 그녀는 그가 끄리모프라는 것을 알고 있었다. 제냐는 지치고 억눌린 기분으로 잠에서 깨어났다.

'그라도 빨리 좀 왔으면.' 그녀는 생각했고, 옷을 입으면서 중얼거렸다. "도와줘, 나 좀 도와줘."

그런데 그녀가 가슴 아플 만큼 보고 싶은 남자는 밤에 구하려 했던 끄리모프가 아니라 여름에 스딸린그라드에서 만났던 모습 그대로의 노비꼬프였다.

등록증도 배급표도 없이, 수위와 관리인, 아파트 반장 글라피라 드미뜨리예브나 앞에서 늘 두려움을 느끼며 지내야 하는 이 비합법적인 생활이 힘들고 견딜 수 없을 만큼 고통스러웠다. 제냐는 모두가 잘 때 몰래 부엌으로 들어갔고, 아침에는 거주자들이 깨기 전에 먼저 일어나 세수를 마치려고 애썼다. 거주자들과 대화라도 할라 치면 그녀의 목소리는 마치 침례교도의 그것처럼 구역질이 날 정도로 나긋나긋하고 가식적으로 나왔다.

오후에 제냐는 사표를 썼다.

듣자니 신분증 담당과에서 등록이 거부되면 경찰이 나타나 사흘 안에 꾸이비셰프를 떠나겠다는 각서에 서명을 받아간다고 했다. 등록 관련 조항에 "거주 등록법을 위반한 범법자는 ○○형에 처한다……"라고 써 있다고. 제냐는 형벌을 받고 싶지 않았다. 모두 단념하고 꾸이비셰프를 떠나기로 했다. 그러자 대번에 마음이 평온해지고 그리신에 대한 생각도, 글라피라와 그 썩은 올리브 같은 눈에 대한 생각도 더이상 그녀를 괴롭히고 겁박하지 않았다. 이제 그녀는 불법을 거부하고 법을 따르기로 했으니까.

사표를 써서 리진에게 가져가려는데 전화가 한통 걸려왔다. 리모노프의 전화였다.

그는 내일 저녁에 시간이 있는지 물었다. 따슈껜뜨에서 온 사람이 있는데, 그가 그곳 생활에 대해 아주 재미있게 이야기하며 알렉세이 똘스또이가 리모노프 자신에게 보내는 안부를 전했다는 말도 덧붙였다. 다시금 또다른 삶의 향기가 그녀에게 풍겨왔다.

그녀는 그럴 마음이 없었는데 어쩌다 리모노프에게 거주 등록에 대한 이야기를 꺼내놓았다.

리모노프는 그녀의 말을 끊지 않고 귀 기울여 전부 들은 뒤 말했다.

"참 황당한 소리를 다 듣네요. 아버지 이름을 딴 거리가 꾸이비셰프에 있는데 그 따님의 등록을 거부하고 내쫓는다니…… 흠, 흥미롭네. 정말 흥미로워요." 그러곤 잠깐 생각하더니 말을 이었다. "자, 예브게니야 니꼴라예브나, 일단 사표는 제출하지 말아봐요. 오늘 저녁 주위원회 서기의 집에서 보고회가 있는데, 내가 당신 사정을 이야기해볼게요."

제냐는 감사를 표했지만 아마 리모노프가 수화기를 내려놓자마자 자신에 대해서는 까맣게 잊겠거니 생각했다. 그래도 사표는 내지 않고, 리진에게 관구 사령부를 통해 까잔으로 가는 배표를 구해줄 수 있는지만 물었다.

"그거야 쉽고도 쉬운 일이지요." 리진이 대답하고는 어깨를 으쓱여 보였다. "경찰 조직이 정말 형편없네요. 하지만 뭐 어쩌겠어요? 꾸이비셰프는 특별법하에 있으니 우리로서도 방법이 없죠."

그가 물었다. "저, 오늘 저녁에 시간 있나요?"

"아니요, 약속이 있어요." 제냐는 매몰차게 대꾸했다.

집으로 가는 길에 제냐는 생각했다. 곧 어머니와 언니와 빅또르 빠블로비치와 나쟈를 만나게 된다고, 까잔에서 지내는 게 꾸이비셰프에 있는 것보다 훨씬 나을 거라고. 자기가 왜 그렇게 속을 태우고 경찰서로 들어가면서 공포에 질렸는지 의아했다. 그래, 난 거절당했어. 흥, 그러라지. 다 상관없어…… 하지만…… 노비꼬프가 편지를 보내면 어쩌지? 이웃들에게 부탁해 까잔으로 보내달라고 할 수 있으려나?

아침에 일터에 도착하자마자 전화가 걸려왔다. 누군가 친절한 목소리로 시 경찰서 신분증 담당과에 들러 등록을 진행해달라고 요청했다.

25

제냐는 아파트 거주자들 중 샤로고로츠끼와 친해졌다. 급하게 몸을 돌릴 때면 커다란 회백색 석고 같은 머리통이 가느다란 목에서 바닥으로 떨어질 것처럼 보이는 사람이었다. 제냐는 이 노인의 얼굴의 창백한 피부에 푸른빛이 어려 있다는 것을 알아챘다. 피부의 그 푸른빛과 눈의 푸른빛이 이루는 조화가 그녀에겐 정말이지 흥미로웠다. 노인은 높은 귀족 가문 출신이었는데, 그를 그림으로 그릴 때는 피부를 푸른색으로 칠해야 하리라는 생각에 웃음이 나왔다.

블라지미르 안드레예비치 샤로고로츠끼는 전쟁 발발 이전에 훨씬 더 형편없이 살았다. 지금은 그나마 하는 일이라도 좀 있었다. 소비에뜨 정보국이 그에게 드미뜨리 돈스꼬이,[184] 수보로프,[185] 우샤꼬프[186]에 대해, 혹은 러시아 장교의 전통, 쮸체프[187]나 바라띤스끼[188] 같은 19세기 시인들에 관한 짧은 글을 써달라고 요청하곤 했던 것이다.

블라지미르 안드레예비치는 자신이 러시아에서 최고로 오래된 공작 가문, 로마노프보다 더 오래된 가문의 모계 후손이라고 했다. 청년 시절에는 주 젬스뜨보[189]에서 복무하며 지주의 자제들과 마을 교사들과 젊은 사제들에게 최고로 완벽한 볼떼르주의와 차다예프[190]주의를 설파했다면서, 그는 제냐에게 주 귀족단장과 나누었

---

184 Dmitrii Ivanovich Donskoi(1350~89). 이반 2세의 아들. 당시 여러 전쟁에서 승리해 국토를 확장하고 나라를 지킨 민족 영웅이다.

185 Aleksandr Vasil'evich Suvorov(1730~1800). 외세와 수많은 전쟁을 치르고 뿌가초프 반란을 진압한 군인.

186 Fyodor Fyodorovich Ushakov(1745~1817). 여러 해전에서 혁혁한 공로를 세운 해군 사령관. 나뽈레옹에 맞서 지중해에서 싸웠다.

187 Fyodor Ivanovich Tyutchev(1803~73). 뿌시낀 이후 최고의 낭만주의 시인. 조국에 대한 애정을 담은 시들이 널리 알려져 있다.

188 Evgenii Abramovich Baratynskii(1800~44). 독일 낭만주의의 영향을 받은 시인.

189 1862년 황제 알렉산드르 2세가 시행한 개혁의 일환으로 만들어진 지방자치 의회. 러시아혁명 이후 폐지되었다.

190 Pyotr Yakovlevich Chaadaev(1794~1856). 제정러시아의 사상가이자 계몽주의자. 19세기 전반의 러시아 사회사상에 큰 영향을 끼쳤고, 농노제, 동방정교회를 러시아 낙후의 원인으로 지적했다.

던 대화 중 자신이 했던 말을 들려주었다. 사십사년 전의 일이었다. "단장님, 당신은 오랜 역사를 자랑하는 가문의 대표이시죠. 그런 당신이 어떻게 농부들에게 모든 인간이 원숭이에서 유래했다고 말할 수 있습니까?[191] 그러면 농부들은 왕자와 황제의 후손들, 왕비, 또 황제 자신도 마찬가지인지 물을 텐데요."

블라지미르 안드레예비치는 민심을 어지럽히는 일을 계속했고, 그 일은 그가 따슈껜뜨로 유배되면서 끝났다. 일년 뒤 사면된 그는 스위스로 가서 여러 혁명가들을 만났다. 볼셰비끼도 멘셰비끼도 에스에르[192]도 무정부주의자도 이 괴짜 공작을 알았다. 그는 토론회와 야회에 참석했으며 몇몇 사람들과는 꽤 편안한 사이가 되기도 했지만 결코 누구와도 의기투합하지 못했다. 당시 그가 친교를 맺은 이는 검은 수염을 기른 분뜨[193] 회원이자 유대인 대학생인 리뻬쯔였다.

제1차 세계대전이 일어나기 얼마 전에 그는 러시아로 돌아와 자기 영지에 거처를 정했고, 가끔 『니제고로드 속보』[194]에 역사적 주제나 문학적 주제에 대한 기사를 썼다.

영지 경영에는 손대지 않아 그의 모친이 영지를 꾸려나갔다.

샤로고로츠끼는 농부들에게 자기 소유의 영지를 빼앗기지 않은 유일한 지주였다. 빈농위원회[195]에서 그에게 장작 한 수레와 양

---

191 레프 똘스또이의 소설 『안나 까레니나』에서 자유주의자를 표방하는 오랜 귀족 가문의 오블론스끼가 다른 사람을 당황시키려고 같은 내용의 말을 한다.
192 사회주의혁명당. 사회주의노동당과 더불어 20세기 초엽의 러시아 사회운동을 주도했다.
193 1897~1935년 폴란드·러시아·리투아니아 등 동유럽에 거주하던 유대인들의 사회주의노동자연합.
194 1893년부터 노브고로드에서 발행된 일간지.
195 1917년 10월혁명 이후 생겨난 조직. 농촌의 빈곤 문제를 부농 타도로 해결하

배추 마흔통을 내주기도 했다. 블라지미르 안드레예비치는 집에서 유일하게 난방이 되고 유리창이 있는 방에 앉아 시를 읽고 썼다. 그가 제냐에게 시 한편을 낭독해주었다. 제목은 '러시아'였다.

사방 어디를 둘러봐도
어리석은 태평함.
평원. 무한.
까마귀 불길하게 우네.

광란. 화재. 비밀.
둔감한 무관심.
그리고, 온 곳에 독창성과
비극적 위대함.[196]

그는 마침표와 쉼표에 맞추어 긴 두 눈썹을 치올리며 ─ 그런다고 그의 넓은 이마가 조금이라도 좁아지는 것은 아니었지만 ─ 한 단어 한 단어 조심스레 낭독했다.

1926년에 샤로고로츠끼는 문득 러시아문학사 강의를 하기로 마음먹었다. 그는 제미얀 베드니[197]를 반박하고 페뜨[198]를 찬양하면서

려 했다.

196 즈베니고로츠끼(Andrei Zvenigorodskii, 1878~1961)가 1916년에 쓴 페뜨(Fet) 풍의 시로 1938년에 준비했던 시집 초고본(타자본)에 포함되었다. 소설 『삶과 운명』 완성 당시에는 출판되지 않은 상태였다.

197 Dem'yan Bednyi(1883~1945). 예핌 알렉세예비치 쁘리드보로프의 필명. 1912년 사회민주노동당에 입당한 이래 권력의 편에 서서 선동·선전 작가 역할을 했다.

198 Afanasii Afanasievich Fet(1820~92). 후기 낭만주의 시인. 자연의 모습과 인간 영혼의 순간적 움직임, 감각과 체험의 음영들을 섬세하게 표현했다.

당시 유행하던 삶의 아름다움과 진실에 대한 논쟁에 나섰다. 자신을 모든 형태의 국가에 반대하는 자로 선언하는 동시에 맑시즘은 한계가 있는 가르침이라고 일갈하며 러시아 정신의 비극적 운명에 대해 설파했는데, 그 발언이나 논쟁의 정도가 지나쳐 결국 다시금 국가 비용으로 따슈껜뜨에 보내지고 말았다. 그는 그곳에서 이론적 논쟁에 있어 지리학적 논증의 힘에 경탄하며 지내다가, 1933년 말에야 사마라로 이주 허가를 받아 누나 옐레나 안드레예브나에게로 왔다. 그의 누나는 전쟁이 일어나기 얼마 전에 죽었다.

샤로고로츠끼는 결코 자기 방으로 사람을 들이지 않았다. 하지만 제냐는 딱 한번 공작의 방을 볼 기회가 있었다. 책과 옛날 신문들이 구석마다 산처럼 솟아 있고 오래된 안락의자들이 천장까지 겹겹이 포개진 가운데 바닥에는 금테를 두른 초상화들이 늘어세워져 있었다. 빨간 벨벳으로 감싼 소파 위의 구겨진 이불에서 비어져 나온 솜뭉치가 보였다.

그는 나약한, 실생활에 무기력한 사람이었다. 흔히 하는 말마따나 어린애의 영혼을 가진 인간, 천사 같은 순수한 사람 말이다. 하지만 그는 자기가 좋아하는 시를 읊조리며 굶주리는 아이나 누더기를 걸친 채 빵 한조각만 달라고 손을 뻗는 노파를 무관심하게 지나쳐갈 수 있는 사람이기도 했다.

샤로고로츠끼의 이야기를 들으면서 제냐는 전남편을 떠올렸다. 페뜨와 블라지미르 솔로비요프[199]를 신봉하는 이 늙은 남자는 꼬민쩨른주의자인 끄리모프와 정말이지 너무나 달랐다.

러시아의 자연과 전설, 페뜨나 쮜체프의 시에 아무런 관심이 없

---

199 Vladimir Sergeevich Solov'yov(1853~1900). 실증주의적 사고를 비판히고 서양 철학의 위기를 설파한 사상가.

는 끄리모프가 샤로고로츠끼 노인과 마찬가지로 러시아인이라는 사실이 그녀로서는 놀랍기만 했다. 청년 시절부터 끄리모프가 러시아의 삶에서 소중하게 여긴 모든 것들에, 그가 러시아에 대해 생각할 때 결코 없어서는 안 될 모든 인물들에 샤로고로츠끼는 무관심했고, 심지어 가끔은 적대적인 태도를 드러냈다.

샤로고로츠끼에게 뻬뜨르 신, 무엇보다도 러시아의 신이었다. '피니스뜨 — 아름다운 매'에 대한 전설[200]과 글린까[201]의 「회의」懷疑도 그에게는 마찬가지로 신성했다. 비록 단떼에게 감탄하긴 했지만, 단떼 또한 그가 보기에는 러시아 음악, 러시아 시의 신성함을 결여한 존재였다. 한편 끄리모프는 도브롤류보프[202]와 라살레[203] 사이에, 체르니솁스끼[204]와 엥겔스 사이에 아무런 차이를 두지 않았다. 그에게 맑스는 모든 러시아 천재들보다 위에 있었고, 베토벤의 「영웅교향곡」은 러시아의 모든 음악을 완전히 압도했다. 아마 네끄라소프만이 예외였을 텐데, 끄리모프는 그를 세계 제일의 시인으로 꼽았다.

---

200 러시아에 전하는 전설. 허영심 없고 부지런한 여인이 아름다운 매 피니스뜨를 만나 남편으로 사랑하게 되지만 언니들의 괴롭힘에 그는 다치고 사라져버린다. 여인은 온갖 고초 끝에 그를 찾아내고, 이미 다른 공주와 혼인한 그를 되찾아서 고향으로 돌아와 큰 잔치를 벌인다.

201 Mikhail Ivanovich Glinka(1804~57). 러시아 국민 음악의 창시자. 「회의」는 평온을 갈구하는 심정과 질투의 고통을 담은 서정적인 곡이다.

202 Nikolai Aleksandrovich Dobrolyubov(1836~61). 1850~60년대에 활동한 진보 성향의 문필가.

203 Ferdinand Lassalle(1825~64). 독일사회민주당의 전신인 '독일노동자총연맹'의 창설자.

204 Nikolai Gavrilovich Chernyshevskii(1828~89). 제정러시아의 언론인, 정치가. 도브롤류보프와 함께 진보적 잡지 『동시대인』을 중심으로 활동했으며, 1862년에 발표한 소설 『무엇을 할 것인가?』로 러시아 지성인 계층에 커다란 영향을 주었다.

몇번인가 예브게니야 니꼴라예브나는 샤로고로츠끼가 끄리모
프라는 사람뿐 아니라 자신과 그의 관계에 대한 이해를 돕는 것 같
다는 느낌을 받았다.

제냐는 샤로고로츠끼와 대화하는 것이 좋았다. 두 사람의 대화
는 으레 불안한 소식에서 시작되었고, 그러고 나면 샤로고로츠끼
는 러시아 운명에 대한 고찰을 시작하는 것이었다.

"예브게니야 니꼴라예브나, 러시아 귀족은 러시아 앞에 죄인이
에요. 하지만 그들은 러시아를 사랑할 줄 알았습니다. 첫 전쟁 당
시 사람들은 우리를 용서하지 않았지요. 털끝만 한 잘못까지 전부
나무랐어요. 바보들, 건달들, 졸음에 겨워 처먹기나 하는 대식가들,
라스뿌찐,[205] 먀소예도프 대령,[206] 보리수 길, 태평함, 더러운 이즈바
들, 짚신짝들…… 그 모든 게 우리를 비난할 구실이 되었죠. 하지만
내 누이의 아들들 여섯은 모두 갈리찌아와 동프러시아에서 전사했
고 늙고 병든 제 형님도 마찬가지예요. 역사는 이를 인정해주지 않
았지만요…… 그래야 하는데도요."

종종 제냐는 통상적인 내용과는 완전히 다른 그의 문학관에 귀
를 기울였다. 그는 페뜨와 쮸체프를 뿌시낀보다 우위에 두었다. 물
론 그는 페뜨에 대해서 러시아 전체에서 제일 잘 아는 사람이었고,
정말이지 필시 페뜨 자신조차 삶의 끝자락에서 블라지미르 안드레
예비치가 아는 것만큼 스스로에 대해 기억하지 못했을 것이다.

그는 레프 똘스또이를 지나치게 현실주의적이라 여겼고, 그의

---

205 Grigorii Efimovich Rasputin(1869~1916). 러시아의 방랑 사제. 황제 니꼴라이
2세의 아들이 앓던 혈우병을 치료한 이후 황실에 큰 영향력을 행사했다.
206 Sergei Nikolaevich Myasoedov(1865~1915). 러시아제국 시절부터 복무한 군인.
제1차 세계대전 당시 억울하게 독일의 스파이로 몰려 처형되었다.

문학성은 인정하면서도 그를 높이 평가하지 않았다. 뚜르게네프의 경우, 그 가치를 인정하긴 했으나 재능이 충분히 깊지 않다고 여겼다. 러시아 산문에서 누구보다 그를 만족시킨 작가는 고골과 레스꼬프[207]였다.

그는 러시아문학을 파멸로 몰아간 첫번째 인물이 벨린스끼[208]와 체르니셉스끼라고 보았다.

그는 러시아 문학을 빼고 자기가 사랑하는 것이 셋 있는데 모두 두 글자에 'ㅇ'으로 끝난다고 말했다. 다름 아닌 설탕, 태양, 몽상[209]이었다.

"결국 난 죽을 때까지 내 시가 출판되는 것을 보지 못할까요?" 그는 묻곤 했다.

어느날 예브게니야 니꼴라예브나는 퇴근하고 집에 돌아가다가 우연히 리모노프와 마주쳤다. 그는 겨울 외투 앞자락을 풀어헤치고 목에 걸린 선명한 체크무늬 목도리를 흔들거리며 옹이 많은 지팡이에 몸을 의지한 채 거리를 걷고 있었다. 꾸이비셰프의 군중들 속에서 대귀족들이 썼던 비버 모피 모자를 쓴 이 거대한 몸집의 남자는 무척이나 눈에 띄었다.

리모노프가 그녀를 집까지 바래다주었다. 제냐가 차 한잔하고 가라며 초대하자 그는 가만히 그녀를 바라보다가 "그러죠, 뭐. 고맙습니다. 등록 비용으로 대략 반 리터는 마셔야겠군요"라고 말하

207 Nikolai Semyonovich Leskov(1831~95). 19세기 후반에 활동한 러시아의 대표적 소설가.
208 Vissarion Grigor'evich Belinskii(1811~48). 19세기의 대표적인 진보적 문학비평가. 소비에뜨 시절 러시아 사실주의 문학이론의 기초를 마련한 사람으로 평가받았다.
209 러시아어로는 이 세 단어가 같은 자음으로 시작한다.

고는 가쁜 숨을 몰아쉬며 계단을 올랐다.

제냐의 작은 방에 들어서자 그는 말했다. "내 육체에는 비좁을지 언정 내 사고에는 넓은 곳 같군요."

갑자기 그가 뭔가 부자연스러운 목소리로 애정 관계에 대한 자신의 이론을 설명하기 시작했다.

"비타민결핍증, 정신적 비타민결핍증이랄까요!" 그는 헐떡이며 말을 이었다. "정말 지독한 결핍증, 염분을 필요로 하는 황소나 암소, 사슴이 느끼는 그런 지독한 결핍증 말입니다. 나한테 없는 것, 나와 가까운 사람들이나 내 아내에게 없는 것을 난 사랑의 대상 속에서 추구하지요. 아내야말로 비타민결핍증의 원인입니다! 남자는 수년, 수십년 동안 제 아내 속에서 찾지 못한 무언가를 애인에게서 찾아내고자 갈망하기 마련이에요. 무슨 말인지 이해하시겠습니까?"

그가 그녀의 손을 쥐고 손바닥을 쓰다듬더니, 곧 그녀의 어깨와 목과 뒷덜미를 더듬기 시작했다.

"내 말 이해하죠?" 그가 은근한 얼굴로 물었다. "모든 게 정말 단순해요. 정신적 비타민결핍증의 문제죠!"

제냐는 당혹스러운 미소를 띤 채 반들반들하게 다듬은 손톱들이 달린 크고 하얀 손이 자신의 어깨에서 가슴으로 돌아다니는 것을 바라보다가 입을 열었다.

"보아하니 비타민결핍증은 정신적인 것일 뿐 아니라 육체적인 것이기도 한 것 같네요." 초등학교 1학년 교사가 아이를 달래는 듯한 말투였다. "날 더듬을 필요 없어요. 정말로 이럴 것 없는데요."

그가 멍한 눈으로 그녀를 바라보았다. 그러다 당혹스러워하는 대신 웃음을 터뜨렸고, 그녀 또한 그와 함께 웃기 시작했다.

두 사람은 차를 마시면서 화가 사리얀[210]에 대해 이야기했다. 잠시 후 샤로고로츠끼 노인이 문을 두드렸다.

알고 보니 리모노프는 타자본 원고들을 통해서, 또 문서 보관소에 보존된 편지들을 통해서 샤로고로츠끼의 이름을 알고 있었다. 샤로고로츠끼 또한 리모노프의 책을 읽지는 않았으나 그의 이름을 알았다. 일간지에 전쟁사 관련한 글을 쓰는 작가들의 목록이 실릴 때 보통 그의 이름이 언급되었던 것이다.

대화가 시작되자 그들은 서로에게서 공통점을 발견하며 흥분에 들떴고, 솔로비요프, 메레시꼽스끼, 로자노프, 기삐우스, 벨리, 베르쟈예프, 우스뜨랄로프, 발몬뜨, 밀류꼬프, 예브레이노프, 레미조프, 뱌체슬라프 이바노프 등의 이름[211]을 쏟아냈다.

제냐에게는 마치 이 두 사람이 책과 그림, 철학 체계, 연극 연출의 세계를 침몰한 바닥으로부터 들어올린 듯 여겨질 정도였다.

그때 갑자기 리모노프가 그녀의 생각을 그대로 말했다. "이것 참, 우리가 해저로부터 아틀란티스[212]를 들어올린 것 같군요."

샤로고로츠끼는 침울하게 고개를 끄덕였다. "하지만 당신은 러시아 아틀란티스를 연구만 하는 사람인 반면, 나는 그곳의 주민이라 함께 대양의 밑바닥에 가라앉아 있죠."

"아니요." 리모노프가 말했다. "전쟁이 누군가를 아틀란티스로부터 표면으로 들어올렸지요."

----

210 Martiros Sar'yan(1880~1972). 아르메니아 출신의 소비에뜨 화가. 1937년 그의 그림 중 인민의 적으로 낙인찍힌 인물들의 초상화 열두점이 박물관에서 제거되었다.
211 모두 볼셰비끼 정부나 스딸린 정부에 반대한 문화예술인들. 대부분 10월혁명 이후 망명했으며, 당시 없는 사람으로 취급되었다.
212 대서양에 있었다는 전설의 낙원.

"그렇네요." 샤로고로츠끼가 말했다. "전쟁 동안 꼬민쩨른 창시자들은 '신성한 러시아 대지'라는 표현을 따라 하는 것보다 더 나은 것을 생각해내지 못했어요." 그는 씩 웃어 보였다. "두고 보세요, 전쟁은 승리로 끝날 테고, 그때는 국제주의자들이 이렇게 선언할 겁니다. '우리 어머니 러시아가 온 세상의 머리로다.'"

예브게니야 니꼴라예브나는 신기하다는 생각이 들었다. 저들이 생기를 띠고 수다스럽게 재치 있는 이야기를 이어가는 것은 이 만남을 기뻐하고 둘 모두에게 가까운 주제를 찾아냈기 때문만이 아니었다. 한 사람은 늙은이에 또 한 사람은 중늙은이인 저 두 남자는 그녀에게 호감을 품은 채 내내 그녀가 자기들 이야기에 귀를 기울인다는 점을 의식하고 있었다. 얼마나 신기한 일인가. 그리고 또 신기한 건, 그녀 자신이 저들에게 아무런 관심이 없을 뿐 아니라 이 모든 것을 우습게 여기지만 동시에 저들에게 관심이 없지 않으며 이를 기분 좋게 받아들이고 있다는 사실이었다.

제냐는 생각했다. '나 자신을 이해하는 건 불가능해…… 왜 난 과거의 일을 그토록 아프게 느끼는 걸까? 왜 난 끄리모프를 그리도 안타깝게 여기는 걸까? 왜 계속 그를 생각하는 걸까?'

그리고 언젠가 끄리모프의 독일인과 영국인 꼬민쩨른 동지들이 낯설게 보였을 때와 마찬가지로, 지금 그녀는 샤로고로츠끼가 꼬민쩨른주의자들에 대해 내뱉는 조롱 어린 말을 들으며 슬픔과 적대감에 휩싸였다. 왜 그런 걸까? 리모노프의 비타민결핍증 이론도 이걸 이해하는 데는 도움이 안 되네. 하긴, 이런 문제에 이론이 다 뭐야……

그러다 갑자기, 자신이 내내 끄리모프를 생각하고 걱정하는 것은 단지 다른 남자, 거의 기억나지도 않는 줄 알았던 다른 남자를 그리워하기 때문이라는 생각이 들었다.

'혹시 내가 정말 그를 사랑하는 걸까?' 그녀는 놀라며 생각했다.

26

밤이 되자 볼가강 하늘의 구름이 걷혔다. 새카만 협곡들로 팬 산들이 별들 아래 천천히 흘러가고 있었다. 가끔 유성이 떨어질 때마다 류드밀라 니꼴라예브나는 소리 없이 중얼거렸다. '똘랴가 살아 있게 해주세요.'

이것이 유일한 소원이었고, 그녀로서는 더이상 하늘에 바라는 것이 없었다⋯⋯

물리학부 학생이던 시절 그녀는 한동안 천문학 연구소에서 계측원으로 일했다. 그때 유성들이 흐름을 이루어 움직이며 페르세우스자리, 오리온자리, 또 그 이름이 뭐였더라, 그래, 아마도 쌍둥이자리, 사자자리 유성군이 지구와 만나는 시기가 각기 다르다는 것을 알게 되었지. 그중 어떤 이름의 유성이 10월과 11월에 지구와 만나는지는 이미 잊었지만⋯⋯ 어쨌든 똘랴가 살아 있게만 해주세요!

빅또르는 그녀가 남을 도우려 하지 않는다고, 자기 친척들에게 냉랭하게 군다고 비난하곤 했다. 류드밀라만 원했어도 안나 세묘노브나가 우끄라이나에 머무는 대신 그들과 함께 살 수 있었을 것이라면서.

빅또르의 사촌이 수용소에서 나와 유형지로 가는 길에 그녀는 관리인이 알아챌까봐 두려워 그를 재워주려 하지 않았다. 어머니는 아버지의 임종 당시 가스쁘라[213]에 머물던 류드밀라가 휴가를 방해받기 싫어서 장례식이 끝나고 이틀 뒤에야 모스끄바에 온 것을 아직도 기억했다.

어머니는 이따금씩 드미뜨리에 대해 이야기하며 끔찍하다는 듯 몸서리쳤다. "그애는 정의롭고 바른 소년이었고 커서도 내내 그랬어. 그런데 갑자기 스파이라니, 까가노비치[214]와 보로실로프[215]의 암살 모의[216]…… 정말 황당한 거짓말 아니니? 대체 무엇을 위해 그런 거짓말을 하는 걸까? 무엇 때문에 진정하고 솔직한 사람들을 파멸시키는 걸까?……"

한번은 그녀가 어머니에게 말했다. "미쨔를 완벽하게 믿을 수는 없어요. 무고한 사람을 감옥에 넣지는 않잖아요."

그리고 지금, 그때 자신을 바라보던 어머니의 시선이 그녀의 머릿속에 떠올랐다.

어쩌다 그녀가 드미뜨리의 아내에 대해 이렇게 이야기한 적도 있었다. "난 평생 그 여자를 참아줄 수가 없었어요. 솔직히 말하자면 지금도 못 참겠고요."

그리고 지금, 어머니의 대답이 그녀의 머릿속에 떠올랐다.

---

213 끄림의 남쪽 해안에 있는 도시.

214 Lazar Moiseevich Kaganovich(1893~1991). 러시아의 정치가. 내전 당시 제니긴의 백군을 진압한 후 당의 요직을 두루 거쳤다.

215 Kliment Efremovich Voroshilov(1881~1969). 소련의 장군. 내전 당시 유능한 지휘관으로 중요한 전투에서 승리하고 스딸린과 함께 국민 영웅으로 추앙받았지만, 이후 시대 변화에 적응하지 못해 야전 지휘에서 손을 떼고 실권했다.

216 1936~38년 사이 네차례의 모스끄바 재판을 거치며 혁명 제1세대에 속하는 인물들이 숙청되었다. 이들은 반소련 뜨로쯔끼 센터를 만들어 거물 정치가들 암살을 모의했다는 혐의를 받고 테러와 반국가 행위자로 낙인찍혀 대부분 처형되었다. 일인 권력 장악을 위한 스딸린의 시나리오였다.

"그래, 남편을 고발하지 않았다는 이유로 그애가 십년형을 받았다는 걸 알면서도 그런 소릴 한단 말이지?"

이어 그녀의 머릿속에 떠오른 것은 언젠가 거리에서 발견한 강아지 한마리를 집에 데려왔을 때의 일이었다. 빅또르가 강아지를 집에 들이려 하지 않아 그녀가 "잔인한 인간"이라고 소리치자 그는 말했다.

"아아, 류다, 난 당신이 젊고 예쁘기를 원하지 않아. 내가 원하는 건 단 하나, 그 착한 마음을 고양이나 개에게만 쏟지 말라는 거야."

지금 갑판에 앉아 처음으로 스스로를 미워하면서, 다른 사람에 대한 원망도 없이 그녀는 자신이 평생 들어온 쓰디쓴 말들을 떠올리고 있었다…… 언젠가 남편이 누군가와 통화를 하다가 웃으면서 말했지. "집에 고양이를 들이니 아내의 사랑스러운 목소리도 다 듣게 되네."

어머니는 이런 말도 했어. "류다, 너 어떻게 걸인을 못 본 척할 수 있니? 생각 좀 해봐라, 굶주린 사람이 네게, 배부른 사람에게 부탁하는데……"

하지만 그녀는 인색한 사람이 아니었다. 그녀는 손님맞이를 좋아했고, 그녀가 차린 정찬은 지인들 사이에서도 유명했다.

한밤중에 갑판에 앉아 우는 그녀를 보는 사람은 아무도 없었다. 맞아, 난 쌀쌀맞아. 배운 건 다 잊어버렸지. 아무짝에도 쓸모없는 사람이야. 아무도 날 좋아하지 않아. 뚱뚱한 몸에, 머리카락은 세어서 회색이 되었고, 혈압이 높고, 남편은 날 사랑하지 않고, 그래서 그에겐 그저 무정한 여자로 보이지. 하지만 똘랴가 살아 있기만 하면 돼! 그녀는 모든 것을 받아들일 준비가 되어 있었다. 가까운 이들이 비난했던 자신의 모든 나쁜 행동들에 대해 반성하고 후회할 준비가 되어 있었다. 그저 그애가 살아 있기만 하면 돼!

어째서 내내 첫 남편이 떠오르는 걸까? 그 사람은 지금 어디 있을까? 어떻게 해야 찾을 수 있을까? 로스또프에 사는 그의 누이에게 편지를 쓸걸 그랬어. 참, 지금은 못 쓰지. 독일군 점령 지역이니까. 누이가 그 사람한테 똘랴 소식을 전해줄 수 있었을 텐데.

기선의 엔진음과 갑판의 진동, 파도의 철썩임, 하늘에서 깜빡이는 별들까지 모든 것이 뒤섞이는 가운데 류드밀라 니꼴라예브나는 잠이 들었다.

동틀 무렵, 짙은 안개가 볼가강을 휘감았다. 생명을 가진 모든 것이 그 속으로 가라앉는 듯했다. 그러더니 갑자기 해가 떠올랐다. 마치 희망이 솟아오르듯이! 가을의 검은 강물이 하늘을 반사하며 숨을 쉬기 시작했고, 태양은 강물의 파도와 부딪쳐 날카로운 소리를 내지르는 것 같았다. 밤의 추위로 강변에 소금 같은 서리가 두껍게 끼었는데, 하얀 서리 사이로 붉은 나무들이 어쩐지 유난히 즐겁게 보였다. 바람이 불어와 안개를 걷어내자 세상은 유리처럼 투명해졌다. 밝은 태양 속에도, 푸른 강물이나 푸른 하늘 속에도 온기라고는 없었다.

대지는 광대했다. 숲도 무한하지는 않아 어디서 시작하고 어디서 끝나는지 보이건만, 대지는 영원히 뻗어 있었다.

그리고 슬픔은 대지만큼이나 광대하고 영원했다.

카키색 가죽 코트 차림에 연대장 경호장교의 회색 모자를 쓴 채 1등 선실에 올라 꾸이비셰프로 가는 인민위원회 수뇌부의 모습이 보였다. 2등 선실에는 그들의 아내와 어머니와 장모 들이 있었는데, 마치 정해진 규칙이라도 있는 듯 이들 또한 역할에 따라 복장을 갖춘 모습이었다. 아내들은 모피 외투에 하얀 솜털로 짠 머릿수건[217]을 썼고, 장모와 어머니 들은 카라쿨 털로 깃을 단 푸른색 모직 외투에 갈색 머릿수건 차림이었다. 그들과 함께 가는 아이들은 하나같이 지루하고 불만스러운 표정이었다. 선실 창 너머로 이 승객들에게 딸린 식료품도 보였다. 류드밀라는 노련한 눈으로 수화물의 내용을 쉽사리 구분해냈다. 자루 속에서, 납땜한 깡통 속에서, 밀봉되어 컴컴한 큰 유리병 속에서 볼가강을 따라 꿀과 버터기름이 떠가고 있었다. 갑판 위를 산책하는 1등실, 2등실 승객들에게서 들려오는 대화의 편린들로 미루어 이들 모두가 꾸이비셰프에서 모스끄바로 가는 기차 때문에 노심초사하는 것이 분명했다.

류드밀라가 느끼기에 이 기선의 여자들은 전쟁에 나간 아들이나 형제도 없는 양 복도에 앉아 있는 붉은군대 병사들과 중위들을 아주 무관심하게 바라보는 것 같았다.

아침 뉴스 「소비에뜨 정보국에서」가 방송되는데도 이들은 붉은군대 병사들이나 기선의 선원들과 함께 확성기 나팔 밑에 서서 귀를 기울이는 대신 그저 졸린 눈으로 그쪽을 곁눈질할 뿐이었다.

선원들 얘기를 듣자니 기선 전체가 원래 꾸이비셰프를 지나 모스끄바로 돌아가는 어느 고위층의 가족들에게 주어진 것인데, 군부의 명에 따라 까잔에서 군인들과 다른 시민들이 추가로 승선하게 된 모양이었다. 그러자 본래 승객들이 군인들을 받아들이지 않겠다며 난리를 치고 총국방위원회의 전권위원에게 전화를 해댔다는 것이었다.

스딸린그라드로 향하는 동안 붉은군대 병사들의 얼굴에는 다른 승객들을 불편하게 했다는 죄책감과 뒤섞인, 뭐라 형언하기 어려

---

217 염소 솜털로 레이스처럼 얇게 짠 부드럽고 따뜻한 고급 머릿수건. 러시아 전통 수공예품이다.

운 이상한 표정이 떠올라 있었다.

류드밀라 니꼴라예브나는 저 여자들의 태평스러운 눈빛이 못 견디게 싫었다. 할머니들은 손자들을 불러 이야기를 들려주면서 습관적인 몸짓으로 그들의 입속에 과자를 밀어넣었다. 뱃머리에 위치한 선실에서 족제비 털 외투를 입은 노파가 소년 둘을 데리고 갑판으로 나오자 여자들은 황급히 미소 지으며 몸을 굽혀 절했고, 관리들의 얼굴에는 상냥하면서도 불안한 표정이 떠올랐다.

당장 라디오에서 제2전선이 열리고 레닌그라드 봉쇄가 뚫렸다고 발표하더라도 그들 중 아무도 눈 하나 깜빡하지 않겠지만, 그들에게 모스끄바행 열차의 침대칸이 폐지되었다고 말한다면 다들 1등석이냐, 2등석이냐로 열을 올리느라 전쟁의 모든 사건이 그 열기에 삼켜져버릴 것이다.

맙소사! 하지만 류드밀라 니꼴라예브나도 옷매무새만 보면 — 그녀는 회색 카라쿨 외투에 하얀 솜털로 짠 머릿수건을 썼다 — 1등실이나 2등실의 승객들과 비슷했다. 게다가 바로 며칠 전 그 자신도 좋은 좌석을 열망하고 빅또르 빠블로비치가 1등실 좌석을 받아오지 못한 것에 화를 내지 않았던가.

그녀는 포병 중위에게 자기 아들도 포병 중위인데 심한 부상을 입어 사라또프 병원에 누워 있다고 말했고, 어떤 병든 노파와 이야기를 나누면서는 마루샤와 베라에 대해, 점령 지구에서 죽은 시어머니에 대해 이야기했다. 그녀의 슬픔은 이 갑판 위에서 숨 쉬는 슬픔과 같은 슬픔이요, 병원과 전선의 무덤에서 시골 오두막집으로, 이름 모를 벌판 위 번지수 없는 바라끄로 자신의 길을 알고 어김없이 찾아가는 슬픔과 같은 슬픔이었다.

집에서 나올 때 그녀는 마실 잔도 빵도 챙기지 않았다. 오는 내

내 먹지도 마시지도 않을 것 같아서였다.

하지만 배에 오른 아침부터 너무 배가 고파 이제 큰일 났구나 싶었다. 여행 둘째 날 붉은군대 병사들이 기선 화부들과 협상하여 기관실 안에서 수수를 넣은 수프를 끓였고, 류드밀라를 불러 한 냄비 부어주었다.

류드밀라는 빈 궤짝 위에 앉아 남의 스푼으로 남의 냄비에 담긴 뜨거운 수프를 떠먹었다.

"요 수프 맛이 참 괜찮죠!" 수프를 만든 병사들 중 하나가 말하더니 류드밀라 니꼴라예브나에게서 아무 대답이 없자 성마르게 물었다. "왜, 별로예요? 진하지 않아요?" 자기가 먹이는 사람을 향한 이 칭찬의 요구에서 소박한 넉넉함이 느껴졌다.

그녀는 어느 병사를 도와 파손된 자동소총의 용수철을 고쳤다. 이는 붉은 별 훈장을 받은 반장조차 해내지 못한 일이었다.

포병 중위들이 옥신각신 논쟁을 벌이는 것을 듣고서 그녀는 연필을 잡고 삼각함수를 풀어주었다.

그런 일이 있은 후 그녀를 그냥 "아줌씨"라 부르던 중위가 갑자기 그녀의 이름과 부칭을 물었다.

하지만 밤이 되면 류드밀라 니꼴라예브나는 갑판을 서성였다. 강물은 얼음처럼 차가운 숨을 내쉬었고, 어둠 속에서 낮고 가차 없는 바람이 불어들었다. 머리 위에서는 별들이 빛났다. 그녀의 불행한 머리 위에 버티고 있는 불과 얼음으로 된 저 잔혹한 하늘에는 위안도 평안도 없었다.

27

기선이 전시 임시 수도[218]에 도착하기에 앞서, 선장은 항로를 사라또프까지 연장하여 그곳 병원에서 부상자들을 승선시키라는 명령을 받았다.

선실 승객들은 하선을 준비하며 트렁크와 소포 들을 꺼내 갑판 위에 쌓아올렸다.

공장들의 실루엣, 철로 된 지붕 아래 작은 주택들과 바라끄들이 보이기 시작했다. 선미를 때리는 강물이 전과 다른 소리를 내는 듯했고, 엔진도 뭔가 더 불안하게 요동치는 것 같았다.

곧 회색과 붉은색과 검은색을 띤 유리창들로 번쩍이는 광대한 사마라[219]의 전경이 공장들과 기관차들에서 가닥가닥 피어오르는 연기 사이로 미끄러지듯이 드러났다.

꾸이비셰프에서 내릴 승객들은 갑판 양쪽 뱃전에 서 있었다. 이들은 강변에 내리며 작별 인사는커녕 배에 남은 이들을 향해 고개 한번 끄덕이지 않았다. 이 여정에서는 어떠한 관계도 생겨나지 않았다.

지스-101[220]이 족제비 털 외투를 입은 노파와 두 손자를 기다리고 있었다. 기다란 장군용 모직 외투를 입은 누런 얼굴의 남자가 노파에게 거수경례를 하고 소년들의 손을 잡으며 인사를 나누었다.

단 몇분 만에 승객들은 아이들, 트렁크들, 포장한 식료품과 함께 사라졌다. 마치 그들이 배에 없었던 것만 같았다.

---

218 꾸이비셰프를 말한다.
219 볼가강 중류에 있는 도시 사마라는 1935년 1월 27일에서 1991년 1월 25일까지 꾸이비셰프로 불렸다.
220 1936~41년 소련에서 제작된 고급 리무진 승용차.

기선에는 군용 외투들, 누비 재킷들만 남았다.

류드밀라 니꼴라예브나는 이제부터 동일한 운명과 난관과 슬픔으로 결합된 사람들 사이에서 숨쉬기가 한결 편하고 좋으리라 생각했다.

하지만 그것은 착각이었다.

28

사라또프는 류드밀라 니꼴라예브나를 거칠고 잔혹하게 맞이했다.

당장 부두에서부터 그녀는 외투를 걸친 어느 술 취한 남자와 부딪쳤다. 그는 비틀거리면서 그녀를 밀치더니 더러운 욕지거리를 내뱉었다.

류드밀라 니꼴라예브나는 조약돌로 포장한 가파른 오르막을 따라 걷다가 멈춰서서 힘겹게 숨을 몰아쉬며 뒤를 돌아보았다. 기선이 저 아래 부두의 회색 창고들 사이로 하얀 몸을 드러낸 채 그녀의 마음을 아는 듯 나지막하게 끊어지는 소리로 기적을 울렸다. '자, 가, 이제 가라고.' 그래서 그녀는 가기 시작했다.

전차에 탈 때 젊은 여자들은 입을 꾹 다문 채 노인들과 약한 자들을 열심히 떠밀었다. 붉은군대 모자를 쓴, 바로 얼마 전에 병원에서 나온 듯 보이는 한 맹인이 눈먼 몸을 아직 제대로 가눌 줄 몰라 부산스레 잔걸음을 떼면서 눈앞의 바닥을 지팡이로 불규칙하게 이리저리 두드려대다가 어린애처럼 어느 중년 여자의 소매를 꽉 잡았다. 여자가 그 손을 떨쳐내곤 조약돌 위를 징 박힌 장화 뒤축으로 부딪쳐 착착 소리를 내며 앞으로 나아가자 그는 그녀의 소매를 잡고 늘어지며 변명하듯이 황급히 말했다. "승차하도록 도와주세요. 병원에서 나왔어요."

여자는 욕을 하며 맹인을 밀쳤고, 그는 균형을 잃은 채 포장도로 위로 나가떨어졌다.

류드밀라는 여자의 얼굴을 들여다보았다.

사람답지 않은 저 표정은 어디서 왔을까? 무엇이 그런 표정을 만들어냈을까? 저 여자가 유년 시절에 겪었을 1921년의 기아[221]일까? 1930년의 전염병[222]일까? 극도로 빈곤한 생활일까?

잠시 정신을 잃었던 맹인이 튀어오르듯 몸을 일으키더니 새된 음성으로 소리를 지르기 시작했다. 필시 그는 멀어버린 두 눈으로 견딜 수 없을 만큼 투명하게 그 자신의 모습을 보았을 것이다. 비뚜름하게 모자를 쓰고 무의미하게 지팡이를 휘두르는 스스로의 모습을.

허공에 휘휘 지팡이를 휘둘러대는 그의 동작에 비정한 세상, 앞이 보이는 사람들의 세상을 향한 증오가 어려 있었다. 사람들이 서로를 밀치며 전차에 오르는 동안 그는 울고 날카로운 소리를 내지르며 그 자리에 서 있었다. 류드밀라가 희망과 사랑을 품었던 사람들, 노동과 가난과 선善과 슬픔의 가족으로 결합했던 사람들이 더는 사람답지 않게 행동하기로 공모한 것만 같았다. 기름때 묻은 옷을 입고 노동으로 손이 검어진 사람들의 마음속에서 선의 존재를 선험적으로 확정할 수 있다는 견해를 무너뜨리기로 공모한 것과 다를 게 없었다.

---

221 5백만명이 넘는 사람들의 목숨을 앗아간 소련의 기아. 주로 볼가강 유역과 우랄에서 큰 피해를 입었다.
222 1930년에 뇌막염이 유행했다.

고통스럽고 어두운 무언가가 류드밀라 니꼴라예브나를 건드렸고, 이 접촉만으로 그녀의 마음은 수천 베르스따에 이르는 가난한 러시아 평원들의 추위와 어둠으로, 삶이라는 척박한 뚠드라 속의 무력감으로 가득 채워졌다.

어디서 내려야 하는지 묻자 차장은 차갑게 대꾸했다. "아까 말했잖아요. 귀가 먹은 거예요 뭐예요?"

전차 통로에 서 있는 승객들은 그녀가 이제 내릴 거냐고 물어도 돌이 된 양 대답도 없이 꼼짝하지 않았다.

오래전 류드밀라는 사라또프 여학교의 예비 단계, '기초'반에 다녔다. 겨울 아침 식탁 앞에 앉아 두 발을 흔들며 차를 마시고 있으면 그녀가 몹시 사랑하는 아버지가 따뜻한 깔라치 빵 한조각에 버터를 발라주었는데…… 사모바르의 두툼한 목은 전등 빛을 부드럽게 반사했고 그녀는 아버지의 따뜻한 손을, 따뜻한 빵을, 사모바르의 온기를 떠나고 싶지 않았다.

그때 이 도시에는 11월의 바람도, 배고픔도, 자살도, 병원에서 죽어가는 아이들도 없이 그저 따뜻함, 따뜻함, 따뜻함만 있는 것 같았다.

이곳 공동묘지에 후두염으로 죽은 언니 소냐가 묻혀 있었다. 소냐는 알렉산드라 블라지미로브나가 소피야 르보브나 뻬롭스까야[223]를 기려 붙인 이름이었다. 같은 묘지에 할아버지도 묻혀 있는 것 같았다.

그녀는 3층짜리 학교 건물로 다가갔다. 바로 이곳에 똘랴가 누워 있었다.

---

223 Sof'ya L'vovna Perovskaya(1853~81). 혁명가. 인민의의지당 당원으로 1881년 알렉산드르 2세 암살에 가담했다.

문에는 경비가 없었고, 이것이 그녀에게는 좋은 징조로 여겨졌다. 병원의 공기, 추위에 고통받던 이도 그 온기에 기뻐하기는커녕 다시 추위 속으로 돌아가고 싶을 만큼 끈적끈적하고 진득진득한 공기가 느껴졌다. '소년용'과 '소녀용'이라는 작은 팻말이 붙은 화장실을 지나쳐 부엌 냄새가 풍기는 복도를 따라가다보니 김 서린 창문 너머 안마당에 쌓아놓은 직육면체의 관들이 보였다. 집 현관에서 아직 뜯지 않은 편지를 들고 서 있던 순간처럼 '맙소사, 지금 죽어서 쓰러졌으면!' 하는 생각이 들었다. 하지만 그녀는 큰 보폭으로 걸음을 옮겨 회색 양탄자가 깔린 복도를 계속 나아갔다. 아스파라거스와 필로덴드론 같은 친숙한 식물들이 놓인 대석을 지나자 '4학년'이라는 작은 팻말 옆에 손글씨로 '접수처'라 적혀 있는 문이 나왔다.

류드밀라가 문손잡이를 잡는 순간 햇살이 안개를 뚫고 나와 창문을 때리고 주위의 모든 것을 환하게 밝혔다.

몇분 뒤, 수다스러운 서기가 햇빛에 반짝이는 긴 서류함 속에 들어 있는 카드들을 뒤지면서 그녀에게 말했다. "자, 그러니까…… 샤뽀시니꼬프 A. V…… 아나똘리 V…… 어디 보자…… 근데 우리 지휘관님과 마주치지 않은 게 다행이시네. 외투도 벗지 않은 차림이라 아마 언짢은 소리를 들으셨을 텐데…… 그러니까, 샤뽀시니 꼬프…… 아, 그 중위…… 여깄네요."

류드밀라는 마치 신 앞에 선 기분으로 기다란 합판 서류함에서 카드를 끄집어내는 손가락에 시선을 고정했다. 삶과 죽음 여부가 그의 뜻에 달려 있는 것만 같았다. 한순간 그가 머뭇거렸다. 그는 그녀의 아들이 죽을지 살지 아직 결정하지 않았다.

29

류드밀라 니꼴라예브나가 사라또프에 도착한 때는 똘랴가 또다른 수술, 세번째 수술을 받은 지 일주일이 지나서였다. 2급 군의관 마이젤이 수술을 실시했다. 오랜 시간이 소요되는 복잡한 수술이라 똘랴는 정맥주사로 두차례나 헥산알을 투여받고 다섯시간이 넘도록 전신마취 상태로 있어야 했다. 병원 군의관과 대학병원 임상외과 의사들 가운데 이와 비슷한 수술을 해본 사람은 아무도 없었다. 참고할 만한 거라곤 1941년 군사 의학 잡지에 미국인들이 기록해둔 문서 자료가 전부였다.

수술이 워낙 까다롭고 복잡한 터라 의사 마이젤은 방사선검사가 끝난 뒤 중위와 길고 솔직한 대화를 나누기로 했다. 먼저 그는 끔찍한 부상 이후 그의 생체 조직에 일어난 병리 과정의 성격에 대해 설명했다. 동시에 이 외과의사는 수술에 따르는 위험을 솔직하게 밝히고 자신과 다른 의사들이 수술 여부에 관해 의견의 일치를 보지 못했다고, 대학병원의 늙은 임상의 로지오노프는 이 수술에 반대했다고 털어놓았다. 샤뾰시니꼬프 중위는 의사 마이젤에게 두세가지 질문을 던지고 잠시 생각하더니 방사선실에서 곧바로 수술에 동의했다. 수술 준비에 닷새가 소요되었다.

오전 11시에 시작된 수술은 오후 4시가 되어서야 끝났다. 병원장이자 군의관 지미뜨루끄도 이 수술을 참관하였다. 모든 과정을 지켜본 의사들의 소견에 따르면 수술은 매우 성공적이었다.

마이젤은 수술대에 서서 문서 자료 기록만 봐서는 예측할 수 없었던 이런저런 난점들을 훌륭하게 해결해냈다.

수술 내내 환자의 상태는 양호했으며, 맥박도 떨어지는 일 없이 잘 버텨주었다.

오후 2시쯤, 이미 젊지 않고 몸이 무거운 의사 마이젤의 컨디션이 나빠져 몇분간 수술을 중단해야 했다. 내과의 끌레스또바가 발리돌[224]을 주어 이후에는 중단 없이 수술을 마쳤지만, 모든 게 끝나고 샤뽀시니꼬프 중위가 칸막이로 이송된 직후 의사 마이젤은 심장마비를 일으켰다.

당직 간호사 쩨렌찌예바가 샤뽀시니꼬프 곁을 지키며 지침에 따라 중위의 상태를 관찰했다. 그의 침상에 들러 의식불명 상태로 누워 있는 중위의 맥박을 점검한 의사 끌레스또바가 쩨렌찌예바에게 말했다. "마이젤이 중위에게 새로운 인생을 주었네요. 정작 자신은 거의 죽을 뻔했지만요."

"오, 이 중위, 똘랴가 반드시 회복되어야겠네요!" 쩨렌찌예바가 대답했다.

샤뽀시니꼬프는 거의 들리지 않을 정도로 가느다랗게 숨을 쉬고 있었다. 그의 얼굴은 고요했고, 가느다란 팔과 목은 꼭 어린애의 것 같아 보였다. 창백한 피부는 훈련과 초원 행군의 여파로 아주 엷게 그을려 있었다. 샤뽀시니꼬프는 의식불명과 수면 사이의 어딘가에서 헤매는 중이었다. 마취에서 아직 깨어나지 못한데다 심신의 기력이 쇠잔해 정신이 흐릿했다.

그는 알아들을 수 없는 단어들을 내뱉거나 때로는 문장 전체를 어눌하게 발음했다. 한번은 쩨렌찌예바에게 빠른 말투로 "좋아요, 저를 그런 사람으로 보지 않으니"라고 이야기하는 것 같기도 했다. 그런 뒤 그는 입꼬리를 축 늘어뜨린 채 고요히 누워 있었다. 의식

---

224 소련에서 사용되었던 가벼운 진정제.

이 없는 상태에서 울고 있는 것 같았다.

저녁 8시가 될 무렵, 환자가 눈을 뜨고 알아들을 수 있는 말로 마실 것을 청했다. 간호사 쩨렌찌예바는 놀라고 기뻐하며 아직 무엇도 마셔서는 안 된다고 말한 뒤 수술이 썩 잘되었다고, 곧 회복될 거라고 덧붙였다. 기분이 어떤지 묻자 그는 옆구리와 등에 통증이 약간 있다고 대답했다.

쩨렌찌예바는 다시 그의 맥박을 재고 젖은 수건으로 입술과 이마를 닦아주었다.

이때 병실로 의무병 메드베제프가 들어와서 수술과장인 쁠라또노프가 전화로 그녀를 찾는다고 전했다. 찌렌찌예바는 같은 층에 있는 당직실로 가서 수화기를 들고 쁠라또노프에게 환자가 깨어났으며, 현재는 힘든 수술을 받은 환자의 통상적인 상태에 있다고 보고했다.

쩨렌찌예바는 교대를 요청했다. 남편이 그녀에게 보낸 지불 증서와 관련하여 혼선이 생겨 시 군사동원부에 반드시 가야 한다는 것이었다. 쁠라또노프는 곧 보내주겠다고, 자신이 진찰하러 갈 때까지만 샤뽀시니꼬프를 관찰하고 있으라고 명했다.

쩨렌찌예바는 병실로 돌아왔다. 환자는 그녀가 떠났을 때와 똑같은 자세로 누워 있었으나 얼굴에 어려 있던 고통의 기색은 많이 걷힌 듯했다. 입꼬리가 약간 올라가고 표정도 평온한 것이 꼭 미소를 짓는 것 같았다. 지속적인 고통이 그동안 그를 더 나이 들어 보이게 했던 것일까? 지금 이 미소 띤 얼굴에 쩨렌찌예바는 놀라움을 느꼈다. 홀쭉한 뺨, 약간 튀어나온 통통하고 창백한 입술, 주름 하나 없는 높은 이마는 어른의 것도, 심지어 소년의 것도 아닌 어린아이의 것처럼 보였다. 쩨렌찌예바가 기분이 어떠냐고 물었지만 그는 대답하지 않았다. 잠이 든 것 같았다.

찌렌찌예바를 얼마간 긴장시킨 것은 그의 얼굴에 떠오른 표정이었다. 그녀는 샤뽀시니꼬프 중위의 손을 잡았다. 맥박이 느껴지지 않았다. 손은 전날 지펴놓은 불이 이미 한참 전에 다 꺼지고 아침이 되어 온기라고는 거의 느껴지지 않는 벽난로만큼이나 차가웠다.

쩨렌찌예바는 평생을 도시에서만 살아온 여자였지만, 이제 그 앞에 무릎을 꿇고는 삶을 방해하지 않고자 아주 나직하게, 시골 아낙처럼 곡을 시작했다.

"아이고아이고, 우리 아가, 우리 꽃송이, 우리를 떠나서 너는 어디로 가버렸니?"

30

샤뽀시니꼬프 중위의 어머니가 도착했다는 소식이 병원에 알려졌다. 병원의 꼬미사르이자 대대 꼬미사르인 시만스끼가 죽은 중위의 어머니를 맞이했다. 잘생긴 외모에 발음에서 폴란드 혈통이 드러나는 시만스끼는 류드밀라 니꼴라예브나를 기다리며 인상을 찌푸렸다. 곧 눈물 바람이 시작될 것이며, 아마도 기절 사태까지 피할 수 없을 터였다. 그는 얼마 전부터 기르기 시작한 콧수염을 혀로 핥았다. 죽은 중위에 대해서도, 그의 어머니에 대해서도 안타까운 마음이 들었고, 그래서 두 사람 모두에게 화가 났다. 누군가 죽을 때마다 그 엄마를 접견해야 한다면 대체 남아날 신경이 있을까?

류드밀라 니꼴라예브나에게 자리를 권한 뒤, 시만스끼는 이야기를 시작하기에 앞서 그녀 쪽으로 물병을 밀어주었다.

"감사합니다만 목이 마르지 않네요." 그녀가 말했다.

그녀는 수술 전 협의 진단에 대해서(대대 꼬미사르는 그중 한 사람이 수술에 반대 의사를 표했다는 사실을 굳이 이야기할 필요는 없다고 생각했다), 수술의 난점에 대해서, 수술의 순조로운 진행 과정에 대해서 전부 들었다. 시만스끼는 샤뽀시니꼬프 중위가 입은 것과 비슷한 부상에는 해당 수술을 적용해야 하리라 여겼다고, 샤뽀시니꼬프의 사망은 심부전으로 인한 것이며 3급 군의관이자 병리해부학자인 볼디레프의 결론에 따르면 이러한 돌발적 사망을 예견하거나 방지하는 것은 의사의 능력 밖이라고 설명했다.

대대 꼬미사르는 수백명의 환자들이 병원을 드나들었지만 샤뽀시니꼬프 중위만큼 병원 직원들의 마음에 깊이 남은 사람은 드물었다고 이야기했다. 분별 있고 교양 있고 겸손한 환자로, 무언가를 요청하거나 요구해 직원들을 힘들게 하지 않으려 했다고 말이다.

조국을 위해 명예롭고 헌신적으로 자신의 생명을 바친 아들을 길러냈으니 어머니는 자랑스러워해야 한다고 시만스끼는 말했다.

그런 다음 그는 병원 지휘부에 요청 사항이 있냐고 물었다.

류드밀라 니꼴라예브나는 시간을 빼앗아 죄송하다고 한 뒤 가방에서 종이 한장을 꺼내 자신의 요청 사항을 읽기 시작했다.

그녀는 아들이 매장된 장소를 알려줄 것을 요청했다.

대대 꼬미사르는 말없이 고개를 끄덕이고 수첩에 적었다.

그녀는 의사 마이젤과 이야기하고 싶어 했다.

대대 꼬미사르는 의사 마이젤 역시 그녀가 온 것을 알며 그녀를 만나고 싶어 한다고 대답했다.

그녀는 쩨렌찌예바 간호사와의 만남도 청했다.

대대 꼬미사르는 고개를 끄덕이고 수첩에 적었다.

그녀는 추억을 위해 아들의 소지품을 가져갈 수 있도록 허락해주기를 청했다.

대대 꼬미사르는 그것도 수첩에 적었다.

그런 다음 그녀는 아들을 위해 가져온 간단한 선물을 부상자들에게 전달해줄 것을 요청하며 탁자에 생선 통조림 두통과 사탕 한 봉지를 올려놓았다.

그녀의 두 눈과 꼬미사르의 두 눈이 마주쳤다. 그 커다랗고 푸른 눈에서 나오는 광채에 시만스끼는 저도 모르게 눈을 가늘게 떴다.

시만스끼는 류드밀라에게 다음 날 9시 30분까지 병원으로 오라고, 그녀의 모든 요청이 받아들여질 것이라고 말했다.

대대 꼬미사르는 닫힌 문을 가만히 지켜보다가 샤뽀시니꼬바가 부상자들에게 전해준 선물들을 한동안 바라보았고, 자기 손목의 맥박을 찾느라 한참을 더듬거렸으나 결국 찾지 못한 채 손을 내젓고는 면담을 시작할 때 류드밀라에게 권했던 물을 마시기 시작했다.

31

류드밀라 니꼴라예브나는 잠시도 쉴 틈이 없는 사람처럼 분주해 보였다. 한밤중에 거리를 돌아다니다가, 도시공원의 벤치에 앉았다가, 몸을 녹이느라 역에 들어갔다가, 이내 급한 일이라도 있는 양 다시 텅 빈 거리를 바쁜 걸음으로 돌아다녔다.

시만스끼는 그녀가 요청했던 모든 것을 이행했다.

오전 9시 30분에 간호사 쩨렌찌예바가 류드밀라 니꼴라예브나를 만났다. 류드밀라는 똘랴에게 일어난 모든 일을 아는 대로 말해달라고 청했다.

류드밀라 니꼴라예브나는 위생복을 입고 쩨렌찌예바와 함께 2층으로 올라갔다. 아들을 수술실로 옮긴 복도를 지나 1인용 칸막이 문 앞에 잠시 서서 오늘 아침 비워진 침대를 바라보았다. 쩨렌찌예바는 내내 옆에서 그녀와 함께 걸으며 손수건으로 코를 훔쳤다. 다시 1층으로 내려온 뒤 쩨렌찌예바는 그녀에게 작별 인사를 건넸다. 이내 회색 머리칼에 검은 눈 밑에는 다크서클이 생긴 어느 뚱뚱한 남자가 힘겹게 숨을 내뱉으며 접견실로 들어왔다. 풀을 먹여 눈부시게 하얀 수술복이 마이젤의 거무스레한 얼굴, 부릅뜬 검은 눈과 대조되어 더 새하얗게 보였다.

마이젤은 로지오노프 교수가 수술에 반대했던 이유에 대해 설명했다. 류드밀라 니꼴라예브나가 묻고 싶은 내용을 이미 전부 알고 있는 것 같았다. 수술 전에 똘랴 중위와 나누었던 대화에 대해서도 들려주었다. 그는 류드밀라의 상태를 이해하면서도 잔인할 만큼 솔직하게 수술 과정에 대해서 이야기했다.

그런 다음 그는 자신이 똘랴 중위에게 일종의 부정父情과도 같은 감정을 느꼈다는 이야기를 하기 시작했다. 이 말을 할 때 수술의의 낮은 목소리에서 유리가 떨리듯 가느다랗고 애처로운 울림이 전해졌다. 그녀는 처음으로 그의 손을 바라보았다. 거뭇한 손가락들이 달린 크고 강인한 손, 동시에 냉혹하고 무거운 두 손은 이 애처로운 두 눈을 가진 인간과 동떨어져 살아 있었다.

그녀의 생각을 읽은 양, 마이젤이 탁자에서 두 손을 내리고는 말했다. "저로서는 할 수 있는 모든 것을 했습니다. 하지만 제 두 손이 그의 죽음을 더 가까이 불러왔지요. 그것을 물리치지 못했습니다." 그러곤 다시 두 손을 탁자에 올려놓았다.

그녀는 마이젤이 이야기한 모든 것이 진실임을 알았다.

그토록 듣기를 원했던 말들, 똘랴에 대한 그의 말 한마디 한마디가 그녀를 괴롭혔고 애태웠다. 하지만 이 대화를 더욱 힘들고 고통스럽게 만든 다른 것이 있었다. 마이젤이 그녀와 만나고 싶어 한 것이 그녀를 위해서가 아니라 자기 자신을 위해서였다는 느낌이 들었던 것이다. 이것이 류드밀라의 마음속에 마이젤을 향한 적대감을 불러일으켰다.

수술의와 작별 인사를 나누면서, 그녀는 그가 자신의 아들을 구하기 위해 최선을 다했음을 믿는다고 말했다. 그가 무겁게 숨을 내쉬었다. 류드밀라는 자신의 말이 그의 마음을 가볍게 했다는 것을 알아차렸다. 그래, 저 사람은 자기가 이런 위로를 들을 권리가 있다고 생각하는 거야. 그래서 나와의 만남을 요청했던 거야.

'정말이지, 꼭 나한테 위로를 받아야 했을까?' 그녀는 원망스러운 생각이 들었다.

수술의가 자리를 뜨자 그녀는 깝까스 털모자를 쓴 지휘관에게로 다가갔다. 지휘관은 경례를 붙이더니 꼬미사르가 그녀를 매장 장소까지 데려다주라고 명령했다고, 그런데 배급과에 민간 노동자 목록을 전달하느라 자동차가 십분쯤 늦어질 거라고 목쉰 소리로 알려주었다. 중위의 물건들은 이미 다 꾸려놓았으니 묘지에서 돌아온 뒤 챙겨가는 게 편할 거라고도 했다.

류드밀라 니꼴라예브나가 요청했던 모든 것이 군대식으로 정확하고 틀림없이 이행되었다. 하지만 꼬미사르, 간호사, 지휘관의 태도에서 그녀는 이 사람들 역시 자신으로부터 일종의 안도와 용서와 위로를 받고자 한다는 것을 느꼈다.

꼬미사르는 병원에서 사람들이 죽어가는 것에 죄책감을 느꼈다. 샤뽀시니꼬바가 오기 전까지는 이 사실이 그를 걱정시키지 않았다. 전시의 병원이란 그런 법이니까. 의료봉사의 수준이 당국의 질책을 야기한 적은 없었다. 그가 당국의 질책을 받은 것은 정치적 작업이 충분히 조직되지 않아서, 혹은 부상자들의 분위기와 관련한 정보를 제대로 수집하지 못해서였다. 그는 몇몇 부상자들이 내비치는 승리에 대한 불신이나 집단농장 체제에 적대감을 드러내는 일부 낙오자들의 공격에 충분히 맞서지 못했다. 병원에서 부상자들에 의해 전쟁 기밀이 누설된 사례도 있었다.

시만스끼는 전쟁 지구 위생청 정치과로 호출되었고, 또다시 특수과로부터 병원의 이념적 불량함이 보고된다면 전선으로 보내겠다는 경고를 받았다.

하지만 이제 죽은 중위의 어머니 앞에서, 꼬미사르는 전날 세명의 환자가 사망했다는 사실에, 그런데도 자신은 샤워를 하고 요리사에게 자기가 제일 좋아하는 삶은 양배추절임을 주문했으며 사라또프 시영 상점에서 구해온 맥주 한잔을 마셨다는 사실에 죄의식을 느꼈다. 또 죽은 중위의 어머니 앞에서, 간호사 쩨렌쩨예바는 군사 기술자인 자신의 남편이 군 참모부에서 일하면서도 한번도 전방에 가지 않았고, 샤뽀시니꼬프보다 한살 위인 아들은 항공기공장 설계부에서 일한다는 사실에 죄의식을 느꼈다. 지휘관 또한 자신의 죄를 깊이 의식했다. 그는 전투요원임에도 불구하고 후방의 병원에서 복무하며 질 좋은 개버딘 옷감과 펠트화를 집에 보냈는데, 저 중위가 죽으며 어머니에게 남긴 것은 목면 제복 윗도리 하나뿐이 아닌가.

죽은 환자의 매장을 담당하는 남자, 살집 두둑한 귀에 입술이 두꺼운 반장도 자신과 함께 자동차에 올라 묘지를 향해 가는 이 여인

앞에서 죄의식을 느꼈다. 관이 얇고 질 나쁜 판자로 만들어진 것이기 때문이었다. 죽은 이들은 내복 하의만 입은 채 관에 뉘여 공동묘지에 촘촘한 간격으로 매장되었다. 비문은 울퉁불퉁한 판자에 보기 흉한 글씨로 쓰였는데, 그나마도 오래가지 못하는 싸구려 페인트가 사용되었다. 물론 사단 의무대대 보건소에서 죽은 자들은 관조차 없이 구덩이에 그냥 던져지고 비문도 잉크로 쓰여 비 한번 오면 그냥 지워져버리는 것이 사실이었다. 또 전투에서, 숲에서, 늪에서, 계곡에서, 들판에서 죽은 이들은 어떤 손길도 받지 못한 채 그저 모래나 마른 나뭇잎, 바람에 매장되었고……

그럼에도 함께 자동차를 타고 묘지를 향해 가며 죽은 사람들은 어떻게 매장되냐고, 다 함께 묻히는 거냐고, 시체에는 어떤 옷을 입히느냐고, 무덤 위에서 마지막 인사를 할 수 있냐고 캐묻는 이 여자 앞에서, 반장은 관이 얇고 질 나쁜 판자로 만들어진 것에 죄의식을 느꼈다.

마음이 불편했던 것은 그가 이곳에 오기 전 병참의 친구에게 가서 물을 탄 에틸알코올 한잔을 마시고 안주로 양파 얹은 빵 한조각을 씹었기 때문이기도 했다. 자동차에 앉아 내쉬는 숨결마다 양파 냄새와 보드까 냄새가 뒤섞여 풍겨나왔고, 그래서 너무나 부끄러웠지만 그렇다고 숨을 쉬지 않을 수는 없는 노릇이었다.

그는 찌푸린 얼굴로 운전사 앞에 달린 작은 거울을 쳐다보았다. 그 작은 사각형 거울 속에 운전사의 두 눈이 비쳐 보였다. '저런, 실컷 처먹었군, 반장.' 그 유쾌한 젊은 눈이 가차 없이 내뱉는 것 같았다.

전쟁으로 아들을 잃은 어머니 앞에서는 누구나 죄의식을 느낀다. 인류의 역사가 이어지는 동안 모두가 그 앞에서 스스로를 정당화하려 애썼으나 전부 헛짓에 불과했다.

32

노동대대 병사들이 화물차에서 관들을 내렸다. 그들의 말없는 느릿한 움직임에서 능숙한 작업 솜씨가 엿보였다. 한 사람이 화물차 위에 서서 관을 밀어주면 다른 사람이 그 끄트머리를 어깨에 걸친 채 몇걸음을 떼고, 그러면 또다른 사람이 말없이 다가와 다른 쪽 끄트머리를 어깨에 걸친다. 그렇게 관을 하나씩 메고 장홧발로 얼어붙은 땅을 삐걱삐걱 밟아가며 넓은 공동묘지로 가 구덩이 가장자리에 내려놓은 다음 화물차로 돌아온다. 빈 화물차가 도시로 떠나면 병사들은 아직 열려 있는 무덤가의 관 위에 앉아 커다란 종이와 그에 비하면 너무 적은 담뱃가루를 가지고 담배를 만다.

"오늘은 좀 한가한데." 한 사람이 말하고 튼튼한 라이터 — 탄피 테두리에 부싯돌을 박아넣고 그 사이로 끈 모양의 부싯깃을 통과시켜 만든 — 를 꺼내 불을 댕겼다. 병사가 부싯깃을 흔들자 연기가 허공에 매달렸다.

"오늘은 트럭이 한대뿐이라고 반장이 그랬어." 다른 병사가 말한 뒤 담뱃불을 빌려 붙이고는 연기를 잔뜩 내뿜었다.

"자, 그러면 무덤 작업을 마무리해놓자고."

"그래, 한꺼번에 하는 게 더 좋겠어. 명단은 반장이 가져와서 대조하겠지." 담배를 피우지 않는 세번째 병사가 말하고서 주머니에서 빵 한조각을 꺼내 털어낸 뒤 가볍게 입김을 불고는 씹기 시작했다.

"네가 반장에게 말해, 쇠지렛대를 달라고. 팔 땅이 위에서 4분의 1은 꽝꽝 얼었어. 내일 새 무덤을 만드는데, 그런 땅을 삽으로 파는 게 말이 돼?"

부싯돌로 불을 붙였던 병사가 크게 소리 내어 두 손바닥을 마주치더니 나무 빨부리에서 타다 남은 담배를 쳐내고서 빨부리로 관 뚜껑을 가만히 두드렸다.

세 사람 모두 무엇에 귀를 기울이는 듯 말이 없었다. 침묵이 내려앉았다.

"그거 정말일까? 노동대대 배급 음식이 건식으로 나온다는 얘기 말이야." 빵을 씹던 병사가, 관 속 들어 있는 고인들이 아무 관심을 보이지 않을 말이 그들을 방해라도 할까봐 목소리를 낮추어 물었다.

담뱃불을 빌렸던 두번째 병사가 그을린 긴 대나무 빨부리에서 타다 남은 담배를 불어낸 뒤 빨부리를 빛에 대고 한참 들여다보더니 고개를 저었다.

다시 침묵이 내려앉았다……

"오늘 날씨 괜찮네. 바람만 좀 부는 정도야."

"저 소리 들려? 트럭이 온 모양이군. 점심 전까지 다 마치자고."

"아니, 저건 우리 차가 아니야. 승용차야."

차에서 반장과 머릿수건을 쓴 어떤 여자가 내려서 철책 방향으로 걷기 시작했다. 지난주까지 매장을 하다가 공간이 부족해 중단한 곳이었다.

"병력 수천을 파묻었는데 아무도 장례에 오지 않으니." 한 병사가 말했다. "평화 시절에는 어땠는지 기억나나? 관 하나 뒤로 백명이 꽃을 든 채 따라왔잖아."

"지금도 다들 가슴 아프게 애도하고 있어." 다른 병사가 바다에 갈린 조약돌처럼 노동에 갈려 두툼한 타원형을 이룬 손톱으로 조심스럽게 나무판자를 두드렸다. "우리에게 그 눈물이 보이지 않을 뿐이지…… 저런, 반장 혼자 돌아오는군."

그들은 다시 담배를 피우기 시작했다. 이번에는 셋 모두가. 반장이 그들에게로 다가와 다정하게 말을 건넸다. "내내 담배만 피우는군, 동지들. 그러면 누가 우리 일을 해주나?"

그들은 말없이 연기 세줄기를 내뿜었고 그중 한 사람, 라이터의 주인이 말했다.

"이것만 피우면 끝이오. 들리시오? 트럭이 오는군. 모터 소리만 들어도 알지."

33

류드밀라 니꼴라예브나는 봉분으로 다가가서 합판 조각에 적힌 아들의 이름과 계급을 읽었다.

수건으로 감싸인 머리카락이, 마치 누군가의 차가운 손가락에 닿은 듯 살짝 움직이는 것을 그녀는 분명히 느낄 수 있었다.

양옆, 오른쪽과 왼쪽으로 거의 철책에 이르기까지 풀도 꽃도 없이 그저 무덤의 흙에서 뻗어 올라온 곧은 나무 막대기만 빽빽이 솟아 있었다. 막대기 끝마다 이름이 적힌 얇은 합판 조각이 붙어 있었다. 그 밀도와 균일성이 흡사 풍성하게 싹터 자란 들판의 곡식 대열을 상기시켰다……

마침내 그녀는 똘랴를 찾아냈다. 그가 어디 있을지, 무엇을 하고 무엇에 대해 생각할지, 자신의 작은 아이가 참호의 벽에 기대어 졸고 있을지, 아니면 한 손에 잔을 들고 다른 손에는 각설탕을 쥔 채 행군하고 있을지, 혹시 들판에서 사격을 당하며 달아나고 있는 건 아닌지 그동안 얼마나 많이 생각하고 그려보았던가. 그녀는 그의 곁에 있어주고 싶었다. 그에겐 그녀가 필요했다. 곁에 앉아 그의 잔에 차를 부어주며 "빵 마저 먹으렴"이라 말하고, 그의 신발을 벗겨 물집이 생긴 발을 씻겨주고, 목에 목도리를 감아주고 싶었는데…… 하지만 그때마다 그는 보이지 않았고, 그녀는 그를 찾을 수 없었다. 그리고 드디어 똘랴를 찾아낸 지금, 이미 그에게는 그녀가 필요 없었다.

저쪽 멀리, 화강암 십자가들이 꽂힌 혁명 이전의 무덤들이 보였다. 묘석들은 누구에게도 쓸모없고 누구도 관심을 가지지 않는 노인들 무리처럼 서 있었다. 옆으로 쓰러진 묘석, 나무줄기에 무력하게 기대어 있는 묘석도 보였다.

공기를 죄다 펌프질해낸 듯 머리 위 하늘에 마른 먼지로 가득한 허공만이 있는 느낌이었다. 하늘로부터 공기를 빨아들이는 소리 없는 강력한 펌프가 계속 작동하고 또 작동하는 동안 류드밀라에게는 이미 하늘만이 아니라 믿음과 희망마저 사라졌고, 공기 없는 이 거대한 허공 속에는 이제 회색의 얼어붙은 작은 흙봉우리만이 남았다.

살아 있는 모든 것, 어머니도 나쟈도 빅또르의 두 눈도 전쟁 뉴스도, 그 모든 것이 존재하기를 그쳤다.

살아 있는 모든 것이 죽은 것이 되었다. 온 세상에 오직 똘랴만이 존재했다. 하지만 주위에는 기막힌 적막뿐. 그는 그녀가 왔다는 걸 알고 있을까……

류드밀라는 행여 아들을 성가시게 할까봐 살짝 무릎을 꿇고 이름이 적힌 판자를 바로잡았다. 그녀가 학교에 데려다주면서 옷깃을 바로잡아주면 아들은 매번 성가셔하며 화를 냈다.

"여기 나 왔어. 아마 넌 엄마가 안 오다니 그럴 수가 있냐고 생각했겠지……" 그녀는 철책 너머 사람들이 들을까 싶어 나직한 목소리로 속삭였다.

대로를 따라 화물트럭 몇대가 빠른 속도로 달려가고, 검은 화강암의 차가운 먼지바람은 아스팔트를 따라 뿌옇게 연기를 피우며 맴돌면서 이리저리 구불구불 휘몰아치고 있었다…… 우유 통을 든 여자들도, 짐 자루를 멘 사람들도 모두 군홧발을 울리면서 걸었고, 중학생들은 누비 군복 차림에 겨울용 군모를 쓴 채 거리를 내달렸다.

하지만 온갖 움직임으로 가득한 이 대낮의 풍경이 그녀에게는 몽롱한 환영 같았다.

얼마나 고요한가.

그녀는 아들과 이야기를 나누며 그의 지난 삶을, 그 구체적인 일들을 하나하나 떠올려보았다. 그녀의 의식 속에만 존재하는 기억들이 어린아이의 목소리로, 그림책 넘기는 소리로, 작은 스푼이 하얀 접시 가장자리에 부딪치는 소리로, 집에서 만든 라디오 수신기의 윙윙대는 소리로, 얼음에 금이 가는 소리로, 시골 연못의 보트에 노를 꽂는 쇠스랑 소리로, 사탕 종이가 바스락거리는 소리로, 소년다운 얼굴과 어깨와 가슴의 어른거림으로 공간을 가득 채웠다.

그의 눈물, 그의 고민, 그의 좋은 행동과 나쁜 행동이 그녀의 절망에 의해 되살아나 아주 또렷하고도 현실적인 형태로 존재했다.

그녀는 과거의 기억이 아니라 지금 이 순간, 현실의 불안에 사로잡혀 있었다.

저 끔찍한 조명으로 밤새도록 책을 읽다니, 이렇게 젊은 나이에 안경을 쓰기 시작하다니 어쩌면 좋아……

여기 아이가 맨발에 가벼운 광목 천만 걸친 채 누워 있는데 이불은 왜 안 주었지? 땅이 이렇게 꽝꽝 얼어붙었는데. 게다가 밤에는 더 찬데.

갑자기 류드밀라의 코에서 코피가 흘러내렸다. 머릿수건이 피에 젖어 무거워졌다. 머리가 빙빙 돌고 눈앞이 캄캄해지면서 잠시 의식이 사라지는 듯싶었다. 그녀는 눈을 찌푸려 감았다. 그런 뒤 다시 눈을 떴을 때, 그녀의 고통에 의해 되살아났던 세계는 이미 사라졌고 바람이 일으킨 잿빛 먼지만 무덤들 위를 휘돌고 있었다. 한 무덤이 뿌옇게 연기를 뿜는가 하면 곧 다른 무덤이 연기를 뿜었다.

얼음 위로 솟구치며 암흑으로부터 똘랴를 꺼내왔던 생명수가 모두 흘러 사라졌다. 한순간 사슬을 끊고 스스로 현실이 되려던 세계, 어머니의 절망에 의해 만들어진 저 세계가 다시 뒤로 물러났다. 그녀의 절망이, 신이 그러듯, 중위를 무덤에서 들어올려 새로운 별들로 허공을 채웠었는데.

지나간 몇 분 동안 그 혼자만 세상에 살아 있었고, 그 덕분에 나머지 모든 것이 존재했다.

하지만 어머니의 강력한 힘도 수많은 사람들을, 모든 바다를, 모든 길과 모든 땅을, 모든 도시들을 죽은 똘랴 앞에 무릎 꿇릴 수는 없었다.

류드밀라는 머릿수건을 두 눈에 댔다. 눈은 말라 있었고 수건은 피로 축축했다. 그녀는 얼굴이 끈적끈적한 피로 얼룩진 것을 느꼈다. 그녀는 웅크리고 앉아 마음을 추슬렀다. 이는 자신의 의지와 무관한 첫걸음, 똘랴가 존재하지 않는다는 사실을 의식하는 첫걸음이었다.

병원에서 사람들은 그녀의 평온함에, 그녀가 던진 침착한 질문들에 놀랐었다. 자기들에게는 너무나 명백한 사실, 산 자들 가운데 똘랴가 없다는 사실을 그녀가 이해하지 못한다는 걸 그들은 알 수 없었던 것이다. 아들을 향한 그녀의 감정은 그토록 강해서 일어난 일의 힘과 공존할 수 없었다. 그녀에게 그는 계속 살아 있었다.

그녀는 정신이 나간 채였는데 아무도 이를 알아차리지 못했다. 그리고 이제 마침내 그녀는 똘랴를 찾아냈다. 그녀는 죽은 제 새끼를 발견하고 기뻐하며 핥는 암고양이 같았다.

영혼은 기나긴 고통을 겪는다. 수년을, 가끔은 수십년을, 돌 하나 하나를 쌓아 제 무덤의 봉분을 만들 때까지, 스스로 영원한 상실의 감정에 도달하기까지, 일어난 일의 힘 앞에 굴복할 때까지.

노동대대 병사들은 일을 마친 뒤 가버렸고, 해도 저물기 시작해 무덤 앞 판자의 그림자들이 길게 드리웠다. 류드밀라만 홀로 남았다.

그녀는 아이의 친척들에게, 수용소에 있는 아이아버지에게 똘랴의 죽음을 알려야 한다고 잠시 생각했다. 아이아버지에게는 꼭 알려야지. 친부에게는. 수술 전에 그애는 무슨 생각을 했을까? 사람들이 그애를 어떻게 먹였을까? 작은 스푼으로? 잠은 좀 잤을까? 누워서? 아니면 엎드려서? 그애는 설탕 탄 레몬수를 좋아했는데. 지금은 어떤 모습으로 누워 있을까? 면도는 했을까?

주위가 점점 더 어두워지는 것은 아마 그 견딜 수 없는 영혼의 고통 때문이었으리라.

이 슬픔이 영원히 지속되리라는 생각에 그녀는 경악했다. 빅또르가 죽고 딸아이의 손주들이 죽은 후에도 그녀는 여전히 슬퍼하고 있을 것이다.

그리고 비통의 감정이 견딜 수 없을 만큼, 심장이 터져버릴 만큼 강해졌을 때, 현실과 류드밀라의 영혼 속에 살아 있는 세계 사이의 경계가 다시 녹아내리고 영원한 슬픔이 그녀의 사랑 앞에서 물러났다.

똘랴의 죽음에 대해서 그애 아버지에게, 또 빅또르에게, 가까운 모든 이들에게 알려야 할 필요는 없어. 아직 나도 확실하게 아는 바가 없잖아. 기다려보는 게 좋겠어. 아직 모든 게 완전히 달라질 수도 있으니까.

그녀는 속삭이듯 중얼거렸다. "아무한테도 말하지 마, 아직 아무것도 판명된 건 없어. 아직 모든 게 괜찮아질 수 있어."

류드밀라는 외투 자락으로 똘랴의 발을 꼭꼭 덮어주었다. 그러고 나서 머릿수건을 벗어 아들의 두 어깨를 폭 감쌌다. "맙소사, 안되지, 어떻게 이렇게 한단 말이야? 왜 이불을 주지 않은 거야? 발이라도 좀 덮어주었으면 나았을 텐데……"

넋이 나간 채, 정신이 혼미한 상태에서 그녀는 계속해서 아들에게 이야기했고 편지를 왜 그렇게 짧게 썼냐고 꾸짖었다. 이따금씩 정신이 들 때면 아들에게 덮어준, 바람이 헤집어놓은 머릿수건을 바로잡아 다시 그의 두 어깨를 폭 감싸주었다.

누구의 방해도 없이 단둘이 있으니 얼마나 좋은지. 아무도 이 아이를 사랑하지 않았어. 모두들 그가 못생겼다고 했어. 튀어나온 입술, 아무 이유 없이 모욕을 느끼고 화를 내는 성미, 행동거지도 이상하고. 그래, 누구도 이 아이를 사랑한 적이 없지. 가까운 사람들은 죄다 그의 모자란 점들만 보았고…… 하지만 내 불쌍한 아이, 소심하고 서투르고 착한 아들…… 오직 그만이 그녀를 사랑했고, 지금 이 밤 묘지에서도 오직 그만이 그녀와 함께 있었다. 그녀가 누구에게도 필요 없는 노파가 되었을 때도 그는 여전히 그녀를 사랑할 것이다…… 도대체 얼마나 현실에 적응하지 못하는 아이였는지. 한번도 뭘 해달라고 조르지 않았어. 터무니없을 정도로 소심해 가지고. 선생님은 이애가 학교에서 놀림거리가 되었다고 했지. 놀리고 약을 올리면 어린애처럼 운다고. 똘랴, 똘랴, 나 혼자만 남기고 떠나지 마.

날이 밝았다. 붉게 얼어붙은 아침노을이 볼가강을 따라 펼쳐진 대초원 위에서 타오르기 시작했다. 화물트럭 한대가 소리 지르며 도로를 달려갔다.

착란은 물러갔다. 그녀는 아들의 무덤 곁에 나란히 앉아 있었다. 똘랴의 몸은 흙에 묻혔다. 그는 없다.

류드밀라는 더러운 자기 손가락들을, 땅에 펼쳐져 있는 머릿수건을 보았다. 다리가 움직여지지 않았다. 얼굴의 얼룩이 느껴졌다. 목구멍이 간질간질하니 기침이 나올 것 같았다.

아무래도 상관없었다. 누가 그녀에게 전쟁이 끝났다고, 그녀의 딸이 죽었다고 말한대도, 바로 곁에 뜨거운 우유 한잔과 따뜻한 빵 한조각이 있대도 그녀는 꼼짝하지 않을 것이고 손도 뻗지 않을 터였다. 그녀는 아무것도 걱정하지 않고, 아무 생각도 하지 않고 앉아 있었다. 모든 것이 상관없었고 무엇도 필요하지 않았다. 오직 변함없는 괴로움만이 심장을 조이고 미간을 짓눌렀다. 병원 사람들이, 하얀 가운을 입은 의사가 똘랴에 대해 뭔가 이야기했었지. 그녀는 그들의 벌린 입만 보고 있었다. 그들의 말은 들리지 않았다. 외투에서 떨어진 편지가 땅에 놓여 있는데 그것을 집어올려 흙먼지를 털고 싶은 마음도 나지 않았다. 똘랴가 두살 때 이리저리 통통 뛰어가는 메뚜기를 따라 아장아장 뒤뚱거리며 집요하게 쫓아가던 기억도, 수술 전 마지막 날 아침에 똘랴가 어떻게 누워 있었는지, 옆으로 누웠는지 등을 대고 누웠는지 간호사에게 묻지 않았다는 생각도 이미 머리에 없었다. 그녀는 낮의 빛을 보았고, 더이상 그를 볼 수 없었다.

갑자기 똘랴가 세살이 되던 날의 기억이 떠올랐다. 저녁에 차와 케이크를 먹고 있는데 그가 물었다. "엄마, 날이 왜 이렇게 어두워? 오늘 내 생일인데."

그녀는 나뭇가지들을, 태양 아래 반짝이는 매끈한 묘석들을, 아들의 이름이 적힌 합판을 보았다. '샤뽀시'까지는 큰 글씨로 쓰여 있었지만 '니꼬프'는 작은 글씨로 다닥다닥 붙어 있었다. 그녀는 아무 생각도 하지 않았고 그녀에게는 아무 의지가 없었다. 그녀에게는 아무것도 없었다.

그녀는 몸을 일으켜 세웠고, 편지를 집어올렸고, 곱은 두 손으로 외투에서 흙덩이를 털어냈고, 그것을 깨끗하게 매만졌고, 신발을 닦았고, 머릿수건을 얼룩 하나 없이 하얗게 될 때까지 한참 동안 비비고 털었다. 그녀는 다시 머리에 수건을 썼고, 그 끝으로 눈썹에 묻은 흙먼지를 쓸어냈고, 입술과 턱에서 핏자국들을 닦아냈다. 마침내 그녀는 입구를 향해 걸어갔다. 주위를 둘러보지 않고 똑바로, 느리지도 빠르지도 않은 걸음으로.

34

까잔으로 돌아온 뒤 류드밀라 니꼴라예브나는 몸이 말라가기 시작해 사진 속 대학 시절의 모습과 비슷해졌다. 그녀는 배급소에서 식품을 구해오고, 식사를 준비하고, 난롯불을 지피고, 바닥을 닦고, 빨래를 했다. 짧은 가을의 낮이 그녀에게는 참으로 길었다. 이

낮의 공허를 무엇으로도 메울 수 없었다.

사라또프에서 집으로 돌아온 날 그녀는 가족들에게 여행에 대해, 가까운 사람들 앞에서 느끼는 죄의식에 대해, 병원에서 있었던 일에 대해 이야기하고 파편에 찢기고 핏자국으로 얼룩진 군복이 담긴 꾸러미를 열었다. 그녀의 이야기를 들으며 알렉산드라 블라지미로브나는 무거운 숨을 쉬었다. 나쟈는 울었고, 빅또르 빠블로비치는 손이 너무도 떨려 탁자에서 찻잔을 집을 수 없을 정도였다. 그녀를 만나러 달려온 마리야 이바노브나는 얼굴이 창백해져서는 입술을 반쯤 벌리고 있었는데, 그 눈에 고통의 표정이 가득했다. 오직 류드밀라만이 밝고 푸른 눈을 커다랗게 뜬 채 평온하게 말을 이었다.

그녀는 이제 아무와도 다투지 않았다. 일평생 그녀는 정말이지 다투기 좋아하는 여자였다. 역까지 가는 길을 두고 누군가와 이야기할 때조차 열을 올리고 화를 내며 그 거리로 가면 절대 안 되며 그 전차를 탈 필요가 전혀 없다는 걸 증명하려 들곤 했다.

어느날 빅또르 빠블로비치가 물었다. "류드밀라, 밤마다 누구랑 이야기하는 거야?"

그녀는 대답했다. "몰라. 그냥 꿈을 꿨나본데."

그는 더 묻지 않았지만, 알렉산드라 블라지미로브나에게 류드밀라가 거의 매일 밤 여행가방을 열고 구석의 소파에 이불을 펴놓은 채로 걱정하는 목소리로 조용히 이야기를 한다고 귀뜸했다.

"낮에는 마치 꿈을 꾸듯이 우리와 함께 있는 느낌이지만 밤이면 목소리가 전쟁 이전처럼 쌩쌩해져요." 그가 말했다. "병이 난 게 아닐까요? 꼭 다른 사람이 되어가는 것 같아요."

"글쎄," 알렉산드라 블라지미로브나가 대답했다. "우리 모두 고통을 겪고 있는 게지. 모두 예외 없이, 각자 다른 방식으로."

문 두드리는 소리에 그들의 대화는 중단되었다. 빅또르 빠블로비치가 자리에서 일어나는데 류드밀라 니꼴라예브나가 부엌에서 외쳤다. "내가 열게."

아무도 그 이유를 알 수 없었지만, 식구들은 류드밀라 니꼴라예브나가 사라또프에서 돌아온 뒤로 하루에도 몇 차례나 우편함을 확인하는 것을 알아챘다. 누가 문을 두드릴 때도 그녀는 서둘러 문으로 다가가곤 했다.

지금도 달려가다시피 하는 그녀의 다급한 발소리를 들으면서 빅또르 빠블로비치와 알렉산드라 블라지미로브나는 시선을 교환했다.

곧 류드밀라 니꼴라예브나의 신경질적인 목소리가 들려왔다. "없어요, 오늘은 아무것도 없다고요. 그리고 제발 이렇게 자주 오지 말아요. 겨우 이틀 전에 빵 500그램을 줬잖아요."

35

빅또로프 중위는 예비병력으로 배치된 격추기 항공연대 지휘관 자까블루까 소령의 참모부로 호출을 받았다. 참모부 당직 장교 벨리까노프 중위는 소령이 U-2[225]를 타고 깔리닌[226] 구역의 공군 참모부로 날아갔으며 저녁에 돌아온다고 말했다. 그가 무슨 일 때문에

---

225 소련에서 생산한 2인용 다목적 경비행기.
226 Mikhail Ivanovich Kalinin(1875~1946). 러시아의 혁명가이자 소련의 정치가. 1919~38년 명목상 국가원수인 전연방집행위원회 공동 의장을 거쳤고, 1946년까지 역시 명목상의 국가원수인 최고 소비에뜨 의장을 지냈다.

호출했냐고 묻자, 중위는 아마도 식당에서 있었던 술판과 소동에 관련된 일일 거라며 윙크를 보냈다.

빅또로프는 방수 천막과 누비이불을 이어붙여 만든 장막 너머를 들여다보았다. 거기서 타자 치는 소리가 들리고 있었다. 사무장 볼꼰스끼가 빅또로프를 보더니 묻기도 전에 말을 뱉었다. "없어요, 편지 없다고요, 중위 동지."

민간 고용인인 여자 타자수 레노치까도 중위를 돌아보았다가 이내 전사한 비행사 제미도프가 추락한 독일 비행기에서 전리품으로 떼어와 선물한 조그만 거울로 시선을 옮겨 군모를 똑바로 고쳐 쓰고는, 베껴 치던 보고서 위의 가로대를 움직이며 다시 자판을 두드리기 시작했다. 저 얼굴이 긴 중위는 사무장에게 매번 똑같은 질문을 던져 사람을 우울하게 만든다니까.

비행장으로 돌아오는 길에 빅또로프는 숲 가장자리로 방향을 틀었다.

연대가 전투에서 물러나 기자재를 보충하고 결원을 메울 항공 요원을 받아들인 지 벌써 한달째였다.

지난달만 해도 빅또로프에게 처음인 이 북부 지구는 새롭고 낯설기만 했다. 숲의 삶, 가파른 언덕들 사이를 유연하게 내달리는 젊은 강물의 삶, 이끼와 버섯의 냄새, 나무들이 웅성거리는 소리가 밤이나 낮이나 그를 불안하게 했다.

비행하는 동안에도 땅의 냄새가 격추기의 조종석까지 닿는 듯했다. 이 숲과 호수들은 그가 전쟁 전에 읽었던 고대 러시아의 삶을 호흡하고 있었다. 여기 숲과 호수들 사이에 고대의 길이 놓여 있었겠구나. 저 곧은 나무를 베어다 집과 교회를 짓고 배의 돛대를 만들었겠구나. 회색 이리가 이곳을 뛰어다녔고, 자신이 지금 군사

식당을 향해 가는 이 강변에서 알료누시까[227]가 울었던 그 시간에 아직 고대古代가 생각에 잠긴 채 머물러 있었다. 이 지나가버린 고대가 어쩐지 순진하고, 소박하고, 젊게 여겨졌다. 규방에 살던 여인들만이 아니라 잿빛 수염을 기른 상인들도, 사제들도, 총주교들도, 자까블루까 소령의 공군연대와 함께 이 숲에 도착한 제트기와 고사포와 디젤엔진보다, 영화와 라디오의 세계에 사는 비행사들보다 천년은 젊은 것만 같았다. 이 고대의 젊음의 징표는 알록달록 다양한 색상으로 물든 협곡을, 푸른 숲 사이를, 붉고 푸른 무늬들 사이를 빠르게 흐르는 날렵한 볼가강이었다.

얼마나 많은 이들, 중위들과 하사관들과 계급 없는 병사들이 전장을 향해 나아가는가. 이들은 각자에게 할당된 담배를 피우고, 하얀 스푼으로 양철 그릇을 긁어대고, 객차 안에서 카드놀이를 하고, 시내에서 막대 아이스크림을 핥고, 100그램짜리 작은 잔에 자기 몫의 보드까를 담아 마시며 기침을 해대고, 허락된 만큼 편지를 쓰고, 야전 전화에 대고 소리치고, 누구는 경구경 대포를 쏘고, 누구는 중대포를 쾅쾅 울리고, 누구는 T-34[228]에 올라 무어라 외쳐대며 액셀러레이터를 밟지……

장화 아래 땅이 오래된 매트리스처럼 삐걱대고 출렁거렸다. 가볍고 부서지기 쉬운 나뭇잎들이 죽었으나 아직 제각각 떨어진 채 표면을 덮고 있었고, 그 아래로는 이미 오래전에 말라 부드러운 갈

---

227 「알료누시까 누나와 이바누시까 동생」이라는 동화에 나오는 인물. 숲에 나온 동생이 염소 먹는 물을 먹고 새끼 염소가 되자 누나는 상심해서 지나가는 상인에게 사연을 이야기하고 그와 결혼해 동생인 염소를 키운다. 그러던 어느날 마녀가 누나를 강물에 빠뜨린 뒤 대신 자리를 차지하는데, 이를 알아챈 동생이 결국 누나를 구하고 다시 사람으로 돌아간다.

228 제2차 세계대전 기간 동안 소련에서 가장 많이 생산된 고성능 전차.

색 덩어리로 뭉쳐진 나뭇잎들 — 한때 꽃봉오리를 틔우고, 뇌우에 흔들리고, 비 온 뒤에는 햇빛을 받아 반짝이던 생명의 잔재 — 이 쌓여 있었다. 이미 삭아버려 거의 무게가 느껴지지 않는 나뭇가지들이 발밑에서 잘게 부서졌다. 고요한 빛이 무성하게 드리운 나뭇잎에 분산되어 숲속 바닥까지 들이쳤다. 숲속에서는 공기가 빽빽하게 응고되어 있는 느낌이었다. 돌개바람에 익숙한 격투기 비행사는 공기의 흐름을 예민하게 감지한다. 햇빛을 받아 축축해진 나무에서 방금 잘린 목재 냄새가 풍겼다. 하지만 죽은 나무와 덤불의 냄새를 살아 있는 숲의 냄새가 물리쳤다. 전나무들이 서 있는 곳에서 한 옥타브쯤 더 높은 날카로운 테르펜 향이 찌르고 들어왔다. 사시나무는 역한 단내를 풍겼고, 오리나무는 쓴 숨을 내쉬었다. 숲은 세상의 나머지 부분과 동떨어져 살아 있었고, 그리하여 빅또로프는 마치 어떤 건물에 들어서는 기분이었다. 이 건물에서는 모든 것이 거리와 같지 않다. 냄새도, 늘어진 장막을 통해 들어오는 빛도, 공간을 울리는 소리도. 이 숲에서 나가기 전까지는 모든 것이 평소와 다르다. 마치 모르는 사람과 있을 때처럼. 바닥에서 높고 두꺼운 숲의 공기층을 통해 위를 올려다보면 나뭇잎들이 철썩거리는 듯하고, 공군 모자의 작은 초록 별에 달라붙어 너풀거리는 거미줄은 꼭 저수지 바닥과 표면 사이에 걸린 수초 같다. 머리가 커다랗고 잽싼 날벌레들도, 느릿한 등에들도, 수탉처럼 가지 사이를 헤치고 다니는 뇌조들도, 물고기가 수면 위로 뛰어오르지 못하듯 결코 숲 위로 날아오르지 못할 것만 같다. 사시나무 꼭대기에서 날아오르던 까치마저 한순간 하얀 옆구리를 햇빛에 반짝여 보이곤 이내 물속으로 떨어지는 물고기처럼 곧장 가지들 사이로 잠수해 들어간다. 바닥의 어둠 속에서 이슬방울을 머금은 채 청색과 녹색으로 반짝이며 살아가는 이끼는 또 얼마나 기이하게 보이는지.

이 고요한 어둑함 속에서 갑자기 밝은 공터로 나오면 순식간에 모든 것이 달라진다. 따뜻한 땅, 햇빛에 데워진 노간주나무 냄새, 공기의 흐름, 보라색 금속으로 만든 것 같은 커다란 초롱꽃과 끈적끈적한 송진이 흘러넘치는 정향나무 줄기에 피어난 봉오리들. 마음이 평온해진다. 숲속 공터는 비참한 삶 속에서 맞이하는 행복한 하루와도 같다. 노랑나비, 암청색의 매끈매끈한 딱정벌레, 개미, 바스락 소리를 내며 풀밭을 지나는 뱀, 다들 분주하게 각각의 삶을 사는 것이 아니라 모두 함께 공동 작업을 하는 듯하다. 작은 잎들이 가득한 자작나무 가지가 얼굴을 스친다. 메뚜기가 나무줄기를 향해 튀어오르듯 사람에게로 날아올라 혁대에 달라붙어서는 가죽 같은 두 눈에 양피 같은 주둥이를 하고 앉아 초록빛 넓적다리에 여유롭게 힘을 준다. 온기, 뒤늦게 핀 딸기꽃들, 햇빛에 뜨거워진 단추들과 혁대 버클. 필시 이 공터 위로는 U-88[229]도 야간 하인켈[230]도 지나간 적이 없으리라.

36

밤이면 그는 종종 스탈린그라드 병원에서 보낸 몇달을 떠올리곤 했다.[231] 하지만 그가 기억하는 것은 땀에 젖은 셔츠도, 찝찔하니

---

229 독일 공군의 다목적 항공기.
230 독일 하인켈사에서 만든 항공기.
231 전편 소설에서 빅또로프는 부상당해서 스탈린그라드 병원에 입원해 치료받는 동안 간호사로 일하던 베라와 연인이 되었다.

구역질 나는 물도, 그를 괴롭히던 불쾌한 냄새도 아니었다. 병원에서 보낸 날들은 그에게 행복이었다. 이제 이곳 숲속에서 나무의 웅성거림을 들으며 그는 생각했다. '내가 정말 그녀의 발소리를 들었었나?'

정말 그게 있었던 일일까, 그녀가 그를 껴안고 그의 머리를 쓰다듬으며 울었던 일이? 그가 짭조름한 눈물로 젖은 그녀의 두 눈에 입 맞췄던 일이?

가끔 빅또로프는 야끄[232]를 타고 스딸린그라드로 날아가는 상상에 빠졌다. 기껏해야 몇시간이면 가잖아. 랴잔에서 충전을 하고 엥겔스까지 가는 거지. 거기 아는 녀석이 담당 장교로 일하니까. 뭐, 그다음엔 날 쏴 죽이든 말든.

어느 오래된 책에서 읽은 이야기가 계속 떠올랐다. 장군의 아들들인 부유한 셰레묘찌예프 형제들이 열여섯살 된 여동생을 돌고루끼[233] 공작에게 시집보냈다. 그 동생은 혼인 전에 그를 딱 한번 봤나 그랬던 것 같다. 오빠들은 동생을 위해 예단을 어마어마하게 보냈다. 은으로 방 세개가 가득 찰 정도였다. 그런데 혼인하고 이틀 뒤에 뾰뜨르 2세가 죽었다. 사람들은 그의 측근이었던 돌고루끼를 잡아 북쪽으로 보낸 뒤 나무로 지은 성탑에 가두었다. 기껏해야 그와 이틀밖에 살지 않았으니 혼인을 무효로 할 수 있었지만, 젊은 아내는 사람들의 말에 설득당하지 않았다. 그녀는 남편을 따라 떠나서 깊은 숲속 나무로 된 오막살이에 터를 잡고 십년 동안 매일 돌고루끼가 있는 성탑을 오갔다. 그러던 어느날 아침, 그녀가 성탑에

---

232 소련에서 만든 모터 하나짜리 전투기.
233 Ivan Alekseevich Dolgorukii(1708~39). 뾰뜨르 2세의 총신이었으나 뾰뜨르 2세가 죽자 역적으로 몰려 능지처참되었다.

가보니 창문이 활짝 열려 있고 문도 잠겨 있지 않았다. 젊은 공작부인은 이리저리 뛰어다니며 만나는 모두에게, 농부에게도, 포수에게도 그 앞에 무릎을 꿇고 애원하면서 남편이 어디 있는지 물었다. 사람들은 그녀에게 돌고루끼가 니즈니노브고로드로 끌려갔다고 말해주었다. 그녀는 많은 어려움을 겪으며 도보 여행을 이어갔다. 그런데 니즈니에 도착해보니 돌고루끼가 능지처참을 당했다는 소식이 기다리고 있었다. 이제 돌고루까야는 수녀원에 들어가기로 결심하고 끼예프로 갔다. 삭발식 날 그녀는 드네쁘르[234] 강변을 오랫동안 거닐었다. 그녀가 애석해한 것은 이제 자유를 잃어서가 아니라 손가락에서 결혼반지를 빼야 했기 때문이었다. 그렇게 몇시간을 강변에서 서성거리다가 해 질 무렵 마침내 그녀는 손가락에서 반지를 빼 드네쁘르강에 던지고 수녀원 정문을 향해 걸어갔다.

고아원 출신으로 한때 스딸그레스[235] 기계 작업장의 철공이었고 이제는 공군 중위가 된 빅또로프의 머릿속을 내내 맴돌고 있던 것은 바로 이 이야기, 돌고루까야 공작부인의 삶이었다. 그는 숲을 걸어가며 상상했다. 자신은 이제 죽어 묻혔다고, 독일군에 의해 격추되어 땅속으로 코를 박은 비행기는 이미 녹슬고 부서져 풀로 덮였다고, 바로 이곳에서 베라 샤뽀시니꼬바가 서성이다가 발길을 멈추곤 강변을 따라 볼가로 내려가서 강물을 바라본다고…… 이백년 전, 젊은 돌고루까야가 이곳을 걸어다녔을 거야. 그러다 공터로 나와 붉은 열매가 가득 달린 덤불들을 두 손으로 헤치면서 아마밭을 지나갔을 거야. 그러자 찌를 듯한 고통과 비참과 절망이, 그리고 달

---

[234] 스몰렌스끄 남쪽에서 발원해 러시아, 벨라루스, 우끄라이나를 지나 흑해로 들어가는 강.
[235] 스딸린그라드 구역에 있는 국립발전소.

콤함이 그의 마음을 채웠다.

어깨가 좁은 중위가 낡은 공군복을 입고 숲을 지나간다. 이 잊을 수 없는 시절에 얼마나 많은 사람들이 잊히고 말았는지.

37

비행장에 점점 가까워지면서, 빅또로프는 뭔가 중요한 사건이 일어났음을 알아차렸다. '베제'[236]들이 비행장을 이리저리 오가고, 근무 대대의 정비사들과 발동기 기사들도 그물로 씌워 위장한 비행기들 근처에서 분주하게 움직이고 있었다. 평소 조용하던 무선 전신국의 소형 발동기에서 명확하고 분명한 소리가 들려왔다.

'틀림없어.' 빅또로프는 걸음을 재촉하며 생각했다.

곧 모든 것이 확실해졌다. 광대뼈에 벌건 화상 자국이 있는 솔로마쩐 중위가 그를 보더니 말했다. "우리, 예비에서 나간다. 명령이 내려왔어."

"전선으로?" 빅또로프가 물었다.

"그럼 어디겠어? 따슈껜뜨로 가?" 솔로마쩐이 내뱉고는 마을이 있는 방향으로 성큼성큼 걷기 시작했다. 당황한 기색이 역력한 모습이었다. 그는 집주인 여자와 깊은 사이였고, 이제 그녀에게 가느라 서두르는 것이 틀림없었다.

"재산을 나눌 거야. 집은 여자에게, 암소는 자기 차지." 귀에 익은 목소리가 들려왔다. 빅또로프와 같은 조로 출격하는 예료민 중

---

[236] 액체연료 보급차.

위가 오솔길을 따라 걸어오고 있었다.

"우리 어디로 가는 거야, 예료마?" 빅또로프가 물었다.

"북서전선군이 공세에 나선다나봐. 방금 사단장이 R-5[237]를 타고 도착했어. 더글러스를 모는 지인이 공군 참모부에 있으니 내가 한번 물어볼게. 그 친구는 모르는 게 없거든."

"뭐 하러 물어봐, 어차피 곧 알려줄 텐데."

참모부와 비행장의 비행사들만이 아니라 마을 전체가 술렁였다. 연대에서 가장 어린 비행사로 검은 눈에 통통한 입술을 한 꼬롤 중위가 다림질해서 개킨 세탁물을 든 채 거리를 따라 걸어갔는데, 그 위에 꿀 과자와 마른 과일이 한가득 놓여 있었다.

비행사들은 집주인인 두 과부 노파가 꿀 과자로 꼬롤의 버릇을 망친다고 농을 하곤 했다. 그가 출격 명령을 받아 나갈 때마다 노파들은 비행장으로 배웅을 나왔고 — 한 노파는 키가 크고 몸이 곧았고, 다른 노파는 등이 굽었다 — 그러면 꼬롤은 당황해서 버릇없는 어린아이처럼 짜증을 내며 두 노파 사이에서 걸어갔다. 비행사들은 꼬롤이 느낌표와 물음표를 양편에 이끌고 편대비행을 하는 꼴이라며 놀려댔다.

편대 지휘관 바냐 마르띠노프는 외투 차림에 한 손에 작은 트렁크를 들고 집에서 나왔다. 다른 손에는 구겨질까봐 트렁크에 넣지 않은 정모가 들려 있었다. 집주인 딸인 빨간 머리 여자가 직접 만고수머리에 머릿수건도 쓰지 않고 따라 나와, 자신에 대해서도 그에 대해서도 아무 말도 할 필요가 없어 보이는 그런 눈빛으로 그의 뒷모습을 바라보았다.

---

237 모터사이클의 이름.

절름발이 소년이 빅또로프에게 오더니 그와 한집에 사는 정치지도원 골루프와 바냐 스꼬뜨노이 중위가 짐을 꾸려 떠났다고 말했다.

빅또로프가 이 집으로 이사 온 것이 겨우 며칠 전이었다. 전에는 골루프와 함께 성미 사나운 주인 여자의 집에서 살았다. 높고 불룩한 이마에 누런 눈이 튀어나온 여자인데, 그 눈을 들여다보고 있자면 오싹한 기분이 들었다.

그녀는 숙박인들을 쫓아내기 위해 농가 안으로 연기를 들여보내는가 하면, 한번은 그들 몫의 차에 재를 넣기도 했다. 골루프가 연대 꼬미사르에게 이 주인 여자의 행실을 보고하자고 설득했지만 빅또로프는 보고서를 쓸 마음이 없었다.

"하, 저놈의 할망구, 염병이나 걸려 죽었으면." 골루프 역시 직접 보고할 마음은 없었고, 그저 소년 시절 어머니에게서 들은 말을 덧붙일 뿐이었다. "우리 강변에 걸리는 건 똥 아니면 대구야."[238]

새로 옮긴 집은 천국이었다. 하지만 보아하니 천국에는 잠깐만 머물러야 하는 모양이었다.

곧 빅또로프도 짐 꾸러미와 꽉꽉 눌러 채운 작은 트렁크를 들고 이층집처럼 높다란 회색 초가들을 지나쳐 걷고 있었다. 옆에서는 절름발이 소년이 빅또로프에게서 선물받은 독일군의 권총집으로 닭을 겨누기도 하고 숲 위를 맴도는 비행기를 겨누기도 하면서 절뚝절뚝 나아갔다. 빅또로프는 전 집주인 예브도끼야 미헤예브나가 연기를 풍겨 보내던 농가를 지났다. 흐릿한 유리창 너머 그녀의 미동도 없는 얼굴이 보였다. 그녀가 우물에서 나무 양동이 두개를 들고 오다가 잠시 멈춰 숨을 돌릴 때도 그녀에게 말을 거는 이는 아

---

[238] 아주 좋거나 아주 나쁘지 중간이 없다는 뜻의 우끄라이나 속담.

무도 없었다. 그녀의 집에는 암소도, 양도, 칼새도 없었다. 그녀가 부농 출신이라는 걸 밝혀내려고 골루프가 이리저리 조사해보기도 했지만 그녀는 빈농 출신이었다. 여자들은 그녀가 남편을 먼저 떠나보낸 뒤 미친 것 같다고, 추운 가을날 호수에 몰래 들어가 하루를 꼬박 앉아 있어서 남자들이 강제로 끌어낸 적도 있다고 했다. 하지만 그녀가 혼인하기 전부터 말이 없었다고도 했다.

지금 빅또로프는 숲 마을의 거리를 걷고 있지만 몇시간 뒤면 영원히 이곳을 떠날 것이고 이 모든 것 —— 웅성거리는 숲, 커다란 사슴들이 채마밭을 지나다니는 마을, 고사리, 노랗게 엉겨붙은 송진 덩어리, 강, 뻐꾸기 —— 이 그에게서 사라질 것이다. 노파들이, 소녀들이 사라지고 집단농장화 과정에 대한 이야기도, 여자들이 들고 있던 산딸기 바구니를 채간 곰 이야기도, 맨발로 독사 대가리를 밟아 죽인 소년들에 대한 이야기도 모두 사라질 것이다…… 그에게는 낯설고 기이하기만 했던 마을, 그가 태어나 자란 노동자 지구의 모든 것이 공장을 중심으로 돌아갔듯이 모든 것이 숲을 중심으로 돌아가던 이 마을은 사라질 것이다.

하지만 격추기들이 새로 착륙하는 곳에 순식간에 새로운 비행장이 솟아나고 그 주위에 촌락과 공장 지구가 생겨나리라. 새로운 노파들, 새로운 소녀들과 함께, 그들의 눈물과 농담과 함께, 상처로 콧잔등의 털이 빠진 고양이들과 함께, 지나간 일, 험악했던 집단농장화에 대한 이야기와 함께, 숙영지의 좋은 주인 여자들과 나쁜 주인 여자들에 대한 이야기와 함께.

그리고 그 새로운 지역에서 미남 솔로마찐은 자유 시간마다 공군모를 쓴 채 거리를 다니며 기타를 치고 노래를 부르고 여자들의 정신을 빼놓을 것이다.

구릿빛 얼굴에 박박 민 머리통만 허연 연대장 자까블루까 소령이 붉은깃발 훈장 다섯개를 쩔렁거리고 굽은 두 다리를 번갈아 디디면서 비행사들에게 대기 중지 명령을 읽어주더니 벙커에서 취침하라고, 비행 순서는 이륙 전에 발표하겠다고 알렸다.

그런 다음 그는 벙커 밖 외출을 금하며 이를 어기는 자에게는 가혹한 처벌이 있을 거라고 말했고, 친숙한 투로 설명했다. "상공에서 자면 안 되니까 비행 전에 푹 자둬."

이제 연대 꼬미사르 베르만이 연설할 참이었다. 그는 비행 임무의 미묘한 사항들에 대해 조리 있고 훌륭하게 설명할 줄 알지만 거만한 태도 때문에 모두의 미움을 받고 있었다. 비행사들이 베르만에게 특히 악감정을 품게 된 것은 무힌 사건 이후였다. 무힌은 아름다운 무선통신수 리다 보이노바와 연인 사이였다. 모두가 그들의 연애를 마음에 들어했다. 조금이라도 짬이 나면 둘은 강으로 산책을 나갔고 언제나 손을 잡고 걸었다. 그 관계가 너무나 투명하고 분명했기에 아무도 그들을 놀리거나 비웃지 않았다.

그런데 갑자기 소문이 돌았다. 이 소문은 리다 자신에게서 나온 것으로 그녀가 여자 친구에게 말했고 여자 친구로부터 연대 전체에 퍼졌는데, 평소처럼 산책하던 도중에 한번은 무힌이 보이노바를 강간했고, 그녀를 총으로 위협했다는 얘기였다. 이 일을 알게 된 베르만이 불같이 화를 내며 매우 열성적으로 활약해서 열흘 내에 무힌은 군사법원에서 재판을 받고 총살형이 선고되었다.

총살형이 집행되기 전에 공군 군사위원이자 공군 중장 알렉세예프가 연대로 날아와서 무힌의 범죄 관련 제반 상황을 알아내게 되었다. 리다의 진술은 장군을 완전히 당황하게 만들었다. 그녀는 그 앞에 무릎을 꿇고 앉아 이 모든 게 무힌을 모함하는 말도 안 되는 거짓말임을 믿어달라고 애원했다.

그녀가 장군에게 빠짐없이 이야기한 사건의 전말은 이러했다. 그녀는 숲속 공터에서 무힌과 함께 누워 있었고, 그와 키스를 했고, 얼마 후 잠깐 잠이 들었는데, 무힌이 그녀를 놀려주려고 몰래 그녀의 두 무릎 사이에 총을 끼워넣은 채 땅으로 발사했고, 그녀가 놀라 잠에서 깨어나며 소리를 한번 질렀고, 무힌과 그녀는 다시 키스를 했다. 그런데 리다에게 모든 것을 들은 그녀의 여자 친구가 이를 전하는 과정에서 일이 완전히 끔찍한 사건으로 탈바꿈한 것이다. 이 사건 전체에서 진실은, 유일한 진실은 지극히 간단한 것으로, 그녀와 무힌의 사랑이었다. 모든 일이 잘 풀려 형은 취소되었고 무힌은 다른 연대로 전출되었다.

그때부터 비행사들은 베르만을 좋아하지 않게 되었다.

언젠가 다들 구내식당에 모여 있을 때 솔로마찐은 만약 베르만이 러시아인이었다면 그렇게 행동하지 않았을 거라고 말했다. 그러자 비행사들 중 누군가가, 아마 몰차노프였던 것 같은데, 어느 민족에도 나쁜 사람은 있는 법이라고 대꾸했다.

"꼬롤을 봐." 바냐 스꼬뜨노이가 말했다 "유대인인데도 그 친구랑 짝을 이뤄 출격하면 참 좋아. 후미에 믿을 만한 친구가 앉아 있다는 게 얼마나 든든한지."

"꼬롤이 무슨 유대인이야?" 솔로마찐이 말했다. "꼬롤은 우리 사람이야. 상공에서 난 나 자신보다 그 친구를 더 믿어. 지난번엔 르제프[239] 상공에서 비행기 맨 후미에 앉아 메서[240]들을 쏠어버렸지.

---

239 1942년 1월 7일 모스끄바 공방전 이후 모스끄바 북서쪽으로 약 200킬로미터에 위치한 소도시 르제프에서 장장 열네달에 걸쳐 격전이 벌어졌다.
240 독일 격추기.

파손된 망할 프리츠[241]를 보르까 꼬롤 때문에 포기한 게 두번이나 된다고. 다들 알잖아, 내가 전투에 나가면 어머니도 잊어버리는 놈인데 말이야."

"알 만하구먼." 빅또로프가 말했다. "자네 맘에 드는 사람이면 그 사람은 유대인일 수 없다, 이거지?"[242]

모두들 웃음을 터뜨렸다.

"좋아, 뭐, 됐어." 솔로마쩐이 대꾸했다. "하지만 베르만이 총살형 죄를 씌웠을 때 무힌은 웃을 기분이 아니었겠지."

이때 꼬롤이 식당에 들어서자 한 비행사가 동정 어린 목소리로 물었다. "어이, 보랴, 너 유대인이야?"

꼬롤은 당황해서 대답했다. "그래, 유대인이다."

"분명해?"

"더없이 분명하지."

"잘랐어?"[243]

"그만해. 제기랄." 꼬롤의 대답에 다시 웃음이 한바탕 터져나왔다.

그런 뒤 마을로 돌아가는 길에, 솔로마쩐이 빅또로프 곁에서 나란히 걷다가 입을 열었다.

---

241 독일 공군이 탄 비행기를 말한다.
242 유대인 박해가 '뽀그롬'(Pogrom)이라는 러시아어로 흔히 알려져 있듯이 러시아에서 유대인 배척은 뿌리 깊고 규모가 크다. 황제 시절부터 존재했던 유대인에 대한 편견은 10월혁명과 뒤이은 내전에서도 이어져 유대인은 모든 노선으로부터 공격받았다. 백군은 볼셰비끼 정부를 '유대인의 음모'로 보았고 그 수뇌부가 레닌만 빼고 모두 유대인이라고, 유대인들이 황제를 살해했고 정교회를 박해했으니 반혁명으로써 복수해야 한다고 선전했고, 붉은군대 내에서도 이는 사라지지 않았다. 유대인 배척은 스딸린 시대에도 여전했고 20세기를 지나 21세기에도 존재하는 것 같다.
243 할례를 말한다.

"너, 바보 같은 말을 한 거야. 내가 일했던 비누공장에 유대인들이 그득했어. 죄다 상관들이었지. 사무일로프 아브라모비치[244]들을 실컷 봤다고. 서로 얼마나 밀어주고 끌어주던지. 연대책임을 지고. 정말이야."

"넌 왜 계속 야단이야?" 빅또로프가 어깨를 으쓱이며 대꾸했다. "왜 그렇게 날 그들 편으로 몰지 못해 안달이지?"

연대 꼬미사르 베르만은 예비부대 생활은 끝났으며 전투기 편대의 새로운 시대가 열리기 시작한다는 말로 연설을 시작했다. 그가 굳이 말하지 않아도 다들 아는 사실이었지만, 혹시라도 연설 중 연대의 행보와 관련한 암시가 비치지 않을까 싶어 다들 주의 깊게 귀를 기울였다. 북서전선군에 남게 될까? 르제프 부근으로 가는 건가? 혹시 서쪽이나 남쪽으로 옮기게 되려나?

"자, 전투비행사의 첫번째 자질은 기계에 대한 지식, 기체를 가지고 놀 수 있을 정도로 해박한 지식이다. 두번째는 자기 비행기에 대한 사랑이다. 누이를 사랑하듯이, 어머니를 사랑하듯이 자기 비행기를 사랑해야 한다. 세번째 자질은 용맹함이다. 이 용맹함은 차가운 이성과 뜨거운 심장에서 나온다. 네번째는 동지애, 이는 우리의 소비에뜨 생활 전반에 걸쳐 다져지는 것이다. 다섯번째, 전투에서의 자기희생! 성공은 편대를 이루는 각자의 비행술에 달려 있다! 진정한 비행사는 지상에서도 늘 생각하고 지나간 전투를 분석, 검토한다. '아, 그렇게 하면 더 좋았을걸! 아, 그렇게 할 필요는 없었는데!'"

비행사들은 짐짓 집중한 표정으로 꼬미사르를 바라보며 서로 나직하게 이야기를 나눴다.

---

244 전형적인 유대식 이름과 부칭.

"혹시 레닌그라드로 물자를 운송하는 더글러스 호위 비행이 아닐까?" 레닌그라드에 아는 여자가 있는 솔로마찐이 말했다.

"모스끄바 방향으로?" 가족들이 꾼쩨보[245]에 살고 있는 몰차노프가 말했다.

"아니면 스딸린그라드 근처?" 빅또로프도 한마디 보탰다.

"글쎄, 그럴 가능성은 없을 것 같은데." 스꼬뜨노이가 말했다. 연대가 어디로 가든 그에겐 아무 상관 없었다. 가까운 사람들이 모두 점령된 우끄라이나에 머물고 있었던 것이다.

"보랴, 넌 어디로 가고 싶어?" 솔로마찐이 물었다. "너희 유대인들의 수도인 베르지체프?"[246]

갑자기 검은 두 눈이 광분으로 새까매지더니 꼬롤이 큰 소리로 쌍욕[247]을 마구 퍼부었다.

---

245 당시 모스끄바 부근의 소도시로, 1962년 모스끄바에 병합되었다.

246 끼이우에서 남서쪽으로 140킬로미터가량 떨어진 도시. 오랜 유대인 도시였으나 끊임없는 박해로 인해 유대인 수가 점점 줄어드는 추세였다. 제2차 세계대전 당시 대학살이 벌어져 1941년 7월 7일 베르지체프로 쳐들어온 독일군은 시내에 살고 있던 유대인들을 게토로 모으고 유대인 인구 66306명의 절반을 도시 외곽 비행장에서 조직적으로 살해했다. 남부 집단군과 함께 쳐들어온 아인자츠그루페(특수작전집단) C의 존더코만도(특별특공대) 4a의 대작전에 의한 것으로, 바실리 그로스만의 어머니(당시 69세)도 포함되었다. 이 도시로 들어온 독일군은 처음에는 10만 루블을 요구했고, 그다음 유대교 시나고그들을 불태우고 유대인들을 살해했다. 1941년 9월 4일부터 나치 친위대와 현지 경찰 수뇌부의 명령으로 1500명의 젊은이가 감자를 캔다는 명목으로 도시 외곽으로 끌려가 사살되었다. 9월 14일 18600명이 게토에서 끌려나가 비행장 부근에서 다음날 새벽 스스로 구덩이를 파고 사살되었다. 1941년 11월 3일 게토의 2000명이 더 사살되었고, 1942년 4월 7일 유대인과 결혼한 비유대인 70명도 사살되었다. 1942년 6월 16일에 나머지 수공업자들이 살해되었다. 이 소설 제1부 18장 시뜨룸의 어머니의 편지에서 이런 상황을 짐작할 수 있다.

247 러시아에서는 '어머니'라는 단어가 들어가는 욕이 가장 심한 욕이다. 이 소설에 등장하는 군인들이 하는 욕 대부분이 그렇다.

"꼬롤 소위!" 꼬미사르가 소리쳤다.

"넵, 대대 꼬미사르 동지……"

"입 다물게……"

하지만 꼬롤은 이미 입을 다문 뒤였다.

자까블루까 소령은 쌍욕의 대가이자 애호가로 유명한 사람이라 전투비행사가 상관 앞에서 쌍욕을 했다고 문제 삼지는 않을 터였다. 그 자신부터 매일 아침 자기 당번병에게 "마쥬낀…… 니미 씹할, 니미럴……" 등등을 한바탕 소리치고 나서 "수건 좀 주게" 하며 완전히 평화롭게 말을 마치니 말이다.

하지만 사사건건 보고를 올리는 꼬미사르의 성격을 아는 터라 연대장은 꼬롤을 바로 용서해주기가 겁났다. 베르만이 자까블루까가 비행부대 앞에서 정치지도부의 권위를 실추시켰다고 보고서에 기록할 수도 있으니 말이다. 베르만은 이미 그가 예비병력 주둔지에 개인 사업을 끌어오고, 참모장과 술을 마시고, 현지 주민이자 축산 전문가 제냐 본다레바와 불륜 관계를 맺고 있다고 정치과로 써보내지 않았던가.

그래서 연대장은 에둘러 문제를 지적하기 시작했다. 그는 쉰 목소리를 내며 위협적으로 소리쳤다.

"차렷 자세가 그게 뭔가, 꼬롤 소위! 이보 앞으로! 이게 무슨 절도 없는 짓인가?"

이어 그는 한발 앞으로 나아갔다. "정치지도원 골루프, 꼬롤의 규율 위반 사항에 대해 꼬미사르에게 보고하게."

"소령 동지, 보고하겠습니다. 그와 솔로마찐이 서로 욕을 했습니다. 이유는 듣지 못했습니다."

"솔로마찐 상중위[248]!"

"예, 소령 동지!"

"보고하게, 내게 말고! 대대 꼬미사르에게!"

"보고드려도 될까요, 대대 꼬미사르 동지?"

"보고해." 베르만이 솔로마쬔을 쳐다보지 않은 채 고개를 끄덕였다. 그는 연대장이 뭔가 방어막을 치며 자기 쪽에 유리하게 일을 꾸며가고 있음을 감지했다. 자까블루까가 지상에서든 상공에서든 얼마나 영리한 자인지 잘 아는 터였다. 거기, 상공에서 그는 누구보다도 빠르게 목표 지점과 적의 전략을 예측해내고 적의 술수에 맞서 술책으로 이길 수 있는 사람이었다. 지상에서는 어떤가! 그는 지상에서 상관의 힘이 허점에 있으며, 반면 부하들의 허점은 그들의 힘에 있다는 사실을 잘 알았다. 필요하다면 얼간이 행세를 하고 어리석은 인간이 말하는 어리석은 농담에 비위를 맞추며 껄껄댈 줄 알았고, 분별없이 날뛰는 무모한 공군 중위들을 손아귀에 쥐는 법도 훤하게 꿰고 있었다.

예비부대에서 자까블루까는 농업, 특히 가축과 가금류 축산에 재능과 관심을 보였다. 작물 재배에도 손을 대 산딸기 술을 만드는가 하면 버섯을 절이고 말렸다. 그가 마련하는 정찬은 워낙 유명해서 뭇 연대장들이 휴식기에 U-2를 타고 날아와 먹고 마시곤 했다. 하지만 소령이 아무 이유 없이 이런 접대를 하는 경우는 없었다.

베르만은 관계를 특히 어렵게 만드는 소령의 또다른 특징에 대해서도 알고 있었다. 평소 계산적이고 조심성 있고 영리한 자까블루까가 어쩌다 세게 치고 나올 때는 거의 미친 사람이 되며 목숨을 아끼지 않을 정도로 무모하다는 사실이었다.

---

248 중위이나 곧 대위로 승급할 계급.

"상관과 다투는 건 맞바람에 대고 오줌 싸는 짓이나 마찬가지죠."그는 베르만에게 그런 말을 하면서도 갑자기 스스로에게 불리할 수밖에 없는 미친 짓을 해서 꼬미사르를 경악하게 만드는 것이었다.

어쩌다 둘 다 기분이 좋을 때면 그들은 이야기를 나누면서 서로윙크도 주고받고 상대방의 등이나 배를 두들기기도 했다.

"와, 우리 꼬미사르 동지는 참 영리하십니다."자까블루까는 말하곤 했다.

"와, 우리 영웅 소령은 참 강인하기도 하지요."베르만은 말하곤했다.

자까블루까가 꼬미사르를 좋아하지 않은 것은 그가 지나치게매끈하고, 어쩌다 조심성 없이 나온 말 한마디까지 보고서에 적어넣을 만큼 열성적으로 일을 하기 때문이었다. 그는 베르만이 어리고 예쁜 여자들에게 약하고 삶은 닭을 좋아하며 ─"다리 하나만주시오"─ 술에 관심이 없다고 비웃었다. 다른 이들의 주거 상황에 개의치 않고 자기 혼자만 근사하게 꾸미고 산다고 비난하기도했다. 한편 그가 높이 평가하는 것은 베르만의 지력, 대의를 위해서는 상관과의 마찰도 감수하는 태도, 이따금 목숨이 아까운 줄 모르는 듯 보이는 그의 용기였다.

그리고 이제 공군연대를 전선으로 이끌고 갈 이 두 사람은 서로를 곁눈질하며 솔로마찐 중위의 말에 귀를 기울이고 있었다.

"대대 꼬미사르 동지, 솔직히 말씀드리겠습니다. 꼬롤 중위가 규율을 어기게 된 것은 제 책임입니다. 제가 먼저 그를 모욕했습니다.그는 참다가 결국 자제력을 잃고 분통을 터뜨렸습니다."

"자네가 뭐라고 말했는지 연대 꼬미사르에게 대답하게."자까블루까가 끼어들었다.

"여기 친구들끼리 연대가 어느 전선으로 가게 될지 추측하고 있었는데, 제가 꼬롤에게 너희들의 수도인 베르지체프로 가고 싶냐고 물었습니다."

이제 모든 비행사들의 눈길이 베르만을 향했다.

"이해가 안 되는군, 수도라니?" 이렇게 되묻는 순간, 베르만도 갑자기 그 의미를 깨달았다.

모두가 그의 당혹감을 느낄 수 있었다. 자까블루까는 하필 이 면도날 같은 자 앞에서 이런 일이 일어났다는 사실에 아연함을 느꼈다. 하지만 곧이어 전개된 상황도 못지않게 놀라웠다.

"그래서, 뭐가 문젠가?" 베르만이 말했다. "꼬롤, 자네가 만약 노보루즈스끼 구역의 도로호보 출신인 솔로마쩐에게 도로호보 상공에서 싸우고 싶은지 물었다면, 그 역시 자네 얼굴에 주먹을 날려야 하나? 공산주의 청년단원의 명예에 부합하지 않는 이상한 지역주의 윤리구먼."

언제나 그러듯 그는 쉽사리 반박할 수 없는, 그리고 어떤 이들에게는 최면적인 영향력을 끼칠 만한 논리를 내놓았다. 솔로마쩐이 꼬롤을 모욕하고자 했으며 실제로 모욕했다는 것은 모두가 아는 사실이었다. 그런데도 베르만은 꼬롤이 민족주의적 편견을 벗어나지 못했으며 그의 행동은 민족 간의 우애를 경멸하는 짓이라고, 민족주의적 편견을 이용한 장난질은 파시스트들이나 하는 짓이라고 확신에 차서 설명하는 것이었다.

이 모든 말은 그 자체로 공정하고 진실된 내용이었으며, 지금 그가 흥분해서 이야기하는 사상은 다름 아닌 혁명, 민주주의에서 비롯한 것이었다. 하지만 이 순간 베르만의 위력은 그가 사상에 봉사하는 것이 아니라 사상이 그에게, 오늘 그의 순수하지 않은 목적에 봉사한다는 점에서 드러났다.

"동지들," 꼬미사르가 말했다. "사상적 명료함이 없는 곳에는 규율도 없다. 이 말로써 오늘 꼬롤의 행동을 설명할 수 있다." 그는 잠시 생각하더니 덧붙였다. "꼬롤은 추악하고 비소비에뜨적인 행위를 범했다."

물론 이 시점에서 자까블루까는 개입할 수 없었다. 이미 꼬미사르는 꼬롤의 과실을 정치적 문제와 연결시켰고, 자까블루까는 어떤 지휘관이라도 감히 정치조직의 활동에 개입하지 않는다는 것을 알고 있었다.

"그리고 동지들," 베르만은 연설의 효과를 극대화하기 위해 잠시 멈추고 생각한 다음 말을 이었다. "이 추악한 행위의 직접적인 책임은 죄를 범한 당사자에게 있지만, 동시에 꼬롤 비행사의 내면에 자리한 퇴보적이고 증오스러운 민족주의가 제거되도록 돕지 못한 나, 연대 꼬미사르에게도 있다. 이는 애초에 내가 생각했던 것보다 심각한 문제이며, 따라서 나는 지금 꼬롤의 규율 위반에 대해 그를 벌하지 않을 생각이다. 그 대신 내가 신참 중위 꼬롤을 재교육하는 임무를 맡도록 하겠다."

모두들 이것으로 일이 해결되었음을 느끼고 편안한 자세를 취하며 수군대기 시작했다.

꼬롤은 베르만을 바라보았는데, 그 시선의 무언가가 베르만으로 하여금 얼굴을 찡그리고 어깨를 으쓱이며 몸을 돌리게 만들었다.

그날 저녁 솔로마찐은 빅또로프에게 말했다. "봤지, 료냐? 놈들은 항상 그래. 서로 밀어주고 끌어줘. 막아주고 감싸준다고. 너바냐 스꼬뜨노이가 그런 일에 엮였다면 어땠을까? 틀림없이 베르만은 징벌과로 달려갔을걸."

38

날이 저물자 벙커의 비행사들은 잠을 자는 대신 침상에 누워 담배를 피우며 이야기를 나누었다. 스꼬뜨노이가 저녁식사 후 모두에게 작별 인사용으로 할당된 보드까를 마시고 노래를 뽑았다.

비행기가 날아가네, 빙글빙글, 윙윙,
나선형 급강하로, 땅으로, 그 가슴으로,
울지 마, 울지 마, 누이야, 진정해,
영원히, 영원히 날 잊어줘.

벨리까노프가 결국 참지 못하고 전부 떠벌려버려 연대가 스딸린그라드 부근으로 주둔지를 옮긴다는 사실이 알려진 터였다.

달이 숲 위로 떠올라 나무들 사이로 불안한 빛이 어른거렸다. 비행장에서 2킬로미터 떨어진 마을은 마치 재로 뒤덮인 양 깜깜하고 고요했다. 벙커 입구에 앉은 비행사들은 지상의 정향 표지들로 이루어진 멋진 세계를 둘러보았고, 빅또로프는 야끄의 날개와 꼬리가 드리운 희미한 그림자를 바라보며 나직하게 노래를 따라 불렀다.

타고 남은 골조를 들어올리네, 위로,
우리를 꺼내겠지, 비행기 아래서,
매들이 하늘로 날아오르겠지, 휘리릭,

우리 마지막 길을 배웅하네, 안녕이라고.

침상에 누운 병사들은 이야기를 나누었다. 어둠이 내려앉아 얼굴은 보이지 않았지만 그들은 목소리로 서로를 잘 알았기에 굳이 이름을 부르며 묻고 대답할 필요가 없었다.

"제미도프는 늘 전투 임무에 자원했지. 상공에 못 나가면 몸이 바싹 마르는 녀석이었어."

"기억나? 우리가 르제프 부근에서 뻬뜰랴꼬프[249]를 엄호할 때 메서 여덟대가 그 친구를 덮쳤잖아. 제미도프는 전투에 응해 십칠분이나 버텼어."

"그래, 전투기 한대로 융커스[250]를 깨부순 거, 제대로 한 거야."

"그 친구는 상공을 날아다니며 노래를 부르곤 했어. 매일 그 노래들이 생각나. 베르찐스끼[251] 노래도 하더라니까."

"교양인이네. 과연 모스끄바 사람이야!"

"그러니까. 게다가 상공에서 포기하는 일이 없었지. 늘 뒤처진 비행기를 끝까지 추격했어."

"넌 그 친구랑 잘 아는 사이도 아니었잖아."

"같은 비행기에 탔을 때 알아봤지. 난 제미도프를 잘 안다고."

스꼬뜨노이가 노래를 마치자 모두 입을 다물고 그의 노래가 다시 시작되기를 기다렸다. 하지만 그는 노래하는 대신 전투비행사의 삶을 아동용 셔츠에 비유한 유명한 농담[252]을 다시 한번 주워섬

---

249 제2차 세계대전에서 사용되었던 소련제 다목적 폭격기.

250 독일의 다목적 항공기.

251 Aleksandr Nikolaevich Vertinskii(1889~1957). 20세기를 대표하는 러시아 까바레 가수이자 배우, 시인. 혁명 후 망명해서 빠리에서 활동하다가 1943년 소련으로 돌아와 전선을 누비며 공연했다.

겼다.

곧 독일 비행사들에 대한 이야기가 이어졌다.

"누가 더 세고 끈덕진지는 금방 알지. 누가 얼치기를 뒤에서 쪼고 뒤처진 자를 노리는지도."

"놈들 편대는 그리 견고하지 않은 것 같던데."

"그런 말 마."

"프리츠는 상처 입은 비행기만 보면 아주 죽도록 물어뜯는다니까. 하지만 공세적인 비행기 앞에서는 도망가지."

"일대일로 붙으면 나 혼자 쳐부술 수 있어."

"기분 나쁘라고 하는 말은 아닌데, 솔직히 융커스 한대 부쉈다고 훈장을 받겠어?"

"동체 부딪치기, 이게 러시아 근성이지."

"내가 왜 기분 나빠? 네가 내 훈장을 가져가는 것도 아닌데."

"그 동체 부딪치기 말인데, 내가 전부터 생각한 게 있어…… 프로펠러로 쳐보면 어때?"

"추격 중에 동체 부딪치기, 그게 진짜야! 땅으로 몰아대는 거지. 연기가 풀풀 나고 가스를 뿜어내는 꼴을 보면서 말이야."

"연대장이 암소랑 닭들도 더글러스에 싣고 갈까?"

"이미 다 조각나서 소금에 절여졌어!"

누군가 생각에 잠겨 느릿느릿 말했다. "언젠가부터 여자랑 좋은 클럽에 가는 게 되게 부끄러운 일 같아. 그런 습관 자체가 아예 없어졌어."

"솔로마찐은 전혀 아니던데."

---

252 전투비행사의 삶을 금세 작아져 못 입게 되는 아동용 셔츠에 비유한 농담.

"료냐, 혹시 부러워?"

"그럴 수 있다는 게 부러워, 그 대상이 아니라."

"그렇군. 무덤까지 충실하구나."

대화는 이제 르제프 전투에 대한 기억으로 향했다. 일곱대의 격추기가 메서의 엄호를 받으며 폭탄 투하를 하러 나온 융커스 군단과 맞부딪힌 사건으로, 그들이 예비부대로 오기 전에 치른 마지막 전투였다. 저마다 자기 이야기를 늘어놓고 있었지만 어떻게 보면 모두 공통적인 하나의 이야기를 하는 것 같기도 했다.

"뒤에 숲이 있어서 보이지 않았는데 날아오르니까 금방 알겠더라고. 3단으로 날아오는 거야! U-87[253]이라는 걸 바로 알아차렸지. 다리가 튀어나오고 코가 노랬거든. 난 편하게 고쳐앉았지. 자, 일 한번 내보자!"

"난 처음에는 고사포가 터지는 줄 알았어."

"물론 태양도 한몫했어. 내가 태양이 있는 쪽에서 덮쳤거든. 좌편에서 이끌고 있었으니까. 그런데 한 30미터쯤 기체가 막 솟구치는 거야. 모터가 말을 안 듣나 했는데…… 아니, 괜찮았어. 비행기는 멀쩡하더라고. 무기를 있는 대로 써서 융커스를 공격해 묻어버렸지. 그 즉시 노란 상어처럼 코가 기다란 메서가 급선회를 해서 오는데…… 이미 늦었지 뭐. 포구가 내 쪽을 향해 있더라고. 탄도가 파랗게 보이더라."

"그때 난 내 탄도가 검은 동체에서 끝나는 걸 봤는데."

"너 신났구나."

"난 어릴 때부터 연날리기를 했거든. 아버지한테 맞기도 많이 맞

---

253 제2차 세계대전 당시 사용된 독일 공군의 급강하폭격기.

았지! 공장에서 일할 땐 일을 마친 뒤 7킬로미터 떨어진 곳에 있는 항공 클럽까지 매일 걸어다녔어. 혀가 어깨까지 빠지도록 힘들었지만 한번도 빼먹은 적 없다고."

"들어봐, 그래서 기체에 불이 붙었어. 기름 탱크랑 가솔린 파이프에. 내부에 연기가 자욱했지! 게다가 앞 유리가 깨지면서 파편이 튀어 고글이 부서진 거야. 눈물이 흐르고 난리도 아니었다고. 그래서 내가 어쨌게? 얼른 그놈 아래쪽으로 비행기를 몰았지. 고글은 그냥 벗어서 던져버렸어. 솔로마쩐이 날 엄호했어. 불이 붙었지만 겁은 안 나더라고. 사실 겁낼 틈도 없었지! 계속 그대로 앉아 있었는데, 장화랑 비행기랑 다 타버렸지만 그래도 난 무사했어."

"놈이 우리 녀석을 격추하더라고. 그러다 내가 두번쯤 급선회를 하니까 날개로 경고신호를 보내더라. 덤벼라, 이거지! 나는 편대에서 벗어나 이리저리 달려들어 도움이 필요한 비행기들 곁에서 메서들을 쳐냈지."

"나도 그때 구멍투성이로 돌아왔어. 놈들이 날 아주 늙은 자고새 다루듯 아작 내더라고."

"열두번쯤 공격해서 결국 내가 그 독일 놈 비행기에 불을 붙였어! 보니까 놈이 고개를 절레절레 흔들더라. 진짜 큰일 했지! 25미터 거리에서 쐈다니까."

"근데 독일 놈들은 수평 전투를 안 좋아해. 늘 수직 전투로 전환하려고 하더라고."

"그렇다니까, 내가 뭐랬어!"

"그렇다니, 뭐가?"

"그걸 누가 모르냐구? 급선회하면 독일 애들이 떨어져나간다는 건 마을 계집애들도 다 안다고."

"아, 그때 차예치까[254]들을 더 제대로 엄호했어야 했는데. 걔들 모두 좋은 사람들이었잖아."

그러자 갑자기 침묵이 내려앉았다. 잠시 후 누군가 입을 열었다.

"내일 아침 동트자마자 떠나겠구나. 제미도프만 남겨두고."

"다들 갈 곳으로 가. 난 은행에 들러야겠어. 마을로 가야 돼."

"작별 방문이구먼. 같이 가자고!"

밤이 되자 강이며 들판이며 숲이며 할 것 없이 사방 모든 것이 얼마나 고요하고 아름다운지, 이 세상이 적의도 배반도 기아도 노쇠도 없이 오로지 행복한 사랑만으로 가득한 것 같았다. 구름이 달 위로 헤엄쳐가고, 달은 회색 연무 속을 떠가고, 연무는 지상을 감싸안았다. 이날 벙커에서 밤을 보낸 병사는 거의 없었다. 숲 가장자리와 마을 울타리 근처에서 하얀 머릿수건들이 어른거리고 웃음소리가 터져나왔다. 밤의 밀회에 놀란 나무들이 여기저기서 부르르 몸을 떨었고, 강물도 이따금씩 무언가 웅얼대다가 다시 소리 없이 미끄러지며 흘러갔다.

연인들에게는 더없이 쓰라린 시간이 왔다. 이별의 시간, 운명의 시간이었다. 눈물 흘리는 연인을 내일 당장 잊을 이들이 있는가 하면, 어떤 이들은 죽음에 의해 연인과 갈라질 터였다. 또한 누군가는 운명으로부터 정절과 재회라는 선물을 받게 될 것이었다.

어느새 아침이었다. 모터가 울부짖고, 비행기가 일으키는 바람이 흥분에 휩싸인 풀밭을 누르고, 수백만개의 이슬방울이 햇빛 아래 흔들렸다…… 전투기들은 한대씩 한대씩 푸른 산 위로 날아오르며 하늘로 기관포와 기관총을 들어올리고, 회전하고, 동료들을

---

254 러시아어로 '갈매기'라는 뜻. 여기서는 갈매기를 닮은 작은 소련 전투기를 말한다. 그걸 몰던 친구들이 다 전사한 듯하다.

기다리고, 사슬형으로 정렬했다……

밤에 그렇게 거대하고 끝없어 보이던 것이 점점 멀어져가며 푸른 하늘 속에 가라앉는다……

성냥갑 같은 회색 집들, 직사각형 채소밭들이 나타났다가 비행기 날개 밑으로 미끄러지며 사라지고…… 이미 풀로 덮인 오솔길도 보이지 않고 제미도프의 무덤도 보이지 않는다…… 자, 가자! 이제 숲이 흠칫 떨며 비행기 날개 아래로 느릿느릿 움직이기 시작했다.

"안녕, 베라!" 빅또로프가 중얼거렸다.

39

새벽 5시, 주간 담당 병사들이 수감자들을 깨우기 시작했다. 밖은 아직 시커먼 어둠 속에 잠겨 있건만, 바라끄들은 감옥과 간이역, 도시 병원의 응급실을 밝히는 무자비한 불빛으로 환하게 밝혀졌다.

수천명의 사람들이 동시에 발을 끌고, 기침을 하고, 누비바지를 추어올리고, 발싸개를 하고, 옆구리와 배와 목을 긁어댔다.

이따금씩 나무 침상의 위층을 쓰는 이가 내려오다가 아래서 옷을 입던 사람의 머리를 두 발로 건드려도 아래층 사람은 욕설을 내뱉는 대신 말없이 머리를 치우거나 손으로 두 발을 밀어낼 뿐이었다.

수많은 사람들의 야간 기상, 이리저리 어른대는 발싸개들, 등과 머리와 담배 연기의 움직임에는, 선명하게 작열하는 전등 불빛에는 지극히 부자연스러운 무언가가 있었다. 수백 제곱킬로미터에 이르는 따이가가 차가운 고요 속에 얼어붙어 있건만, 이 수용소는 수많은 사람들로 북적대고 이런저런 움직임과 연기와 불빛으로 가득 차 있는 것이다.

한밤까지 내린 눈이 바라끄의 문을 막고 채굴장으로 가는 길을 덮어버렸다……

채굴장의 사이렌들이 천천히 울리기 시작하자, 그 또랑또랑하고 음울한 소리를 흉내 내듯 따이가 속 어딘가에서 늑대가 울부짖었다. 수용소 구역의 양치기 개들도 쉰 목소리로 짖어대고, 트랙터들은 채굴장 건물로 이어지는 길에 쌓인 눈을 치우느라 붕붕거리고, 경비병들은 큰 소리로 서로를 외쳐불렀다……

푸슬푸슬한 눈이 탐조등 불빛을 받아 부드럽고 온유하게 빛났다. 넓은 수용소 들판에서 개들이 짖는 소리와 함께 점호가 시작되었다. 경비병들의 목쉰 음성이 신경질적으로 울렸다…… 이제 넘칠 듯 불어난 사람들의 커다란 물결이 채굴장의 권양탑을 향해 흘러가기 시작했다. 가죽신과 펠트화 들이 눈 위에서 뿌득거리며 요란한 소리를 냈다. 망루가 외눈을 굴리며 끈질기게 이들을 쏘아보았다……

모든 사이렌이 멀리서, 또 가까이서 한꺼번에 울부짖었다. 북부의 혼성 오케스트라. 그 소리가 얼어붙은 끄라스노야르스끄 땅에, 꼬미 자치공화국에, 마가단에, 소베쯔까야 가반에, 꼴리마 지구의 눈밭에, 추꼬뜨 뚠드라에, 무르만스끄 북부와 북부 까자흐스딴 수용소들에[255] 울려퍼졌다……

사이렌과 나뭇가지에 매달아놓은 레일의 쇳조각을 두드리는 소리를 반주 삼아 솔리깜스끄의 칼륨, 리제르와 발하시의 구리, 꼴리마의 니켈과 납, 꾸즈네쯔끄와 사할린의 석탄을 채굴하는 이들이

---

[255] 1930년 초부터 세워진 소련 노동교화수용소들의 이름과 소재지. 소련 문학에서 노동교화수용소를 다룬다는 것은 금기에 대한 도전이었다.

걸어갔고, 북극해 연안 영구동토대를 가로지르는 철도를 건설하는 이들이, 꼴리마의 벨벳처럼 매끄러운 도로를 닦는 이들이, 시베리아와 우랄 북부, 무르만스끄, 아르한겔 지구의 벌목장 노동자들이 걸어갔다……

눈 내리는 이 어둠 속, 따이가 수용소와 달스뜨로이[256]라는 거대한 수용소 네트워크의 유형지들에서 새로운 하루가 시작되었다.

40

지난밤, 수인 아바르추끄는 발작과도 같은 우울에 빠졌다. 노상수용소에 어려 있는 평소의 음울한 우울이 아니라 비명을 지르며 침상에서 떨어지게 하고 양미간과 머리통을 두 주먹으로 치게 만드는, 말라리아처럼 온몸을 불태우는 우울이었다.

아침이 되어 수감자들이 서둘러, 그러면서도 마지못해 노동을 준비할 때, 다리가 긴 이웃이자 가스 담당 십장, 내전 시절에는 기마부대 여단장이었던 네우몰리모프가 물었다.

"밤에 왜 그렇게 흔들고 난리였어? 여자 꿈을 꿨나? 힝힝거리기까지 하데?"

"넌 그저 항상 여자 얘기지." 아바르추끄가 대꾸했다.

"난 저 친구가 꿈을 꾸면서 우는구나 생각했는데." 다른 침상 이웃, 공산주의청년인터내셔널의 간부였던 쁘리두로끄[257] 모니제가

---

256 소련 북동 지역 수천 제곱킬로미터에 이르는 노동교화수용소 네트워크.
257 수용소에서 도호쟈가(쇠약자)인 척, 얼뜨기인 척하면서 힘든 공동노동에서 벗어나 보다 쉬운 노동을 하는 사람을 말하다.

끼어들었다. "그냥 깨울까 싶더라고."

하지만 또다른 수용소 친구인 의무대원 아브라샤 루빈은 아무것도 알아채지 못했다. 그들이 차가운 어둠 속으로 나섰을 때 루빈이 이야기했다.

"있지, 간밤에 니꼴라이 이바노비치 부하린 꿈을 꿨어. 우리 적색교수단 연구소를 방문했는데, 아주 유쾌하고 생기가 넘쳤지. 엔치멘²⁵⁸ 이론을 두고 격렬한 논쟁을 벌였어."

아바르추끄는 일터인 도구 창고에 도착했다. 강도를 목적으로 여섯명의 가족을 모조리 살해하고 형을 받은 조수 바르하또프가 목재 틀에서 나온 잣나무 토막들로 난롯불을 지피고 있었다. 아바르추끄는 여러 상자에 들어 있는 도구들을 이리저리 옮겨담았다. 에일 듯 강한 냉기가 밴 끌과 칼의 가시처럼 찌르는 날카로움이 지난밤 그가 느낀 감정을 전해주는 것 같았다.

오늘도 어제와 다를 것이 없었다. 장부 정리 담당이 기술과에서 새벽에 이미 승인한 요청서를 보내왔다. 멀리 떨어진 수용소 거점들의 요청서였다. 자재와 도구를 골라 상자에 담고 동봉할 보고서를 작성해야 했다. 몇몇 상자들은 완벽히 채워지지 않아 특별 서류를 작성해야 했다.

바르하또프는 언제나처럼 아무 일도 하지 않았다. 그를 일하게 하기란 불가능했다. 그는 창고에 오면 그저 먹는 문제에만 골몰했다. 오늘도 아침부터 냄비에 감자와 양배추로 수프를 끓이고 있었

---

258 Emmanuil Semenovich Enchmen(1891~1966). 러시아의 행동주의 철학자이자 생물학자. 반사 법칙을 극대화하여 인간 행동을 설명하는 '신생물학 이론'을 공식화했으나 '저속한 유물론'이라 비방받았으며, 1923년 부하린이 엔치멘 이론이 맑시즘과 양립할 수 없다고 선언한 뒤 그의 명성은 무너졌다.

다. 하리꼬프 약학 전문대학 라틴어 교수였던 제1구역의 심부름꾼이 잠시 이곳에 들러 떨리는 빨간 손가락으로 탁자 위에 더러운 수수를 약간 뿌려놓고 갔다. 무슨 일의 대가인지 바르하또프는 그로부터 뇌물을 받고 있었다.

낮에 아바르추끄는 회계과로 불려갔다. 숫자가 맞지 않았던 것이다. 회계과 대리는 그에게 고함을 지르고 과장에게 보고하겠다며 협박했다. 아바르추끄는 욕지기가 났다. 조수 없이 혼자서 일을 제대로 하기가 어려웠지만 그렇다고 바르하또프를 책망할 엄두는 나지 않았다. 그는 지쳤고 창고지기 자리를 잃고 다시 탄광이나 벌목장으로 떨어질까 겁이 났다. 이미 머리칼은 백발이 되었고 힘도 없어졌는데…… 그래, 아마 그래서 슬픔에 휩싸였던 모양이야. 삶이 시베리아 얼음 밑으로 떠나가버렸으니.

회계과에서 돌아와보니 바르하또프는 형사범들 중 누군가로부터 받은 것으로 보이는 펠트화를 베고 잠들어 있었다. 옆에 빈 냄비가 놓여 있었고 그의 뺨에는 전리품으로 받은 수수가 붙어 있었다.

바르하또프는 종종 창고에서 도구를 가지고 나가곤 했다. 펠트화도 창고 물품과 교환하여 얻은 것이리라. 언젠가 아바르추끄가 끌 세점이 부족한 것을 알고 "조국전쟁 동안 부족한 금속 물자를 훔치다니 부끄럽지도 않아?"라고 질책하자 바르하또프는 대꾸했다. "야, 이 이같이 더런 건달 새끼야, 입 닥쳐. 아니면 알지!"

아바르추끄는 바르하또프를 깨울 엄두가 나지 않아 젱그렁 소리를 내며 띠톱을 꺼냈고, 기침을 했고, 망치를 바닥에 떨어뜨렸다. 바르하또프는 잠에서 깨어 태연자약하게 못마땅한 눈초리로 그를 노려보았다.

곧 그가 나직한 목소리로 말했다. "어제 수송대로 온 한 녀석이 그러는데, 오죠르니 수용소[259]보다 더 나쁜 수용소가 있대. 수인들은 발에 쇠스랑을 차고 머리는 빡빡 민다나. 이름 같은 거 부르는 일도 없이 그저 가슴과 무릎에 번호만 붙이고 등에는 다이아몬드 에이스를 그려놓는다더군."

"거짓말." 아바르추끄가 짧게 대꾸했다.

"정치범 파시스트 놈들을 모조리 그리로 몰아야 돼." 바르하또프는 잠에서 덜 깬 듯 말을 이었다. "특히 너같이 너절한 놈을 제일 먼저. 그래야 날 못 깨우지."

"아, 용서하시옵소서, 바르하또프 선생님! 알아 모시겠나이다. 제가 당신의 평안을 깨뜨렸습죠." 아바르추끄가 말했다.

바르하또프가 무척 무섭긴 했지만 아바르추끄도 가끔은 분을 억누를 수가 없었던 것이다.

교대 시간이 되자 석탄재로 온통 시커메진 네우몰리모프가 창고에 들렀다.

"그래, 경쟁[260]은 어때?" 아바르추끄가 물었다. "참여하는 사람들이 좀 있어?"

"제대로 되어가는 중이야. 석탄이 전쟁 필수품이라는 걸 다들 아니까. 오늘 까베체[261]에서 '우리 돌격 노동을 통해 어머니 조국을 도웁시다'라고 쓰인 플래카드를 보내왔더군."

아바르추끄는 한숨을 푹 내쉰 뒤 말했다. "이봐, 수용소의 우울에 대해 누가 글을 좀 써야 돼. 어떤 우울은 내리누르고, 어떤 우울

---

259 이르꾸쯔끄주의 바이깔 아무르 지역 철도 건설을 위해 강제노동을 하는 수감 자들이 소속되었던 노동교화수용소. 정치범을 위한 특별 수용소로, 아바르추끄 도 이곳에 있다.

260 사회주의 건설을 위한 노동 경쟁을 뜻한다. '스따하노프 운동'으로 유명하다.

261 수용소의 문화 교육 담당 부서.

은 달려들고, 어떤 우울은 숨통을 조이지. 그리고 정말 특별한 우울이 있어. 누르지도 달려들지도 조이지도 않고, 대양의 압력이 해저 괴물을 찢어버리듯 그저 속에서 사람을 찢어버리는 우울 말이야."

네우몰리모프는 구슬프게 씩 웃어 보였는데, 그의 이는 이미 전부 썩어 얼굴의 석탄 색깔과 구별할 수 없었다.

아바르추끄가 뒤에서 다가오는 바르하또프를 돌아보았다.

"항상 소리 없이 걸어다니는군. 갑자기 바로 옆에 나타나 날 소스라치게 한다니까."

웃는 법이 없는 바르하또프가 썩은 표정으로 대꾸했다. "식량 창고에 다녀오려는데 이의 없지?"

그가 떠나자 아바르추끄는 친구에게 말했다.

"밤에 전처가 낳은 내 아들이 떠올랐어. 그애는 아마 전선으로 갔겠지." 그가 네우몰리모프에게로 몸을 굽히며 말을 이었다. "녀석이 좋은 공산주의자로 성장했기를 바라. 생각해봤는데, 그애를 만나면 이렇게 얘기해주려고. '기억해라, 네 아버지의 운명은 우연하고 사소한 사건에 불과해. 당의 과업이야말로 신성한 일이지! 금세기 최고의 법칙을 준수하는 일이다.'"

"아들이 자네 성을 따르도록 했나?"

"아니," 아바르추끄가 대답했다. "난 그 녀석이 쁘띠부르주아로 자랄 줄 알았거든."

전날 저녁 내내, 그리고 밤에도 그는 류드밀라에 대해서 생각했고 그녀를 그리워했다. 그는 모스끄바 신문 조각들을 찾아보려 했다. 갑자기 '아나똘리 아바르추끄 중위'라는 글자를 읽게 될지 모른다는, 그렇게 아들이 제 아버지의 성을 가지고 싶어 했다는 걸 알게 되리라는 생각이 들었던 것이다.

평생 처음으로, 그는 누군가 자신을 동정해주었으면 싶었다. 아들에게 다가가 숨을 헐떡이며 "말이 안 나오는구나"라고 하면서 손으로 목구멍을 가리키는 자신의 모습이 떠올랐다.

똘라는 그를 껴안을 것이고, 그는 아들의 가슴에 머리를 묻은 채 부끄러운 줄도 모르고 한없이 슬프게 울음을 터뜨리리라. 그렇게 두 사람은 오래도록 서 있을 것이다. 아들의 키가 머리 하나만큼 더 크겠지. 녀석은 늘 아버지에 대해 생각하며 아버지의 동지들을 찾아다녔을 것이다. 아버지가 혁명 전투에 참가한 것도 알고 있을 것이다. 똘라는 말하겠지. "아빠, 아빠, 아빠 머리가 새하얘졌네. 목은 어쩌다 그리 가늘어지고 주름이 졌어요…… 그토록 오랫동안 아버지는 싸움을 해왔군요. 위대한, 고독한 전투를 이끄셨어요."

조사를 받는 사흘 내내 놈들은 물도 없이 짠 음식만 주면서 줄곧 그를 구타했었다.

이는 단순히 노선 이탈[262]과 스파이 행위의 증거에 서명하도록 그를 강요하기 위한 것이 아니었다. 죄 없는 사람들을 중상하도록 하려는 것만도 아니었다. 그 주요한 목적은 그가 목숨을 바친 과업의 정당성을 의심하도록 만드는 데 있는 것 같았다. 조사가 진행되는 동안 그는 자신이 폭력배들의 손아귀에 들어왔으며, 따라서 부서장을 만나기만 하면 저 폭력배 심문관은 체포되리라 생각했다.

하지만 시간이 흘렀고, 그도 이것이 저 사디스트들 몇명의 문제가 아니라는 사실을 깨닫게 되었다.

그는 수송열차와 죄수선船의 법칙에 대해서도 알게 되었다. 그는 수감자들이 다른 이들의 물건뿐 아니라 다른 이들의 목숨을 두고

---

262 당의 노선에서 벗어나는 일을 뜻한다.

도박을 벌이는 모습을 보았다. 그는 시시한 악덕과 배반을 보았다. 그는 히스테리, 피바다, 처절한 복수심, 미신, 믿기 어려운 잔인성이 지배하는 인디아 감방[263]을 보았다. 그는 노동하는 '개들'과 노동을 거부하는 정통파 '도적들' 간의 무시무시한 혈투를 보았다.

그는 "아무 이유 없이 사람을 가두지는 않지"라고 입버릇처럼 말했다. 물론 실수로 감금된 사람들이 극소수 있으며 그 역시 그중 하나이긴 했지만, 나머지 사람들은 다 그럴 만한 이유가 있어서 징벌을 받는다고 생각했다. 정의의 검이 혁명의 적들을 벌한 거라고.

그는 아첨과 배신과 굴종과 잔혹함을 보았다…… 이 모든 모습을 그는 자본주의의 잔재라 불렀고, 전부 과거의 인간들, 즉 백군과 부농과 부르주아 민족주의자들의 것이라 여겼다.

그의 믿음은 흔들림이 없었으며 당에 대한 그의 헌신은 끝이 없었다……

창고를 떠나면서 네우몰리모프가 예기치 않은 말을 던졌다.

"참, 어떤 사람이 자네에 대해 물었어."

"대체 어디서?"

"어제 도착한 수송열차에서. 그들을 대상으로 노동 분류 작업을 하고 있는데, 그중 한 사람이 자네를 아는지 묻더라고. 그래서 '우연히 아오. 내가 그 친구랑 우연히 침상 이웃으로 지낸 지 사년째요' 했지. 그 사람이 자기 이름을 말해줬는데…… 뭐였는지 기억이 안 나네."

"어떻게 생겼어?" 아바르추끄가 물었다.

---

263 수용소에서 형사범들이 살았던 바라끄의 별칭.

"못생겼어. 미간에 흉터가 있고."

"아!" 아바르추끄가 외쳤다. "혹시 마가르?"

"아, 그래, 맞아."

"옛 동지이자 내 멘토야. 그가 나를 당으로 이끌었지! 뭘 더 묻던가? 무슨 얘길 했어?"

"그냥 일반적인 질문이었어. 자네가 형을 얼마 받았는지. 오년 불렀는데 십년 받았다고 했지. 그런데 기침이 시작돼서 아마 만기 전에 석방될 거라고도 했고."

아바르추끄는 네우몰리모프의 이야기를 귀담아듣지 않은 채 되풀이해 중얼거렸다. "마가르, 마가르…… 한동안 베체까[264]에서 일했는데…… 정말 특별한 인간이야. 그래, 특별한 인간이지. 모든 걸 동지에게 내주고, 겨울에는 외투도 벗어주고, 빵 한조각까지 전부 건넸어. 똑똑하고 교양 있는 사람이라니까. 께르치[265]의 어부 아들로 순수 프롤레타리아 혈통이지."

그는 주위를 둘러본 뒤 네우몰리모프에게로 몸을 굽혔다.

"기억나? 수용소에 있는 공산주의자들이 조직을 만들어 당을 도와야 한다고 우리끼리 얘기했잖아. 아브라샤 루빈이 대체 누구를 서기로 앉히냐고 물었었는데, 이제 그를 서기로 두면 되겠네."

"난 자네에게 한표 던질 생각인데." 네우몰리모프가 말했다. "난 그 사람 몰라. 게다가, 어디서 그를 찾겠어? 트럭 열대가 각각 수용소 지구들로 떠났어. 아마 그 친구도 그중 한곳으로 갔겠지."

"상관없어. 찾게 될 거야. 아, 마가르, 마가르. 그러니까 그가 내

---

264 반혁명과 방해 공작에 대처하기 위해 설립한 전 러시아 국가 특수위원회. 10월 혁명 직후 1917년 12월 레닌의 명령에 의해 설립되었다.
265 끄림 동부의 해안 도시.

소식을 물었단 말이지?"

"참, 잊어버릴 뻔했네." 네우몰리모프가 화제를 돌렸다. "내가 여기 왜 왔는지 이제야 생각났어. 백지 한장 주게."

"편지 쓰게?"

"아니, 쇼마 부죤니[266]에게 신청서 보내려고. 전선으로 가겠다고."

"허락하지 않을걸."

"하지만 쇼마가 날 기억한다고."

"정치범은 군대에서 안 데려가. 우리가 할 수 있는 일은 여기 탄광에서 더 많은 석탄을 보내는 거야. 그러면 병사들이 고마워하겠지."

"난 군대로 가고 싶은데."

"부죤니라 해도 그건 도울 수 없을걸. 난 스딸린에게 편지를 써 봤다고."

"도울 수 없다고? 장난해? 부죤니잖아! 혹시 종이가 아까워서 그래? 나도 부탁하지 않으려 했는데 까베체에서 내게 종이를 주지 않겠다잖아. 내 할당을 다 썼어."

"좋아, 한장 가져가." 아바르추끄가 말했다.

그에게는 세지 않아도 되는 종이가 좀 있었다. 까베체에서는 종이를 세어서 내주었고, 그러면 받은 사람은 나중에 그걸 어디에 썼는지 증명해야 했다.

저녁에도 바라끄의 시간은 평소와 다름없이 흘러갔다.

늙은 근위대 기병 뚠구소프가 두 눈을 깜빡이며 끝없는 이야기,

---

266 Semyon Mikhailovich Budyonny(1883~1973). 내전 때 붉은군대 기병대를 조직하여 승리에 크게 기여한 군인. 쇼마는 그의 애칭이다. 독소전쟁 당시 남부전선군 최고사령관으로 독일 남부 집단군과 전투를 벌이다 포위당하자 모스끄바로 탈출했으나 스딸린과의 친분으로 무사히 살아남았다.

소설을 펼치고 있었다. 수감자들은 귀 기울여 들으며 잘한다고 몸을 긁적거리거나 고개를 끄덕이기도 했다. 뚠구소프는 유명한 발레리나들, 그 명성 높은 로런스,[267] 이곳저곳의 궁전들, 삼총사의 생애, 쥘 베른의 '노틸러스'호 항해[268]를 뒤죽박죽으로 언급하며 허황된 이야기를 엮어냈다.

"잠깐, 잠깐," 누군가 그의 말을 자르며 끼어들었다. "그 여자가 어떻게 페르시아 국경을 넘어간 거야? 어제는 밀고자들이 그 여자를 독살했다며?"

뚠구소프는 잠시 입을 다물고 이 비평가를 부드럽게 지그시 바라보다가 활기차게 말을 이었다. "물론 처음에는 나진의 상황이 절망적으로 보였지. 하지만 그녀의 반쯤 벌린 두 입술 속으로 푸르디푸르고 높디높은 산에서 구한 약초를 달인 탕약 몇방울을 떨어뜨린 티베트 의사의 능력이 바야흐로 그녀에게 생명을 돌려줄 수 있었어. 아침결에 그녀는 부축 없이도 방에서 이리저리 움직일 수 있을 만큼 회복했다네. 힘이 돌아온 거지."

청자들은 이 설명에 만족했다.

"좋아…… 계속해서 죽 풀어봐." 그들이 말했다.

집단농장 구역이라 불리는 한쪽 구석에서는 몇몇이 음담패설 단가를 콧소리로 흥얼대는 방장 가슈첸꼬, 그 늙은 광대에게 귀를 기울이며 큰 소리로 시시덕거리고 있었다.

---

267 러시아 소설가 일리야 일프와 예브게니 뻬뜨로프가 1931년에 발표한 모험소설 『황금 송아지』에서 주인공 오스따프 벤제르가 유명한 아라비아의 로런스의 이름을 빌려 낙타를 타고 다니면서 모험하는 자신의 이야기를 하듯이, 당시 유명했던 영국 고고학자이자 모험가, 군인인 로런스 경의 이름을 집어넣어 이야기를 꾸몄다는 뜻으로 보인다.
268 『해저 2만리』에 나오는 잠수함 이름.

벽난로 온돌 위에 할아방구 탱탱이 좃좃좃 좃탱이,

발가벗은 좃주머니 졸졸졸 좃물이……

계속해서 이런 식으로 운을 이어가자 듣는 이들은 웃느라고 숨이 넘어갈 지경이었다. 모스끄바에서 온 사람 좋고 똑똑하고 소심한 저널리스트이자 작가, 탈장으로 고생하는 남자는 천천히 하얀 각설탕을 씹고 있었다. 어제 아내로부터 소포를 받은 터였다. 설탕의 맛과 그 부서지는 소리가 그에게 과거의 삶을 상기시킨 모양이었다. 그의 두 눈에 눈물이 맺혔다.

네우몰리모프는 저열한 충동으로 인한 살인[269] 때문에 수용소로 오게 된 어느 전차병과 다투는 중이었다. 전차병이 우스개를 늘어놓다가 기병대를 조롱했던 것이다. 네우몰리모프가 증오로 하얗게 질려서 그에게 소리쳤다. "우리가 1920년에 단검을 어떻게 썼는지 모르진 않겠지?"

"알고말고, 훔친 닭을 도살했잖아. 까베[270] 한대면 당신네 제1기마군[271] 전체를 눌러버리고도 남아. 감히 조국전쟁을 내전에 비교해?"

젊은 도둑 꼴까[272] 우가로프는 아브라샤 루빈에게 바싹 달라붙어 그의 장화를 밑창이 떨어져나간 제 단화와 교환하자며 설득하고 있었다.

불행을 예감한 루빈은 신경이 곤두서서 입을 쩍 벌린 채 자기편

---

269 러시아 형법상의 용어.
270 소련의 원수였던 끌리멘뜨 보로실로프의 이름을 따서 만든 전차 시리즈.
271 내전 때 가장 유명했던 붉은군대 기마군. 세묜 부죤니가 지휘했다.
272 니꼴라이의 비칭. 뒤에 나오는 '꼴랴'는 그의 애칭이다.

이 되어줄 사람이 없나 주위를 둘러보았다.

"이봐, 유대인," 번쩍이는 눈에 날렵한 몸을 가진 사나운 고양이를 닮은 꼴까가 말했다. "잘 생각해, 너절한 놈. 네가 내 마지막 신경 줄 하나까지 쥐어뜯고 있어."

그러더니 잠시 후 이렇게 물었다.

"너 왜 내 노동 면제서에 서명 안 해?"

"넌 건강하잖아. 그리고 내겐 그럴 권리가 없어."

"그래서 서명 안 하겠다고?"

"꼴랴, 맹세하는데 내가 할 수만 있다면 기꺼이 하겠네."

"서명 안 할 거야?"

"제발 꼴랴, 생각해봐. 만약 할 수만 있다면 내가……"

"좋아, 끝."

"잠깐, 잠깐, 날 좀 이해해줘."

"난 이해했고, 이제 네가 이해하게 될 거야."

러시아로 귀화한 스웨덴 사람 스테딩, 다들 진짜 스파이라고 수군대는 그가 문화 교육 담당 부서에서 내준 종이 상자 조각에 끼적이던 그림에서 잠시 눈을 들어 꼴까와 루빈을 번갈아 쳐다보더니 고개를 절레절레 흔들고 다시 그림을 그리기 시작했다. 그림의 제목은 '어머니 따이가 초원'이었다. 스테딩은 형사범들을 겁내지 않았고, 그들 역시 그를 건드리지 않았다.

꼴까가 물러가자 스테딩이 루빈에게 말했다. "분별없이 굴고 있군요, 아브람 예피모비치."

벨라루스 사람 꼬나셰비치도 형사범들을 겁내지 않았다. 그는 수용소에 오기 전까지 극동에서 공군 기술자로 일했고, 태평양 함대에서 중량급 권투 챔피언의 명성을 얻었다. 꼬나셰비치는 형사범들에게 존경을 받으면서도 그 도둑놈들이 모욕하는 사람을 위해 나선 적이 단 한번도 없었다.

아바르추끄는 2층짜리 침상들, 그 십자가들[273] 사이의 좁은 통로를 따라 천천히 걸었다. 슬픔이 다시 그를 덮쳐왔다. 길이 100미터에 이르는 바라끄의 저 먼 끝은 담배 연기 속에 가라앉아 있었다. 아바르추끄는 늘 저 바라끄의 지평선 끝까지 다 걸어가면 새로운 것을 볼 수 있으리라 생각했지만 매번 모든 게 똑같았다. 현관에 딸린 탑실의 나무 홈통 세면대 밑에서 발싸개를 빠는 수인들, 회반죽으로 미장한 벽에 기대놓은 대걸레들, 페인트칠된 양동이들, 삼베 커버 사이로 톱밥이 비어져나와 못 쓰도록 짧아진 침상 매트리스들, 끊임없이 윙윙 들려오는 말소리, 똑같은 빛깔의 파리한 얼굴들.

수인들 대부분은 침상에 앉아 저녁 취침 신호를 기다리며 수프에 대해, 여자에 대해, 양심 없는 빵 담당자에 대해, 스딸린 앞으로 보낸 편지들과 소련 검찰에 송부한 성명서의 운명에 대해, 새로 정해진 석탄 파쇄와 운반 기준량에 대해, 오늘의 혹한과 내일의 혹한에 대해 이야기하고 있었다.

이 대화의 파편들을 귀에 담으며 아바르추끄는 천천히 걸음을 옮겼다. 늘 한결같은 이야기, 젊은이들은 여자에 대해서, 늙은이들은 먹는 것에 대해서 떠들어대는 끝없는 이야기들이 그가 호송되기 시작한 뒤 숙박지부터 수송열차와 수용소 바라끄에 이르기까지 모든 곳에서 수년 동안 수천의 사람들에 의해 이어지는 것만 같았다. 특히 불쾌한 것은 늙은이들이 탐욕스러운 태도로 여자들 얘기

---

273 2층짜리 침상이 십자형 널빤지로 연결되어 있어 통로를 걸어가면 양쪽에 십자가가 죽 늘어서 있는 셈이다.

를 하고 젊은이들이 맘껏 먹는 맛있는 음식 얘기를 할 때였다.

가슈첸꼬의 침상 곁을 지나갈 때 아바르추끄는 걸음을 빨리했다. 자식들과 손주들에게 "엄마" "할머니" 소리를 듣는 아내를 둔 늙은이가 진저리 나도록 듣기 거북한 이야기를 입에 달고 살다니.

어서 빨리 취침 신호가 울렸으면. 그러면 침상에 누워 누비 외투를 뒤집어쓰고 아무것도 보고 듣지 않아도 되는데.

아바르추끄는 문을 바라보았다. 저기로 마가르가 들어올 것이다.

아바르추끄가 방장을 설득해 그들은 나란히 눕게 될 것이고, 밤마다 둘은 터놓고 진솔하게 모든 이야기를 나눌 것이다. 두 공산주의자가, 스승과 제자가, 두 당원이.

바라끄의 주인 나리들 — 석탄 작업조의 조장 뻬레끄레스뜨, 바르하또프, 바라끄 방장 자로꼬프 — 이 자리하시는 침상에서는 잔치가 거행되고 있었다. 웨이터는 뻬레끄레스뜨의 알랑방귀꾼 똘마니이자 생산계획부의 젤랴보프였다. 그는 서랍장 위에 수건을 펼쳐놓고 뻬레끄레스뜨가 작업조 사람들에게서 뇌물로 받은 훈제 비계며 정어리절임, 쁘랴니끄[274] 따위를 늘어놓았다.

주인 나리들의 침상을 지나가는데 갑자기 심장이 졸아드는 것 같았다. 혹시 그들이 같이 먹자고 불러주지는 않을까? 맛있는 음식을 먹고 싶은 마음이 그만큼이나 간절했다. 바르하또프, 저 더러운 놈! 창고에서 제가 하고 싶은 짓은 다 하지. 놈이 못과 끌 세점을 훔친 걸 알면서도 교도관에게 절도 신고조차 안 했는데…… "어이, 선임, 여기 와서 앉아"라고 불러줄 수도 있지 않은가. 동시에 아바르추끄는 식탐이 아닌 다른 감정, 시시하고 더러운 수용소적 감정,

---

274 향료나 양념을 치고 꿀, 사탕, 단물을 넣어 만든 과자.

강자들 그룹에 끼고 싶다는 생각, 거대한 수용소 전체가 무서워하며 벌벌 떠는 뻬레그레스뜨와 아무렇지 않게 이야기를 나누고 싶다는 욕망에 동요하는 스스로를 경멸했다.

난 너절한 놈이야. 그리고 바르하또프도 너절한 놈이지.

주인 나리들은 그를 부르는 대신 네우몰리모프를 불렀다. 기병대 여단장, 붉은깃발 훈장을 두개나 받은 기병장교가 암갈색 이를 드러내며 미소를 띤 채 그들 침상으로 갔다. 스무해 전 세계 꼬뮌을 위하여 기병연대를 전투로 이끌었던 자가 이제 웃음을 보이며 강도들의 식탁으로 다가가고 있었다.

무엇 하러 저런 인간한테 똘라에 대해, 그의 가장 소중한 것에 대해 말했을까.

하지만 자신 또한 꼬뮌을 위해 전장으로 나갔고, 자신 또한 꾸즈바스[275] 건설 현장 사무실에서 스딸린에게 보고서를 쓰지 않았던가. 그런데도 수놓은 더러운 수건을 깐 서랍장 곁을 지나가면서 고개를 숙인 채 관심 없다는 얼굴로 혹시 자신을 불러주지 않을까 기대하지 않았는가.

아바르추끄는 양말을 깁고 있는 모니제의 침상으로 다가가서 말했다. "내가 생각한 게 뭔지 알아? 난 더이상 자유로운 사람들이 부럽지 않아. 독일 집단수용소에 떨어진 사람들이 부럽지. 얼마나 좋겠어! 거기서는 우릴 죽도록 괴롭히는 놈들이 다름 아닌 파시스트일 테니 말이야. 여기 있는 우리에게 가장 끔찍하고 힘든 건 동족, 바로 우리의 동족이 우리를 괴롭힌다는 거야."

모니제가 슬픔 어린 커다란 눈으로 그를 올려다보며 말했다. "오

---

275 시베리아 남서부에 위치한 께메로보주를 말한다.

늘 뻬레끄레스뜨가 나한테 이러더라. '기억해둬, 까쪼.[276] 언제라도 내 주먹으로 네놈 대갈빡을 까부술 수 있어. 그러고서 내가 직접 교도관에게 알릴 거야. 교도관은 내게 고마워할걸. 이 저질 배반자 놈아!'"

"아직 최악은 아니구먼." 옆 침상에 앉아 있던 아브라샤 루빈이 끼어들었다.

"그러게." 아바르추끄가 말했다. "저들이 불렀을 때 여단장이 기뻐하는 꼴 봤어?"

"자넬 안 불러서 속상해?" 루빈이 말했다.

이 합당한 질책에 아프게 찔린 아바르추끄는 각별한 증오심을 품고 대꾸했다. "네 영혼이나 읽어, 내 영혼 속으로 기어들어오지 말고."

"나? 난 말이지," 루빈이 수탉처럼 눈을 반쯤 감은 채 말했다. "속상해할 엄두도 못 내. 난 하급 종자거든. 불가촉천민이라고. 아까 꼴까랑 나누는 얘기 들었지?"

"아, 말도 안 돼, 말도 안 된다고." 아바르추끄는 손사래를 치고 일어나 통로를 따라 탑실 쪽으로 걸음을 옮겼다. 다시금 그 길고 끝없는 이야기 속 문장들이 드문드문 들려왔다.

"평상시에도 축일에도 돼지고기 잡탕이야."

"그 여자 가슴이 진짜 죽여준다고. 상상도 못할걸."

"양고기는 그냥 죽이랑 먹는 게 좋던데. 다들 뭐 하러 마요네즈를 치시는지……"

그는 다시 모니제의 침상으로 돌아와 앉아서 대화에 귀를 기울

---

276 조지아 사람을 비하하는 말.

였다.

"도대체 난 이해가 안 가." 루빈이 말하는 중이었다. "놈이 나더러 '넌 작곡가가 될 거야'라고 했다니까. 그러니까 내가 수사부원한테 밀고할 거라는 얘기잖아."[277]

"꺼지라고 해." 모니제는 계속 양말을 기우며 중얼거렸다. "밀고는 제일 마지막에 가서나 할 일이야."

"어떻게 밀고할 생각을 해?" 아바르추끄가 말했다. "자넨 공산주의자잖아."

"자네와 똑같지." 모니제가 대꾸했다. "과거의 공산주의자."

"난 과거의 공산주의자가 아니야." 아바르추끄가 말했다. "자네도 과거의 공산주의자가 아니고."

그러자 루빈이 또다시 부당한 의심보다 더 많은 모욕과 고통을 주는 정당한 의심을 입 밖에 내어 그의 화를 돋우었다. "이건 공산주의의 문제가 아니야. 하루 세번 옥수수 개숫물이나 먹는 게 지긋지긋한 거지. 이젠 저놈의 죽을 쳐다보는 것조차 힘들다니까. 내가 밀고에 찬성한다면 바로 그래서야. 밀고에 반대하는 건, 오를로프처럼 어느날 아침 화장실 구멍에 처넣어진 채 발견되고 싶지 않아서고. 아까 꼴까 우가로프랑 이야기하는 거 못 들었어?"

"머리는 아래로, 두 다리는 위로!" 모니제가 말하고 웃기 시작했다. 필시 아무 웃을 거리가 없어서일 것이다.

"뭐야, 내가 동물적 본능에 의해 움직인다는 소리야?" 아바르추끄가 물었다. 루빈에게 주먹을 날리고 싶은 신경질적인 욕구가 뻗쳤다.

---

277 러시아어 '오페라'와 '수사부원'의 앞 다섯 철자가 동일한 것을 이용한 말장난. 수사부원은 내무인민위원회 소속이다.

그는 그 자리에서 일어나 다시 바라끄를 거닐기 시작했다.

물론 그도 옥수수죽이 지겨웠다. 10월혁명 기념일에 나올 식사에 대해 벌써 몇날 며칠째 상상의 나래를 펴고 있는지. 채소스튜일까? 해군식 마카로니가 나오려나? 아니면 고기파이?

물론 결정은 수사부원의 몫이겠지. 상층부 — 목욕탕 책임자나 빵 배급인 — 로 올라가는 길은 비밀스럽고 안개에 싸여 있었다. 잘만 하면 실험실에서 일할 수도 있을 텐데. 하얀 가운을 입고, 민간 고용인 여자 밑에서, 다른 수감자들과 상관없이. 또는 생산계획부에서 일하며 탄광을 이끌어갈 수도 있겠지…… 하지만 루빈은 옳지 않아. 루빈은 깎아내리고 싶어 해, 의지력을 훼손하려고 해. 인간의 잠재의식에서 슬며시 기어나오는 것들을 찾아내려 하지. 그는 방해분자야.

한평생 아바르추끄는 기회주의자들과 타협할 수 없는 사람이었고, 표리부동한 자들과 사회적 이단아들을 증오했다.

그의 정신력과 믿음은 늘 심판의 권리 속에 자리했다. 그는 아내의 신념에 회의를 품고 그녀와 헤어졌다. 그녀가 아들을 흔들림 없는 투사로 교육하리라 믿지 못했기에 아들에게 성도 물려주지 않기로 했다. 그는 동요하는 사람들을 낙인찍었고, 신념 부족으로 인한 약점을 드러내며 징징거리는 자들을 경멸했다. 꾸즈바스에서는 모스끄바의 가족들을 그리워하는 기술직 노동자들을 재판에 넘겼다. 시골에서 건설 현장으로 온, 사회적 의식이 불분명한 노동자들 마흔명을 징벌하기도 했다. 그는 쁘띠부르주아인 아버지를 부정했다.

흔들림 없는 것은 달콤했다. 심판을 거듭하며 그는 자기 내면의 힘을, 자신의 이상을, 그 순수함을 확인했다. 이것이 그의 기쁨이자 믿음이었다. 그는 한번도 당의 동원을 회피한 적이 없었다. 기관 기업소 전임 당원 최고 봉급을 자발적으로 거부했다. 그의 자기헌신 속에는 자기긍정이 자리했다. 그는 단벌옷에 늘 같은 장화를 신은 채 일터로, 인민위원회 회의로, 극장으로 다녔고, 당이 휴가를 주었을 때도 똑같은 차림으로 얄따의 해변을 산책했다. 그는 스딸린을 닮고 싶었다.

심판할 권리를 잃으면서 그는 스스로를 잃었다. 루빈도 이를 감지하고 있었다. 거의 매일 루빈은 수용소적 영혼으로 잠입하는 약점들, 비겁함과 시시한 욕구들에 대해 암시했다.

그제 그는 말했지. "바르하또프가 창고의 쇠붙이를 사기꾼들한테 내어주는데도 우리의 로베스삐에르[278]는 그저 침묵하잖아. 병아리들 역시 살고 싶겠지."

늘 누군가를 심판할 태세가 되어 있던 아바르추끄는 이제 그 자신이 심판의 대상이 되었음을 느끼자 동요하며 절망에 사로잡혔다. 그는 스스로를 잃어버린 것이다.

그는 노공작 돌고루끼와 경제학부의 젊은 교수 스쩨빠노프가 대화를 나누고 있는 침상 앞에 멈췄다. 스쩨빠노프는 수용소에서 매우 오만하게 굴었다. 상급자가 바라끄로 들어올 때 일어나지도 않았고, 공개적으로 반소련적인 견해를 발설하기도 했다. 여느 정치범들과 달리 그는 자신이 수감된 이유에 대해 자랑스럽게 생각했다. 「레닌-스딸린의 국가」라는 논문을 써서 학생들에게 배포했는데, 세번째 독자인지 네번째 독자인지가 그를 고발했다는 것 같았다.

돌고루끼는 스웨덴에서 소련으로 돌아온 자였다. 그전에는 빠리

---

278 Maximilien de Robespierre(1758~94). 프랑스혁명 당시 과격파 지도자. 공포정치를 펼쳤다. 여기서는 아바르추끄를 빗대어 말한 것이다.

에 오랫동안 살면서 고국을 그리워했다. 하지만 러시아로 돌아온 지 일주일 만에 그는 체포되었다. 수용소에서 그는 늘 기도하고, 같은 종파의 친구들과 어울리고, 신비주의적인 내용의 시를 썼다.

그는 스쩨빠노프에게 시를 읽어주고 있었다.

아바르추끄는 침상의 1층과 2층을 연결하는 십자형 널빤지에 어깨를 기대고서 낭독을 들었다. 돌고루끼는 눈을 반쯤 감은 채 트고 갈라진 두 입술을 떨어가며 읽고 있었다. 그의 트고 갈라진 목소리도 떨리며 나직하게 울려나왔다.

> 나 스스로 그 모든 걸 선택했도다,
> 내가 태어난 날, 내가 태어난 곳, 나의 왕국과 민족을.
> 양심과 고통, 불과 물의 세례와 십자가형을
> 나 모두 다 지나왔도다.
> 종말의 짐승, 그 벌린 아가리 속에
> 처박힌 나, 빠질 수 있는 것보다
> 더 깊이 빠진 나, 믿는도다,
> 쓰레기와 오물과 악취 속에서,
> 오, 높으신 분의 공정한 힘을!
> 낡은 기운을 해방하시는 힘을!
> 하여 재가 된 러시아의 깊고 깊은 곳에서
> 나 말하는도다, 주여, 당신의 심판이 옳았나이다.
> 금강석으로 벼르듯 이 모든 현실을
> 뜨겁게 뜨겁게 불태워야 하나이다.
> 용광로에 장작이 모자라면 내 육체를,
> 오, 주여, 여기 내 육체를 바치나이다!

낭독을 마치고도 그는 반쯤 눈을 감은 채 계속 앉아 있었고, 그의 입술은 계속 소리 없이 움직거렸다.

"쓰레기," 스쩨빠노프가 말했다. "데까당."

돌고루끼가 창백하고 핏기 없는 손으로 제 주위를 가리켜 보였다.

"체르니셉스끼와 게르쩬[279]이 러시아인들을 어디로 이끌었는지 보이시오? 차다예프가 세번째 철학 서한[280]에 쓴 내용 기억하시오?"

"신비주의적 미신에 빠진 당신이 이 수용소 조직원들 못지않게 증오스럽군." 스쩨빠노프가 훈계조로 대꾸했다. "당신도 그들도 러시아의 세번째 길을, 가장 자연스러운 길인 민주주의의 길, 자유의 길을 잊고 있소."

아바르추끄는 이미 여러번 스쩨빠노프와 논쟁을 벌인 터였지만 지금은 이 대화에 끼어들어 스쩨빠노프 안에 들어 있는 적, 내적 이민자를 낙인찍고 싶은 마음이 나지 않았다. 그는 침례교도들이 기도하는 구석으로 걸어가 그들의 중얼거림에 귀를 기울였다.

이때 방장 자로꼬프의 쩌렁쩌렁한 목소리가 울렸다. "기립!"

수감자들은 모두 화들짝 자리에서 일어났다. 소장이 바라끄로 들어왔다.

---

279 Aleksandr Ivanovich Gertsen(1812~70). 러시아의 개혁을 꾀했던 서구주의자이자 사회운동가. 농촌 공동체를 기초로 자본주의를 거치지 않고 사회주의에 도달할 수 있다고 주장했다.

280 1836년 처음 발표해 러시아 지식층에 커다란 반향을 불러일으킨 철학 서한. 차다예프는 황제로부터 광인으로 낙인찍혔지만 집필을 계속했다. 제3서한에서 차다예프는 종교와 이성의 관계를 논하며 이성 없는 종교는 공허한 몽상이요 종교 없는 이성은 필수적 복종을 결여하는데, 이러한 복종 아래서만 지복과 진보로의 지향이 의미 있는 것이라 설파했다.

아바르추끄는 돌고루끼를 곁눈질했다. 솔기에 두 손을 붙여 차렷 자세를 한 도호쟈가의 핏기 없이 기다란 얼굴 속 입술이 조금씩 움직이고 있었다. 아마도 자기 시를 되풀이해 읊는 모양이었다. 스쩨빠노프는 그 옆에 그대로 앉아 있었다. 늘 그러듯 무정부주의적 동기에서 합리적 내부 규칙들을 거부하는 것이다.

"수색이야, 수색." 수감자들이 속삭였다.

하지만 수색은 없었다. 붉은 테가 둘린 청색 모자[281]를 쓴 젊은 호송병 둘이 수감자들을 둘러보며 침상들 사이를 거닐 뿐이었다.

스쩨빠노프 앞에 이르자 그중 한명이 말했다. "앉아 있구면, 교수, 엉덩짝에 감기가 들까 무서운가봐."

스쩨빠노프는 들창코가 불룩하니 솟은 넙데데한 낯을 돌리며 커다란 목소리로 앵무새처럼 늘 하는 말을 내뱉었다. "소장 선생, 내게 존칭을 쓰기를 청하오. 난 정치범이오."

그날 밤 바라끄에서 체뻬[282]가 발생했다. 루빈이 살해되었다.

밤사이 살인자가 잠자는 루빈의 귀에 커다란 못을 대고 뇌 속으로 강하게 박아넣었다. 아바르추끄를 포함한 다섯명이 수사부원의 호출을 받았다. 오페라[283]는 못의 출처에 관심을 보이는 것 같았다. 같은 종류의 못이 최근에 창고로 들어왔는데, 아직 생산 현장에서는 그 못에 대한 요청이 없었던 것이다.

세면 시간에 바르하또프가 아바르추끄의 바로 옆 나무 홈통에 섰다. 그는 아바르추끄에게로 젖은 얼굴을 돌리더니 입술에서 물방울을 흘리며 조용히 말했다. "잘 들어, 너절한 놈아, 만약 네가 오

---

281 내무인민위원회 소속 병사들이 쓰는 모자.

282 러시아어 '비상사건'의 약어. 군대와 수용소에서 쓰였다.

283 화자는 수사부원을 '오페라'라고 부르며 수감자의 언어를 사용한다.

페라한테 밀고한다 해도 내겐 아무 일도 일어나지 않을 거야. 하지만 네놈은 그날 밤 당장 수용소 전체가 들썩일 정도로 경을 칠 줄 알아."

수건으로 얼굴을 닦은 뒤 그는 물에 씻긴 두 눈으로 평온하게 아바르추끄의 두 눈을 들여다보았고, 그 속에서 자기가 원했던 말을 읽어냈는지 아바르추끄에게 악수를 청했다.

식당에서 아바르추끄는 네우몰리모프에게 자기 옥수수죽 그릇을 내주었다.

네우몰리모프가 떨리는 입술로 말했다. "짐승 같은 놈. 우리 아브라샤를 그렇게 만들다니! 정말 좋은 친구였는데!" 그러곤 아바르추끄의 죽을 자기 쪽으로 당겼다.

아바르추끄는 말없이 식탁에서 일어섰다.

식당을 나서던 무리가 몸을 비켜 길을 만들었다. 뻬레끄레스뜨가 식당으로 들어오고 있었다. 문지방을 넘으면서 그는 몸을 구부렸다. 수용소 천장 높이가 그의 신장에 모자란 탓이었다.

"오늘 내 생일이야. 잔치하러 와. 술 좀 마셔보자고."

얼마나 끔찍한 일인가! 수십 명의 인간들이 한밤중에 벌어진 그 징벌의 소리를 들었고 루빈의 침상으로 다가간 사람을 보았다.

누구라도 자리에서 일어나 경보를 울릴 수 있었을 것이다. 수백 명의 동료들이 힘을 합치면 단 이분 만에 살인자를 처치하고 동료를 구할 수 있었으리라. 하지만 아무도 고개를 들지 않았고, 소리를 지르지도 않았다. 인간을 양처럼 죽였다. 그러나 인간들은 잠든 척 머리 위로 누비옷을 당겨 덮고 기침 소리 한번 내지 않으려 애쓰며, 정신을 잃고 죽어가는 자가 몸부림치는 소리를 무시하려 애쓰며 누워 있었다.

얼마나 비겁한 행위인가! 얼마나 양순한 굴종인가!

하지만 아바르추끄 자신도 깨어 있었다. 그도 침묵했고, 누비옷을 머리 위로 당겨 덮었다…… 그래, 그 양순함에는 이유가 있었다. 이러한 굴종은 어쩌다 생긴 것이 아니라 수용소 규칙에 대한 지식과 경험에서 비롯한 행위임을 그는 완벽하게 알고 있었다.

그들이 밤에 일어나 살인자를 제지했다면 어땠을까? 어쨌든 칼을 가진 인간은 맨손의 인간보다 강하다. 바라끄 사람들의 힘은 순간적인 것이지만 칼은 언제나 칼이다.

아바르추끄는 다가올 심문에 대해 생각했다. 수사부원은 진술을 요구할 것이다. 바라끄에서 잠들지 말자. 등을 공격에 노출해선 안 되니 현관 앞에서 씻지도 말자. 탄갱의 지하 통로도 걷지 말고, 바라끄 변소에도 가지 말자. 누군가 갑자기 날 자빠뜨리고 머리에 자루를 뒤집어씌울지 모르니.

그래, 그랬다. 밤에 그는 잠자는 루빈에게 누군가 다가가는 것을 보았다. 루빈의 숨이 넘어가는 소리를, 죽어가며 침상에서 두 팔과 두 다리를 버둥대는 소리를 들었다.

수사부원 미샤닌 대위가 아바르추끄를 사무실로 불러 문을 닫고 말했다. "앉지, 수감자."

그는 먼저 요식행위와도 같은 초반 질문들, 정치범에게서 늘 빠르고 정확한 답변을 이끌어내는 질문들을 던졌다.

이어 그가 지친 두 눈을 들어 한동안 아바르추끄를 바라보았다. 경험 많은 수감자라면 바라끄 내의 보복이 두려워 못이 어떻게 살인자의 손에 들어갔는지 결코 말하지 않을 것임을 그는 이미 알고 있었다.

아바르추끄도 대위의 젊은 얼굴을 마주한 채 그의 머리카락과 눈썹, 콧등의 주근깨를 살피며 그가 자신의 아들보다 기껏해야 두세살쯤 많겠구나 생각했다.

마침내 대위가 입을 열어, 수감자를 호출한 이유이자 아바르추끄보다 먼저 심문당한 다른 세 사람에게서 대답을 듣지 못한 질문을 던졌다.

아바르추끄는 잠시 침묵했다.

"귀먹었나?"

아바르추끄는 계속 침묵했다.

이 수사부원이 그저 시늉만이라도 좋으니 정해진 조사 방식에 따라 심문해주면 얼마나 좋을까. "자, 들어보시오, 아바르추끄 동지. 당신은 공산주의자요. 오늘 당신은 수용소에 있지만 내일 당신과 나는 동일한 조직에서 당원 회비를 내게 될 것이오. 나 좀 도와주시오. 동지로서, 당원인 동지를 말이오"라고 말해주면 얼마나 좋을까.

하지만 미샤닌 대위는 그저 이렇게 말할 뿐이었다. "잠이라도 자는 건가? 그렇담 내가 당장 제대로 깨워주지."

하지만 아바르추끄를 깨울 필요는 없었다. "바르하또프가 창고에서 못을 훔쳤소." 갈라지는 목소리로 그가 입을 열었다. "그외에도 창고에서 끌 세개를 가져갔고. 내 생각에 살인을 저지른 건 니꼴라이 우가로프요. 바르하또프가 그에게 못을 넘겨주었고, 우가로프가 루빈을 죽이겠다고 수차례 협박한 걸 내가 아오. 그러다 어젠 아예 선언을 합디다. 루빈이 그를 병가 명단에 올리지 않았기 때문이오."

조금 후에 그는 대위가 건넨 담배를 받아들고서 말했다. "당원으로서의 내 의무라 생각하여 당신에게 이 모든 걸 밝히는 바요, 수사부원 동지. 루빈 동지는 오랜 당원이오."

미샤닌 대위는 말없이 담뱃불을 붙여주고는 빠른 속도로 무언가 적기 시작했다. 그런 뒤 부드러운 목소리로 말했다. "수감자는 당원 신분에 대해 언급하는 것이 금지되어 있소. 당신은 '동지'라는 단어를 쓸 수 없소. 당신에게 나는 '감독관'이오."

"용서하오, 감독관 선생." 아바르추끄가 말했다.

미샤닌이 다시 말을 이었다. "수사가 종료될 때까지 며칠 걸릴 거요. 당장은 당신도 괜찮겠지만 나중에는…… 아마 다른 수용소로 이감될 수 있을 거요."

"아니, 난 두렵지 않소, 감독관 선생."

그는 창고로 갔다. 바르하또프는 아무것도 묻지 않을 것이다. 그 대신 집요하게 아바르추끄를 주시하고, 그의 일거수일투족과 그의 시선이 향하는 곳, 그가 기침하는 모습을 지켜보며 속내를 캐내려 하리라.

아바르추끄는 행복했다. 스스로를 이겨낸 것이다.

그렇게 심판의 권리가 그에게 돌아왔다. 지금 루빈을 회상하며, 그는 어제 루빈을 보며 떠올린 불길한 예감을 이야기해주지 못한 것이 유감스러울 뿐이었다.

사흘이 지나도록 마가르는 나타나지 않았다. 탄광 행정실에 문의했지만 아바르추끄가 아는 서기들은 어떤 목록에서도 마가르라는 성을 찾아내지 못했다.

운명이 그들을 갈라놓았음을 깨닫고 이를 받아들인 그날 저녁, 의무병 뜨류펠레프가 눈을 뒤집어쓴 채 바라끄로 들어오더니 속눈썹에서 얼음 조각을 떼어내며 아바르추끄에게 말했다.

"우리 위생과에 들어온 어떤 수감자가 당신을 좀 불러달라고 부탁했어요." 이어 그가 덧붙였다. "지금 곧바로 나랑 가는 게 좋을 테니 방장한테 요청해요. 알잖아요, 우리 수인들에게는 아무런 정치의식이 없는데, 선동하려 해도 나무 관을 뒤집어쓰게 되면 끝장이니까요."

41

의무병은 바라끄와는 다른, 특유의 고약한 냄새를 풍기는 병원 복도로 아바르추끄를 데리고 갔다. 어두침침한 복도를 걸으며 두 사람은 쌓여 있는 나무로 만든 들것과 소독을 앞두고 꾸러미로 묶인 누비옷들을 지나쳤다.

마가르는 통나무 벽 안쪽, 철제 침대 두개가 거의 간격 없이 나란히 놓인 작은 격리병동에 누워 있었다. 전염병 환자나 숨이 넘어가는 자들을 들이는 곳이었다. 침대 다리가 철사로 된 양 가늘었지만 절대 휘는 법이 없었다. 정상 체중인 사람은 이곳에 누운 적이 없기 때문이었다.

"거기 말고 이리로, 더 오른쪽이야." 너무나도 친숙한 목소리가 아바르추끄의 귀에 들려왔다. 순간 흰머리가 한올도 없고 갇힌 신세도 아니었던 시절, 그의 삶의 전부였으며 그가 기꺼이 목숨을 바칠 수 있었던 그것이 다시 살아났다.

그는 완전히 얼이 빠진 채 마가르의 얼굴을 들여다보며 천천히 입을 열었다. "안녕하세요, 오랜만이네요, 안녕하세요……"

마가르는 스스로 흥분을 억누르지 못할까 싶어 애써 무심하게 말했다. "그래, 앉게. 내 맞은편 침대에 앉아." 그러곤 맞은편 침상을 살피는 아바르추끄에게 덧붙였다. "거기 누운 사람은 신경 쓰지 않아도 돼. 이미 아무도 그를 귀찮게 할 수 없어."

아바르추끄는 동지의 얼굴을 자세히 보려고 몸을 굽히다가 다시금 이미 죽어 천으로 덮인 이를 돌아보았다. "오래됐어요?"

"두시간쯤 전에 죽었어. 의무병들이 의사를 기다리느라 그대로 내버려둔 모양이야. 차라리 잘됐지. 안 그랬으면 다른 사람을 눕혔을 테고, 그러면 우리가 제대로 이야기를 나눌 수 없지 않았겠나."

"그렇네요."

아바르추끄는 정작 묻고 싶은 것들을 입 밖에 낼 수가 없었다. '그래, 어떻게 된 거예요, 부브노프[284]랑 같이 붙잡힌 거예요? 아니면 소꼴니꼬프[285] 건 때문에? 형기는 얼마나 받았어요? 블라지미로프나 수즈달 정치범 독방으로[286] 보내졌던 거예요? 특별재판이었어요, 군사재판이었어요? 자백서에 서명했어요?'

하지만 그는 다시 시체를 돌아본 뒤 이렇게만 물었다. "누구예요? 왜 죽었죠?"

"수용소 때문에 죽었지. 부농 숙청자였어. 무슨 나스쨔인지 하는 이름을 부르며 계속 어디론가 떠나려고 했는데……"

반쯤 어둠에 잠긴 이곳에서 점차 마가르의 얼굴이 눈에 들어왔다. 맙소사, 그를 알아보지 못할 뻔했다. 그저 변했다는 말로는 부

---

284 Andrei Sergeevich Bubnov(1883~1938). 혁명 시기에 볼셰비끼를 지지했던 뜨로 쯔끼파 정치가. 1924년 이후 스딸린을 지지하여 권력 고위층에 있었으나 1937년 체포되어 이듬해 처형당했다.

285 Grigorii Yakovlevich Sokol'nikov(1888~1939). 경제학자, 혁명가. 볼셰비끼 당원으로 10월혁명 이후 정부 고위직을 두루 거치고 경제 및 외교 분야에서 두드러지는 활약을 했으나 1936년 체포되어 감옥에서 살해당했다.

286 두곳 모두 멘셰비끼, 시온주의자, 무정부주의자 등 정치범을 수용하던 곳이다.

족했다. 그는 죽어가는 노인이었다!

팔꿈치를 굽힌 채 죽어 있는 이의 딱딱한 손가락이 등에 닿는 것을 느끼며 그는 마가르의 눈빛을 살폈다. '그 역시 똑같은 생각을 하고 있군. 다른 곳이었다면 결코 날 알아보지 못했을 거라고.'

문득 마가르가 입을 열었다. "이제야 알겠구먼. 그가 계속 '무……무……' 비슷한 소리를 냈는데, 물을 달라던 얘기였어. 컵이 바로 옆에 있었는데…… 마지막 소원이라도 들어주었으면 좋았을 것을."

"봐요, 죽은 사람도 대화를 방해할 수 있네요."

"그것도 맞는 얘기네." 친숙한 억양, 언제고 아바추르끄를 고무하던 억양이었다. 그래, 으레 이런 식으로 진지한 대화를 시작하곤 했지. "우리는 저 사람에 대해 이야기하지만, 결국은 우리 자신에 대해 이야기하는 셈이야."

"아니, 아니에요!" 아바르추끄는 마가르의 뜨거운 손바닥을 잡아 꼭 누르고 그의 어깨를 껴안으며 소리 없이 흐느끼기 시작했다. 몸이 떨리고 숨이 막혀왔다.

"고맙네," 그가 중얼거렸다. "고마워, 고마워, 동지, 내 친구."

두 사람은 말없이 힘겨운 숨을 내쉬었다. 그들의 호흡은 하나로 합쳐졌고, 아바르추끄는 합쳐진 것이 비단 호흡만이 아님을 느꼈다.

"들어보게," 마가르가 먼저 입을 열었다. "잘 들어봐, 내 친구, 마지막으로 자네를 이렇게 불러보네."

"그런 말 말아요, 살게 될 거예요!"

침상 위 마가르가 몸을 일으켜 앉았다.

"내게도 고문만큼이나 싫은 일이지만, 이 말은 해야겠네. 그러니 자네도 잘 들어줘." 그가 덧붙이며 죽은 사람을 향해 고개를 돌렸다. "자네와 자네의 나스쨔에 관한 얘기이기도 하니까. 자, 이것이 내 마지막 혁명적 의무이고, 난 이를 완수할 생각이야. 아바르추끄 동지, 자네는 특별한 사람이야. 그리고 우리는 특별한 시기에 서로를 만났지. 내가 보기엔 그때가 우리의 가장 좋은 시간이었던 것 같아. 이제 자네에게 말하네…… 우리는 실수를 했어. 우리의 실수가 어떤 결과를 낳았는지 보게…… 나와 자네는 죽은 이 친구에게 용서를 구해야 하네. 담배 한대 주게. 그래, 회개한다는 건 어림없는 소리야. 이건 어떤 자아비판으로도 갈음할 수 없는 일이네. 무엇보다 이 얘길 자네에게 꼭 하고 싶었어. 그리고 두번째로, 우리는 자유를 이해하지 못했네. 우리는 자유를 압살했어. 맑스도 자유에 가치를 두지 않았지. 자유는 기초요, 의의요, 토대, 토대 밑의 토대네. 자유 없이는 프롤레타리아혁명도 없네. 그게 바로 둘째네. 이제 셋째로, 우리는 수용소와 따이가를 거쳐가지만, 우리의 신념은 무엇보다 강하네. 그러나 이는 힘이 아닌 약점, 자기보존을 위한 것이지. 저기, 철조망 바깥에서는 자기보존이 사람들에게 변화할 것을 명하네. 그러지 않으면 그들은 파멸하고 수용소로 떨어지게 돼. 그래서 공산주의자들도 우상을 만들어냈지. 견장을 두르고 관복을 입고 민족주의를 설파하며 노동계급을 부추겼어. 필요하다면 검은 100인단[287] 같은 극단적인 반동사상까지 부활시킬 거고…… 하지만 여기 수용소에서는 똑같은 자기보존의 본능이 변하지 말 것을 명하네. 나무 관에 들어가지 않으려면 절대로 변하지 말라는 거지, 거기 구원이 있다고…… 그게 동전의 양면이야……"

---

287 1905~17년 사이에 일어난 러시아의 극우파 운동. 수많은 테러를 자행했다. 황실을 철저히 지지했으며, 제정러시아의 전제군주제로부터 조금의 변화도 용납하지 않으려 했다. 러시아 내셔널리즘, 우끄라이나 민족주의 배격, 반유대주의 성격이 강했다.

"그만!" 아바르추끄가 소리치며 벌떡 일어나 마가르의 얼굴을 향해 움켜쥔 주먹을 들이밀었다. "망가졌네! 결국 견디지 못했어! 전부 거짓말, 헛소리예요."

"그랬으면 좋겠군. 하지만 이건 헛소리가 아니네. 난 다시 자네를 부르는 거야! 스무해 전에 불렀듯이 말이야. 진정한 혁명가로 살 수 없다면, 우리 죽기로 하세. 이렇게 살 수는 없어."

"그만, 됐어요!"

"날 용서하게. 그래, 자네 눈엔 내가 잃어버린 도덕을 한탄하는 늙은 이교도로 보이겠지. 그래도 말할 수밖에 없었어. 기억하게! 소중한 내 친구, 나를 용서하고……"

"용서하라고요? 차라리 내가, 당신이 여기 누운 이 사람처럼 죽었으면 좋았을걸, 이렇게 다시 만나기 전에……"

아바르추끄는 문가에 서서 중얼거렸다. "다시 올게요…… 내가 정신을 차리게 해주겠어요. 이제 내가 당신의 스승이 될 거예요."

아침에 아바르추끄는 수용소 뜰에서 의무병 뜨류펠레프와 마주쳤다. 그는 썰매에 밧줄로 우유 통을 묶어 끌고 가고 있었다. 북극권에서 이처럼 땀을 흘리는 얼굴을 보자니 무척이나 기이했다.

"당신 친구는 이 우유를 마시지 못할 겁니다." 그가 말했다. "간밤에 목매달아 죽었어요."

새로운 소식으로 사람을 놀라게 하는 건 기분 좋은 일이지. 의무병은 친절하면서도 의기양양한 눈빛으로 아바르추끄를 바라보았다.

"편지 한장이라도 남겼소?" 아바르추끄가 묻고 얼음같이 차가운 공기를 들이마셨다. 마가르는 필시 편지를 남겼으리라. 어제 했던 말은 어쩌다 나온 것이고.

"편지를 왜 남겨요? 뭘 써도 오페라 손에 떨어지는데."

그날 아바르추끄는 평생 가장 힘든 밤을 보냈다. 침대에 누워 미동도 없이, 두 눈을 크게 뜨고서, 벼룩을 눌러 죽인 검은 자국들로 뒤덮인 벽을 바라보며 이를 악물고 있었다.

그는 자기 성을 내주고 싶지 않았던 아들을 향해 속으로 중얼거렸다. '지금 나한텐 너밖에 없어. 너만이 내 희망이다. 친구, 스승이 내 정신과 의지를 질식시켜 죽이려 했고, 자신은 목매달아 죽었어. 똘랴, 아, 똘랴, 너만이 이 세상에서 내게 남은 마지막 한 사람이다. 너 내가 보이니? 내 말이 들리니? 이 밤에 네 아버지가 굽히지 않았다는 걸, 흔들리지 않았다는 걸 언젠가는 너도 알게 될까?'

주위 사방에서 수용소는 온통 잠들어 있었다. 이 숨 막힐 듯한 공기 속에서 고통스럽고, 시끄럽고, 추한 잠에 빠져 있었다. 코를 골고, 잠꼬대를 웅얼거리다가 비명을 지르고, 이를 갈고, 긴 신음을 내뱉고, 외마디 소리를 지르는 저 사람들.

어느 순간 아바르추끄가 갑자기 침상에서 몸을 일으켰다. 바로 옆에서 누군가의 소리 없는 그림자가 빠르게 휙 지나쳐간 것 같았다.

42

1942년 여름의 끝자락, 클라이스트[288]의 깝까스 집단군[289]이 마

---

288 Paul Ludwig Ewald von Kleist(1881~1954). 양차 세계대전에서 활약한 독일의 군인. 기갑부대의 활용에 능해 '기동의 대가'라 불렸다.
289 독일은 남부 집단군의 지휘 계통을 변경하여 A집단군(깝까스 집단군)과 B집단군(스딸린그라드 점령, 돈강과 볼가강 사이 육상 교통 및 양 하천의 수상 운송 차단을 목표로 함)으로 나누었다.

이꼬쁘 부근 소련 제일의 석유 생산 기지를 점령했다.[290] 독일군은 노르카프와 크레타, 핀란드 북부, 영국해협까지 갔다. 국민 장군이자 태양 군인으로 추앙받는 에르빈 로멜[291]은 알렉산드리아에서 80킬로미터 떨어진 곳에 주둔하고 있었고, 엘브루스 산정에서는 산악사냥부대가 나치의 기장이 그려진 깃발을 높이 올렸다. 만슈타인[292]은 거대한 대포들과 독일의 신무기 로켓포들을 볼셰비즘의 보루인 레닌그라드로 이동시키라는 명령을 받았다. 회의주의자 무솔리니는 아라비아 종마에 올라 훈련하며 카이로 진군 계획을 새롭게 구상하고, 설원의 군인 디틀[293]은 그간 유럽의 어떤 침입자도 이르지 못했던 북반구 위도에 주둔 중이었다. 빠리, 빈, 프라하, 브뤼셀은 독일의 위성도시가 되었다.

인간에, 인간의 삶과 자유에 대적하여 국가사회주의 최고로 잔인한 계획을 실현할 시점이었다. 파시즘의 수뇌들은 전투의 긴박한 상황이 그들을 잔인하게 만든다는 거짓 주장을 늘어놓는다. 사실은 그 반대로, 위험이 그들을 정신 차리게 하며 자기확신의 결여

---

290 1941년 12월 5일 독일군의 모스끄바 공략 작전이 물자 부족과 악천후, 소련군의 완강한 저항에 부딪혀 중지되고 이듬해 봄 전선이 교착상태에 빠지자, 히틀러는 남부로 눈을 돌려 마이꼬쁘와 그로즈니, 바꾸를 대상으로 '에델바이스 작전'을 개시하여 유전을 점령했지만 소련은 퇴각 전에 석유 채굴 시설을 완전히 파괴했다.

291 Johannes Erwin Eugen Rommel(1891~1944). 제2차 세계대전에서 뛰어난 활약상을 보인 독일군 원수. '사막의 여우'라 불렸다.

292 Fritz Erich Georg Eduard von Manstein(1887~1973). 제2차 세계대전에서 활약한 독일 국방군 장군. 1941년 6월의 소련 침공(바르바로사 작전)과 세바스또뽈 포위전에서 주도적인 역할을 하여 원수로 승진했고 레닌그라드 포위전에도 참여하였다. 전후 회고록에서 독일 국방군이 유대인 학살과 무관하다는 주장을 했다.

293 Eduard Wohlrat Christian Dietl(1890~1944). 독일의 장군. 제2차 세계대전 당시 곳곳에서 산악사냥부대 사령관으로 활약했다.

가 그들을 제지한다.

파시즘이 최종적 승리를 완전히 확신하는 날, 세계는 피바다 속에서 질식한 채 가라앉을 것이다. 파시즘에 대적하는 무장한 적이 지상에서 사라지는 날, 어린이들과 여자들과 노인들을 죽이는 망나니들은 자제를 잊을 것이다. 파시즘의 주적은 인간이니까.

1942년 가을, 제3제국 정부는 무엇보다 잔인하고 비인간적인 일련의 법률을 채택하였다.

특히 1942년 9월 12일, 나치가 전쟁에서 성공의 정점에 선 그날, 유럽에 거주하는 유대인들은 여하한 재판의 권리를 완전히 박탈당한 채 게슈타포에 넘겨졌다.

당 지도부와 아돌프 히틀러가 친히 유대 민족의 절멸을 결정한 터였다.[294]

43

소피야 오시뽀브나 레빈똔은 이따금씩 추억에 젖곤 했다. 취리히 대학에서 보낸 다섯해, 빠리와 이딸리아로 떠난 여름 여행, 음악원에서 섰던 연주회들, 중앙아시아 산악지대로의 원정, 서른두 해 동안 이어온 의료 활동, 좋아하는 음식, 어려울 때나 즐거울 때나 그녀의 삶에 엮여 있던 친구들, 일상적으로 울리던 전화벨 소리,

---

[294] 1942년 1월 20일 베를린에서 이루어진 나치 수뇌부의 유대인 절멸(Endlösung, 최종 해결책)에 대한 회의 이후 유대인 절멸이 가속화되었다. 이로써 같은 해 가을 유럽 전역에서 경찰에 의한 유대인 색출과 강제 이송이 진행되었고, 효율적(산업적)인 대량 학살이 어마어마한 규모로 자행되었다. 그러나 본문에서 언급되는 1942년 9월 12일이라는 날짜가 어떤 근거에서 나온 것인지는 확실하지 않다.

'호시……' '뽀께도바'[295] 같은 익숙한 말들, 보드게임, 모스끄바의 방에 남아 있는 물건들.

스딸린그라드에 머물렀던 몇달, 알렉산드라 블라지미로브나와 제냐, 세료자, 베라, 마루샤와 보낸 시간들도 떠올랐다. 가까운 사람일수록 그녀에게서 더 멀리 떠난 것만 같았다.

어느 저녁 끼예프에서 멀지 않은 환승역의 대피로에 정차한 수송열차의 화물칸에서, 그녀는 군복 깃을 살피며 이를 잡는 중이었고 곁에서는 두 중년 여인이 유대어로 빠르고 낮게 이야기를 나누고 있었다. 이 순간 그녀는 너무도 분명하게 깨달았다. 바로 그 자신에게, 소네치까, 손까, 소파[296]에게, 군의관 소령 소피야 오시뽀브나 레빈똔에게 이 모든 일이 일어났다는 것을.

사람들의 내면에서 일어난 가장 중요한 변화는 각자의 특별한 본성과 개성에 대한 느낌이 점점 더 약해지는 반면 운명에 대한 느낌은 점점 더 강해지며 자라나고 있다는 점이었다.

'진짜 나, 나, 나는 누구란 말인가?' 소피야 오시뽀브나는 생각했다. '엄마 아빠를 무서워하던 그 작은 코흘리개 아이? 아니면 뚱뚱하고 화를 잘 내던, 옷깃에 소련 상급 지휘관의 사각 견장을 단 여자? 아니면 더럽고 이가 들끓는 지금의 나?'

행복에 대한 희망은 사라졌지만 그 자리에 다른 수많은 소원들이 생겨났다. 이를 죽이는 것…… 화물칸 틈새로 가서 숨을 좀 쉬는 것…… 소변을 보는 것…… 한쪽 발이라도 씻는 것…… 그리고 무언가 마시고 싶다는 욕구, 그것이 그녀의 전신을 휘감고 있었다.

처음 화물칸으로 떠밀려 들어왔을 때, 그녀는 아무것도 보이지

---

295 각각 '원하니?' '또 만나'를 뜻하는 러시아어 구어 발음.
296 모두 소피야의 별칭.

않는 깜깜한 어둠 속에서 조용한 웃음소리를 들었다.

"혹시 미친 사람들이 있는 건가요?" 그녀가 물었다.

"아니요," 어느 남자의 목소리가 대답했다. "우린 재미있는 이야기를 하는 중이지요."

이어 누군가 우울하게 말했다. "또 한명의 유대 여자가 이 불행한 수송열차에 탑승했구먼."

소피야 오시쁘브나는 문가에 선 채 어둠에 익숙해지려고 눈을 찌푸리며 이런저런 질문들에 답했다.

통곡, 신음, 악취와 더불어 어렸을 적에 들은 뒤로 잊고 있던 단어들과 억양들, 그 말의 분위기가 단숨에 그녀를 집어삼켰다……

소피야 오시쁘브나는 찻간 안쪽으로 발을 옮기고 싶었지만 그럴 수 없었다. 어둠 속에서 짧은 바지를 입은 깡마른 다리가 몸에 닿는 느낌이 들었다.

"미안하구나, 얘야. 내가 널 쳤니?"

하지만 소년에게선 아무 대답도 없었다.

"아이어머니," 소피야 오시쁘브나는 어둠에 대고 말했다. "혹시 어린 아드님을 옆으로 좀 비키게 해줄 수 있을까요? 제가 내내 서 있을 수 없어서요."

그러자 구석에서 예민한 배우 같은 남자 목소리가 들려왔다.

"미리 전보를 보내셨어야지. 그랬다면 욕실 딸린 방을 준비했을 텐데."

소피야 오시쁘브나가 또랑또랑하게 대구했다.

"멍청이."

이제 어스름 속에서 얼굴이 눈에 익은 어느 여자가 말했다. "내 옆에 앉아요. 여기 자리가 많아요."

소피야 오시쁘브나는 그녀의 손가락들이 빠르게, 잔잔히 떨리는 것을 느꼈다.

이는 어린 시절부터 그녀에게 친숙했던 세계, 바로 유대인 마을의 세계였고, 그녀는 이 세계의 모든 것이 얼마나 변했는가를 실감했다.

찻간에는 협동조합 노동자들, 라디오 기술자, 사범기술대학 학생들, 직업학교 교사들, 통조림공장 기술자, 축산 전문가, 여성 수의사가 타고 있었다. 과거의 작은 유대인 마을은 이런 직업들을 몰랐다. 하지만 소피야 오시쁘브나는 변하지 않았고, 아버지와 할머니를 무서워하던 어린 시절의 그녀 그대로였다. 그렇다면 아마 이 새로운 세계도 변하지 않은 게 아닐까? 아니, 아무려면 어때. 새로운 것이든 낡은 것이든 유대인 마을은 경사면을 굴러내려가며 나락으로 떨어지고 있는걸.

젊은 여자의 목소리가 들렸다. "현대 독일인들은 야만인들이에요. 심지어 하인리히 하이네에 대해 들어보지도 못한 이들이죠."

다른 구석에서 조소하는 남자의 목소리가 들렸다. "결국 그 야만인들이 우리를 짐승 몰듯 몰아대는구먼. 그놈의 하이네가 지금 우리에게 무슨 도움이 된답니까."

몇몇 사람들은 소피야 오시쁘브나에게 전선의 상황에 대해 물어왔다. 그녀가 좋은 소식을 내놓지 못하자 그들은 그녀의 정보에 신빙성이 없다고 선언했다. 이 가축 운반용 찻간에도 그 나름의 전략이, 지상에 존재하고자 하는 뜨거운 갈망에 기반한 생존 전략이 있음을 소피야는 깨달았다.

"히틀러가 모든 유대인을 당장 풀어주라는 최후통첩을 받은 것도 몰라요?"

알아요, 알아요, 알다마다요. 암소가 느끼는 슬픔, 피할 수 없는 운명의 감정이 칼로 에는 듯한 경악감으로 대체될 때, 사람들에게 도움이 되는 것은 아편과도 같은 불합리한 낙관주의다.

이내 소피야 오시뽀브나를 향한 관심도 사그라들었다. 그녀도 다른 모두가 그렇듯 어디로, 왜 끌려가는지 모르는 나그네가 되었다. 아무도 그녀의 이름과 부칭을 묻지 않았고, 아무도 그녀의 성을 기억하지 못했다.

수백만년의 진화를 통해 지금의 인간이 되었음에도, 다시금 더럽고 불행하고 이름도 자유도 없는 짐승으로 돌아가기까지 단 며칠밖에 걸리지 않는다는 사실이 소피야 오시뽀브나로서는 믿을 수 없을 지경이었다. 눈앞에 닥친 거대한 불행 속에서도 인간들이 사소한 것에 동요하고 시시한 문제로 서로에게 신경을 곤두세우는 것을 볼 때마다 그녀는 충격을 받았다.

나이깨나 먹은 여자가 그녀에게 "의사 선생, 저 사교계 귀부인 말이에요, 틈새 가까이 앉아서 마치 자기 아이한테만 산소가 필요한 것처럼 구는 것 좀 봐요. *귀부인께서 리만으로 납시네*[297]"라고 속삭이기도 했다.

밤에 기차가 두차례 정차했다. 경비의 삐걱거리는 발소리와 알아듣기 힘든 러시아어, 그리고 독일어 단어 몇개가 들려왔다.

한밤의 간이역에서 울리는 괴테의 언어도 끔찍했으나, 독일 경비대에 복무하는 사람들의 모국어인 러시아어가 그보다 훨씬 더 불길하게 느껴졌다.

아침 무렵 다른 이들과 마찬가지로 소피야 오시뽀브나도 허기

---

[297] 우끄라이나어로 되어 있다. 아름답고 유서 깊은 도시인 리만으로 휴양을 가는 것 같다고 비아냥대는 말이다.

와 갈증에 괴로워하며 물 한모금을 간절히 꿈꿨다. 그녀의 소원은 그저 작고 소박했다. 바닥에 따뜻한 건더기가 약간 가라앉아 있는 찌그러진 깡통, 그뿐이었다. 그녀는 개가 벼룩을 긁어낼 때 그렇듯이 빠르고 짧은 동작으로 몸을 긁어댔다.

이제 소피야 오시쁘브나는 삶과 생존의 차이를 알 것 같았다. 삶은 갑자기 중단되고 생존이 아주 천천히 지속되는 중이었다. 그리고 이토록 비참하고 하찮은 생존이었으나, 강요된 죽음에 대해 생각하면 온 영혼이 공포로 가득 차는 것 같았다.

비가 내렸고, 빗물 몇방울이 창살이 있는 격자창 안쪽으로 흘러들었다. 소피야 오시쁘브나는 블라우스 아랫단을 찢어낸 뒤 화물칸 한쪽 벽의 작은 틈새로 밀어넣어 천 조각이 물기로 축축해질 때까지 기다렸다. 그런 다음 그것을 안으로 끌어당겨 서늘하고 축축한 넝마 조각을 씹기 시작했다. 화물칸 벽 부근이나 구석에 있던 사람들이 이를 보고 똑같이 옷을 찢어내자 소피야 오시쁘브나는 자랑스러움을 느꼈다. 자신이 비를 낚아들이는 방법을 생각해낸 것이다.

지난밤 소피야에게 떠밀렸던 예의 소년이 그리 멀지 않은 곳에 앉아 사람들이 넝마 조각을 문과 바닥의 틈새로 늘어뜨리는 광경을 가만히 바라보고 있었다. 희미한 불빛 속에 그의 마르고 뾰족한 코와 얼굴이 드러났는데, 여섯살쯤 된 것 같았다. 소피야 오시쁘브나는 문득 자신이 열차에 탄 뒤로 아무도 이 소년에게 말을 건네지 않았으며 아이 역시 누구에게도 말을 걸지 않은 채 꼼짝 않고 앉아 있다는 것을 깨달았다.

"얘, 이거 받아." 그녀가 아이에게 축축한 넝마 조각을 내밀었다.

아이는 대답이 없었다.

"받아, 받으라니까." 계속 권하자 아이는 주저하며 손을 내밀었다.

"이름이 뭐니?" 그녀가 물었다.

"다비드." 아이는 조용하게 대답했다.

다비드는 모스끄바에서 할머니를 방문하러 왔는데 그때 전쟁이 일어나 아이를 제 엄마에게서 떼어놓았다고, 이웃에 앉은 무샤 보리소브나가 말해주었다. 아이 할머니는 게토에서 죽었고, 친척인 레베까 부흐만은 병을 앓는 남편과 함께 타고 가느라 아이가 옆에 앉는 것조차 허락하지 않는다는 것이었다.

저녁까지 소피야 오시뽀브나는 여러 이야기와 대화와 논쟁을 실컷 들었고, 자신 또한 이야기를 하고 논쟁을 벌였다. 어느새 그녀는 상대방을 "브리데르 이덴"[298]이라 부르고 있었다.

많은 이들이 희망을 품고서 여정의 끝을 기다렸다. 그들은 각자 전문 분야에 따라 일을 하게 될 수용소로 보내질 것이라고, 병자들은 개별적인 바라끄로 가게 되리라고 믿었다. 모두가 거의 쉬지 않고 이에 대해 이야기했다. 하지만 비밀스러운 공포, 침묵 속에 짓눌린 말없는 울부짖음은 사라지지 않은 채 마음속에 똬리를 틀었다.

그들과 이야기를 나누며 소피야 오시뽀브나는 인간 속에 인간만이 살아 있는 것이 아님을 깨달았다. 그녀는 사지가 마비된 여동생을 빨래 통에 넣어 겨울 밤거리로 끌고 나가서 얼어 죽게 했다는 어떤 여자의 이야기를, 또 자기 아이들을 죽인 어머니에 대한 이야기를 들었고, 이 열차를 타고 가는 이들 중에 그런 여자들이 있다는 말도 들었다. 몇달을 몰래 쥐처럼 하수도에서 오물만 먹으며 지내는 이들, 목숨만 부지할 수 있다면 어떤 고통이라도 감수할 태세

---

298 유대어로 '유대인 형제'라는 뜻.

가 되어 있는 사람들에 대한 이야기도 들었다.

파시즘하에서 유대인의 삶은 끔찍했다. 정작 유대인은 성인도 악당도 아닌, 그저 인간들일 뿐인데.

그리고 어린 다비드를 보면서, 소피야 오시쁘브나는 연민의 감정이 특히 강하게 일어나는 것을 느꼈다.

아이는 줄곧 말없이 꼼짝도 않고 앉아 있었다. 가끔 주머니에서 찌그러진 성냥갑을 꺼내어 그 속을 들여다보고는 다시 주머니 속에 감출 뿐이었다.

여러날 밤낮이 지나도록 소피야 오시쁘브나는 전혀 자지 않았고 자고 싶지도 않았다. 그날 밤에도 그녀는 악취 나는 어둠 속에 뜬눈으로 앉아 있었다. '지금 제냐 샤쁘시니꼬바는 어디 있을까?' 문득 제냐가 떠올랐다. 이런저런 잠꼬대와 외마디 소리를 듣자니 저 잠든 이들의 뜨거운 머릿속에 무섭도록 강한 힘으로 그려진, 말로는 표현하지 못할 그림들이 들어 있다는 생각이 들었다. 만약 우리가 지상에 살아남는다면, 그래서 언젠가 이게 대체 무슨 일이었는지 알고 싶어진다면, 그때를 위해 이 그림들을 어떻게 보전하고 표현해야 할까……

"즐라따, 즐라따!" 갑자기 흐느끼는 남자의 목소리가 크게 울렸다.

44

……마흔이 된 나움 로젠베르그의 머릿속에서는 이제 습관이 된 계산 작업이 진행되고 있었다. 그는 길을 걸어가며 헤아렸다. 그제 110, 어제 61, 그전 닷새간 612, 합이 783이라…… 남자와 여자,

아이를 각각 따로 계산하지 않은 것이 유감스럽군…… 여자들은 더 금방 탄다. 노련한 브렌네르[299]는 뼈가 많아 회분도 많이 남는 노인들을 젊은 여자들 옆에 쌓고서 태운다. 곧 명령이 떨어질 것이다. 길을 비울 것. 일년 전에도 같은 명령이 지금 밧줄에 연결된 갈고리를 이용해 구덩이에서 끌어내야 할 이들에게 떨어졌었다. 노련한 브렌네르는 흙이 솟은 모양만 보고도 구덩이에 몇구의 시체가 들어 있는지 추정해낼 수 있다. 오십구, 백구, 이백구, 육백구…… 샤르퓌러[300] 엘프는 백개, 이백개로 세라고 요구하지만 로젠베르그는 그들을 인간이라 부른다. 살해당한 인간, 처형된 어린아이, 처형된 노인이라고. 혼잣속으로 그렇게 부른다. 안 그랬다가는 샤르퓌러가 그 9그램짜리 금속을 그의 몸에 박아넣을 것이다.[301] 하지만 그는 고집스레 중얼거린다. 이 사람아, 이제 구덩이에서 나올 거야…… 얘야, 엄마 잡은 손 놓으렴, 곧 다시 만날 테니까. 엄마에게서 멀리 떨어지지 않을 거다…… "뭘 그리 중얼거리나?" "아무 말도 안 했습니다. 잘못 보신 것 같습니다." 그러고서 다시 중얼거린다. 저항하는 것이다. 이것이 그의 작은 투쟁이었다…… 그제 파낸 구덩이에는 여덟명이 들어 있었다. 샤르퓌러가 소리쳤다. "장난하나? 브렌네르 스무명이 고작 여덟개를 태운다고?" 그의 말이 맞는다. 하지만 작은 시골이라 유대인은 두 가족밖에 없었는데 어쩌란 말인가. 어쨌든 명령은 명령이다. 모든 무덤을 파헤쳐서 모든 시체를 다 불태울 것. 이제 그들은 길을 비우고 풀밭을 걸어간다. 저기

---

299 독일어 Brenner(태우는 사람)의 러시아식 발음. 집단학살의 증거를 없애기 위해 시체를 소각하던 러시아인 수감자를 말한다.
300 독일어 Scharführer(브레너들을 지휘하는 독일 국방군 계급)을 러시아 문자로 적었다. 미군의 상사에 해당한다.
301 총살을 뜻한다.

푸른 초원 한가운데 백열다섯번째 잿빛 봉우리가, 무덤이 있다. 여덟명이 파내는 동안 네명이 참나무 기둥을 눕힌 뒤 톱으로 잘라 사람만 한 나무토막으로 만들고, 둘은 그것을 도끼와 쐐기로 잘게 부수고, 둘은 길에서 낡은 판자들과 불쏘시개와 휘발유가 담긴 깡통을 나르고, 넷은 모닥불 피울 자리를 마련한 다음 연기가 잘 빠져나가도록 도랑을 만든다. 바람이 어디서 오는지도 가늠해야 한다.

곧 나무 썩는 냄새가 사라지면 보초는 웃음 섞인 욕설을 내뱉으며 코를 쥐고, 샤르퓌러는 침을 뱉고서 가장자리로 물러난다. 브렌네르들은 삽을 내던진 뒤 갈고리를 들고서 천으로 입과 코를 막는다…… 안녕, 할아버지, 다시 해를 보게 되었군요. 무겁기도 하시네…… 죽은 엄마와 세 아이, 둘은 아들이고 그중 하나는 벌써 학생이군. 1939년에 태어난 딸은 구루병이 있었네. 괜찮아, 이젠 다 나았으니…… 엄마 붙든 손은 이제 놓으렴, 얘들아, 엄마는 아무 데도 안 가…… "몇개지?" 샤르퓌러가 가장자리에서 소리친다. "열아홉이요." 그러고서 그는 혼잣말로 조용히 덧붙인다. "살해된 사람 열아홉명." 모두들 욕설을 내뱉는다. 반나절의 성과가 고작 이거냐고. 하지만 지난주에 판 구덩이에서는 여자 200명이 나왔다. 모두 젊은 여자였다. 맨 위의 흙을 파내는 순간 무덤 위로 회색 김이 피어오르자 보초가 웃으며 말했다. "화끈한 계집들!" 연기가 빠져나가는 도랑 위에 마른 가지를 얹고 그 위에 참나무 토막— 땔감으로는 그만이다—그 위에 살해된 여자들, 그 위에 장작, 그 위에 살해된 남자들, 다시 장작, 그리고 주인 없는 시체 토막들, 그 위에 휘발유 통, 그런 다음 한가운데로 점화 폭탄 투하. 이어 샤르퓌러가 지휘하니, 보초는 벌써 미소를 짓고 브렌네르들이 합창한다. 장작불이 타오른다! 마지막으로 재를 구덩이에 던지면 다시 조용해진다. 조용했었고, 다시 조용해졌다. 이어 그들은 숲으로 몰려갔다. 녹지 사이에 무덤이라곤 보이지 않는데 샤르퀴러가 구덩이를 파라고 명령했다.[302] 가로 2미터에 세로 4미터로. 그들의 임무가 끝난 것이다. 마을 89 더하기 촌락 18 더하기 부락 4 더하기 구역 2 더하기 협동농장 3, 그중 둘은 곡물 협동농장이고 하나는 우유 협동농장이다. 도합 116곳. 브렌네르들은 116개의 구덩이를 팠다……

로젠베르그는 자신과 다른 브렌네르들을 위한 구덩이를 파는 동안에도 줄곧 계산을 한다. 지난주에만 783, 그전 한달 동안 4826구의 시체가 소각되었으니 총 5609구. 그는 계산하고 또 계산한다. 그러면 모르는 사이에 시간이 흘러간다. 그는 평균 몇개인지, 아니, 평균 몇명인지도 계산해본다. 5609를 116으로 나누면 48.35, 여기서 소수점 이하를 버리면 무덤 하나당 마흔여덟명의 죽은 인간이 들어간다. 스무명의 브렌네르가 삼십칠일 동안 일했으니 브렌네르 한 사람당…… "정렬!" 보초장의 고함에 이어 샤르퀴러 엘프가 쩌렁쩌렁한 목소리로 명령을 내린다. *"인 디 그루베 마르슈!"*[303] 하지만 그는 무덤으로 들어가고 싶지 않다. 그는 달린다, 넘어진다, 다시 달린다, 느릿느릿 달려간다. 회계원은 달리는 법을 모르지만 그들은 그를 죽이지 못했다. 그는 숲의 풀밭 위에 눕는다. 고요 속에서, 머리 위 하늘에 대해서도, 임신 여섯달 차에 죽임을 당한 즐라따에 대해서도 생각하지 않고 그냥 누워서, 아까 다 계산하지 못한 것을 계산한다. 브렌네르 스무명, 삼십칠일, 브렌네르 한 사람당…… 이것이 첫째. 둘째로, 한 사람당 장작이 몇 세제곱미터인가를 계산해야 한다. 셋째로, 한 사람을 태우는 데 평균 어느정도

---

302 임무를 마친 브레너들이 들어갈 구덩이이다.
303 In die Grube marsch(독일어). '구덩이 속으로 행진!'이라는 뜻.

의 시간이 걸리는가…… 어느정도의 시간이……

일주일 뒤 경찰이 그를 잡아 게토로 보냈다.

그리고 이제 여기 화물칸 안에서 그는 내내 중얼거리며 세고, 나누고, 곱한다…… 연말 결산서! 국립은행의 회계부장 부흐만에게 그것을 제출해야 한다. 그러다 갑자기 이날 밤, 꿈속에서, 그의 뇌리와 심장을 덮고 있던 부스럼 딱지를 찢으며 데일 듯 뜨거운 눈물이 솟구쳐 흘러나왔던 것이다.

"즐라따! 즐라따!" 그가 목놓아 부른다.

45

그녀의 방 창문은 게토를 둘러싼 철조망을 향해 나 있었다. 밤중에 잠에서 깨어 커튼 끝자락을 약간 들었을 때, 도서관 사서 무샤 보리소브나는 병사 둘이 기관총을 끌고 가는 모습을 보았다. 그 미끈미끈한 동체에 달빛의 푸른 반점들이 번쩍거렸고, 앞에서 걷는 장교의 안경도 똑같이 번쩍거렸다. 나지막한 모터음이 들려왔다. 자동차들이 전조등을 끈 채로 게토에 접근하고 있었다. 바퀴 주변으로 무거운 밤의 먼지가 은빛으로 뭉게뭉게 일어났다. 자동차들은 꼭 신神처럼 구름 속으로 헤엄쳐다녔다.

달빛 어린 이 고요한 시간, 잠든 게토의 대문으로 SS와 SD[304]의 하부 조직, 우끄라이나 경찰대, 보조부대, 제3제국 보안본부 직속 예비부대의 자동차 행렬이 다가왔을 때, 여자는 20세기의 운명을

---

304 나치당의 SS 산하 보안국.

짐작했다. 달빛, 무장한 군대의 거대하면서도 일사불란한 움직임, 검고 힘센 화물트럭들, 벽시계의 겁에 질린 똑딱 소리, 의자 위에 얼어붙은 블라우스, 브래지어, 양말, 집의 따뜻한 냄새, 도무지 섞일 수 없는 이 모든 것들이 한데 뒤섞였다.

46

1937년에 체포되어 사망한 노의사 까라시끄의 딸 나따샤는 찻간에서 이따금씩 노래를 불러보려 했다. 이따금씩 밤에 노래를 시작해도 사람들은 그녀에게 화를 내지 않았다.

수줍음 많은 그녀는 늘 눈을 내리깐 채 거의 들리지 않는 소리로 말하고, 가까운 친척들하고만 왕래하고, 야회에서 춤추는 여자들의 대담성에 경탄하곤 했다.

말살 대상 선별 작업이 이루어질 때, 그녀는 '유용해서' 목숨을 건질 수 있었던 수공업자나 의사들이 포함된 무리에 들어가지 못했다. 머리가 세고 홀로 시들어버린 여인은 쓸모가 없었던 것이다.

경찰이 그녀를 장터의 먼지투성이 둔덕으로 밀어냈다. 술에 취한 남자 셋이 그곳에 있었는데, 그중 하나는 그녀가 전쟁 전에 알던 사람으로 무슨 철도 창고에서 일하다가 지금은 경찰서장을 지내고 있었다. 이 세 사람이 다른 사람들에게 삶과 죽음을 선고한다는 사실조차 그녀는 알지 못했다. 경찰은 수천명으로 이루어진 무리 속으로, 쓸모없는 인간들로 규정된 아이들과 여자들과 남자들 사이로 그녀를 쑤셔넣었다.

얼마 후 그들은 8월의 마지막 폭염 아래 먼지투성이 사과나무

가로수를 지나 비행장으로 걸어가며 귀청을 찢을 듯한 마지막 비명을 내질렀고, 자기 옷을 찢으며 마지막 기도를 올렸다. 나따샤는 말없이 걸어갔다.

태양 아래 피가 그토록 놀랄 만큼 선명한 붉은색을 낼 줄은 그녀는 한번도 생각해본 적이 없었다. 비명, 총소리, 숨 끓는 소리가 잠시 멈추었을 때 구덩이에서 피 흐르는 소리가 들려왔고, 그녀는 하얀 돌을 디디듯이 하얀 시체들을 밟으며 한참을 내달렸다.

얼마 후에 가장 덜 무서운 것, 크지 않은 자동소총 소리가 들렸다. 한 망나니가 피로에 전, 그러나 태연하고 악의 없는 얼굴로, 피가 철철 흐르는 구덩이 가장자리에 선 채 그녀가 겁을 먹고 다시 가까이 다가오기를 참을성 있게 기다리고 있었다.

그날 밤 그녀는 흠뻑 젖은 블라우스를 비틀어 짜며 시내로 돌아왔다. 죽은 자는 무덤에서 일어날 수 없는 법, 즉 그녀는 살아 있었다.

그렇게 골목과 뜰을 지나 게토로 돌아오는 도중에, 그녀는 광장에서 파티를 벌이는 사람들을 보았다. 관악기와 현악기가 섞인 오케스트라가 그녀가 좋아하는 왈츠의 구슬프고 몽환적인 멜로디를 연주하고 있었다. 희미한 달빛과 가로등 불빛 아래, 먼지 풍기는 광장에서 여자들이 병사들과 짝을 이루어 돌고 있었다. 발을 끄는 소리가 음악과 뒤섞였다. 이 순간 시들어버린 노처녀의 마음이 즐거워지며 자신감이 생겼다. 그녀는 자신을 기다리는 행운을 예감하며 줄곧 나직하게 노래했고, 가끔 아무도 보지 않을 땐 왈츠를 추어보기까지 했다.

47

전쟁이 시작된 후에 일어난 일들을 다비드는 잘 기억하지 못했다. 하지만 어찌 된 것인지, 밤에 화물칸에 있자니 얼마 전에 경험한 일들이 소년의 뇌리 속에 눈부시리만치 선명하게 떠오르곤 했다.

어둠 속에 할머니가 그를 부흐만네로 데리고 간다. 작은 별들로 뒤덮인 하늘의 가장자리는 초록빛이 도는 밝은 레몬색이다. 마치 누군가의 차갑고 축축한 손바닥처럼 우엉 잎사귀가 두 뺨을 스친다.

다락방에, 피신처에, 벽돌로 만든 가벽 너머에 사람들이 앉아 있다. 낮이면 지붕의 검은 철판들이 뜨겁게 달궈진다. 가끔 다락방 피신처는 탄내로 가득하다. 게토가 불타는 것이다. 낮에는 피신처의 모두가 꼼짝하지 않고 누워 있다. 부흐만의 딸 스베뜰라노치까는 계속 훌쩍거린다. 부흐만은 심장병이 있다. 낮에 그는 꼭 죽은 사람 같다. 하지만 밤이면 음식을 먹고 아내와 다툰다.

그러던 어느날 갑자기 개 짖는 소리가 들렸다. 러시아 말이 아닌 목소리들도 들려왔다. *"아스타! 아스타! 보 진트 디 유덴?"*[305] 이윽고 머리 위에서 덜컹거리는 소리가 커져갔다…… 독일인들이 들창을 통해 지붕 위로 기어오르고 있었다.

검은 양철 하늘 속에 천둥처럼 울리던 독일인들의 군홧발 소리가 조용해지는가 싶더니 벽 아래쪽에서 가볍고 교활한 울림이 느껴졌다. 누군가가 벽을 두드리고 있었다.

피신처에 고요가, 강렬한 고요가 엄습했다. 어깨와 목의 근육이 딱딱해지고 두 눈이 긴장으로 부풀고 입술이 헤벌어졌다.

---

305 Asta! Asta! Wo sind die Juden?(독일어). '아스타! 아스타! 유대인들 어딨어?'라는 뜻. 아스타는 1930년대외 유명한 독일 영화에 나왔던 개의 이름이나.

어린 스베뜰라나는 벽을 두드리는 소리에 말없이 울기 시작했다. 그러다 아이의 울음이 갑자기 중단되어 다비드는 그쪽으로 시선을 돌렸다. 그의 두 눈이 스베뜰라나의 어머니, 레베까 부흐만의 광증 어린 두 눈과 마주쳤다.

나중에 한두번인가, 순간적으로 다비드에게 두 눈과 헝겊 인형처럼 확 젖혀진 아이의 머리가 떠올랐다.

하지만 전쟁 전에 있었던 일은 자주, 구체적으로 기억할 수 있었다. 화물칸에서 그는 노인처럼 과거를 살며 그것을 보듬고 사랑했다.

48

12월 12일 다비드의 생일날 엄마는 그에게 그림책을 사주었다. 숲 공터에 회색 염소가 서 있고 그 옆으로 숲의 어둠이 유난히 무시무시하게 펼쳐져 있었다. 암갈색 나무줄기들, 무호모르 독버섯과 뽀간까 독버섯들 사이로 늑대의 붉고 헤벌어진 아가리와 초록빛 두 눈이 보였다.

피할 수 없는 죽음에 대해 아는 사람은 오직 다비드밖에 없었다. 그는 주먹으로 책상을 내리치고 늑대가 보지 못하게끔 손바닥으로 공터를 가렸다. 하지만 그는 염소를 보호할 수 없다는 것을 알고 있었다.

밤에 그는 소리를 질렀다. "엄마, 엄마, 엄마!"

엄마가 잠에서 깨어 그에게로 다가왔다. 캄캄한 밤하늘의 구름 한조각처럼. 그는 세상에서 제일 강력한 힘이 한밤중 숲속의 어둠으로부터 자신을 보호해주는 것을 느끼며 행복하게 하품을 했다.

조금 더 커서는 『정글 북』에 나오는 붉은 개들이 무서웠다. 한번은 밤중에 방이 맹수들로 가득 차 다비드는 맨발로 장롱의 튀어나온 서랍 부분을 밟고 빠져나가 어머니의 침대에 숨어들었다.

열이 높이 오를 때마다 다비드에게는 늘 똑같은 허상이 나타났다. 바닷가 모래사장에 누운 그의 몸을 새끼손가락만큼이나 작은 물결들이 간질이고 있는데, 갑자기 수평선에 산처럼 커다란 푸른 파도가 소리 없이 일어나 점점 커지면서 다가오는 장면이었다. 다비드는 계속 따뜻한 모래사장에 누워 있었고, 검푸른 파도가 그를 덮쳤다. 이것이 그는 늑대와 붉은 개들보다 더 무서웠다.

아침에 어머니가 일터로 가면 그는 검은 계단을 올라가 빈 게살 통조림 깡통에 우유 한잔을 부었다. 가늘고 긴 꼬리에 창백한 코와 울어서 부은 눈을 한 마르고 비루먹은 길고양이에게 주기 위해서였다.

어느날 이웃 여자가 정말 다행이라고, 새벽에 사람들이 상자를 싣고 와서 그 혐오스러운 빌어먹을 고양이 새끼를 연구소로 데려갔다고 말했다.

"어디로 가란 말이니? 그 연구소가 어디 있는데? 바보 같은 소리 할래? 그 불쌍한 고양이는 그만 잊어버리렴." 어머니는 애원하며 매달리는 그의 눈을 들여다보며 말했다. "그렇게 여려서 세상을 어떻게 살아가려고 그래?"

어머니가 그를 여름 소년 캠프에 보내려고 했을 때도 그는 울고, 애원하고, 절망에 빠져 두 손을 던지듯 쳐들면서 마구 소리쳤다.

"할머니에게 간다고 약속할게. 제발 그 캠프에는 보내지 마요!"

어머니가 우끄라이나의 할머니에게로 데려갈 때, 그는 기차에서 거의 아무것도 입에 대지 않았다. 삶은 달걀을 먹거나 기름 묻은 종이에서 커틀릿을 꺼내는 것이 부끄러웠다.

할머니 집에서 엄마는 다비드와 닷새를 지낸 뒤 다시 일하러 돌아갈 채비를 했다. 그는 눈물을 보이는 대신 두 손으로 엄마의 목을 아주 세게 껴안았다.

"날 목 졸라 죽이겠구나. 바보, 여기 값싼 딸기가 얼마나 많은데. 두달 후에 엄마가 다시 데리러 올게."

로쟈 할머니 집 부근에 시내에서 가죽공장으로 가는 버스 정류장이 있었다. 우끄라이나어로 정류장은 *주삔까*였다.

죽은 할아버지는 유명한 분드[306] 동맹원으로 언젠가 빠리에서 살았다고 했다. 이 때문에 사람들은 할머니를 경외했고, 또 자주 직장에서 쫓아냈다.

열린 창문들에서 라디오 소리가 들려오곤 했다. "*우바가, 우바가,*[307] 끼예프의 소리입니다……"

낮에는 거리가 한산했지만 가죽 전문학교 학생들이 길을 따라 걸으며 서로에게 큰 소리로 "벨라, 너 시험 통과했어?" "야슈까, 맑시즘 과목 준비하러 와!" 하고 외칠 땐 생기를 띠었다.

저녁 무렵이면 가죽공장 노동자들과 상인들, 시의 라디오 센터인 소로까[308]에서 일하는 전기 기술자가 집으로 돌아왔다. 할머니는 종합병원 직업연맹 지역위원회에서 일했다.

할머니가 집에 없어도 다비드는 지루하지 않았다.

집 근처 누구네 것도 아닌 오래된 과수원의 늙어 열매 맺지 못

---

306 전 러시아 유대인노동자동맹. 사회주의 내지 사회민주주의를 표방한 좌익 단체로 유대어를 사용했으며, 문화적 자주권을 가진 자주 국가 건립을 주장했다.
307 우끄라이나어로 '주목하세요, 주목하세요'라는 뜻.
308 '까치'라는 뜻.

하는 사과나무들 사이에서는 늙은 염소가 풀을 뜯었고, 물감으로 표시된 닭들이 돌아다녔고, 풀밭 위로 조용한 개미들이 나타나곤 했다. 까마귀와 참새 같은 도시의 새들은 시끄럽고 의기양양하게 날아다녔고, 다비드가 이름을 모르는 들새들, 어쩌다 밭으로 날아든 그 새들은 수줍은 시골 계집애처럼 굴었다.

그는 새로운 단어들을 많이 들었다. 흘레치끄······ 딕뜨······ 깔류자······ 랴젠까······ 랴스까······ 쁘잘로······ 랴다체······꼬세냐······[309] 이런 단어들에서 그는 모국어인 러시아의 흔적과 반향을 알아보았다. 그는 유대어도 들었다. 엄마가 할머니와 유대어로 이야기하는 것을 보고 무척 놀랐었다. 그동안은 엄마가 자신이 이해하지 못하는 언어로 말하는 것을 한번도 듣지 못한 터였다.

할머니는 다비드를 데리고 뚱뚱한 조카딸 레베까 부흐만네 집에 갔다. 다비드가 하얀 레이스 커튼들이 넘실대는 방에 들어가 감탄하고 있는데, 제복 차림에 장화를 신은 국립은행장 에두아르드 부흐만이 들어왔다.

"하임,"[310] 레베까가 말했다. "우리 모스끄바 손님인 라야의 아들이에요." 그러더니 다비드에게 말했다. "자, 에두아르드 아저씨와 인사하렴."

다비드는 은행장에게 물었다.

"에두아르드 아저씨······ 왜 레베까 아주머니가 아저씨를 하임이라고 불러요?"

"오, 아주 예리한 질문을 던지네." 에두아르드 이사꼬비치가 말

---

309 러시아 단어들과 비슷한 우끄라이나 단어들. 각각 '큰 잔' '독재자' '허수아비' '러시아인' '요구르트' '웅덩이' '게으르다' '새끼 고양이'라는 뜻이다.
310 유대어로 '집' '집주인' '주인 양반'이라는 뜻.

했다. "영국에서는 모든 하임들의 이름이 에두아르드라는 거 모르는구나?"

갑자기 고양이가 문을 발로 긁어대기 시작했다. 마침내 녀석이 제 발톱으로 문을 열었을 때, 모두는 방 한가운데서 걱정스러운 얼굴로 요강에 앉아 있는 한 소녀를 보았다.

일요일에 다비드는 할머니와 함께 시장에 갔다. 도중에 검은 머릿수건을 쓴 할머니들, 잠이 덜 깬 무뚝뚝한 기차 여승무원들, 파란 가방 혹은 빨간 가방을 들고 거만하게 지나가는 구역 지도자들의 아내들, 발목까지 오는 장화를 신은 시골 아낙들을 보았다.

유대인 거지들은 성난 목소리로 거칠게 소리를 질러댔다. 사람들은 동정심이 아니라 두려움에 떠밀려 동냥을 주는 것 같았다.

자갈 깔린 차도에는 집단농장의 1.5톤짜리 화물트럭이 감자와 왕겨 자루들, 닭들이 늙고 병든 유대 노파들처럼 앉아 있는 고리버들 닭장들 ─ 트럭이 울퉁불퉁 홈이 팬 곳을 지날 때마다 닭들은 꼬꼬댁 난리를 쳤다 ─ 을 싣고 지나다녔다.

무엇보다 그의 마음을 끌고 동시에 절망에 빠뜨린 것은 정육점이었다. 창백한 입이 반쯤 벌어지고, 희고 곱슬곱슬한 모가지 털에는 피 얼룩이 진 송아지 시체가 수레에 실려 끌려오는 것을 보고 다비드는 경악했다.

할머니는 얼룩덜룩한 영계를 사서 하얀 천 조각으로 두 발을 동여맨 뒤 끌고 갔다. 옆에서 걷던 다비드는 손을 내밀어 닭이 그 힘없는 대가리를 쳐들도록 도와주고 싶었다. 할머니 속 어느 곳에서 이런 비인간적인 잔인함이 나왔는지 놀라울 뿐이었다. 전에는 이해하지 못했던 어머니의 말이 기억났다. 할아버지네 혈족은 인젤리들이고 할머니네 혈족은 모두 소시민에 소상인 들이라고.

아마도 그래서 할머니는 닭을 가엾게 여기지 않는 모양이었다.

그들이 어느 안뜰로 들어서자 빵떡모자를 쓴 작은 영감이 나와 할머니와 유대어로 이야기를 나누기 시작했다. 영감은 두 손으로 닭을 쥔 채 뭐라 중얼거리다가 매우 빠르게, 거의 보이지도 않을 만큼 순식간에, 그러나 필시 아주 끔찍한 어떤 짓을 한 다음에 닭을 어깨 너머로 던졌다. 닭은 꿱꿱 소리를 내고 날개를 파닥거리며 팔딱팔딱 뛰어갔다. 다비드는 닭의 몸통에 모가지가 달려 있지 않다는 것을 깨달았다. 영감이 닭을 죽인 것이다. 몸통은 몇발짝 못 가 아직 젊고 튼튼한 두 발로 땅을 움켜쥐었다가 이내 털썩 쓰러졌다. 닭의 생명이 멈추었다.

그날 밤, 죽임을 당한 암소들과 도살된 새끼들에게서 풍기는 축축한 냄새가 방으로 스며들어오는 것 같았다.

그림 속 늑대가 그림 속 염소에게로 몰래 다가가던 그림 속 숲에 살던 죽음은 이날 동화의 세계를 떠났다. 그림책이 아니라 이 현실에서 자신 또한 실제로 죽게 되리라는 것을 그는 처음으로 분명하게 느꼈다.

그의 어머니도 언젠가는 죽을 것이었다. 어둠 속에 전나무들이 늘어선 동화의 숲이 아니라 이 공기 속에서, 삶에서, 친숙한 벽들 너머에서 죽음이 그와 어머니에게로 올 것이었다. 그것으로부터 숨을 수는 없었다.

그는 어린아이들만이, 그리고 사고의 강도가 어린아이의 감정에 깃든 단순성과 강도에 근접하는 위대한 철학자들만이 도달할 수 있는 분명함과 심오함으로 죽음을 감지했다.

오랜 세월을 거치며 닳고 닳아 합판을 덧댄 의자들에서, 두꺼운 석송 장롱에서 평온하고 기분 좋은 냄새가 풍겼다. 할머니의 머리카락이나 옷에서 나는 것과 같은 냄새였다. 따뜻한 가짜 평온의 밤이 주위에 머물러 있었다.

49

그해 여름 다비드의 삶은 알록달록한 블록과 동화책 속 그림들에서 떨어져나왔다. 그는 수오리의 검은 날개가 태양을 받아 얼마나 푸르게 빛을 내는지, 웃으며 꽥꽥대는 오리 소리에 얼마나 유쾌한 장난기가 들어 있는지 알게 되었다. 나뭇잎 사이로 하얀 벚꽃이 빛났고, 그는 꺼칠꺼칠한 나무 몸통을 타고 올라가 열매를 향해 몸을 뻗었다. 공터에 매어놓은 송아지에게 다가가 사탕 한조각을 내밀고는 행복감으로 정신이 나갈 지경이 되어 그 거대한 젖먹이의 사랑스러운 두 눈을 들여다보기도 했다.

빨간 머리 뻰치끄는 종종 다비드에게로 다가와 언제 들어도 우스운 혀짤배기소리로 말했다. *"나랑 씨름³¹¹ 한판 해!"*

할머니네 동네에서 유대인들과 우끄라이나인들은 다르지 않았다. 빠르띤스까야 할머니가 할머니네로 와서 이야기했다. *"그거 알아,³¹² 로자 누시노바? 소냐가 끼예프로 갔어. 남편이랑 다시 화해했대."*

할머니는 두 손바닥을 맞부딪치며 웃었다. "어이구, 코미디 한편 잘 *보셨네³¹³.*"

---

311 우끄라이나어. 러시아인에게 우끄라이나어의 'r' 발음은 혀짤배기소리로 들린다. 뻰치끄는 다비드에게 '씨름'을 하자고 말하는 것이다.
312 우끄라이나어.

파마머리에 화장을 한, 무슨 드라꼬-드라꼰이라는 성을 가진 노파가 푸들과 함께 약수터의 아스팔트 길을 거닐고, 아침마다 열병하는 병사들 곁에 자동차 지스-101이 서 있고, 연금 생활자인 이웃여자가 빨갛게 칠한 입술에 담배를 문 채 공용 가스레인지 앞에서 정신 나간 듯 화를 내며 "그 망할 뜨로쯔끼주의자 년이 또 내 커피를 옆으로 밀어놨잖아"라고 중얼거리는 끼로프 거리[314]보다 여기 이곳이 다비드에겐 훨씬 더 친근하고 좋았다.

그는 한밤중에 엄마와 함께 역에서 이곳으로 왔었다. 달빛 어린 자갈길을 따라, 열두살짜리 아이만 한 키에 기울인 머리에는 가시면류관을 쓴 여윈 예수그리스도가 벽감에 서 있는 하얀 가톨릭 성당을, 또 엄마가 한때 공부했던 사범기술대학을 지나쳐 걸어갔다.

그러고서 며칠 뒤 금요일 저녁에, 다비드는 공터에서 맨발로 축구를 하는 사람들이 일으키는 금빛 먼지 속에서 시나고그[315]로 가는 노인들을 보았다.

우끄라이나의 하얀 농가들과 우물에서 삐걱대는 펌프 막대, 머리가 어질해질 정도로 머나먼 옛날, 성경에 나오는 시절을 떠올리게 하는 하얗고 검은 기도복 무늬들이 서로 뒤섞이며 짜릿한 매력을 만들어냈다. 『꼽자르』,[316] 뿌시낀, 똘스또이 바로 옆에 물리 교과서와 『공산주의에서의 좌익 소아병』[317]이 꽂혀 있고, 내전에서 돌아

....
313 우끄라이나어.
314 세르게이 미로노비치 끼로프(Sergei Mironovich Kirov, 1886~1934)를 기리는 뜻으로 보통 인구가 밀집한 지역의 거리에 이 이름이 붙는다. 소련 전체에 2천개 이상의 끼로프 거리가 있다.
315 시나고그(유대교회당)도 가톨릭 성당과 함께 도시 안에 있었다.
316 우끄라이나 민족시인 따라스 셰우첸꼬(Taras Shevchenko, 1814~61)의 대표적인 시집.
317 레닌의 정치평론서. 1920년 6월에 출판되어 제2차 꼬민쩨른 대회 때 영어, 독

온 제혁공들과 재단사들의 아들들 바로 옆에 지역위원회 교사, 노동위원회의 선동가와 말썽꾼, 화물트럭 운전사, 형사범 수색요원, 맑시즘 교수 들이 살고 있었다.

할머니랑 함께 지내면서 다비드는 자기 엄마가 불행하다는 것을 알게 되었다. 처음으로 그런 얘기를 해준 사람은 몸이 뚱뚱하고 노상 부끄러운 듯 양 볼을 붉히고 있는 라힐 아주머니였다. "네 엄마처럼 훌륭한 여자를 버리다니, 그놈은 벌을 받을 거다."

하루도 지나지 않아 다비드는 자기 아버지가 여덟살이나 많은 러시아 여자한테 가느라 어머니를 떠났다는 것, 그리고 그가 필하모닉에서 월급을 2500루블이나 받는데 엄마는 부양료를 거절하고 혼자서 버는 월급 310루블로만 살아간다는 것을 알아냈다.

언젠가 다비드는 할머니에게 성냥갑에 간직한 누에고치를 보여주었다.

하지만 할머니는 진저리를 치며 말했다. "아이고, 뭐 하러 그 징그러운 걸 가지고 다니는 거냐. 어서 버리렴."

다비드는 화물역에 두번 가보았다. 거기서 차에 소와 양과 돼지를 싣는 걸 보았고, 소가 한탄하는지 아니면 동정을 구하는지 크게 울어대는 소리를 들었다. 소년의 마음은 경악으로 가득했지만, 낡아빠지고 기름때 묻은 옷을 입은 철도 노동자들은 그 지치고 여윈 얼굴 한번 돌리는 일 없이 차량들 곁을 걸어갔다.

다비드가 도착하고 일주일 뒤에 할머니의 이웃에 사는 농기계 공장 철공의 아내 제보라가 첫아이를 낳았다. 제보라는 지난해에 언니를 방문하러 꼬디마로 여행을 갔다가 뇌우가 치는 동안 번개

일어, 프랑스어로 배포되었다.

를 맞았다고 했다. 사람들이 인공호흡을 하고 흙을 뿌렸지만 두시간 동안 죽은 사람처럼 누워 있었는데 올여름에 아이를 낳았다는 것이었다. 십오년 동안이나 아이가 없었는데. 할머니가 다비드에게 이런 이야기를 들려주고는 덧붙였다. "다 사람들이 그냥 하는 소리야. 사실 제보라는 작년에 수술을 받았거든."

그러고서 할머니는 다비드를 데리고 이웃집에 갔다.

"아이고, 루쟈, 제바." 세탁 바구니에 누워 있는 두 발 달린 작은 동물을 들여다보며 할머니가 말했다. 그 목소리에는 아이의 아버지와 어머니에게 이 기적을 결코 가볍게 받아들여선 안 된다고 경고하는 듯한 일종의 위협이 어려 있었다.

기찻길 옆 작은 집에는 소르끼나 노파가 농인 미용사인 두 아들과 함께 살았다. 이웃들은 그들을 무서워했지만 늙은 빠르띤스까야 할머니는 다비드에게 말했다. *"술만 입에 대지 않으면 얌전한 애들이야. 얌전하고말고. 그런데 술이 들어갔다 하면 서로 싸우고 칼을 휘두르고 말처럼 찌지는 소리를 질러대니 원!"*[318]

한번은 할머니가 다비드에게 도서관 사서인 무샤 보리소브나에게 우유 크림 한통을 가져다주라고 심부름을 보냈다. 그녀의 방은 아주 작았다. 책상 위에 작은 찻잔이 놓여 있고, 벽에 붙은 작은 선반에는 작은 책들이 꽂혀 있었다. 그리고 침대 머리 쪽 벽에는 작은 사진이 걸려 있었는데, 엄마와 배내옷을 입은 다비드가 찍힌 사진이었다. 다비드가 사진을 바라보자 무샤 보리소브나는 얼굴을 붉히며 말했다. "네 엄마와 나는 학교 때 짝꿍이었단다."

그가 매미와 개미에 대한 우화[319]를 낭독하자 그녀는 조용한 목

---

318 우끄라이나어.
319 우리나라에는 「개미와 베짱이」 우화로 알려져 있다.

소리로 그에게 시를 낭송해주었다. "숲을 다 베어버려 사샤는 울었다네……"[320]

아침에 마당이 시끌벅적했다. 솔로몬 슬레뽀이가 좀약을 뿌려놓고 여름 내내 보관해온 외투를 도둑맞은 것이다.

슬레뽀이의 외투가 없어진 것을 알자 할머니는 말했다. "잘됐네, 그 망나니, 벌을 받아도 싸지."

그렇게 다비드는 슬레뽀이가 밀고자라는 것을 알게 되었다. 정부가 외화와 5루블짜리 금화를 몰수할 때 많은 이들을 밀고했고, 1937년에도 사람들을 밀고해 이웃들 중 두명이 총살되고 한명은 감옥 병원에서 죽었다고 했다.

밤의 소름 끼치는 소음, 죄 없는 피, 새들의 지저귐, 이 모든 것이 뜨겁게 끓는 죽으로 합쳐졌다. 그게 정확히 무엇인지 이해하기까지는 수십년이 걸릴 테지만, 이미 다비드는 밤낮으로 그것의 강렬한 매력과 공포를 작은 가슴으로 느끼고 있었다.

50

전염병에 걸린 가축을 도축하기 위해서는 다양한 준비 작업 ─ 가축 운송 및 집결, 숙련 노동자들 교육, 도랑과 구덩이 파기 ─ 이 진행된다.

그리고 전염된 가축을 도축장으로 보내거나 도망치는 가축을 잡는 일을 도움으로써 당국에 협조하는 주민들은, 암소와 송아지

---

320 네끄라소프의 서사시 「사샤」 중 일부.

에 대한 증오가 아니라 자기보존 감각에서 그런 일을 행한다.

마찬가지로 인간의 집단학살이 행해지는 곳의 주민들도 말살될 노인, 어린이, 여자 들에 대한 피에 굶주린 증오에 사로잡혀 있지 않다. 따라서 인간의 집단학살 캠페인은 특별한 방법으로 준비해야 한다. 이 경우, 자기보존 감각만으로는 부족하다. 여기서는 주민들의 혐오와 증오를 일깨워야 한다.

바로 이 혐오와 증오의 분위기 속에서 우끄라이나와 벨라루스의 유대인 말살이 준비되고 실행되었다. 바로 같은 땅에서, 한창때 스딸린은 군중의 격분을 동원하고 선동함으로써 부농이라는 계급을 말살하는 캠페인, 뜨로쯔끼-부하린주의 쓰레기들과 방해분자들을 박멸하는 캠페인을 실행했었다.

경험으로 확인된바, 이런 캠페인에서 주민의 대다수는 최면술에 걸린 듯 권력의 모든 지시에 복종하게 된다. 주민 집단 속에는 캠페인의 분위기를 만드는 소수가 있다. 피에 굶주린 자들, 사상적 얼간이들, 개인적인 앙갚음을 하려는 자들, 물건이나 주거지를 강탈하려는 자들, 공석을 차지하는 데 관심 있는 자들, 남의 불행을 보며 기쁨을 느끼는 자들이다. 대다수의 사람들은 집단학살에 공포를 느끼지만 가까운 사람들뿐 아니라 자기 자신에게도 그런 마음을 감춘다. 이들이 말살 캠페인 모임의 자리를 채우며, 그 모임은 언제, 어디서, 어떤 규모로 일어나든 침묵의 만장일치가 깨어지는 일은 거의 없다. 물론 광견병이 의심되는 개의 애처로운 시선을 외면하지 않고 그 개를 자기 아내와 아이들이 사는 집에 데려오는 경우는 더더욱 드물었다. 하지만 그런 경우가 여전히 있기는 했다.

20세기 전반부는 위대한 과학적 발견들, 혁명들, 거대한 사회적 변혁들, 그리고 두 전쟁의 시기로 기록될 것이다.

그러나 동시에 20세기 전반부는 사회학적, 인종학적 이론들에 기반하여 유럽 주민의 거대한 인구층을 완전히 말살한 시대로 인류 역사에 기록될 것이다. 이해할 만한 일이지만, 우리 시대는 소심하게 이에 대해 삼가 침묵하고 있다.

당시에 드러난 인간 본성의 가장 놀랄 만한 특성들 중 하나는 굴종이었다. 거대한 행렬이 처형장을 향해 줄지어 들어갈 때 희생자들은 자진해서 질서를 지켰다. 아침부터 늦은 밤까지 처형을 기다려야 하는 경우도 있었는데, 길고 뜨거운 낮 시간에 대비해 어머니들은 미리 작은 물병과 아이들 먹일 빵을 준비했다. 죄 없는 수백만 인간들이 체포가 임박했음을 직감하고 속옷과 수건을 꾸렸으며 가까운 이들과 미리 작별 인사를 나누었다. 수백만이 자기 손으로 자신을 가둘 거대한 수용소들을 지었고, 스스로 그곳을 지켰다.

그리고 이미 수만이 아니라, 심지어 수천만도 아니라 그보다 훨씬 큰 어마어마한 규모의 인간 집단이 무고한 인간들의 말살에 굴종하는 증인이 되었다. 하지만 단순히 굴종하는 증인이라고만 할 수는 없다. 명령을 받았을 때 그들은 말살에 찬성했고, 웅성거리는 소리로 집단학살을 지지했다. 인간들의 이 거대한 굴종 속에서 뜻밖의 무언가가 드러난 것이다.

물론 반항이 있었고, 처형당하는 이의 용기와 꿋꿋함이 있었고, 봉기들이 있었고, 가까운 사이가 아닌, 모르는 사람을 구제하기 위해 자신과 가족의 생명의 위험을 감수하는 자기희생도 있었다. 하지만 여전히 집단적 굴종이라는 점에는 논쟁의 여지가 없다!

이 굴종은 무엇을 말해주는가? 인간 본성 속에 갑자기 생겨난 새로운 특성에 대해? 아니다, 이 굴종은 인간에게 영향을 끼치는 새로운, 무서운 힘에 대해 말해준다. 전체주의적 사회체제의 초강도 폭력은 모든 대륙에서 인간 정신을 마비시키는 능력을 지녔음이 판명되었다.

파시즘에 복무하는 인간의 영혼은 불길한, 파멸을 초래하는 노예 상태를 유일하고 진정한 선이라 선언한다. 이 배반자-영혼은 인간의 감정을 거부하지 않으면서 파시즘에 의해 행해진 범죄를 인도주의의 최고 형태라 선언하고, 인간을 깨끗하고 살 가치가 있는 자들과 더럽고 살 가치가 없는 자들로 분류하는 데 동의한다. 자기보존에 대한 열망이 본능과 양심의 타협으로 나타나는 것이다.

이러한 본능에 도움이 되는 것은 세계적 사상들의 최면적인 힘이다. 그것들은 가장 위대한 목적 — 조국의 위대한 미래, 인류, 민족, 계급의 행복, 세계의 진보 — 을 달성하기 위해 어떤 희생에라도, 어떤 수단에라도 호소한다.

그리고 삶의 본능과 나란히, 위대한 사상들의 최면적 힘과 나란히 작용하는 세번째 힘은 강력한 국가의 무한한 폭력 앞에서, 국가적 일상의 기반이 된 살인 앞에서 느끼는 공포다.

전체주의국가의 폭력은 너무나 거대해서 더이상 수단이기를 멈추고 신비주의적이며 종교적인 숭배의 대상, 환호의 대상으로 변모한다.

다른 무엇으로 설명할 수 있을까. 몇몇 유대인 사상가, 유대인 지식인들이 유대인 살해가 인류의 행복을 위해 필수적인 것이라고, 이것을 알기에 그들은 자신의 아이들을 도살장으로 이끌고 갈 태세가 되어 있다고, 조국의 행복을 위해 그들 또한 언젠가 아브라함이 행했던 희생을 감수할 태세가 되어 있다고 생각하는 것을 말이다.

다른 무엇으로 설명할 수 있을까. 이성과 재능을 갖춘 농부 출신 시인이 진정한 감정으로, 농민 계급이 고통의 피를 흘리는 시대, 그

의 정직하고 소박한 노동자-아버지를 집어삼키는 시대에 대한 찬양의 서사시를 쓰는 것을 말이다······

파시즘이 인간에게 영향을 끼치는 수단들 중 하나는 인간을 거의 또는 완전히 눈멀게 하는 것이다. 인간은 말살이 자신을 기다리리라 믿지 않는다. 무덤가에 서 있는 인간들의 낙관주의가 얼마나 강한지 놀랄 만하다. 미친, 때로는 불결하고 때로는 비열한 희망의 기반 위에서 이 희망에 상응하는 복종, 때로는 가련하고 때로는 비열한 복종이 생겨났다.

바르샤바 봉기,[321] 트레블린카에서 일어난 봉기,[322] 소비보르에서 일어난 봉기,[323] 작은 규모의 여러 폭동들과 브렌네르들이 일으킨 여러 봉기들[324]은 쓰라린 절망에서 생겨났다.

하지만 물론 완전하고 분명한 절망이 봉기와 항거만을 낳지는 않았다. 그것은 정상적 인간이라면 이해할 수 없는 열정, 즉 처형에 처해지려는 열정도 낳았다.

사람들은 피의 구덩이에 들어가는 순서를 놓고 다투었으며, 허공에서 흥분한, 미친, 거의 환희에 찬 목소리가 들렸다.

---

321 1943년 4월 19일부터 5월 16일까지 바르샤바 게토에 남아 있던 유대인들이 일으킨 무장봉기. 이후 게토는 와해되고 5만 6천명가량의 유대인이 트레블린카 강제수용소로 이송되었다.

322 1943년 여름 트레블린카 수용소의 유대인들이 무기를 훔쳐 경비들을 무찌르고 수용소를 불태웠다. 300명가량이 달아났는데 그중 3분의 1은 나치 독일 경찰의 수색을 피해 숨을 수 있었다. 바실리 그로스만은 당시 탈출한 사람들과 경비들의 증언을 바탕으로 『트레블린카의 지옥』(1945)을 펴냈다.

323 트레블린카의 봉기 두달 뒤 소비보르 수용소에서도 봉기가 일어나 300여명이 도주했다.

324 포로들의 시체를 태우던 이들이 자신들도 죽음을 당하게 될 것을 두려워하여 봉기를 일으켰다.

"유대인들이여, 두려워 마시오! 무서울 것 전혀 없소. 오분이면 다 끝나오!"

모든 것, 모든 것이 복종을 낳았다. 절망도, 희망도 모두. 하지만 동일한 운명을 가진 이들이라 하여 모두 동일한 성격을 가지는 것은 아니다.

인간이 눈앞의 처형을 기쁘게 의식하기에 이르기까지 무엇을 견디고 체험해야 하는가에 대해 숙고할 필요가 있다. 이에 대해 많은 사람들이 숙고해야 한다. 특히 머릿속이 텅 빈 선생들, 우연히 운이 좋아 자신으로서는 상상도 못하는 상황들 속에서 인간이 어떻게 싸워야 하는지 가르치려 드는 사람들이 말이다.

무한한 폭력 앞에 선 인간의 굴종을 확인했으니, 이제 인간과 인간의 미래를 이해하는 데 있어 유의미한 마지막 결론을 내려야 한다.

인간의 본성이 변화를 겪는가? 인간의 본성이 전체주의 폭력의 가마솥 속에서 달라지는가? 자유롭고 싶다는 그 고유한 열정을 잃게 되나? 이에 대한 답변에 인간의 운명과 전체주의국가의 운명이 달려 있다. 인간의 본성 자체가 변화한다고 대답한다면 이는 국가독재에 전 세계적이며 영원한 승리를 약속하는 것이고, 자유를 향한 인간의 열정이 변할 수 없다고 대답한다면 이는 전체주의국가에 파멸 선고를 내리는 것이다.

바르샤바 게토, 트레블린카와 소비보르에서 일어난 대규모 봉기, 히틀러에 의해 노예화된 수십개 국가에서 불타오른 거대한 빨치산 운동, 스딸린 사후에 일어난 1953년 베를린 봉기,[325] 1956년의

---

325 1953년 소련 점령 지구인 동독의 수도 동베를린에서 일어난 시위. 동독 정부가 건설 노동자의 의무 할당량을 올리자 이에 반대하여 일어난 파업이 반정부 운동으로 확대되었다.

헝가리 봉기,[326] 시베리아와 극동 노동교화수용소들을 휩쓴 봉기들, 같은 시기 폴란드에서 일어난 사보따주들, 사고의 자유에 대한 탄압에 맞서 여러 도시에서 일어난 대학생들의 저항운동, 수많은 공장에서 일어난 파업. 이는 인간에게 내재하는 자유를 향한 열망을 근절할 수 없음을 보여주었다. 자유를 향한 열망은 탄압받지만 그럼에도 계속 존재해왔다. 노예 상태가 되는 인간은 운명 때문에 노예가 되는 것이지 그 본성 때문에 그렇게 되는 것이 아니다.

인간의 자유를 향한 본성적 갈망은 근절할 수 없다. 그것을 억누를 수는 있어도 말살할 수는 없다. 전체주의는 폭력을 거부하지 못한다. 폭력을 포기하면 전체주의는 파멸한다. 영원한, 중단 없는, 직접적인 것이든 가면을 쓴 얼굴에서 나오는 것이든 초강도 폭력이 전체주의의 근간이다. 인간은 자발적으로 자유를 포기하지 않는다. 이 결론 속에 우리 시대의 빛, 미래의 빛이 있다.

51

전자기계는 수학적 계산을 이끌고, 역사적 사건들을 암기하고, 체스를 두고, 책을 하나의 언어에서 다른 언어로 번역한다. 전자기계는 수학 문제를 빨리 푸는 능력에 있어 인간을 능가한다. 전자기계의 기억력에는 오류가 없다.

---

326 1956년 부다페스트에서 헝가리 국민들이 스탈린주의 관료 집단과 공포정치에 반대해 반정부 집회를 열고 복수정당제에 의한 총선거, 헝가리 주재 소련군 철수, 표현과 사상의 자유, 정치범 석방 등 16개 항목을 요구하며 억압적인 체제에 억눌려온 불만을 한꺼번에 폭발시켰다.

인간의 형상과 인간과의 유사성을 좇아서 기계를 만드는 진보 과정에 한계가 있을까? 보아하니 그런 건 없는 듯하다.

수백년, 수천년 후의 기계를 상상해보자. 기계는 음악을 듣고 그림을 평가할 뿐 아니라 직접 그림을 그리고, 멜로디를 만들고, 시를 쓰게 될 것이다.

기계의 완전성에 한계가 있을까? 기계가 인간과 대등할까? 인간을 능가할까?

기계로 인간을 복제하려면 전자공학이 항상 새로이 증강되어야 함은 물론 기계의 무게가 항상 새로이 늘어나야 하고, 기계를 들여 놓을 면적이 항상 새로이 늘어나야 할 것이다.[327]

어린 시절의 추억…… 기쁨의 눈물…… 이별의 쓰라림…… 자유에 대한 사랑…… 병든 강아지를 향한 연민…… 의심…… 모성…… 죽음에 대한 생각…… 슬픔…… 우정…… 약자를 향한 애정…… 갑작스러운 희망…… 행복한 기대…… 우울…… 이유 없는 유쾌함…… 갑작스러운 불안……

모든 것, 모든 것을 기계가 만들어낼 것이다! 하지만 평범한 인간, 눈에 띄지 않는 인간의 이성과 영혼의 특성을 재생하고자 할 때는 그 크기와 무게가 점점 더 커져갈 수밖에 없으니, 그 기계를 들여놓기에는 지구 전체의 면적도 부족하게 될 것이다.

파시즘은 수천만의 인간을 말살했다.

---

327 이 소설이 쓰인 1950년대에는 이런 기계가 작아질 것을 예상하지 못했다.

52

숲이 우거진 우랄의 마을, 넓고 밝고 깨끗한 건물에서 전차군단 사령관 노비꼬프와 꼬미사르 게뜨마노프는 출격 명령을 받은 예비 병력 여단장들의 보고서 심사를 마무리하고 있었다.

잠도 못 자고 업무를 진행해온 최근 며칠이 조용한 낮잠 시간으로 대체되려는 참이었다.

이런 시기면 늘 그랬던 것처럼 노비꼬프와 그의 부하들에게는 훈련 프로그램 전체를 완수하기에 시간이 부족했던 듯 여겨졌다. 하지만 훈련 기간은 끝났다. 엔진과 구동장치 작동법, 포격 기술, 광학, 무선전신 장치를 숙달할 만한 시간이 더는 없었다. 화력 조절, 목표물 평가와 선정 및 발사 순서, 발사 방법, 포격 시점 결정, 폭발 관찰, 수정 작업, 목표물 교체를 익히는 훈련 기간도 종료되었다.

이제 새로운 교사인 전쟁이 빠른 속도로 이들을 가르치며 뒤처진 병사들을 끌어당기고 맹점들을 메울 것이다.

게뜨마노프는 유리창들 사이에 놓인 작은 장으로 손을 뻗어 손가락으로 두드리며 말했다. "어이, 친구, 최전방으로 나오시게!"

노비꼬프가 장문을 열고 꼬냑 한병을 꺼내 푸르스름하고 두꺼운 잔 두개를 채웠다.

"누구를 위해 잔을 들어야 할까?" 군단 꼬미사르가 잠시 생각하다가 입을 열었다.

노비꼬프는 누구를 위해 잔을 들어야 할지, 그리고 게뜨마노프가 왜 이런 질문을 했는지 알고 있었다. 그는 머뭇거리다가 입을 열었다. "꼬미사르 동지, 우리가 전투로 이끄는 이들을 위하여, 그들이 거의 피 흘리지 않고 싸우기를 기원하며 마십시다."

"좋소. 우선 일을 맡은 우리 간부 장교들, 그 젊은이들을 위하여!"
게뜨마노프가 말했다.

두 사람은 술잔을 부딪치고 잔을 비웠다.

노비꼬프가 조바심을 감추지 못하고 다시 잔들을 채운 뒤 말했다. "그리고 스딸린 동지를 위하여! 그의 신임에 부응할 수 있기를!"

그는 게뜨마노프의 다정하고 사려 깊은 눈빛에서 감춰진 비웃음을 발견하고는 스스로를 책망했다. '제길, 내가 너무 서둘렀군.'

게뜨마노프가 유쾌하게 말했다. "그렇지, 좋소. 아버지를 위하여, 우리의 사랑하는 영감님을 위하여. 우리는 그의 영도 아래 볼가 강까지 헤엄쳐왔으니까."

노비꼬프는 꼬미사르를 바라보았다. 하지만 유쾌하면서 동시에 심보 사나운 눈을 가늘게 뜬 영리한 마흔살 남자의 얼굴, 광대뼈가 튀어나오도록 미소를 머금은 저 넙데데한 얼굴에서 무엇을 읽을 것인가.

게뜨마노프는 갑자기 군단 참모장 네우도브노프 장군에 대해 이야기하기 시작했다. "멋지고 좋은 사람이오. 볼셰비끼. 진짜 스딸린주의자. 이론적으로 단단하고. 리더십이 있고. 끈기도 대단하고. 나는 1937년의 그를 기억하고 있소. 예조프[328]의 명을 받아 군사 부문의 숙청을 단행했지. 난 그때 탁아소 관리도 제대로 못하고 빌빌댔는데…… 하지만 그는 그때 벌써 일을 했소. 용서 없는 도끼였소. 목록에 따라 청산을 진행했지. 바실리 바실리치 울리히[329] 못지

---

328 Nikolai Ivanovich Ezhov(1895~1940). 소련 내무인민위원회 위원장. 스딸린의 대숙청을 지휘했으나, 위원회에서 물러난 이후 숙청 대상이 되어 처형되었다. 예조프의 죽음은 1948년까지 최고 기밀 사항으로 분류되었다.

329 Vasilii Vasil'evich Ulrich(1889~1951). 최고위 군사재판 판사. 가혹한 심판으로 악명 높았다. 1936년에서 1938년 사이 그의 법정에서만 3만 천여명이 사형선고

않았소. 니꼴라이 이바노비치[330]의 신임을 증명했고. 당장 그를 초대해야 하오. 반드시 그래야 하오. 그러지 않으면 그의 기분이 상할 거요."

그 어조에는 노비꼬프도 아는바 게뜨마노프 자신이 참여했던 '인민의 적들에 대한 투쟁'을 향한 비난 비슷한 것이 어려 있는 듯했다. 노비꼬프는 다시금 게뜨마노프를 바라보았다. 좀처럼 그를 이해할 수가 없었다.

"그렇소," 노비꼬프는 천천히, 마지못해 대답했다. "누군가는 도끼로 빠갰지."

게뜨마노프가 손을 내저었다. "오늘 총참모부에서 온 소식이 고약하오. 독일군이 엘브루스에 접근했고, 스딸린그라드에서는 우리 군을 물속으로 밀어넣고 있다더군. 솔직히 말하자면 이 일에는 어느 정도 우리 자신의 책임도 있소. 우리가 우리 동료들을 공격하고 간부 장교들을 박살 내버렸으니 말이오."

노비꼬프는 갑자기 게뜨마노프에 대한 신뢰가 솟아오르는 것을 느꼈다. "그래요, 훌륭한 사람들이 파멸되고 말았소. 그래서 군대에 수많은 불행한 일들이 생겼고. 군단장 끄리보루치꼬[331]는 심문 중에 한쪽 눈을 잃었소. 뭐, 물론 그 또한 잉크병으로 조사관의 대가리를 깨긴 했지만."

게뜨마노프가 동감하듯이 고개를 끄덕여 보였다. "라브렌찌 빠블로비치가 네우도브노프를 매우 높이 평가하오. 라브렌찌 빠블로

를 받고 처형되었다.

330 니꼴라이 이바노비치 예조프를 말한다.

331 Nikolai Nikolaevich Krivoruchko(1887~1938). 붉은군대 군단장이었다. 우끄라이나의 가난한 농민 출신으로 내전에서 공로를 세우고 레닌 훈장을 받은 우수한 군인이었으나 1938년 처형되었다.

비치는 사람 보는 눈이 정확하지. 고 머리가 얼마나 똑똑한지. 정말 똑똑한 머리라니까.”

'그래, 그렇겠지.' 노비꼬프는 말없이 속으로 생각했다.

옆방에서 나직하게 싸우는 소리가 들려와 두 사람은 잠시 말을 멈춘 채 귀를 기울였다.

“거짓말 마, 이건 우리 양말이야.”

“어떻게 그쪽 거요, 중위 동지? 드디어 정신이 나간 거요?” 이어 같은 목소리가 이번에는 반말로 덧붙였다. “어딜 훔치려고. 건드리지 마, 이건 우리 거야.”

“그러셔? 신참 정치지도원 동지, 이게 어떻게 그쪽 건지 눈 제대로 뜨고 봐!” 노비꼬프의 부관과 게뜨마노프의 보좌관이 세탁 후 자기들 상관의 세탁물을 골라내는 중이었다.

게뜨마노프가 입을 열었다. “난 저들, 저 악마 새끼들을 노상 지켜보고 있소. 우리가 파또프 대대로 사격 훈련 시찰을 갈 때 저들이 뒤따라왔지. 난 돌을 디디면서 개울을 건넜고, 동지는 이리저리 뛰어 건넌 뒤 개흙을 떼어내느라 발을 비볐소. 그때 돌아보니 내 보좌관은 돌을 디디면서 건너고, 동지의 대위는 이리저리 뛰어 건넌 뒤 발을 비비더군.”

“어이, 싸움꾼들, 욕을 하려거든 좀 조용히 하시지” 노비꼬프의 말에 옆방의 목소리가 당장 멈췄다.

네우도브노프 장군이 방으로 들어왔다. 넓은 이마에 무성한 머리카락이 완전히 하얗게 센 창백한 얼굴의 남자였다. 그는 술병과 잔들을 들러보더니 탁자에 서류철을 내려놓고 노비꼬프에게 물었다. “어떻게 해야 할까요, 대령 동지? 제2여단의 참모장 말입니다. 미할레프는 한달 반 후에나 돌아온다는군요. 지역 병원에서 서류로 결과를 받았소."

"나 참, 소장을 다 잘라내고 위도 반은 잘라낸 그런 참모장이 뭘 어떻게 하겠소?"게뜨마노프가 말하고는 잔에 꼬냑을 부어 네우도 브노프에게 주었다. "드시오, 장군 동지, 간이 아직 제자리에 붙어 있을 때 마셔야지."

네우도브노프는 눈썹을 치올리고 밝은 회색 눈으로 노비꼬프를 바라보았다.

"그래요, 장군 동지, 어서." 노비꼬프가 말했다.

늘 통제권을 쥐고 있는 듯 구는 게뜨마노프의 행동 방식이 노비꼬프는 무척이나 거슬렸다. 회합이 있을 때도 그는 자신이 전혀 모르는 기술적 문제에 대해서조차 말을 많이 할 권리가 있다고 확신했고, 그러한 확신에 기대어 남의 꼬냑을 대접하고 남의 침대에 손님을 눕히는가 하면 남의 책상에서 남의 서류들을 읽곤 했다.

"바산고프 소령을 임시로 임명합시다." 노비꼬프가 말했다. "그는 현명한 지휘관이고, 노보그라드-볼린스끼[332] 근교에서 벌어진 전차전에도 참가한 바 있소. 혹시 여단 꼬미사르에게 이의 있소?"

"물론 이의는 없소." 게뜨마노프가 말했다. "내가 무슨 이의를 제기하겠소? 하지만…… 고려해볼 점은 있겠군. 제2여단의 부지휘관인 소령이 아르메니아인인데, 그 사람 참모장으로 깔미끄인[333]이 임명될 거거든. 게다가 제3여단의 참모장은 립시쯔 소령이고. 혹시

---

332 우끄라이나의 오래된 도시. 인구의 절반이 유대인으로 이루어져 있었다. 독소전쟁 초기 독일군에 점령되었다.

333 서볼가강 하류 까스삐해 북동쪽에 거주하던 서몽골족 유목민. 주로 축산업에 종사했다. 내전 당시 볼셰비끼에 대항하여 백군에 가담했는데, 그로 인해 독소전쟁 때는 붉은군대를 위해 싸웠음에도 불구하고 독일군을 지지했다는 이유로 전후에 모두 시베리아로 이송되었다.

깔미끄인 없이는 어떻게 안 되겠소?" 말은 마친 뒤 그는 노비꼬프를, 이어 네우도브노프를 바라보았다.

네우도브노프가 말했다. "솔직히 현실적으로는 그게 맞겠지만, 맑시즘은 이 문제에 대해 다른 방식으로 접근할 것을 권합니다."

"문제의 동지가 독일인과 어떻게 싸우는지가 중요하오." 노비꼬프가 말했다. "그게 내 맑시즘이오. 그의 할아버지가 어디서 기도를 올렸든, 그러니까 교회든 회교 사원이든……" 그는 잠시 생각한 뒤 덧붙였다. "아니면 시나고그든, 난 상관없소…… 내 생각에, 전쟁에서 가장 중요한 건 쏘는 거니까."

"바로 그거요." 게뜨마노프가 유쾌하게 대꾸했다. "그러니 우리가 전차군단에 시나고그나 무슨 또다른 기도실을 만들 필요가 없는 거지. 결국 모두가 러시아를 방어하고 있잖소." 그러더니 갑자기 얼굴을 찌푸리고 화를 내며 말을 이었다. "솔직히 이 얘기는 이제 그만했으면 싶소. 진짜 토할 지경이오! 민족 우애라는 명목하에 항상 러시아인들만 희생되고 있잖소. 소수민족이 문자만 깨쳐도 그를 인민위원으로 올리지. 반면 우리 이반은 머리가 아무리 좋아도 당장 철모를 쓰고 소수민족에게 자리를 내줘야 하는 거요! 위대한 러시아 민족이 소수민족의 자리로 가는 셈이라고! 물론 민족 우애라는 것에는 나도 찬성하지만, 이런 조건이라면 받아들일 수 없소. 더이상은 안 되고말고!"

노비꼬프는 잠시 생각에 잠겼다가 탁자 위의 서류들을 바라보았고, 손톱으로 잔을 두드리며 입을 열었다. "설마 내가 깔미끄 민족을 편애하느라 러시아인들을 눌러버리기라도 한다는 말씀은 아니겠지?" 이어 그가 몸을 돌려 네우도브노프를 향해 말을 이었다. "그럴 리는 없겠지요. 자, 그럼 명령을 내립니다. 사조노프 소령을 제2여단의 임시 참모장으로 임명합시다."

게뜨마노프가 작은 목소리로 중얼거렸다. "물론 사조노프는 뛰어난 지휘관이오."

그의 거칠고 무례하고 강압적인 태도에 충분히 익숙해진 터였지만, 노비꼬프는 다시금 그 앞에서 위축되는 것을 느꼈다……'뭐, 좋아.' 그는 스스로를 위로하며 생각했다. '난 정치 같은 거 몰라. 난 프롤레타리아 출신 전쟁 전문가니까. 내가 할 일은 단순해. 독일 놈들을 무찌르는 것.'

하지만 전쟁에 문외한인 게뜨마노프를 속으로 비웃으면서도 그 앞에서 느끼는 위축감을 부정할 수 없다는 사실이 불쾌했다.

커다란 머리, 헝클어진 머리카락, 키는 작지만 어깨가 넓은 배불뚝이, 매우 민첩하고, 우렁찬 목소리를 가진데다 걸핏하면 웃음을 터뜨리는 저 사람은 지칠 줄 모르는 듯 엄청난 행동력을 가졌지.

비록 그는 전선에 나간 적이 한번도 없지만 여단 사람들은 그를 두고 "와, 우리 전투 꼬미사르!"라 부르곤 했다.

그는 붉은군대식의 정치 집회 개최하기를 좋아했다. 그의 연설은 병사들의 마음에 들었다. 그는 쉽게 이야기했고 농담을 많이 섞었으며 상당히 센, 거친 단어들도 종종 사용했다.

그는 으레 지팡이를 짚고 뒤뚱뒤뚱 걸었는데, 전차병이 알아보지 못하고 경례하는 것을 잊으면 그 앞에 멈춰서서 그 유명한 지팡이에 몸을 기댄 채 모자를 벗고는 시골 할아버지 비슷하게 허리를 깊게 숙이곤 했다.

그는 성미가 급했고 반박을 좋아하지 않았다. 논쟁할 때면 씩씩거리고 얼굴을 찌푸렸다. 한번은 화가 뻗쳐 중무장 전차연대의 참모장, 워낙 고집이 세서 동료들로부터 "지긋지긋하게 원칙적"이라는 소리를 듣는 인간인 구벤꼬프 대위에게 팔을 확 쳐들고, 간단히 말해서 주먹으로 세게 쳤다.

게뜨마노프의 보좌관은 고집 센 대위를 비난하며 "악마 새끼, 우리 꼬미사르님을 그 지경까지 몰고 가다니"라고 했다.

게뜨마노프는 전쟁 초기 매우 어려웠던 시절을 겪은 사람들에 대해 아무런 경외심도 느끼지 않았다. 노비꼬프가 총애하는 제1여단의 지휘관 마까로프에 대해 이렇게 말한 적도 있었다. "내가 그자의 몸에서 1941년의 철학을 깨끗이 쳐내주겠어!"

노비꼬프는 마까로프와 전쟁 초기의 날들, 지독하면서도 뭔가 마음을 끄는 그 시간들에 대해 즐겨 이야기를 나누는 사이였지만 아무 대꾸 없이 잠자코 꼬미사르의 말을 듣고 있었다.

대담하고 분명한 판단으로 보건대 게뜨마노프는 네우도브노프의 대척점에 있는 사람 같았다.

하지만 그 둘은 전혀 다른 성격에도 불구하고 일종의 공고한 공통점으로 연결되어 있었다.

네우도브노프의 무표정하지만 주의 깊은 시선에, 늘 변함없이 무탈한 언어들로 이루어진 두루뭉술한 표현 방식에 노비꼬프는 답답함을 느꼈다.

반면 게뜨마노프는 갑자기 웃음을 터뜨리며 이런 말을 내뱉곤 했다. "우리로서는 다행스럽게도 농민들이 일년 만에 독일인들을 아주 진저리 나도록 싫어하게 되었더군. 공산주의자들을 이십오년에 걸쳐 싫어하게 된 것보다 훨씬 심하게 말이오."

어떤 때는 비웃는 듯한 미소를 머금으며 이렇게 말하기도 했다. "우리 아버지 영감[334]은 천재라고 불리면 아주 좋아한다니까."

이런 대담성은 대화 상대에게 전염되는 대신 오히려 상대를 불안에 휩싸이게 했다.

전쟁 전에 게뜨마노프는 한 지역을 이끌며 내화점토 생산 문제나 석탄 연구소 지부의 연구 조직에 대해, 또는 지역 빵공장에서 생산된 빵의 품질에 대해, 지역 문예지에 발표된 의심쩍은 중편소설 「푸른 화염」[335]에 대해, 트랙터 주차장 재건에 대해, 주 무역 기지의 불량한 보관 실태에 대해, 집단농장 양계장의 조류인플루엔자 감염에 대해 연설을 늘어놓았다.

그리고 이제는 연료의 질에 대해, 모터 마모 기준에 대해, 전차전 기술에 대해, 적의 장기 방어를 돌파할 때 보병과 전차와 포병대 사이에서 일어나는 상호 관계에 대해, 진격 중인 전차에 대해, 전투 시 의료봉사에 대해, 무선전신 암호에 대해, 전차병의 심리에 대해, 부대 내 각 전차와 다른 전차들 간 관계의 특성에 대해, 최우선적인 대대적 수리에 대해, 전장에서 손상된 차체의 철거에 대해 확신을 가지고 이야기를 늘어놓았다.

언젠가 노비꼬프는 게뜨마노프와 함께 군단 포사격에서 1등을 차지한 파또프 대위 대대의 전차 곁에 서 있었다.

전차 지휘관이 상관들의 질문에 답하면서 손바닥으로 슬쩍슬쩍 전차 장갑판을 쓰다듬고 있었다.

게뜨마노프는 1등을 차지하는 게 어려웠냐고 물었다. 그러자 그는 생기를 띠며 대답했다. "아니요, 전혀 어렵지 않았습니다. 저는 전차를 매우 사랑하니까요. 예전에 마을에서 학교 가던 길에 처음 전차를 본 순간 더할 수 없이 사랑하게 되었습니다."

"첫눈에 빠진 사랑이라." 게뜨마노프는 경멸 섞인 웃음을 터뜨

334 스딸린을 뜻한다.
335 마르끄 다비도비치 막시모프(Mark Davidovich Maksimov, 1918~86)의 작품.

렸다. 마치 청년의 어리석은 사랑을 비난하듯이.

하지만 그 순간 노비꼬프는 자신도 저 지휘관과 다르지 않다는 것을, 자신 또한 어리석은 사랑에 빠질 수 있는 사람임을 느꼈다. 그러나 어리석은 사랑에 빠질 수밖에 없는 능력에 대해 게뜨마노프와 이야기하고 싶은 마음은 없었다. 게뜨마노프가 무언가 가르치는 태도로 진지하게 "좋아, 전차에 대한 사랑은 위대한 힘이지. 자기 전차를 사랑하기 때문에 자네는 성공을 이룬 것이네"라고 말했을 때 노비꼬프는 조롱하듯 되물었다. "하지만 전차를 사랑해서 좋을 게 뭐요? 전차는 커다란 표적이고 따라서 명중되기도 쉽지. 어리석은 사람처럼 소리를 냄으로써 저 자신을 드러내고, 그 소음 때문에 조종사도 머리가 띵해질 정도요. 게다가 표적을 조준하기는커녕 제대로 관찰할 수 없을 정도로 차체가 떨리지 않소?"

게뜨마노프는 웃음을 터뜨리고서 노비꼬프를 바라보았다. 그리고 지금도, 그는 잔을 채우며 그때와 꼭 마찬가지로 웃음을 터뜨리고서 노비꼬프를 바라보더니 입을 열었다. "우리는 아마 꾸이비셰프를 지나게 될 거요. 거기서 군단장은 누군가를 만날 수 있겠군. 자, 재회를 위하여!"

'참, 이런 말까지 들어야 하다니!' 노비꼬프는 소년처럼 새빨갛게 얼굴을 붉히며 생각했다.

전쟁이 닥쳤을 때 네우도브노프 장군은 외국에 나가 있었다. 그는 1942년 초에야 모스끄바의 국방인민위원부로 돌아와 처음으로 공습경보를 듣고 자모스끄보레치예[336]에 설치된 바리케이드들과 대전차 장애물들을 보았다. 게뜨마노프와 마찬가지로 네우도브노

---

[336] 모스끄바 중심부에 있는 구시가 지역.

프도 노비꼬프에게 전쟁에 대해 묻지 않았다. 아마도 전선의 상황에 대한 자신의 무지가 부끄러워서였을 것이다.

노비꼬프는 네우도브노프가 대체 어떻게 장군으로 승진했는지 내내 궁금했다. 그는 호수에 비친 자작나무 같은 서류 속 군단 참모장의 생애에 대해 생각해보았다.

네우도브노프는 노비꼬프나 게뜨마노프보다 나이가 많아서, 볼셰비끼 그룹에 참여한 죄로 1916년 황제 감옥에 수감된 경력이 있었다.

내전 이후에는 당의 동원령에 따라 얼마간 오게뻬우[337]에서 일했고, 그다음에는 국경부대에서 복무하다가 아카데미로 보내져 학년당 조직의 서기로 일했다…… 그런 다음에는 당 중앙위원회 전쟁 분과와 국방인민위원회 중앙 기구에서 일했다.

전쟁 전에 네우도브노프는 두차례 외국에 나갔다. 그는 노멘끌라뚜라 간부로 특별 명단에 이름을 올렸는데 이것이 무엇을 의미하는지, 노멘끌라뚜라 간부들이 어떤 특수성을 가지며 어떤 특권을 누리는지 예전에 노비꼬프는 완전히 명확하게는 알지 못했다.

진급 추천과 임명 사이, 보통은 매우 오래 걸리는 그 기간을 네우도브노프는 놀랄 만큼 빠른 속도로 통과했다. 마치 인민위원회가 그의 임명서에 서명하기 위해 내내 기다리고 있었던 듯 보일 정도였다.

서류 속 정보는 기이한 특성을 지닌다. 그것은 한 사람의 모든 비밀, 성공과 실패의 원인을 밝히지만 새로운 상황에 맞닥뜨리면 순식간에 아무것도 밝히지 않게 되며 오히려 본질을 덮어버린다.

---

337 통합국가정치국. 소비에뜨연방 전체를 관할하는 공안기관이다.

전쟁은 제 나름의 방식으로 한 사람의 근무 성과, 이력, 성격과 포상 목록을 재검토했다…… 그래서 여기, 노멘끌라뚜라인 네우도브노프가 노비꼬프 대령의 휘하에 속하게 된 것이다.

네우도브노프는 전쟁이 끝날 것이며, 그러면 이 비정상적인 상황도 끝나리라는 것을 명확히 인지하고 있었다……

그는 우랄로 오면서 사냥총을 가져왔다. 군단의 사냥 애호가들은 놀라 할 말을 잃었다. 노비꼬프가 보아하니 아마도 니꼴까 황제[338]가 재위 시절 사냥할 때 사용했을 법한 총이었다.

네우도브노프는 그 총을 1938년 모종의 명령에 의해 모종의 특별 창고에서 각종 가구와 양탄자, 도자기, 별장 따위와 함께 넘겨받았다.

전쟁, 집단농장 업무, 드라고미로프 장군의 책,[339] 중국, 로꼬솝스끼 장군[340]의 업적, 시베리아의 기후, 러시아제 외투천의 품질, 갈색 머리 미인보다 금발 머리 미인이 우월하다는 점, 이 모든 것들에 대해 이야기할 때 그의 판단은 단 한번도 일반론을 벗어나는 법이 없었다.

이것이 일종의 절도를 지키려는 태도인지, 아니면 그의 진정한 내면의 표현인지는 알기 어려웠다.

---

338 러시아제국의 마지막 황제인 니꼴라이 2세를 말한다.

339 우끄라이나 출신의 미하일 이바노비치 드라고미로프(Mikhail Ivanovich Dragomirov, 1830~1905) 장군은 중요한 군사이론가로, 그의 저서 『전술 교과서』 (1879)는 후대에 중요한 영향을 끼쳤다.

340 Konstantin Konstantinovich Rokossovskii(1896~1968). 소련의 장군. 제1차 세계대전 당시 러시아 기병대였고 혁명 후 붉은군대에 가담했다. 한동안 출세 가도를 달렸으나 기갑부대를 중시하는 혁신적인 생각 때문에 기병을 중시하는 보수파 장군들과 충돌이 잦았고, 1937년 대숙청 기간에 체포되어 투옥되었다.

저녁식사 후 그는 이따금씩 수다스러워져서 그야말로 예기치 않은 분야들, 의료 기구 생산, 군화 제조사, 제과업계, 공산주의소년단 관리부, 모스끄바 경마장의 마구간, 뜨레찌야꼬프 미술관에서 활동하다 폭로된 해당분자와 파괴분자에 대해 이야기를 늘어놓았다.

그는 뛰어난 기억력을 지니고 있었다. 읽은 것이 많고, 레닌과 스딸린의 저작들도 공부한 듯했다. 논쟁이 벌어지면 그는 으레 "스딸린 동지는 제17차 전당대회에서 벌써……" 운운하며 인용을 했다.

한번은 게뜨마노프가 그에게 말했다. "인용구야 얼마든지 있소. 모든 게 이미 알려져 있고 수없이 되풀이되지! 예컨대 '우리는 타국의 땅을 원하지 않는다. 다만 조국의 땅은 1베르쇼끄도 내어주지 않을 것이다'[341] 같은 것 말이오. 그런데 지금 독일군이 어디 와 있소?"

네우도브노프는 어깨만 으쓱여 보일 뿐이었다. 조국의 땅은 1베르쇼끄도 내어주지 않을 것이라는 말에 비하면 볼가강 코앞에 와 있는 독일인들 같은 건 전혀 문제가 되지 않는다는 듯이.

그러다 갑자기 모든 것이 사라졌다. 전차들도, 전투 규칙도, 포격도, 숲도, 게뜨마노프와 네우도브노프도…… 제냐! 정말 그녀를 다시 볼 수 있을까?

53

"우리가 어떤 환경에서 지내는지 묘사했더니 아내가 동정하는

---

[341] 스딸린이 1930년 6월 제16차 전당대회에서 한 말로, 독소전쟁 때 수차례 되풀이되었다.

군."게뜨마노프가 집에서 온 편지를 다 읽고서 하는 말이 노비꼬프에게는 생소하게 느껴졌다.

꼬미사르가 열악한 환경으로 여기는 이곳 생활이 그에게는 당혹스러울 만큼 사치스러웠다.

태어나 처음으로 그는 자기가 살 집을 직접 골랐다. 한번은 여단으로 나가며 주인집 소파가 마음에 들지 않는다고 말했는데 돌아와보니 소파 대신 나무 등판이 달린 안락의자가 놓여 있었고, 부관인 베르시꼬프는 새 안락의자가 사령관의 취향에 맞을지 걱정하고 있었다.

취사병은 늘 묻곤 했다. "보르시[342]는 어떤 식으로 끓일까요, 대령 동지?"

어렸을 적부터 그는 동물을 사랑했다. 지금도 그의 침대 밑에는 고슴도치가 살고 있었다. 녀석은 제가 이 방의 주인인 양 네발로 툭툭거리면서 이리저리 돌아다녔다. 또 수리 기술자가 만들어준, 전차 표장이 붙은 철창에서는 다람쥐가 호두를 먹으며 지냈다. 다람쥐는 금세 노비꼬프에게 익숙해져 종종 그의 무릎에 올라앉아서는 어린애같이 천진한 눈에 신뢰와 호기심을 담아 그를 바라보았다. 그의 부관 베르시꼬프, 취사병 오를레노프, 그리고 윌리스[343] 운전병 하리또노프까지 다들 이 작은 짐승을 세심하고 친절하게 대했다.

이 모든 것이 노비꼬프에게는 하찮은 일로 여겨지지 않았다. 전쟁 전에 지휘관 숙소로 강아지를 데려온 적이 있는데, 녀석이 이웃 연대 지휘관 아내의 단화를 물어뜯고 반시간 만에 오줌 웅덩이를

---

342 고기와 채소를 넣어 끓인 러시아 수프.
343 1941년부터 생산된 미제 군용 지프.

세개나 만드는 바람에 공동 부엌에서 큰 소동이 일어나 노비꼬프
는 당장 그 개와 헤어질 수밖에 없었던 것이다.

출발 날짜가 다가왔다. 중무장 전차연대 지휘관과 참모장 사이
의 정리되지 않은 복잡한 신경전은 여전히 풀리지 않은 채였다.[344]

출발 날짜가 다가왔다. 그와 함께 연료, 여정에 필요한 식료품,
수송열차에 짐을 싣는 과정에 대한 걱정도 다가왔다.

앞으로 함께할 동료들에 대한 생각도 그를 불안하게 했다. 예비
부대 가운데 어떤 보병연대와 포병연대가 철도로 나올까? 이제 그
가 차렷 자세로 선 채 "장군 동지, 보고드리겠습니다"라고 말하게
될 사람은 누구일까?

출발 날짜가 다가왔다. 아직 형과 조카딸도 만나지 못했는데. 우
랄로 오면서는 이제 형이 바로 옆에 있구나 생각했건만 도무지 형
을 만날 시간을 낼 수 없었다.

이미 여단들의 움직임에 대해, 중무장 전차들용 플랫폼에 대해,
고슴도치와 다람쥐가 숲으로 무사히 풀려난 것에 대해 보고를 받
은 터였다.

주관 책임자로서 모든 사소한 것들을 책임지고 모든 자잘한 일
들을 점검하기란 쉽지 않은 일이다. 제동장치는 제대로 확인했는
지, 기어는 1단에 걸려 있는지, 대포는 포탑 앞에 고정했는지, 해치
는 꽉 닫혔는지, 차량이 튀어오를 경우 전차를 고정시킬 나무판들
은 준비됐는지……

"작별 기념으로 카드놀이 한판 해야 하지 않겠소?" 게쯔마노프
가 말했다.

---

[344] 앞서 게쯔마노프는 이 참모장에게 주먹을 날렸다.

"좋은 생각입니다." 네우도브노프도 거들었다.

하지만 노비꼬프는 밖으로 나가 혼자 있고 싶었다.

이 고요한 석양의 시간에 대기는 놀랄 만큼 투명해서 가장 눈에 띄지 않는 평범한 대상들까지 명확하고 두드러져 보였다. 굴뚝들에서 흘러나온 연기는 뭉게뭉게 퍼지는 대신 완벽한 수직선을 그리며 미끄러지듯 하늘로 올라갔다. 야전 취사장의 장작들이 타닥타닥 소리를 내며 타올랐다. 길 한가운데서 한 여자가 눈썹이 검은 전차병을 껴안고 그의 가슴에 머리를 기댄 채 울고 있었다. 참모들의 숙소에서 궤짝과 트렁크, 검은 케이스에 담긴 타자기들이 나오는 중이었다. 통신병들은 여단 참모부와 연결되어 있던 회선을 철거하고 기름 묻은 검정 전선들을 코일에 감았다. 창고 뒤에 서 있던 참모부 전차가 행군을 앞두고 칙칙 소리를 내며 몇발 쏘더니 연기를 피워올렸다. 운전병들은 새 화물트럭 포드[345]에 연료를 주입한 뒤 보닛의 누비 커버를 벗겼다. 온 세상이 얼어붙어 있었다.

노비꼬프는 문 앞에 서서 사방을 둘러보았다. 답답하고 쓸데없는 모든 걱정들이 비켜가는 것 같았다.

어둠이 내리기 전에 그는 윌리스에 올라 역으로 향했다.

전차들이 숲에서 나오고 있었다. 그 무게에 얼음으로 덮인 땅이 울렸다. 저녁 해가 저 멀리 까르뽀프 중령의 여단이 움직이는 전나무숲 꼭대기를 비추었다. 마까로프의 연대는 어린 자작나무들 사이로 나왔다. 전차병들은 장갑판을 나뭇가지들로 장식하고 있었다. 전나무 가지들과 자작나무 잎사귀들이 마치 차체와 함께, 모터 소리와 함께, 무한궤도의 삐걱임과 함께 처음부터 매달려 있던 듯

---

345 포드사에서 만든 화물트럭. 미국의 전쟁 물자 지원에 대해 짐작할 수 있는 대목이다. 전쟁 후반 러시아의 진격은 미국의 지프와 트럭에서 큰 힘을 얻었다.

보였다.

군인들은 전선을 향해 가는 예비부대 행렬을 보며 이야기하곤 했다. "결혼식에 가는군!"[346]

노비꼬프는 길에서 벗어나 곁을 지나는 전차들을 지켜보았다.

이곳에서 얼마나 많은 드라마가, 얼마나 이상하고 우스운 사건들이 일어났던가? 그동안 보고받은 체뻬들이 떠올랐다. 대대 참모부 조식 때 수프에서 개구리가 나온 일부터 10학년 학생인 로즈제스뜨벤스끼 소위가 소총을 청소하다가 우연히 동료의 배를 쏘고 그 이후 죄책감에 자살했던 일, 기계화포병연대의 붉은군대 병사 한명이 서약을 거부하며 "서약은 교회에서만 합니다"라고 말했던 일……

회청색 연기가 길가의 수풀에 걸려 있었다.

저 가죽 헬멧들 아래 머릿속에 얼마나 다양한 생각이 들어 있는가? 전 민족 공통의 생각들 ─ 전쟁의 쓰라림과 조국 땅에 대한 사랑 ─ 도 있었지만 각기 놀라울 정도로 다른 생각도 들어 있었고, 그렇기에 그 공통의 생각들은 더욱 아름다웠다.

아, 맙소사, 검은 전투복 차림에 넓적한 허리띠를 두른 이들이 얼마나 많은지…… 어깨가 넓고 키가 작아서 선발된 이들이었다. 그래야 전차 해치로 쉽게 들어가 상대와 싸울 수 있기 때문이다. 어머니와 아버지가 어떤 사람인지, 언제 태어났는지, 학교는 언제 졸업했는지, 트랙터 기사 교육은 받았는지 묻는 설문지에 동일한 대답들이 얼마나 많았던가. 저마다 똑같은 모양으로 해치를 열어놓고, 저마다 번지르르한 녹색 장갑판이 방수포에 똑같이 덮여 있는 T-34 전차들이 합류했다.

---

346 굉장한 일, 혹은 어쩔 수 없는 운명이 기다리고 있다는 뜻.

첫번째 전차병은 노래를 시작하고, 두번째 전차병은 공포와 불안에 가득 차 눈을 반쯤 감고, 세번째 전차병은 고향집 생각을 하고, 네번째 전차병은 소시지빵을 씹고, 다섯번째 전차병은 입을 벌린 채 나무 위의 새가 혹시 후투티가 아닌지 살펴보고, 여섯번째 전차병은 어제 자신이 동료에게 너무 거친 말을 한 것 같아 걱정하고, 일곱번째 전차병은 식을 줄 모르는 적의에 가득 차 자신의 적, 맨 앞에 가는 T-34의 지휘관을 후려치는 교활한 상상을 하고, 여덟번째 전차병은 머릿속으로 '가을 숲과의 작별'이라는 제목의 시를 짓고, 아홉번째 전차병은 여인의 젖가슴에 대해 생각하고, 열번째 전차병은 두고 온 개를 안쓰러워하고 — 빈 벙커에 자기만 남게 되는 걸 알아채고는 전차 장갑판에 몸을 던진 뒤 애처롭게 꼬리를 흔들며 애원했지 — 열한번째 전차병은 숲으로 들어가 초가에서 혼자 지내며 열매를 따먹고 샘물을 마시고 맨발로 다니면 얼마나 좋을까 생각하고, 열두번째 전차병은 병자로 인정받아 병원에 틀어박힐 궁리를 하고, 열세번째 전차병은 어렸을 적에 들은 동화를 되새겨보고, 열네번째 전차병은 여인과의 대화를 회상하며 영원한 이별을 슬퍼하지 않고 오히려 기뻐하며, 열다섯번째 전차병은 전쟁이 끝나면 식당 지배인이 되면 좋겠다고 생각한다.

'오, 이 젊은이들!' 노비꼬프가 생각한다.

그들이 그를 바라본다. 아마도 그가 병사들이 외관을 제대로 갖추었는지 점검하고, 모터 소리에 귀를 기울이고, 기술자이자 운전병들의 역량을 가늠하고, 차량들과 부대들이 각자의 거리를 지키는지, 무모한 운전병들이 추월하지는 않는지 살펴본다고 생각하리라.

그는 그들을 바라본다. 그도 그들과 마찬가지, 그들 안에 있는 것은 그 안에도 있다. 그는 게뜨마노프가 주인인 양 함부로 딴 꼬냐 한병을, 네우도브노프가 얼마나 까다로운 인간인가를 생각하고, 우랄에서는 더이상 사냥을 할 수 없겠다고, 마지막 사냥은 실패였다고 생각한다. 그때 그 자동소총의 발사음, 엄청난 양의 보드까, 바보스런 일화들…… 그리고 그는 여러해 동안 사랑했던 여자를 곧 보게 되리라고 생각한다…… 육년 전에 그녀가 결혼한 것을 알고 그는 짧은 메모를 작성했었다. "나간[347] 10322호를 반환하며 무기한 휴가를 요청합니다." 니꼴스끄-우수리스끄[348] 지구에서 복무할 때였다. 하지만 결국 그는 방아쇠를 당기지 않았다……

소심한 이들, 험악한 이들, 잘 웃는 이들, 냉정한 이들, 사려 깊은 이들, 여자를 좋아하는 이들, 뻔뻔스러운 이기주의자들, 떠돌이들, 인색한 이들, 명상가들, 선한 이들…… 그들 모두가 이제 공동의 정의를 위해 전장으로 나선다. 이 진리는 너무나 평범해서 그것에 대해 말하는 것조차 어색한 느낌이다.

하지만 바로 최고로 평범한 이 진리에서 출발해야 마땅한 이들이 정작 그것에 대해 잊기도 하는 법이다.

여기 어디쯤에 오랜 논쟁의 해답이 있다. '사람은 안식일을 위해 사는가?'[349]

장화에 대한 생각, 버려진 강아지에 대한 생각, 깊은 산골의 초가에 대한 생각, 자기 여자를 빼앗아간 동료에 대한 증오…… 얼마나 사소한 것들인가…… 하지만 결국 이것들이 본질이다.

---

347 러시아에서 1895~1945년 사이 생산되어 널리 사용된 소총 이름.
348 극동 지역 블라지보스또끄에서 북쪽으로 70킬로미터가량 떨어져 있는 도시.
349 마르코의 복음서 2:27 "안식일이 사람을 위하여 있는 것이지, 사람이 안식일을 위하여 있는 것은 아니다"와 관련한 내용.

인간들의 일치단결, 이는 단 하나의 주요 목적에 의해 결정된다. 인간들이 다양할 권리, 독특할 권리, 이 세상에서 각각 제 나름대로 느끼고 생각하고 살 권리를 쟁취하는 것.

그러한 권리를 쟁취하기 위해, 또는 방어하기 위해, 또는 확장하기 위해 인간들은 일치단결한다. 그런데 이때 인종, 신, 당, 국가의 이름으로 일어난 일치단결이 삶의 수단이 아니라 의미라는 끔찍하고 강력한 편견이 생겨난다. 안 된다, 안 돼, 안 돼! 삶을 위한 투쟁의 유일하고 진정하며 영원한 의미는 한 인간 속에, 그의 미미한 특수성 속에, 특수성에 대한 그의 권리 속에 있어야 한다.

노비꼬프는 이들이 적을 이기리라 생각했다. 이들은 전투에서 적을 쳐부수고, 적의 작전을 알아채고, 적을 압도할 것이다. 두뇌와 수행 능력, 근면성, 대담함, 통제력, 놀라운 투지. 우리의 젊은이들, 대학생, 10학년 학생, 선반공, 트랙터 기사, 교사, 전기공, 자동차 운전사. 이 못되고 착하고 불같고 유쾌한 젊은이들, 합창대에서 선창하는 젊은이, 하모니카 부는 젊은이, 이 신중하고 느릿하고 대담한 젊은이들, 그들의 정신적 풍요함이 함께 모이고 합쳐져 하나가 될 것이다. 그들은 반드시 승리할 것이다. 이미 그들은 더없이 풍요롭다.

한 사람이 실패하면 다른 사람이, 중심에서 안 되면 측방에서, 첫번째 전투를 망치면 두번째 전투에서 적을 이기리라. 적의 작전을 알아채고 전술로 이겨내리라. 온 힘을 다해 적을 압도하고 결국 이길 것이다…… 전투의 성공은 바로 그들로부터 온다. 그들이 먼지 속에서, 연기 속에서, 적보다 1초 먼저 머리를 굴리고 1초 먼저 돌진해서, 적보다 1센티미터라도 더 정확하게, 진실하고 유쾌하고 강하게 성공을 쟁취하는 것이다.

그들에게 해답이 있다. 대포와 소총으로 무장한 채 전차에 오른 저 젊은이들 속에 전쟁의 주요한 힘이 있다.

하지만 핵심은 이 모든 이들의 내적 자원이 합류되는가, 하나의 힘으로 만들어지는가에 달려 있었다.

노비꼬프는 그들을 바라보고 또 바라보았다. 그러나 마음 한구석에서 다른 감정이 강하게 솟아올랐다. 한 여인을 향한 행복하고 확신에 찬 감정이었다. '그녀는 내 여자가 될 거야. 반드시 그렇게 될 거야.'

54

얼마나 경이로운 날들인가.

끄리모프에게는 역사책이 더이상 책이기를 그치고 현실 속으로 들어와 삶과 하나가 된 것만 같았다.

하늘의 빛깔과 스딸린그라드의 구름, 강물 위에 비치는 태양의 반짝임이 한층 강렬하게 다가왔다. 이러한 감각은 그에게 첫눈을 보고, 한여름 빗방울이 후드득 떨어지는 소리를 듣고, 무지개를 보며 행복감으로 충만했던 어린 시절을 상기시켰다. 이 경이로운 감정은 세월이 감에 따라 지상에서 자신의 삶의 기적에 익숙해진 거의 모든 살아 있는 존재에게서 떠나버린다.

이 시대의 삶에서 끄리모프에게 잘못된 것으로, 진정하지 못한 것으로 보였던 모든 것이 여기 스딸린그라드에서는 느껴지지 않았다. '레닌 시절에 바로 이랬지.' 그는 생각했다.

이곳 사람들은 전쟁 이전보다 그를 더 호의적으로, 다른 식으로 대하는 것 같았다. 포위당했을 때[350] 그랬듯이 자신이 시간의 의붓자식 신세라는 감정이 느껴지지 않았다. 바로 얼마 전에 자볼지예에서 열정적으로 보고서를 준비하면서 그는 정치국이 자신을 강사직으로 넘긴 것도 당연한 일이라고 생각했다.

한데 지금은 그의 마음속에서 자꾸만 무겁고 모욕당한 느낌이 올라왔다. 어째서 나를 전투 꼬미사르의 임무에서 배제했을까? 누구보다 일을 잘했는데…… 그런 줄 알았는데……

스딸린그라드에서는 사람들과의 관계가 썩 좋았다. 피로 물든 이 경사진 진흙땅에 평등과 존엄이 살아 있는 것 같았다.

전후 집단농장 정비에 대한 관심, 위대한 국민들과 행정부의 관계에 대한 관심은 스딸린그라드에서 거의 보편적이었다. 전투로 점철된 붉은군대 병사들의 삶, 그들이 쓰는 삽과 감자를 다듬는 부엌칼, 부대의 제혁공들이 칼을 무기 삼아 이뤄낸 작업들, 이 모두가 전후 인민의 삶은 물론 다른 민족과 국가의 삶과 직결되는 것들로 여겨졌다.

전쟁에서 선이 승리할 것이며 자신의 피를 아끼지 않은 정직한 이들이 선하고 정의로운 삶을 건설할 수 있으리라고 거의 모든 사람이 믿고 있었다. 자신들이 평화로운 날까지 목숨을 부지하지 못하리라 생각하는, 그래서 아침부터 저녁까지 지상의 삶을 살아냈다는 사실에 매일 경이로움을 느끼는 이들이 이 감동적인 믿음에 대해 이야기했다.

---

350 전편 소설에서 끄리모프는 전쟁 초기에 독일군에 포위당하여 병사들을 이끌고 탈출했다.

55

강연을 마친 뒤, 저녁에 끄리모프는 마마예프 꾸르간 사면의 반니 계곡에 자리한 사단장 바쮸끄 중령의 벙커로 갔다.

자그마한 키에 전쟁에 지친 군인의 얼굴을 한 바쮸끄가 끄리모프를 반겼다.

바쮸끄의 식탁에는 질 좋은 족편과 뜨거운 가정식 만두가 저녁으로 차려져 있었다. 끄리모프에게 보드까를 따라주며 바쮸끄가 눈을 가늘게 뜬 채 말했다. "당신이 왔다는 얘길 듣고 나와 로짐쩨프 중 누구한테 먼저 갈지 궁금했소. 그런데 역시 로짐쩨프에게 먼저 갔더군."

그는 신음을 내뱉더니 조소를 머금었다. "이곳에서의 삶은 시골 마을의 삶과 다르지 않소. 저녁이 되어 모든 일이 끝나면 이웃들과 이야기를 나누는 거요. 밥은 먹었는지, 누가 왔었는지, 어디 갔었는지, 상관이 뭐라고 했는지, 누구네 목욕통이 제일 좋은지, 신문에 누가 나왔는지. 물론 신문에 나오는 건 로짐쩨프뿐이오. 우리에 대해 쓰는 법은 없지. 신문만 보면 스딸린그라드에서 그 사람 혼자 싸우는 것 같소."

바쮸끄는 손님을 대접하면서도 자신은 빵과 차만 들었다. 분명 미식가는 아니었다.

끄리모프는 바쮸끄의 조용한 몸동작과 우끄라이나 사람다운 느린 말씨가 그를 집요하게 사로잡고 있는 어떤 무거운 생각에 상응하지 않는다는 점을 알아차렸다.

바쮸끄가 강연과 관련해서 질문을 하나도 하지 않아 그는 화가 치밀었다. 강연은 바쮸끄가 실제로 관심을 가지는 문제를 건드리지 못한 모양이었다.

전쟁이 일어난 최초의 몇시간 동안 바쮸끄가 겪은 이야기를 들으며 끄리모프는 충격에 빠졌다. 국경에서 일제히 후퇴할 때 바쮸끄는 서쪽으로 연대를 이끌었다. 독일군의 도하 지점을 탈환하기 위해서였다. 대로를 따라 퇴각하던 고위 당국자는 그가 독일군 쪽으로 넘어간다고 생각했다. 대로변에서 쌍욕과 신경질적인 고함소리가 난무하는 심문이 이루어졌고, 바쮸끄는 총살 처분을 받았다. 마지막 순간, 그가 이미 나무 앞에 서 있던 순간에 붉은군대 병사들이 자기들의 지휘관을 구해냈다.

"맙소사, 정말 큰일 날 뻔했소, 중령 동지." 끄리모프가 말했다.

"심장이 터지지는 않았소." 바쮸끄가 대답했다. "그래도 그 일로 병은 생겼지."

"리노끄³⁵¹에서 나는 총소리 들리시오?" 끄리모프가 다소 연극적인 어조로 물었다. "고로호프는 지금 뭔가 하고 있는 거요?"

바쮸끄는 그에게 흘끗 시선을 던지며 대답했다. "그가 뭘 하느냐…… 아마 카드놀이를 하고 있을 거요."

끄리모프는 바쮸끄의 방에서 저격수 회합이 열린다는 소식을 들었다고, 자신도 그 회합에 참가하면 흥미로울 것 같다고 말했다.

"아, 물론 흥미로울 거요. 흥미롭지 않을 이유가 없지." 바쮸끄가 대답했다.

그들은 전선의 상황에 대해 이야기를 시작했다. 바쮸끄를 불안하게 하는 것은 독일군 병력이 야간을 틈타 북부 지구로 조용히 집결하고 있다는 사실이었다.

---

351 스딸린그라드에 있는 마을 이름.

저격수들이 사단 사령관의 벙커로 왔을 때, 끄리모프는 식탁에 차려진 만두가 바로 이들을 위한 것이었음을 깨달았다.

누비옷 차림의 수줍고 거북해 보이는 사람들, 그러나 자존심 가득한 사람들이 벽과 식탁 주위의 장의자에 둘러앉았다. 새로 도착한 이들은 노동자들이 삽과 도끼를 내려놓듯이 소리 내지 않으려 애쓰며 각자의 자동소총과 소총을 구석에 세워놓았다.

유명한 저격수 자이쩨프의 얼굴은 친근하고 매력적인 것이 사랑스럽고 침착한 시골 청년의 모습 그대로인 것 같았다. 하지만 그가 고개를 돌리며 눈을 가늘게 뜨자 얼굴의 엄격한 선들이 명확하게 드러났다.

끄리모프의 머릿속에는 전쟁 전에 우연히 보았던 얼굴 하나가 떠올랐다. 어느 회합에서 오랜 동지를 살펴보다가 늘 엄격하게만 여겨졌던 그의 전혀 다른 표정을 목격한 것이다. 껌벅이는 눈과 축 늘어진 코, 반쯤 헤벌어진 입, 듬성한 턱수염. 전체적으로 의지도 없고 우유부단하기만 한 인상이었다.

자이쩨프 옆에는 어깨가 좁고 웃음기 어린 갈색 눈의 수류탄병 베즈지지꼬와 두꺼운 입술을 어린애처럼 비죽 내민 젊은 우즈베끄인 술레이만 할리모프가 앉아 있었다. 손수건으로 연신 이마의 땀을 닦아내는 저격수 마쩨구라 포병은 무시무시한 저격 임무와 도무지 어울리지 않는 것이 꼭 식구가 잔뜩 딸린 집의 가장 같아 보였다.

벙커로 온 나머지 저격수들, 포병 슈끌린 중위와 또까레프, 만줄랴, 솔로드끼 역시 다들 수줍음 많고 소심한 청년들이었다.

바쮸끄는 이들을 향해 고개를 기울인 채, 노련하고 현명한 스딸린그라드 최고의 지휘관이 아니라 꼭 호기심 많은 학생처럼 이것저것 질문을 던졌다.

그가 베즈지지꼬 쪽으로 몸을 돌리자 그곳에 앉아 있던 모든 이들의 눈에는 농담에 대한 즐거운 기대가 나타났다.

"그래, 일은 어떤가, 베즈지지꼬?"[352]

"중령 동지, 어제 행군 중인 독일군을 완전히 날려버렸습니다. 그건 다 들으셨겠죠. 하지만 오늘 아침에는 포탄 네개로 독일병 다섯을 쓰러뜨렸어요."

"슈끌린과는 아주 다르군. 그는 대포 하나로 전차 열네대를 부쉈지."

"왜냐하면 그의 포병중대에 대포가 딱 그거 하나만 남아 있었거든요."

"그래도 어제 이 친구가 독일인들이 가는 매춘업소를 부숴놨어요." 미남 불라또프가 말하고는 얼굴을 붉혔다.

"전 그냥 벙커라고 기록했지만요."

"그래, 벙커 얘기가 나왔으니 말인데," 바쮸끄가 말했다. "오늘 포탄이 떨어져 내 벙커 문이 부서졌네." 그러더니 베즈지지꼬를 향해 우끄라이나어로 질책하듯 덧붙였다. "그래서 생각했지, '이 개자식 베즈지지꼬, 대체 무슨 짓이야? 내가 이렇게 쏘라고 가르쳤나?'"

다른 사람들에 비해 특히 더 이 자리가 불편한 듯 보이는 대포 조준수 만줄랴가 만두 한조각을 들고 나직하게 말했다. "반죽이 잘 되었네요, 중령 동지."

바쮸끄는 총탄으로 잔을 두드렸다. "자, 동지들, 진지하게 시작해봅시다."

---

352 이하 이탤릭체 부분은 우끄라이나어로 되어 있다.

공장이나 마을 제분소에서 열리는 것과 다를 바 없는 전장의 생산 회의였다. 하지만 여기엔 방직공도 제빵사도 재단사도 없었고, 빵과 타작에 대한 이야기도 나오지 않았다.

불라또프는 여자를 끌어안고 길을 가던 독일인을 쓰러뜨린 일에 대해 이야기했다. 죽이기 전에 그들을 일으킨 다음 총알로 발에서 2, 3센티미터쯤 떨어진 곳을 쏘아 먼지구름을 피우고 그 속에서 다시 쓰러뜨리기를 세차례나 반복했다고. "놈이 여자 위로 몸을 굽히고 있을 때 죽였죠. 길가에 십자 모양으로 뻗어버리도록요."

불라또프는 느릿느릿 말했다. 다른 병사들에게서는 찾아볼 수 없는 그런 무심한 태도가 그의 이야기를 더욱 끔찍스럽게 만들었다.

"자, 불라또프, 거짓말은 그만하고." 자이쩨프가 말을 끊었다.

"거짓말 아닌데." 불라또프는 자이쩨프의 뜻을 알아채지 못한 채 말을 이었다. "오늘로 총 일흔여덟명을 죽였다니까. 내가 거짓말을 하면 꼬미사르 동지께서 가만히 계시겠어? 그분이 다 확인해주신 거라고."

끄리모프는 대화에 끼어들어 불라또프가 죽인 독일인 중에는 노동자, 혁명가, 국제공산당원도 포함되어 있을지 모른다고 말하고 싶었다. 그걸 반드시 기억해야 한다고, 그러지 않으면 극단적인 민족주의자로 변모할 수 있고…… 하지만 니꼴라이 그리고리예비치 끄리모프는 침묵했다. 이러한 생각은 전쟁에 아무런 도움이 안 되었다. 사람을 무장시키는 대신 무장을 해제해버리는 생각이었다.

머리칼이 희끄무레하고 치찰음을 강하게 내는 솔로드끼가 어제 독일 병사 여덟명을 어떻게 죽였는지 이야기하고는 덧붙였다. "난 우만의 집단농장 출신입니다. 파시스트들이 우리 마을에서 엄청나게 기괴한 짓들을 저질렀죠. 나 자신도 피를 좀 흘렸고요. 세번 부상당했거든요. 그래서 집단농장을 나와 저격수가 된 겁니다."

침울한 표정의 또까레프는 독일 병사들이 물을 구하러 가거나 취사장으로 가는 최적의 경로를 고르는 방법에 대해 설명한 뒤 다른 얘기를 늘어놓다가 말했다. "아내가 편지를 썼는데, 모자이[353] 부근 포로수용소에서 사람들이 죽었다는군요. 내 아들도…… 내가 그 애 이름을 블라지미르 일리치라고 짓는 바람에[354] 죽고 말았어요."

할리모프는 흥분해서 떠들어댔다. "나는 절대로 서두르는 법이 없습니다. 심장이 딱 다잡혔을 때 쏘는 거죠. 처음 전선으로 왔을 때 구로프 중사랑 친구가 됐어요. 나는 그에게 우즈베끄어를 가르쳤고 그는 내게 러시아 말을 가르쳤지요. 독일군이 그 친구를 죽여서 난 그놈들 열둘을 쓰러뜨렸어요. 장교에게서 망원경을 벗겨 내 내 목에 걸었지요. 당신이 내린 명령을 이행한 겁니다, 정치지도원 동지."

여전히 이 저격수들의 작업 보고에는 어딘가 무서운 구석이 있었다. 일생 내내 끄리모프는 지식인입네 하는 줏대 없는 이들을 비웃었고, 집단화 시기에 재산을 몰수당한 부농의 고통을 한탄하던 예브게니야 니꼴라예브나와 시뜨룸을 비웃었다. 그는 1937년 사건에 대해 예브게니야 니꼴라예브나에게 이야기했다. "적들을 파멸시키는 건 전혀 무서울 것 없어. 그놈들이야 될 대로 되라지. 무서운 건 우리 편을 칠 때야."

그런데 지금, 그는 자신이 늘 백군 악당들과 멘셰비끼와 에스에르 불량배들, 사제들, 부농들을 박멸하고자 만반의 태세를 갖추고

---

353 모스끄바주에 있는 도시 모자이스끄를 가리키는 듯하다.
354 10월혁명 이후 자식의 이름을 '10월' '일리치' '레닌' 등 혁명과 연관된 이름으로 짓는 것이 유행이었다.

있으며 혁명의 적들에 대해 단 한번도, 어떤 동정심도 품은 적이 없지만, 그렇다고 파시스트들과 함께 독일 노동자까지 죽이는 것은 기뻐할 수 없다고 말하고 싶었다. 물론 저격수들은 자신들이 무엇을 위해 직분을 이행하는지 잘 알고 있었다. 그럼에도 그들의 이야기는 끔찍했다.

자이쩨프는 마마예프 꾸르간 기슭에서 독일 저격수와 여러날에 걸쳐 대치한 일에 대해 이야기했다. 독일 군인은 자이쩨프가 자신을 쫓는다는 것을 알고 있었고 그 역시 자이쩨프를 쫓았다. 둘은 거의 동등한 적수여서 서로가 서로를 이기지 못했다.

"그날 그가 우리 동지 셋을 쓰러뜨렸죠. 난 한발도 쏘지 못하고 골짜기에 앉아 있는데, 그때 그가 마지막으로 총을 쏬어요. 병사가 옆으로 쓰러지며 팔을 내뻗었지요. 그들 편에서 한 병사가 서류를 들고 걸어오는데, 난 그냥 앉아서 그 모습을 바라보기만 했어요…… 놈은 생각했을 겁니다, 만약 이쪽에 저격수가 있다면 서류를 든 그 병사를 쏬을 거라고. 그런데 서류를 든 병사가 무사히 지나간 거죠. 게다가 놈은 자신이 죽인 병사를 볼 수 없는 곳에 있었고요. 틀림없이 보고 싶었을 겁니다. 우리 둘 다 잠시 움직이지 않았어요. 그사이 또다른 독일병이 양동이를 들고 달려갔고…… 온 골짜기가 고요했어요. 그렇게 십육분쯤 지났나, 그놈이 몸을 일으켜 일어났어요. 나도 완전히 일어섰죠……"

그 일을 다시금 체험하는 듯 자이쩨프가 식탁에서 일어났다. 그의 얼굴에 언뜻 비치던 예의 특별한 힘이 이제는 유일하고 주된 표정이 되어 있었다. 그는 더이상 마음씨 좋은 넓적코 청년이 아니었다. 벌어진 콧구멍, 넓은 이마, 승리의 기백으로 가득 찬 저 무시무시한 두 눈에 무언가 강력하고 불길한 야수의 모습이 나타났다.

"그때 그도 알아챘습니다. 나를 알아봤어요. 그래서 난 발사했고요."

순간 침묵이 내려앉았다. 아마 어제 짧은 발사 소리가 울린 직후에도 이처럼 고요했으리라. 쓰러지는 육체의 소리가 또다시 들리는 것만 같았다. 바쮸끄가 갑자기 끄리모프에게로 몸을 돌려 물었다. "어떻소, 흥미롭소?"

"좋군요." 끄리모프는 그렇게만 대답하고 입을 다물었다.

그날 밤 끄리모프는 바쮸끄의 거처에서 묵었다.

바쮸끄는 두 입술을 움직여 하나씩 세어가며 심장약 몇방울을 작은 잔에 떨어뜨리고 물을 부었다.

그는 가끔씩 하품을 하면서 사단에서 일어난 일들을 들려주었다. 전투에 관한 것이라기보다는 일상의 이런저런 사건들에 대한 이야기였다.

끄리모프가 보기에 바쮸끄가 말하는 모든 내용은 전쟁이 일어난 최초의 몇시간 사이 그 자신에게 일어났던 예의 사건과 어느정도 관계가 있는 것 같았다. 그의 모든 생각이 그 사건에서 발현되는 듯했다.

스딸린그라드에 온 순간부터 니꼴라이 그리고리예비치에게는 어떤 낯선 감정이 지나가지 않고 내내 머물러 있었다. 마치 더이상 당이 존재하지 않는 어느 왕국에 온 것 같기도 했고, 반대로 혁명 첫날의 공기를 다시금 숨 쉬는 것 같기도 했다.

끄리모프가 불쑥 물었다. "당에 들어온 지 오래되었소, 중령 동지?"

바쮸끄가 말했다. "근데 왜 그런 걸 묻지요, 대대 꼬미사르 동지? 내가 당의 노선을 구부려 휘어놓는다고 생각하시오?"

끄리모프는 얼른 대답하지 못하고 머뭇거렸다.

얼마간 시간이 흐른 후에 그가 사단장을 향해 말했다. "나는 말이오, 당에서 꽤 괜찮은 웅변가라는 소리를 들어왔소. 규모가 큰 노동자 집회들에도 나갔었소. 하지만 여기서는 내내 내가 사람들을 이끄는 게 아니라 오히려 이끌려간다는 느낌을 받게 되오. 참 이상한 일이지, 누가 노선을 구부려 휘어놓고, 노선이 누구를 구부려서 휘어놓는가 하는 걸 생각하게 되오. 아까 동지 휘하 저격수들의 대화를 들을 때 내가 끼어들어 한번 바로잡아주고 싶었소. 그러다 곧 잠시 후에, 전문가들을 가르치려다간 그들을 망가뜨리게 된다는 생각이 들더군…… 하지만 솔직히 말하자면 단지 그것 때문에만 잠자코 있었던 건 아니오. 정치국은 우리 강연자들에게 붉은군대가 복수의 군대라는 의식을 가지도록 병사들을 이끌어야 한다고 지시하오. 그러나 난 여기서 국제공산당과 계급적 접근에 대한 이야기를 시작하려고 했소. 알다시피 중요한 건 오직 적들에 대항하는 대중의 분노를 불러일으키는 것인데도 말이오! 그렇게 하지 않으면 혼인식에 가서 명복을 비는 동화 속 바보 꼴이 될 텐데……"

그는 생각에 잠겼다가 입을 열었다. "내 습관이오…… 당은 항상 대중의 분노를, 격노를 불러일으키고 적을 격퇴하고 박멸하도록 이끌지. 우리의 대업에 기독교적 인간주의는 설 자리가 없소. 우리의 소비에뜨 인간주의는 혹독하오…… 우리는 격식을 차리지 않소……"

그는 다시금 생각에 잠겼다가 입을 열었다. "물론 동지를 공연히 총살하려 했던 그 사건을 말하는 건 아니오…… 1937년에도 우리 동지들을 공격한 일이 있었소. 이런 일이 우리의 슬픔이지요. 하지만 독일인들이 노동자와 농민의 조국으로 기어들어왔으니, 이제 어쩌겠소! 전쟁은 전쟁이오. 그들은 응분의 대가를 치른 거요."

끄리모프는 바쮸끄의 대답을 기대했으나 그는 말이 없었다. 끄리모프의 말에 당황해서가 아니라 잠이 들었기 때문이었다.

56

'붉은 10월' 공장의 평로[355] 작업장, 매우 어두운 조명 밑에서 누비옷을 입은 사람들이 분주히 움직이고 있었다. 이따금씩 멀리서 총성이 둔탁하게 들려오고 섬광이 솟아올랐다. 대기는 먼지인지 연기인지 모를 것으로 가득 차 있었다.

사단장 구리예프는 연대 지휘부를 평로 내부에 배치했다. 바로 얼마 전까지만 해도 철을 끓였던 용광로 속에 앉아 있는 저들 모두 끄리모프에게는 심장이 철로 된 특별한 사람들로만 여겨졌다.

여기서는 독일군들의 군화 소리와 호령뿐 아니라 작게 스치는 소리며 짤깍거리는 소리까지 ─ 독일 병사들이 뿔 모양의 자동총을 재장전하는 소리였다 ─ 전부 들렸다.

고개를 양어깨 사이에 파묻고 사격연대장의 지휘부가 있는 용광로 입구로 기어들어가다가 몇달째 식지 않은 내화벽돌의 온기를 두 손바닥에 느끼는 순간, 끄리모프는 모종의 위압감에 사로잡혔다. 이제 곧 위대한 항전의 비밀이 그의 눈앞에 열릴 것만 같은 기분이었다.

누군가 어스름 속에 쪼그려앉아 있었다. 곧 그의 넓적한 얼굴이 눈에 들어왔고 영광스러운 음성이 귓가로 날아왔다. "여기 우리 화

---

355 바닥에 선철, 산화철, 고철 따위를 넣고 녹여서 강철을 만드는 용광로.

강암 궁전으로 손님이 오셨구먼. 자, 드시지요. 보드까 100그램이랑 간식으로 구운 달걀이오."

먼지투성이에 숨 막히는 공기 속에서 한가지 생각이 니꼴라이 그리고리예비치의 머리를 스쳤다. 자신이 스딸린그라드의 평로 요새로 들어가면서 예브게니야 니꼴라예브나를 회상했다는 말을 그녀에게는 결코 하지 않으리라. 한때 그는 늘 그녀를 잊으려 했고, 그녀에게서 멀리 도망치려 했다. 그러나 이제는 그녀가 끊임없이 자신을 따라다닌다는 사실을 인정할 수밖에 없었다. 마녀 같은 여자, 여기 용광로 속까지 기어들어오다니. 도대체 숨을 수가 없다니까.

물론 모든 것이 너무나 뻔한 일이었다. 시간의 의붓자식을 누가 필요로 하겠는가? 폐병, 거품, 연금 생활자와 뭐가 다르다고! 그녀가 떠났다는 사실이 그의 인생에 아무런 전망도 없음을 증명하지 않았는가. 심지어 여기 스딸린그라드에서도 그에게 진정한 전투는 주어지지 않았지……

저녁이 되어 강연을 마친 뒤 그는 구리예프 장군과 담소를 나누었다. 구리예프는 제복 상의를 벗고 앉아서 수건으로 연방 붉은 얼굴을 닦아내며 목쉰 소리로 끄리모프에게 보드까를 권했다. 그리고 그 목쉰 소리로 연대 지휘관들에게 전화로 명령을 내리며 소리쳤고, 그 목쉰 소리로 샤실리끄[356]를 제대로 요리할 줄 모르는 요리사를 야단쳤으며, 그 목쉰 소리로 이웃인 바쮸끄에게 전화를 걸어 마마예프 꾸르간에서 도미노 게임이나 하고 있냐고 물었다.

"우리 쪽 사람들은 전체적으로 유쾌하고 훌륭하오." 구리예프가 말했다. "바쮸끄는 확실히 똑똑한 사람이지. 그리고 트랙터공장의

---

[356] 러시아와 구소련 지역에서 즐겨 먹는 따따르식 고기 꼬치 요리.

졸루예프 장군은 내 오랜 친구요. '바리까지'[357]에 있는 구르찌예프 대령[358]도 역시 멋진 사람이긴 한데, 그는 무슨 승려라도 되는 양 보드까를 입에도 안 대더군. 물론 그건 옳지 않은 일이지."

그런 다음 그는 각 부대가 겨우 여섯명에서 여덟명으로 구성된 자기 중대들만큼 병력이 부족한 데가 없다고, 강을 건너는 게 가장 어렵다고, 발동선에서 3분의 1은 부상자가 되어 내린다고, 리노끄에 있는 고로호프에게로 가는 것만큼이나 어렵다고 설명하기 시작했다.

"어제 추이꼬프가 내 참모장 슈바를 호출했소. 최전방을 정하는 일에 뭔가 의견이 맞지 않았는지 슈바 대령이 완전 사색이 되어 돌아왔더군."

그가 끄리모프를 바라보며 말을 이었다. "추이꼬프가 대령에게 쌍욕이라도 했냐고?" 그러고는 크게 웃어댔다. "쌍욕이 뭐 대단하다고. 난 그에게 매일 쌍욕을 퍼붓는데! 이를 깨부쉈지, 앞니를 모조리."

"네에." 끄리모프가 말끝을 길게 늘이며 대답했다. 스딸린그라드의 경사면에서 인간의 존엄성이 늘 개가를 올리는 건 아니라는 점을 잘 알겠다는 의미였다.

이어 구리예프는 신문에 글을 쓰는 이들이 전쟁에 대해 왜 그렇게 나쁜 소리를 늘어놓는지 모르겠다며 불평하기 시작했다.

"개새끼들, 아무것도 못 보고 자리에 눌러앉아서, 볼가강 너머에

357 '바리케이드'에 해당하는 러시아어.
358 Leontii Nikolaevich Gurt'ev(1891~1943). 시베리아 옴스끄에서 형성된 308저격 사단의 사단장. 1942년 9월 30일에 볼가강을 건너 스딸린그라드로 왔고 1943년 8월 3일 오룔을 탈환하는 전투에서 전사했다. 치스또뽈에 피난해 있다가 오룔에 종군기자로 도착한 작가 보리스 빠스쩨르나끄는 그에게 시를 바쳤다.

앉아서, 까마득한 후방에 앉아서, 응? 그렇게 써대는 거요. 누가 자기한테 잘해주면 그 사람에 대해 쓰고. 레프 똘스또이가 쓴 『전쟁과 평화』 있잖소, 사람들은 그걸 백년 동안 읽었고 앞으로도 백년은 더 읽을 거요. 왜냐고? 똘스또이 자신이 전쟁에 참가했고, 똘스또이 자신이 전투에 임했기 때문이지. 그래서 그는 누구에 대해 써야 하는지 잘 아는 거고."

"미안하지만, 장군 동지," 끄리모프가 말했다. "똘스또이는 조국 전쟁에 참가하지 않았습니다."

"'참가하지 않았다'니, 그게 무슨 뜻이오?"

"말 그대롭니다. 나뽈레옹과 전쟁할 때 그는 태어나지도 않았으니까요."

"태어나지도 않았다고?" 구리예프가 다시 물었다. "어떻게 태어나지 않았을 수가 있소? 그가 태어나지 않았다면 대체 누가 그를 대신해서 썼단 말이지? 당신은 어떻게 생각하시오?"

그들 사이에 갑자기 맹렬한 논쟁이 벌어졌다. 끄리모프가 강연을 시작한 뒤 처음으로 일어난 논쟁이었다. 그리고 놀랍게도 니꼴라이 그리고리예비치는 상대방의 주장을 꺾을 수 없었다.

57

다음 날 끄리모프는 구르찌예프 대령의 시베리아 저격사단이 있는 '바리까지' 공장으로 갔다.

자신의 강연이 정말로 필요한 것인지 그는 날마다 더 많은 회의를 품게 되었다. 마치 무신론자가 늙은 사제에게 귀 기울이듯 사람들은 그의 강연을 그저 예의상 듣고 있는 것 같았다. 그가 오면 좋아하긴 했지만 이는 그의 강연이 아니라 그라는 사람에 대한 인간적인 반가움의 표시였다. 그는 서류 작업을 하고 앞에서 떠들어대며 전투하는 이들을 방해하는 군사정치부의 일꾼이었다. 아무런 질문도 설명도 없이, 긴 보고서를 작성하거나 선동하는 일도 없이 전투를 치르는 정치 업무 담당자들만이 이곳에 어울릴 것이었다.

그는 전쟁 전 대학에서 맑스-레닌주의에 대해 강의했던 일을 떠올려보았다. 그 자신에게도 듣는 사람들에게도, 『약사』略史[359] 공부는 교리문답처럼 죽도록 지루했다.

하지만 평화 시에는 정당하고 불가피했던 그 지루한 일이 여기 스딸린그라드에서는 죄다 어리석고 무의미한 것이 되었다. 이 모든 게 다 무슨 소용이란 말인가?

끄리모프는 참모부 벙커 입구에서 구르찌예프와 마주쳤지만 그를 알아보지 못했다. 키에 비해 너무 짧은 병사 외투에 방수화를 신은 마른 체격의 이 사람이 사단장이라고는 생각지 못했던 것이다.

강연은 널찍하고 천장이 낮은 벙커에서 진행되었다. 스딸린그라드에 머무는 동안 이처럼 굉장한 포화 소리가 들린 적은 한번도 없었다. 그는 강연 내내 크게 소리를 질러야 했다.

재치 있고 재미있는 단어들을 많이 섞어서 큰 목소리로 조리 있게 말을 잘하는 사단 꼬미사르 스비린이 강연 시작 전에 말했다. "청중을 고위 지휘관들로만 한정해야 할 이유가 뭐요? 자, 지형 측량요원, 경비대의 한가로운 병사들, 비번인 통신병과 연락병 모두 국제 상황에 대한 강연을 들으라고 합시다! 강연이 끝나면 극장에

359 공산주의 역사를 적은 교육용 책자. 1938년에 출판되어 스딸린 사후 사라졌다.

가고 아침까지 춤을 춥시다." 그러곤 끄리모프에게 윙크를 보냈는데, 마치 이렇게 이야기하는 듯했다. '자, 괜찮은 프로그램 아니오? 보고서에 쓰기에도 좋고. 당신도, 나도.'

큰 소리로 떠들어대는 스비린을 보며 미소 짓는 구르찌예프의 모습, 그리고 구르찌예프의 외투를 바로잡아주는 스비린의 자연스러운 태도를 통해 끄리모프는 이 벙커를 지배하는 우애의 정신을 알 수 있었다.

또한 스비린이 그러잖아도 가느다란 눈을 더 가늘게 뜨며 참모장 사브라소프에게 시선을 던지는 모습이나 스비린을 바라보는 사브라소프의 불만스러운 표정을 통해 이 벙커를 지배하는 것이 우애와 동료애의 정신만이 아니라는 것도 짐작하게 되었다.

사단장과 사단 꼬미사르는 강연이 끝나자마자 군사령관의 긴급 호출을 받아 자리를 떴다. 끄리모프는 사브라소프와 이야기를 나누었는데, 보아하니 그는 까다롭고 거친 성격에 명예욕이 강하고 쉽게 모욕을 느끼는 사람인 듯했다. 그의 내면에 자리한 많은 것들 — 명예욕, 뾰족함, 다른 이들에 대한 조롱과 냉소주의 — 이 마음에 들지 않았다.

사브라소프는 끄리모프를 보며 독백하듯 이야기를 늘어놓았다. "스딸린그라드의 어느 연대에 가든 연대에서 가장 강하고 중요한 사람은 연대장이라는 사실을 알 수 있을 거요. 그야말로 분명한 사실이지! 아저씨한테 암소가 몇마리나 딸려 있는지는 여기서 중요하지 않소.[360] 중요한 건 딱 하나, 제대로 된 우두머리가 있는가? 가짜는 이곳에 발을 못 붙인단 말이오. 하지만 평화 시에는 어땠소?"

---

360 출신 성분을 보지 않는다는 뜻.

그는 끄리모프를 똑바로 바라보며 노란 두 눈으로 씩 웃었다. "난 정치를 참을 수 없소. 이 모든 우파들, 좌파들, 기회주의자들, 이론가들을 말이오. 할렐루야를 연발하는 과도한 찬미가들을 견딜 수 없단 말이오. 하지만 정치가 아니더라도 저들은 날 열번쯤 잡아먹으려 했지. 내가 당원이 아니니 더 좋은 거요. 어떤 때는 나를 주정뱅이로 엮더니, 또 어떤 때는 색골이라질 않나. 나더러 위선을 떨라는 소린가? 그렇겐 못하지."

끄리모프는 여기 스딸린그라드에서도 자신의 운명은 나아지지 않았다고, 여전히 진정한 업무 없이 그저 떠들기만 할 뿐이라고 말하고 싶었다. 어째서 그가 아니고 바빌로프가 로짐쩨프 사단의 꼬미사르인가. 어째서 당은 스비린을 그보다 더 신임하는가. 사실상 그가 더 똑똑하고, 시야도 더 넓고, 당에서의 경험도 더 많고, 필요하다면 용기도 충분하고, 잔혹성도 모자라지 않는데. 손도 떨지 않을 텐데…… 게다가 사실상 그들은 그에 비하면 문맹을 겨우 벗어난 수준 아닌가! 맙소사, 당신의 시간은 지나갔소, 끄리모프 동지!

이 노란 눈의 대령이 그의 마음에 불을 붙여 화끈하게 달구고 기분을 망쳐놓았다.

그래, 의심할 게 뭐 있어? 내 삶은 망가지고 내리막으로 달음질치는 거야…… 물론 요점은 제냐가 그에게서 경제적 무능함을 보았다는 사실이 아니었다. 그런 건 그녀에게 아무런 상관이 없었다. 그녀는 더이상 그를 사랑하지 않게 된 것이다! 그래, 난 노멘끌라뚜라에서 빠졌어…… 물론 그녀는 순수하고도 순수한 사람이지만 경제적인 것도 중요하겠지. 모든 사람이 땅에 발을 디디고 살아가니까. 예브게니야 니꼴라예브나도 다르지 않고. 그녀가 그 가난한 미술가에게로 가는 일은 절대 없을 거야. 비록 그가 그린 얼빠진 엉터리 그림을 천재적이라고 선언했어도……

이런 생각들 중 많은 것을 이 노란 눈의 대령에게 말하고 싶었지만, 끄리모프는 그와 이야기가 통하는 점에 대해서만 반대 의견을 제기했다.

"대령 동지, 너무 단순화해서 말씀하시는 것 같소. 전쟁 전에도 아저씨한테 암소가 몇마리나 딸려 있는지만 보지는 않았소. 하지만 업무 수행 특성만으로 간부들을 선별해도 안 되지."

전쟁은 전쟁 이전에 있었던 일에 대해서 이야기하도록 두지 않았다. 무거운 폭발음이 울리더니, 조금 뒤 연기와 먼지 속에서 고통스러워하는 대위의 모습이 나타났다. 전화교환원이 큰 소리로 말하기 시작했다. 연대 측에서 사단 참모부로 전화를 걸어온 것이다. 독일군 전차가 연대 참모부를 향해 첫 포탄을 날렸고, 전차 뒤를 따라 자동소총병들이 중기포병사단의 행정병들이 있는 석조건물로 잠입했고, 3층에 앉아 있던 행정병들이 독일군과 전투했다고 했다. 독일군 전차가 이웃에 있는 목조건물에 불을 붙였는데 볼가강에서 불어오던 강한 바람이 차모프 연대장의 지휘본부로 그곳의 화염을 실어왔고, 차모프와 참모들은 숨이 막혀 지휘본부를 변경하기로 결정했지만 포격이 쏟아지는 한낮에, 게다가 중기관총이 만드는 화염 속에서 지휘본부를 변경하기란 쉬운 일이 아니라는 소식이었다.

이 모든 사건들은 사단의 다른 방어 지역에서도 동시에 일어났다. 일부는 조언을 구했고, 일부는 포격 지원을 요청했고, 일부는 퇴각 허가를 청했고, 일부는 정보를 전했고, 또다른 일부는 정보를 구했다. 각 부대가 저마다의 특수한 문제를 호소했지만 모두에게 공통된 것이 있었으니, 바로 생사가 걸린 문제라는 점이었다.

이 소란이 잦아들자 사브라소프가 끄리모프에게 물었다. "식사를 들지 않겠소? 군사령부에서 상관이 돌아오기 전에 말이오."

그는 사단장과 사단 꼬미사르가 제시한 규칙을 무시했고, 보드까를 거부할 생각도 없었다. 그래서 그들과 따로 식사하기를 선호했다.

"구르찌예프는 훌륭한 전사요." 사브라소프가 약간 취해서 말을 늘어놓았다. "유식하고 정직하지. 하지만 문제는 그가 지독한 금욕주의자라는 거요! 아예 수도원을 차렸다니까. 난 여자들에게 관심이 많소. 거미줄 치는 걸 좋아해요. 하지만 꾸르찌예프 있는 데서는 농담 한마디 못하오. 뭐, 그럭저럭 그와 힘을 모아 잘 싸우고 있긴 하오. 하지만 꼬미사르는, 본성은 나 못지않게 형편없는 수도사인 주제에 날 싫어한단 말이지. 내가 스딸린그라드에 와서 더 늙고 약해졌을 것 같소? 그 반대요. 여기 이 친구들이 날 젊고 건강하게 만들어주었소."

"사실 나도 그 꼬미사르와 같은 부류요." 끄리모프가 말했다.

사브라소프는 고개를 가로저었다. "그렇기도 하고 아니기도 하지. 중요한 건 이걸 마시느냐 아니냐가 아니라, 바로 여기 뭐가 들었느냐요." 그러면서 그는 손가락으로 술병을 두드리고, 이어 자기 이마를 두드렸다.

사단장과 사단 꼬미사르가 추이꼬프의 사령부에서 돌아왔을 때 그들은 이미 식사를 끝낸 뒤였다.

"뭐 새로운 소식 있나?" 구르찌예프가 빠르고 엄격한 말투로 물었다.

"우리 연락장교가 부상을 입었고, 독일군이 졸루제프 쪽을 공격해서 대치 중입니다. 차모프와 미할레프 측 연결 지점에 있는 건물에 불을 질렀고요. 차모프가 연기를 들이마셔 재채기를 좀 했지만 전체적으로 특별한 일은 없습니다." 사브라소프가 대답했다.

스비린은 사브라소프의 벌게진 얼굴을 바라보며 느릿느릿 다정하게 말했다. "보드까를 전부 꺼내지, 대령 동지. 더 마시자고."

58

사단장은 연대장 베묘즈낀 소령에게 건물 6동 1호의 상황에 대해 문의하고 그곳에서 사람들을 철수시키는 게 낫지 않을지 의논했다.

베묘즈낀은 건물이 포위될 위험에 처하기는 했지만 사람들을 내보내지 않는 것이 좋겠다고 조언했다. 볼가강 건너편에 주둔하는 포병부대에 적군의 중요한 정보를 전해주는 관측 지점들이 건물 안에 있고 전차 위험 지역에서 독일군의 움직임을 마비시킬 수 있는 공병부대도 거기 들어가 있다고, 독일군의 패턴이 잘 알려져 있는바 이 저항의 중심지를 없애기 전에 총공격을 시작할 가능성은 거의 없다시피 하니 어느정도 지원을 해주면 6동 1호는 오랫동안 버티며 독일군의 계획을 교란할 수 있을 거라고, 야간을 틈타 연락병들이 봉쇄된 건물로 잠입할 수 있다고, 하지만 유선 연결이 늘 끊기곤 하니 무선기와 함께 무선전신수를 그곳으로 보내는 게 좋겠다고 그는 말했다.

사단장도 이에 동의했다. 밤에 정치지도원 소시낀은 붉은군대 병사 한 무리와 6동 1호에 들어가 그곳을 방어하는 이들에게 탄환과 수류탄 몇상자를 전달하고, 동시에 무선전신수 여자와 통신 센터에서 가져온 무선통신기를 제공했다.

아침결에 돌아온 정치지도원이 그곳 부대장의 말을 전했다. "시시한 서류나 끄적일 시간이 없소. 보고서 따위 독일 놈들한테나 주라지"라면서 보고서 쓰기를 거부했다는 것이었다.

"도대체가 저로서는 전혀 이해할 수가 없더군요." 소시낀이 말했다. "모두가 그 그레꼬프라는 사람을 두려워하는데 정작 그는 모두와 동등한 사람으로 나란히 누워 있고, 또 다들 그에게 반말을 하며 '바냐'[361]라고 부르니 말입니다. 연대장 동지, 이런 말씀을 드려도 될지 모르겠습니다만, 그곳은 군부대라기보다 무슨 빠리꼬뮌[362] 같습니다."

베료즈낀은 고개를 흔들면서 중얼거렸다. "보고서 쓰기를 거부했다고? 별사람이네!"

그러자 연대 꼬미사르 삐보바로프가 빨치산처럼 제멋대로 구는 지휘관들에 대해 장광설을 늘어놓았다.

"무슨 소리요, 빨치산이라니?" 베료즈낀이 타협조로 대꾸했다. "이니셔티브, 독자성이지. 나 자신도 종종 그런 생각을 하오. 이 모든 서류 놀음에서 벗어나 숨 좀 돌렸으면 하고 말이오."

"서류 놀음 얘기가 나와서 말인데," 삐보바로프가 말했다. "이일에 대해 상세한 보고서를 쓰시오. 내가 사단 꼬미사르에게 전달하지."

사단에서는 소시낀의 보고를 심각하게 받아들였다.

사단 꼬미사르는 삐보바로프에게 6동 1호의 상황에 대한 상세한 정보를 얻어내고 그레꼬프를 정신 차리게 할 것을 명령했다. 그

---

361 이반의 애칭. 가까운 사이에서 사용한다.
362 1871년 3월 18일부터 5월 28일 사이에 빠리 시민들이 세운 자치 정부.

런 뒤 즉시 이 도덕적이고 정치적인 불상사에 대해 군사위원과 군 정치부장에게 보고했다.

군에서는 사단보다도 더 심각하게 이를 받아들였다. 사단 꼬미사르에게 지체 없이 포위된 건물을 조치하라는 명령이 떨어졌으며, 군 정치국장인 여단 꼬미사르는 전선군 정치행정국장인 사단 꼬미사르에게 긴급 보고를 올렸다.

무선전신수 까쨔 벤그로바는 한밤중에 6동 1호에 도착했다. 아침이 되어 '건물 관리인' 그레꼬프에게 자신을 소개하며 허리를 굽히자, 그는 그녀의 두 눈을 들여다보았다. 당혹하고 겁먹은 동시에 신랄한 눈빛이었다.

그녀는 창백한 입술에 커다란 입을 가지고 있었다. "가봐도 될까요?"라고 묻는 그녀의 질문에 그레고프는 몇초쯤 생각에 잠겼다.

그 몇초 사이 그의 머리에 떠오른 것은 전쟁과 관계없는 생각들이었다. '아, 삼삼하네…… 다리도 예쁘고…… 겁을 먹었군…… 보아하니 응석받이 딸이야. 몇살이나 됐으려나? 끽해야 열여덟. 이곳 녀석들이 수캐처럼 달려들면 어쩌지?……'

그레꼬프의 머리를 스쳐간 이 모든 생각은 이렇게 귀결되었다. '자, 이곳 주인이 누구야? 누가 독일 놈들을 짐승 신세로 만들었지, 응?'

이윽고 그가 입을 열었다.

"가긴 어딜 가겠다고, 아가씨. 담당한 기기는 바로 옆에 있소! 뭐라도 열심히 해봅시다." 그가 손가락으로 무선통신기를 두드리며 하늘을 향해 시선을 보냈다. 독일군 폭격기들이 길게 소리 내며 지나가고 있었다.

"모스끄바 출신인가?" 그가 물었다.

"네." 그녀가 대답했다.

"앉아요. 여기서는 다들 시골에서처럼 편하게 지내거든."

무선전신수는 옆으로 걸음을 떼었다. 장화 밑에서 벽돌이 삐걱 거리고, 기관총 총구들과 그레꼬프가 전리품으로 얻은 권총의 검은 총신 위로 햇빛이 비쳤다. 순간 그녀는 자신에게 이런 광경이 전혀 놀랍지 않다는 사실에 놀랐다. 벽에 난 구멍 너머로 밖을 내다보고 있는 기관총들이 제그짜료프 시스템[363]이라는 걸 그녀는 알고 있었다. 전리품 발터[364]의 탄창에 총 여덟발의 탄환이 들어 있다는 것도, 발터가 강하긴 하지만 조준하기가 녹록지 않다는 것도, 구석에 널린 외투들이 죽은 이들의 것이라는 것도, 죽은 이들이 깊이 묻히지 못했다는 것 — 탄내와 함께 그녀에게 이미 익숙한 다른 냄새가 섞여 있었다 — 도 알았다. 그에 더해 지난밤 주어진 무선통신기가 한때 자신이 꼬뜰루반 부근에서 사용했던 기기와 비슷한 것이라는 사실도 그녀는 알 수 있었다. 동일한 눈금자, 동일한 전환기. 초원에서 전류계의 먼지 덮인 유리를 들여다보며 삐져나온 머리카락을 모자 속으로 정돈했던 일이 떠올랐다.

아무도 그녀에게 말을 건네지 않았다. 이곳의 거칠고 무시무시한 생활에서 그녀는 소외된 느낌을 받았다.

하지만 머리가 센 한 남자가 — 주변의 대화를 듣고 그녀는 그가 박격포수임을 알아챘다 — 불량한 단어들로 욕설을 내뱉자 그레꼬프가 말했다. "영감, 뭐 하는 거요? 여기 여성 동지가 있소. 좀 신중하게 처신하시오."

---

363 1941년 소련의 유명한 총기 개발자 바실리 제그짜료프가 개발한 대전차 소총.
364 더블액션 시스템을 갖춘 최초의 군용 권총. 현대 반자동권총의 원형으로 전쟁에 지대한 영향을 끼쳤다.

까쨔는 노인의 욕설이 아니라 그레꼬프의 시선 때문에 몸이 움츠러들었다.

아무도 말을 건네지 않았지만 그녀는 자신이 나타난 뒤로 이곳 분위기가 달라졌음을 짐작할 수 있었다. 주위의 긴장감이 피부로 느껴지는 것 같았다. 이 긴장감은 급강하폭격기들이 윙윙거릴 때도, 아주 가까운 곳에서 폭탄이 터져 벽돌 조각들이 떨어지기 시작했을 때도 지속되었다.

어쨌든 폭탄 투하나 파편들의 휘파람 소리에는 어느정도 익숙해진 터라 그리 혼란스럽지 않았지만, 자신을 향한 무겁고 집요한 남자들의 시선은 여전히 곤혹스러운 감정을 불러일으켰다.

전날 저녁, 다른 무선전신수들은 동정하듯 말했다. "어휴, 너 거기 가면 무섭겠다!"

밤이 되자 연락병이 그녀를 연대 참모부로 데려갔다. 거기서 벌써 적이 가까이 있는 듯한 기분이, 삶이 더없이 나약하다는 느낌이 들었다. 사람은 얼마나 부서지기 쉬운 존재인가. 지금 그들은 살아 있지만 잠시 후면 사라질 터였다.

연대장은 슬픈 표정으로 고개를 흔들며 혼잣말을 했다. "어린애들을 전장으로 보낼 수가 있단 말인가!"

그러곤 그녀를 향해 입을 열었다. "자, 겁먹지 말고, 혹시 무슨 일이라도 생기면 무선통신기로 내게 직접 얘기해요."

그 목소리가 어쩌나 선하고 친근한지 까쨔는 눈물이 쏟아지려는 것을 겨우 참았다.

얼마 후에 다른 연락병이 그녀를 대대 참모부로 데려갔다. 거기서는 축음기가 돌고 있었다. 빨간 머리 대대장이 까쨔에게 한잔 마시고 「차이나 세레나데」에 맞추어 같이 춤을 좀 추자고 제안했다.

대대의 분위기는 더할 수 없이 끔찍했다. 대대장이 술을 마시는 것은 유쾌해지기 위해서가 아니라 두려움을 억누르기 위해서, 자신의 유리 같은 허약함을 잊기 위해서라는 생각이 들었다.

하지만 6동 1호의 벽돌 더미에 앉아 있는 지금, 그녀는 웬일인지 아무런 두려움도 느끼지 않고서 전쟁 이전의 삶, 동화처럼 멋졌던 삶에 대해 생각하고 있었다.

포위된 건물 속의 사람들은 강하고 확신에 차 있었다. 그들의 자기확신이 그녀의 마음을 편하게 했다. 저명한 의사들이나 압연공장의 우수한 노동자들, 값비싼 천을 자르는 재단사들, 소방수들, 칠판 앞에서 설명하는 나이 든 교사들에게서 볼 수 있는, 정말로 신뢰가 가는 자기확신이었다.

사실 전쟁 전에 까쨔는 자기가 불행한 삶을 살게 될 것이라고 생각했다. 버스를 타고 다니는 친구들과 지기들을 낭비자로 보았다. 허름한 식당에서 나오는 사람들조차 그녀에게는 특별한 존재로만 보였다. 종종 '다리알'이나 '쩨레끄'[365]에서 쏟아져나오는 무리를 뒤따라가며 대화를 엿듣기도 했다. 학교에서 집으로 돌아오면 어머니에게 엄숙하게 알렸다. "오늘 뭐가 나왔는지 알아? 여종업원이 시럽을 넣은 탄산수를 내왔어. 생과즙, 진짜 검은 구스베리 냄새가 났어!"

어머니가 받는 월급 400루블에서 소득세와 문화세를 제하고, 또 국가 부채를 제하고 남는 돈으로 가계를 꾸려가기란 쉽지 않았다. 새 옷을 사는 대신 헌 옷을 고쳐 다시 입었고, 아파트를 청소하는 마루샤의 몫으로 돌아갈 공동 급료를 지불하는 대신 청소하는 날

---

365 '다리알'과 '쩨레끄'는 방송국이나 신문사의 이름인 듯하다.

마다 까쨔가 바닥을 닦고 쓰레기통을 내갔다. 우유는 우유 파는 여자한테서 사지 않고 국영 상점에 가서 구입했다. 줄이 매우 길었지만 그렇게 하면 한달에 6루블을 절약할 수 있었다. 국영 상점에 우유가 없을 땐 까쨔의 어머니가 저녁에 시장으로 갔다. 그 시간에는 그곳에서 우유 파는 여자들이 기차 시간에 맞춰 서두르느라 아침보다 싸게, 국영 상점과 거의 같은 가격으로 우유를 팔았다. 그들은 한번도 버스를 타지 않았다. 버스는 너무 비쌌다. 전차는 먼 거리를 가야 할 때만 어쩔 수 없이 탔다. 까쨔는 미장원에 다니지 않았다. 어머니가 직접 그녀의 머리를 잘라주었다. 빨래는 물론 직접 했고, 공동 구역에서 사용하는 것보다 조금 더 어두운 조명등을 썼다. 식사는 한번에 사흘 치를 준비했다. 수프, 가끔은 식물성기름을 넣은 죽이었다. 까쨔는 언젠가 수프 세접시를 다 먹고 나서 "와, 오늘 우리 세 코스짜리 식사를 했네"라고 말했다.

어머니는 그들이 아버지와 함께 살았던 시절을 회상하지 않았고, 까쨔는 아예 그 시절을 기억하지 못했다. 이따금씩 엄마 친구 베라 드미뜨리예브나가 식사를 준비하는 두 사람을 보며 "그럼요, 한때는 우리도 준마駿馬였어요[366]"라고 말하곤 했다.

하지만 그럴 때마다 엄마가 화를 내서 베라 드미뜨리예브나는 까쨔와 그녀의 어머니가 준마였던 시절에 대해 더이상 수다를 늘어놓지 못했다.

언젠가 까쨔는 장롱에서 아버지 사진을 발견했다. 사진 속 그의 얼굴을 처음 보았지만 마치 누군가 말해주기라도 한 듯 그녀는 당장에 이 사람이 자신의 아버지임을 알아보았다. 사진 뒷면에는 "리

---

366 우끄라이나 민요의 구절. 영광의 시절을 일컫는다.

다에게, 나는 가난한 아즈라 사람의 집안에서 왔습니다. 우리가 사랑하게 되었으니 죽어갑니다, 침묵 속에서[367]"라고 적혀 있었다. 그녀는 어머니에게 아무 말도 하지 않았지만, 학교에서 돌아오면 사진을 꺼내 오랫동안 아버지의 검은 눈을, 슬퍼 보이는 두 눈을 들여다보았다.

한번은 그녀가 물었다. "아빠는 지금 어딨어?"

어머니는 대답했다. "몰라."

하지만 까쨔가 군대로 떠나기 전날 어머니가 처음으로 아버지에 대해 이야기를 꺼냈다. 까쨔는 아버지가 1937년에 체포되었다는 것을 알게 되었고, 또 그의 두번째 결혼에 대해서도 알게 되었다.

그들은 밤을 꼬박 새우며 이야기를 나누었다. 모든 것이 뒤죽박죽된 내용이었다. 평소 말수가 없던 어머니는 이날 남편이 어떻게 떠났는지 딸에게 들려주며 자신의 질투와 굴욕과 모욕과 사랑과 연민에 대해 이야기했다. 까쨔에게 진정 놀라웠던 것은, 인간 영혼의 세계가 얼마나 거대한지 그 앞에서는 심지어 눈앞의 전쟁마저 뒤로 물러난다는 사실이었다. 아침이 되자 그들은 작별했다. 어머니는 까쨔의 머리를 자신에게로 끌어당겼고, 배낭은 까쨔의 어깨를 무겁게 내리눌렀다. 까쨔는 말했다. "엄마, 나도 가난한 아즈라 사람의 집안에서 왔습니다. 우리가 사랑하게 되었으니 죽어갑니다, 침묵 속에서……"

이윽고 어머니가 그녀의 어깨를 살며시 밀어냈다. "시간 됐구나, 까쨔. 어서 가거라."

---

367 하이네의 시 「아즈라 사람」의 마지막 구절에 '침묵 속에서'를 덧붙인 글. 술탄의 딸을 사랑하게 되어 매일 분수에서 그녀를 바라보던 가난한 노예가 그녀에게서 이름과 집안에 대한 질문을 받고 하는 대답이다.

당시 수백만의 젊고 늙은 사람들이 그랬듯이 까쨔도 집을 떠났다. 아마도, 다시는 돌아오지 못하거나 돌아오더라도 다른 여자가 되어서, 우울하고 사랑스러웠던 어린 시절과는 영원히 작별한 여자가 되어서 돌아오기 위해.

그리고 지금 그녀는 스딸린그라드의 건물 관리인 그레꼬프 옆에 나란히 앉아, 그의 커다란 머리와 두꺼운 입술과 음울한 낯짝을 바라보고 있었다.

59

첫날은 유선통신이 작동했다.

오랫동안 할 일이 없는데다 6동 1호의 생활에서 소외되고 있다는 느낌에 무선전신수는 견딜 수 없을 만큼 우울해졌다.

그럼에도 불구하고 여기서 보낸 첫날이 그녀를 기다리고 있는 이곳의 삶에 대해 알아가고 준비하는 데 많은 도움이 되었다.

2층의 잔해 속에 자볼지예로 정보를 보내는 관측병이자 포병들이 앉아 있다는 것을, 또 더러운 군복을 입고 들창코에서 자꾸만 흘러내리는 안경을 쓴 중위가 2층의 그들을 지휘한다는 것을 그녀는 알게 되었다.

화를 잘 내는 욕쟁이 노인은 민병대 출신으로 박격포 조준 지휘관이라는 칭호를 자랑스러워한다는 것도 그녀는 알아챘다. 높은 벽과 벽돌 조각 무더기 사이에는 공병들이 배치되어 있는데, 그곳의 우두머리는 물집이 생긴 것처럼 걸을 때마다 낑낑거리며 오만상을 하는 뚱뚱한 남자였다.

건물에 있는 유일한 대포를 지휘하는 사람은 대머리에 해군 줄무늬 셔츠를 입은 남자였다. 그의 성은 꼴로메이쩨프였다. 까쨔는 그레꼬프가 이렇게 외치는 것을 들었다. "이봐, 꼴로메이쩨프, 너 또 잠을 자느라 세계적 목표를 놓쳤어."

보병과 기관총수 지휘관은 밝은색 수염이 수북한 털보 중위였다. 수염으로 덮인 그의 얼굴은 유난히 어려 보였다. 하지만 그 중위는 수염을 기르면 자신이 좀더 나이 들어 보일 거라고, 30대쯤은 되어 보일 거라고 생각한 모양이었다.

낮에 먹을 것이 나왔다. 그녀는 빵과 양고기 소시지를 먹었다. 다 먹은 뒤에는 문득 군복 주머니에 사탕이 있는 게 떠올라 슬쩍 그것을 입에 넣었다. 식사를 마치자 바로 옆에서 총질을 하는데도 잠이 왔다. 그녀는 잠들었고, 자면서도 계속 사탕을 빨았고, 불안해했고, 슬퍼했고, 불행을 기다렸다. 갑자기 느릿느릿한 소리가 귓가에 닿았다. 눈을 뜨지 않은 채 그녀는 귀를 기울였다.

　　…… 지난날의 슬픔이 포도주처럼
　　내 영혼 속에서 오래될수록 더 진해진다……[368]

가스 형태의 희뿌연 석양이 비치는 돌 갱도에는 머리가 헝클어지고 흙먼지가 묻은 청년이 손에 작은 책을 들고 서 있었다. 붉은 벽돌 더미 위에는 대여섯명이 앉아 있고, 그레꼬프는 외투를 깔고

---

[368] 뿌시낀의 유명한 시 「비가」의 일부. 지난날의 슬픔은 포도주처럼 점점 더 진해지고 숙성되어가는데 미래의 자신의 길이 어두우리라는 것을 알고 절망하면서도 생각하고 아파하기 위해, 기쁨도 간혹 있으리라는 희망, 마지막으로 사랑을 하게 될지도 모른다는 희망을 품은 채 살고 싶다고 노래하는 시이다.

누운 채 주먹으로 턱을 받치고 있었다. 그루지야 사람 같아 보이는 어느 젊은이가 가만히 귀를 기울였는데, 마치 "그런 헛소리로 나를 구워삶을 수는 없지"라고 말하는 듯 의심 어린 표정이었다.

가까운 곳에서 일어난 폭발로 벽돌 먼지구름이 동화 속 안개처럼 뭉게뭉게 피어오르는 가운데 피투성이 벽돌 무더기에 앉은 이들과 그들의 무기가 붉은 안개 속에 불쑥 솟은 모습이 꼭 『이고르 원정기』[369]의 그 끔찍한 날을 보는 것 같았다.

둘째 날, 웬만하면 놀라지 않는 이 건물 거주자들을 심하게 동요시킨 사건이 일어났다.

2층 '세입자 대표'는 바뜨라꼬프 중위였고, 그의 휘하에 계측원과 관측병들이 있었다. 까쨔는 하루에 몇차례씩 그들 — 우울한 람빠소프와 교활하고 단순한 분추끄, 그리고 늘 자기 자신에게 만족스러워 하는 이상한 안경잡이 중위 — 을 보았다.

위층이 조용할 때면 천장에 난 구멍을 통해 그들의 목소리를 들을 수 있었다.

전쟁 전 양계업에 종사했던 람빠소프는 암탉들의 영리함과 교미 후 배반하는 못된 습성에 대해 분추끄에게 이야기를 늘어놓았다.

분추끄는 망원경 뒤에 달라붙어 느릿느릿 흥얼거리며 보고했다. "지금…… 깔라치에서 프리츠 자동소총 종대가 오고 있네요…… 지금 중량급 전차가 오고 있네요……지금 프리츠들이 걸어오네요, 한 대대쯤 되네요…… 어제처럼 야전 부엌에서 연기를 피우네

---

[369] 고대 끼예프 루스의 서사시. 매우 뛰어난 문학작품으로, 1800년대에 간행되어 위작이라는 소문도 있다. 이고르 스뱌또비치가 끼예프 루스를 침범한 뽈로베쯔인들과 전투하는 내용이며, 처음에는 승리하나 곧 크게 패하고 포위당해서 포로가 되는 남편의 구원을 기원하는 아내의 구절이 유명하다. 여기서는 전투를 앞둔 병사들의 모습을 말하는 것 같다.

요……프리츠들이 요리 도구들을 가지고 도착했네요……"[370] 몇몇 관찰 내용은 아무런 전략적 의미가 없는, 그냥 일상적 의미에서 흥미로운 것들이었다. 그는 또 흥얼거렸다. "지금…… 지휘관 프리츠가 자기 개와 산책하네요. 개가 어떤 말뚝에서 쿵쿵대네요…… 오줌을 싸려고 하네요…… 그러고 보니 암캐인 것 같네요…… 장교가 서서 기다리네요. 지금 여자 둘, 도시 여자인데, 그들이 병사 프리츠들과 수다를 떠네요, 웃네요, 병사 하나가 담배 한대를 꺼내네요, 한 여자가 받아서 연기를 내뿜네요. 다른 여자는 고개를 흔드네요. '전 비흡연자예요'라고 하는 거 같네요……"

그러다 갑자기 분추끄가 그 고운 목소리로 보고했다.

"지금…… 광장에 보병들이 들어오네요…… 오케스트라도 있네요…… 광장 한가운데 무슨 연단이 세워져 있네요…… 아니, 그건 나무토막들……" 그런 다음 그는 한참을 침묵했고, 이윽고 절망에 가득 찬, 그러나 여전히 느릿한 목소리로 말했다. "아아, 중위 동지, 저들이 속옷만 입은 여자를 끌고 가네요, 그 여자가 뭐라고 소리를 질러요…… 오케스트라가 연주하네요…… 놈들이 여자를 말뚝에 묶어요. 아아, 중위 동지, 여자 곁에 작은 어린애가 있어요. 그애도 묶어요…… 중위 동지, 아, 내 눈이 저걸 보지 않았으면 좋았을걸…… 프리츠 두명이 깡통에서 휘발유를 들이붓고 있네요……"

바뜨라꼬프는 전화로 이 모든 일을 자볼지예에 알린 다음 망원경에 몸을 붙이고 분추끄의 목소리를 흉내 내어 깔루가[371] 억양으로 말했다.

"아아 지금, 모든 게 연기에 휩싸였고 오케스트라가 연주하네

370 이하 분추끄의 말은 모두 우끄라이나어로 되어 있다.
371 모스끄바 중심부에서 남서쪽으로 160킬로미터 떨어진 지역.

요…… 자, 동지들, 발사!" 그가 무시무시한 목소리로 고함을 지르며 자볼지예 방향으로 몸을 돌렸다.

하지만 자볼지예는 조용했다……

몇분 뒤, 중무장 포병연대의 집중포화가 처형장을 뒤덮기 시작했다. 광장은 온통 연기와 흙먼지에 에워싸여 보이지 않았다.

몇시간이 지나자 정찰병 끌리모프를 통해 독일인들이 스파이로 의심되는 집시 여자와 사내아이를 불태우려 모인 것이었다는 소식이 알려졌다. 끌리모프는 전날 손자와 염소와 함께 건물 잔해 지하에서 지내는 노파에게 속옷 한벌과 각반 빨래를 맡기며 내일 찾으러 오겠다고 약속한 터였다. 집시 여자와 아이가 소련 쪽 포탄에 의해 죽었는지 아니면 독일 화형장에서 타 죽었는지 알고 싶었던 끌리모프는 노파에게 소식을 듣기 위해 자기만 아는 좁은 길을 따라 잔해들 사이를 기어갔다. 그러나 참호가 있는 곳에 소련의 야간 폭격기가 무거운 폭탄을 투하했고, 할머니도 손자도 염소도 끌리모프의 속옷과 속바지도 깡그리 사라지고 없었다. 그가 산산이 부서진 나뭇조각들과 횟가루 속에서 찾아낸 거라곤 더러운 고양이 한마리뿐이었다. 아무짝에도 쓸모없는 이 고양이는 아무것도 요구하지 않았고 아무것도 원망하지 않았다. 이 굉음과 기아와 포화가 그 존재에게는 지상에서의 삶 자체였다.

왜 자신이 갑자기 이 새끼 고양이를 자기 주머니 속에 집어넣었는지, 끌리모프는 끝내 이해할 수 없었다.

까짜는 6동 1호에 있는 사람들 사이의 관계에 다소 놀랐다. 정찰병 끌리모프는 그레꼬프에게 보고할 때 똑바로 선 채 형식을 갖추어 이야기하는 대신, 그와 나란히 앉아 동료끼리 대화를 나누듯 이야기했다. 그는 그레꼬프에게서 담뱃불을 빌리기도 했다.

보고를 마친 뒤 끌리모프가 까쨔에게 다가와서 말했다. "이 세상엔 참 끔찍한 일도 많죠."

그의 칼날같이 예리한 시선을 느끼며 까쨔는 한숨을 쉬고 얼굴을 붉혔다.

끌리모프는 주머니에서 새끼 고양이를 꺼내 까쨔 옆의 벽돌 위에 내려놓았다.

이날 열명쯤 되는 이들이 까쨔에게 와서 고양이에 관한 이야기를 나누었지만, 정작 모두의 마음을 아프게 한 사건, 집시 여자와 아이에게 일어난 일에 대해서는 누구도 입을 열지 않았다. 까쨔와 다감하고 솔직한 대화를 나누고 싶어 하는 이들은 조롱조로 거친 말을 건넸고, 순전히 그녀와 하룻밤을 보내고 싶다는 생각뿐인 자들은 격식을 차리며 삽삽하게 알랑거렸다.

새끼 고양이는 내내 온몸을 덜덜 떨고 있었다. 큰 충격을 받은 듯했다.

박격포수 노인이 얼굴을 찌푸리며 말했다. "그냥 녀석을 죽여버려. 그럼 간단해지잖아." 그러곤 "벼룩이 옮을걸" 하고 덧붙였다.

또다른 박격포수, 미남에 피부가 거무스레한 민병대원 첸쪼프도 조언을 한답시고 까쨔에게 말했다. "그 쓰레기 던져버려요. 시베리아 고양이라면 또 모를까."

이 여성 무선전신수의 매력에 무심하고 고양이에게만 진정한 관심을 보이는 남자는 흉한 얼굴에 얇은 입술을 가진 음울한 공병 랴호프가 유일했다.

"저번에 초원에서 전투를 벌이는데," 까쨔가 그에게 말했다. "뭔가 날 강하게 치는 거예요. 포탄이 떨어지는구나 생각했죠. 근데 그건 토끼였어요. 저녁까지 나랑 함께 앉아 있다가 잠잠해지자 떠났죠."

그러자 그가 말했다. "당신은 어린 여자라 해도 적이 108밀리미터 구경짜리 포를 쏘아대고 바뉴샤가 떨어지고 볼가강 위로 정찰기가 날아다닌다는 걸 다 이해하잖아요. 하지만 바보 토끼는 아무것도 몰라요. 박격포와 곡사포를 구별하지도 못하죠. 독일 병사가 조명탄을 쏘아올리면 녀석은 겁을 내고 떨어요. 토끼에게 그걸 설명할 길이 있나요? 그래서 난 동물들이 늘 불쌍해요."

그녀는 그의 진지함을 느끼고서 마찬가지로 진지하게 대답했다. "그 말에 완전히 동의하지는 않아요. 예를 들어, 개는 항공기를 구분하거든요. 시골에 주둔해 있었을 때 께르존이라는 개가 있었는데, 우리 일류신[372] 전투기들이 날아오면 그냥 누워서 고개도 들지 않아요. 그러다 융커스 소리가 나면 당장 구덩이로 들어가고요. 반 리터만 마시고도 다 알더라고요."[373]

대기가 찢어지는 듯한 소리를 내며 진동했다. 총신 열두개가 달린 독일 바뉴샤들이 나타났다. 강철 북을 두들기는 소리가 울리고 검은 연기가 핏빛 벽돌 먼지와 뒤섞였다. 돌가루가 성긴 체로 거른 듯 쏟아지기 시작했다. 잠시 후 먼지가 가라앉자, 까쨔와 랴호프는 바닥으로 쓰러진 적이 없었던 것처럼 아무렇지 않게 대화를 이어갔다. 까쨔에게도 이 포위된 건물 거주자들의 자신감이 옮아온 모양이었다. 폐허가 된 이 건물 속 모든 것이, 심지어 돌과 강철마저 부서지고 깨질지언정 그들 자신만은 무사할 것만 같았다.

두 사람이 기대앉아 있던 갈라진 벽 틈으로 기관총탄이 굉음과

---

372 1930년대부터 만들어진 소련제 항공기. 세르게이 블라지미로비치 일류신(Sergei Vladimirovich Il'yushin, 1894~1977)이 설계했고 제2차 세계대전 당시 주요 전투기로 기능했다.
373 '반 리터만 마시고는 알기 어렵다'라는 속담을 비튼 표현.

휘파람 소리를 내며 지나갔고, 뒤이어 또 한차례 지나갔다.

랴호프가 말했다. "지난봄 스뱌또고르스꼬예 부근에 주둔했었어요. 머리 위에서 분명 획획 소리가 나는데 발사 소리는 들리지 않는 거예요. 이해할 수 없는 일이었죠. 알고 보니 찌르레기가 총알 날아가는 소리를 흉내 낸 거였어요…… 우리랑 같이 있던 지휘관 대위가 전투 경보를 울리자 녀석들이 획획 소리를 낸 거죠."

"집에서 전쟁을 상상할 때, 난 어린애들이 비명을 지르고 모든 게 불타고 고양이들이 달아나는 광경을 떠올렸어요. 스딸린그라드에 와보니 모든 게 상상대로네요."

그때 털보 주바레프가 까쨔에게 다가왔다.

"그래, 좀 어때요?" 동정 어린 표정으로 그가 물었다. "꼬리 달린 그 젊은 남성은 잘 살아 있소?" 그러곤 새끼 고양이에게 덮어준 각반 조각을 살짝 들어올리며 "이런 불쌍한 것, 얼마나 연약한지"라고 말했지만 그의 눈에는 파렴치한 기색이 어려 있었다.

그날 저녁 짧은 교전을 치른 뒤, 독일 병사들이 6동 1호의 측면으로 약간 진입해 기관총 사격으로 건물과 소련 측 방어 구역 사이의 길을 차단했다. 보병연대 참모부와의 전화 연결도 끊겨버렸다. 그레꼬프는 지하실에서부터 통로를 파 건물 근처에 있는 공장 지하의 땅굴과 연결할 것을 명령했다.

"폭약을 쓰면 돼요." 몸집이 뚱뚱한 상사 안찌페로프가 한 손에 찻잔을, 다른 손에는 사탕 조각을 쥔 채 그레꼬프에게 말했다.

건물 거주자들은 정면 벽 아래 팬 커다란 구덩이 이곳저곳으로 흩어져 이야기를 나누고 있었다. 모두의 마음을 동요시킨 집시 여자와 아이의 일에 대해서는 여전히 아무런 말도 나오지 않았다. 이들은 자신들이 포위된 상황에도 전혀 마음을 쓰지 않는 것 같았다.

까쨔에게는 이러한 태평함이 낯설었지만 곧 그녀도 그렇게 되었다. 가장 무서운 단어 '포위'도 자신감 가득한 이 건물 거주자들 사이에 있으니 무섭지 않았다. 바로 옆에서 기관총이 탕탕거리고 그레꼬프가 "때려! 때려! 놈들이 기어들어왔어!"라고 소리칠 때도 그랬고, 그레꼬프가 "각자 자신 있는 걸로! 수류탄이든, 칼이든, 삽이든! 뭘 새로 가르치다가는 다 망쳐. 제발 부탁이니 뭐든 자기가 잘 쓰는 걸로 때려!"라고 말할 때도 그랬다.

주변이 잠잠해지면 건물의 남자들은 새로 온 무선전신수의 외모에 대해 여유롭고도 상세하게 의견을 나누었다. 사람들과 동떨어져 늘 다른 세계에 살고 있는 듯한 바뜨라꼬프가 놀랍게도 까쨔의 아름다움에 대해 속속들이 알고 있는 것으로 드러났다.

"내가 보기에, 여자에게 가장 중요한 건 가슴이야." 그가 말했다.

포병 꼴로메이쩨프가 그와 논쟁을 벌였는데, 주바레프의 표현에 따르면 "노골적인 문장을 열을 내며 내뱉었다".

"그래, 고양이 얘기는 좀 나눠봤어?" 주바레프가 물었다.

"물론." 바뜨라꼬프가 말했다. "몸은 엄마 몸인데 마음은 어린애더군. 여기 이 노인 영감도 고양이 얘기를 나눠봤다고."

박격포수 노인이 침을 탁 뱉고는 손바닥으로 가슴을 쓸었다. "내 하나 묻지. 그 어린애한테 여자 몸이라고 할 만한 데가 어디 있어, 응?"

그는 그레꼬프가 그녀를 마음에 들어 한다는 암시를 듣고 특히 화가 나 있었다. "물론 우리 같은 형편에서야 그런 까뜨까도 좋아. 치마만 둘렀으면 됐지.[374] 그래도! 다리만 두루미처럼 기다랗고 뒤

---

374 원문은 "여름에는 오리도 세탁부."

는 절벽에 눈은 소눈깔. 그게 여자야?"

첸쪼프가 반박했다. "영감은 그냥 젖가슴만 크면 그만이지? 혁명 이전의 고리타분한 시각이야."

입이 걸고 그 커다란 대머리 속에 여러 특이한 자질을 숨기고 있는 꼴로메이쩨프가 비웃음을 머금은 채 흐릿한 회색 눈을 가늘게 떴다. "괜찮은 여자긴 해. 하지만 내 취향은 좀 특별해서 말이야. 난 눈이 크고 작고 가볍고 빠른 몸에 단발머리인 아르메니아 여자나 유대 여자가 좋아."

주바레프는 탐조등 불빛이 교차하는 어두운 하늘을 바라보며 생각에 잠겨 있다가 작은 소리로 중얼거렸다. "어쨌거나 흥미롭구먼. 결국 어떻게 결론이 날까?"

"여자가 누구에게 줄지 궁금한 거야?" 꼴로메이쩨프가 물었다. "그레꼬프지. 분명해."

"아니, 그건 모르지." 주바레프가 바닥에서 벽돌 조각을 집어들어 벽에다 힘껏 던졌다.

친구들은 그를, 그의 수염을 바라보며 큰 소리로 웃음을 터뜨렸다.

"뭘로 그 여자 마음을 사로잡을 건데? 네 털로?" 바뜨라꼬프가 물었다.

"노래로!" 꼴로메이쩨프가 정정했다. "방송실. 마이크 앞에 선 보병! 그가 노래하면 그녀가 방송을 내보내는 거지. 멋진 한쌍일세!"

주바레프는 전날 저녁 시를 읽던 젊은이를 유심히 바라보았다. "넌 어때?"

"입을 꼭 다물고 있구먼." 박격포수 노인이 찡얼거렸다. "말하고 싶지 않다는 뜻이야." 그러곤 어른들의 대화를 엿듣는 아들을 꾸짖는 아버지의 말투로 덧붙였다. "지하실로 가서 한숨 자둬, 아직 상황이 허락할 때."

"안찌페로프가 곧 폭약으로 그곳에 통로를 낼 거거든." 바뜨라꼬프가 말했다.

한편, 그레꼬프는 벤그로바에게 가서 보고 내용을 불러주고 있었다.

그는 모든 징후로 보아 독일인들이 공격을 준비 중이며, 모든 징후로 보아 이 공격은 트랙터공장을 목표로 한다고 군 참모부에 보고했다. 다만, 아마도 현재 그가 다른 이들과 함께 앉아 있는 이 건물이 독일군 공격의 중심이 되리라는 점은 보고하지 않았다. 무선전신수의 목과 그녀의 입술, 반쯤 내려뜨린 속눈썹을 바라보며 그는 저 가느다란 목이 부서진 모습을, 저 진주처럼 하얀 추골이 찢어진 피부에서 튀어나온 모습을, 물고기 같은 눈알 위에 드리운 저속눈썹이 유리 파편으로 뒤덮인 모습을, 생고무 같은 죽은 입술에 잿빛 먼지가 내려앉은 모습을 아주 생생하게 떠올렸다.

그는 그녀를 붙잡고 그녀의 온기를, 생명을 느끼고 싶었다. 그와 그녀가 아직 떠나지 않았을 때, 아직 사라지지 않았을 때, 이 젊은 존재 속에 아직 이토록 많은 아름다움이 남아 있는 동안. 그녀를 안고 싶은 건 그저 이 여자에 대한 연민에서 비롯한 감정일까? 하지만 귓속에서 윙윙 소리가 울리고 미간에서 피가 뛰는 것이 정말 연민 때문이란 말인가?

참모부에서는 아직 대답이 없었다. 그레꼬프는 뼈에서 듣기 좋은 우두둑 소리가 나도록 몸을 한껏 뻗은 뒤 소리 나게 큰 숨을 내쉬며 생각했다. '좋아, 밤이 올 테니.'

"끌리모프가 데려온 새끼 고양이는 어떻소?" 그가 부드럽게 물었다. "좀 회복했소? 힘이 생겼나?"

"힘이 생기긴요." 까쨔가 대답했다.

그녀의 머릿속에 문득 화형장의 집시 여자와 아이가 떠올랐다. 그러자 손가락이 떨리기 시작했고, 까쨔는 그레꼬프가 이를 알아차릴까 싶어 그를 곁눈질했다.

어제까지만 해도 그녀는 6동 1호에서 아무도 자신에게 말을 걸지 않으리라 생각했다. 그런데 오늘 죽을 먹을 때 자동소총을 들고 곁을 지나가던 털보가 마치 오랜 지인에게 하듯이 "까쨔, 기운 좀 내요!"라고 외치면서 스푼을 힘차게 죽 그릇에 넣는 시늉을 했다.

어제 그녀는 시를 읽던 청년이 방수포에 포탄을 올려 끌어가고 있는 것을 보았다. 잠시 후 돌아보니 물주전자 곁에 서 있는 그 청년이 다시 보였다. 그의 눈길이 자신을 향해 있다는 걸 알아차리고 그에게로 시선을 돌린 것인데, 그는 이미 재빨리 몸을 돌린 뒤였다.

내일 그녀에게 편지와 사진 들을 보여줄 사람은 누구인지, 한숨을 쉬며 말없이 그녀를 바라볼 사람은 누구인지, 그녀에게 물 반병이나 하얀 사탕 같은 선물을 가져올 사람은 누구인지, 자신은 더이상 여자의 사랑을 믿지 않고 더이상 사랑 같은 건 하지 않을 것이라고 말할 사람은 누구인지 까쨔는 이미 짐작할 수 있었다. 아마 털보 보병이 제일 먼저 그녀를 더듬으러 기어들 것이다.

마침내 참모부의 답신이 왔다. 까쨔는 그레꼬프에게 그 내용을 전했다. "매일 12시 00분에 상세하게 보고하기를 명함……"

갑자기 그레꼬프가 그녀의 손등을 쳐 스위치에서 떼어놓았다. 그녀는 놀라 비명을 질렀다.

그가 웃음을 터뜨렸다. "포탄 파편이 무선통신기로 떨어짐. 그레꼬프가 필요로 할 때 다시 연결될 것임."

무선전신수는 혼란스러운 얼굴로 그를 쳐다보았다.

"미안해, 까쮸샤." 그레꼬프가 말하고 그녀의 손을 잡았다.

60

아침 녘, 6동 1호에 포위되었던 이들이 공장의 시멘트 터널까지 통로를 뚫어 트랙터공장 작업장으로 나왔다는 보고가 베료즈낀의 연대에서 사단 참모부로 전해졌다. 사단 참모부의 당직자는 군 참모부에 이를 알렸고, 끄릴로프 장군에게 보고가 올라갔다. 끄릴로프는 통로를 뚫고 나온 이들 중 한명을 심문차 데려오라고 명령했다. 연락장교가 사단 참모부의 당직자가 선발한 한 젊은이를 군 지휘본부로 데리고 갔다. 협곡을 따라 강변으로 가는 내내 이 젊은이는 안절부절못하며 질문을 해댔다.

"저는 돌아가야 해요. 부상자들을 내오기 위해서 터널을 정찰만 하고 돌아가야 했어요."

"괜찮아," 연락장교가 말했다. "네 지휘관보다 더 높은 분들을 만날 거야. 이젠 그분들이 명령하는 대로 해야 돼!"

가는 도중에 젊은이는 연락장교에게 6동 1호의 사람들이 벌써 삼주째 지하실에 널려 있는 감자만 먹고 보일러 물을 마시고 있다고, 그러면서도 독일 놈들을 얼마나 괴롭혔는지 그쪽에서 군사 대표를 파견해 포위된 모두를 공장으로 내보내주겠다고 제안할 정도였다고, 하지만 물론 지휘관(젊은이는 그를 '건물 관리인'이라 칭했다)은 그에 대한 대답으로 총공격령을 내렸다고 말했다. 볼가강 쪽으로 나오자 젊은이는 엎드려서 물을 마셨다. 실컷 마신 뒤에는 조심스레 군복에 묻은 물 몇방울을 손바닥으로 털어내더니 굶주린 사람이 빵 부스러기를 핥듯이 그것마저 핥았다. 그는 보일러 물이 썩어서 처음 며칠은 모두 복통을 앓았는데 관리인이 그 물을 끓이라고 명령했고, 그후에 복통이 그쳤다고 했다. 그런 뒤 두 사람은 말없이 계속 걸어갔다. 젊은이는 야간폭격에 귀를 기울이며 붉고 푸른 조명들, 총탄과 포탄이 그리는 선으로 색칠된 하늘을 바라보았다. 아직 화재가 진압되지 않은 도시의 느리고 지친 불길, 하얀 포화, 볼가강 물살 속에서 무거운 포탄들이 폭발하며 내는 푸른빛을 바라보며 젊은이는 점점 걸음을 늦추었다.

"자, 기운 좀 내서 가자고!" 연락장교가 소리쳐 그를 불렀다.

그들은 강변의 바위들 사이를 걸었다. 박격포탄들이 머리 위에서 휙휙 소리를 내며 날아갔고, 보초들이 그들에게 고함을 쳐댔다. 좁은 길을 따라 구불구불하게 이어진 통로와 진흙 언덕에 판 참호를 지나 흙으로 된 계단을 오르고, 두꺼운 널빤지들을 장화 뒤축으로 밟아 경사면을 올라, 마침내 그들은 철조망으로 덮인 출입구에 이르렀다. 이곳이 제62군의 지휘본부였다. 연락장교는 혁대를 고쳐맨 뒤, 연결 통로를 통해 유난히 두껍고 단단한 통나무로 지어진 군사위원회의 벙커들을 향해 나아갔다.

보초가 부관을 부르러 갔다. 반쯤 열린 문틈으로 전등갓이 덮인 탁상 램프의 불빛이 달콤하게 반짝였다.

곧 부관이 나와 전등으로 그들을 비추며 젊은이의 성명을 물은 뒤 잠시 기다리라고 명했다.

"전 대체 어떻게 돌아가죠?" 젊은이가 물었다.

"걱정 말게. 혀만 있으면 끼예프까지도 가는 법이지.[375]" 그러고서 부관이 진지하게 덧붙였다. "탑실로 들어오게. 여기 서 있다가 총탄이라도 맞으면 내 책임이 되니까."

따뜻하고 어스름한 현관방에서 젊은이는 바닥에 주저앉아 벽에 쓰러지듯 기댄 채 잠이 들었다.

누군가의 손이 그를 흔들었다. 지난 며칠에 걸쳐 벌어진 전투의 잔혹한 비명들과 오래전부터 이미 존재하지 않는 고향집의 평화로운 속삭임이 뒤섞인 꿈속으로 성난 목소리가 들려왔다.

"샤뽀시니꼬프, 어서 장군에게로……"

61

세료자 샤뽀시니꼬프는 참모부 경비대 벙커에서 이틀을 보냈다. 참모부 생활은 그를 괴롭혔다. 이곳 사람들 모두 아침부터 저녁까지 할 일이 없어서 고민인 것 같았다.

그는 로스또프에서 할머니와 함께 소치로 가는 기차를 기다리느라 여덟시간 동안 앉아 있었던 일을 떠올리며 지금 이곳에서의 시간이 전쟁 전의 그날과 비슷하다는 생각을 했다. 6동 1호를 휴양지 소치와 비교하는 것이 우습긴 했지만 말이다. 참모부 지휘관인 소령에게 이제 그만 보내달라고 청했지만 소령은 꾸물거렸다. 장군의 명령이 떨어지지 않았다는 것이다. 샤뽀시니꼬프를 불러놓고 장군은 질문 두개만 던진 뒤 전선군 사령관의 전화를 받아야 한다며 대화를 중단한 터였다. 참모부 지휘관은 아직 이 젊은이를 보내지 않기로 했다. 장군이 다시 그를 떠올리면 어쩌겠는가.

---

375 길을 몰라도 물어물어 가면 된다는 뜻의 러시아 속담.

벙커로 들어올 때마다 자신을 쳐다보는 샤뽀시니꼬프를 향해 지휘관은 말했다. "알아, 알아. 자네를 기억하고 있다고." 가끔은 이 젊은이의 간절한 눈빛에 화가 치밀 때도 있었다. "여기가 뭐 어떻다고 그래? 제대로 먹여주지, 따뜻한 자리도 내주지. 거기 갔다간 자네 죽을 수도 있어."

전쟁의 가마솥에 두 귀까지 흠뻑 빠진 채 하루하루 굉음으로 가득 찬 나날을 보내는 사람에겐 제 삶을 제대로 이해하고 들여다볼 힘이 없다. 그러나 한발짝이라도 옆으로 비켜나면, 그때 강변에서 강 전체를 보듯이 두 눈에 그 거대함이 들어온다. 정말로 이 광란의 강물을, 거품 속을 내가 막 헤엄쳐온 것인가?

세료자는 민병대 시절의 삶이 평온하게만 여겨졌다. 초원에서 보초를 서던 저녁 시간, 하늘 저 멀리 보이던 노을, 대원들끼리 나누던 대화.

트랙터공장 지구에는 민병대원이 셋뿐이었다. 첸쪼프를 좋아하지 않는 뽈랴꼬프는 얘기했다. "민병대 전체에서 늙은이 하나, 젊은이 하나, 그리고 바보 하나만 남았군."

6동 1호의 생활이 과거의 모든 것을 덮어버렸다. 믿기지 않는 삶이었지만, 그 삶이 유일한 현실이었고 예전의 모든 것은 가짜가 되었다.

밤이면 이따금씩 알렉산드라 블라지미로브나의 하얀 머리칼과 제냐 이모의 신랄한 눈빛이 떠올랐다. 그러면 심장이 사랑으로 가득 차 죄어드는 것 같았다.

6동 1호에서 첫 며칠을 지내며 그는 생각했다. 그레꼬프와 꼴로메이쩨프와 안찌페로프가 갑자기 그의 집으로 들어온다면 어떨까? 정말 이상하고 기괴할 거야…… 하지만 지금은 달랐다. 그의 이모들, 이모의 딸인 사촌 누이, 빅또르 빠블로비치 아저씨, 이들이야말로 지금 그의 삶 속에서 더없이 황당한 인물들로 여겨졌다······

아, 만약 이 세료자가 쌍욕을 내뱉는 걸 할머니가 듣는다면······

아, 그레꼬프!

6동 1호에 기이하고 특이한 사람들만 모인 것인지, 보통 사람들이 이곳에 들어오면서 특이해진 것인지 그는 알 수 없었다.

민병대장 끄랴긴은 단 하루도 이곳을 지휘하지 못했을 것이다. 하지만 첸쪼프는 비록 사람들에게서 호감을 얻진 못하지만 존재감을 과시한다. 그는 더이상 민병대에 있을 때의 그가 아니다. 민병대에서 그는 타고난 행정적 소질을 감추고 있었다.

그레꼬프! 힘, 용기, 권위와 동시에 보통 사람의 평범성이 어찌 그렇게 경이롭게 융합되어 있는지! 그는 전쟁 전 어린이 장화의 가격이 얼마였는지, 청소부나 열쇠공의 봉급이 얼마였는지, 자기 삼촌이 일하는 집단농장에서 하루 노동의 대가로 곡식과 돈을 얼마나 주었는지 기억하고 있었다.

이따금씩 그는 전쟁 이전의 군대에 대해, 군대 내의 숙청과 평가서에 대해, 군용 아파트를 받기 위해 사기를 치던 자들에 대해 이야기했고, 1937년 수십장의 고발장과 신고서를 써가며 인민의 적을 허위로 폭로함으로써 장군에 오른 몇몇 사람들에 대해 이야기했다.

어떤 때는 그의 힘이 사자 같은 대담성에, 벽 틈에서 튀어나와 "그냥 안 돼, 개똥들아!" 하고 소리치며 독일인들에게 수류탄을 던지는 저 유쾌한 결사적 행동 속에 있는 것 같았다.

어떤 때는 그의 힘이 건물에 있는 모든 이들과의 유쾌하고 허물없는 우정 속에 있는 것 같았다.

전쟁 전 그의 삶은 특별할 것이 없었다. 그는 한때 탄광의 십장이었고, 그다음엔 건설 기술자였고, 그러다 민스끄 부근에 주둔하던 어느 군부대의 보병 대위가 되었고, 전장과 병영에서 근무했고, 민스끄에서 재교육 과정을 거쳤고, 저녁에는 책을 좀 읽었고, 보드까를 좀 마셨고, 영화관에 다녔고, 친구들과 카드놀이를 했고, 결혼한 여자든 아니든 수많은 여자들과 관계를 가졌고, 그래서 질투하던 아내와 싸웠다. 그가 제 입으로 이 모든 이야기를 들려주었다. 그러던 그가 갑자기 이 세료자에게, 물론 세료자에게만은 아니겠지만, 전설 속의 용사, 정의의 투사로 여겨지게 된 것이다.

새로운 사람들이 세료자를 둘러싸 그의 영혼과 가장 가까웠던 이들마저 몰아내버렸다.

포수 꼴로메이쩨프는 상비군 해병 출신으로, 군함을 타다가 발트해에 세번 빠졌었다.

보통 경멸적으로 이야기해선 안 되는 사람들에 대해 자주 경멸적으로 이야기하는 꼴로메이쩨프가 학자들과 작가들에게만은 비상한 존경을 내비치는 것이 세료자의 마음에 들었다. 그는 어떤 지위에 있는 어떤 사람이든 머리가 다 벗어진 로바쳅스끼 같은 학자나 쪼그라지고 말라빠진 로맹 롤랑[376] 같은 작가 앞에서는 아무 것도 아니라고 말했다.

꼴로메이쩨프는 가끔 문학에 대해 이야기했는데, 첸쪼프의 교훈적이고 애국적인 이야기와는 완전히 다른 내용이었다.[377] 그는 어떤 미국 작가인지 영국 작가인지를 좋아했다. 세료자가 읽어본 적

---

[376] Romain Rolland(1866~1944). 프랑스의 소설가이자 극작가, 평론가. 러시아혁명 이후 공산주의자들에게 우호적이었고, 1935년 병든 몸으로 소련을 방문했으나 이후 소련 지지자들에게서 멀어졌다.

[377] 전편 소설에서 민병대에 들어온 세료자는 첸쪼프에게서 문학 이야기를 들으며 매우 감탄했다.

없는 작가였고 심지어 꼴로메이쩨프 자신도 작가 이름을 잊었지만, 세료자는 그 작가가 잘 쓴다고 확신했다. 꼴로메이쩨프가 매우 맛깔스럽고 유쾌하면서도 점잖지 못한 단어들을 써가며 그를 칭찬했기 때문이었다.

"내 마음에 드는 건," 꼴로메이쩨프는 말했다. "그가 나를 가르치려 들지 않는다는 거야. 남자가 여자 위로 기어올라간다, 그게 다야. 병사가 술을 진탕 마셨다, 그리고 끝. 늙은이의 할망구가 죽었다, 정확한 묘사지. 정말 웃기고, 불쌍하고, 흥미롭고, 요컨대 인간이 무엇을 위해 사는지 알 수 없다는 거야."

꼴로메이쩨프는 정찰병 바샤 끌리모프와 친구 사이였다.

한번은 끌리모프와 샤뽀시니꼬프가 독일 진영으로 들어갔었다. 철둑길을 기어건너가 독일군의 폭격으로 생긴 구덩이를 향해 다가가는 중이었다. 그곳에 중기관총 사수들과 정찰장교가 앉아 있었다. 구덩이 가장자리에 몸을 납작 붙인 채 두 사람은 독일인들의 생활을 엿보았다. 한 사수는 군복 윗도리 단추를 풀어 셔츠 깃 안으로 격자무늬 스카프를 밀어넣고서 면도를 하고 있었다. 세료자는 면도칼 아래 먼지투성이의 뻣뻣한 털이 썩썩거리는 소리를 들었다. 다른 사수는 납작한 깡통에 담긴 통조림을 먹고 있었는데, 짧지만 강렬한 이 순간에 완전히 몰입한 그의 쾌감이 그 커다란 얼굴에 떠올라 있었다. 정찰장교는 손목시계 태엽을 감고 있었다. 세료자는 장교가 놀라지 않게끔 조용한 목소리로 묻고 싶었다. "저기, 여봐요, 지금 몇시죠?"

끌리모프는 안전핀을 뽑은 뒤 구덩이 안으로 수류탄을 떨어뜨렸다. 이어 공중의 먼지가 채 가라앉기도 전에 두번째 수류탄을 던져넣고, 폭발이 일어나자 곧바로 구덩이로 뛰어들었다.

독일 병사들은 마치 일분 전에 세상에 살아 있지 않았던 것처럼 모두 죽어 있었다. 끌리모프는 폭발 가스와 먼지에 재채기를 연발하며 필요한 모든 것을 챙겼다. 중기관총 노리쇠와 망원경을 집어 들고, 피가 묻지 않도록 조심하며 아직 따뜻한 장교의 손목에서 시계를 풀고, 중기관총 사수들의 찢어진 제복 사이로 군인수첩을 꺼냈다.

돌아온 그는 전리품을 내놓고 무슨 일이 있었는지 설명한 뒤 세료자에게 자기 손에 물을 약간 부어달라고 청했다. 그러곤 꼴로메이쩨프 옆에 앉으며 말했다. "이제 담배 좀 피우자."

이때 자기를 소개할 때면 늘 "평화로운 랴잔 사람, 낚시 애호가요"라고 이야기하는 뻬르필리예프가 뛰어들어왔다. "끌리모프, 왜 여기서 빈둥거리고 앉았어?" 그가 소리쳤다. "관리인이 널 찾아. 다시 독일 놈들 건물로 가야 돼."

"가, 간다고." 끌리모프가 죄지은 사람처럼 얼른 대답하고는 자동총과 방수천을 씌운 수류탄 가방을 챙기기 시작했다. 물건들을 만지는 그의 손길은 무척 조심스러웠다. 마치 그것들이 아파하지 않을까 걱정하는 것처럼. 그는 많은 사람들에게 존칭을 썼고 단 한 번도 욕을 한 적이 없었다.

"너 침례교도지?"[378] 언젠가 노인 뽈랴꼬프가 백십명을 죽인 끌리모프에게 물어본 일도 있었다.

끌리모프는 과묵한 사람이 아니었으니, 특히 자신의 유년 시절에 대해 즐겨 이야기하곤 했다. 그의 아버지는 뿌찔로프 공장 노동자였다. 끌리모프 자신도 만능 선반공으로 전쟁 전에는 공장 직업

---

[378] 러시아에서 침례교는 성경이나 교회와 무관한 이단으로 여겨졌다.

학교에서 가르쳤다. 한 학생이 목에 나사가 걸려 새파래진 얼굴로 숨을 못 쉬고 있을 때, 응급 구조대가 도착하기 전 자신이 펜치로 그 학생의 목구멍에서 나사못을 뺐다는 이야기를 세료자는 아주 재미있게 들었다.

하지만 언젠가 보았던, 전리품 독주를 마시고 잔뜩 취한 끌리모프는 정말이지 무시무시했다. 그레꼬프마저 그 앞에서 겁을 낼 지경이었다.

건물에서 가장 단정치 못한 인간은 바뜨라꼬프 중위였다. 그는 장화를 닦는 법이 없었다. 반쯤 떨어져나간 그 장화의 한쪽 밑창은 걸을 때마다 철퍼덕거려서 다들 고개를 돌리지 않고도 포대 중위가 다가오는 것을 알 수 있을 정도였다. 그 대신 중위는 하루에도 수십번씩 부드러운 비로드 천으로 안경알을 닦았다. 자기 시력에 맞지 않아 뿌옇게 보이는 안경이었는데, 바뜨라꼬프는 폭발이 일으킨 먼지와 연기 때문에 안경알이 그을려서 그렇다고 생각했다. 끌리모프가 몇차례 죽은 독일 병사들에게서 벗겨온 안경을 그에게 가져다주었지만 바뜨라꼬프는 무엇도 쓸 수 없었다. 테만 좋았지 알의 도수가 맞지 않았던 것이다.

전쟁 이전에 바뜨라꼬프는 공과대학에서 수학을 가르쳤다. 그는 찌를 듯한 자신감을 내비치며 경멸 어린 목소리로 무식한 학생들에 대해 이야기했다.

한번은 세료자에게 수학 시험을 치르게 했는데, 이 일로 세료자는 망신을 당했다. 건물 사람들이 모두 그를 비웃고 샤뽀시니꼬프를 그냥 2학년에 남도록 낙제시켜야겠다고 경고조로 손가락질했던 것이다.

언젠가 독일군의 공습에 병사들이 무거운 망치를 들고 돌이며 땅이며 쇠붙이를 정신없이 두들길 때, 그레꼬프는 바뜨라꼬프가 계단 밑 잘려나간 방에서 작은 책을 읽고 있는 것을 보고 말했다.

"암, 독일군은 아무것도 얻지 못할 거야. 저런 얼간이를 상대로 놈들이 뭘 할 수 있겠어?"

독일인들의 행동을 보며 이 건물 사람들은 공포를 느끼는 게 아니라 깔보며 조롱하곤 했다. "저런, 프리츠가 애 좀 쓰네" "저 깡패들, 그렇게 오래 고민해서 한다는 짓 좀 봐……" "얼간이, 폭탄을 어디로 던지는 거야……"

바뜨라꼬프는 공병소대 지휘관인 안찌페로프와 친하게 지냈는데, 그는 자기가 앓는 각종 지병들에 대해 즐겨 이야기하는 마흔살의 남자였다. 사실 이는 전선에서 드문 현상인 것이, 포화 속에서 궤양이나 척추신경근염 따위는 저절로 낫기 때문이다.

그러나 안찌페로프는 스딸린그라드의 격전 속에서도 그 통통한 몸에 둥지를 튼 여러가지 병 때문에 내내 고생을 했다. 독일인 의사도 고치지 못했다.

둥그런 얼굴에 점점 벗어져가는 둥근 머리에 둥그런 두 눈을 한 이 사람이 포화의 불길한 반사광 속에서 자기네 공병들과 태평스레 차를 마시는 모습은 환상적이리만치 비현실적으로 보였다. 평소 그는 맨발에 —신을 신으면 물집에 성이 오르기 때문이었다— 제복 윗도리도 입지 않고 —안찌페로프는 항상 더워했다— 앉아서 푸른색 작은 꽃들이 그려진 찻잔에 뜨거운 차를 담아 홀짝홀짝 마셨고, 넓찍한 수건으로 대머리를 닦았고, 깊은 한숨을 내쉬었고, 미소를 지었고, 머리를 붕대로 감은 침울한 병사 랴호프가 뜨겁게 끓인 보일러 물을 시커멓게 그을린 찻주전자에 담아 연신 부어주는 찻잔 속으로 입김을 후후 불어댔다. 가끔 안찌페로프는 불쾌한 신음 소리를 내며 장화도 신지 않은 채 벽돌 더미에 올라가서는 세상에 무슨 일이 일어나는지 살펴보곤 했다. 윗도리도 모자도 없이 맨발로 거기 서 있는 그의 모습은 흡사 폭우가 쏟아질 때 농가 문지방에 서서 주위를 살피는 농부 같았다.

전쟁 전에 그는 건설 현장의 감독으로 일했다. 그러한 경험은 이제 반전된 의미를 가지게 되었다. 그의 머릿속은 늘 건물과 벽과 지하실과 지붕을 파괴하는 문제로 가득 차 있었다.

바뜨라꼬프와 이 공병 사이의 대화에서는 으레 철학적 질문들이 주요 화제로 떠올랐다. 건설에서 파괴로 이행한 안찌페로프의 내면에 그 예외적인 전환을 의미화하려는 욕구가 일었던 것이다.

때로는 대화가 철학적 고지 ― 삶의 목적은 어디에 있나, 천체에도 소비에뜨 권력이 있는가, 남성들의 지적 구조가 여성들의 지적 구조에 비해 우월한 점은 무엇인가 ― 에서 내려와 일상생활의 문제들로 넘어가기도 했다. 이곳 스딸린그라드의 잔해 한가운데서는 모든 것이 달랐으니, 사람들에게 필요한 지혜는 종종 얼간이 바뜨라꼬프의 편에 있었다.

"자네도 알겠지만, 바냐," 안찌페로프는 바뜨라꼬프에게 말하곤 했다. "난 자네를 통해 뭔가를 이해하게 되었네. 전에는 누가 안주와 보드까를 필요로 하는지, 누구에게 새 자동차 덮개를 구해줘야 하는지, 누구에게 100루블을 찔러줘야 하는지, 그게 삶의 역학이고 난 그걸 끝까지 다 안다고 생각했지."

그러면 바뜨라꼬프는 안찌페로프에게 새로운 인간관을 열어준 것이 스딸린그라드가 아니라 안개에 싸인 듯 불명료한 견해들을 지닌 자신이라 진지하게 믿고 거드름스럽게 대답하는 것이었다. "그래, 친구. 전체적으로 볼 때 우리가 전쟁 전에 만나지 않은 게 유감이야."

한편 지하실에는 보병부대가 거주했다. 독일군의 기습을 물리
치고 그레꼬프의 쩌렁쩌렁한 목소리에 따라 반격으로 넘어간 바로
그 사람들이었다.

보병부대를 지휘하는 사람은 주바레프 중위로, 그는 전쟁 전에
음악원에서 노래를 배웠다. 가끔 그는 밤중에 독일인들이 지내는
건물로 다가가 「오 나를 깨우지 마오, 봄의 숨결이여」[379]를, 때로는
렌스끼의 아리아[380]를 노래했다. 대체 왜 벽돌 더미로 잠입해 죽을
위험을 무릅쓰고 노래를 하는지 사람들이 물으면 주바레프는 손을
내저으며 대답을 피했다. 아마 밤이나 낮이나 시체 썩는 냄새가 머
물러 있는 이곳에서, 어떤 강력한 파괴적 힘으로도 삶의 아름다움
을 물리칠 수 없다는 사실을 자신과 동료들뿐 아니라 적들에게도
증명하고 싶었던 것이리라.

그동안 그레꼬프, 꼴로메이쩨프, 뽈랴꼬프, 끌리모프, 바뜨라꼬
프, 털보 주바레프에 대해 모르고 살아왔다니, 이게 정말 가능하단
말인가?

평생을 지식인들에 둘러싸여 지내온 세료자에게 할머니는 늘
평범한 노동자들이 좋은 사람들이라 이야기했고, 그 말이 진실이
었음을 이제 그는 분명히 알게 되었다.

하지만 영리한 세료자는 할머니의 오류 ─ 할머니는 아무래도
평범한 사람들이 단순하다고 여겼다 ─ 도 알아차릴 수 있었다.

---

379 괴테의 『젊은 베르터의 고뇌』에 기초한 마스네(Jules Massenet, 1842~1912)의
오페라 중 제2막, 베르터가 마지막으로 로테를 만나 부르는 아리아.
380 뿌시낀의 운문소설 『예브게니 오네긴』을 리브레또로 만들어 차이꼽스끼가 작
곡한 동명의 오페라 중 주인공의 친구 렌스끼가 부르는 테너 아리아.

6동 1호에 사는 사람들은 단순하지 않았다. 언젠가 그레꼬프의 말이 세료자를 놀라게 했다. "인간을 양들 이끌듯 하면 안 되지. 레닌은 무척 현명한 사람이었지만 그도 이 점은 이해하지 못했어. 혁명의 목적은 누구도 인간을 이끌지 못하도록 하는 건데, 레닌은 이렇게 말했잖아. '과거 권력은 여러분을 바보 같은 방식으로 이끌었소. 나는 현명한 방식으로 이끌 거요.'"

1937년 수만명의 무고한 이들을 파멸시킨 내무인민위원회를 그렇게 대담하게 비판하는 것을 세료자는 한번도 들어본 적이 없었다.

전면적 집단화 시기에 농민들에게 닥친 불행과 고통에 관해 그토록 가슴 아파하며 말하는 것을 세료자는 한번도 들어본 적이 없었다. 이런 주제에 대해 주로 이야기하는 사람은 바로 건물 관리인 그레꼬프였지만, 꼴로메이쩨프도 바뜨라꼬프도 종종 그와 비슷한 대화를 이끌었다.

지금 참모부 벙커에 앉아 있는 세료자에게는 6동 1호 밖에서 보내는 일분일초가 괴로울 만큼 길게 여겨졌다. 여기서 명령이니 전화 통화니 하는 얘기들을 듣고 있다니 믿을 수가 없을 지경이었다.

그는 그레꼬프가, 꼴로메이쩨프가 지금 무엇을 하고 있을까 상상하기 시작했다.

저녁이군. 잠잠해진 이 시간에는 다들 무선전신수 얘기를 다시 꺼내겠지. 그레꼬프는 마음을 먹었을까? 만일 그랬다면 부처가 와도, 추이꼬프가 위협한다 해도 그를 막을 수는 없을 거야.

그곳 사람들은 모두 훌륭하고 강하고 결사적이야. 아마 주바레프는 오늘밤에도 아리아를 불렀겠지…… 까짜는 혼자서 어쩔 줄 모르고 앉아 자신의 운명을 기다리고……

'죽여버릴 거야.' 그는 생각했지만 누구를 죽일 것인지는 스스로도 알지 못했다.

나는 이미 비교도 안 돼. 난 한번도 여자랑 키스한 적이 없는데 그 악마들은 경험이 많잖아. 그녀를 속이고 혼란스럽게 만들겠지.

그는 스스로의 뜻과는 상관없이 연대장이나 포병사단장의 삐삐제[381]가 된 여성 간호사, 전화교환원, 측량사, 기계공, 여학생 들에 관한 이야기들을 수없이 들었다. 그전까지 이런 이야기들은 그를 동요시키지도, 그의 관심을 불러일으키지도 않았는데.

그는 벙커 문을 바라보았다. 왜 이 생각이 더 빨리 머릿속에 떠오르지 않았을까? 아무에게도 묻지 않은 채 그냥 일어나서 문을 열고 나간다는 생각 말이다.

그는 일어나서 문을 열고 나갔다.

한편 그 시각, 군 참모부의 당직 장교에게 군 정치국장 바실리예프의 명령을 전하는 전화가 걸려왔다. 포위된 건물에서 데려온 병사를 지체 없이 여단 꼬미사르에게로 보내라는 내용이었다.

다프니스와 클로에의 이야기[382]가 사람들의 마음을 울리는 것은 그들의 사랑이 푸른 하늘 아래 포도덩굴 사이에서 생겨났기 때문이 아니다.

다프니스와 클로에의 이야기는 언제 어디서나 반복된다. 구운 대구 냄새가 밴 숨 막히는 지하실에서도, 강제수용소의 벙커 안에서도, 지역 회계실의 주판 튕기는 소리 너머에서도, 방직공장의 먼지 구덩이 속에서도.

---

381 전쟁터의 애인을 조롱조로 일컫는 말.
382 2세기경 그리스의 작가 롱고스(Longos)가 쓴 사랑 이야기. 자연 속에서 태어난 두 남녀가 함께 여러 난관을 물리친 뒤 결혼해서 아이를 낳아 계속 자연 속에서 살아간다는 내용이다.

그리고 이 사랑 이야기는 다시 폐허 한가운데, 독일군의 급강하 폭격기 아래서, 사람들이 땀투성이의 더러운 몸을 꿀이 아니라 썩은 감자와 오래된 보일러 물로 부양하는 곳에서, 사색을 부르는 고요함은 어디에도 없고 부서진 돌덩어리와 굉음과 썩은 냄새만이 있는 곳에서 피어난다.

62

스딸그레스에서 경비로 일하는 안드레예프 노인에게 레닌스끄[383]로부터 인편으로 편지가 왔다. 바르바라 알렉산드라가 폐렴으로 죽었다고 며느리가 써 보낸 것이었다.

아내의 사망 소식을 들은 뒤로 안드레예프는 완전히 우울에 빠져서 스삐리도노프에게도 거의 가지 않고 저녁마다 노동자 숙소 입구에 앉아 포탄이 터지는 모습과 구름 낀 하늘에 어른대는 탐조등의 희미한 불빛만 바라볼 뿐이었다. 숙소에서 사람들이 말을 걸어도 아무런 대꾸가 없었다. 노인이 잘 듣지 못하는가보다 생각한 이들이 더 크게 질문을 되풀이하면 안드레예프는 그제야 침울하게 입을 열어 "들려요, 들려, 귀머거리 아니오"라 말하곤 다시 침묵에 빠졌다.

아내의 죽음은 그를 온통 뒤흔들었다. 그의 삶이 아내의 삶 속에 반영되어 있었고, 그에게 일어난 나쁜 일과 좋은 일, 그의 유쾌한 기분이나 슬픈 감정 모두 바르바라 알렉산드로브나의 영혼 속에

---

383 스딸린그라드에서 동쪽으로 약 60킬로미터 떨어져 있는 도시.

반영되어 있던 터였다.

심한 폭격이 이어지던 시기 몇 톤급의 폭탄이 터질 때 빠벨 안드레예비치 안드레예프는 스딸그레스 공장 한가운데 솟아오른 흙더미와 높다란 연기 기둥을 바라보며 생각하곤 했다. '내 할망구도 이걸 보고 있으려나…… 오, 바르바라, 여기 이거 말이야……'

하지만 그때 그녀는 이미 죽은 사람이었다.

폭탄과 포탄으로 부서진 건물들의 잔해와 전쟁으로 갈아엎어진 마당이, 그곳의 흙더미와 휘어버린 파이프, 씁쓸하고 축축한 연기, 기름이 밴 단열재를 핥으며 누런 도마뱀처럼 미끄러져가는 화염이 마치 그 자신의 남은 삶인 듯했다.

언젠가 일터로 가기 전 밝은 방 안에 앉아서 아침을 먹고, 옆에서는 아내가 뭘 좀더 줄까 물으며 그를 바라보고 서 있던 적이 정말로 있긴 했을까?

그래, 이제 남은 건 고독한 죽음뿐이야.

이어 그는 검게 탄 두 팔에 유쾌한 두 눈을 한 젊은 그녀를 떠올렸다.

별수 있나. 때가 올 것이고, 그것도 그리 머지않았어.

어느날 저녁 그가 층층다리를 삐걱거리며 천천히 스뻬리도노프 가족의 벙커로 내려왔다. 스쩨빤 표도로비치 스뻬리도노프가 노인의 얼굴을 살피며 물었다. "빠벨 안드레예비치, 어디 안 좋은 겁니까?"

"당신은 아직 젊은데, 스쩨빤 표도로비치," 안드레예프가 말했다. "기가 나보다 약해요. 좀더 마음을 편안히 가져요. 하지만 나는 기가 충분해요. 혼자서 마저 갈 거예요."

냄비를 씻고 있던 베라가 그 말의 의미를 얼른 깨닫지 못한 채 그를 돌아보았다.

이제 안드레예프는 화제를 돌리고 싶었다. 그에게는 누구의 동정도 필요하지 않았다.

"베라, 때가 됐어." 그는 말했다. "여기서 떠나야 해. 여긴 병원도 없고 전차와 비행기뿐이니."

그녀는 조용히 웃으며 젖은 두 손을 내저을 뿐이었다.

스쩨빤 표도로비치는 화가 나서 입을 열었다. "모르는 사람들까지도 저애만 보면 좌안으로 옮겨가야 한다느니 그런 말을 해요. 어제는 군사위원이 우리 벙커에 들러서 베라를 보더니 아무 말도 안 하고 있다가 자동차에 올라앉은 후에 나를 질책했어요. 당신 도대체 뭐냐고, 아버지 아니냐고, 원하면 우리가 따님을 장갑정에 태워 볼가강 건너로 이송할 수 있다고 하더군요. 아이가 원하지 않는 걸 나더러 어쩌란 말입니까? 정말이지 어쩔 수가 없다고요."

그는 매일 같은 이야기로 논쟁을 벌이는 사람처럼 아주 빠르고 조리 있게 말을 쏟아놓았다. 안드레예프는 헝겊으로 기워 누덕누덕한 자기 재킷의 소매만 말없이 들여다보았다.

"여기선 편지도 못 받아요." 스쩨빤 표도로비치가 말을 이었다. "우체국이 있길 하나요? 그렇게 오래 지내는 동안 애들 할머니나 제냐, 류드밀라에게서 엽서 한장 없어요…… 똘랴와 세료자가 어디 있는지 대체 어떻게 안답니까?"

"요번에 빠벨 안드레예비치는 편지를 받으셨잖아요." 베라가 말했다.

"죽음에 대한 소식을 받았지." 스쩨빤 표도로비치는 자기 입에서 나온 말에 경악하여 손으로 벙커의 비좁은 벽들, 베라의 침상을 가린 휘장을 가리키며 신경질적으로 이야기를 이어갔다. "대체 여

기서 애가 어떻게 산단 말입니까? 다 큰 여자애가 말이에요. 남자들
이 시도 때도 없이 밀어닥칩니다. 어떤 때는 노동자들이, 어떤 때는
무장 경비대가 빼곡하게 들어차서 떠들고 담배를 피워댄다고요."

"그래, 아기 생각을 해야지. 여기 있으면 죽게 돼." 안드레예프가
말했다.

스쩨빤 표도로비치가 딸을 향해 소리쳤다. "너 갑자기 독일인들
이 쳐들어온다고 생각해봐라! 그땐 어떻게 되겠니?"

베라에게선 대답이 없었다.

그녀는 빅또로프가 부서진 스딸그레스 정문으로 들어올 것임을,
비행복 차림에 목이 긴 장화를 신고 옆구리에는 지도 케이스를 낀
그의 모습을 자신이 단번에 알아볼 것임을 스스로에게 확신시키곤
했다.

종종 혹시 그가 오나 싶어 큰길로 나가보면 붉은군대 병사들이
화물차를 타고 지나가다가 그녀를 향해 소리치곤 했다. "헤이, 아
가씨, 누구 기다려? 여기 올라앉아."

그러면 그녀는 순간 활기를 찾고 대답했다. "화물차로는 거기까
지 못 가요."

소련 비행기들이 지나갈 때마다 그녀는 빅또로프를 알아보는
순간이 오리라 믿으며 스딸그레스 위로 낮게 비행하는 격추기들을
살펴보았다. 한번은 격추기가 스딸그레스 위로 날아 지나가며 인
사하듯 날개를 흔들었는데, 그걸 본 베라는 절박한 새처럼 소리를
지르며 달려가다가 땅에 넘어지고 말았다. 그후 며칠 동안 그녀는
밤마다 허리가 아파 고생을 했다.

10월 말에는 발전소 상공에서 공중전이 벌어졌다. 전투는 명확한
승부 없이 흐지부지되어 소련 전투기들은 구름 속으로 사라졌고,

독일 전투기들은 다시 돌아왔다가 서쪽으로 날아가버렸다. 베라는 내내 그대로 선 채 빈 하늘을 쳐다보았다. 마당을 지나가던 정비공이 그녀의 휘둥그런 두 눈에 광기로 가득한 긴장이 서려 있는 것을 보고 말했다. "스삐리도노바 동지, 왜 그래요? 어디 다쳤어요?"

베라는 빅또로프를 바로 이곳 스딸그레스에서 만나게 되리라 믿었지만, 만일 아버지에게 그것을 말하면 운명이 분노하여 둘의 만남을 방해할 것만 같았다. 만남에 대한 확신이 얼마나 컸는지 갑자기 감자알을 넣은 호밀 만두를 서둘러 굽는가 하면, 급히 바닥을 걸레로 닦고 물건들을 옮겨놓거나 더러운 신발을 깨끗하게 닦기도 했다…… 가끔은 아버지와 식탁에 앉았다가도 뭔가에 귀를 기울이고는 "잠깐, 저 일분만 나갔다 올게요" 하고서 어깨에 외투를 걸친 뒤 지표면으로 올라가 마당에 혹 비행사가 서 있지 않은지, 그가 스삐리도노프 가족은 어디 있냐고 묻지는 않는지 둘러보았다.

한번도, 단 한순간도 그가 자신을 잊을 수 있다는 생각은 그녀의 머릿속으로 들어온 적이 없었다. 자신이 그에 대해 생각하는 만큼이나 빅또로프 역시 끊임없이, 밤이나 낮이나 자신에 대해 생각하고 있다고 그녀는 확신했다.

발전소는 거의 매일 독일 중무기들의 폭격을 받았다. 독일 병사들은 아주 능숙해져서 포탄을 공장 벽들에 백발백중으로 처박았다. 굉음이 연신 땅을 뒤흔들었다. 폭격기가 하나씩 단독으로 나타나 이리저리 날아다니며 폭탄을 투하하기도 했다. 메서들은 땅 위로 낮게 퍼져 발전소 위를 지나다니며 일제사격을 해댔다. 가끔은 멀리 떨어진 언덕들 위에 독일 전차들이 나타났고, 그러면 소총과 기관총의 재빠른 소리들이 또렷하게 들려왔다.

발전소에 있는 다른 노동자들이 그렇듯 스쩨빤 표도로비치도 포격과 폭격에 익숙해 있었다. 하지만 그와 동시에 정신력이 고갈되어 때때로 무력감에 사로잡혔다. 그냥 침상에 드러누워 누비 윗도리를 머리까지 뒤집어쓰고 눈을 감은 채 꼼짝없이 있고만 싶었다. 종종 그는 술을 많이 마셨다. 종종 그는 볼가 강가로 달려가 뚜마끄[384]로 넘어가서는 스딸그레스 쪽으로는 눈길도 주지 않고 좌안의 초원을 돌아다니고 싶은 욕구에 휩싸였다. 탈영병이라는 모욕도 감수할 수 있었다. 그저 독일군의 포탄과 폭탄의 무서운 굉음이 들리지 않기만을 바랄 뿐이었다. 근처에 주둔하는 제64군 참모부의 고주파전화를 통해 모스끄바와 통화를 하다가 "스삐리도노프 동지, 당신이 이끄는 영웅적 집단에 모스끄바의 인사를 전해주시오"라는 인민위원 대리의 말을 들었을 때, 그는 거북한 마음이 들었다. 지금 여기 어디에 영웅적 행위가 있다는 건가. 이곳에는 독일군이 스딸그레스에 대한 대규모 공격을 준비한다는, 괴물 같은 몇 톤짜리 폭탄들로 스딸그레스를 격파할 작정이라는 소문이 돌고 있었다. 이런 소문을 들으면 수족이 싸늘해졌다. 낮에는 내내 폭격기들이 날아오지 않는지 두 눈으로 잿빛 하늘을 노려보았고, 밤에는 독일 공군 대부대의 낮고 둔탁한 엔진음이 들리는 듯해 갑자기 벌떡벌떡 일어나곤 했다. 그의 등과 가슴은 늘 공포로 축축했다.

보아하니 신경이 망가진 사람은 그만이 아니었다. 책임 엔지니어 까미쇼프가 언젠가 그에게 말했다. "더이상 힘이 없어요. 무슨 도깨비 같은 게 눈앞에 어른거리고, 대로가 보이면 아, 도망가버리자는 생각만 들어요." 중앙위원회에서 파견된 당 조직책 니꼴라예프는 저녁에 그에게 들러 보드까를 청하곤 했다. "한잔만 부어주

[384] 볼가강 삼각주에 위치한 초원 마을. 스딸린그라드로부터 찻길로 40킬로미터 가량 떨어져 있다.

게, 스쩨빤 표도로비치. 내 건 다 떨어졌거든. 이 폭탄 해독제 없이
는 도무지 잠을 잘 수가 없단 말이지." 스쩨빤 표도로비치는 니꼴
라예프에게 보드까를 따라주며 말했다. "이렇게 또 하나 배우는군.
휴대가 편리한 장비를 사용하는 직업을 택해야 했어. 터빈들이 여
기 붙박여 있으니 우리도 그 옆에 붙어 있을 수밖에. 다른 공장 사
람들은 벌써 한참 전부터 스베르들롭스끄[385]에서 놀고 있는데."

언젠가 스쩨빤 표도로비치는 베라를 설득하면서 이렇게 말했다.
"참 기가 막히는구나. 다들 무슨 핑계를 대서라도 이곳을 벗어나려
고 안달을 하는데, 넌 내가 이렇게 성심껏 설득하는데도 도무지 떠
나려 하질 않으니. 내게 허락만 떨어진다면 난 당장 떠날 거다."

"내가 여기 머무는 건 아버지 때문이에요." 베라는 거칠게 대꾸
했다. "나 없으면 아버지는 완전 고주망태가 될 거잖아요."

물론 스쩨빤 표도로비치가 독일군의 포화 앞에서 떨기만 한 것
은 아니었다. 스딸그레스에는 용기도 있었고, 고된 노동도 있었고,
웃음과 농담도 있었고, 가혹한 운명에 대한 당찬 도전도 있었다.

베라는 늘 아이에 대한 걱정으로 괴로워했다. 아이가 병들어 태
어나는 건 아닐까? 숨 막히는 연기로 가득한 지하에서 지내는 것
이, 매일 폭격으로 땅이 뒤흔들리는 이 환경이 아이에게 해롭지 않
을까? 최근에 그녀는 자주 구역질이 나고 어지러웠다. 어머니의 두
눈이 항상 잔해와 포화, 이지러진 땅, 잿빛 하늘에 날아다니는 하
켄크로이츠 문양이 달린 비행기들만 본다면 아이는 얼마나 슬프고
겁 많고 우울한 사람으로 태어날까? 어쩌면 이미 폭발음을 듣고 있
을지도 모른다. 아마 그 오그라진 몸이 폭탄 터지는 소리에 죽어가

---

385 우랄산맥 경사면에 위치한 대도시. 제2차 세계대전 당시 많은 공장들이 그 부
근으로 옮겨졌다.

고 그 작은 머리가 어깨 사이로 움츠러들겠지.

기름때 묻은 더러운 외투 차림에 병사용 방수포로 만든 허리띠를 두른 사람들이 곁을 지나 달려가며 그녀에게 손을 흔들고 미소 지으며 소리치곤 했다. "베라, 어떻게 지내? 베라, 너 내 생각 하지?"

그녀는 자신에게, 미래의 어머니에게 보내는 그들의 애정 어린 마음을 느꼈다. 아마 아기도 그 마음을 느끼겠지. 아이의 심장도 깨끗하고 선해지겠지.

그녀는 종종 전차를 수리하는 기계공장에 들렀다. 한때 빅또로프가 일하던 곳이었다. 그녀는 그가 어느 작업대에서 일했을지 추측해보았다. 작업복이나 여름 정복을 입은 그의 모습을 떠올리려 해봐도 머릿속에 나타나는 그는 늘 환자복 차림이었다.

스딸그레스의 노동자들뿐 아니라 군 주둔 거점의 전차병들도 그녀를 알고 있었다. 사실 그 두 부류는 잘 구별되지 않았는데, 공장 노동자들이나 전쟁 노동자들이나 똑같이 기름때 가득한 누비옷에 똑같이 구겨진 모자를 쓰고 똑같이 손이 시꺼멓기 때문이었다.

빅또로프, 그리고 밤낮으로 그 존재를 느낄 수 있는 아기에 대한 생각에 파묻히면서 할머니나 제냐 이모, 세료자, 똘랴에 대한 걱정은 그녀의 심장에서 뒤로 물러났다. 그들에 대해 생각하면 그저 무거운 고통만 느껴질 뿐이었다.

밤이면 어머니가 그리웠다. 그녀는 어머니를 부르고, 한탄하고, 도움을 청하며 속삭였다. "엄마, 사랑하는 엄마, 나 좀 도와줘."

이러한 순간 그녀는 기댈 데 없고 무력한 자신을 느꼈다. 더는 아버지에게 침착한 목소리로 "강요하지 마세요, 난 여기서 한발짝도 안 움직일 거예요"라고 말하는 그런 사람이 아니었다.

63

식사를 하던 나쟈가 생각에 잠겨 말했다. "똘랴는 튀긴 감자보다 삶은 감자를 더 좋아했는데."

"내일은 그애가 꼭 열아홉살 일곱달이 되는 날이구나." 류드밀라 니꼴라예브나가 대꾸했다.

그리고 그날 저녁 류드밀라는 말했다. "야스나야 뽈랴나에서 파시스트들이 행한 짐승 같은 일들을 알면 마루샤가 얼마나 화를 냈을까?"[386]

얼마 안 있어 공장 회합을 마치고 돌아온 알렉산드라 블라지미로브나가 외투 벗는 것을 돕는 시뜨룸에게 말을 건넸다. "날씨가 좋네, 비쨔. 공기가 건조하고 차가워. 자네 어머니라면 포도주 같다고 했을 만한 날씨야."

"근데 어머니는 양배추절임을 포도라고 부르셨죠."

삶은 바다 위를 떠가는 얼음덩어리처럼 움직였다. 물밑의 보이지 않는 부분이 차가운 암흑 속을 미끄러져가며 안정감을 부여해 물 위의 보이는 부분은 파도를 가르며 나아갔고, 철썩이는 물결의 소리를 들었고, 숨을 쉬었······

아는 집안의 젊은이가 대학원생이 되고 논문을 완성하고 사랑에 빠지고 결혼을 해도, 축하 인사와 가족의 대화 뒤에 늘 슬픔의 감정이 드리웠다.

---

386 야스나야 뽈랴나는 똘스또이의 출생지이자 영지요 그가 『전쟁과 평화』와 『안나 까레니나』를 집필한 곳. 독일군 사령관 하인츠 구데리안이 이곳을 사령부로 사용하면서 모스끄바 공격을 기획했다. 알렉산드라 블라지미로브나의 둘째 딸 마루샤(스뻬리도노프의 아내)가 살아 있었다면 이 사실에 화를 냈으리라는 뜻이다.

아는 사람이 전쟁에서 죽었다는 것을 알게 될 때마다 시뜨룸은 마치 자기 안의 살아 있는 부분이 죽어가고 색이 바래는 것만 같았다. 하지만 죽은 이의 목소리는 삶의 소음 속에 남아 여전히 지속되었다.

시뜨룸의 생각과 영혼에 이어져 있는 시대는 끔찍했다. 여자들과 아이들을 딛고 올라선 시대. 그 시대가 그의 가족 중 두 여인과 청년을, 거의 어린아이에 가까운 청년을 죽였다.

종종 시뜨룸은 언젠가 소꼴로프의 친척이자 역사가 마지야로프에게서 들었던 만젤시땀[387]의 시구들을 떠올리곤 했다.

내 어깨 위로 시대가, 늑대 사냥꾼의 개가 덮친다,
내게는 늑대의 피가 흐르지 않건만……

하지만 이 시대는 그의 시대였다. 그는 이 시대와 함께 살았고, 죽음 이후에도 이 시대와 이어져 있을 것이었다.

시뜨룸의 작업은 여전히 신통치 않았다. 전쟁이 나기 훨씬 전에 시작된 실험은 이론이 예견한 결과들을 도무지 내놓지 않았다. 실험 데이터의 다양함 속에, 이론에 저항하는 그 집요함 속에 깃든 혼돈과 불합리함이 그의 사기를 꺾었다.

처음에 시뜨룸은 불완전한 실험과 새로운 도구의 부재가 실패의 원인이라 확신했다. 실험실의 동료들에게도 화가 났다. 그들이 사적인 일상에 정신이 팔려 충분히 열심히 일하지 않는다고 생각했던 것이다.

---

387 Osip Emilievich Mandelstam(1891~1938). 20세기 최고의 러시아 시인. 1938년 반혁명분자로 낙인찍혀 강제노동형을 선고받고 수용소 생활을 하다가 사망했다.

하지만 문제는 재능 있고 유쾌하고 사랑스러운 사보스찌야노프가 늘 보드까 배급표를 손에 넣느라 분주하기 때문도 아니고, 모든 것을 알고 있는 마르꼬프가 근무시간에 강의를 하거나 동료들에게 이 학자는 어떤 배급을 받고 저 학자는 어떤 배급을 받는지, 이 학자의 배급량이 어떻게 전처 둘과 지금의 세번째 아내에게 나누어지는지 설명하기 때문도 아니고, 안나 나우모브나가 참을 수 없을 정도로 상세하게 집주인과의 관계에 대해 이야기하기 때문도 아니었다.

사보스찌야노프의 사고는 생생하고 분명했다. 마르꼬프는 언제나 광범위한 지식과 매우 정교한 실험을 이끌어내는 신묘한 능력, 흔들림 없는 논리로 시뜨룸을 경탄시켰다. 안나 나우모브나는 다 쓰러져가는 싸늘한 방에 살면서도 초인간적인 집념과 성실성을 지닌 채 일했다. 그리고 늘 그랬듯 시뜨룸은 소꼴로프가 자신과 함께 일한다는 사실이 자랑스러웠다.

실험 조건의 정확한 준수, 측정의 검토 작업, 계측기의 반복적인 교정, 그 무엇도 작업을 명확하게 해주지 못했다. 초경도 방사선의 영향을 받는 중금속의 유기염 연구도 혼란에 빠졌다. 시뜨룸에게는 가끔 이 소금 입자가 예의와 이성을 잃어버린 난쟁이, 거드름 가득한 빨간 상판대기에 귀를 덮는 원추형 모자를 쓰고 음란한 몸짓을 하면서 이론의 엄격한 얼굴 앞에 엿 먹어라, 손가락 욕을 해 보이는 난쟁이처럼 보였다. 세계적 명성을 지닌 물리학자들이 참가하여 정립한 이론 아닌가. 그 수학적 구조에 결함이라곤 없었으며, 영국과 독일의 이름 높은 실험실에서 십년간 축적된 실험 자료 또한 이 이론에 수월하게 들어맞았다. 전쟁이 일어나기 얼마 전 케임브리지에서는 입자들이 특정 조건에서 이론이 예견한 대로 움직이는지 확인하는 실험을 행했다. 그 실험의 성공이야말로 이론의 빛나는 승리였다. 시뜨룸에게는 이것이 태양의 자기장으로 들어오는 광선의 편차를 확인한 상대성이론 실험만큼이나 시적이고 숭고하게 여겨졌다. 이 이론에 반기를 든다는 것은 마치 병사가 원수의 어깨에서 황금 견장을 떼는 것과 같이 상상할 수 없는 일이었다.

하지만 난쟁이는 여전히 거드름을 피우며 엿 먹으라고 놀려댔으며, 그를 타이르는 것은 불가능했다. 그러다 류드밀라 니꼴라예브나가 사라또프로 떠나기 얼마 전 시뜨룸에게 한가지 생각이 떠올랐다. 이론의 테두리를 확장하는 것이 가능하리라는 생각이었다. 이를 위해서는 두가지 임의적인 가설을 세워야 했고, 수학적 이론을 현저하게 강화할 필요가 있었다.

새로운 방정식들은 소꼴로프가 특히 강한 수학 분야와 관련된 것이었다. 그 영역에 충분히 자신이 없었던 시뜨룸은 소꼴로프에게 도움을 청했다. 소꼴로프는 상당히 빠른 속도로 이론의 확장에 필요한 새로운 방정식들을 이끌어내는 데 성공했다.

문제가 해결된 것 같았다. 실험 데이터가 더이상 이론과 모순되지 않았다. 시뜨룸은 성공을 기뻐하며 소꼴로프를 축하했고, 소꼴로프 또한 시뜨룸을 축하해주었다. 그러나 염려와 불만은 완전히 가시지 않은 채 남아 있었다.

얼마 지나지 않아 시뜨룸은 다시 우울에 빠졌다.

"뾰뜨르 라브렌찌예비치," 그가 소꼴로프에게 말했다. "류드밀라 니꼴라예브나가 저녁마다 양말 깁는 것을 보면 기분이 나빠져. 왜냐하면 그게 우리를 상기시키기 때문이지. 우리는 이론을 기워 붙인 셈이네. 조잡한 작업이었지. 다른 색 실을 썼어. 쓰레기야."

그는 자신의 회의를 더욱 부채질했다. 다행히 자기위안이 실패를 불러오리라는 것을 본능적으로 느꼈기 때문에, 그는 스스로를 속일 수 없었다.

이론의 확장도 별다른 소득을 불러오지 못했다. 확장된 이론은 내적 통일성을 잃었다. 임의적인 가설들이 이론의 자생적 힘과 독자적 의미를 앗아갔고, 방정식들은 더 복잡해져 적용할 수도 없을 지경이었다. 제한적이고 맥 빠진, 뭔가 탈무드적인 것[388]이 그 안에 생겨났다. 마치 이론이 살아 있는 근육을 다 잃은 것 같았다.

그리고 뛰어난 마르꼬프가 새롭게 수행한 일련의 실험들이 이번에 도출된 방정식과 다시 충돌했다. 이 새로운 모순을 설명하기 위해서는 뜨개바늘과 나무토막들로 이론을 지탱하고 전체를 밧줄로 묶을 또 하나의 임의적인 가설을 세워야 했다.

"쓰레기." 시뜨룸은 스스로를 질책했다. 자신이 잘못된 길에 들어섰음을 깨달았던 것이다.

기술자 끄리모프[389]에게서 편지가 왔다. 공장으로 군사 주문이 밀려들어 시뜨룸이 주문한 장비의 주조와 가공 작업이 얼마간 연기된다는 내용이었다. 장비는 예정된 날짜보다 한달 반에서 두달가량 지나서야 받을 수 있을 것 같았다.

하지만 시뜨룸은 화가 나지 않았다. 새 장비가 오기를 전처럼 초조하게 기다리지도 않았고, 그 장비가 실험 결과에 어떤 변화를 가져오리라 기대하지도 않았다. 그러다 때때로 화가 치미는 순간이 오면 어서 빨리 새 장비가 도착하기를 바라기도 했는데, 그건 보다 풍부하고 포괄적인 실험의 결과가 가망 없을 정도로 이론에 어긋

---

388 탈무드는 유대교의 경전. 여기서는 토론을 허용하지 않는 교조적 지식이라는 의미로 쓰였다.

389 전편 소설에 등장했던 세묜 그리고리예비치 끄리모프. 니꼴라이 그리고리예비치 끄리모프의 형이다.

난다는 것을 확인하고 싶어서였다.

작업의 실패가 그의 의식에 자리한 개인적 슬픔과 연결되며 모든 것이 암회색의 절망으로 합쳐졌다. 몇주 동안이나 이런 침울한 상태가 계속되자 그는 신경이 날카로워져서 시시콜콜한 집안일에 관심을 보이기 시작했다. 부엌일에 간섭하는가 하면, 류드밀라가 어떻게 그 많은 돈을 허비하는지 내내 놀라워했다.

특히 그가 관심을 쏟은 것은 류드밀라와 땔나무 사용에 추가 비용을 요구하는 공동주택 주부들 사이의 다툼이었다.

"니나 마뜨베예브나랑 얘기한 건 어떻게 됐어?" 그는 시시때때로 물었고, 류드밀라의 대답을 들으면 내뱉곤 했다. "젠장! 그 천박한 여편네……"

더이상 그는 과학과 인간 삶의 연결에 대해서, 그것이 행복인지 고통인지에 대해서 생각하지 않았다. 그런 생각을 하려면 스스로를 주인이자 승리자로 여겨야 했다. 하지만 이즈음 그가 느끼는 자신은 그저 실패한 견습공에 불과했다.

앞으로 영영 예전처럼 작업할 수 있을 것 같지 않았다. 쓰라린 경험이 그의 연구 능력을 짓누르고 있었다.

그는 머릿속으로 젊은 시절에 중요한 업적을 이룩한 물리학자, 수학자, 작가 들의 이름을 꼽아보았다. 그들 모두 서른다섯살 내지 마흔살 이후에는 괄목할 만한 성과를 이루지 못했거나 그럴 기회가 없었다. 한세기에 걸쳐 수학 발전의 다양한 경로를 규정한 갈루아[390]는 스물한살 때 죽었고, 헤르츠[391]도 마흔살 전에 죽었다. 아인

---

390 Évariste Galois(1811~32). 프랑스의 사회운동가이자 수학자. 갈루아의 연구는 추상대수학의 주요 분야인 갈루아 이론과 군론의 기반이 되었다.
391 Heinrich Rudolf Hertz(1857~94). 독일의 물리학자. 실험을 통해 공기 중 전자

슈타인은 스물여섯살에 「운동체의 전기역학에 대하여」를 발표했다. 젊은 시절에 기억할 만한 업적을 완성한 이들도 있는데, 난 죽을 때까지 자랑할 만한 것이라곤 없이 살아야겠군! 이런 사람들과 나, 시뜨룸의 운명 사이에는 얼마나 큰 심연이 놓여 있는가!

시뜨룸은 소꼴로프에게 잠시 실험실 작업을 중단하고 싶다고 말했다. 하지만 뾰뜨르 라브렌찌예비치는 작업이 계속되어야 한다고 믿었으며 새로운 장비에 많은 기대를 품고 있었다. 시뜨룸은 공장에서 보내온 편지에 대해 그에게 알려야 한다는 것도 잊고 있던 터였다.

빅또르 빠블로비치는 아내 역시 자신의 실패에 대해 알고 있다는 것을 알았지만 그녀는 그와 그의 일에 대해서 아무 말도 하지 않았다.

남편의 삶에서 가장 중요한 것에는 관심을 주지 않으면서 집안일과 마리야 이바노브나와의 대화, 집주인 여자와의 다툼, 나쟈를 위한 바느질, 뽀스또예프의 아내와의 만남에는 시간을 내다니! 류드밀라 빠블로브나의 상태를 전혀 이해하지 못하는 그로서는 그런 아내에게 화가 날 뿐이었다.

아내는 원래의 삶으로 돌아와 다시 습관적인 생활을 이어가고 있는 것 같았다. 아닌 게 아니라, 그것이 습관이 되었기에 그녀는 자동적으로 그 모든 일을 하고 있었다. 국수를 넣어 수프를 끓이고 나쟈의 장화에 대해 이야기하는 것도 오랫동안 그래왔기 때문이었다. 하지만 그녀가 삶에 완전히 들어오지 못한 채로 자신에게 익숙한 일을 되풀이할 뿐이라는 걸, 혼자만의 생각에 잠긴 여행자가 그

기파의 존재를 처음 실증해 보였으며, 이후 아인슈타인이 설명하게 될 광전효과를 발견했다.

존재조차 의식하지 못한 상태로 은연중에 구덩이를 피하고 시냇물을 건너듯 그저 습관에 의해 움직이고 있다는 걸 그는 알지 못했다.

남편과 그의 일에 대해 이야기하기 위해서는 새로운 힘과 정신적 긴장이 필요했다. 그녀에겐 힘이 없었다. 그러나 시뜨룸에게는 류드밀라 니꼴라예브나가 남편의 일을 제외한 모든 것에 관심을 가지고 있는 듯 보였다.

아들에 대해 얘기할 때 그녀는 으레 빅또르 빠블로비치가 똘랴에게 잘해주지 못한 경우들만 늘어놓아 그에게 상처를 주었다. 그녀는 마치 똘랴와 의부 간의 관계를 결산하는 것 같았고, 그 내용은 빅또르 빠블로비치에게 전혀 유리하지 않았다.

류드밀라는 어머니에게 말했다. "그 아이, 그 불쌍한 것이 한때 얼굴에 여드름이 올라와 얼마나 괴로워했는지. 내게 화장품 가게에서 무슨 크림을 구해달라고 부탁하기까지 했지요. 그런데 빅또르는 내내 그애를 놀렸어요."

그것은 사실이기도 했다. 시뜨룸은 똘랴를 놀리는 게 재미있었다. 똘랴가 집에 와서 의붓아버지에게 인사하면 빅또르 빠블로비치는 그를 가만히 살펴보다가 고개를 내저으며 말하곤 했다. "저런, 젊은이, 별꽃이 피었네."

요즘 시뜨룸은 저녁에 집에 앉아 있기가 싫었다. 가끔 그는 뽀스또예프의 집을 찾아가 체스를 두고 음악을 들었다. 뽀스또예프의 아내는 썩 괜찮은 피아니스트였다. 가끔은 까잔에서 알게 된 새로운 지인 까리모프에게 들르기도 했다. 하지만 그가 가장 자주 찾는 곳은 소꼴로프의 집이었다.

그는 소꼴로프 부부의 작은 방이 좋았고, 손님맞이를 좋아하는 마리야 이바노브나의 사랑스러운 미소가 좋았고, 무엇보다 식탁에서 진행되는 대화가 마음에 들었다.

하지만 밤이 늦어 손님으로 머물던 곳에서 나와 집에 가까워지면 잠시 진정되었던 슬픔이 다시 그를 에워쌌다.

64

연구소 일을 마친 시뜨룸은 집에 들르지 않고 곧장 소꼴로프의 집을 함께 방문하려고 새로운 지인 까리모프를 데리러 갔다.

까리모프는 얼굴이 얽은 못생긴 남자였다. 어두운 갈색 피부에 잿빛 머리칼이 더욱 두드러져 보였고, 그 잿빛 머리칼에 어두운 갈색 피부가 한층 짙어 보였다.

까리모프의 러시아어는 매우 정확해서 아주 주의 깊게 귀를 기울여야만 발음과 문장구조의 미묘한 차이를 알아챌 수 있었다. 그때까지 시뜨룸은 그의 이름을 한번도 들어본 적이 없었지만 까리모프는 까잔 밖에서도 꽤 유명한 사람 같았다. 『신곡』과 『걸리버 여행기』를 따따르어로 번역했고, 최근에는 『일리아스』 번역 작업 중이라고 했다.

서로를 알기 전에도 두 사람은 대학 도서관 열람실 앞에 있는 흡연실에서 종종 마주치곤 했다. 꾀죄죄한 차림에 입술을 새빨갛게 칠한 수다쟁이 노파 직원이 시뜨룸을 붙잡고 까리모프에 대해 자세히 알려준 적도 있었다. 소르본 대학을 졸업했고 끄림에 별장을 가지고 있어서 전쟁 전에는 일년 중 대부분의 시간을 바닷가에서 보냈다고, 까리모프의 아내와 딸은 전쟁 중에 끄림에 갇혀버려 소식을 알 수 없다고 말이다. 까리모프가 팔년에 걸쳐 아주 고통스러운 경험을 했다는 암시를 주기도 했다. 시뜨룸은 긴가민가하며 이 이야기를 들었다. 틀림없이 노파는 까리모프에게도 시뜨룸에 대 해 이런저런 이야기를 늘어놓았을 터였다. 상대에 대해 잘 알면서 도 서로 모르는 사이라는 것이 이들에게는 거북하게 느껴져 어쩌 다 마주치면 미소를 짓는 대신 오히려 얼굴을 찌푸리는 경우가 잦 았는데, 어느날 도서관 앞에서 몸이 부딪친 뒤 동시에 웃으며 말을 시작한 것으로 그 애매한 관계가 끝났다.

까리모프가 진정으로 흥미를 느끼는지는 알지 못했으나, 어쨌든 시뜨룸은 그를 상대로 이야기하는 것이 즐거웠다. 처음에는 현명 하고 재치 있어 보이지만 금세 견딜 수 없을 만큼 지루해지는 대화 상대가 얼마나 많은지 그는 경험으로 알고 있었다.

어떤 사람들 앞에서는 말 한마디 하는 것이 어렵고 목소리가 굳 는 통에 대화 전체가 빛을 잃고 무의미해져, 결국 눈멀고 귀먹고 말 못하는 이들의 소통이 되어버리곤 했다.

어떤 진실한 말도 그 입에서 나오면 거짓으로 들리는 사람들도 있었다.

오랜 지인임에도 그 앞에 서면 고독감이 느껴지는 사람들도 있 었다.

어떻게 그럴 수 있지? 그래, 그건 여행길에 잠시 만나게 된 사람, 침대칸의 이웃, 우연히 토론하게 된 사람 앞에서 갑자기 내면세계 의 외로운 침묵이 사라지게 되는 것과 마찬가지야!

둘이서 나란히 걸어가며 이야기를 나누는 동안 시뜨룸은 요새 자신이 몇시간씩, 특히 소꼴로프의 집에서 모여 대화하는 중에는 작업에 대해 생각하지 않는다는 것을 깨달았다. 처음 있는 일이었 다. 전차에서도, 식사를 하면서도, 음악을 들으면서도, 아침에 세수를 하고 얼굴을 수건으로 닦으면서도 그동안은 늘 작업에 대해 생각했던 것이다.

내가 정말 심각한 곤경에 빠진 모양이야. 무의식적으로 일에 대한 생각을 밀어내고 있잖아.

"오늘 일은 어땠습니까, 아흐메뜨 우스마노비치?" 그가 물었다.

"머리에 아무것도 안 들어가요." 까리모프가 대답했다. "내내 아내와 딸 생각뿐이에요. 어떤 때는 모든 게 다 잘돼서 그들을 만나겠지 싶다가도, 어떤 때는 그들이 벌써 죽었으리라는 생각이 들어요."

"이해해요."

"그래, 알아요."

참 기묘하군. 시뜨룸은 생각했다. 아내나 딸에게도 이야기하지 못하는 것을 겨우 몇주 사귄 이 사람에게는 털어놓을 수 있을 것 같으니 말이야.

65

거의 매일 저녁, 모스끄바에서라면 서로 만날 일이 없었을 사람들이 소꼴로프네 작은 방에 모였다.

뛰어난 재능을 가진 소꼴로프는 모든 주제에 대해 문어체를 써가며 장황하게 이야기를 늘어놓았다. 도무지 볼가의 뱃사람 집안 출신이라고는 믿기지 않을 만큼 유려한 언변이었다. 소꼴로프는 선하고 고상한 사람이었지만 그의 표정에서는 무언가 교활하고 잔인한 면이 엿보였다.

뾰뜨르 라브렌찌예비치는 술을 전혀 입에 대지 않고, 맞바람을 두려워하며, 감염을 우려해 끊임없이 손을 씻고, 빵에서 손가락이 닿은 부분의 껍질을 잘라내는 사람이었다. 이러한 점에서도 그는 볼가의 선원들과 달랐다.

소꼴로프의 연구 내용을 읽을 때마다 시뜨룸은 놀라움을 느꼈다. 그 복잡하고 정교한 아이디어를 그토록 우아하고 대담하면서도 간결한 문장으로 표현하고 증명해내는 사람이 차를 마시는 시간에는 어찌 그리 지루하고 장황한 이야기를 쏟아내는 걸까?

시뜨룸 자신은 책을 읽는 인쩰리적 환경 속에서 자란 다른 많은 이들처럼 '쓰레기'나 '지랄' 같은 단어들을 자랑스레 써대는가 하면, 나이 많은 학술원 회원과 이야기할 때는 트집쟁이 여성 학자를 가리켜 '쌍년', 심지어 '잡년'이라는 단어도 서슴지 않았다.

전쟁 전까지 소꼴로프는 정치적 대화를 못 견뎌했다. 시뜨룸이 정치에 관한 주제를 건드리면 그는 입을 꽉 다물거나 고의로 화제를 바꾸곤 했다.

집단농장화 시기나 1937년의 잔인한 사건들 앞에서도 소꼴로프는 기묘한 순응과 온화한 태도를 드러냈다. 마치 자연이나 신의 분노를 받아들이듯 국가의 분노를 받아들이는 것 같았다. 시뜨룸이 보기에 소꼴로프는 신을 믿었고, 이러한 믿음이 그의 업무는 물론 이 세상의 강자에 앞에서 나타내는 온순한 순응에, 또다른 사람들과의 관계에 반영되는 듯했다.

한번은 시뜨룸이 그에게 단도직입적으로 물었다. "뾰뜨르 라브렌찌예비치, 신을 믿소?"

하지만 소꼴로프는 얼굴을 찌푸릴 뿐 아무 대답도 하지 않았다.

그런 소꼴로프의 집에 저녁마다 사람들이 모여 정치적 주제에 관한 대화를 이어가고, 소꼴로프 자신도 이런 대화를 허용할 뿐 아니라 가끔 그에 동참하기까지 한다는 것은 꽤 놀랄 만한 일이었다

키가 작고 마른 몸집에 어린 소녀처럼 움직임이 어색한 마리야 이바노브나는 아주 특별한 주의를 기울이며 남편의 말을 경청했는데, 자못 감동적이기까지 한 그러한 태도에는 여학생의 수줍은 존경심과 사랑에 빠진 여자의 열정, 그리고 어머니의 조심스러운 배려와 불안이 뒤섞여 있었다.

대화는 보통 전쟁 소식으로 시작되었다가 시간이 흐르며 다른 주제로 멀리 나아가곤 했다. 하지만 무슨 이야기를 하든 여전히 모든 것은 독일군이 깝까스까지 혹은 볼가강 하류까지 진격했다는 사실과 연결되었고, 군사적 실패에 대한 그들의 토로 속에는 일종의 절망감과 무모함이 늘 도사리고 있었다. 그래, 망하자, 다 망해버리자!

그렇게 작은 방에서 저녁마다 많은 이야기가 오갔다. 닫히고 제한된 이 공간에서 관습의 벽은 사라지고, 사람들은 하나같이 평소와 다른 방식으로 제 목소리를 내는 것 같았다.

소꼴로프의 죽은 누이의 남편, 입술이 두껍고 머리가 크고 검푸른 생고무를 불어 만든 듯한 피부를 가진 역사학자 마지야로프는 이따금씩 내전 때의 일들, 그러나 역사에는 기록되지 않은 것들에 대해, 국제군 연대장이었던 헝가리인 가브로[392] 얘기나 끄리보루치꼬 군단장, 혹은 보젠꼬[393]는 어떤 사람이었는지, 또 혁명군사위원

---

392 Lajos Gavro(1894~1938). 헝가리 시골 탄광 출신의 볼셰비끼 당원. 내전 당시 국제군 연대장으로 공로를 세웠고 붉은군대에서 높은 지위에 올랐지만 1938년에 총살되었다.

393 Vasilii Nazarovich Bozhenko(1871~1919) 우끄라이나 빈농 출신의 혁명가. 내전에서 우끄라이나 빨치산군을 조직하여 독일군과 백군에 맞섰다.

회가 쇼르스 참모부를 조사하라고 파견한 위탁위원들을 자기 차에서 채찍으로 때리라 명령했던 젊은 장교 쇼르스[394]에 대해 이야기했다. 헝가리 깡촌 노파에 러시아어라곤 한마디도 몰랐던 가브로의 어머니가 맞닥뜨린 무섭고 이상한 운명에 대해서도 들려주었다. 소련에 있는 아들에게 왔으나 가브로가 체포된 이후 모두들 그녀를 피하고 두려워해, 결국 정신이 나간 상태로 말도 안 통하는 모스끄바 거리를 헤매고 다녔다는 것이다. 마지야로프는 나중에 사단장이나 군단장으로 승진한 자들, 가죽을 댄 붉은색 승마바지를 입고 머리는 새파랗게 밀어버린 기마부대 특무상사들과 하사관들이 사람들을 어떻게 처형하고 사면했는지, 또 어쩌다가 기마부대를 떠나 사랑하는 여자에게로 달려가게 되었는지도 이야기해주었다. 가죽으로 된 검은색 뾰족모자를 쓰고 니체의 『차라투스트라는 이렇게 말했다』를 읽은 뒤 병사들에게 바꾸닌[395]의 이단에 대해 경고한 연대와 사단 꼬미사르들의 이야기도 있었고, 최고위 장군과 군단장이 된 짜르의 기수들에 관한 내용도 나왔다.

한번은 그가 목소리를 낮추며 말했다. "레프 다비도비치가 아직 레프 다비도비치였을 때[396]의 일인데……" 그의 슬픈 눈에 영리하고 병들고 뚱뚱한 사람에게서 볼 수 있는 특유의 표정이 떠올랐다.

394 Mikola Oleksandrovich Shchors(1895~1919). 내전 때 우끄라이나에서 빨치산 부대를 조직해 볼셰비끼 편에서 용감하게 싸운 혁명가. 붉은군대 우끄라이나 사단장으로 혁혁한 공로를 세우고 전사했다.

395 Mikhail Aleksandrovich Bakunin(1814~76). 러시아 출신의 아나키스트 혁명가이자 철학자. '아나키즘의 아버지'라 불린다. 바꾸닌에 의해 당시 유럽에서 산발적으로 나타나던 특정한 혁명적 좌파 세력이 자신을 아나키스트라는 이름으로 자각하고 하나의 정치세력을 이루게 되었다.

396 레프 다비도비치 뜨로쯔끼를 말한다. 뜨로쯔끼는 당에서 축출되어 망명한 뒤 없는 인간으로 치부되었다.

그는 씩 웃고서 말을 이었다. "연대에서 우리끼리 오케스트라를 조직한 적이 있소. 관악기들과 현악기들, 손으로 뜯는 악기들도 있었지. 오케스트라는 늘 하나의 모티브를 연주했소. '거리에 커다란 악어가 걸어다닌다, 악어가, 초록색 악어가……' 언제든, 공격할 때도 영웅들을 묻을 때도 이 「악어」[397]를 연주했지. 끔찍한 퇴각이 진행되던 어느날 뜨로쯔끼가 사기를 북돋우려고 우리 연대를 방문했소. 모두가 한자리에 모였지. 뿌연 먼지로 답답한 작고 지루한 도시에서…… 개들은 짖어대고…… 그곳 광장 한가운데 연단이 세워졌소. 내 기억에 그날 날씨가 정말 뜨거웠소. 정신이 몽롱하니 어리어리해질 정도로. 뜨로쯔끼는 커다란 붉은 머리띠를 두르고 눈을 빛내며 연설을 시작했지. '붉은군대 동지들이여!' 그렇게 쩡쩡 울리는 목소리를 천둥처럼 모든 이들 위로 끼얹었소…… 그러고 나서 오케스트라가 「악어」를 연주하기 시작했는데…… 이상하게도 이 발랄라이까 연주곡 「악어」가 대편성 오케스트라의 「인터내셔널」[398]보다 더 크게 마음을 뒤흔들더군. 나 무기 없이 맨손으로 바르샤바로, 베를린으로 가리라……"

마지야로프는 평온하게, 천천히 이야기를 이어갔다. 그는 인민의 적이자 조국의 배반자로 총살당한 사단장들과 군단장들을 정당화하지 않았고 뜨로쯔끼를 정당화하지 않았지만, 끄리보루치꼬와 두보프[399]에 대한 존경심, 또 1937년에 처형된 군단장들이나 꼬미사르들

---

397 20세기 초 도시에서 널리 불리던 노래. 군대행진곡의 멜로디에 여러 가사로 변형되어 불렸다.

398 국제주의와 사회주의를 대표하는 프롤레타리아 찬가. 사회주의자들의 국제조직 '사회주의인터내셔널'과 더불어 노동자계급의 국제주의 이념을 상징한다. 러시아에서는 볼셰비끼 당가였고 1922년에서 1944년까지 소련의 국가였다.

399 Ivan Ivanovich Dubov(1892~1937). 벨라루스 비쩹스끄의 농부 출신의 장군.

의 이름을 부르는 명료하고도 정중한 방식에서 그가 뚜하쳅스끼,[400]
블류헤르,[401] 예고로프,[402] 모스끄바 전쟁 지구 지휘관 무랄로프,[403]
제2군단장 레반돕스끼,[404] 가마르니끄,[405] 디벤꼬,[406] 부브노프,[407] 뜨
로쯔끼의 제1대리 스끌랸스끼[408]와 운실리흐뜨[409] 들이 인민의 적이

1937년에 처형되었다.

400 Mikhail Nikolaevich Tukhachevskii(1893~1937). 폴란드 귀족 출신으로 소련에
서 손꼽히는 유능한 군인. 제1차 세계대전 당시 전투에서 용맹을 떨쳤으나 독일
군의 포로가 되었고, 몇번의 탈주 시도 끝에 결국 러시아로 돌아와서 볼셰비끼
당에 가입했다. 붉은군대의 총참모장이 되어 구태의연한 오합지졸의 민병대를
전문적이고 현대적인 군대로 탈바꿈시키고자 했으며 특히 기계화부대와 공군
육성에 역점을 두었다. 그러나 이후 그의 급진적인 생각은 스딸린과 보수파 장
교들의 반대에 부딪쳤고, 결국 1930년대 스딸린의 대숙청으로 희생되었다.

401 Vasilii Konstantinovich Blyukher(1889~1938). 야로슬라블의 빈농 출신으로 러
시아 내전에서 활약한 소련의 군인. 대숙청에 희생된 최고위 장군 중 한명이다.

402 Aleksandr Il'ich Egorov(1883~1939). 소련의 군인. 사마라 근방의 빈농 출신으
로 제1차 세계대전과 내전에서 활약했으나 스딸린의 대숙청 때 희생되었다.

403 Nikolai Ivanovich Muralov(1877~1937). 혁명가이자 붉은군대 지휘관. 1923년
뜨로쯔끼의 최측근이 되었다가 1936년 체포되어 총살당했다.

404 Vladimir Antonovich Levandovskii(1873~1946). 러일전쟁과 제1차 세계대전
에 참전한 군인. 시베리아 까자끄 여단장과 깝까스 전선의 총사령관을 지내다가
1921년 서방으로 망명해 미국에 정착했다.

405 Yakov Tsudikovich Gamarnik(1894~1937). 우끄라이나 출신의 군인. 1916년 공
산당에 입당, 공산당 최고위 간부를 두루 거쳤다. 붉은군대 지도자로서 뚜하쳅스
끼를 지지했으며, 뚜하쳅스끼의 처형 전 자살하여 인민의 적으로 낙인찍혔다.

406 Pavel Efimovich Dybenko(1889~1938). 혁명가, 해군 장교이자 볼셰비끼 정권
인수위원. 뚜하쳅스끼 처형 이후 처형되었다.

407 Aleksandr Dmitrievich Bubnov(1883~1963). 러시아 해군 소장 겸 해군 이론가.
러일전쟁과 제1차 세계대전에 참전했다. 1920년 망명해 유고슬라비아 해군을
창설하고 전문가들을 교육했다.

408 Efraim Markovich Sklyanskii(1892~1925). 끼이우 출신의 혁명가. 제1차 세계대
전에 병사로 참전했다. 내전 당시 뜨로쯔끼의 제1대리를 지내다가 뜨로쯔끼 축
출 이후 강등되었고, 미국에서 사고로 익사했다.

409 Iosif Stanislavovich Unshlikht(1879~1938). 폴란드 출신의 볼셰비끼 당원. 소련

자 조국의 배반자라는 사실을 믿지 않음을 느낄 수 있었다.

마지야로프의 목소리는 상상 못할 만큼 평온하고 담담했다. 국가권력이 과거를 새로 지어내고, 자기 식으로 기병대를 움직이고, 지난 사건들의 영웅을 새로 지정하고, 진정한 영웅을 퇴출시킨 것이다. 이미 일어난 일들을 영원히 새롭게 재생하고, 대리석과 청동과 더이상 들리지 않는 연설을 변형하여 다시 만들어내고, 기록사진에서 인물들의 위치를 멋대로 바꿀 수 있을 정도로 국가는 충분히 강한 힘을 지니고 있었다.

그것은 문자 그대로 새로운 역사였다. 당시의 기억을 간직한 생존 인물들은 자신이 겪은 일들을 새로이 경험하며 스스로를 용자에서 겁쟁이로, 혁명가에서 외국의 첩자로 변모시켰다.

그리고 마지야로프의 이야기를 듣노라면 보다 강력한 논리, 즉 진실의 논리가 필연적으로 제자리로 돌아오리라는 생각이 들었다. 전쟁 전에는 한번도 이런 대화가 이루어진 적이 없었다.

그는 말했다. "그 모든 사람이 아마 기꺼이 제 피를 바쳐 파시즘과 싸웠을 텐데. 다들 어쩌다 죽어버렸는지……"

소꼴로프 부부가 세든 집의 주인은 까잔 주민인 화공 기술자 블라지미르 로마노비치 아르쩰레프였다. 그의 아내는 일터에서 저녁 늦게까지 일했고, 두 아들은 전선에 나가 있었다. 아르쩰레프 자신은 화학공장의 조장으로 일했다. 그의 옷차림은 형편없었다. 겨울 외투도, 모자도 없어 고무 비옷 안에 솜옷을 입어 추위를 막았다. 머리에는 늘 기름때 묻은 구겨진 캡이 얹혀 있었는데, 일하러 갈 때면 그걸 귀까지 꽉 눌러썼다.

정권에서 최고위직을 두루 거쳤다. 뜨로쯔끼의 대리로 독일 공산당과 접촉하는 등 활약을 펼치다가 1937년 체포되어 이듬해 총살되었다.

빨갛게 언 손가락을 호호 불며 방에 들어와 식탁에 앉은 이들을 향해 수줍게 미소 짓는 그의 모습을 보았을 때, 시뜨룸은 그가 집 주인도 아니고 커다란 공장의 커다란 작업조 조장도 아닌, 그저 가난뱅이 식객 같다고 생각했다.

그리고 오늘 저녁에도 그는 텁수룩하니 움푹 꺼진 볼을 한 채 혹시라도 마룻장이 삐걱거릴세라 문가에 서서 마지야로프의 말에 귀를 기울이고 있었다. 마리야 이바노브나가 부엌으로 가다가 그의 귀에 대고 뭔가 속삭이자 그는 당황하여 고개를 흔들었다. 먹을 것을 거절한 모양이었다.

"어제," 마지야로프가 말했다. "여기 요양차 와 있는 한 대령이 그러더군. 자기가 전선군 당위원회에서 중위의 따귀를 갈겼다는 이유로 기소되었다고. 내전 땐 꿈도 못 꿨을 일이지."[410]

"하지만 당신이 얘기했잖소? 쇼르스가 혁명군사위원들을 두들겨팼다고." 시뜨룸이 말했다.

"그건 하급자가 상관을 팬 경우고." 마지야로프가 대답했다. "이 일과는 다르지."

"여기 생산 현장에서도 그래요." 아르쩰레프가 말했다. "우리 공장장은 모든 기술자들에게 반말을 하면서 우리가 자기를 '슈리예프 동지'라고 부르면 모욕으로 여긴다니까요. 반드시 '레온찌 꾸지미치'라고 불러야 해요. 최근 우리 조의 화공 기술자가 그를 화나게 하자 슈리예프는 쌍욕을 하며 소리쳤어요. '시키면 시키는 대로 해! 안 그랬다가는 무릎으로 좆을 까이고 공장에서 쫓겨날 줄 알

---

410 내전 당시 붉은군대에서는 육체적 폭력이 난무했다. 상관이 하급자를 때리거나 총으로 위협하여, 혹은 언어적 폭력을 가해 카리스마를 보이는 경우도 많았다고 한다.

아.' 그 기술자는 일흔둘 먹은 노인이었는데 말이에요."

"노조에서 그걸 보고만 앉아 있나요?" 소꼴로프가 물었다.

"노조는 무슨……" 마지야로프가 말했다. "노조에서는 희생을 요구하지. 전쟁 전에는 모든 것이 전쟁 준비를 위해 존재했고, 전쟁 중에는 모든 것이 전선을 위해 존재하는 거요. 전쟁 이후에는 아마 재건을 호소할 테고. 누가 일개 노인에게 신경을 쓰겠소?"

마리야 이바노브나가 소꼴로프에게 나직하게 물었다. "차 마실 시간 아니에요?"

"아, 맞아." 소꼴로프가 말했다. "차 좀 내줘."

'놀라울 정도로 조용히 움직이는군.' 시뜨룸은 반쯤 열린 부엌문을 향해 미끄러져가는 마리야 이바노브나의 앙상한 두 어깨를 멍하니 바라보면서 생각했다.

"아, 동지들," 마지야로프가 불쑥 입을 열었다. "언론의 자유란 무엇일까? 생각해보시오, 전쟁이 끝나고 어느날 아침 신문을 펼쳐보니 노동자들이 위대한 스딸린에게 보내는 편지 대신에, 최고 소비에뜨위원 선거를 기념해 철강 노동자 연대가 추가 작업을 했다는 소식 대신에, 미합중국의 노동자들이 늘어나는 실업과 빈곤의 우울한 상황 속에 신년을 맞이했다는 소식 대신에…… 다름 아닌 '정보'가 실려 있다고 말이오! 정보를 주는 신문이라니, 상상이 되오?

신문에서 뚜르스끄 지역의 흉작을, 부띠르 감옥의 수감 상황에 대한 감사 보고를, 백해-발트해 운하[411]의 필요성과 관련한 논쟁을, 골로뿌조프라는 노동자가 새로운 국채 발행에 반대하는 발언을 했

---

[411] 백해와 발트해를 잇는 운하는 1931년부터 이년간 주로 강제수용소 수감자들의 노동으로 건설되었다. 스딸린 정부가 이를 대대적으로 선전했으나 실제로는 수심이 낮아 큰 효용이 없었다고 한다.

다는 소식을 읽는 거요.

한마디로 나라에서 일어나는 모든 일에 관해서 알게 되는 거지. 수확과 흉작, 시민의 열광이 향하는 곳, 강도질, 탄광의 조업과 붕괴, 몰로또프[412]와 말렌꼬프[413] 사이의 불화에 대해서 말이오. 공장장이 일흔 먹은 화공 기술자를 모욕하여 파업이 일어났다는 소식을, 또 처칠과 블룸의 연설문을 직접 읽게 되는 거라고. '그들이 이러저러한 의견을 피력했다'라는 식으로 요약한 내용 대신 말이오. 영국 하원의 부패에 대해서 읽게 되고, 어제 모스끄바에서 몇명이 자살로 목숨을 끊었는지, 교통사고를 당한 이들이 몇명이나 스끌리포솝스끼[414]로 이송됐는지도 알게 되는 거요. 따슈껜뜨에서 모스끄바로 첫 딸기가 공급되었다는 소식이 아니라 왜 메밀쌀이 부족한지 알게 되는 거요. 집단농장의 노동 일당으로 빵을 몇 그램이나 받는지, 이젠 시골에서 모스끄바로 빵을 사러 왔다는 건물 청소부 여자의 조카딸을 통해서가 아니라 신문에서 알게 되는 거요. 그래 그래, 이 모든 게 가능할 때 우린 온전히 소비에뜨 시민으로 남아 있을 수 있을 거요.

소비에뜨 시민으로서 아무 서점에나 들어가 미국, 영국, 프랑스의 철학자, 역사가, 경제학자, 정치평론가들이 쓴 책을 사 읽고, 그들

---

412 Vyacheslav Mikhailovich Molotov(1890~1986). 소련의 언론인이자 정치가. 볼셰비끼 지하 기관지 『쁘라브다』의 편집인으로 일했다. 제2차 세계대전 당시 스딸린의 오른팔로서 소련의 외교정책을 주도했고 스딸린 사망 이후 흐루쇼프와 대립하다가 좌천되었다.

413 Georgii Maksimilianovich Malenkov(1902~88). 소련공산당의 지도자이자 스딸린의 심복 중 한 사람.

414 의학교수 니꼴라이 바실리예비치 스끌리포솝스끼(Nikolai Vasil'evich Sklifosovskii, 1836~1904)의 이름을 딴 모스끄바의 응급 질병 연구소 및 병원.

이 옳은지 옳지 않은지 직접 판단하는 거요. 안내자 없이 스스로 거리를 산책하는 셈이지."

마지야로프의 이야기가 끝나갈 즈음 마리야 이바노브나가 다기 세트를 들고 들어왔다.

"그만!" 소꼴로프가 갑자기 주먹으로 식탁을 쾅 쳤다. "제발 부탁인데, 그런 이야기는 중단해줘요."

마리야 이바노브나는 반쯤 입을 벌린 채 남편을 바라보았다. 손을 떨고 있는지 쟁반 위에 놓인 찻그릇들이 쟁그랑댔다.

시뜨룸이 큰 소리로 웃기 시작했다. "여기 뾰뜨르 라브렌찌예비치가 언론의 자유를 청산해버렸구먼. 오래가지는 못했어. 어쨌든, 마리야 이바노브나가 이 반란을 모르고 지나갔으니 다행이오."

소꼴로프가 신경질적으로 대꾸했다. "우리의 체제는 힘을 제대로 보여주었네. 부르주아 민주주의는 멸망했어."

"그래, 이미 보여주었지" 시뜨룸이 대꾸했다. "하지만 기력이 다 빠진 핀란드의 부르주아 민주주의가 1940년에 우리의 중앙집권제와 충돌했고 우리는 큰 혼돈에 빠졌네. 내가 부르주아 민주주의의 추종자는 아니지만 사실은 사실이지. 그게 그 화공 기술자 노인이랑 무슨 상관이란 말인가?"

시뜨룸은 주위를 둘러보다가 귀를 기울이며 자신을 응시하는 마리야 이바노브나의 신중한 두 눈을 보았다.

"이건 핀란드가 아니라 핀란드의 겨울[415]에 관한 이야기야." 소꼴로프가 말했다.

"에이, 그만두게, 뻬짜[416]!" 마지야로프가 말했다.

---

415 1940년 핀란드와의 겨울전쟁을 뜻한다.
416 뾰뜨르의 애칭.

"자, 그럼 이렇게 얘기해보지." 시뜨룸이 다시 입을 열었다. "전쟁 동안 소비에뜨 정부가 자신의 강점과 약점을 모두 드러냈다고 말이네."

"대체 어떤 약점 말인가?" 소꼴로프가 물었다.

"지금 잘 싸울 수 있었을 많은 사람들을 갈아치운 것만 봐도 알지." 마지야로프가 말했다. "그 일만 아니었어도 놈들이 볼가 강둑까지 왔겠소?"

"그게 체제랑 무슨 상관이라고!" 소꼴로프가 말했다.

"무슨 상관이냐니?" 시뜨룸이 말했다. "뾰뜨르 라브렌찌예비치, 자네 생각대로라면 죽은 하사관의 아내는 1937년에 스스로를 쏴 죽인 건가?"[417]

이어 그는 다시금 마리야 이바노브나의 주의 깊게 듣는 눈길을 의식했다. 마지야로프가 정부를 비판했을 때 시뜨룸은 그에게 반박하며 논쟁을 벌인 터였다. 그러다 소꼴로프가 마지야로프를 공격하자 이제 소꼴로프를 비판하기 시작한 것이다.

소꼴로프는 너절한 논문이나 무식한 연설에 관한 이야기는 웃으며 즐기다가도 대화가 주요 노선에 관한 것으로 돌아오면 그 즉시 돌처럼 딱딱하고 완고해졌다. 반면 마지야로프는 자기 생각을 감추는 법이 없었다.

"우리가 후퇴한 이유를 소련 체제의 불완전성에서 찾고 있군." 소꼴로프가 말했다. "하지만 독일인들이 우리에게 가한 타격은 더

---

417 고골의 5막 희곡 『감찰관』의 제4막 내용. 죽은 하사관의 아내가 가짜 감찰관인 흘레스따꼬프에게 와서 시장이 잘못된 보고를 받고 자기를 채찍으로 때렸다고 고발한 것에 대해, 나중에 시장이 흘레스따꼬프에게 그녀가 거짓말을 한다고, 그녀가 스스로를 때렸다고 밝히는 내용을 스딸린 체제에서 일어난 숙청에 빗대어 말하고 있다.

없이 강했고, 이를 견딤으로써 정부는 자신의 약점이 아닌 힘을 완벽하고도 분명하게 증명했네. 거인이 드리운 그림자만 보면서 '자, 보게, 얼마나 어두운가' 하면 되겠나? 그러면서 거인 자체를 잊고 있잖네. 우리의 중앙집권제는 기적을 이루어낼 수 있는 거대하고 활력 넘치는 힘의 동력이지. 그리고 이미 기적을 이루어냈네. 게다가 미래에도 이루어낼 걸세."

"당신이 국가에 필요하지 않게 되면 국가는 당신을 버리고 당신의 사상, 계획, 창조적 작업들도 모두 무력화할 거요." 까리모프가 말했다. "하지만 당신의 사상이 국가의 이익과 일치한다면 언제나 마법의 양탄자를 타고 날아다닐 수 있지."

"그건 맞는 말이에요." 아르쩰레프가 입을 열었다. "한달 일정으로 아주 중요한 군수물자공장에 출장을 간 적이 있어요. 스딸린이 직접 공장의 조업을 주시하고 공장장에게 전화를 걸어 '설치!'라고 명했죠. 그러자 원자재와 부품과 예비 부품까지 모든 게 무슨 동화처럼 저절로 나타나더라고요! 노동환경은 또 어떻고! 목욕탕이 딸려 있고, 아침마다 크림이 집으로 배달되고! 그렇게 살아본 적이 없어요. 작업 장비도 엄청났고요. 무엇보다 중요한 건, 관료주의라고는 찾아볼 수 없었다는 점이에요. 모든 일이 서류 없이 성사되었죠."

"더 정확히 말하자면 관료주의가 동화 속 거인처럼 조용히 노동자들에게 봉사했다고 할 수 있겠군요." 까리모프가 덧붙였다.

"국가적 중요성을 띤 방위 시설이 그런 완성도에 이르렀다면, 그 체제를 전 산업에 도입할 수 있다는 건 명약관화네요." 소꼴로프가 말했다.

"특수 지구!" 마지야로프가 입을 열었다. "이건 하나의 원칙이 아니라 완전히 다른 두가지 원칙에 대한 얘기요. 자, 스딸린은 인간에게 필요한 것이 아니라 국가에 필요한 것을 건설하지. 중공업은 국가에 필요할 뿐 인민에게 필요한 게 아니오. 사실 백해-발트해 운하는 사람들에게 아무 쓸모가 없잖소. 한쪽 극에는 국가적 필요가, 다른 쪽 극에는 인간적 필요가 자리하고, 둘은 결코 양립할 수 없소."

"바로 그거예요. 특수 지구 밖은 그냥 엉망이거든요." 아르쩰레프가 말했다. "내가 만든 생산품이 바로 옆의 이웃인 까잔 사람들에게 필요한 것이라 해도 난 계획에 따라 치따로 보내야 해요. 그러면 치따의 사람들이 그걸 까잔으로 공급하지요. 기계 조립공이 필요한데 남은 게 탁아소 예산뿐이면 난 기계 조립공들을 탁아소로 보내는 보모들로 기입해서 신청합니다. 중앙집권화가 아주 목을 졸라맨다니까요! 어떤 발명가가 공장장에게 제품 이백개가 아니라 천오백개를 한꺼번에 생산할 방법을 제안했더니 공장장은 그를 골칫거리로 여기고 쫓아내버렸어요. 계획에 맞춘 양만큼 생산하는 게 더 마음 편하니까. 만약 시장에서 30루블만 주면 살 수 있는 자재가 없어서 공장이 멈춘다 해도, 그는 2백만 루블의 손실을 입을지언정 시장에서 물건을 사는 위험을 무릅쓰지 않을걸요."

아르쩰레프는 재빨리 사람들을 둘러보더니 누가 자기 말을 막을세라 서둘러 이야기를 이어갔다.

"노동자들이야 아무리 못 번다 해도 자기들 일한 만큼은 가져가요. 하지만 기술자들은…… 거리에서 시럽 든 물을 파는 사람이 기술자보다 다섯배는 더 벌 겁니다. 지도자들이랑 공장장들, 인민위원들은 맨날 같은 소리뿐이지요! 계획, 계획, 계획! 다들 쫄쫄 굶고 있는데 계획을 내놓으라는 거죠. 시마뜨꼬프가 우리 공장장이었는

430

데, 그 인간은 회의 때마다 소리쳤어요. '공장이 조국보다 위대하다! 살가죽이 세겹 벗겨져도 계획을 실현해야 하오. 물론 나도 살가죽이 다 벗겨지도록 일할 거요!' 그런데 갑자기 시마뜨꼬프가 보스끄레센스끄[418]로 옮겨간다는 소식이 들리는 거예요. '공장을 이렇게 두고 떠난다니, 어찌 그럴 수 있습니까, 아파나시 루끼치!' 그러자 그는 아무 거리낌 없이 대답하더군요. '아, 우리 애들이 모스끄바에서 단과대학에 다니거든. 보스끄레센스끄가 모스끄바랑 더 가깝지. 게다가 좋은 아파트를 주겠다잖는가. 정원 딸린 걸로 말이야. 아내가 몸이 좀 아파서 공기 좋은 곳에 있어야 하는데 잘됐지.' 국가가 왜 그런 자들을 신임하는지 나로선 놀라울 뿐이에요. 노동자들이나 당적 없는 유명한 학자들은 90루블도 못 받는데 말이지요."

"그 이유야 간단하오." 마지야로프가 말했다. "그치들은 공장이나 기관보다 더 위대한 무언가를 담당하고 있거든. 그들에게 가장 신성한 것이자 소비에뜨 관료주의의 생명력, 즉 체제의 심장 말이오."

"제 말이 그겁니다." 아르쩰레프가 농담에 아랑곳없이 계속 말을 이었다. "난 내 작업장을 사랑해요. 몸을 아끼지 않고 일하지요. 그런데 문제는 내 한 몸으로는 부족하다는 겁니다. 난 살아 있는 사람한테서 살가죽 세겹을 벗겨낼 수 없어요. 내 가죽 한겹을 벗겨낼 수는 있어도 노동자들에게 어떻게 그럽니까?"

한편 시뜨룸은 여전히 스스로의 감정을 이해하지 못한 채, 마지야로프의 이야기가 구구절절 옳은 듯 여겨졌음에도 불구하고 그에게 반박할 필요를 느꼈다.

---

418 모스끄바에서 남동쪽으로 80킬로미터가량 떨어진 지역.

"당신 얘기엔 왜곡된 면이 있어요. 인간의 관심사가 방위산업을 이루어낸 국가의 관심사와 완전히 일치한다는 걸 어떻게 부정한단 말입니까? 내겐 우리 아이들과 형제들을 방어하는 대포, 전차, 비행기 하나하나가 우리 모두에게 필요한 것으로 여겨지는데요."

"내 말이 바로 그거요!" 소꼴로프가 거들었다.

66

마리야 이바노브나가 차를 따르기 시작했다. 이제 문학에 대한 논쟁이 시작된 참이었다.

"다들 도스또옙스끼를 잊은 것 같소." 마지야로프가 말했다. "도서관에서 집으로 대출해주지도 않더라고. 출판사들은 다시 찍지 않고."

"반동적이니까요." 시뜨룸이 말했다.

"맞는 말이야." 소꼴로프가 동의했다. "『악령』⁴¹⁹은 쓰지 말았어야 했는데."

하지만 시뜨룸이 물었다. "뾰뜨르 라브렌찌예비치, 정말 그가 『악령』을 쓰지 말았어야 했다고 생각하는 건가? 난 오히려 『작가 일기』⁴²⁰가 그렇다고 생각하는데."

"천재의 머리를 빗질할 순 없지." 마지야로프가 말했다. "도스또

---

419 도스또옙스끼의 4대 장편 중 가장 정치적이고 사상적이며 묵시론적인, 그래서 가장 어렵다는 평가를 받는 작품. 1937년 단행본으로 출간되었다.

420 도스또옙스끼가 1876~77, 1880~81년 월간지에 연재했던 글을 묶은 작품. 주로 당대 주요 사건과 시사 문제를 다루었다.

옙스끼가 우리 이데올로기와 맞지 않는 건 사실이오. 마야꼽스끼를 보시오. 스딸린이 공연히 그를 가장 훌륭하고 재능 있는 작가로 여긴 게 아니라니까. 그는 자기 감정에 있어서도 국가성 그 자체거든. 반면 도스또옙스끼는 휴매니티 그 자체요. 심지어 그의 국가성 속에도 휴매니티가 있지."

"그렇게 판단하면 19세기 문학 전체가 우리 이데올로기와 맞지 않지." 소꼴로프가 말했다.

"아니, 그렇게 말할 순 없네." 마지야로프가 반박했다. "자, 똘스또이는 민족전쟁의 사상을 문학화했고, 지금 국가는 민족의 정의로운 전쟁을 주도하고 있잖나. 아흐메뜨 우스마노비치 말마따나, 사상이 맞아떨어지니 마법 양탄자에 올라탄 셈이야. 똘스또이는 라디오나 낭독의 밤에 자주 등장하고, 출판도 꾸준히 되고, 지도자들의 말에도 인용되지."

"가장 편한 건 체호프지. 지난 세기도 우리 세기도 그를 인정하니." 소꼴로프가 말했다.

"말도 안 되는 소리!" 마지야로프가 버럭 고함을 지르며 손바닥으로 식탁을 마구 두들겼다. "우리나라에서 체호프는 제대로 인정받지 못하고 있네. 그에 어느정도 필적하는 조셴꼬[421]도 그렇고."

"이해를 못하겠군." 소꼴로프가 말했다. "체호프는 사실주의자인데 우리나라에서는 데까당의 지지를 받으니 말이야."

"이해가 안 되나?" 마지야로프가 물었다. "내가 설명해주지."

"체호프를 모욕하지 마세요. 내가 제일 좋아하는 작가예요." 마

---

[421] Mikhail Mikhailovich Zoshchenko(1894~1958). 소련의 작가. 주로 유머러스한 단편에서 주인공이 사회주의국가 내에서 싸우며 살아가는 이야기를 다루었다. 퇴폐적인 데까당 작가로 비판받다가 결국 1946년 작가동맹에서 제명되었다.

리야 이바노브나가 말했다.

"당신이 옳아요, 마셴카." 마지야로프가 말했다. "이봐, 뾰뜨르 라브렌찌예비치, 자네 혹시 데까당에게서 휴매니티를 찾나?"

소꼴로프는 화가 나서 그에게 손을 내저었다. 하지만 마지야로프 역시 그를 향해 손을 내저었다. 그에게 중요한 것은 자기 의견을 개진하는 것이었고, 이를 위해서는 소꼴로프가 데까당에게서 휴머니티를 찾고 있다는 말을 꺼낼 필요가 있었다.

"개인주의는 휴머니즘이 아니지. 자네는 혼동하는 거야! 모두들 혼동하지. 자넨 데까당들이 공격당하고 있다고 생각하나? 어림없는 소리. 그들은 국가에 적대적이지 않아, 그냥 관심이 없을 뿐. 사회주의리얼리즘과 데까당 사이에는 아무런 차이가 없다고 난 확신하네. 사회주의리얼리즘이 무엇인가에 대해서는 의견이 분분하지. 내 생각에 그건 거울 같은 걸세. 당과 정부가 '거울아, 거울아, 이 세상에서 누가 제일 사랑스럽고 멋지고 예쁘니?'라고 물으면 '너야, 너, 당, 정부, 국가가 제일 뺨이 붉고 예뻐!'라고 대답하는 거울 말이야. 하지만 데까당들은 '나야, 나, 데까당이 제일 사랑스럽고 뺨이 붉지'라고 대답하지. 뭐, 그리 큰 차이는 없네. 사회주의리얼리즘은 국가의 우월성을 확신하고, 데까당은 개인의 우월성을 확신할 뿐. 방법은 다르지만 본질은 같아. 우월성 앞에서의 환호. 모자람이 없는 천재적인 국가는 자기와 비슷하지 않은 모든 것에 침을 뱉고, 데까당의 레이스를 두른 개인은 단 두 사람을 제외한 개인들에게 무관심하고. 그 두 사람 중 하나는 그가 세련된 이야기를 나누는 대화 상대요, 다른 하나는 그가 키스하고 사랑하는 사람이지. 겉보기에는 개인주의, 데까당이 인간을 위해 싸우는 것 같지? 전혀 아닐세. 데까당은 인간에게 무관심하고 국가 역시 인간에게 무관심해. 그 둘 사이에 심연 같은 건 없네."

소꼴로프는 눈을 찌푸린 채 귀를 기울이다가 이자가 이제 완전히 금지된 문제에 대해 언급하기 시작한다는 걸 깨닫고 말을 막았다.

"말을 끊어서 미안하지만, 그래서 체호프가 무슨 상관이라는 거요?"

"바로 체호프에 대한 이야기이기도 하거든. 그와 동시대 사이에는 거대한 심연이 놓여 있네. 체호프는 말이지, 존재하지 않는 러시아 민주주의를 자기 어깨 위로 들어올렸네. 체호프의 길은 러시아의 자유의 길이야. 하지만 우리는 다른 길을 갔지. 그의 모든 주인공들을 잘 한번 살펴보게. 사회적 의식 속으로 그렇게 많은 인물들을 들여온 건 아마 발자끄뿐이었을걸. 아니, 발자끄도 그 정도는 아니었지. 생각해보라니까. 의사, 기술자, 변호사, 교사, 교수, 지주, 상인, 공장주, 가정교사, 하인, 대학생, 모든 계급의 관리들, 백정, 운전기사, 중매쟁이, 교회 머슴, 주교, 농부, 노동자, 무두장이, 모델, 정원사, 동물학자, 배우, 여관 주인, 사냥꾼, 매춘부, 어부, 육군 중위, 하사관, 미술가, 식모, 작가, 문지기, 수녀, 병사, 산파, 사할린 유형수……"

"그만, 그만, 됐네." 소꼴로프는 더이상 참지 못하고 고함을 질렀다.

"됐다고?" 마지야로프가 익살스러운 위협조로 되물었다. "아니, 아직 안 됐네! 체호프는 우리의 의식 속으로 거대한 러시아 전체를 들여왔어. 모든 계급과 계층과 연령대…… 그뿐이 아니야. 그는 이 수백만의 사람들을 민주주의자로서 들여왔네. 알겠나? 러시아 민주주의자 말이야! 그는 그 이전에 누구도 말하지 못한 것을 말했다고. 똘스또이도 못했던 말이지. 우리 모두가 인간, 인간, 인간들이라는 것 말일세. 그전까지 러시아에서 누구도 이 말을 하지 못했네. 그는 인간들이야말로 가장 중요하다는 걸, 그다음에야 주교, 러시아인, 상인, 따따르인, 노동자가 온다는 걸 말했단 얘길세. 알겠나? 사람들이 좋고 나쁜 건 그들이 주교거나 노동자라서, 혹은 따따르인이나 우끄라이나인이라서가 아니라는 거야. 인간은 모두 동등하다. 왜? 인간이니까. 반세기 전 당성의 편협함으로 눈이 멀어버린 이들은 체호프라는 작가가 침체기를 표현했다고 여겼지. 하지만 체호프는 러시아의 천년 역사에서 가장 위대한 깃발을 들어올린 작가야. 진정한, 선한 러시아 민주주의의 깃발, 러시아 인간의 존엄이라는 깃발, 러시아의 자유라는 깃발 말이야. 알다시피 우리의 휴머니즘이라는 것은 종파처럼 편협하고 가혹하네. 아바꿈[422]부터 레닌에 이르기까지 우리의 휴머니즘과 자유는 당파적이고 광신적이지. 가차 없이 인간을 추상적인 휴머니즘의 희생물로 만들어버려. 악에 대한 비폭력 무저항주의를 설파한 똘스또이조차 편협했네. 왜 그랬을까? 인간에서 출발하지 않고 신에서 출발했거든. 그에겐 선善을 강조하는 사상이 승리를 거두는 게 무엇보다 중요했던 거야. 사제들은 또 어떤가? 늘 억지로 신을 인간 속으로 밀어넣으려 하지. 그리고 러시아에서는 이를 위해 무엇 앞에서도 멈추지 않고 살인마저 불사하네. 가차 없지.

하지만 체호프는 말했네. 신은 좀 비켜서 있으라고, 소위 위대한 진보적 사상들도 좀 비켜서 있으라고. 인간으로부터 시작하자고, 인간에게 친절하고 주의를 기울이자고. 그 인간이 누구든, 사제든, 농부든, 수백만 재산을 가진 공장장이든, 사할린의 유형수든, 레스

---

422 Avvakum Petrov(1620~82). 러시아정교회의 구교도 운동 지도자이자 첫 사제.

토랑 웨이터든, 인간을 존중하고 불쌍하게 여기고 사랑하는 것에서 시작하자고. 그러지 않으면 아무것도 되는 일이 없을 거라고. 이것이 바로 민주주의, 우리 러시아인에게 아직 존재하지 않는 민주주의라고 할 수 있을 걸세.

지난 천년 동안 러시아인은 모든 것을 실컷 봐왔네. 위대한 공적, 위대한 이상과 위대한 업적들. 딱 한가지 보지 못한 것이 있다면 그게 바로 민주주의네. 그리고 바로 여기, 말하자면 데까당과 체호프의 차이가 있네. 국가는 데까당의 뒤통수를 치고 무릎으로 엉덩이를 깔 수 있지. 하지만 국가는 체호프의 본질을 이해하지 못하네. 그래서 그를 허락하는 거야. 우리에겐 여전히 민주주의가 설 자리가 없네. 진정한 민주주의, 인간적인 민주주의 말이네."

마지야로프의 날카로운 이야기를 소꼴로프는 몹시 못마땅하게 여기는 것 같았다.

시뜨룸은 이를 알아차리고 자신도 이해할 수 없는 모종의 만족감을 느끼며 말했다. "훌륭한 얘기예요. 진실하고 현명하네요. 다만, 스끄랴빈[423]만큼은 좀 배려해줬으면 싶어요. 듣자 하니 그가 데까당에 속하는 것 같은데, 난 그 사람을 무척 좋아하거든요."

그는 과일절임 접시를 내미는 소꼴로프의 아내에게 손을 내저으며 말했다. "아니, 고맙지만 괜찮습니다. 괜찮아요."

"검은 구스베리인데요." 그녀가 중얼거렸다.

시뜨룸은 그녀의 노란빛이 도는 갈색 눈을 바라보았다. "제 약점을 고백했던가요?"

그녀는 말없이 고개를 끄떡이며 미소 지었다. 그녀의 치아는 고

---

[423] Aleksandr Nikolaevich Scryabin(1872~1915). 러시아의 피아니스트이자 작곡가. 상징주의 음악의 대표로 꼽혔다.

르지 못했고 얇은 입술은 색이 탁했다. 미소를 짓자 약간 회색빛이 도는 창백한 얼굴에 사랑스럽고 매력적인 기운이 나타났다.

'멋지고 보기 좋은 얼굴이야. 코가 늘 붉어져 있지만 않으면 말이지.' 시뜨룸은 생각했다.

까리모프가 마지야로프에게 말했다. "레오니드 세르게예비치, 체호프의 휴머니즘에 대한 당신의 그 열정적인 연설을 도스또옙스끼에 대한 찬양과 어떻게 하나로 묶을 수 있는지 난 모르겠군요. 도스또옙스끼에게는 러시아에 있는 모든 사람이 평등하지 않았어요. 히틀러는 똘스또이를 머저리라고 부르는 반면, 도스또옙스끼는 무척 좋아해서 그의 초상화를 서재에 걸어두었다더군요. 난 소수민족인 따따르인으로 러시아에서 태어났습니다. 그래서 폴란드인이나 유대인을 증오한 러시아 작가를 용납할 수 없어요. 그가 아무리 위대한 천재라고 해도 말이지요. 제정러시아에서 우리는 피를 많이 흘렸고, 면전에서 일삼는 멸시와 학대에도 수없이 시달렸어요. 러시아의 위대한 작가는 다른 민족을 짓밟고 폴란드인, 따따르인, 유대인, 아르메니아인, 추바시인[424]을 경멸할 권리가 없어요."

검은 눈에 백발의 이 따따르인은 심술궂고 거만한 몽골계 특유의 냉소를 띤 채 마지야로프를 바라보며 말을 이었다. "당신도 똘스또이의 「하지 무라뜨」를 읽어보셨지요? 아마 「까자끄인들」도, 「깝까스의 포로」도 읽었을 거예요. 이 모두를 그 러시아 백작이 썼죠.[425] 리투아니아 출신인 도스또옙스끼보다[426] 더 러시아인인 사람이 말이에요. 따따르인이 존재하는 한, 그들은 평생 똘스또이를 위

---

424 튀르키예계 소수민족.
425 모두 똘스또이의 작품들로, 러시아 중심이 아닌 주변부의 이야기를 다루었다.
426 도스또옙스끼의 아버지가 리투아니아 출신의 의사였다.

해 알라신께 기도할 겁니다."

시뜨룸은 까리모프를 쳐다보았다.

'아, 멋진 친구야.' 그는 생각했다. '자네 그런 사람이군.'

"아흐메뜨 우스마노비치," 소꼴로프가 입을 열었다. "같은 민족을 사랑하는 당신의 마음은 깊이 존중하오. 하지만 나 역시 내가 러시아인임을 자랑스러워한다는 걸 허락해줬으면 싶군요. 똘스또이가 따따르인에 대해 훌륭하게 썼기 때문만이 아니라 다른 이유로도 똘스또이를 좋아할 수 있다는 걸 이해해주시오. 어떻게 된 건지 우리 러시아인들은 자기 민족을 자랑스러워하면 당장 반동 취급을 받게 되니 말이오."

까리모프가 자리에서 일어섰다. 그의 얼굴은 진주알 같은 땀방울로 덮여 있었다.

"당신에게 진실을 얘기해주겠소." 그가 말했다. "여기 엄연히 진실이 있는데 내가 굳이 거짓을 말할 이유가 없소. 자, 1920년대에 따따르인들이 자랑으로 여기던 인물들, 우리의 위대한 인물들이 어떻게 말살되고 청소되었는지 생각하면, 『작가 일기』가 왜 금지 도서가 되어야 하는지 어린애도 알 수 있을 거요!"[427]

"당신네 민족만이 아니라 우리도 고통을 겪고 있어요." 아르쩰레프가 말했다.

"사람들만 파멸시킨 게 아니오." 까리모프가 말했다. "민족문화 전체를 말살했소. 오늘날의 따따르 인쩰리겐짜야는 과거 인물들에 비하면 야만인들이오."

"그래, 맞소." 마지야로프가 조롱하듯 대꾸했다. "그들은 문화만

427 『작가 일기』에는 러시아 제일주의와 인종주의 관점에서 쓴 글들이 수록되어 있다.

이 아니라 그들 특유의 따따르식 국내외 정치도 만들어냈으니까. 그건 썩 좋다고 할 수 없지."

"그래도 이제 당신들에겐 당신들만의 국가가 있잖소." 소꼴로프가 말했다. "전문대학, 여러 학교들, 오페라, 책, 따따르 신문까지. 혁명이 그 모든 걸 이루어주었소."

"그렇소, 국립 오페라도, 오페라와 다름없는 국가도 있소. 하지만 우리의 수확물은 모스끄바가 모아들이고, 우리를 감옥에 앉히는 것도 모스끄바요."

"글쎄, 감옥에 앉히는 게 따따르인이라고 해서 더 편하지는 않을 텐데." 마지야로프가 말했다.

"아예 감옥에 가지 않는 건 어때요?" 마리야 이바노브나가 물었다.

"마셴까, 무슨 말을 하고 싶은 겁니까?" 그러고서 마지야로프는 시계를 보았다. "아, 벌써 시간이 이렇게 됐군요."

마리야 이바노브나가 재빨리 말했다. "레네치까, 여기서 자고 가요. 접이침대를 마련할게요."

언젠가 마지야로프는 저녁이 되어 아무도 자신을 기다리지 않는 집으로 돌아가 어두운 텅 빈 방에 들어갈 때 특히 고독을 느낀다고 한탄한 터였다.

"저야 사양할 이유가 없죠." 마지야로프가 말했다. "뾰뜨르 라브렌찌예비치, 그래도 괜찮겠나?"

"별걸 다 묻는군."

소꼴로프의 대답에 마지야로프가 농담을 던졌다. "주인장 대답에 영 성의가 없는데요."

모두들 식탁에서 일어나 작별 인사를 나누었다.

소꼴로프가 손님들을 배웅하러 밖으로 나간 사이 마리야 이바노브나는 목소리를 낮추고서 마지야로프에게 말했다. "뾰뜨르 라브렌찌예비치가 이런 대화를 피하지 않아서 얼마나 좋은지 몰라요. 모스끄바에 있을 땐 자기 앞에서 이 비슷한 암시라도 하면 아예 입을 꽉 다물고 자기 속으로 틀어박혔거든요."

"뾰뜨르 라브렌찌예비치"라고 남편의 이름과 부칭을 발음하는 그녀의 억양에는 특별한 사랑과 존경이 담겨 있었다. 밤마다 그녀는 남편의 연구를 손으로 옮겨적고, 초고를 보관하고, 딱딱한 종이에 그가 남긴 메모를 잘 붙여놓았다. 그녀에게 그는 위대한 인물이었으며, 동시에 혼자서는 살아갈 수 없는 어린아이이기도 했다.

"난 그 시뜨룸이 마음에 들더라고요." 마지야로프가 말했다. "사람들이 왜 그를 거북하게 생각하는지 모르겠어요." 이어 농담조로 덧붙였다. "보아하니 그는 당신이 있을 때만 이야기하던데요. 당신이 부엌에서 뭘 하느라 바쁜 동안에는 말재주를 아끼더군요."

그녀는 마지야로프의 말을 듣지 못한 양 문을 향해 선 채 침묵을 지키다가 잠시 뒤에야 입을 열었다. "그게 무슨 소리예요, 료냐! 그 사람한테 난 바보 어린애나 마찬가지예요. 뻬짜는 시뜨룸을 심술궂고 조롱이나 일삼는 거만한 사람으로 생각해요. 물리학자들이 그를 거북해하고 또 무서워하는 이유도 바로 그거죠. 하지만 내 생각은 좀 달라요. 그는 참 착한 사람 같거든요."

"다른 건 몰라도 착한 것이랑은 거리가 멀죠. 모든 사람을 찔러대고, 누구의 의견에도 동의하지 않고. 하지만 생각이 자유로운 인간이에요. 자동화되지 않았달까."

"아니, 그는 착한 사람이 맞아요. 그리고 무방비한 사람이에요."

"하지만 생각해보세요, 뻬쩬까[428]는 지금도 쓸데없는 말은 한마디도 안 한다는 걸 인정해야지요."

이때 소꼴로프가 방으로 들어오다가 마지야로프의 말을 듣고 입을 열었다.

"레오니드 세르게예비치, 내가 부탁하고 싶은 건 말이지, 나를 가르치려 들지 말라는 거요. 그리고 둘째로, 내 앞에서 그런 대화는 하지 않았으면 좋겠군."

"뾰뜨르 라브렌찌예비치, 자네야말로 날 가르치지 말게! 자네에게 자네의 의견이 있듯이 내게도 내 의견이 있네."

소꼴로프는 거칠게 한마디 하고 싶은 듯 보였지만 꾹 참고 다시 방을 나가버렸다.

"난 그냥 집에 가는 게 좋을 것 같군요." 마지야로프가 말했다.

"그러지 마세요." 마리야 이바노브나가 말했다. "그이 심성이 착한 거 아시잖아요. 지금 가버리시면 밤새도록 속상해할 거예요."

이어 그녀는 뾰뜨르 라브렌찌예비치가 얼마나 상처 입기 쉬운 사람인지 말하기 시작했다. 그동안 정말 많은 일을 겪었고, 1937년에 가혹한 심문을 받은 다음에는 넉달이나 정신병원에서 보냈다는 얘기였다.

마지야로프는 고개를 끄떡이며 귀를 기울이다가 마침내 입을 열었다.

"좋아요, 좋아. 당신이 날 설득했네요." 그러곤 갑자기 화를 내듯 덧붙였다. "다 맞는 말이에요. 물론 그렇겠죠. 하지만 당신의 뻬뜨루쉬까만 소환되었던 건 아니에요. 내가 루뱐까에 열한달이나 갇혀 있었던 거 알잖아요. 그때 뾰뜨르는 끌라바에게 딱 한번 전화를 걸었죠. 자기 누이인데! 그가 당신한테도 그녀에게 전화하지 말

---

428 앞서 나온 뻬짜와 뻬젠까 모두 뾰뜨르의 애칭. 소꼴로프를 말한다.

라고 했던 걸 기억하시지요. 끌라바는 정말 가슴 아파했어요……
그가 얼마나 위대한 물리학자인지는 몰라도, 영혼은 하인의 것 같
아요."

마리야 이바노브나는 두 손으로 얼굴을 가린 채 말없이 앉아 있
다가 가만히 말했다. "제게 이 모든 게 얼마나 가슴 아픈지 아무도
모를 거예요, 아무도."

그녀만이 1937년과 전면적 집단화의 가혹함이 남편에게 얼마나
혐오스러운 것이었는지, 그의 영혼이 얼마나 순수했는지 알고 있
었다. 그러나 또한 그녀만이 그가 얼마나 경직되어 있는지, 얼마나
권력 앞에 허리 굽혀 순종하는지도 알고 있었다.

바로 이것이 그가 집에서 그토록 변덕스럽고 그토록 거드름 피
우는 고관인 이유이기도 했다. 자신의 장화를 닦아주고, 더울 때면
수건으로 부채질을 해주고, 별장에서 산책할 때는 자기 얼굴에서
모기를 쫓아주는 마샤에게 그는 익숙해져버린 것이다.

67

대학 졸업반 시절 시뜨룸은 바닥에 『쁘라브다』를 내던지며 세미
나 동료에게 말한 적이 있었다. "도무지 읽을 수가 없군. 설탕 범벅
에 엄청 지루해."

하지만 그 말을 내뱉자마자 공포가 덮쳐왔고, 그는 이내 신문을
집어 먼지를 털면서 놀라우리만치 비굴한, 여러해가 지난 뒤에도
기억을 떠올릴 때마다 그를 수치로 불태우는 개 같은 미소를 지어
보였다.

그러고서 며칠 후 그는 예의 동료에게 『쁘라브다』를 내밀며 쾌활하게 말했다. "그러시까, 사설 읽어봐. 잘 썼더라."

그러자 동료는 신문을 받아들고 동정하듯 말했다. "불쌍한 비쨔, 겁쟁이였구나. 내가 고발할까봐 그래?"

아직 대학생이었던 그때, 시뜨룸은 위험한 생각들을 입 밖에 내지 말자고, 그러나 혹시 입 밖에 낸다면 겁내지 말자고 스스로에게 다짐했다. 그러나 그 약속을 지킬 수가 없었다. 그는 자주 조심성을 잃고 열을 올리다가 '실언'을 했고, 그런 다음에는 용기를 잃고 곧바로 그 용기가 일으킨 불꽃을 끄느라 바빴다.

1938년 부하린 재판이 끝난 뒤 그는 끄리모프에게 말했다. "어떻게 생각할지 모르지만, 난 부하린을 개인적으로 알아요. 두번 만났지. 그 명석함과 사랑스럽고 지적인 미소, 그야말로 순수하고 매력적인 인간이었소."

이어 끄리모프의 음울한 시선에 당황한 그는 즉시 되는대로 지껄이기 시작했다. "그러면 뭐 해요? 제기랄! 스파이에다 제3제국의 비밀경찰 요원이라니. 순수고 매력이고 어림도 없지. 그는 파렴치한이오."

그리고 그는 다시금 당황하지 않을 수 없었다. 끄리모프가 여전히 음울한 시선으로 이렇게 말했던 것이다. "우리가 친척 사이라 하는 말인데, 부하린이 비밀경찰이라는 건 도무지 상상할 수도 없는 얘기요."

시뜨룸은 갑자기 자기 자신에 대해, 인간을 인간일 수 없게 만드는 힘에 대해 분노하여 소리를 지르기 시작했다. "맙소사, 이런 끔찍한 일이라니, 믿을 수가 없군! 이 재판은 내 인생의 악몽이오. 그이들은 대체 왜 그 모든 걸 인정하는 거요? 무슨 목적으로 자백하는 거죠?"

하지만 끄리모프는 더이상 아무 말도 하지 않았다. 이미 너무 많은 것을 말해버린 것이다……

오, 터놓고 나누는 대화의 경이롭고도 분명한 위력, 진실의 힘이여! 눈치 보지 않고 발설한 몇마디 용기의 말 때문에 사람들이 얼마나 무서운 대가를 치렀던가.

시뜨룸은 침대에 누운 채 거리의 자동차 소리에 귀를 기울이며 많은 밤을 보냈다. 류드밀라 빠블로브나는 맨발로 창가에 가서는 커튼을 살짝 움직인 뒤 잠시 기다리다가 시뜨룸이 잠들었다 생각하고는 소리 없이 침대로 돌아와 눕곤 했다.

아침이 되면 그녀가 물었다. "잘 잤어?"

"응, 괜찮았어. 당신은?"

"숨이 좀 막혀서 통풍구로 갔었어."

"그랬군."

밤에 느끼는 이 무고無辜의 감정과 절망의 감정을 어떻게 전달할 수 있을까.

"명심해, 비쨔. 말 한마디 한마디가 다 그리로 닿게 돼 있어. 자칫하면 당신 자신과 나, 그리고 아이들까지 파멸하게 돼."

그리고 또다른 말.

"나 당신에게 전부는 말 못해. 제발 아무한테도, 아무 말도 하면 안 돼. 빅또르, 우리는 무서운 시대를 살고 있어. 당신은 상상 못해. 명심해, 빅또르. 아무와도 한마디도 얘기하지 마……"

이따금 빅또르 빠블로비치 앞에는 어린 시절부터 알고 지내던 누군가의 속을 알 수 없는 나른한 눈이 떠올랐다. 그런 순간이면 불쑥 공포가 느껴졌는데 이는 그 친구가 한 말이 아니라 하지 않은 말 때문이었고, 그는 차마 입을 떼어 "자네 혹시 요원인가? 심문을 받아야 하나?"라는 질문을 던질 수 없었다.

그는 언젠가 자신이 스딸린이 뉴턴보다 훨씬 전에 만유인력의 법칙을 정식화했다는 실없는 농담을 던진 뒤 보았던 조교의 얼굴을 기억하고 있었다.

"아무 말씀도 안 하셨고, 전 아무것도 못 들었습니다." 젊은 물리학자는 유쾌하게 말했다.

왜, 대체 무슨 목적으로 그런 농담을 하는가? 농담을 하는 건 어리석은 짓이다. 니트로글리세린이 담긴 용기를 툭툭 건드리는 것과 다를 바 없다.

오, 자유롭고 유쾌한 말의 위력이여! 그 위력이 얼마나 대단한지, 두려움에도 불구하고 말은 불쑥 나와버린다.

오늘 벌어진 자유로운 대화의 비극성을 시뜨룸은 이해했을까? 그들 모두가 독일 파시즘을 증오하고 두려워했다…… 대체 왜 전쟁이 볼가까지 다가온 지금에야, 혐오스러운 노예 상태를 예고하는 이 패배의 고통을 체험하고 있는 지금에야 그들은 자유롭게 이야기를 나누는 것일까?

시뜨룸은 까리모프의 곁에서 말없이 걷다가 불쑥 입을 열었다.

"신기한 일이오. 인쩰리겐찌야에 대한 외국 소설을 읽으면, 예를 들어 난 헤밍웨이를 읽었는데, 소설 속에서 지식인들은 대화하는 내내 쉴 새 없이 술을 마시오. 칵테일, 위스키, 럼, 꼬냑, 또다시 칵테일, 또 꼬냑, 또 모든 종류의 위스키를 말이오. 한데 러시아 인쩰리겐찌야는 차 한잔을 놓고 중요한 대화를 나누지요. 나로도볼찌,[429]

---

429 19세기 러시아의 인민주의 테러 조직 인민의의지(나로드나야 볼랴)당 당원들을 말한다.

나로드니끼, 사회민주주의자[430]들도 멀건 차 한잔을 놓고 협약을 했소. 레닌도 차 한잔 놓고 친구들과 위대한 혁명을 논의했고. 하지만 스딸린은 꼬냑을 선호한다더군."

"그러고 보니 오늘의 대화도 차를 마시면서 했지요. 맞는 말이오."

"아, 마지야로프는 참 똑똑하고 용감한 사람이오! 그 정신 나갈 정도로 낯설고 신기한 얘기들이 정말 흥미롭더군."

까리모프가 시뜨룸의 팔을 잡았다. "빅또르 빠블로비치, 마지야로프가 정말 아무것도 아닌 사소한 문제를 일반화해 얘기한다는 거 알아차리지 못했소? 난 그게 참 불안하오. 그는 1937년에 체포되었다가 겨우 몇달 만에 풀려났소. 아무도 그냥 풀어주지는 않던 시절이었는데. 무슨 뜻인지 알겠소?"

"알겠냐니……" 시뜨룸이 천천히 물었다. "혹시 그가 밀고자라고 생각하는 거요?"

그들은 모퉁이에서 작별했고 시뜨룸은 집을 향해 걸음을 옮겼다.

'염병, 될 대로 되라지.' 그는 생각했다. '우리는 공포를 느끼지 않고, 모든 장애를 무릅쓰고, 아무런 한계도 위선도 없이 모든 것에 대해, 인간적으로 이야기를 나눈 거야. 암, 빠리 정도면 미사쯤은 허용할 가치가 있고말고.[431]'

마지야로프처럼 내적 독립성을 지닌 이들이 존재한다는 건 얼마나 다행스러운 일인가. 헤어지기 직전에 까리모프가 했던 말도 여느 때처럼 시뜨룸의 심장을 차갑게 만들지 못했다.

---

430 러시아에서 최초로 맑스주의를 선택한 혁명당이자 사회주의 정당인 사회민주노동당 당원들을 말한다. 1903년 제2차 전당대회 이후 레닌이 인솔하는 볼셰비끼와 마르또프 등의 멘셰비끼로 분열하였다.

431 1593년 앙리 4세가 부르봉 왕조를 세우기 위해 가톨릭을 받아들인 데서 나온 표현. 자기 이익을 위해 타협할 때 쓰는 말이다.

문득 우랄에서 받은 편지에 대해 소꼴로프에게 말하는 것을 잊었다는 사실이 떠올랐다.

캄캄하고 황량한 거리를 걷고 있자니 예기치 않은 아이디어가 떠올랐다. 그 즉시, 아무 의심도 없이 그는 이 아이디어가 진정 옳다는 것을 온몸으로 느꼈다. 설명하지 못할 것만 같던 원자 현상에 대한 새로운 설명을, 믿기지 않을 만큼 새로운 설명을 떠올린 것이다. 심연에 갑자기 다리가 놓였다. 얼마나 간단한가! 얼마나 명쾌한가! 이 아이디어가 어찌나 우아하고 아름다운지, 자신에게게서 나온 것이라기보다 마치 호수의 평온한 어둠으로부터 하얀 수련이 솟아오르듯 저절로 그냥 가볍게 솟아난 듯했다. 그는 그 아름다움에 젖어 행복하게 신음했다······

이상한 우연이라고, 문득 그는 생각했다. 학문에 대한 생각에서 멀리 떨어진 순간에, 삶에 대한 논쟁이 자유로운 인간에 대한 논쟁이었던 순간에, 쓰디쓴 자유만이 그를 비롯한 모두의 언어를 규정하고 있던 순간에, 그를 사로잡는 그 아이디어가 마침내 그에게 다가온 것이다.

68

누군가 불안과 근심에 가득 차 자동차를 타고 가며 지평선에서 천천히 떠올랐다가 다시 천천히 가라앉는 나지막한 언덕들의 표류를 산만하게 좇다가 처음으로 깔미끄의 나래새 초원에 시선을 던지면 그 모습이 더없이 척박하고 쓸쓸하게만 여겨질 것이다······ 다렌스끼에게는 눈앞을 지나쳐갔다가 다가오고 이어 다시 지나쳐

가는 언덕들이 내내 똑같은 바람에 닳아버린 똑같은 언덕들로 보였고, 구불거리며 돌고 돌다가 자동차의 고무바퀴 밑으로 연신 사라지는 길들이 내내 똑같은 길들로 보였다. 초원에서 말을 타는 이들도, 수염이 있건 없건, 머리가 세었건 말건, 노랑 말을 탔건 검은 종마를 탔건, 전부 똑같은 사람들 같았다……

자동차는 작은 부락들과 까자끄 전통 마을들을 통과하며 아주 작은 유리창이 달린 집들을 지나쳐갔다. 작은 창턱에 놓인 제라늄 화분이 유리온실에서처럼 빽빽이 자라나 있는데, 창유리를 깨뜨리면 숨 쉴 수 있는 공기가 주위의 사막으로 흘러나와 초록 잎이 다 말라 죽어버릴 것 같았다. 자동차는 진흙으로 매질을 한 둥그런 유르따[432]들을 지나갔고, 거무스레한 나래새 벌판 한가운데를 달려갔고, 또 낙타풀 벌판 한가운데를 달려갔고, 여기저기 널려 있는 간석지들 사이를 지나갔고, 가느다란 다리로 먼지를 일으키는 새끼 양들과 바람에 흔들리는 연기 없는 모닥불을 지나갔다……

연기 자욱한 도시의 공기로 채워진 타이어를 굴리는 여행객의 눈에는 이곳의 모든 것이 초라한 잿빛 단조로움으로 뭉뚱그려져 그저 단조롭고 쓸쓸할 뿐이다…… 명아주, 엉겅퀴, 나래새, 담배풀, 쑥…… 거대한 시간의 힘에 의해 평평하게 펼쳐진 대지 위에 언덕들이 솟아나 있다. 옐리스따[433]에서 야시꿀[434] 방향으로 볼가강 하구, 까스삐해 해안에 이르기까지 동쪽으로 모래사막을 이루며 펼쳐진 이 깔미끄 대초원은 놀랄 만한 특징을 지닌다…… 일생을 함

---

432 유목민의 천막 혹은 이동 가옥.
433 러시아에 속하는 깔미끼야공화국의 수도이자 깔미끄인의 주요 거주 지역. 스딸린그라드에서 남쪽으로 175킬로미터 떨어져 있다.
434 까스삐해 저지대에 자리한 깔미끄인들의 거주지.

께한 남편과 아내가 서로를 닮듯이, 이곳에서는 땅과 하늘이 긴 세월 동안 마주 보며 서로를 닮게 되었다. 먼지 묻은 저 은회색 나래 새들이 칙칙하고 희미한 담청색 하늘에서 자란 것인지, 아니면 초원이 하늘의 담청색으로 물들어버린 것인지 알기란 불가능하니, 땅과 하늘은 서로 구분할 수 없이 뿌연 먼지 속에 하나가 되어 있다. 또 짜짜 호수나 바르만짜끄 호수[435]의 진한 증수를 바라보자면 마치 지표면에 소금이 쌓여 있는 듯하고, 소금터를 바라보면 그건 땅이 아니라 호수인 것만 같다……

11월과 12월에도, 눈이 내리는 며칠을 빼면 깔미끄 대초원은 내내 똑같은 회녹색 식물들로 뒤덮여 있고, 똑같은 먼지들이 길 위를 맴돈다. 초원이 이처럼 단단하게 말라버린 것이 태양 때문인지 추위 때문인지 알 수 없다.

아마도 그래서 여기에 신기루가 나타나는 것이리라. 대기와 땅의 경계, 물과 간석지의 경계가 닳아 없어져서 말이다. 갈망하는 인간의 뇌가 자극하는 바에 따라 이 세계가 생각의 견인력에 의해 갑자기 재결정화되기 시작해 뜨거운 대기는 푸르스름하니 잘생긴 돌로 변하고, 척박한 땅은 고요한 바다로 철썩이고, 지평선까지 종려나무 정원이 이어지고, 끔찍하고 파괴적인 저 태양빛은 뭉게뭉게 일어나는 먼지와 뒤섞여 사원과 왕궁의 둥근 황금 탑으로 변하고…… 탈진의 순간, 인간은 땅과 하늘로부터 스스로 원하는 세계를 만드는 법이다.

자동차는 계속 도로를 따라 지루한 초원을 달리고 또 달린다.

그러다 갑자기 이 초원 사막의 세계가 완전히 새롭게, 완전히 다

---

435 두 호수 모두 볼고그라드주에 있는 커다란 염수호다.

르게 인간의 눈앞에 펼쳐진다……

오, 깔미끄 대초원! 소리를 내지르듯 튀는 색깔은 하나도 없고 지형 또한 어디 하나 험하고 날카로운 구석이 없다. 회색과 푸른색 음영의 말없는 슬픔이 거대한 색채의 용암을 분출하는 가을 러시아 숲에 견줄 만한 곳. 작게 물결치는 언덕의 부드러운 선들이 깝까스산맥보다 더욱 깊숙이 인간의 심금을 울리는 곳. 아득하고 평온한 고대의 물로 가득 채워진 황량한 호수들이 그 어떤 바다나 대양보다 더욱 물의 본질을 드러내는 곳. 이 초원은 고대 자연의 우아한 창조물이다……

모든 것이 스쳐지나가지만, 저녁연기 사이로 어른거리는 저 무쇠처럼 무거운 태양과 쑥으로 가득 찬 씁쓸한 바람은 잊히지 않을 것이다. 훗날 이 초원은 척박함이 아니라 풍요로움으로 뇌리에 떠오르리라……

여린 잎이 돋아나고 튤립이 만개하는 봄, 초원은 파도가 아니라 색채들이 포효하는 대양이 된다. 초록으로 물든 못된 선인장에서 새로 나온 가시들은 날카롭지만 아직 여물지 못해 부드럽고 연하다……

여름밤이면 초원에서 은하의 솟아나는 마천루 전체를 볼 수 있다. 바닥의 하얗고 푸른 별무리들에서부터 안개처럼 흐릿한 윤곽으로 가벼운 돔들처럼 우주의 지붕 밑으로 멀어져가는 구상성단에 이르기까지……

초원에는 특히 주목할 만한 특징이 하나 있다. 겨울에도 여름에도, 해가 뜨건 지건, 어둡고 날씨 사나운 날이든 밝은 밤이든 이 특징은 초원 속에 변함없이 살아 있다. 초원은 언제나, 그리고 무엇보다도 먼저, 자유에 대해 인간에게 이야기한다…… 초원은 자유를 잃은 이들에게 자유를 상기시킨다.

다렌스끼는 자동차에서 내려 언덕 위로 달려나온 기수를 바라보았다. 그는 몸에 걸친 할라뜨[436]의 허리춤을 밧줄로 묶은 채 텁수룩한 작은 말에 앉아 초원을 둘러보고 있었다. 늙은 그의 얼굴은 돌처럼 단단해 보였다.

다렌스끼는 노인을 부른 뒤 그에게로 다가가 담뱃갑을 내밀었다. 안장에 앉은 채로 재빨리 몸을 돌리는 그의 동작에는 젊은이의 민첩함과 노년의 신중함이 함께 배어 있었다. 그는 담배를 내민 손을 보고, 다렌스끼의 얼굴을 보고, 옆구리의 권총을 보고, 정사각형 세개짜리 중령 견장[437]을 보고, 멋쟁이 장화를 보았다. 그런 뒤 소년의 것이라 해도 될 법한 작고 가느다란 갈색 손가락으로 담배를 받아 공중에서 잠시 빙빙 돌렸다.

광대가 솟고 돌처럼 굳어 있던 얼굴 전체가 바뀌면서 주름 사이로 선하고 영리한 두 눈이 그를 향했다. 탐색하는 듯하면서도 동시에 신뢰가 가득한 이 늙은 갈색 눈 속에는 무언가 아주 멋진 것이 담겨 있는 것 같았다. 다렌스끼는 이유 없이 유쾌하고 즐거운 기분이 되었다.

다렌스끼가 다가오자 적의를 품고 두 귀를 쫑긋 세웠던 노인의 말은 호기심 어린 눈으로 일단 한쪽 귀를 늘어뜨렸다가 이어 다른 쪽 귀도 늘어뜨리더니, 커다란 이빨을 드러내며 멋진 두 눈으로 크게 미소를 지어 보였다.

"고맙소." 노인이 가느다란 목소리로 말하며 손을 들어 다렌스끼의 어깨를 도닥였다. "내 아들 둘이 기병사단에 들어갔는데, 한

---

436 발뒤꿈치까지 내려오는 폭이 넓은 가운.
437 붉은군대 상급 지휘관들이 붙이던 견장.

녀석은 죽었소, 큰애가." 그는 손가락으로 말 머리 위를 가리켰다.
"다른 녀석, 작은애는……" 그의 손가락이 이번에는 말 머리 아래
를 가리켰다. "기관총 사수요. 훈장 세개." 이어 그가 물었다. "아버
지 계시오?"

"어머니가 살아 계십니다. 아버지는 돌아가셨고요."

"저런, 안됐군." 노인이 고개를 흔들었다. 그저 예의를 차리느라
그러는 것이 아니라 자신에게 담배를 대접한 러시아 중령의 아버
지가 죽었다는 사실에 진심 어린 애도를 보내는 듯했다.

이윽고 노인이 갑자기 손을 흔들어 보이더니 말에게 소리를 질
렀고, 그러자 말은 말할 수 없이 빠른 속도와 말할 수 없이 가벼운
자태로 언덕을 달려내려가기 시작했다.

초원을 내달리면서 기수는 무엇을 생각했을까? 자신의 두 아들
을? 아니면 고물 자동차 옆에 서 있던 러시아 중령의 아버지가 죽
었다는 사실에 대해서?

다렌스끼는 폭풍처럼 질주하는 노인을 시선으로 뒤쫓았다. 그의
관자놀이에서 피가 아니라 오직 단어 하나만이 툭툭 약동하고 있
었다. '자유…… 자유…… 자유……'

늙은 깔미끄인에 대한 부러움이 그를 사로잡았다.

69

다렌스끼는 전선군 참모부로부터 가장 왼쪽 날개에 주둔한 군
으로 긴 출장을 떠난 참이었다. 이는 참모부에서 일하는 사람들 사
이에서 특히 달갑잖은 여정으로 통했다. 물도 거처도 없는데다 보

급품은 저질이고, 또 멀고 평탄치 않은 길을 가야 하기 때문이었다. 까스삐해 연안과 깔미끄 초원 사이 모래 속에서 종적을 감춘 군대의 상황에 대해 지휘부는 정확한 정보를 얻고자 했고, 상관은 다렌스끼를 이 지역으로 보내면서 그에게 많은 과제를 부여했다.

초원 위로 수백 킬로미터를 달리는 동안 다렌스끼는 우울감에 짓눌렸다. 이곳에서 누가 감히 공격에 대해 생각한단 말인가. 독일군에 의해 세상 끝까지 쫓겨간 군대의 상황은 그저 절망적으로만 여겨졌다……

얼마 전까지의 일들은 전부 꿈이었을까? 밤낮으로 이어지는 참모부의 긴장, 임박한 반격에 대한 추측들, 예비병력의 움직임, 전보, 암호전보, 스물네시간 내내 가동 중인 전선군 통신, 북쪽에서 탱크와 차량 들이 몰려오는 소리……

포병부대와 야전부대 지휘관들의 우울한 대화에 귀를 기울이며 군수품 관련 데이터를 수집하고 검토하면서, 포병사단과 포병연대를 시찰하고 붉은군대 병사들과 지휘관들의 침울한 얼굴을 보면서, 초원의 먼지 속에 사람들이 얼마나 느리고 게으르게 움직이는지 지켜보면서, 다렌스끼는 점차 이 지역의 단조로운 우울한 권태에 굴복되었다. 러시아가 이곳 사막까지, 모래언덕까지 밀려와 불길한 땅 위에 힘없이 드러눕고 말았다고, 이미 일어설 수도 몸을 일으킬 수도 없게 되었다고 그는 생각했다.

다렌스끼는 군 참모부에 도착해 최고 상관을 찾아갔다.

넓고 어둑한 방에서 벌써 머리가 벗어지기 시작한 어느 청년이 군복 차림의 여자 두명과 카드놀이를 하고 있었다. 청년은 계급장도 달지 않은 제복 차림이었고 두 여자의 옷소매에는 중위 계급장이 달려 있었는데, 이들은 중령이 들어와도 그저 멍한 시선을 던지고는 다시 열을 올리며 카드놀이를 이어갔다.

"으뜸 패 안 받아? 잭을 원하는 거 아니야?"

다렌스끼는 패를 다 나눌 때까지 기다렸다가 물었다. "여기가 군사령관 처소요?"

"오른쪽 날개로 나갔어요. 저녁 무렵에 돌아오세요." 한 여자가 대답하고는 경험 많은 군복무자의 시선으로 다렌스끼를 훑어보았다. "중령 동지, 전선군 참모부에서 오셨지요?"

"바로 그렇소." 다렌스끼는 보일 듯 말 듯 윙크를 보낸 뒤 다시 물었다. "그렇다면 군사위원을 만나볼 수 있겠소?"

"사령관이랑 함께 나갔어요. 저녁 무렵에 돌아오세요." 이번에는 다른 여자가 말했다. "포병부대 참모부에서 오신 거 맞죠?"

"바로 그렇소." 다렌스끼가 대답했다.

사령관에 대해 대답한 첫번째 여자가 군사위원에 대해 대답한 여자보다 훨씬 더 나이 들어 보였지만 다렌스끼에게는 아주 매력적으로 여겨졌다. 흔히 매우 아름다워 보이다가도 어쩌다 고개를 돌려 바라보면 문득 시들고 늙고 지루해 보일 수 있는 그런 여자였다. 곧고 아름다운 코가 돋보이는 이 여자의 푸른 눈에서는 다른 이들은 물론 자기 자신에게도 정확한 가치를 매길 줄 아는 사람 특유의 만만치 않은 기색이 엿보였다.

많아야 스물다섯살로 보이다가도, 생각에 잠겨 얼굴을 약간만 찡그리면 입가의 주름과 턱밑의 늘어진 피부가 두드러져 도무지 마흔살 아래로 생각할 수 없게 되었다. 하지만 크롬으로 도금한 가죽 장화를 신은 다리는 참으로 근사했다.

자세히 설명하자면 꽤나 오랜 시간을 들여야 할 이 모든 세부 요소들을, 다렌스끼는 노련한 시선으로 순식간에 포착할 수 있었다.

다른 여자는 젊지만 살집이 있고 체격도 큰 편이었다. 듬성한 머리숱에 넓은 광대뼈, 흐릿한 빛깔을 한 눈. 하나하나 뜯어보면 아름답다 할 수 없지만 꽤 여성적이었다. 눈먼 자라도 그녀 곁에 있으면 여성성을 느끼지 않을 수 없을 듯했다.

이 역시 다렌스끼는 일초 만에 알아차렸다.

나아가, 그는 그 짧은 사이 사령관에 대해 대답한 첫번째 여자와 군사위원에 대해 대답한 두번째 여자의 가치를 재빨리 저울질하여 실제적 흔적 같은 건 조금도 남기지 않는 선택, 남자들이 여자를 볼 때마다 빼놓지 않는 모종의 선택을 마쳤다. 사령관을 어떻게 찾아야 할지, 그가 과연 다렌스끼에게 필요한 정보들을 줄 것인지, 어디서 식사하고 어디에 잠자리를 마련해야 할지, 오른쪽 날개 전방의 사단으로 가는 길은 얼마나 멀고 험난할지 하는 고민들로 불안한 와중에도 그의 마음에서는 저절로, 무의식적이되 그렇다고 아예 무의식적이라 할 수 없는 결정이 이루어진 것이다. '그래, 저 여자가 더 낫군.'

그는 사령관을 찾아 필요한 정보를 얻으러 가는 대신 그대로 주저앉아 이들과 함께 카드놀이를 하기 시작했다.

게임을 하면서 다렌스끼는 자신과 같은 편인 여자(그는 푸른 눈의 여자와 같은 편이 되었다)의 이름이 알라 세르게예브나이고 다른 손아래 여자는 참모부 진료소에서 일한다는 것, 계급장이 없는 둥그런 얼굴의 볼로쟈라는 젊은이는 지휘부 누군가의 친척으로 군사위원의 요리사로 일하고 있다는 것을 알게 되었다.

다렌스끼는 알라 세르게예브나가 가진 권력을 당장 느낄 수 있었으며, 이는 방으로 들어오는 사람들이 그녀를 대하는 태도에서도 분명하게 드러났다. 사령관이 그녀의 법적 남편이었는데, 다렌스끼가 애초에 직감한바 사랑받는 남편은 전혀 아닌 게 분명했다.

처음에는 저 볼로쟈라는 청년이 그녀에게 왜 그리도 가깝고 친근하게 구는지 알 수 없었다. 하지만 잠시 후 다렌스끼는 예리한 통찰력으로 추측해냈다. 아마도 볼로쟈는 사령관 전처의 동생인 것 같았다. 물론 전처가 살아 있는지, 사령관이 그녀와 공식적으로 이혼한 상태인지는 분명하지 않았다.

젊은 여자 끌라브지야가 군사위원의 법적 아내가 아니라는 것은 틀림없었다. 알라 세르게예브나가 그녀를 대하는 태도에는 거만함과 관대함이 묻어났으니, 마치 이렇게 생각하는 듯했다. '물론 너와 함께 어울려 카드놀이를 하고 서로 말도 놓고 지내지만, 이건 다 우리가 함께 참가한 전쟁을 위해서야.'

하지만 끌라브지야의 내면에도 알라 세르게예브나에 대한 모종의 우월감이 자리하고 있었다. '비록 정식으로 결혼한 건 아니고 그저 전시의 애인일 뿐일지 몰라도 난 군사위원에게 충실해. 반면에 법적 아내인 네 행실에 대해서는 내가 좀 아는 게 있지. 어디 뻬뻬제라고 한마디만 해봐, 내가 가만있는지.'

볼로쟈는 볼로쟈대로 끌라브지야에 대한 강한 애정을 감추지 않았다. '내 사랑은 희망이 없어. 요리사 주제에 군사위원과 겨룰 수는 없잖아…… 하지만 난 순수한 진심으로 그녀를 사랑해. 그녀도 느낄 거야. 난 그녀의 눈동자만 들여다볼 수 있으면 돼. 군사위원이 그녀를 무슨 목적으로 사랑하든 나한텐 아무 상관 없어.'

다렌스끼의 카드 실력은 형편없었고, 그러자 알라 세르게예브나가 그의 보호자를 자처하고 나섰다. 그녀는 마른 체격의 이 중령이 마음에 들었다. 그는 연신 "고마워요"라 말하고, 카드를 내다가 서로의 손이 부딪칠 땐 "아, 실례해요" 하며 웅얼거리고, 볼로쟈가 손을 들어 코를 훔친 다음 그 손을 손수건에 닦는 모습을 난처한 눈빛으로 바라보고, 다른 사람들의 농담에 예의를 갖춰 미소 짓고, 스스로도 훌륭한 농담을 건네곤 했던 것이다.

다렌스끼가 던진 농담 하나를 듣고서 그녀는 말했다. "세련된 농담이네요. 난 뒤늦게야 이해했어요. 오랫동안 초원 생활을 하다보니 둔해졌나봐요."

마치 그들 둘만이 함께할 수 있는 대화, 가슴이 서늘해지는 대화, 남자와 여자 사이에서 유일하게 중요한 그 특별한 대화, 둘만의 고유한 대화를 시작할 수 있으리라 암시하는 듯 나직한 목소리였다.

다렌스끼가 계속해서 실수를 하고 그녀가 그 실수를 바로잡아주는 사이 둘 사이에는 새로운 게임이 시작되었으니, 이 게임에서 다렌스끼는 조금의 실수도 범하지 않았다. 그는 이 게임의 선수였다. "자, 그 낮은 스페이드는 버려요." "그걸 내요. 그렇지, 겁낼 것 없어요. 으뜸 패를 아끼지 말아요……" 그런 말들 외에는 아무런 대화도 오가지 않았지만 그녀는 이미 그의 모든 매력, 그의 부드러움과 힘, 자제력, 대담함과 소심함까지 전부 포착해냈고 이를 높이 평가했다. 이는 그녀가 그에게서 이런 특징들을 보았기 때문이기도 했지만 그가 이런 것들을 그녀에게 보여주었기 때문이기도 했다. 그녀 역시 자신의 미소와 팔의 움직임, 어깨를 으쓱이는 방식, 멋진 개버딘 제복 너머의 젖가슴, 다리, 손톱의 매니큐어를 향한 그의 시선을 의식하고 있다는 사실을 은연중에 드러냈다. 그는 그녀의 목소리가 짐짓 부자연스럽게 늘어진다는 것을, 미소가 평소보다 길어진다는 것을, 이 모두가 그로 하여금 사랑스러운 목소리와 하얀 치아와 보조개를 평가할 수 있도록 하기 위함이라는 것을 느낄 수 있었다……

다렌스끼는 갑작스레 닥쳐온 감정에 흥분과 동요를 느꼈다. 그가 결코 익숙해질 수 없는 감정이었다. 이러한 감정은 매번 처음 느끼는 것 같았고, 여자와 관련된 수많은 경험들은 도무지 습관으로 정착되지 않았다. 경험은 경험으로 남아 있을 뿐 행복한 도취와는 별개의 것이었다. 바로 이러한 태도에 가짜가 아닌 진짜 여성 애호가의 특성이 나타났다.

어찌어찌하다가 결국 다렌스끼는 그날 밤을 군사령부 거처에서 보내게 되었다.

이튿날 아침, 그는 참모장을 찾아갔다. 과묵한 대령은 스딸린그라드와 북서쪽 지역의 상황이나 전선군의 소식에 대해 아무것도 묻지 않았다. 다렌스끼는 이 대령이 시찰과 관련한 정보에 전혀 도움이 되지 않으리라는 것을 깨닫고 출장 명령서에 검인을 요청한 뒤 부대로 이동했다.

완전한 포만감과 완전한 황폐감 속에서, 사지에 이상한 공허감과 가벼움을 느끼며, 아무 생각도 욕망도 없이 그는 자동차에 올라앉았다. 자신을 둘러싼 모든 것이 무미건조하고 텅 비어 있는 것 같았다. 바로 어제 그렇게 마음에 들었던 하늘도 나래새도 초원의 언덕들도 그랬다. 운전병과 농담이나 대화를 주고받을 마음도 들지 않았다. 가까운 사람들, 심지어 그가 사랑하고 존경하는 어머니에 대한 생각조차 어쩐지 지루하고 냉랭했다…… 러시아 땅 저 끄트머리의 황야에서 벌어지는 전투에 대한 생각도 마찬가지로 그의 마음을 동요시키지 못하고 시들하게 이어졌다.

다렌스끼는 연신 침을 뱉고 고개를 흔들며 일종의 멍한 경이로움 속에서 중얼거렸다. "허, 그 여자……"

그러다 어느 순간 이런 종류의 열정은 좋은 결과로 이어지는 법이 없다는 한탄스러운 생각과 함께, 언젠가 꾸쁘린[438]의 소설인지 무슨 번역 소설인지에서 읽은 구절이 떠올랐다. "사랑은 석탄과 같아서 타오를 땐 이글거리지만 식으면 더러움을 묻힌다……" 그는 울고 싶었다. 아니, 그보다는 흐느끼며 누군가에게 하소연하고 싶었다. 이는 그의 의지가 아니었다. 운명이 불쌍한 중령을 이곳으로 데려와 사랑 앞에서 이런 태도를 보이도록 이끈 것이다…… 어느새 그는 잠이 들었고, 잠에서 깨어났을 때 문득 생각했다. '죽지 않으면 돌아오는 길에 반드시 알로치까를 만나러 와야겠어.'

70

노동을 마치고 돌아오던 예르쇼프 소령이 모스똡스꼬이의 침상 근처에 서서 말했다.

"미국인이 라디오로 들었는데, 스딸린그라드 부근에서 우리 군대의 저항이 독일군의 예상을 완전히 깨뜨렸대요."

그가 이마를 찌푸린 채 덧붙였다. "그리고 모스끄바발 소식도 있는데 꼬민째른 해체[439]에 대한 것 같대요."

"그게 무슨 말이야? 정신 나갔나?" 모스똡스꼬이가 예르쇼프의 지적인 눈, 차갑고 탁하게 소용돌이치는 봄물 같은 두 눈을 들여다

---

438 Aleksandr Ivanovich Kuprin(1870~1938). 다채로운 직업 경험을 바탕으로 자연주의 수법을 사용하여 인간의 비참함을 예리하게 묘사한 작가. 대표작으로 『몰로흐』『올레샤』『결투』 등이 있다.

439 공산주의인터내셔널 대회는 일국사회주의를 표방하는 스딸린의 1938년 대테러 이후 사실상 해체된 것과 같았으며, 스딸린은 1943년 제2차 세계대전에서 미국을 포함한 연합군이 제2전선을 열도록 하기 위해 이를 완전히 폐지하였다.

보며 물었다.

"아마 미국 놈이 헷갈렸나봐요." 예르쇼프가 손톱으로 가슴을 긁으며 말했다. "반대로 꼬민쩨른이 확대된다는 얘기인지도 모르죠."

모스똡스꼬이는 평생을 살아오며 사회 전체의 이상과 열정과 사상을 표현하고 그에 공명하는 일종의 진동막 같은 이들을 적지 않게 보았다. 러시아에서 일어난 심각한 사건이 이들을 그냥 지나쳐간 적은 한번도 없었다. 그리고 이곳, 수용소 사회의 사상과 이상의 표현자는 바로 예르쇼프였다. 하지만 꼬민쩨른 해체에 관한 소문에 이 수용소 사상의 지배자는 아무런 관심을 보이지 않았다.

대규모 병력의 정치교육을 주도했던 여단 꼬미사르 오시뽀프 역시 그 소식에 무관심했다.

오시뽀프가 말했다.

"구즈 장군이 그러더군요. '꼬미사르 동지, 당신의 국제적 교육 때문에 후퇴가 시작되었소. 애국주의 정신으로 인민들을 교육해야 했소. 러시아 정신으로 말이오.'"

"그게 무슨 말인가? 그건 신을 위해서인가? 아니면 황제를 위해서? 조국을 위해서?" 모스똡스꼬이가 비웃었다.

"모두 헛소리죠." 오시뽀프는 신경이 곤두선 채 입을 쩍 벌리고 말을 이었다. "중요한 건 정통 노선이 아니에요. 요점은 말이지요, 친애하는 지도자 모스똡스꼬이 동지, 독일 놈들이 우리를 붙잡아 산 채로 가죽을 벗기고 있다는 겁니다!"

러시아인들 사이에서 안드류시까로 통하는 3층 침상의 스페인 병사는 나무 판때기에 '스딸린그라드'[440]라고 적어 밤마다 이 글자

------

440 Stalingrad(로마자).

를 들여다보았는데, 아침이면 판때기를 뒤집어놓아 바라끄를 수색하는 카포는 이 유명한 단어를 찾을 수 없었다.

끼릴로프 소령이 모스뚭스꼬이에게 말했다. "노동으로 내몰리지 않을 땐, 난 하루 종일 침상에 너부러져 지냈는데. 하지만 이제 셔츠를 빨고, 괴혈병에 안 걸리려고 전나무 껍질을 씹죠."

'유쾌한 녀석들'이라 불리는(그자들은 일하러 가면서 항상 노래를 했다) 징벌부대 SS요원[441]들은 이제 훨씬 더 잔혹하게 굴며 러시아인들을 닦달했다.

보이지 않는 끈이 바라끄의 수인들과 볼가 강변의 도시를 연결하고 있었다. 그런데 이제는 꼬민쩨른에 대해서 모두가 무관심한 태도를 보이는 것이었다.

그때 이민자 체르네쪼프가 처음으로 모스뚭스꼬이에게 다가왔다. 손바닥으로 빈 눈구멍을 가린 채로 미국인이 들었다는 방송에 대해 이야기하기 시작했다.

모스뚭스꼬이는 무척 반가웠다. 이 대화에 대한 욕구가 크게 일던 터였다.

"도대체 출처가 모호해서 말이오." 모스뚭스꼬이가 말했다. "개소리지, 개소리."

체르네쪼프가 눈썹을 치올렸다. 빈 눈구멍 위로 의아스러운 듯 신경질적으로 치켜올려진 눈썹은 매우 추하게 보였다.

"그게 왜 개소리요?" 눈이 하나밖에 없는 멘셰비끼가 물었다. "뭐가 믿을 수 없다는 거요? 볼셰비끼 나리들이 제3인터내셔널을 수립했고 볼셰비끼 나리들이 일국 내에서 소위 사회주의라는 걸 수립했

---

441 범죄를 저지른 SS요원들로 구성된 부대.

소. 이 조합은 난센스요, 끓인 얼음처럼…… 게오르기 발렌찌노비치[442]의 마지막 평론들 중 이런 내용이 있소. '사회주의는 세계적, 국제적 체제로서 존재할 수 있다. 그렇지 않으면 존재할 수 없다.'"

"소위 사회주의라고?" 미하일 시도로비치가 물었다.

"물론 그렇소. 소위 사회주의. 소비에뜨 사회주의 말이오."

체르네쪼프는 피식 웃었고, 모스똡스꼬이가 피식 웃는 것을 알았다. 그들이 서로를 향해 피식 웃은 것은 심술궂은 말, 조롱과 증오가 섞인 억양 속에 자신들의 과거가 되살아났기 때문이었다.

수십년 세월의 두꺼운 층을 잘라낸 것처럼 청춘의 적대감이라는 칼날이 그들 사이에서 번쩍였다. 하지만 히틀러 강제수용소에서의 이 만남은 오랜 세월의 증오뿐 아니라 그들의 젊은 시절 또한 상기시켰다.

이 적대적이고 이질적인 수용소 인간이 모스똡스꼬이가 젊은 시절에 알았고 사랑했던 것들을 알았고 사랑했다. 오시뽀프가 아니라, 예르쇼프가 아니라 그가, 그들 둘만이 관심을 가지는 사람들의 이름과 제1차 대회 시절의 이야기를 기억하고 있었다. 둘은 흥분에 겨워 대화를 이어갔다. 맑스와 바꾸닌의 관계에 대해, 연성軟性『이스끄라』[443] 지지자들과 강성强性『이스끄라』 지지자들을 두고 레닌이 뭐라 말했으며 쁠레하노프는 뭐라 말했는지, 눈먼 엥겔스가 그를 방문한 젊은 러시아 사회민주주의자들[444]을 얼마나 진정으로

---

442 Georgii Valentinovich Plekhanov(1856~1918). 러시아의 맑스주의 이론가이자 혁명가. 러시아 맑스주의 운동의 기초를 닦았다. 1901년부터 레닌과 상당한 의견 차이를 보이다가 결국 멘셰비끼를 선택하였다.

443 레닌, 쁠레하노프, 악셀로드가 함께 편집했던 일간지. 1903년 이후 의견이 갈려 레닌이 빠지고 1905년 폐간되었다.

444 러시아 사회민주노동당은 엥겔스 사후인 1898년에 창당되었다. 여기 언급된

대했는지, 취리히의 류보치까 악셀로드[445]는 얼마나 독설가였는지!

틀림없이 모스똡스꼬이가 느끼는 것을 똑같이 느끼고 있을 외눈박이 멘셰비끼가 입가에 조소를 띠고 입을 열었다.

"젊은 시절 친구와의 만남에 대해 작가들은 감동스럽게 묘사하지. 젊은 시절의 적이었던 이들의 만남은 어떨 것 같소? 당신과 나처럼 머리가 세고 고통에 지친 늙은 개들 말이오."

모스똡스꼬이는 체르네쪼프의 뺨에 흐르는 눈물을 보았다.

둘은 곧 맞이하게 될 수용소에서의 죽음이 긴 생애에 걸쳐서 일어났던 모든 것을, 정의도, 오류도, 적대감도 모두 구덩이에 묻어 평평하게 다지고 모래로 덮어버리리라는 것을 알고 있었다.

"그러게," 모스똡스꼬이가 말했다. "한평생 누군가와 싸우다보면, 결국 그가 자기 삶의 일부로 들어앉기 마련인 것 같소."

"참 이상하지," 체르네쪼프가 말했다. "이 늑대 소굴에서 이런 식으로 만난다는 게." 그러고는 뜻밖의 이야기로 말을 맺었다. "밀, 호밀, 버섯비[446]…… 이 얼마나 멋진 단어들인지……"

"이 수용소는 정말 끔찍하구면." 모스똡스꼬이가 웃으며 대꾸했다. "다른 모든 게 괜찮게 여겨질 정도요. 심지어 멘셰비끼와의 만남마저도."

체르네쪼프는 서글프게 고개를 끄떡였다. "그래, 당신에겐 정말

사회민주주의자들이란 1894년 말 쁠레하노프의 주도로 만들어진 '국외 러시아 사회민주주의연합' 회원들을 가리키는 듯하다.

445 Lyubov Isaakovna Akselrod(1868~1946). 러시아의 여성 혁명가이자 철학자. 레닌, 쁠레하노프와 함께 『이스끄라』를 편집했으며 쁠레하노프처럼 온건파로 불렸다.

446 '버섯이 상하지 않고 잘 자라게끔 해주는 가볍고 촉촉한 비'를 가리키는 러시아어 표현. 해가 떠 있는 사이 잠깐 내리다 그치는, 우리의 '여우비'와 같은 뜻이다.

힘든 일일 테지."

"히틀러주의," 모스똡스꼬이가 말했다. "히틀러주의요! 이 비슷한 지옥을 나로선 상상도 못했소!"

"당신이 놀랄 게 뭐 있소? 당신네들한테 폭력이 뭐 대단한 거라고."

그러자 두 사람이 느꼈던 슬픔도, 아름다운 추억도 갑작스러운 바람에 날아간 듯 사라져버렸다. 두 사람은 이제 가차 없는 적개심을 품고 논쟁을 벌이기 시작했다.

체르네쪼프의 비방은 그것이 오직 거짓만을 자양으로 삼은 것이 아니었기에 더욱 끔찍했다. 소비에뜨 건설에 수반된 잔혹함과 개인의 오류들을 체르네쪼프는 일반적인 현상으로 격상시켰다.

"1937년에 이탈들이 있었고, 집단화 때 성공으로 인한 현기증이 있었고, 당신의 소중하고 위대하신 그분이 다소 잔인성과 권력욕을 갖고 있다는 정도로만 생각한다면 물론 당신이야 마음이 편하겠지. 하지만 본질은 그 반대요. 스딸린의 괴물 같은 비인간성이 그를 레닌의 후계자로 만들었소. 당신네들이 즐겨 말하듯이 스딸린은 이 시대의 레닌이오. 농촌의 빈곤과 노동자들의 권리 부재 같은 것들이 당신 눈에는 그저 일시적인 문제, 성장에 따르는 어려움으로 보일 거요. 당신들, 진짜 부농들, 전매업자들이 농부에게서 밀을 킬로그램당 5꼬뻬이까에 사들인 다음 곧바로 같은 농부에게 1루블씩 받고 파는 것, 그게 바로 당신네 건설의 기본 토대요."

"멘셰비끼에 이민자인 당신도 지금 스딸린이 이 시대의 레닌임을 인정하는군." 모스똡스꼬이가 말했다. "우리는 뿌가초프와 스쩬까 라진을 포함한 모든 러시아 혁명가들의 후예요. 외국으로 달아난 반동분자 멘셰비끼가 아니라고. 그리고 스딸린은 라진, 도브롤류보프, 게르쩬의 후예지.[447]"

"그래그래, 후예들이고말고! 천년의 노예제도 끝에 찾아온 제헌
의회 자유선거가 러시아에 무슨 의미였는지 당신은 아오? 그 반년
사이 러시아는 짧은 자유를 누렸지. 하지만 당신의 레닌은 그 자유
를 계승하는 대신 파멸시켰소.[448] 그리고 1937년의 일들을 생각하
면 내겐 전혀 다른 유산이 떠오르오. 제3부 수장 수제이낀 대령[449]
말이오. 당신도 기억하겠지. 그는 제가예프와 함께 음모를 꾸미며 황
제를 혼란시키고 권력을 손아귀에 넣고자 했소. 그런데 당신은 스
딸린을 게르쩬의 후예라 생각한단 말이오?"

"당신 혹시 바보요?" 모스똡스꼬이가 물었다. "대체 뭐요? 수제
이낀에 대해 진지하게 말하는 거요? 그렇다면 최고로 위대한 사회
주의혁명, 착취자들에 대한 착취, 자본가에게서 빼앗은 공장과 농
장, 지주들에게서 가져온 땅에 대해서는 어떻게 생각하오? 설마 당
신은 못 본 거요? 그건 누구의 유산이오? 수제이낀의 유산이란 말
이오? 민중의 문맹 퇴치, 중공업에 대해선 어떻게 생각하오? 인간
활동의 전 영역으로 들어온 제4계층, 노동자와 농민에 대해서는 또
어떤 생각을 가지고 있소? 이게 다 수제이낀의 유산이라고? 당신
참 불쌍한 사람이군."

"알아요, 알고말고." 체르네쬬프가 말했다. "사실들을 반박할 수
는 없지. 사실들은 설명할 수 있을 뿐이오. 당신네 장군들, 작가들,

<hr />

447 스쩬까 라진(Stenka Razin, 1630~71), 뿌가초프(Emel'yan Ivanovich Pugachyov,
1742~75) 도브롤류보프, 게르쩬은 모두 과거에 반란과 혁명을 일으킨 이들이다.
448 1917년 11월 선거에 의해 제헌의회가 꾸려졌으나 반년 뒤 레닌에 의해 해체되
었다.
449 Georgii Porfir'evich Sudeikin(1850~83). 비밀경찰(제3부)의 수장. 인민의의지
당원 제가예프를 요원으로 만들어서 수많은 당원과 혁명가들을 잡아들였다.

박사들, 예술가들, 인민위원들은 프롤레타리아의 종복이 아니오. 그들은 국가의 종복이오. 들판과 공장에서 일하는 사람들을 당신들은 주인이라 부를 엄두도 내지 못하잖소. 그들이 무슨 주인이냐고!"

갑자기 그가 모스뚭스꼬이에게로 몸을 기울이고서 말을 이었다.

"그건 그렇고, 당신네들 중에서 내가 존경하는 자가 있다면 그건 오직 스딸린뿐이오. 그는 손에 물을 묻히기 싫어하는 당신네들의 석공이지. 스딸린은 다 알고 있소. 폭력, 수용소, 중세적인 마녀재판, 이런 것들을 기반으로 일국사회주의가 서 있다는 걸 말이오."

"이보시오, 그 모든 더러운 헛소리를 우린 이미 실컷 들었소. 하지만 당신은, 내 솔직하게 말하는데, 특히 더 천박하게 이런 이야기를 늘어놓는군. 어렸을 적 살던 집에서 쫓겨난 사람만이 집을 그렇게 더럽히고 오물을 뿌릴 수 있는 거요. 그런 사람이 누군지 아시오? 바로 하인이지!"

그는 체르네쪼프를 빤히 바라보다가 다시 입을 열었다.

"감추지 않겠소. 사실 난 1903년에 우리를 갈라놓은 것이 아니라 1898년에 우리를 연결하던 것을 추억하고 싶었소."

"아직 하인을 쫓아내기 이전 시절에 대해 지껄이고 싶었구먼."

이 말에 미하일 시도로비치의 분노가 정말로 진지하게 끓어올랐다.

"그래, 바로 그거요! 쫓겨난 하인, 레이스 장갑을 끼고 도망간 하인! 우리는 감추지 않소. 우리는 장갑을 끼지 않는단 말이오. 우리 두 손은 피 속에, 오물 속에 잠겨 있소! 어쩔 거요? 우리는 쁠레하노프의 장갑[450] 없이 노동운동에 도달했소. 하인의 장갑이 당신에

---

450 멘셰비끼가 볼셰비끼의 급진 노선에 반대하여 이른바 '임시정부 헌법 내에서의 개혁'을 내세우며 비합법적 혁명운동의 폐지를 주장한 일을 레이스 장갑을

게 뭘 주었소? 『사회주의 일보』[451]에 글을 써갈기는 대가로 유다의 은전이라도 받았소? 여기 수용소에 있는 영국인, 프랑스인, 폴란드인, 노르웨이인, 네덜란드인 들이 믿고 의지하는 건 바로 우리요! 세계의 구원이 우리의 손안에 있소! 붉은군대의 힘 속에 말이오! 붉은군대는 자유의 군대요!"

"그런가?"체르네쪼프가 말을 막았다. "항상 그랬소? 1939년에 히틀러와 협약해서 폴란드를 장악한 일은 어쩌고? 라트비아, 에스토니아, 리투아니아가 당신네 전차에 의해 진압된 일은? 핀란드 침공은? 혁명이 소수민족에게 해준 것들을 당신네 군대와 스딸린은 고스란히 빼앗았소. 중앙아시아 농민 봉기의 진압[452]은? 끄론시따뜨 진압[453]은? 이 모든 게 자유와 민주주의를 위해서였소? 푸하하…… 그렇소?"

모스똡스꼬이는 두 손을 체르네쪼프의 얼굴 앞으로 들어올렸다. "자, 말했듯이 여기 이 손들은 하인의 장갑을 끼지 않았소!"

"헌병대 대령 스뜨렐니꼬프 기억하오?"체르네쪼프가 고개를 끄떡이고 말을 이었다. "그 역시 장갑 없이 일했소. 자기가 때려서 반쯤 죽여놓은 혁명가들 대신 직접 거짓 자술서를 썼지. 1937년이 대체 무엇 때문에 당신들에게 필요했소? 히틀러와의 싸움을 준비한 건가? 당신들을 가르친 게 스뜨렐니꼬프요, 아니면 맑스요?"

끼고 활동하는 것에 빗댄 표현이다.

451 외국으로 이민한 멘셰비끼 대표들이 1921년부터 1965년 사이에 발행했던 신문. 베를린, 빠리, 뉴욕에서 784호까지 간행되었다.

452 소비에뜨 정부 초기 중앙아시아에서 토지 및 농업 정책에 대한 반발에 계급과 인종 요인이 더해져 농민 봉기가 일어났으나 무참하게 진압되었다.

453 1921년 3월, 경제정책의 실패와 기근으로 인해 볼셰비끼에 대한 불만이 커지며 비볼셰비끼 좌파들의 반란이 일었다. 반란은 열이틀간의 격전 끝에 실패했고, 붉은군대에 의해 수천명이 사망했다.

"당신의 그 악취 나는 말이 내겐 하나도 놀랍지 않소." 모스똡스꼬이가 말했다. "당신들은 그게 아니면 다른 할 말이 없겠지. 나를 정말 놀라게 하는 게 뭔지 아시오? 히틀러주의자들이 뭣 때문에 당신들을 수용소에 잡아두느냐 하는 거요. 무슨 목적으로? 그들은 우리를 광적으로 증오하오. 그 이유야 완전히 명확하지. 하지만 당신들은? 대체 뭣 때문에 히틀러는 당신이나 당신 비슷한 사람들을 수용소에 잡아두는지, 그게 난 놀라울 뿐이오!"

체르네쪼프는 픽 웃었고, 이제 그의 얼굴은 맨 처음 대화를 시작할 때와 다르지 않았다.

"그래요, 자, 보시오, 우리도 여기 잡혀 있소. 하지만 혹시 모르잖소? 당신이 애 좀 쓰면 나를 풀어줄지."

하지만 모스똡스꼬이는 농담을 할 기분이 아니었다.

"우리를 그토록 증오하는 당신이 여기 히틀러 수용소에 앉아 있어선 안 되오. 당신뿐 아니라 저 작자도 그렇지." 그는 이쪽으로 다가오는 이꼰니꼬프-모르시를 가리켰다.

이꼰니꼬프의 얼굴과 손은 진흙으로 얼룩져 있었다. 그는 모스똡스꼬이에게 다가와 꼬질꼬질하니 글씨로 가득한 종이 몇장을 내밀며 말했다. "읽어봐요. 난 아마 내일 죽을 테니."

"그러죠." 모스똡스꼬이가 종이들을 매트리스 밑에 감추며 신경질적으로 대꾸했다. "그런데, 뭐 때문에 이 세상을 떠나시려오?"

"내가 무슨 애길 들었는지 알아요? 우리가 파는 구덩이가 가스실 사람들을 위한 거래요. 오늘 벌써 바닥에 콘크리트를 붓기 시작했어요."

"그 소문은 넓은 철로를 깔기 시작할 때부터 이미 돌고 있었소." 체르네쪼프가 말하며 주위를 둘러보았다.

모스뚭스꼬이는 체르니쪼프의 관심사가 무엇인지 알 것 같았다. 그는 노동에서 돌아오는 사람들에게 자신이 이 늙은 볼셰비끼와 허물없이 대화하는 모습을 보이고 싶은 것이다. 이딸리아, 노르웨이, 스페인, 영국 출신의 모든 포로들 앞에서 그는 아마도 자랑스러움을 느낄 터였다. 그러나 무엇보다 자랑스러운 것은 러시아 전쟁 포로들 앞에서 이런 모습을 보이는 것이리라.

"그런데 우리는 일을 계속했지요?"이꼰니꼬프-모르시가 물었다. "우리가 그 끔찍한 일을 준비하는 데 참여했지요?"

체르네쪼프는 어깨를 으쓱였다. "우리가 지금 영국에 있는 줄 아시오? 8천명이 들고일어나 노동을 거부해도 달라질 건 없소. 저들이 한시간 안에 다 죽일 테니까."

"아니, 난 못해요"이꼰니꼬프-모르시가 말했다. "난 안 갈 겁니다, 안 가요."

"노동을 거부하면 이분 안에 맞아 죽을 거요."모스뚭스꼬이가 말했다.

"그렇다니까."체르네쪼프가 거들었다. "귀담아들어요. 민주주의가 없는 나라에서 파업을 선동한다는 게 무엇을 의미하는지 이 동지만큼 잘 아는 사람도 없거든."

모스뚭스꼬이와 논쟁을 벌이면서 그는 커다란 혼란을 느끼고 있었다. 여기, 히틀러의 수용소에서는 그가 빠리의 아파트에서 수백번 발음했던 단어들이 모두 거짓되고 무의미하게 울렸던 것이다.

수용소 수감자들의 대화에 귀를 기울이다보면 '스딸린그라드'라는 이름이 수없이 반복되었다. 그가 원하든 원치 않든, 이 이름에 세계 전체의 운명이 걸려 있었다.

영국 청년은 그에게 승리의 표시를 해 보이며 말하곤 했다. "당신들을 위해 기도합니다. 스딸린그라드가 눈사태를 막았어요."

그 말을 들었을 때 체르네쪼프는 행복한 감동을 느꼈다.

"그거 아시오?" 그가 모스똡스꼬이에게 말했다. "바보만이 제약점을 적에게 내보인다고 하이네가 말했지. 하지만 좋소. 난 바보요. 당신이 옳소. 당신네 군대가 이끄는 전쟁의 위대한 의미가 내게도 명확하게 느껴지니까. 러시아 사회주의자에게 이는 쓰디쓴 깨달음이오. 이를 깨달아 기뻐하고 자랑스러워하면서도 괴로워하고, 또 당신을 증오하는 것 또한 쓰디쓰오."

이 순간 모스똡스꼬이를 바라보는 그의 멀쩡한 눈에도 피가 가득 맺힌 듯 보였다.

"하지만 정말 피부로 깨닫지 못한 거요?" 이내 그가 물었다. "심지어 이곳에서조차 인간이 민주주의와 자유 없이 살아갈 수 없다는 것 말이오. 당신이 그곳, 당신네 고향에서는 내내 잊고 있던 그 사실 말이지."

"적당히 해요. 히스테리도 그만하면 됐소." 모스똡스꼬이가 이맛살을 찌푸리며 대꾸했다.

그는 주위를 둘러보았다. 체르네쪼프는 모스똡스꼬이의 생각을 알 것 같았다. 노동에서 돌아오는 사람들에게 자신이 이민자 멘셰비끼와 허물없이 대화하는 모습을 보이고 싶지 않은 것이다. 필시 외국인들 앞에서 그는 부끄러움을 느낄 터였다. 그러나 무엇보다 부끄러운 것은 러시아 전쟁포로들 앞에서 이런 모습을 보이는 것이리라.

피가 맺혀 보이지 않는 눈구멍이 모스똡스꼬이를 똑바로 바라보고 있었다.

이꼰니꼬프는 2층 침상에 걸터앉은 신부의 부은 발을 당기며 엉터리 프랑스어와 독일어와 이딸리아어를 섞어 물었다. *"신부님, 난 어찌해야 합니까? 우리는 절멸수용소에서 일하고 있어요."*[454]

가르디의 무연탄색 눈이 사람들의 얼굴을 둘러보았다.

"모두가 이곳에서 일합니다. 나도 여기서 일해요. 우리는 노예지요."[455] 이어 그가 천천히 말을 이었다. *"하느님이 용서하실 거요."*[456]

"그게 그의 직업이지요."[457] 모스똡스꼬이가 덧붙였다

"아무튼 그게 당신의 직업은 아니지요."[458] 가르디가 질책하듯 대꾸했다.

"미하일 시도로비치," 이꼰니꼬프-모르시가 끼어들어 빠르게 말을 쏟아냈다. *"당신의 견해도 그렇군요. 하지만 난 면죄를 원하지 않아요. 이렇게 만든 사람들이 죄인이라고, 너는 노예일 뿐이라고, 너는 자유롭지 않으니 죄가 없다고 말하지 마세요. 난 자유롭습니다! 내가 절멸수용소를 만들고 있어요. 가스실에서 죽임을 당할 자들에 대해 책임이 있지요. 난 '안 돼'라고 말할 수 있어요. 죽음도 불사할 힘이 내 안에 있다면, 그 무엇이 이 말을 못하게 할 수 있단 말입니까? 나는 '안 돼'라고 말할 거예요! 안 한다고 할 거예요, 신부님, 나는 안 한다고 할 겁니다!*[459]*"

가르디 신부의 손이 이꼰니꼬프의 허옇게 센 머리카락을 쓰다듬었다. *"당신 손을 주시오."*[460]

<hr>

454 Que dois-je faire, mio padre? Nous travaillons dans una Vernichtungslager.

455 Tout le monde travaille lá-bas. Et moi je travaille lá-bas. Nous sommes des esclaves (프랑스어).

456 Dieu nous pardonnera(프랑스어).

457 C'est son métier(프랑스어). 무신론자 하이네가 임종 즈음 남긴 말.

458 Mais ce n'est pas votre métier(프랑스어). 가르디는 하이네가 임종 전에 신을 인정하지만 신과 대등한 입장에서 한 말을 못마땅하게 여긴다.

459 Je dirai non, mio padre, je dirai non(프랑스어와 이딸리아어가 섞여 있다).

"이제 목자가 오만함 속에 길을 잃은 양에게 훈계를 시작하겠군."

체르네쪼프의 말에 모스똡스꼬이는 저도 모르게 동의의 뜻으로 고개를 끄떡였다.

하지만 가르디는 이꼰니꼬프에게 훈계를 하는 대신, 그의 더러운 손을 잡아 입 맞추었다.

71

다음 날 체르네쪼프는 몇 안 되는 소련인 지인 중 하나이자 의무실에서 의무병으로 일하는 붉은군대 병사 빠블류꼬프와 이야기를 나누었다. 빠블류꼬프는 곧 자신이 의무실에서 쫓겨나 구덩이 파는 작업장으로 내몰릴 거라며 한탄했다.

"모든 걸 당원들이 조직하니까요. 내가 좋은 자리에서 편안히 있는 꼴을 못 보는 거죠. 자기들한테 필요한 사람을 밀어넣어요. 청소부나 주방이나 세탁실에도 자기 사람들에게 자리를 만들어주지요. 영감님! 평화 시에 어땠는지 기억하시죠? 구역위원회도 자기들거, 지역위원회도 자기들 거, 그랬잖아요? 여기 사무실에도 놈들네 사기꾼이 있어요. 주방에서도 자기네 사람들한테 먹을 걸 나눠주고. 늙은 볼셰비끼는 양로원에 온 양 보살핌을 받지만 영감님은 개처럼 죽어가잖아요. 다들 영감님 쪽은 쳐다보지도 않아요. 이게 공정한가요? 영감님도 평생 소비에뜨 권력을 위해 고생했는데."

체르네쪼프는 당황하여 자신은 스무해 동안 러시아를 떠나 있

---

460 Donnez-moi votre main(프랑스어).

었다고 말했다. '이민자'나 '외국' 같은 단어들을 들으면 소련인은 그와 거리를 두곤 했지만, 빠블류꼬프는 체르네쪼프의 이야기를 듣고도 경계심을 드러내지 않았다.

그들은 판자 더미에 걸터앉았다. 펑퍼짐한 코에 이마가 넓은 것이 체르네쪼프가 보기엔 그야말로 민족의 진정한 아들인 빠블류꼬프가 콘크리트 탑 위에서 이리저리 오가는 보초 쪽을 바라보며 입을 열었다. "전 갈 데가 없어요. 의용군[461]으로 지원하거나, 아니면 그냥 중노동을 하다가 죽는 거죠."

"그래서, 목숨을 부지하려고?" 체르네쪼프가 물었다.

"전 전혀 부농이 아니에요." 빠블류꼬프가 말했다. "벌목으로 돈을 모으지도 않았고요. 그래도 공산주의자에게 화가 납니다. 뭘 자유롭게 할 수가 없어요. 이 씨앗은 뿌리지 마라, 저 여자와 결혼하지 마라, 그건 네 일이 아니다…… 그러다보면 인간이 앵무새같이 되어버리죠. 어렸을 적부터 전 누구나 모든 걸 살 수 있는 상점을 열고 싶었어요. 안에 간이식당도 있고, 필요한 거라면 모두 살 수 있는 곳 말이에요. 원하면 럼주도 한잔 마시고, 구이도 먹고, 맥주도 마실 수 있지요. 내가 어떻게 할 건지 아세요? 아주 싸게 팔 거예요. 시골 요리도 내고요. 구운 감자며, 마늘을 곁들인 비계 요리며, 끄바스에 담근 양배추까지! 안주로는 뭘 내놓게요? 무쇠솥에 푹 고아 만든 뼈 요리예요! 뼛골이 들어 있어요. 자, 술 100그램에 뼈 하나랑 흑빵, 물론 소금하고요! 그리고 이가 살 수 없는 가죽 안락의자를 사방에 놓고요. 앉아서 쉬고 있으면 제가 음식이랑 술을 갖다주는 거죠! 이런 이야기를 하면 그 즉시 날 시베리아로 보낼걸

----

461 블라소프 군대를 말한다.

요. 하지만 이런 일이 인민에게 특별히 뭐가 나쁜가요? 게다가 나라에서 파는 것보다 두배 이상 싸게 받을 건데 말이에요."

빠블류꼬프는 곁눈으로 체르네쪼프를 살피곤 말을 이었다.

"우리 바라끄에서만 마흔명이 의용군에 가겠다고 이름을 썼대요."

"이유가 뭔데?"

"수프랑 외투를 얻으려고요. 또 머리뼈가 꺾일 때까지 노동하지 않기 위해서죠."

"그게 다요?"

"뭐 사상적 이유도 있고요."

"어떤?"

"여러가지예요. 몇몇은 수용소에서 죽어간 사람들을 위해서죠. 어떤 사람들은 시골의 가난이 지겨워서래요. 공산주의를 못 참겠다는 사람도 있고요."

"너절하군!"

소련인은 호기심 어린 시선으로 이민자를 쳐다보았고, 이민자 또한 이 조롱과 의심이 섞인 호기심의 시선을 알아차렸다.

"명예롭지 못해. 고상하지도 않고…… 옳지 않아." 체르네쪼프가 말했다. "지금은 수지계산을 맞춰볼 때가 아니오. 계산은 그렇게 하는 게 아니야. 자기 자신 앞에서나 조국 앞에서나 좋지 못한 일이지."

그는 판자 더미에서 일어나 손으로 엉덩이를 쓸었다.

"내가 볼셰비끼를 지지한다고 오해하지는 마시오. 정말 지금은 때가 아니라 하는 말이니까. 수지계산을 할 때가 아니라고. 블라소프에게 가지 마시오." 그는 갑자기 말을 멈추었다가 곧 덧붙였다. "내 말 들어요, 동지, 가면 안 돼." 오래전 젊은 시절에 썼던 '동지'

라는 단어를 무심코 입에 올린 그는 흥분을 감추지 못한 채 중얼거렸다. "이런, 맙소사. 내가 이럴 수가……"

열차가 플랫폼을 떠났다. 먼지와 라일락 향기와 봄의 도시에서 풍기는 쓰레기 냄새, 그리고 증기기관차의 연기와 역사의 식당에서 나오는 그을음으로 공기는 온통 희뿌옜다.

열차의 불빛이 점점 멀어져가더니 이내 저 멀리 초록 불과 빨간 불 사이에서 움직이지 않는 것처럼 보였다.

대학생은 플랫폼에 잠시 서 있다가 옆문으로 나갔다. 작별의 순간, 여인 또한 그와 똑같이 갑작스러운 감정의 힘에 떠밀려 두 손으로 그의 목을 감싸고 이마와 머리카락에 입을 맞추었다…… 그러나 역사에서 나오자 머리가 어질어질해지며 그의 안에서 행복이 솟았다. 마치 이것이 그의 인생 전체를 채워갈 새로운 시작, 출발점인 것만 같았다.

그는 러시아를 떠나 슬라부따[462]를 향해 가던 그 밤을 떠올리곤 했다. 녹내장으로 안구 제거 수술을 한 뒤 빠리의 병원에 누워서도 이 밤을 떠올렸고, 그가 근무했던 어둑하고 서늘한 은행 입구로 들어갈 때도 이 밤을 떠올렸다.

이에 대해 그와 똑같이 러시아에서 빠리로 갔던 시인 호다세비치[463]는 썼다.

방랑자가 지팡이를 짚고 걸어가면

---

[462] 우끄라이나 서부 흐멜니쯔끼에서 100킬로미터가량 떨어진 도시. 제2차 세계대전 당시 많은 유대인 거주민들이 박해받았다.

[463] Vladislav Felitsianovich Khodasevich(1886~1939). 러시아의 국민 시인. 블라지미르 나보꼬프를 문단으로 이끈 사람이기도 하다.

왠지 네가 떠올랐네

빨간 바퀴 마차가 달려가면

왠지 네가 떠올랐네

밤에 복도 불이 꺼지면

왠지 네가 떠올랐네

땅, 바다, 하늘에서 온갖 일이

일어난다 해도 내게는 네가 떠오르리……

그는 다시 모스뚭스꼬이에게로 가서 묻고 싶었다. "혹시 나따샤 자돈스까야라는 여자 아나? 그녀가 살아 있나? 자네가 정말 지난 수십년 동안 그 여자와 같은 땅에서 걸어다녔단 말인가?"

72

저녁 집합 신호가 울렸을 때 함부르크에서 가택침입 강도죄로 붙잡혀 이곳에 온 방장, 노란색 장화를 신고 덧주머니가 달린 크림색 체크무늬 바지를 입은 카이제는 꽤나 즐거운 상태였다. 그는 엉터리 러시아어로 나직하게 노래를 흥얼거렸다. *"내일 전쟁이 일어나면, 내일 전쟁터로 나가게 되면……"*[464]

그의 구겨진 주홍색 얼굴과 밤색 플라스틱 같은 두 눈이 이날 저녁만큼은 호의를 드러내고 있었다. 눈처럼 하얗고 털 한오라기 없

---

[464] Kali zavtra voina, esli zavtra v pochod…… 선전 영화 「내일 만약 전쟁이 일어나면」(1938)에 나오는 노래로 전쟁 기간에 많이 불렸다. 라틴 문자로 표기되어 있는 것으로 보아 러시아인이 아닌 이들에게도 알려져 있던 듯하다.

이 피둥피둥한 손, 말을 눌러 죽일 수 있는 손가락들이 달린 그의 손이 수감자들의 어깨와 등을 철썩철썩 때렸다. 그에게 사람을 죽이는 일은 장난삼아 다리를 거는 것만큼이나 쉬운 일이었고, 사람을 죽이고 나면 그는 마치 5월의 딱정벌레를 데리고 장난질을 한 새끼 고양이처럼 잠시 달콤한 흥분에 휩싸이곤 했다.

그가 저지르는 대부분의 살인은 동쪽 구역에서 위생부를 지휘하는 돌격대장 드로텐하어의 지시에 따른 것이었다.

그중 제일 힘든 건 죽은 이들의 시신을 소각장까지 끌고 가는 일이었지만 카이제는 이 일을 하지 않았고, 감히 그에게 하라고 시키는 사람도 없었다. 노련한 드로텐하어는 사람들이 쇠약해져 처형장까지 들것에 실려나가는 꼴을 두고 보는 법이 없었다.

카이제는 처리 대상자들을 다그치지도 않았고 그들에게 욕설 한마디 하지 않았다. 그들 중 누구 하나 밀거나 때린 적도 없었다. 특별방으로 이어지는 콘크리트 층계 두단을 사백번도 넘게 오르내리는 동안 그는 처리 대상에게, 자신을 죽이러 다가오는 이를 맞이하는 그들의 공포와 초조감, 순종, 고통, 뜨거운 호기심의 시선에 매번 생생한 관심과 흥미를 느꼈다.

일을 수행할 때마다 반복되는 판에 박힌 과정과 평범한 분위기, 그 일상성이 어째서 그토록 자기 마음에 드는지 그는 알 수 없었다. 특별방은 전혀 특별하지 않았다. 등받이 없는 의자, 회색 돌바닥, 하수관, 수도꼭지, 호스, 장부가 놓인 사무용 책상.

처리 업무는 완전히 일상 수준으로 내려가, 이 일에 대한 이야기는 늘 반농담조로 나오곤 했다. 카이제는 권총을 써야 하는 경우에 대해 "머릿속에 커피콩 한알을 넣어준다"고 말했고, 페놀을 투여하는 것은 "묘약 소량"이라 말했다.

그에겐 인간 삶의 모든 비밀이 이 커피콩 한알이나 묘약 소량 속에 드러나는 것 같았다. 희한하고 간단하군!

플라스틱을 부어 만든 듯한 그의 밤색 눈은 도무지 살아 있는 존재의 것처럼 보이지 않았다. 그보다는 단단히 군은 황갈색 수지 같았다…… 그리고 이 콘크리트 같은 눈에 유쾌한 기색이 떠오르면 사람들은 공포를 느꼈다. 아마도 작은 물고기가 절반쯤 모래로 뒤덮인 그루터기로 헤엄쳐 올라왔다가 갑자기 검고 미끈거리는 그 거대한 물체가 눈과 이빨과 척수를 가지고 있다는 것을 알아챈 순간 바로 이와 같은 공포를 느끼리라.

여기 수용소에서 카이제는 바라끄에 사는 예술가, 혁명가, 학자, 장군, 종교인 들을 보며 우월감을 경험했다. 이는 단순히 커피콩 한 알이나 묘약 소량의 문제가 아니었다. 그것은 우월함의 감정이었고 이 감정은 그에게 큰 기쁨을 주었다.

자신이 가진 엄청난 육체적 힘, 기운차게 달려들어가 사람들을 때려눕히고 강철 금고를 깨부수는 힘은 정작 그에게 별 의미가 없었다. 그가 도취되어 즐기는 것은 자신의 정신과 머리의 힘이었다. 그래서 그는 예측할 수 없이 복잡하게 행동했다. 그의 분노와 마음의 상태는 늘 예기치 않은 방식으로, 아무 논리도 없이 일렁거리는 듯 보였다. 봄에 게슈타포에 의해 선발된 러시아 전쟁포로들이 특별 바라끄로 쫓겨왔을 때, 카이제는 자기가 좋아하는 노래들을 불러달라고 그들에게 청했다.

무덤 같은 눈빛과 부어오른 손을 가진 네명의 러시아인이 노래를 뽑았다.

너 대체 어디 있니, 나의 술리꼬?[465]

카이제는 침울한 얼굴로 귀를 기울이며 제일 끝에 서 있는, 광대
뼈가 튀어나온 사람을 지그시 바라보았다. 예술에 대한 존경심 때
문인지 도중에 노래를 중단시키지는 않았으나, 이들이 입을 다물
자마자 예의 광대뼈가 튀어나온 사람을 지목하더니 그가 합창을
하지 않았으니 이제 혼자서 부르라고 명령했다. 견장을 뜯어낸 흔
적이 남은 이 남자의 더러운 군복 깃을 보며 카이제가 물었다.

　"알아들으셨나요, 소령님?[466] 야, 너 알아들었지, 돼지 새끼야!"

　남자가 고개를 끄떡였다.

　카이제는 그의 멱살을 잡고 고장 난 자명종 시계를 흔들듯 가볍
게 흔들었다. 운송되어온 전쟁포로가 욕을 하며 주먹으로 카이제
의 광대뼈를 갈겼다.

　다들 이 러시아인은 이제 끝장났구나 생각했다. 하지만 특별 바
라끄의 총책임자는 예르쇼프 소령을 죽이는 대신 구석의 창가에
놓인 침상으로 그를 데려갔다. 카이제가 자기 마음에 드는 사람이
오기를 기다리며 비워둔 자리였다. 그리고 같은 날, 그는 커다란 거
위알을 가져와서는 웃으며 예르쇼프에게 건네주었다. "당신 목소
리가 아름다워질 거요."[467]

　그 이후로도 카이제는 예르쇼프를 잘 대해주었다. 바라끄에서도
예르쇼프에게 존경을 표했다. 예르쇼프의 굽힐 줄 모르는 강인한
성격 속에는 부드러움과 유쾌함이 들어 있었다.

----

465 조지아의 시인 아까끼 쩨레쩰리(Akaki Tsereteli, 1849~1915)의 시에 곡을 붙인
　　노래. 스딸린이 매우 좋아하여 라디오에서 자주 방송되었다. '술리꼬'는 조지아
　　어로 '영혼'이라는 뜻이며 이름으로도 많이 쓰인다.

466 Verstehen Sie, Herr Major(독일어).

467 Ihre Stimme wird schön(독일어).

카이제와의 사건 이후, 「술리꼬」를 불렀던 이들 중 하나인 여단 꼬미사르 오시쁘프는 예르쇼프에게 화를 냈다. "거참 불쾌한 인간 이네."

모스또프스꼬이가 예르쇼프를 '사상의 대가'로 세례했던 것이 바로 이 일이 있은 직후였다.

오시쁘프 말고도 예르쇼프에게 적대감을 느끼는 이가 있었다. 내성적이고 과묵하지만 모든 사람에 대해 모든 것을 알고 있는 전쟁포로 꼬찌꼬프였다. 꼬찌꼬프는 말 그대로 색깔이 없는 사람이었다. 목소리도 눈도 입술도 색깔이 없었다. 하지만 이 무색이 너무나 강렬해 누구나 이를 알고 기억했다.

이날 저녁, 카이제의 유쾌함이 사람들의 긴장과 공포를 고조시켰다. 바라끄 사람들은 늘 무언가 나쁜 일을 기다렸다. 공포와 예감과 고통이, 때로는 더 강하고 때로는 보다 약할지언정 낮에도 밤에도 이들의 내면에 살아 있었다.

저녁 점호가 끝나기 직전 수용소 경찰 여덟명이 특별 바라끄로 들어왔다. 바보 같은 광대 모자를 쓰고 샛노란 완장을 소매에 두른 카포들이었다. 낯빛으로 보아 그들의 밥그릇에는 일반 수용자들의 것과는 다른 솥에서 나온 음식이 담기는 게 분명했다.

카포를 지휘하는 이는 장신에 머리칼이 밝은색이고 견장이 떨어진 강철색 외투를 입은 쾨니히였다. 외투 아래 다이아몬드 빛깔로 번쩍이는 에나멜 장화 두짝이 보였다.

그는 수용소 내 경찰서장이자 SS요원으로 형사 범죄를 저질러 계급을 박탈당하고 이곳에 유폐되어 있었다.

"모자 벗어!"[468] 카이제가 소리쳤다.

수색이 시작되었다. 카포들은 공장노동자들처럼 숙달된 솜씨로

테이블을 두드려보고, 움푹한 곳들을 비추고, 넝마 조각을 흔들고, 영리한 손가락을 날렵하게 움직여 옷의 이음매를 검사하고, 식기들을 들여다보았다. 그러면서 이따금씩 장난삼아 수용자의 엉덩이 밑을 무릎으로 차며 말했다. "건강해라."

그들은 발견된 쪽지나 메모, 날이 무딘 면도칼을 쾨니히를 향해 쳐들어 보였다. 쾨니히는 장갑을 흔들어 그 물건이 자신의 흥미를 끄는지 아닌지 신호했다.

수색하는 동안 수감자들은 횡대를 이루어 기다렸다. 모스뚭스꼬이와 예르쇼프는 나란히 서서 쾨니히와 카이제를 바라보았다. 두 독일인의 얼굴은 마치 주물로 만들어진 것 같았다.

모스뚭스꼬이는 비틀거렸다. 머리가 빙빙 돌았다. 그가 손가락으로 카이제 쪽을 가리켜 보였다. "저것도 인간이라고!"

"상급 아리아인이죠!" 그러고서 예르쇼프는 가까이에 서 있는 체르네쪼프에게 들리지 않길 바라며 모스뚭스꼬이의 귀에 대고 속삭였다. "하지만 우리 중에도 저런 종자가 있다고요, 제길!"

그러나 체르네쪼프가 자신에게 들리지 않는 이 대화에 끼어들었다. "자기만의 영웅과 성자와 악한을 가지는 건 모든 민족의 신성한 권리지."

모스뚭스꼬이는 예르쇼프를 향해, 그러나 다른 이들에게도 들릴 만한 목소리로 대답했다. "물론 우리나라에도 더러운 놈들이 있지. 하지만 독일 살인자에게는 어디서도 볼 수 없는 독일인 특유의 무언가가 있어."

수색이 끝났다. 종결 명령이 떨어지자 수감자들은 침상으로 기

---

468 Mütze ab!(독일어).

어들어가기 시작했다.

모스똡스꼬이도 누워서 다리를 뻗었다. 하지만 수색 이후에 자신의 물건들이 온전한지 확인하지 않았다는 생각이 들어 끙끙거리며 다시 몸을 일으켜서는 잡동사니들을 뒤지기 시작했다.

목도리가 없어진 것 같기도 하고 아마포 발싸개가 없어진 것 같기도 했다. 곧 목도리도 발싸개도 찾았지만, 여전히 불안을 느꼈다.

잠시 뒤 예르쇼프가 다가오더니 나직하게 말했다. "카포 네젤스끼가 우리 블록이 해체될 거라고 나불거려요. 일부만 남아서 작업을 이어가고 대부분은 일반 수용소로 보내진다네요."

"그렇군……" 모스똡스꼬이가 말했다. "알 게 뭔가."

예르쇼프가 침상 가까이 다가앉아 조용하고 분명하게 그의 이름을 불렀다. "미하일 시도로비치!"

모스똡스꼬이가 팔꿈치를 괴고 몸을 일으켜 그를 바라보았다.

"미하일 시도로비치, 전 대업이라 할 만한 걸 생각하고 있어요. 동지와 그 일에 대해 이야기하고 싶습니다. 어차피 죽어야 한다면 하고 싶은 일을 할 거예요!"

속삭이듯 이어가는 그의 말에 귀를 기울이며, 모스똡스꼬이는 흥분을 느꼈다. 마법의 바람이 불어와 그를 어루만지는 것 같았다.

"시간이 귀합니다." 예르쇼프가 말했다. "독일인들이 스딸린그라드를 장악하면 다들 다시 휘청거릴 거예요. 끼릴로프 같은 사람들만 봐도 알 수 있죠."

전쟁포로들의 전투 동맹을 결성하자는 것이 예르쇼프의 생각이었다. 그는 마치 글로 써둔 것을 보고 읽듯 이 계획의 요점을 줄줄 쏟아놓았다.

수용소에 있는 모든 소련인들의 규율과 단결, 그들 사이에 존재

하는 배반자들의 축출, 사보따주, 폴란드인과 프랑스인, 유고슬라
브인, 체코인 수용자들로 구성된 전투위원회……

　침상 너머 바라끄의 어스름한 빛을 바라보며 그가 말을 이었다.
"군수공장에서 온 청년들이 저를 꽤나 신임해요. 우리는 무기를 축
적할 겁니다. 판을 크게 벌일 작정이에요. 다른 수십곳의 수용소들
과 연대하고 배반자들에겐 폭력을 행사할 겁니다. 궁극적 목표는
전면적 봉기, 통일 자유 유럽이지요……"

　"통일 자유 유럽이라……" 모스뚭스꼬이가 그의 말을 되풀이했
다. "아, 예르쇼프, 이 사람아……"

　"저 허튼소리 안 해요. 지금 우리 대화가 모든 일의 시작입니다."

　"나도 함께하지." 모스뚭스꼬이는 고개를 절레절레 흔들며 되풀
이했다. "자유 유럽이라…… 이제 여기 우리 수용소에도 꼬민쩨른
지부가 생겼군. 회원 두 사람에, 그중 하나는 당원도 아니고."

　"동지는 독일어도 영어도 프랑스어도 할 수 있으니 수천명을 연
결할 수 있어요. 얼마나 멋진 꼬민쩨른이 되겠습니까? 만국의 수감
자들이여, 단결하라!"

　예르쇼프를 바라보다가 모스뚭스꼬이는 오랜 동안 잊고 살아온
말을 입에 올렸다. "인민의 의지!" 왜 갑자기 이 말이 떠오른 걸까?
그는 의아했다.

　"오시뽀프랑 즐라또끄릴레쯔 대령과도 얘기해봐야 해요." 예르
쇼프가 말했다. "오시뽀프는 세력이 꽤 대단하죠! 하지만 그는 저
를 좋아하지 않아요. 동지가 한번 이야기해보세요. 대령과는 제가
오늘 말해볼게요. 그렇게 4인방을 결성하는 겁니다."

73

예르쇼프 소령의 뇌는 사그라들 줄 모르는 긴장 속에서 밤낮으로 작동했다.

그는 신독일의 수용소 전체를 포괄하는 지하 계획, 지하조직들 간의 연락 방법에 대해 골똘히 생각했고, 노동수용소와 강제수용소와 기차역의 이름을 암기했다. 암호를 만드는 것, 또 수용소 사무원들의 도움을 받아 한 수용소에서 다른 수용소로 옮겨갈 조직책들을 이송자 명단에 포함시킬 방법에 대해서도 생각했다.

그의 영혼에는 꿈이 살아 있었다! 수천명의 지하 선동가, 영웅적인 반독일 인사들의 기초 작업이 봉기자들의 수용소 무력 장악을 준비해나간다! 봉기에 가담한 이들은 각 수용소를 방어하는 고사포부대를 장악해서 이를 전차와 보병대에 대항할 무력으로 전환시켜야 한다. 고사포병 출신을 선별하고 돌격대가 탈취한 무기들을 사용할 사수도 준비해둘 필요가 있다……

예르쇼프 소령은 수용소 현실에 밝았다. 그는 뇌물과 공포, 배를 채우려는 욕망의 힘을 보았으며, 명예로운 군복을 블라소프 군대의 견장 달린 푸른 외투와 맞바꾼 수많은 이들을 보았다.

그는 위축과 아첨과 배반과 복종을 보았다. 그는 최악의 공포를 보았고, 독일 공안부 관리들 앞에서 몸이 굳어버리는 이들을 보았다.

그럼에도 넝마처럼 너덜너덜한 포로 신세가 된 소령의 생각 속에 여전히 환상 같은 건 없었다. 독일인들이 돌진해오던 절망의 시기에 동부전선에서 유쾌하고 대담한 말로 동료들을 격려하고, 굶주림으로 부어오른 이들을 설득해 건강을 위해 싸우도록 했던 그였다. 그의 내면에는 폭력에 대한 꺼지지 않는, 더없이 열렬하며 누구도 파괴할 수 없는 경멸이 살고 있었다.

모두가 예르쇼프에게서 뿜어져나오는 유쾌한 열기를 느낄 수 있었다. 이는 누구에게나 필요한 온기, 자작나무 장작이 타오르는 러시아 난로 곁에서 느낄 법한 단순하면서도 따뜻한 온기였다.

지력과 담대함뿐 아니라 이 선한 온기가 예르쇼프 소령을 소비에뜨 전쟁포로 지휘관들의 수장으로 만들었으리라.

예르쇼프는 자신의 생각을 열어 보일 첫번째 사람이 바로 미하일 시도로비치라는 것을 이미 오래전에 깨달은 터였다. 그는 두 눈을 뜬 채 침상에 누워, 관 속에서 뚜껑을 보듯이 꺼칠꺼칠한 널빤지 천장을 바라보았다. 심장이 고동치고 있었다.

이제 이곳, 수용소에서 그는 삼십삼년의 생애에서 처음으로 자신의 힘을 느끼고 있었다.

전쟁 전까지 그의 삶은 고단했다. 보로네시주의 농부였던 그의 아버지는 1930년에 부농으로 낙인찍혀 재산을 몰수당했다. 그때 예르쇼프는 군복무 중이었다.

예르쇼프는 아버지와의 관계를 끊지 않았다. 그는 입학시험에서 최우수 성적을 받았지만 군사정치대학에 들어가지 못했다. 겨우겨우 군사학교를 졸업한 뒤에는 지역 군사위원회에 임관되었다. 당시 아버지는 특별 이주민으로 가족과 함께 북부 우랄에 살고 있었다. 예르쇼프는 휴가를 내어 아버지를 찾아갔다. 스베르들롭스끄에서 협궤열차에 올라 200킬로미터를 가야 했다. 선로 양옆으로 숲과 늪, 벌목한 목재 더미, 수용소 철조망, 바라끄, 움막 들이 이어졌고, 군데군데 발이 긴 독버섯들처럼 감시 망루가 서 있었다. 기차는 두차례 멈췄다. 호송대 경비가 도주한 수감자를 찾고 있었다. 한밤중에 기차가 대피로에 들어가 맞은편에서 오는 기차를 기다리는 동안 예르쇼프는 잠들지 않은 채 엔까베데의 보초견들이 짖는 소리와 보초들의 휘파람 소리를 들었다. 부근에 커다란 수용소가 있었다.

사흘째 되는 날 협궤 열차가 종착역에 이르렀다. 그의 옷깃에 소위 계급장이 달려 있었고 증명 서류와 무임승차권도 규정대로 발급받은 터였으나, 서류 검사를 받는 내내 그는 "자, 가방 들어"라는 말과 함께 수용소로 보내질지 모른다는 기분에 초조했다. 그곳의 공기마저 철조망에 둘러싸여 있는 것만 같았다.

이어 그는 지나가는 1.5톤짜리 화물트럭 뒤에 올라 70킬로미터를 더 갔다. 늪지 한가운데로 길이 이어졌다. 트럭은 아버지가 일하는 오게뻬우 국영농장 소유였는데 뒷자리가 매우 붐볐다. 대다수가 벌목장의 집결지로 가는 특별 이주 노동자들이었다. 예르쇼프가 질문을 던지며 대화를 시도했으나 그들은 짧은 대답으로 말을 끊었다. 그의 군복을 무서워하는 게 분명했다. 화물트럭이 숲과 늪지 가장자리 사이에 붙어 있는 작은 마을에 도착한 것은 저녁 무렵이 되어서였다. 수용소 북부의 늪지에서 본 그 고요하고 부드러운 석양을 그는 오랫동안 기억할 터였다. 석양빛 아래 이즈바들은 콜타르 속에서 펄펄 끓여낸 양 시커멓게 보였다.

그는 석양빛을 이끌고 움막으로 들어섰다. 축축하고 답답한 공기, 빈곤한 음식, 빈곤한 의복, 침상에서 풍기는 냄새, 뿌연 온기가 얼굴로 확 끼쳐왔다……

어스름 속에서 아버지가, 여윈 얼굴에 어린 형언할 수 없는 표정이, 아름다운 두 눈이 나타났다.

늙고 마르고 거칠거칠한 손이 아들의 목을 껴안았다. 젊은 지휘관의 목을 감싸안은 고통에 지친 두 손의 발작적인 움직임에 소심한 한탄과 커다란 아픔이, 보호에 대한 믿음과 요청이 깃들어 있었다. 이에 대한 응답은 오직 하나뿐이었다. 그는 울음을 터뜨렸다.

잠시 뒤 그들은 무덤 세곳을 찾았다. 어머니는 첫해 겨울에, 큰누이 아뉴따는 그 이듬해 겨울에, 마루샤는 다시 그 이듬해 겨울에 죽었다.

수용소 지구의 공동묘지는 마을과 이어져 있었다. 이즈바 벽면 발치와 움막의 경사면와 무덤의 고분과 늪지의 작은 둔덕에서 모두 똑같은 이끼들이 자라났다. 추위에 습기마저 얼어붙는 겨울에도, 늪의 검은 진흙이 밀려와 묘지 밑 토양이 부풀어오르는 가을에도 어머니와 누이들은 이 하늘 아래 남을 것이다. 말없는 아들 곁에서 역시 말없이 서 있던 아버지가 문득 눈을 들어 아들을 쳐다보고는 어깨를 으쓱이며 두 손을 벌렸다. "용서받고 싶구나, 죽은 이들에게도 산 사람에게도…… 난 사랑하는 이들을 지키지 못했다."

그날 밤 아버지는 이야기했다. 평온하고 나직한 목소리였다. 아버지의 이야기는 평온하게만 말할 수 있는 것이었다. 울부짖음과 눈물로는 표현할 수 없는 것이었다.

신문지를 덮은 궤짝 위에 아들이 가져온 음식이 놓이고 반 리터들이 술병도 놓였다. 노인은 이야기했고, 아들은 곁에 앉아서 들었다.

아버지는 알고 지내던 마을 사람들의 굶주림과 죽음에 대해, 정신 나간 노파와 아이들에 대해 이야기했다. 아이들의 시체는 발랄라이까보다, 닭 한마리보다 가벼웠다고, 마을 위에 밤낮으로 굶주림의 울부짖음이 머물러 있었다고 했다. 판자를 덧대어 창문들을 꽁꽁 막아놓은 집들에 대해서도 이야기했다.

아버지는 지붕에 구멍이 난 화물열차 찻간에 올라 한겨울에 오십일 동안 와야 했던 여행길에 대해, 산 사람들과 죽은 이들이 여러날을 함께 지내야 했던 수송열차 찻간에 대해 이야기했다. 특별 이주민들이 어떻게 걸어갔는지, 여자들이 어떻게 아이들을 안고 갔는지에 대해 이야기했다. 예르쇼프의 병든 어머니가 열에 들떠 흐릿한 정신으로 기나긴 길을 걸으며 어떻게 발을 질질 끌었는지 이야기했다. 움막도 초막도 없는 겨울 숲으로 이끌려온 그들이 어떻게 모닥불을 피우고 전나무 가지로 침대를 만들었는지, 어떻게 솥에 눈을 녹여가며 새로운 생활을 시작했는지, 죽은 이들을 어떻게 파묻었는지 이야기했다……

"모든 게 스딸린의 뜻이야." 아버지가 말했다. 그의 말에는 분노도 원한도 없었다. 그는 보통 사람들이 어찌할 수 없는 강력한 운명에 대해 말하듯 그렇게 말했다.

예르쇼프는 휴가에서 돌아와 깔리닌에게 청원서를 작성하여 최고의, 상상조차 할 수 없는 관용을 청했다. 무고한 사람을 용서하여 노인이 아들에게로 올 수 있게 해달라는 내용이었다. 하지만 그 편지가 모스끄바에 닿기도 전에 예르쇼프는 당국에 불려갔다. 그의 우랄 여행과 관련된 밀고가 들어왔던 것이다.

예르쇼프는 군대에서 쫓겨났다. 그는 건설 현장에 들어가 돈을 벌어서 아버지에게 가기로 마음먹었다. 하지만 곧 우랄에서 편지가 왔다. 아버지의 죽음에 대한 소식이었다.

전쟁 발발 다음 날, 예비군 중위 예르쇼프는 군에 소환되었다.

로슬라블 근교 전투에서 그는 죽은 연대장의 후임으로 패주병들을 모아 적을 공격했고, 그들의 도강을 막았으며, 지휘본부가 보유한 중무기들을 무사히 철수시켰다.

짐의 무게가 더해질수록 그의 어깨는 강해졌다. 그 자신조차 몰랐던 힘이 그에게 있었다. 굴종은 그의 본성에 맞지 않았다. 폭력이 크면 클수록 싸우고 싶은 욕구가 맹렬하고 뜨겁게 용솟음쳤다.

이따금 그는 자문했다. 자신은 왜 이토록 블라소프 군대를 증오하는가? 블라소프의 호소문에 나온 말들은 그의 아버지가 이야기한 내용과 정확히 일치했다. 그도 그것이 진실임을 알았다. 하지만 독일군과 블라소프 군인들의 입에 오르면 이 진실이 거짓이 된다는 것 또한 알았다.

그는 독일인들과 싸우는 것이 러시아인들의 자유로운 삶을 위한 일이며, 히틀러에 대한 승리는 그의 어머니와 누이들과 아버지가 파멸한 수용소들에 대한 승리가 되리라 확신했다.

예르쇼프는 슬프고도 아름다운 감정을 느꼈다. 개인의 배경과 신원에 대한 조사가 없는 이곳에서, 그는 하나의 세력이요 지도자였다. 여기서는 계급도, 훈장도, 특수과[469]도, 제1부[470]도, 주요 간부 관리국도, 평가위원회도, 지역위원회의 전화도, 정치부 책임자[471]의 견해도 아무런 역할을 할 수 없었다.

언젠가 모스뚭스꼬이는 그에게 말했다. "하인리히 하이네가 이미 예전에 지적한 바 있네. '우리 모두는 옷 아래 알몸으로 다닌다.' 어떤 이들은 제복을 벗어 허약하고 초라한 몸을 드러내는 반면, 어떤 이들은 작은 제복 때문에 몸이 비틀려 있어. 이들은 옷을 벗을 때 진짜 제 힘을 보이게 되지!"

예르쇼프가 꿈꾸던 것이 현재의 과업이 되었고 그는 이 과업에 대

---

[469] 군대의 보안 업무 담당 부서.
[470] 군대의 검열 업무 담당 부서.
[471] 꼬미사르 역할을 한다.

해 다시금 생각했다. 누구에게 맡겨야 할지, 누구를 끌어들여야 할지 가늠하고 한 사람 한 사람의 장점과 단점 들을 저울질해보았다.

누가 지하 참모부로 들어오게 될 것인가? 그의 머릿속에 다섯 이름이 떠올랐다. 사소한 세속적 약점들과 이상한 습관들, 모든 것이 새롭게 머릿속에 떠올랐다. 중요하지 않은 것들이 무게를 지니게 되었다.

구즈는 장군의 권위를 지녔으나 의지가 약하고 겁이 많다. 교육도 제대로 받지 못한 듯하다. 곁에 똑똑한 부관이나 참모가 있을 때는 훌륭한 모습을 보이지만 그들의 봉사를 고마움 없이 당연하게 받아들인다. 게다가 아내나 딸들보다 자기 요리사를 훨씬 더 그리워하는 것 같다. 오리니 거위니 사냥에 대한 이야기를 끝없이 늘어놓는다. 깝까스 근무 시절을 회상할 때도 멧돼지나 염소 사냥에 대한 무용담뿐이다. 술도 진창 마셔댄다. 큰소리나 치는 뻥쟁이. 그는 종종 1941년 전투에 대해 이야기한다. 좌우에 있는 이웃 장군들 모두 옳지 않았고 오직 그 자신, 구즈 장군만이 옳았다는 것이다. 그러면서도 실패의 원인을 전쟁 수뇌부로 돌린 적은 단 한번도 없다. 닳아빠진 서기처럼 현실적 사안이나 관계에 있어 경험 많고 노련한 인물이다. 하지만 예르쇼프가 전권을 쥐고 있다면 그는 구즈에게 군단은커녕 사단의 지휘도 맡기지 않을 것이다.

여단 꼬미사르 오시뽀프는 머리가 좋다. 간혹 그 갈색 눈에 조소를 띤 채, 남의 영토에서 거의 피 흘리지 않고 싸우게 되리라[472] 예상했던 일에 대해 조롱 섞인 말을 던진다. 그러다 한시간 뒤에는 비관을 드러내는 이들을 향해 냉혹한 시선을 보내며 가차 없이 질

---

472 당시 널리 불린 노래 「내일 만약 전쟁이 일어나면」에 나오는 표현. 1930년대에 소련 수뇌부에는 전쟁과 관련해 낙관주의가 팽배했다.

책하고 훈계를 늘어놓는가 싶더니, 다음 날에는 다시 콧구멍을 벌름거리고 이를 갈며 이렇게 이야기하는 것이다. "동지들! 우리는 가장 높이, 가장 멀리, 가장 빨리 날 수 있습니다. 자, 이제 날아오릅시다!"

전쟁 초기 몇달 동안의 패전에 대해 현명한 말들을 늘어놓지만 그에게선 슬픔이 엿보이지 않는다. 아무런 고통 없이, 마치 체스 게임을 하는 사람처럼 무자비한 태도로 이야기한다. 다른 사람들과 자유롭고 스스럼없이 대화를 나누곤 하지만 늘 무언가 꾸며낸 듯 진정성 없는 모습이다. 그가 진심으로 관심을 보이는 것은 꼬쩨꼬프와의 대화뿐이다.

어째서 여단 꼬미사르는 꼬쩨꼬프에게 그토록 흥미를 가지는 것일까?

오시뽀프는 매우 풍부한 경험을 가진 인물이다. 인간을 꿰뚫고 있다. 이는 매우 필요한 자질이며, 지하 참모부는 오시뽀프 없이 꾸려갈 수 없을 것이다. 하지만 그러한 자질은 도움이 되는 만큼 방해가 될 수도 있다.

이따금 오시뽀프는 유명한 전쟁 지도자들을 쇼마 부죤니, 안드류샤 예료멘꼬라고 친근하게 칭하며 이들에 대한 우스갯소리를 늘어놓기도 한다.

언젠가 그는 예르쇼프에게 이런 말을 했다. "뚜하쳅스끼와 예고로프와 블류헤르가 죄인이라 해도, 나나 자네 정도의 죄를 지었을 뿐이야."

끼릴로프가 들려준 바에 따르면, 오시뽀프는 1937년 학술원 부원장 시절 수십명을 가차 없이 비판하며 인민의 적이라 선언했다.

그는 병을 두려워한다. 자주 자기 맥박을 짚어보고, 혀를 내밀어

비스듬한 눈길로 설태가 끼지 않았는지 살핀다. 하지만 죽는 걸 무서워하는 것 같지는 않다.

전투사단 지휘관 출신인 즐라또끄릴레쯔 대령은 다소 음울하긴 해도 솔직하고 직선적인 사람이다. 그는 1941년의 후퇴를 고위 수뇌부의 책임으로 여긴다. 지휘관이자 군인으로서 그가 지닌 전투력은 모두가 느끼고 있다. 그는 육체적으로 강하다. 음성도 어찌나 우렁우렁한지 패주자들을 공격 방향으로 돌려세울 수 있을 정도다. 또한 쌍욕의 대가이기도 하다.

그는 설명하기를 좋아하지 않는다. 그는 명령한다. 당원이다. 언제라도 자신의 죽을 병사의 그릇에 쏟아줄 태세다. 그러나 태도는 매우 거칠다.

사람들은 항상 그의 의지를 느낀다. 일터에서 그는 반장이고, 그가 소리 지르면 복종하지 않는 이가 없다.

어떤 실수라도 그는 놓치지 않는다. 함께 죽이든 밥이든 끓일 수 있는 사람이다. 그러나 태도가 너무나 거칠다.

끼릴로프는 어떤가. 똑똑하지만 어딘가 똑 떨어지지 않는 구석이 있다. 그는 사소한 것까지 다 알아차리고, 피곤에 절어 반쯤 감긴 눈으로 무엇이든 본다. 무심하고 사람들을 좋아하지 않지만 그들의 약점과 비열함을 용서한다. 죽음을 두려워하지 않으며 가끔은 죽고 싶어 한다.

퇴각에 대해 그는 다른 모든 지휘관들보다 현명한 견해를 내놓았다. 그는 당원이 아니다. 언젠가 이런 말을 했다. "난 공산주의자들이 세상을 더 좋은 곳으로 만들 것이라 믿지 않아. 역사에 그런 경우는 없었네."

무엇에도 관심을 보이지 않지만 밤중에 침상에서 울곤 했다. 예르쇼프가 이유를 묻자 그는 한참을 침묵하다가 나직하게 말했다. "러시아가 불쌍해." 하지만 뭐랄까, 축축하게 늘어지는 약한 사람이다. 한번은 이렇게 한탄하기도 했다. "아, 음악이 너무나 그리워." 어제는 미친 사람 같은 미소를 지으며 예르쇼프에게 말했다. "예르쇼프, 들어보게. 시를 읊어주지." 별로 마음에 들지 않았으나 그 시의 내용이 머릿속으로 집요하게 기어들어와 결국 예르쇼프는 그것을 외우고 말았다.

> 동지, 자네의 마지막 순간이 다가오네,
> 도와달라고 사람들을 부르지 말게.
> 차라리 자네의 김 오르는 피 위에
> 내 언 손을 좀 녹이게 해주게.
> 자네, 어린애처럼 무섭다고 울지 말게.
> 자네는 부상당한 게 아니네, 그저 죽음을 당했을 뿐.
> 차라리 자네의 펠트화를 벗기게 해주게,
> 난 아직 전투를 해야 하니.

정말 그가 직접 이 시를 썼단 말인가? 안 돼, 안 돼. 그는 참모부에 맞지 않는다. 어떻게 그가 사람들을 이끌고 갈 수 있단 말인가? 자기 자신도 겨우 기어가는데.

아, 모스톱스꼬이! 그는 입이 떡 벌어질 만큼 대단한 교육을 받았다. 의지도 강철 같고. 심문을 받을 때 부싯돌처럼 견뎌냈다지.

하지만 놀라운 것은 예르쇼프에게 책잡히지 않을 사람이 아무도 없다는 점이었다. 최근에 그는 모스톱스꼬이를 질책했다. "미하일 시도로비치, 당신은 뭐 하러 온갖 부랑자들과 쓸데없이 지껄이는 겁니까? 그 괴벽스러운 이꼰니꼬프-모르시와 저 이민자, 외눈박이 사기꾼과 말이에요."

모스뚭스꼬이는 조롱조로 대꾸했다. "자네는 내 신념이 흔들릴 거라고 생각하나? 내가 복음주의자나 심지어 멘셰비끼가 될 거라고?"

"누가 압니까! 냄새를 풍기지 않으려면 똥을 만지지 말아야죠. 우리 수용소에 모르시가 앉아 있었지만 지금 독일인들이 그를 심문하러 끌고 가네요. 그는 자기 자신도, 당신도, 당신에게 기대는 사람들도 다 팔아먹을 거예요……"

하지만 이런 결론이 내려졌다. 지하 작업을 위한 이상적 인간은 없다. 각자의 역량과 약점을 저울질해봐야 한다. 이는 어렵지 않다. 적합한지 아닌지는 오직 인간의 근본에 따라 결정할 수 있다. 하지만 근본을 측정하는 것은 불가능하다. 근본은 추측하고 감지할 수 있을 뿐이다. 그래서 그는 여기, 모스뚭스꼬이로부터 시작했다.

74

구즈 소장이 힘겹게 숨을 쉬며 모스뚭스꼬이에게로 다가왔다. 그는 두 다리를 질질 끌고, 끙끙 신음 소리를 내고, 아랫입술을 비죽 내밀었다. 검붉은 피부의 주름들이 양 뺨과 목에서 물결쳤다. 이러한 몸짓과 움직임과 소리는 그가 굉장히 뚱뚱했던 시절부터 그대로 유지되어온 터였고, 그래서 지금의 허약한 몸에는 그 모든 게 무척 어색해 보였다.

"친애하는 지도자 동지," 그가 입을 열었다. "난 코흘리개에 불과합니다. 동지에게 조언하는 것은 소령이 소장을 가르치는 것과

매한가지지요. 하지만 돌리지 않고 말하겠습니다. 예르쇼프와 인민 혈맹을 결성하는 건 헛짓거립니다. 그는 끝까지 속을 모를 사람이에요. 전쟁에 대해 아는 바도 없고요. 그릇은 중위밖에 안 되는 자가 지휘관 자리를 노리고 대령들의 선생으로 기어오르니 원. 그를 경계해야 한단 말입니다."

"장군 각하께서 허튼소리를 하시는구먼!" 모스똡스꼬이가 말했다.

"물론 허튼소리겠죠." 구즈가 끙끙거리며 말을 이었다. "허튼소리라고 할 줄 알았어요. 어제 바라끄 전체에서 열두명이 그 빌어먹을 러시아 해방군[473]에 가담했다는 얘기를 들었습니다. 그들 중 부농 출신이 몇명인지 압니까? 이건 나만의 사적 견해가 아닙니다. 정치적 경험을 가진 다른 사람도 이 얘길 해달라고 제게 위임했어요."

"그 다른 사람이란 혹시 오시뽀프인가?" 모스똡스꼬이가 물었다.

"누구든 어떻습니까. 동지는 이론적 인간이에요. 이곳의 온갖 오물에 대해 전혀 모르고 있죠."

"이야기를 이상한 방향으로 끌고 가는군." 모스똡스꼬이가 대꾸했다. "이제 이곳 사람들에게 남은 거라곤 경계심밖에 없는 건가? 우리가 이렇게 될 줄 누가 알았겠나!"

구즈는 제 기관지에서 쌕쌕거리며 울리는 소리에 귀를 기울이고는 끔찍하게 비참한 어조로 말했다. "난 자유를 볼 수 없을 겁니다. 그래요, 절대 볼 수 없을 거예요."

모스똡스꼬이는 그의 뒷모습을 지켜보다가 손바닥으로 크게 무

---

473 블라소프 군대를 말한다.

릎을 쳤다. 어째서 이토록 불안하고 괴로운 느낌이 들었는지 갑자기 깨달은 것이다.

수색 때, 이꼰니꼬프가 준 종잇장들이 없어졌어!

제기랄, 그가 거기다 뭘 썼을까? 아마 예르쇼프 말이 맞을 거야. 불쌍한 이꼰니꼬프가 밀정질에 가담한 거야. 그 종잇장들을 심어놓고 찌른 거지. 거기다 뭘 썼을까?

그는 이꼰니꼬프의 침상으로 갔다. 하지만 이꼰니꼬프는 보이지 않았고 이웃들은 그가 어디로 갔는지 몰랐다. 그리고 이 모든 상황—종잇장들이 없어졌고 이꼰니꼬프의 침상이 비어 있는—속에, 그가 저 유로지비 같은 구신주의자求神主義者와 대화를 시작한 것이 잘못된 행동이었음이 분명해졌다.

체르네쪼프와 논쟁을 벌이고 있었지. 아니, 논쟁이랄 것도 없었어. 거기 무슨 논쟁이 있을 수 있나. 하지만 체르네쪼프가 있는 자리에서 그 유로지비가 종잇장들을 넘겨주었으니, 밀고자도 존재하고 증인도 존재하는 셈이군.

그의 삶이 이제 과업을 위해, 투쟁을 위해 필요하게 되었는데 그는 무의미하게 그것을 잃게 될 수도 있었다.

'이런 늙은 바보가 있나! 과업에, 혁명의 과업에 몰두해야 하는 이때 폐물들과 사귀었다니.' 자책과 함께 고통스러운 불안이 점점 커져갔다.

세면장에서 그는 오시뽀프와 마주쳤다. 여단 꼬미사르는 촉수 낮은 전등의 희미한 불빛 아래서 함석 홈통에 발싸개를 빨고 있었다.

"마침 잘 만났군." 모스뜹스꼬이가 말했다. "이야기할 게 좀 있네."

오시뽀프는 고개를 끄떡이고 주위를 둘러본 뒤 젖은 손을 옆구리에 문질러 닦았다. 그들은 벽의 시멘트로 된 돌출부에 앉았다.

"생각했던 대로군요. 우리의 작은 장난꾼은 모든 곳에 있다니까
요."예르쇼프 이야기를 꺼내자 오시쁘프가 말했다.

그는 모스똡스꼬이의 손을 자기의 축축한 손바닥으로 쓰다듬
었다.

"모스똡스꼬이 동지," 그가 말했다. "동지의 결의가 저를 경탄시
킵니다. 과연 동지는 레닌 대오의 볼셰비끼예요. 동지에게는 나이
가 없군요. 동지가 보여주는 모범이 우리 모두를 받쳐줄 겁니다."

그는 목소리를 낮추어 말을 이었다.

"모스똡스꼬이 동지, 우리 전투 조직은 이미 결성되었습니다. 때
가 될 때까지는 동지에게 말하지 않으려고 했어요. 동지의 목숨을
아끼고 싶었거든요. 하지만 레닌의 투사에게 나이 같은 건 없죠. 돌
리지 않고 말하겠습니다. 우리는 예르쇼프를 신임할 수 없습니다.
그는, 말하자면 객관적 신상 지표가 좋지 않아요. 탄압에 분노한 부
농이잖습니까. 하지만 우리는 현실주의자입니다. 현재로서는 그가
없으면 안 되는 거 압니다. 그는 싸구려지만 인기를 얻었으니까요.
이 점을 감안해야겠죠. 동지가 저보다 더 잘 아십니다. 당이 일정
단계에서 그런 유의 자들을 어떻게 이용하는지 말입니다. 하지만
동지는 그에 대한 우리의 견해를 아셔야 합니다. 그를 얼마만큼, 언
제까지 이용할지를요."

"오시쁘프 동지, 예르쇼프는 끝까지 갈 걸세. 난 그를 의심하지
않네."

시멘트 바닥에 떨어지는 물방울 소리가 들렸다.

"들어보세요, 모스똡스꼬이 동지," 오시쁘프가 천천히 입을 열
었다. "우리는 당신에게 비밀이 없습니다. 여기 모스끄바에서 투하
된 동지가 있습니다. 그의 이름을 밝히죠. 바로 꼬찌꼬프입니다. 예

르쇼프에 대해 드린 말씀은 저뿐 아니라 그의 견해이기도 해요. 그의 지령은 우리 모두에게, 공산주의자들에게 법과 마찬가지입니다. 예외적인 상황에서 당의 명령이자 스딸린의 명령이라는 뜻이지요. 그럼에도 우리는 동지의 대자代子, 사상의 지배자와 함께 일할 겁니다. 결정했으니 그렇게 할 겁니다. 중요한 건 단 하나, 현실주의자, 변증법론자가 되어야 한다는 점이지요. 우리가 당신을 가르칠 처지는 아니지만요."

모스뚭스꼬이는 침묵했다. 오시쁘프는 그를 껴안고 입술에 세번 입을 맞추었다. 그의 눈에서 눈물이 반짝였다.

"친아버지에게 하듯 동지에게 입을 맞춥니다." 그가 말했다. "그리고 어렸을 적 어머니가 성호를 그어주셨듯이 동지에게 성호를 그어드리고 싶습니다."

그러자 미하일 시도로비치는 삶의 복잡성에 대한 견딜 수 없는, 고통스러운 감각이 사라져가는 것을 느꼈다. 다시, 청년 시절에 그랬듯 세계가 분명하고 단순하게 여겨졌고, 자기 편과 다른 편으로 나뉘었다.

밤에 SS요원들이 특별 바라끄로 들이닥쳐 여섯명을 데려갔다. 그들 중에는 미하일 시도로비치 모스뚭스꼬이도 포함되어 있었다.

(2권으로 이어집니다)

고전의 새로운 기준, 창비세계문학

오늘날 우리는 인간의 존엄과 개성이 매몰되어가는 시대를 살고 있다. 물질만능과 승자독식을 강요하는 자본주의가 전지구적으로 확산되면서 현대사회는 더 황폐해지고 삶의 질은 크게 훼손되었다. 경제성장만이 최고의 선으로 인정되고 상업주의에 물든 문화소비가 삶을 지배할수록 문학은 점점 더 변방으로 밀려나고 있다. 삶의 본질을 성찰하는 문학의 자리가 위축되는 세계에서는 가진 자와 못 가진 자 할 것 없이 모두가 불행할 수밖에 없다.

이 시대야말로 인간답게 산다는 것의 의미가 무엇인지 근본적인 화두를 다시 던지고 사유의 모험을 떠나야 할 때다. 우리는 그여정에 반드시 필요한 벗과 스승이 다름 아닌 세계문학의 고전이라는 점을 강조한다. 고전에는 다양한 전통과 문화를 쌓아올린 공동체의 경험이 녹아들어 있고, 세계와 존재에 대한 탁월한 개인들의 치열한 탐색이 기록되어 있으며, 새로운 세상을 꿈꾸는 아름다운 도전과 눈물이 아로새겨 있기 때문이다. 이 무궁무진한 상상력의 보고이자 살아 있는 문화유산을 되새길 때만 개인의 일상에서 참다운 인간적 가치를 실현하고 근대적 삶의 의미와 한계를 성찰하는 지혜를 얻을 수 있을 것이다.

'창비세계문학'은 이러한 문제의식에서 출발한다. 세계문학의 참의미를 되새겨 '지금 여기'의 관점으로 우리의 정전을 재구성해야 할 필요성이 그 어느 때보다 절실하다. '정전'이란 본디 고정된 목록으로 존재하는 것이 아니라 그때그때 주어진 처소에서 새롭게 재구성됨으로써 생명을 이어가는 것이다. 우리는 먼저 전세계 문학들의 다양성과 차이를 존중하면서 국가와 민족, 언어의 경계를 넘어 보편적 가치에 기여할 수 있는 가능성에 주목하고자 한다. 근대를 깊이 성찰한 서양문학뿐 아니라 아시아와 라틴아메리카, 중동과 아프리카 등 비서구권 문학의 성취를 발굴하고 재평가하는 것 역시 세계문학의 지형도를 다시 그리려는 창비의 필수적인 작업이 될 것이다.

여러 전집들이 나와 있는 세계문학 시장에서 '창비세계문학'은 세계문학 독서의 새로운 기준이 되고자 한다. 참신하고 폭넓으면서도 엄정한 기획, 원작의 의도와 문체를 살려내는 적확하고 충실한 번역, 그리고 완성도 높은 책의 품질이 그 기초이다. 독서시장을 왜곡하는 값싼 유행과 상업주의에 맞서 문학정신을 굳건히 세우며, 안팎의 조언과 비판에 귀 기울이고 독자들과 꾸준히 소통하면서 진정 이 시대가 요구하는 세계문학이 무엇인지 되묻고 갱신해 나갈 것이다.

1966년 계간 『창작과비평』을 창간한 이래 한국문학을 풍성하게 하고 민족문학과 세계문학 담론을 주도해온 창비가 오직 좋은 책으로 독자와 함께해왔듯, '창비세계문학' 역시 그러한 항심을 지켜 나갈 것이다. '창비세계문학'이 다른 시공간에서 우리와 닮은 삶을 만나게 해주고, 가보지 못한 길을 걷게 하며, 그 길 끝에서 새로운 길을 열어주기를 소망한다. 또한 무한경쟁에 내몰린 젊은이와 청소년 들에게 삶의 소중함과 기쁨을 일깨워주기를 바란다. 목록을 쌓아갈수록 '창비세계문학'이 독자들의 사랑으로 무르익고 그 감동이 세대를 넘나들며 이어진다면 더없는 보람이겠다.

2012년 가을
창비세계문학 기획위원회
김현균 서은혜 석영중 이욱연 임홍배 정혜용 한기욱

창비세계문학 98

삶과 운명 1

초판 1쇄 발행／2024년 6월 28일

지은이／바실리 세묘노비치 그로스만
옮긴이／최선
펴낸이／염종선
책임편집／전성이·한예진·정편집실·홍상희
조판／신혜원·박지현·박아경
펴낸곳／(주)창비
등록／1986년 8월 5일 제85호
주소／10881 경기도 파주시 회동길 184
전화／031-955-3333
팩시밀리／영업 031-955-3399 편집 031-955-3400
홈페이지／www.changbi.com
전자우편／lit@changbi.com

한국어판 ⓒ (주)창비 2024
ISBN 978-89-364-6495-0 03890